경이로운 차이들

경이로운 아이들

류보선 평론집

문학동네

책머리에

글을 쓰기 시작한 지 10년여 만에 첫 평론집을 묶는다.

어느 노래의 한 구절처럼 내 안에는 내가 너무나 많았다. 사실 그것은 별 문제가 아니었다. 너무 오랫동안 일사불란하려 했다. 그래서 비슷한 밀도로 다가온 여러 감각들을 모두 존중할 수 없었다. 선명한 위계질서를 위해 어떤 식이든 높낮이를 재고 말았고, 또 어떤 경우에는 나의 것이 분명한 느낌이나 감동임에도 불구하고 그것은 내 것이어서는 안 된다고 생각하기도 했다. 그렇게 강력한 중앙정부를 세워놓고 그 중심과 얼마나 멀고 가까운가에만 관심을 가졌다. 실로 집요한 금욕적 집중이었다. 아니 그 방법밖에 없었다. 내 안의 수많은 나가 서로 갈등하면서 정립한 중심이 아니기에, 다만 시대의 권위주의적 담론이 만들어놓은 체계에 나를 맡기면서 얻은 통일성이었기에 집착 이외에 다른 길이 없었던 것이다. 그 결과 나는 다른 사람보다도 앞서 '문학의 죽음'에 절망하기도 했으며 그 분노를 다스리지 못하고 여기저기 터뜨리곤 했다.

하지만 문학은 살아 있었다. 이전보다 더욱 풍부한 내용과 형식으로 '말을 하기' 시작한, 그것도 이제서야 말을 하기 시작한 주체들이 있었던 것이다. 이들은 다름 아닌 여성들이었고, 아름다운 죽음을 꿈꾸는 존재들이었고, 성장을 거부하는 아이들이었고, 또 때로는 동성애자였다. 문학은 그렇게 중심에서 주변부로, 남성에서 여성으로, 도시에서 지방으로, 성인에서 어린아이로, 남근주의자에서 동성애자 쪽으로 움직이면서 더욱더 절실하고 밀도 있는 문학들이 창조되고 있었다. 항간에 유행하는 '문학의 죽음'이라는 선언이 스스로 진리와 보편을 자부하던 존재들이 더이상 문제성을 확보하지 못하자 만들어낸 교묘한 항복선언이자 그들이 위대한 문학을 생산하지 못하니 이제 어느 누구도 그것을 할 수 없다는 오만과 편견의 산물이듯이, 나의 문학 자체에 대한 절망 역시 그와 같았다. 즉 문학이라는 실재가 죽은 것이 아니라 내가 상상한 문학이 죽은 것에 불과했고, 또한 내가 숭배했던 중심에 근사(近似)한 작품이 생산되지 않았을 뿐이었다. 그런데 나는 그것을 곧 '문학의 죽음'으로 읽었고 새롭게 나타나는 목소리들을 집요하게 '문학의 죽음'의 징후로 덮어씌웠다. 아, 문학에 대한 나의 관점 혹은 관념을 곧 문학이라는 실재로 확신하고 '문학의 죽음'을 선언하는 이 놀라운 착시라니, 그리고 그 착시 속에 숨죽이고 있는 오만이라니.

이 착시와 오만을 걷어내자 비로소 많은 것들이 보이기 시작했다. 이전의 거대담론에 가려 보이지 않거나 침묵을 강요당했던 아주 미세한 표정과 중얼거림들, 그리고 그 힘겨운 목소리에 담긴 모더니티에 대한 원망(怨望)과 그 모더니티를 극복할 수 있는 잠재적 가능성들. 전후가 바뀌었다. 많은 것을 보면서 착시와 오만이 뒤늦게 겹혔다. 아니, 좀더 정확히 말하자면, 그 목소리들의 밀도와 치열함에 가까스로 유지하던 중심이 무력해졌고 그러자 내가 내 안에서 억눌렀던 것들이 되살아났다고 해야 할 것이다. 그러자 문득, 두려워졌다. 일찍이 사르트르는 말을 '탄약을 잰 권총'에 비유한 바 있다. 말을 한다는 것, 그리고 규정을 한다는 것은 곧 권총을 발사하는 행위와 같다는 것이다. 그렇다면, 나는, 저 오랜 기간 동안 침묵을 강요당한 하위주체들의 고통, 절망, 그리고 힘겨운 희망을 외면한 정도가 아니라 고통 속에서도 힘겨운 희망을 이야기하는 그들에게 방아쇠를 당긴 셈이다. 그들의 힘겨운 목소리를 듣지도 않은 채 이제 문학은 위기에 처했으며 더 나아가 문학은 없다 혹은 죽었다고 말했으니 말이다. 내 안의 나를 억누르는 것, 그를 위해 편집증적 일관성을 고수하는 것이 이처럼 엄청난 결과를 가져올 줄이야. 내 안의 많은 나를 존중하기로 했고, 의식의 분열상태를 두려워하지 않기로 했다.

차이에 대한 관심, 그리고 그 차이들을 찾아내고 의미화해야 할 숙명을 지닌 하위주체들에 대한 관심은 글을 쓴 지 꽤 오랜 시간이 흐른 후, 그러니까 이 두려운 자기 확인 이후부터의 일이었다. 권위주의적 담론과 개인의 삶 사이의 차이, 중심부와 주변부의 차이, 남성과 여성의 차이, 어른과 어린이의 차이 등등. 이러한 차이의 발견이야말로 기존의 보편성에 억눌렸던 실존의 어두운 그늘과 풍부한 활력들을 삶의 전면에 끌어내는 가장 핵심적인 계기처럼 보였다. 또 차이에 대한 관심은 어떤 경우에는 역사적으로 누적되어온 진리체계들을 한순간에 뿌리째 흔드는 힘을 지니고 있었다. 니체가 말했고, 가라타니 고진이 좀더 자세하게 그 의미를 부여했듯, 모든 개념은 은유와 같은 방식으로 구성된다. 사실과 개념 혹은 대상과 개념 사이의 동질성과 차이 중 동질성을 극대화시켜 형성된 것이 바로 개념들인 것이다. 그런데 그 개념이 형성된 고고학적 현장으로 달려가 개념과 사실의 동일성보다는 차이에 주목할 경우, 하나의 개념이 형성되고 또 그 개념이 역사적으로 누적되면서 만들어온 진리체계는 그야말로 한순간에 전복된다. 역사적이고 권위 있는 개념에서 발견의 천재보다는 은폐의 천재를 발견한 모든 노력들(예컨대 마르크스, 푸코, 그리고 해체론, 페미니즘론 등)은 모두 개념과 사실 사이 혹은 권위주의적 담론과 개인의 운명 사이에 존재하는 미세한 차이를 뚫고 들어가 그 기원을 들쳐내고 그 결과 어느 누구도 의심하지 않았던 진리체계를 전복시키는 과정을 보였다. 그만큼 미세한 차이에 대한 관심은 커다란 의미가 있었다. 그런데 또 하나의 주목되는 사실은 그 미세한 차이에의 관심은 그저 관찰력이 뛰어난 일반인에게 나타나는 것이 아니라는 점이었다. 보편적인 진리는 자신의 고통과 희망을 의미 없는 것으로 전락시킬 뿐이어서 그 보편적인 진리와 자신의 운명의 차이를 규명하지 않을 경우 자신의 흔적은 영원히 사라질 위험에 처한 존재들, 즉 하위주체들에게서 차이에 대한 관심으로 두드러진다. 뿐만 아니라 그들은 그 동일성이 형성되는 현장으로 거슬러올라가며 그 안에서 그 동일성과 다른 차이성을 읽어내고야 만다. 그것이 그들의 숙명인 것이다.

이처럼 최근 나의 중요한 관심사는 차이의 의미를 발견하고 차이를 발견할 수밖에 없는 숙명을 지닌 존재들을 찾아내는 것이다. 책의 제목을 '경이로운 차이들'이라고 정한 것은 이 때문이다. 하지만 아쉽게도 이러한 방향이 이 책에 실린 글의 구석구석까지 관철되고 있지 못하다. 그러므로 이 책은 나에게 차이의 경이로움을 알려준 작가, 작품들에 대한 헌사이기도 하고, 동시에 그 한계를 고백하는 고해성사이기도 하다. 또한 앞으로는 같아 보이는 것들 사이의 차이와 달라 보이는 것들 사이의 동질성을 밝혀내고 더 나아가 어떤 개념 혹은 계보의 형성 장면에 입회하겠다는 출사표이기도 하다. 이제 나는 나를 믿기로 했다. 나의 영혼을. 즉 여러 개의 나로 분열된 그 상태를.

이 책은 글의 성격에 따라 네 부분으로 나누어놓았다. 첫번째 부분은 주로 90년대 문학에 대한 주제론이고, 두번째 부분은 작가론, 세번째 부분은 작품론 및 작품에 대한 리뷰, 그리고 네번째 부분은 한국 근대문학사의 특수성에 대해 고민해본 글들이다. 쓴 지 오래된 글들도 많고 엉성한 글들이 많아서 글에 손을 많이 댄 편이다. 제목이 바뀐 경우도 있고, 또 이래도 되는 것인지 모르겠지만 같은 시기에 같은 대상에 대해 쓴 글의 경우 문맥에 맞게 한 자리에 모은 것도 있다.

이 책을 내기까지 많은 분들의 도움을 받았다. 우선 이 책을 내는 과정에서 '한국문화예술진흥원'으로부터 문예진흥기금 지원을 받았음을 밝혀 둔다. 후의에 감사드린다. 그 외에도 내가 이제까지 받은 도움을 생각하면 이렇게까지 도움을 받고도 이것뿐인가 싶어 아득할 정도이다. 나를 문학의 길로 이끌어주고 항시 저만치 계셔서 한순간도 긴장을 늦출 수 없게 하는 선생님들, 항시 높은 자리에서 조잡한 통일성에의 매혹을 견제해주는 여러 선후배 동료들, 고약한 글 버릇 때문에 늦는 원고를 매번 참고 기다려주었을 뿐만 아니라 오랫동안 평론집 출간을 독촉해준 문학동네 식구들, 가장 가까이에서 내 글을 읽어준 후원자, 나를 보존하면서도 나를 소멸시키는 이타성의 계기를 일깨워준 아들 재민이, 이 모든 분들께 뒤늦은 감사의 말씀을 드린다. 그리고 마지막으로 이제껏 나를 지켜봐주신 부모님, 특히 한평생 모든 문제를 '내 탓이오'하며 살아오신 어머님께 고개 숙여 고마움을 전한다.

2002년 4월
류보선

차례

제1부 희망과 절망의 이상한 가역반응

두 개의 성장과 그 의미
—『외딴방』과 『새의 선물』에 대한 단상

1. 세기 전환기의 문학적 가능성

하나의 보편적 규율이 흔들려 세상이 흔들릴 때, 혹은 세상의 변화로 공동체를 유지하던 이전의 보편적 원리가 동요할 때, 미적 주체들은 극심한 혼란을 겪는다. 하지만 독자들에게 이 시기는 오히려 축복일 수 있다. 혼돈에서 자기를 찾고자 하는 작품일수록 그 작품은 기존의 보편성을 해체하고 새로운 보편성을 찾기 위한 고투가 치열해지며, 또한 모든 사물을 미적 주체의 자기 동일자적인 시선에서가 아니라 그 사물에 주체의 감정을 충분히 전이시키고 다시 돌려받는 아도르노가 말한 바 미메시스적 전유가 활발해지기 때문이다. 이런 시기의 문학은 단일한 중심 혹은 대서사의 위용이나 스펙터클은 없으나 새로운 삶의 징후에 대한 면밀한 관찰과 기존의 중심을 해체하고 부정하는 다양한 서사로 구성되는 것이 일반적이다.

그래서 오히려 정신의 극심한 공황기는 문학의 황금기를 이루기도 한다. 시대정신의 소실이 문학 전반을 풍요롭게 한다는 사실을 가장 잘 보여주는 경우는 아무래도 1930년대 후반기일 것이다. 1930년대 후반기에 임화는 어느 글에서 "살아서 욕될 때 (……) 고생하고, 굶고 앓고 하는, 모든 것이 '무엇 때문에' 라는 지주가 없어질 때 항상 담백하고 용기있는 인간은 죽는다. 정신적 지주의 붕괴 (……)"라고 혼돈 속에서의 정신적 고통을 호소한 바 있다. 하지만 후대의 관점에서 보자면 1930년대 후반기야말로 우리 문학사가 질적으로 비약을 이룬 시점이라 할 만하다. 계급, 민족, 문명 등 막강한 보편적 내러티브에 막혀 침묵을 강요당하던 다양한 대상과 존재(예컨대 죽음, 허무, 섹슈얼리티, 저개발국가의 모더니티, 동양적인 것, 목가적인 것 등등)들이 서서히 말문을 열기 시작하더니 급기야는 다양한 목소리들이 기묘하게 얽혀 들어가는 거대한 카니발을 연출했던 시공간이 1930년대였던 것이다.

이처럼 전환기의 텍스트를 구성하는 것은 권위주의적인 담론이 아니라 사소한 것에서 삶과 죽음의 교차를 발견하는 치열한 정신의 밀도나 아우라이며, 그런 만큼 전환기의 텍스트는 어느 시기보다도 풍요롭고 충만하다. 현재 우리의 문학이 꽤 오랜 기간 거대한 전환기를 경과하고 있음은 새삼 부언할 필요가 없을 것이다. 어느 것 하나 분명한 것이 없는 혼란된 시기이기는 하나 그럼에도 불구하고, 아니 그렇기 때문에 더욱 이 새로운 불확정성의 시대를 읽어들이기 위한 시도들이 예각적으로, 그리고 다각적으로 이루어지고 있다. 그 결과 기존의 거대서사의 위력에 짓눌려 침묵을 강요당하고 주변부로 밀려나 있던 인간의 영역들이 하나하나 텍스트화되기 시작했으며, 그로 인해 지금 우리는 어느 시기보다도 다양하고 풍요로운 문학을 경험하고 있다.

만약 지금 이 시기 문학의 풍요로움을 계속 유지할 필요가 있다면, 이제는 이 다양한 목소리의 실체를 확인하고 그중 보다 더 잠재적인 가능성을 지니고 있는 것을 찾아내고 계발하는 것이 필요한지도 모른다. 이러한 작업을 계속 미룰 경우 자칫하면 정신의 공황상태를 효과적으로 활용하며 등장하곤 했던 광기의 이성이 다시 활보할 가능성이 높기 때문이다. 혼돈, 다양성, 판단 정지, 회의 등은 진실을 찾아나서는 존재들에겐 중요한 계기인지 모르지만, 대부분의 존재들에게는 삶의 평안을 위협하는 재앙일 뿐이다. 하여, 혼돈이 지속되면 될수록 그 복잡한 중층적인 관계들의 위계질서를 세워주는 거대서사에의 갈망은 더욱 커지고, 이러한 열망은 흔히 모든 관계들을 극단적으로 단순화시키는 거대담론으로 전도될 위험이 높다. 비합리적이고 주술적인 거대담론의 대표격인 파시즘이 바로 1, 2차 세계대전 사이의 정신적 공황상태 속에서 조성되었음은 이미 잘 알려진 사실이거니와, 문학의 황금기라 불릴 만했던 우리의 1930년대 후반기의 문학이 곧 광기의 이성이라는 표현 외에는 별다른 표현이 불가능한 소위 '친일문학' 쪽으로 귀결된 것도 이와 맥락을 같이 한다.

이러한 사실에 동의할 수 있다면 우선 90년대에 집중적으로 씌어진 성장소설에 주목할 필요가 있을 듯하다. 많은 사람들이 깊은 관심을 보이지는 않았지만 80년대식 시대 중심이 결정적으로 동요하던 시점에 각기 다른 성, 세대, 이념을 가진 작가들에 의해 다양한 성장소설이 씌어졌거니와, 이 소설 모두는 우리의 삶과 역사에 대한 대단히 깊이 있는 해석과 품격을 지니고 있어서 단연 빛을 발한 바 있다. 『화두』(최인훈), 『그 많던 싱아는 누가 다 먹었을까』 연작(박완서), 『하늘의 문』(이윤기), 『지상에 숟가락 하나』(현기영), 『변경』(이문열), 『어른도 길을 잃는다』(박정요), 『외딴방』(신경숙), 『새의 선물』(은희경) 등이 이에 해당하거니와, 한 평론가의 지적처럼 90년대 장편소설의 대부분이 성장소설의 형식을 가졌다고 해도 과언이 아닐 정도로 90년대에는 성장소설이 집중적으로 씌어진 바 있다. 물론 이처럼 성장소설의 형식이 집중적으로 씌어진 데에는 여러 요인이 있을 것이다. 하지만 성장소설 혹은 교양소설이 일반적으로 개인의 욕망과 공동체적 윤리 사이의 조화를 추구한다는 특성을 지니고 있다는 사실을 감안한다면, 90년대에 집중적으로 이루어진 성장소설은 이전의 거대담론에 억눌렸던 자유의지의 복원과 이전과는 다른 공동체적 윤리의 모색이라는 시대적 필요성의 구체적인 산물이라 할 것이다. 이런 절실함 때 문인지는 몰라도 90년대의 성장소설은 한 개인의 성장을 둘러싼 다양한 맥락을 성공적으로 감싸안은 것은 물론 저개발국가 혹은 주변부 국가의 근대성이 지니는 특성을 문맥화하는 데 커다란 진전을 발견할 수 있는 것이 사실이다. 한마디로 90년대의 성장소설은 우리의 객관적 현실의 맥락 속에서 잠재적 가능성을 찾아내는 데 중요한 기여를 한 한국문학 속의 빛 나는 잠재적 가능성인 것이다.

90년대의 성장소설 중 신경숙의 『외딴방』과 은희경의 『새의 선물』은 좀 더 세심한 검토가 필요하다. 『지상에 숟가락 하나』 『화두』 등은 식민지, 해방, 분단, 한국전쟁 등으로 이어지는 파란만장한 역사와 광기의 현장들 을 생생하게 증언한다. 뿐만 아니라 그 파행적인 역사의 기원을 찾아나서 서 그 역사의 발생 요인으로 전 지구적 자본주의라는 세계사의 메커니즘 과 자본주의를 둘러싼 모든 것을 종교적으로 숭배했던 이곳의 허위의식 을 제시하거니와, 이는 주변부에서 이식의 형태로 근대화를 진행했던 한 국적 근대에 대한 매우 심오한 성찰이라 할 만하다. 하지만 이들 작품의 관심은 한국전쟁이라는 사건을 중심으로 모든 사유가 이루어진다. 그래 서 이데올로기 등의 거대담론을 위해 인간을 수단화하는 폭력적인 인과 율이나 과거의 정치적인 폭압구조에는 치밀한 대응을 보이지만 지금 이 곳의 존재들의 실존형식인 고독이나 퇴폐 등에 대한 표현은 찾아보기 힘 들다. 즉 『지상에 숟가락 하나』 등은 모든 관심을 전사(前史)에 대한 맥락 화에, 그것도 정치적이고 사회적인 사실들의 재현에 집중하고 있다. 그 결 과 노골적인 광기의 이성 이후 여전히 불행한 우리의 존재방식에 대해서 는 치밀한 검토가 없다. 예컨대 역사적인 것에 대한 '잔혹한 무관심'이나 각 개인들이 견디는 매정한 고립, 그리고 정치적인 야만에 의해 가려져 있 던 수많은 비인간적 조건 등 현대적인 시각에서 그 시대를 다시 읽으려는 시도가 철저하지 못한바, 그 까닭에 『지상에 숟가락 하나』 등은 지금의 우 리의 삶과는 어떤 단절감이 존재한다.

이에 비해 『외딴방』과 『새의 선물』은 현재 인간의 삶을 훼손하는 요인으로 야만의 권력이 아닌 또다른 계기들에 주목한다. 아니, 우리의 삶이 주로 야만의 권력에 의해서 훼손되었다는, 그래서 그러한 폭력적인 인과율만 바로잡으면 행복해질 수 있다는 지난 시대의 시대정신이 오히려 우리의 삶을 잘못 규정하고 또다른 존재들을 불행하게 했다고 파악한다. 그렇게 『외딴방』과 『새의 선물』은 이전의 보편성을 치밀하게 해체하면서 이전의 보편성에 침묵을 강요당하고 있던 주체들을 말하게 하는 중요한 분기점을 형성한 소설에 해당한다. 결국 우리의 문학은 『외딴방』과 『새의 선물』을 계기로 교묘한 방식으로 우리의 삶을 훼손하는 다양한 요소들에 대해 관심을 갖게 되었으며, 또한 현재의 객관적 현실의 구조가 어떠한지 그것을 넘어설 수 있는 가능성은 무엇인지를 탐색하게 된 셈이다. 우리가 『외딴방』과 『새의 선물』에 보다 더 본격적인 관심을 기울어야 하는 이유는 바로 이것이다.

이제, 『외딴방』과 『새의 선물』에 스며 있는 잠재적 가능성들을 찾아볼 차례다.

2. 묻혀진 말들을 찾아서 ― 『외딴방』

신경숙의 『외딴방』은 그 중요성에 비해 그리 충분히 논의되었다고 보기 힘든 작품이다. 물론 '90년대의 대표적인 작품'(황석영)이라는 평가도 있었고, 『난장이가 쏘아올린 작은 공』『객지』『한씨 연대기』『삼대』『임꺽정』 등 한국문학의 대표적인 작품들과 비교하면서 그에 뒤지지 않는 '소중한 성취'(백낙청)라고 상찬한 경우가 없는 것이 아니다. 하지만 『외딴방』에 대한 본격적인 작품론은 몇 편 되지 않거니와, 여전히 씌어지고 있는 신경숙에 대한 작가론에서도 그리 비중 있게 다루어지지 않는 듯하다. 여기에는 신경숙의 시선이 『외딴방』의 세계에서 다른 곳으로 옮겨간 까닭도 있겠지만 그렇다 하더라도『외딴방』에 대한 관심이 상대적으로 미약한 것만은 부인할 수 없는 사실이다.『외딴방』에 대한 상대적인 무관심은, 한 인간에 대한 맥락화를 그 인간이 놓여 있는 사회적 관계의 총화 속에서 표현하는 대신에 특정 시기를 대표하는 계급, 소재에 대한 관심으로 해소하곤 하는 우리 문학사의 관행과 관련이 깊다. 노동현장이라는『외딴방』의 소재 때문에『외딴방』은 단지 낡은 문제를 다룬 작품 혹은 지난 시대의 삶을 표현된 작품 정도로 받아들여졌고, 그 결과『외딴방』안에 잠재된 소중한 가치가 잊혀지고 만 셈이다. 하지만『외딴방』은 차차 밝히겠지만 우리 문학사의 대단히 소중한 자산이며, 이『외딴방』의 소중한 가치를 찾아내는 일은 우리 문학사의 또한번의 발전을 위해서도 중요하다. 결론부터 말하자면『외딴방』은 인간의 삶을 분단, 계급 등 정치적인 위계로 단선화하던 80년대식 권위주의적 담론을 결정적으로 해체하고 다양한 방식으로 인간의 삶을 파악해야 한다는 필요성을 제기한, 그리고 그러한 문학의 길을 열어젖힌 결정적인 분기점에 해당한다. 그래서 이렇게 말할 수도 있다. 박노해의 시가 없었다면 80년대식 거대담론이 불가능했듯 신경숙의『외딴방』이 없었다면 지금, 이곳의 삶을 구성하는 다양한 계기들에 대한 폭넓은 관심은 훨씬 후에야 가능했을 것이라고.

『외딴방』은 한 존재가 타인의 지성이 아닌 자신의 지성으로 말하고 행동하는 성인이 되어가는 과정을 추적하고 그후 공동체와의 조화를 모색하는 성장소설임에 분명하지만『외딴방』의 서술기법은 일반적인 성장소설의 그것과는 다르다. 일반적으로 성장소설은 '행복했던 젊은 시절-행복의 균열과 방황-현실로의 귀환(혹은 세계와의 화해)'의 과정이 선조적으로 그려지지만『외딴방』은 이와는 다른 형식을 취한다. 이제는 성숙한 자아의 현재와 과거의 성장기를 나란히 서술한다. 이렇게『외딴방』은 과거와 현재를 나란히 병치시킨다.

『외딴방』이 선택한 '과거의 나'와 '현재의 나'를 병치시키는 서술방식은『외딴방』의 미적 환기력을 한껏 고조시키는 대단히 유효한 전략으로 작용한다. 한편에서는 '과거의 나'의 성장과정이 선조적으로, 그리고 연대기적으로 펼쳐지고 다른 한편에서는 이제 작가가 된 '현재의 나'의 일상생활이 서술된다. 이 두 개의 서사층위는 물론 대단히 유기적이다. '현재의 나'가 경험하는 어떤 사건이 '과거의 나'의 한 장면을 불러오고 '과거의 나'의 하나의 사건이 사후적으로 '현재의 나'의 생활을 구성하는 데 어떤 영향을 미쳤는가가 서술된다. 이 '과거의 나'와 '현재의 나'의 병치적 구성은 '과거의 나'가 경험했던 사건들의 단축 삭제 연장 지속 반복 등을 용이하게 하는 소설적 장치이다. 하지만 이 병치적 구성은 사건들의 안정감 있는 재배열에만 기능하지는 않으니 바로 기존의 보편성을 자연스럽지만 철저하게 부정하는 기폭제가 된다.

『외딴방』에서 '현재의 나'에 대한 서사는 주로 작가의 일상사에 대한 묘사이다. 보다 구체적으로 말하면 자신의 과거를 소설로 써야 하는 '나'가 '과거의 나'를 회상하면서 느끼는 고통이자 두려움이며 그것을 맥락화하고 서사화하는 것에 대한 힘겨움이다. 물론 지금과는 너무 다른 그 시절을 수치스러워하기 때문이 아니다. '나'가 그 시절을 회상하기 시작하자 여공이자 산업체 야간고등학생이었던 '과거의 나'를 규정하는 기존의 보편성(이미지, 선입견, 개념)들이 그야말로 집요하게 이 회상에 개입한다. 유명 작가가 여공이자 산업체 야간고등학교 시절을 회상한다고 하자 여러 다양한 존재들이 각자가 지닌 보편성에 따라 그때의 정황을 서사화한다. 그들에게 중요한 것은 '과거에 내가 실제로 겪었던 경험(사실)'이 아니다. 그것은 중요하지 않다. 그들에게 중요한 것은 자신들이 지니고 있는 내러티브를 유지하는 것이며, 그것을 위해서라면 사실까지를 자의적으로 왜곡할 준비가 되어 있다. 그렇게 유지해낸 내러티브를 그들은 작가인 '현재의 나'에게 강요한다. 현재를 위해 사실을 자의적으로 왜곡하는 것은 물론 필요한 경우라면 배제할 것을 요구하기도 한다. 또 어떤 경우는 실제 있었던 일에 대한 회상 자체를 꺼려하기도 하고, 또 어떤 경우는 한 유명작가의 입지전을 미리 그려두기도 하며, 또 다른 경우는 실제로 있는 그대로의 사실의 기록보다는 기존의 보편적 규범에 맞게 그 시절의 경험을 맥락화할 것을 요구하기도 한다.

> 니가 지금 쓰는 소설이 그때가 배경이라고 하니까 말인데, 12·12 같은 하극상이 통하니까 나라가 변할 수가 없는 거야. 법이 제일 무시무시하게 통하는 군에서 그 지경인데 어디서 질서를 찾겠냐. 전두환은 박통이 유신체제를 유지하기 위해 비호세력으로 키운 사람이야. 10·26 이후에 군부 일각에서 정치군인을 제거해야 된다고 하는데다 정승화가 계엄사령관으로 취임하면서 곧바로 수도권 지역 군부 주요 지휘관을 자파세력으로 개편하니까 일으킨 쿠데타라고. 그때 전두환은 겨우 소장이었다. 겨우 소장이 군통수권자의 허락도 없이 육군참모총장을 제거한 거야. 그게 통하는 세상인데 뭔들 안 통하겠니. (……) 그런 얘기들을 써봐. (……) 니가 작가라면 그런 문제들을 외면해선 안 돼.(『외딴방』, 문학동네, 1999, 205쪽)

이러한 거대서사는 이전 시대를 풍미하던, 그리고 역사에 대한 가장 일반적이고 보편적인 틀이므로 이 거대서사의 위용은 '현재의 나'를 끊임없이 주눅들게 하고 힘들게 한다. 왜냐하면 '현재의 나'가 기억하고 있는 '과거의 나'의 경험이란 그 거대서사의 주변에 놓여 있을 뿐만 아니라 그렇다고 해서 또 다른 틀로 맥락화하기도 힘든 사소하고 개인적이고 심지어 비유적인 경험이기 때문이다.

> 몰라, 오빠, 나는 그런 것들보다 그때 연탄불은 잘 타고 있었는지, 가방을 챙겨들고 방을 나간 오빠가 어디 길바닥에서나 자지 않았는지. 그런 것들이 더 중요하게 느껴져. 그때 왜 그렇게 추웠는지 말야. 김치를 꺼내다가 잘라서 접시에 올려서 밥상 위에 얹으면 살얼음이 끼어 쭉 미끄러지고 했어. 그릇이 깨지고 김치가 사방으로 흩어졌지. 오빠. 그때 내가 정말 싫었던 건 대통령의 얼굴이 아니라 무국을 끓이려고 사다놓은 무가 꽝꽝 얼어버려

24

가지고 칼이 들어가지 않는 것 그런 것들이었어. (……) 내가 문학을 하려고 했던 건 문학이 뭔가를 변화시켜주리라고 생각해서가 아니었어. 그냥 좋았어. 문학이 있다는 것만으로도 현실에선 불가능한 것, 금지된 것들을 꿈꿀 수가 있었지. 대체 그 꿈은 어디에서 흘러온 것일까. 나는 내가 사회의 일원이라고 생각해. 문학으로 인해 꿈을 꿀 수 있다면 사회도 꿈을 꿀 수 있는 거 아니야?(206쪽)

'과거의 나'에 대한 서술은 이처럼 나름대로 보편타당하며 권위를 지닌 거대서사의 힘겨운 쟁투이다. 권위적인 담론과 개인적인 기억, 분명한 것과 흐릿한 것 사이의 쟁투인 만큼 '과거의 나'를 회상하는 것은 그 자체가 고통이다. 하지만 '현재의 나'는 그 흐릿한 것, 비유적인 것, 개인적인 기억을 포기하지 않는다. 그리고 한 손에는 스스로의 지성을 사용하겠다는 용기와 결단을, 그리고 한 손에는 있는 그대로의 사실을 복원하겠다는 미메시스의 정신을 들고 '현재의 나'는 수많은 소중하고 존엄한 것을 배제한 채 보편성만을 고집하는 거대담론과 맞선다.

때문에 '과거의 나'의 삶은, 물론 수시로 소설적 장치가 개입되고 있는 것이 사실이지만, 있는 그대로 그려진다. 사건의 선후를 뒤바꾸지도 않고 연대기적 서술을 고집하며, 현실감을 살리기 위해 과거의 일이지만 현재형 시제를 사용하기도 한다. 그렇게 열여섯부터 스무 살까지의 '과거의 나'의 삶이 서술된다. 이 '과거의 나'의 성장은 '나'의 상경에서 시작하여 대학 입학에서 끝맺지만, 작중화자의 성장의 핵심서사는 바로 희재언니와의 만남과 그녀의 죽음에 의한 헤어짐이다. 말하자면 '과거의 나'는 희재언니라는 인물을 만나면서 자신의 내면성을 형성하기 시작하고 그것을 자기화하면서 성인의 자리로 올라서는 것이다. 그러니까 『외딴방』은 한편으로는 희재언니를 매개로 한 정신적 성숙의 과정이며 다른 한편으로는 그러한 삶의 요소를 배제하려고 하는 거대서사와의 힘겨운 쟁투 과정이다.

그렇다면 이제 우리의 관심사는 희재언니가 '과거의 나'의 내면성을 형성시키는 중요한 계기가 될 수 있었던 요인은 무엇인가 하는 점이다. 즉 '과거의 나'를 사로잡았으며, 또한 타자가 만들어놓은 실존의 그늘을 뿌리치고 자신만의 지성으로 세계를 전유할 정도로 '과거의 나'를 성숙하게 한 희재언니의 내면성은 무엇인가 하는 점을 밝혀야만 우리는 『외딴방』이 얼마나 의미 있는 보편성을 창출했는가에 대해 이야기 할 수 있을 터이며 또한 『외딴방』의 핵심적인 서사원리와 만날 수 있을 것이다. 하지만 의외에도 희재언니라는 인물은 『외딴방』에서 차지하는 그 비중에도 불구하고 선이 뚜렷하지 않다. 그녀가 "모든 일상이 턱밑에, 귀밑에 숨어 있는 주근깨처럼 소리가 없"는 "늘 희미"(186쪽)한 성격을 지녔기 때문이기도 하지만, 보다 중요한 것은 그녀가 어떤 이론을 통해서도 개념화되지 않기 때문이다. 그녀에 관한 일화가 부분부분 등장하지만 그 일화들을 이어주는 뚜렷한 인과율은 보이지 않는다. 뿐만 아니라 '과거의 나'도 '현재의 나'도 희재언니라는 인물을 어떤 식으로든 개념화, 맥락화하지 않으려 한다. 때문에 '과거의 나'를 성숙시키는 중요한 매개자인 그녀는 항시 비유적으로, 파편화된 이미지들로 제시될 뿐이다.
　'과거의 나'는 어느 우연한 계기를 통해 서른 일곱 개의 방이 덕지덕지 붙어 있는 곳에서 희재언니를 만난다.

　　난 잠을 자겠어. 사흘 나흘 깨지 않고 푹 자겠어.
　　……그럼.
　　동생이 학교 졸업하고 설마 대학 간다고 안 하겠지. 안 그래?
　　……그럼.
　　그래도 가겠다 하면 보내야겠지.
　　……그럼.
　　모르는 소리. 이보다 더 일할 수는 없어. 하루는 24시간뿐이니까.
　　……그럼.

난 이 정도밖에 없어.

……그럼.

반장님이 내일쯤은 작업실에 환풍기를 달아주겠지?

……그럼. (……)

도톰한, 색깔은 하나도 없는, 엷은 살빛 그녀의 입술은 즐겁게 여닫혔다. 그럼, 그럼, 그럼, 가능하지 않은 일이 전혀 없는 우리들의 짧은 그 시간, 어렴풋이 예쁜 아이를 낳을 수 있을까? 희재언니가 물었고 나는 그럼, 대답했다. 꿈속 같은 시간에 그녀는 현실을 뒤바꿔놓았다. '그럼 게임' 안에서의 그녀는 미싱사가 아니었으며, 서른일곱 개의 방 중의 그 어느 한 방에 살고 있는 것도 아니었고, 그녀의 동생은 이미 대학에 다니고 있었다. (……) 우리는 아주 먼 길을 걷고 있는 두 계집애처럼 높낮이 없는 '그럼 게임'을 이불 홑청이 말라가도록 했다. 순간순간 그녀는 해맑아졌고 가끔가끔 나는 가슴이 막혀왔다. 그녀의 나이가 몇이었는지 생각나지 않는다. 나보다 서넛 많아 보였으니, 열아홉, 스물, 스물하나. 가끔 얼굴이 붉어졌던 그녀가 소녀 같았다는 생각이 들지만, 같은 게 아니라 정말 소녀였는지도 모른다.(149~150쪽)

희재언니는 순수한 이상과 처절한 현실 사이에서 고통받는 존재이다. 그 고통 속에서도 그녀는 작은 행복에 대한 꿈도, 소녀 같은 순수함도 잃지 않으며, 그녀의 방 앞 선반 위에 자주색 하이힐을 얹어놓거나 아니면 학생화를 얹어놓는 것을 잊지 않는다. 「아홉 켤레의 구두로 남은 사내」의 사내가 항시 구두에 광을 내면서 자신이 놓여 있는 극한의 상태에서 벗어나려고 하듯 그녀 또한 현재의 삶에서는 필요치 않는 구두를 선반의 위에 얹어놓음으로써 극한의 삶으로부터의 탈출을 꿈꾸는 것이다. 그녀가 도달하고자 하는 지점은 결코 저 높은 곳이 아니다. 아무도 보살펴주지 않았던 사내를 보살펴주겠다는 것. 자신의 동생을 아무도 보살펴주지 않는 존재로 만들지 않겠다는 것. 거기에 아무도 보살펴주지 않았던 사내와 예쁜 아이를 낳아서 집을 꾸리는 것. 그녀는 이 꿈을 위해 졸다가, 그것도 새벽에 졸다가 미싱 바늘에 손등이 박히기를 마다하지 않는다. 그 정도로 자신의 목표를 위해 혼신에 힘을 다한다. 그녀에게 너무도 버거운 짐을 안겨준 세상에 대한 저주도, 분노도 없이 그녀는 "세상에 알려지지 않는 무명의 말들"(329쪽)로 사랑을 나누며 이중 취직자의 생활을 한다. 하지만 이 꿈은 실현되지 않는다. 사랑하는 사람의 예쁜 아이를 낳을 수 없었던 것. 세상의 어느 누구도 들어주지 않는 무명의 말을 중얼거리는 그녀가 꿈을 꾼 그 순간부터 이미 비극은 시작되고 있었는지도 모른다. 이 세상이란 이 세상의 모든 사람이 좇는 자본제적 욕망을 허용하기 때문이다. 결국 그녀는 비극적인 죽음을 맞이한다. 어느 누구도 그 의미를 부여해주지 않는 '익명의 죽음'이기에 더욱 비극적인 그런 죽음을.

'과거의 나'는 이러한 삶의 이력을 가진 희재언니를 매개로 자신의 내면성을 형성한다. 희재언니는 바로 '과거의 나'를 비쳐주는 거울이며 이 거울을 비쳐진 모습을 통해 자신의 세계 내적 위치를 서서히 깨달아간다. '과거의 나'는 처음 희재언니에게서 자신을 발견한다. 헤겔을 읽는 미서, 사진을 찍는 외사촌처럼 '과거의 나'는 『난장이가 쏘아 올린 작은 공』「화사」등을 옮겨 적으며 이곳은 자신이 있을 자리가 아니라고 생각한다. 다만 대학 진학을 위해, 작가가 되기 위해 잠시 머물러 있는 곳이며 따라서 헤겔을 읽지도 않고 새를 찍겠다는 꿈도 없는 직장동료들과 자신은 다르다고 다짐한다. 그러던 '과거의 나'가 직장동료들과는 다른, 그곳으로부터 벗어나고자 하는 강렬한 꿈을 지닌 희재언니와 조우한다. 그러므로 '과거의 나'의 희재언니에 대한 자기 동일시는 오히려 당연하다. 하지만 이 자기 동일시는 곧 균열된다. '과거의 나'에게 이곳이 잠시 머무는 곳이라면 희재언니에게 이곳은 벗어나고 싶어도 벗어나기 힘든 영원히 살아가야 할 삶의 터전, "생의 장소"(332쪽)이었음을 발견하기 때문이다. 이 균열 이후 '과거의 나'는 희재언니들을 면밀하게 관찰한다. 그리고 그녀들의 삶 속에서 자신의 이기적인 욕망과는 다른 숭고한 가치, 이타성을 발견한다. 즉 목적이나 욕망을 위해 자기만을 배려한 채 타자를 단지 수단이나 기호로 만나는 시민적 냉혹함 대신에 오히려 자기를 접어두고 타자를 배려하는 그녀들에게서 우리 사회의 잠재적 가능성을 발견하는 것이다. 하여, '과거의 나'의 희재언니들에 대한 태도는 서서히 이질감에서 자기동일시로, 그리고 나중에는 경이감으로 옮겨가며, 이 경이감의 단계에서 '과거의 나'의 정신적 성숙과정은 일단 완성된다. 이러한 성장과정을 통해 형성된 작가의 고유한 내면성은 기존의 보편성이 배제한 그녀들의 삶의 가치를 새롭게 환기시키는 것은 물론 이 하위주체들의 '무명의 말들'과 '익명의 죽음'을 객관적 현실 속의 잠재적 가능성으로 복원시키는 원동력이 된다.

　　이름도 없이, 물질적인 풍요와는 아무런 연관도 없이, 그러나 열 손가락을 움직여 끊임없이 물질을 만들어내야 했던 그들을 나는 이제야 내 친구들이라 부른다. 그들이 나의 내부에 퍼뜨린 사회적 의지를 잊지 않으리. 나의 본질을 낳아준 어머니와 같이, 익명의 그들이 나의 내부의 한켠을 낳아주었음을…… 그래서 나 또한 나의 말을 통하여 그들의 의젓한 자리를 세상에 새로이 낳아주어야 함을……(419쪽)

『외딴방』은 바로 이러한 의지의 구체적인 현상형식, 그것도 대단히 의미 있는 현상형식이다. 『외딴방』이 희재언니들의 '무명의 말들'과 '익명의 죽음'을 기억하고 표현해주었기에 우리는 어떤 역사서보다도 생생하게 80년대를 전후한 한국의 명실상부한 총체적인 역사를 이해하게 되었거니와 또한 이제까지 역사를 맥락화해왔던 여러 거대서사들이 한편으로는 천재적인 은폐를 해왔음을 확인할 수 있게 된다. 어디 이뿐인가. 『외딴방』은 거대서사에 의해 침묵을 강요당했던 주체들, 현상들, 사물들의 치밀한 복원, 폴 드 만의 표현에 따르자면 이론에의 저항이 곧 위대한 예술의 유일한 원천임을 새삼 깨닫게 한 바로 그 작품이기도 하다. 하여, 『외딴

방』이후 80년대식 거대담론은 물론 90년대 초반의 거대담론과도 거리가
먼 다양한 목소리들의 말문을 트게 하는 중요한 계기로 작용한다. 우리가
『외딴방』에 보다 깊은 관심을 가져야 하는 이유는 바로 여기에 있다.

3. 성장이 없는 성장 풍경 —『새의 선물』

　첫 장편임에도 90년대를 대표하기에 충분한 은희경의 『새의 선물』은
액자소설의 형식과 함께 대단히 모범적인 성장소설의 형식을 갖추고 있
다.『새의 선물』의 액자 안의 서사 역시 '행복했던 젊은 시절-행복의 균열
과 방황-현실로의 귀환(혹은 세계와의 화해)' 이라는 선조적 구조를 취하
고 있으며, 그 구조 안에 개인의 욕망과 각성, 사회와의 갈등과 통합 과정
을 서사화하고 있다. 그러나 『새의 선물』이 성장소설 일반과 지니는 유사
성은 이것뿐이다. 『새의 선물』은 거의 모든 면에서라고 할 정도로 이제까
지의 우리의 성장소설과는 이질적인 면모를 보인다.
　『새의 선물』에서 우선 두드러지는 특성은 놀라울 정도로 정확한 풍속사
의 재현이다. 『새의 선물』의 공간적 배경은 어느 소도시의 '감나무집' 이
며, 시간적 배경은 1969년이다. 다시 말해 지금 · 이곳의 이야기가 아니라
그때 · 그곳의 이야기이다. 『새의 선물』은 지나간 과거의 이야기를 서술하
되 당시의 정치적이고 사회경제적인 측면에 대한 묘사는 되도록 배제시
킨다. 이는 우리에게 익숙한 성장소설들인 「장마」『마당깊은 집』『그 많던
싱아는 누가 다 먹었을까』『지상에 숟가락 하나』들이 지나간 시대를 다루
면서 그 시대의 정치적인 측면, 혹은 사회경제적인 측면을 주목해왔던 것
과는 구분되는 것이다. 물론 『새의 선물』에도 1969년의 여러 정치적인 계
기들이 등장하지만, 그것은 삶의 극히 일부분으로만 등장할 뿐이며 작품
의 연대기를 알려주기 위한 장치 이상의 의미를 지니지 않는다. 『새의 선
물』에 등장하는 인물들의 관심사는 주민등록증, 『선데이 서울』, 사랑, 펜

팔, 영화, 계 등이다. 그리고 등장인물들의 일상 생활 또한 우물 극장 화장실 등을 중심으로 펼쳐진다. 우물을 사이에 두고 이루어지는 소근거림과 떠들썩함을 통하여(『새의 선물』의 우물은 「천변풍경」의 빨래터와 유사한 기능을 담당한다)『새의 선물』은 그 시대 사람들의 존재방식을 주로 풍속사에 초점을 맞추어 다각적으로 제시한다. 이처럼『새의 선물』은 지난 시대의 초점을 정치적인 영역에서 풍속사 쪽으로 자연스럽게 옮겨놓고 있으며, 이는『새의 선물』만의 득의의 영역이라 할 만하다.

『새의 선물』이 이전의 성장소설과 구분되는 중요한 요인은 '행복했던 젊은 시절-행복의 균열과 방황-현실로의 귀환(혹은 세계와의 화해)'이라는 기능 단위 안에 담겨진 내용의 이질성이다. 『새의 선물』은 열두 살 먹은 진희라는 조숙한 여자아이가 자신만의 진리를 획득해가는 과정이다. 물론 이러한 '조숙한 아이'의 성장 과정은 「건」(김승옥), 『마당깊은 집』(김원일), 「원미동 시인」(양귀자) 등으로 우리에게 이미 익숙한 이야기이다. 그렇지만 자기 스스로를 "나처럼 일찍 세상을 깨친 아이"(『새의 선물』, 문학동네, 1995, 19쪽)라고 믿거나 "내가 왜 일찍부터 삶의 이면을 보기 시작했는가"(14쪽)라고 말할 수 있는 조숙한 아이라면, 그리고 이러한 내면성으로 '행복했던 젊은 시절'의 단계를 거치고 있는 상태라면 사정은 달라진다. 뿐인가. 이 조숙한 아이가 균열과 방황 끝에 도달하는 자리는 다음과 같은 지점인 것이다.

내가 생각하기로 나는 더이상 성숙할 게 없었다.
어느 날 나는 지나간 일기장에서 '내가 믿을 수 없는 것들'이라는 제목의 긴 목록을 발견했다. 무엇을 믿고 무엇을 믿지 않는다 말인가. 이 세상 모든 것은 다면체로서 언제나 흘러가고 또 변하고 있는데 무엇 때문에 사람의 삶 속에 불변의 의미가 있다고 믿을 것이며 또 그 믿음을 당연하고도 어이없게 배반당함으로써 스스로 상처를 입을 것인가. 무엇인가를 믿지 않기로 마음먹으며 그 일기를 쓸 때까지만 해도 나는 삶을 꽤 심각한 것이라고 여겼던 모양이다.

　나는 그 목록을 다 지워버렸다.

　이제 성숙한 나는 삶을 심각하게 생각하지 않는다. 또 어린애의 책무인 '성숙하는 일'을 이미 끝마쳐버렸으므로 할일이 없어진 나는 내게 남아 있는 어린애로서의 삶이 지루하지 않을까 걱정이다.(399쪽)

　다시 말해 『새의 선물』의 액자 안의 이야기는 "동정심, 선과 악, 불변, 오직 하나뿐이라는 말, 약속……"이라는 말들을 "'절대 믿어서는 안 되는 것들'"(12~13쪽)이라고 확신하던 열두 살의 여자아이 진희가 이제 그 확신마저도 잘못된 것이며 그것이 세계에 대한 부정이나 분노라 할지라도 모든 진정성은 이미 의미 없다는 사실을 깨닫는 과정인 것이다.

　『새의 선물』의 성장 과정은 대단히 낯설다. 이러한 성장풍경이란 만약 진실, 역사의 발전, 사랑 등의 가치에 대한 최소한의 믿음만 있다면, 그리고 비록 그러한 가치가 지금은 없다고 하더라도 언젠가는 존재했으며 따라서 주체의 노력 여하에 따라 충분히 복원이 가능하다고 믿는다면, 성립하기 힘든 것이다. 이제까지는 우리가 보아왔던 성장소설들은 이러한 최소한의 믿음은 포기하지 않았으며 그랬기에 절망 속에서도 어느 곳에선가 잠재적 가능성을 찾아냈고 바로 그 지점에서 자신의 정신적 성장을 완결짓는 것이 일반적인 경우였다. 그러나 『새의 선물』은 현재 안에서 어떠한 가능성도 인정하지 않으며, 그러므로 진희의 성장 풍경은 지독한 멜랑콜리의 표현이자 페시미즘의 소산이다.

　진희의 성장 풍경에 이렇게 짙은 우울이 드리워진 것은 우선 그녀를 둘러싸고 있는 환경 때문이다. 진희는 불행한 어머니 밑에서 태어났을 뿐만 아니라 그 어머니마저도 일찍 잃은 여자아이이다. 게다가 아버지는 다른 여자와 결혼을 한 상태이다. 그런 상태에서 외갓집에 맡겨진 진희는 조숙한 아이일 수밖에 없다. 진희는 유년기의 행복 속에서 삶의 이면을 보고 방황하는 것이 아니라 애초부터 삶의 이면을 보게 되는 것이다. 인간이란 모두 주관과 객관, 삶의 본능적 욕구와 대의명분, 기표와 기의 사이에서 갈등을 경험하며 그것의 병존 형태에 따라 삶의 형식이 결정되는바, 순수하게 선한 인간을 경험하지 못한 진희는 그러한 분열을 곧 위선의 산물로 파악할 가능이 농후한 것이다. 실제 진희는 그렇게 자신을 둘러싼 인물들의 비밀을 하나하나 모아 그것을 절대적 진리로 확신하며, 결국에는 희망 믿음 신뢰 인간성 같은 말들을 더이상 믿지 않는다.

이렇게 희망 믿음 신뢰 등의 말을 믿지 않는 데에는 진희가 여자아이라는 사실도 관련이 깊다. 진희는 희망이라는 말에 묶여 고통을 받는 주위의 여성들, 예컨대 광진테라 아주머니들을 보고 자란 터라 희망, 약속 등의 말은 자신이 앞으로 겪게 될 고통을 덮어버리기 위해 고안된 위선적인 장치로만 여겨진다. 결국 진희 눈엔 위선적인 존재와 그 위선적인 장치에 속아넘어가는 두 부류의 인간이 있을 뿐이다. 이렇게 진희는 삶의 아주 짧은 기간의 경험만으로 '세상은 위선의 총화다'라는 선험적인 인과율을 정립한다. 그리고 새롭게 발생하는 여러 사건들을 자기식대로 주관화한다. 결국 진희의 정신적인 성장은 멈출 수밖에 없다. 변화는 있지만 질적인 변화, 즉 전환은 불가능하다. 정신적 도야(陶冶)가 외부세계를 내면세계가 순응해야 할 모델로 만듦으로써 낯선 것과 친해지려 할 때, 다시 말해 현상은 언제나 법칙보다 풍부하여 모든 법칙은 제한적이며 불완전하고 개략적이라는 전제에 설 때 가능하다면, 진희는 이후에 경험하는 어떤 사건도 있는 그대로 받아들이지 않는다.

진희는 자기 주변의 여러 다양한 삶을 관찰하지만 그것은 그들의 삶에 대한 객관적인 이해일 수 없고 그러므로 그들에게서 어떠한 잠재적 가능성도 발견하지 못한다. 애초부터 작중화자인 진희는 '감나무집' 사람들의 삶의 전모가 아닌 "내가 아는 어른들의 비밀을 털어놓"(21쪽)겠다고 말한다. 즉 진희의 성장 과정은 이처럼 목적이 분명한 여행이며, 따라서 새로운 사실에 대한 경이감도 환멸도 없는 것이다. 인간이란 낯선 것을 만날 때마다 누구나 다 동요한다. 의식은 이전의 감각과 새로운 현실 사이에서 분열되고 따라서 이것을 재정립하게 마련이며, 이 연후에 새로운 의식의 단계로 넘어간다. 물론 이러한 자기 의식의 확립과정은 대단히 많은 단계와 계기들이 필요한 것이지만 하여간 주체가 객체 사이의 분열, 그리고 그 것들간의 변증법적 관계 속에 이루어진다. 하지만 진희의 경우 새로운 사실을 만날 경우 그 경험을 자기화하려 하지 않는다. 마치 자수성가한 사람이 그러하듯 삶의 이면을 발견한 것을 스스로 대견해하는 진희는 이 놀라운 나르시시즘의 상태를 벗어나고 싶어하지 않는다. 아니, 불우한 자신의 과거와 미래로 갑자기 옮겨갈까 싶어 두려운 것이다. 그래서 진희는 허석에게 자신의 조숙함만을 과시하고 허석과의 사랑을 기정사실화하는 자기기만의 상태에 젖어 있을 뿐 아무런 적극성을 보일 수가 없다. 이런 상태에서 나름대로 삶의 균형을 유지하는 방법은 '바라보는 나'와 '보여지는 나'로의 분리 상태를 유지하는 것, 즉 연극적 자아로 살아가는 것이다. 하여, 진희는 매번 같은 단계에 머물 뿐 높은 정신의 단계로 발전할 가능성은 없다. 물론 작중화자인 진희는 이 '바라보는 나'와 '보여지는 나'로의 분리를 대단한 삶의 지혜로 의미를 부여하고 세상에 대한 환멸을 표현하지만, 이 연극적 자아란 세상의 모든 부조리를 눈감는 조건에서만 성립될 수 있는 것이다. 즉 "삶도 그런 것이다. 어이없고 하찮은 우연이 삶을 이끌어간다. 그러니 뜻을 캐내려고 애쓰지 마라. 삶은 농담인 것이다"(363쪽)라는 태도에서만 성립할 수 있는 삶의 방식인 것이다.

이처럼 『새의 선물』에서 그려지는 진희의 성장과정에는 성장이 없다. 그것은 진희에게 아무런 욕망의 매개자도 없기 때문이며 또한 진실(또는 그에 대한 부정) 자체를 믿지 않기에 어떠한 곳에서도 잠재적 가능성을 찾을 수 없기 때문이다. 따라서 진희의 성장과정은 기존의 보편성을 넘어서는 스스로의 지성을 확립하는 단계도, 그를 통해 공동체의 화해를 모색하는 시도도 따르지 않는 성장이다. 다만 어린 시절 얻는 삶에 대한 사소한 성찰을 진리라 믿으며 그것을 자기 기만과 끝없는 긴장을 통해서 연장해 나가는 성장일 뿐이다. 한마디로 진희의 성장 없는 성장과정은 한국사회의 견고한 남근주의적 질서와 속물근성에 대한 철저한 부정의지의 표현이자 그것에 순응하는 논리이기도 하다. 따라서 진희는 한국사회의 수많은 남근주의자와 속물들이 만들어낸 괴물이며 『새의 선물』은 그것을 그야말로 가차없이 직시하고 있다고 할 수 있을 것이다.

그렇다고 『새의 선물』이 진희라는 인물의 논리대로 한국사회를 냉소하는 것에서 그친 소설은 아니다. 진희는 냉소의 주체이자 객체이다. 다시 말해 세상의 허위의식을 비난하지만 동시에 다른 인물들로부터 간접적으로 비판당하는 인물이다. 진희는 자신의 조숙함을 내세우며 타인들보다 높은 위치에 서고자 하고 그곳에서 타인들을 비웃지만 그러나 결국에는 몇몇 인물들과 같이 등장하게 되면 진희의 냉소적 지성은 날카로움을 상실한다. 그렇게 『새의 선물』은 간간이 진희의 허위의식을 또다른 측면에서 냉소하는데, 이 진희의 허위의식을 비추는 인물들은 물론 대의명분과 내면, 기표와 기의를 일치시키고자 하는 인물들이다. 할머니, 상처를 통해 성숙한 이모, 이 선생 등이 그들이며 이들 앞에서 진희는 여지없이 고개를 떨군다. 이는 삼촌을 비웃는 영악한 조카를 간접적으로 비판하는 채만식의 「치숙」과 닮은 꼴이기도 하다. 『새의 선물』은 진희의 성장 없는 성장과정을 통하여 용기와 결단의 부족으로 부조리한 현실 세계를 냉소할 뿐인 진희를 냉소하는 중층적 주제 제시방식이 돋보이는 소설이며, 가차없는 시선과 인간적인 다감을 가장 조화롭게 결합시킨 소설이라 할 수 있다.

이렇게 우리는 『새의 선물』을 통해서 삶을 냉소하는 것을 최선의 실천으로 설정할 정도로 아무런 희망도, 진정성도 믿지 않는 세대를 만나게 되었거니와, 이제 우리의 문학이 진지하게 대면해야 할 존재들은 바로 이들인지도 모른다. 『새의 선물』은 역사 이후의 세계, 그리고 주체성 이후의 삶이 우리 앞에 펼쳐졌음을 알려준 바로 그 소설이다.

4. 잠재적 가능성의 탐색, 혹은 문학의 본질

한국문학에서 전환기라는 말이 본격적으로 논의된 것은 꽤 오래 전이다. 여기에 우리는 세기 전환기라는 심리적 격변기도 경험했을 뿐만 아니라 눈앞에 보이는 문명사적 전환도 목도하고 있다. 아마 거대한 전환기면 나타나는 정신적 공백의 상태를 보다 더 겪어야 하리라.

그런데 문제는 이러한 시기일수록 비합리적이고 주술적인 거대담론이 나타날 가능성이 높다는 것이다. 아니, 이러한 병적 징후는 이미 표면화되고 있는지도 모른다. 그들은 어떻게 된 일인지 현대라는 복잡한 사회적 규정력을 읽어내려는 다양한 시도를 문제의식의 부재로, 또는 침묵을 강요당했던 하위주체들의 목소리를 건져올리려는 치밀한 시도를 기존질서에의 투항으로 몰아붙이려고만 한다. 또 때로는 더 나아가 세기 전환기 동안 이루어졌던 다양한 시도들을 전면적으로 부정하기까지 한다. 이러한 미묘한 관계들의 단순화는 통쾌해서 활극을 즐기는 사람들에게는 환호받을지도 모른다. 하지만 이는 우리 문학이 그 동안 수많은 시행착오 끝에 축적한 위대한 자산들을 폐기처분하는 행위에 다름아니다. 우리에게 필요한 것은 자기 만족적인 거대서사와 그를 유지하기 위한 폭력적인 인과율이 아니다. 이미 지나간 역사를 통해 우리는 하나의 폭력적인 인과율이 어느 순간 정말로 예기치 않은 더욱더 폭력적인 인과율을 불러온다는 사실을 여러 번 확인한 바 있기 때문이다.

일찍이 루카치는 객관적 현실의 맥락 속에서 잠재적 가능성을 완벽하게 표현해내는 것이야말로 예술적 탁월성의 중요한 원천이라고 말한 바 있거니와, 굳이 루카치의 말이 아니더라도 현실적 문맥 속에서 의미 있는 부분을 찾아내는 작업은 무엇보다 필요하다. 각기 다른 관점에서 찾은 가능성들을 서로서로 마찰시키고 조정하고 적응시키는 그런 과정이 이루어질 때만 진정한 의미의 현실의 총체적 연관을 찾는 것이 가능하기 때문이다. 우리가 『외딴방』과 『새의 선물』을 주목한 것도 이와 관련이 깊다. 이 두 작품이야말로 우리의 객관적 현실을 또 다른 관점에서 읽어낼 수 있는 계기를 성공적으로 제공하고 있을 뿐만 아니라 객관적 현실 속에 있는 잠재적 가능성을 충분히 맥락화한 경우에 해당하기 때문이다.

그러므로 여기가 우리의 출발점이다. 물론 또다른 작품이어도 좋다. 어떤 맥락에서든 그것이 우리 현실의 잠재적 가능성을 맥락화한 것이라면.

(2001년)

'비판적 글쓰기', 혹은 대중 기만으로서의 비판

1. 비판과 '비판적 글쓰기'의 거리

아직도 이른바 '비판적 글쓰기'라는 독특한 형식의 글들이 문학비평이라는 이름으로 계속 발표되고 있다니 놀라운 일이다. 도대체가 지금의 '비판적 글쓰기'에는 계속 논의될 만한 어떠한 쟁점도 문제의식도 보이질 않는다. 그런데도 '비판적 글쓰기'는 계속 되고 있다니, 그리고 그 지독한 동어반복을 견디고 있다니, 그들의 인내력과 집요함이 이제는 경이롭기까지 하다.

처음부터 '비판적 글쓰기'가 어떤 문제성도 없었던 것은 아니다. '비판적 사유' '전복적 성찰' '대화적 지성' '부정적 상상력' '과감한 해체주의' '발본색원(拔本塞源)적 사유' '문학적 게릴라' 등 그야말로 강력한 수사를 내세우며 '비판적 글쓰기'라는 독특한 형태가 등장할 때만 해도 이것이 한국문학 전반에 꽤 풍부한 논의를 가능케 할 것으로 보였다. 그들이 표나게 내세운 '비판적 사유' 그 자체가 워낙 중요한 계기이기 때문이다.

비판이란, 푸코의 말을 빌리자면, "권위가 사람들에게 부과하는 진실을 그저 무조건 수용하지 않는 태도이거나 적어도 권위가 진실이라고 말한다는 이유만으로 수용하지는 않는 태도이며, 사람들 스스로 타당한 근거가 있다고 여길 때에만 수용하는 태도" 그러니까 "자발적인 불복종(inservitude volontaire)이자 성찰을 통한 비순종(indocilitré réfléchie)의 기법"[1]이다. 비판을 이렇게 정의할 수 있다면, '비판적 사유' 란 기존의 경직된 보편성을 넘어 진정한 구체성을 확보할 수 있는 유일한 원리라고까지 할 수 있다. 낡은 보편성에 대한 '성찰을 통한 비순종' 이 없고서는 새로운 보편성의 창출이란 근원적으로 불가능하다. 새로운 비판성들이 항시 낡은 보편성의 경직성과 비현실성을 비판하면서 등장하는 것은 이 때문이며, 그래서 인식론의 역사란 곧 비판의 역사라 해도 과언이 아니다. 칸트, 마르크스, 니체, 아도르노, 벤야민, 푸코, 들뢰즈, 사이드, 스피박, 이리가라이 등의 성찰은 모두 이 '비판적 사유' 의 결과라 할 수 있다. 이들 모두는 이성이라는 자기동일성의 권위를 일방적으로 수용하는 대신에 비판적 사유를 치밀하게 작동시킴으로써 그것에 의해 '쓸모 없는 실존(faule Existenz)' 으로 버려지고 격하된 채 침묵을 강요당하던 타자나 하위주체들에 진정한 관심을 두게 되었고, 더 나아가 그 하위주체들 중심으로 새로운 담론적 질서를 창출해냈던 것이다.

하지만 원론적으로 '비판적 사유' 의 중요성을 안다고 하더라도 그것을 끝까지 밀고 나가 진정한 구체성을 만나고 또 새로운 보편성을 구성하는 것은 쉬운 일이 아니다. 모든 권위는 수많은 구체성들을 천재적으로 은폐하면서 유지되기 때문이다. 따라서 '비판적 사유' 는 이 천재적인 은폐술과 배제의 전략들을 헤치고 나서야만 도달할 수 있는 어떤 경지이다. 권위를 떠받치고 있는 이 천재적인 은폐술과 배제의 전략 때문에 우리 문학사

---

1) 미셸 푸코, 「비판이란 무엇인가」, 이상길 옮김, 『세계의문학』 1995년 여름호, 106쪽.

는 아주 오랜 기간 동안 우리만의 특수한 것, 개별적인 것, 그리고 비개념적인 것을 볼 수 없었고 또 보았다고 하더라도 그것을 의미있는 담론체계로 끌어올리지 못한 바 있다. 한국문학사가 '이식문학사' '새것 콤플렉스' 등의 불명예스러운 호칭들을 무슨 망령처럼 지고 다녔던 것은 한국문학에 이 '비판적 사유' 의 전통이 미약한 까닭이라 할 수 있다.

그런데 '비판적 글쓰기' 의 논자들이 바로 이러한 의미와 역사성을 지닌 '비판적 사유' 를 그들 담론체계의 제일원리로 내세우며 등장했던 것이다. 우리가 이들의 가능성에 주목한 것은 오히려 당연하다. 뿐만 아니라 이들은 '비판적 글쓰기' 의 한 실천형태로 '문학권력 비판' 을 그들의 핵심적인 목표로 제시하는데, 이때까지만 해도 이들에 대한 우리의 기대가 충족되는 것처럼 보였다. '문학' 이란 독창성의 산물인 까닭에 그 기원이 대단히 중요한 영역이며 또 문학행위는 진정한 구체성 확보를 위한 진리의 실현과정이라는 것이 이제까지 우리의 문학에 대한 관념이었다고 할 수 있다. 한데, 이들은 이러한 문학을 푸코식의 권력 개념과 결합시킨 것이다. 다시 말해 그들은 한국문학을 독창성이 아닌 규칙성의 관점에서, 한국문학사를 진리에의 의지의 역사가 아니라 수많은 타자들을 배제해온 권력에의 의지라는 시각에서 다시 읽어들이겠다는 의지를 표명한 것이다. 우리는 이들에게서, 푸코의 권력 개념이 그러했듯, 한국문학사 전반에 관철되고 있는 배제의 전략은 무엇이며 또한 그것에 의해 배제되고 침묵을 강요당한 타자들로는 무엇이 있는가를 확인하기를 고대한 것이 사실이다.

그러나 '비판적 글쓰기' 의 '문학권력 비판' 의 실체가 구체화되는 순간 그들에 대한 기대 자체가 그들의 텍스트의 표면만을 잘못 따라 읽은 결과라는 사실이 드러났다. 그들의 '문학권력 비판' 은, 그들 특유의 비장한 의지나 현란한 수사, 그리고 푸코나 들뢰즈를 연상시키는 개념어에 가려 잘 보이지 않았을 뿐, 사실 다음과 같은 황폐한 구조를 지니고 있었던 것이다.

90년대에 들어와 '문학의 위기' 를 걱정하는 담론들이 많이 쏟아져나왔다. 그러나 '문학의 위기'라기보다는 '문학비평의 위기'라고 보는 것이 타당하다.

실제로 90년대 한국 문학비평은 우려할 만한 행태를 보여왔다. 작품의 평가를 비평담론에 맡기기 전에, 집중적인 광고를 통해서 작품을 상품으로 이미지화하고, 언론과 유착한 채 '팔릴 만한 작품'을 중심으로 문학적 부풀리기를 하거나, 작가를 발굴하는 대신 안전한 상품성이 보장되어 있는 작가들을 집중적으로 몰아줌으로써 '스타 제조'에 급급했던 출판사들의 출판논리에 영합해왔던 것이다. (……) 비평은 출판논리에 종사하는 대신, 텍스트를 분석하고, 텍스트의 문학성을 밝혀내어 문학사 안에 위치시키는 비평 원래의 위치로 돌아가야 한다. 비평가들은 문학을 통해 권력을 장악하려는 야심을 버리고 문학의 초심(初心)으로 돌아가야 한다.[2]

우리 문학판의 주도적 입지를 점하고 있는 담론권력의 지속적이면서도 누적된 관행임이 분명한 전면적 무시(가령, 미친놈 취급), '왕따' 만들기(패거리주의), 쟁점 분산시키기(김 빼기), 절충주의(에라, 만고강산, 이것도 좋고 저것도 좋다. 상대 섹트와의 이질적 동거), 겁주기(알량한 지적 오만과 과시, 협공) 등은 사실 유명한 것이다. 적어도 현실적 이해관계로부터는 어느 정도 비켜선 듯한 문학에서도 흡사 정치판의 생리를 그대로 느끼게 하는 것은 우연의 일치가 아니다. 문학판 자체가 이미 다른 방식의 아류 정치판인 셈이다.[3]

아도르노의 말처럼 기존의 경직된 보편성에 대한 증오는 비합리적 직

---

2) 「한국 문학비평을 비평한다」, 『문예중앙』 1999년 가을호, 65쪽. 이 인용 부분은 『문예중앙』 1999년 가을호의 특집 '한국 문학비평을 비평한다'의 '편집자주'로 붙인 글이다. 글 쓴 사람이 밝혀져 있지는 않으나 '비판적 글쓰기'의 어떤 경향을 상징적으로 보여주고 있는 것으로 판단되어 인용하였다.

3) 신철하, 「다시 문제는 비평이다 — 오늘의 한국문학, 현상과 극복」, 『문예중앙』 1999년 여름호, 302~303쪽.

접성에 대한 숭배를 낳기도 하는 모양[4]이다. '비판적 글쓰기'의 논자들은 동시대 문학의 핵심적이고 본질적인 구성요소로 이전까지는 어느 누구도 주목하지 않았던, 비합리적이고 직접적인 계기를 지목해낸다. 바로 '출판사나 문학잡지에 관계하는 문학비평가의 행태'이다. 그들이 문제삼는 것은 90년대 한국 문학비평의 논리도, 그것을 구성하고 있는 담론의 질서도 아니다. 그래서 그들은 90년대 문학비평이 어떤 논리로, 또는 어떤 문학사적 맥락에서 박완서 황석영 이문열 박상륭 신경숙 은희경 전경린 윤대녕 장정일 김영하 이응준 백민석 배수아 조경란 하성란 한창훈 등을 주목했는지에 대해서 말하지 않는다. 그것은 그들의 관심사가 아니다. 대신 현단계 한국문학의 영역에 타락한 한국의 정치 논리와 스타 제조 시스템이라는 극히 이질적인 세계를 끌어들이는 놀라운 비약을 감행하며, 거의 조합이 불가능한 이 두 세계를 하나로 엮어서 현단계 한국문학에 대한 대담하지만 치명적인 환상체계를 직조해낸다. '출판자본가-문학비평가-작가' 순의 일사불란한 서열관계로 그 체제를 유지하는 곳, 출판자본에 영혼을 팔아넘긴 채 문학을 통해 권력을 장악하려는 문학비평가가 지배하는 곳, 또한 작가들이 그 문학비평가에게 맹목적으로 끌려다니는 곳. 이것이 그들의 특유의 '발본색원적 사유'와 '전복적 상상력'을 통해 새로이 그려낸 현단계 한국문학의 지도이다.

이들이 그려낸 지독한 한국문학 지도 앞에서 우리가 할 수 있는 일이라곤 도대체 무엇이 이들로 하여금 동시대의 문학현상에서 한국문학을 구성하는 보편적 계기들(예컨대 근대성, 문학성, 작가의식, 주체성, 계급성, 총체성, 분단, 자아의 분열, 식민지 근대 등)과 문학사적 맥락을 다시 회복할 수 없는 방식으로 도려내게 했는가고 망연자실하는 것 뿐이다. 아니면, 도대체 무엇 때문에 이들은 비합리적인 지배관계를 고도의 합리성으로 통제하는 모더니티를 비판하고 그 안에서 잠재적인 가능성을 찾아헤매는

---

4) 아도르노, 『부정변증법』, 홍승용 옮김, 한길사, 1999, 62쪽.

문학인들의 치열한 쟁투의 과정과 자존(自尊)을 한순간에 무너뜨리는가 하고 의구심을 품는 정도이다. 한마디로 '비판적 글쓰기'는 문학의 존재 의의는 물론 문학인들의 마지막 자존까지를 훼손시킨 문학에 대한 모독에 다름아니며, 이것이 푸코와 들뢰즈식의 용어에 가려 보이지 않았던 '비판적 글쓰기'의 실제 모습이다.

하여간 이들의 '문학권력 비판'에는 우리가 기대했던 한국문학의 배제의 기준과 그것에 의해서 폐기처분된 것들에 대한 고고학적인 탐사 같은 것은 애초에 없었다. 하여, '비판적 글쓰기'의 '문학권력 비판'이 그 실체를 드러낸 순간 우리는 자연스레 그들에 대한 관심을 거두어들일 수밖에 없었다. 그들은 "주류 문학권력과 불합리한 문학제도에 대한 비판을 금기시하던 묵시적 관행을 깨뜨"[5]렸고 또 "아직도 비판과 논쟁을 수용하는 태도가 지나치게 편협하며 냉소적"[6]이기 때문이라고 말하지만, 한국문학은 그렇게까지 편협하지 않다. 그들이 외면당한 것은 그들이 문학권력에 대한 비판을 금기시하는 묵시적 관행을 깨뜨렸기 때문이 아니라 불합리한 문학제도에 대한 의미 있는 비판을 하지 못했기 때문이다. 또한 문학종사자들의 그 무거운 침묵이 무엇을 말하는지를 성찰하고 반성하는 과정을 그들에게서 찾아볼 수 없었기 때문이다. '비판적 글쓰기'가 행하는 비판이란 넘어서야 할 어떤 권위를 상정하고 또 권위 때문에 버려졌던 어떤 잠재적 가치를 복원하겠다는 궁극적인 목적이 뚜렷한 비판이 아닌 목적 없는 비판이며 비판을 위한 비판임이 분명히 드러난 것이다. 이들은 어떤 작품의 잠재적 가능성을 점검하면 그것을 '관리비평'이라고 비판하고, 한 위대한 비평가의 역사적 의의를 긍정적으로 평가하면 그 평가의 적실성 여부는 제쳐두고 '견고한 사제관계'를 들이대며, 또 그들의 비판에 재비판을 하면 지적 성실성을 의심하고, 침묵하면 문학권력 유지를 위한 '침묵의 카르텔'이라 비판한다. 더 큰 목적에 도달하기 위한 방법으로서의

---

5) 권성우, 『비평과 권력』, 소명출판, 2001, 59쪽.
6) 같은 책, 108쪽.

비판이 아니라 '비판' 그 자체가 목적이기에 이들은 무엇이든 누구이든간에 비판을 행해야 한다는 강박관념에 빠져 있는 것이다. 그러니 이들과의 대화란 생산적인 대화가 될 수 없으며 결국 무의미하다. 따라서 이들의 비판에 대한 무관심과 침묵은 문학의 존재의의와 문학의 자존 자체를 발본색원적(?)으로 부정하는 '비판적 글쓰기'의 그 거친 환원주의로부터 문학적인 것을 지켜내기 위한 최선의 선택이었으며, 이들의 근거 없는 비난에도 불구하고 90년대 문학비평 전반이 현재의 한국문학 속에서 가장 빛나는 작품, 작가, 전통 들을 골라 그것을 의미화하고 문맥화하는 데 정진했다는 것은 오히려 그만큼 한국 문학비평이 문학비평의 임무에 충실했다는 것을 충분히 보여준다.

하지만 이제 '비판적 글쓰기'에 대해 더이상 침묵할 상황이 아닌 듯하다. 그들은 문학에서 문학성을 배제하는 고도의 금욕적 집중과 은폐, 그리고 현상과 본질, 원인과 결과 사이의 직접적이고도 이분법적 고착을 통해 비평가들 사이의 세계관, 미적 취향의 차이를 비평가들의 행태 문제, 그것도 비평가들의 출판사와 문학잡지에 대한 관계 여부로 집요하게 몰고 갔으며, 급기야는 한국문학 전반을 한국정치와 마찬가지로 이전투구가 판치는 곳으로 전락시켰다. 그런데 문제는 우리가 이들의 조잡한 시나리오에 대해 침묵하는 사이 이들은 이 침묵을 이용하여 그들의 치명적인 한국문학의 지형도를 기정사실화하였으며 어떻게 된 일인지 이 지형도가 일반인들에게 환상체계가 아니라 사실로 받아들여지기 시작한 것이다.[7]
'비판적 글쓰기'의 논자들은 의미 있는 사상을 창출하지는 못했으나 놀랄 정도의 집요함으로 거대한 힘을 생산해낸 것이며, 그 결과 그들이 의도한 것인지는 모르겠으나 현단계의 한국문학 전체는 진리에의 의지라는 이름

---

7) 최인훈은 「회색인」에서 시대적 분위기가 동시대인들에게 사실로 받아들여지는 기이함에 대해 다음과 같이 표현해놓고 있다.
"시대의 분위기라는 것이야말로 여자의 성감처럼 복잡한 진리가 아니겠는가. 말로 나타내자면 어쩔 수 없이 빙글빙글 도는 길을 더듬어야 되면서도 동시대인에게는 곧바로 사실로 존재하는 것."(『광장 외』, 두산동아, 1995, 179쪽)

으로 가해지는 억압을 부정하는 영토가 아니라 그 미친 모더니티를 확대 재생산하는 불길한 영역으로 고착되어버렸다.

그러니 이제 분명히 해야 한다. '비판적 글쓰기'가 얼마나 비합리적인 논리구조를 지니고 있으며 한국문학의 존재의의와 자존을 얼마나 철저하게 무시하고 있는지를. 그것은 그리 복잡한 일은 아닐 것이다. 일찍이 『계몽의 변증법』의 저자들은 "파시즘에 대항한 투쟁에서 중요한 것은 과대포장된 총통의 이미지를 아무것도 아닌 본래의 크기로 되돌리는 것이다"[8] 라고 말한 바 있거니와, 『계몽의 변증법』의 저자들의 말에 따르자면 우리에게 필요한 것은 '비판적 글쓰기'의 본래적 성격을 분명히 하는 것이다. 즉, 그들의 '문학권력 비판'(우리 식으로 말하자면 '문학비평가의 행태' 비판)이라는 것이 문학에 관한 담론이 아니라 문학에서 문학의 본질적인 요소들을 철두철미하게 지워낸 입론이며, 또 그들이 그려낸 한국문학의 지도가 사실에 기초한 것이 아니라 사실들 사이의 미묘한 연관을 자의적으로 재구성한 환상체계일 뿐이라는 것을 밝히기만 하면 되는 것이다.

이 글은 '비판적 글쓰기'의 본래적 성격을 분명히 하기 위해 씌어진다. 그런데 이 글은 '비판적 글쓰기' 전체를 다루는 대신 주로 권성우의 비평적 궤적을 따라갈 것이다. 이유는 두 가지이다. 하나는 권성우의 비평이 '비판적 글쓰기'의 기원이랄까 형성과정을 일목요연하게 보여준다는 점이고 다른 하나는 권성우의 비평이 '비판적 글쓰기'의 중심에 서 있다는 점이다. 권성우는 문학비평 영역에 처음으로 '비판적 사유'의 필연성을 누구보다도 소리 높여 제기했으며 이후에도 '비판적 글쓰기'를 주도적으로 이끌고 있는 것이 사실이다. 따라서 권성우의 비평적 궤적을 따라 읽는 작업은 '비판적 글쓰기'의 기원과 이후의 역사를 모두 살펴보는 것에 해당할 것이다. "어떤 무엇을 순진하게 절대화하는 자는, 그의 활동이 아무리 보편적이라 할지라도, 고통받는 자로서 '잘못된 직접성'에 현혹당하고

---

8) M. 호르크하이머·T.W. 아도르노, 『계몽의 변증법』, 김유동 외 옮김, 문예출판사, 1995, 322쪽.

있는 것이다"[9]라고 말한 것 역시 『계몽의 변증법』의 저자들이다. 자, 이제, 권성우의 비평적 궤적을 따라가며 권성우가 '잘못된 직접성'에 현혹되는 과정을 살펴보도록 하자.

2. '비평의 매혹' 혹은 계보학적 비판 — 권성우의 초기 비평

등단 초기의 권성우의 비평을 기억하는 사람이라면 '비판적 글쓰기'를 대표하는 문학비평가로 이름을 떨치고 있는 지금의 권성우의 모습을 대단히 낯설게 느끼는 경우가 많을 것이다. 그만큼 등단 초기의 권성우의 비평논리와 지금의 그것은 현격하게 다르다. 초기의 그는 '작품의 속살 속으로' 들어가는 문학비평의 필요성을 누구보다도 강조한 비평가였던 것이다. "일반 문학이론의 수립, 거대담론의 광활한 적용, 메타비평의 정교함, 지도비평의 패기, 균형잡힌 안목으로 씌어진 총평이나 해설, 문학적 지형도 그리기 등등의 항목들이 우리 비평문학에 모두 절실하게 요구될 터이지만, 나로서는 거기에다가, 한 작품에 대한 정교한 미시적 해석을 강력하게 추가하고 싶다. (……) 비평가가 한 작품의 맥락과 문학사적 위치를 유효적절하게 짚어주면서, 그 의미를 최대한 증폭시켰을 때, 적어도 지금보다는 세상은 좀더 살 만한 곳이 되며 문학은 더욱 매력적인 그 무엇이 되고, 작가는 좋은 글쓰기에 대한 열망을 더욱 자연스럽게 간직하게 되지 않을까 한다."[10] 비평가가 한 작품의 맥락과 문학사적 위치를 유효하게 짚어주면서 그 의미를 최대한 증폭시키면 적어도 지금보다는 좀더 살 만한 세상이 된다니? 하지만, 그는 그렇다고 말한다. 이처럼 초기의 그는 텍스트 안에 담긴 잠재적인 가능성의 발견과 그것의 문학사적인 맥락화를

---

9) 앞의 책, 263쪽.

10) 권성우, 『비평의 매혹』, 문학과지성사, 1993, 284쪽.

문학비평의 본질로 설정할 뿐만 아니라 그의 초기 비평은 그러한 비평관의 실천과정이었다고 해도 과언이 아니다. "시나 소설과 같은 창작물의 분석에 치중하는 비평만을 온전한 비평이라고 강변하는 일부의 견해는, 마치 시나 소설 같은 순수창작품만 의미 있는 문학이고, 비평은 창작의 시녀에 다름아니라는 저급한 '창작우위론'과 유사한 발상에 해당한다"[11]라는 지금의 그와는 달라도 많이 다른 모습이다.

  권성우는 자신의 초기 비평세계를 '비평의 매혹'이라고 형용한다. 하지만 그의 초기 비평에 '비평의 매혹' 혹은 '매혹의 비평'만이 있는 것은 아니다. 그곳에는 바로 '비판적 사유'가 치밀하게 작동한다. 정확하게 말하자면 '비판을 통한 매혹' 혹은 '매혹을 통한 비판'의 모습이 있으며, 그의 초기 비평의 밀도를 유지시키는 힘은 바로 이것이다. 앞서 살펴본 푸코의 말처럼 '성찰의 통한 권위에의 비순종'을 의미하고, 그래서 푸코가 다른 자리에서 한 말처럼 "이미 알고 있는 바를 정당화하는 대신에, 어떻게 어디까지 다르게 생각하는 일이 가능한지를 알려는 기도"가 "비판적 사고"[12]라고 한다면, 권성우의 초기 비평은 분명 '권위가 사람들에게 부과하는 진실을 그저 무조건 수용하지 않는 태도'의 산물이라 할 만하다. 즉, 권성우의 초기 비평은 '매혹'이자 동시에 '비판'인 것이다.

  권성우가 초기 비평에서 무조건 수용하지 않으려던 권위는 80년대의 문학비평을 지배하던 마르크스주의 비평이다. 80년대의 마르크스주의 비평은 마르크스주의 그 자체가 그러한 것인지 아니면 그 시기의 마르크스주의가 그러한 것인지 쉽게 말할 수는 없지만, 하여간 경직된 위계질서로 인하여 진정한 구체성이나 사물들 사이의 풍부한 연관을 인정하지 않는 굳은 담론체계로 고착된 바 있다. 권성우는 바로 이것을 수용해서는 안 될 권위로 설정한다. 그는 그것을 "진정한 개성이 결여된 무차별적인 공동체주

---

11) 권성우, 『비평과 권력』, 103쪽.
12) 미셸 푸코, 『성의 역사 2 — 쾌락의 활용』, 문경자·신은영 옮김, 나남출판, 1990, 23쪽.

의나 가짜 집단성"이라 호명하고 그것에 대한 "날카로운 비판의 메스"[13]가 요구된다고 주장한다. 하지만 지금의 권성우처럼 문단권력을 내세우며 비판하지는 않는다. 대신 그때의 그는 '무차별적인 공동체주의나 가짜 집단성'에 맞서는, 혹은 그것보다 보다 고차의 삶의 원리를 당시의 한국문학 속에서 찾아나선다. 권성우가 '무차별적인 공동체주의'보다 높은 가치로 설정한 것은 상대주의와 다원주의이다. 그는 상대주의와 다원주의가 "주체의 동일성에 의해 타자를 억압하는 전체주의적 사유구조, 신화적 인간중심주의와 도구적 이성관에서 탈피하지 못한 목적론적인 역사관, 자기 반성적 성찰이 결여된 나르시시즘적 유토피아주의, 구체성과 일상성에 접목되지 못한 형이상학적 계몽주의 등"을 "전복하고 해체할"[14] 수 있을 것이라고 믿는다. 그런데 문제는 상대주의와 다원주의가 80년대식의 경직된 보편성을 해체하고 전복하고 난 이후의 상황이다. 모든 가치를 무차별적으로 동등하게 인정할 경우, 자칫 의식의 공황상태 혹은 무정부상태가 올 수 있기 때문이다. 그도 역시 이것을 자각하고 있다. 아니, 자각하는 정도가 아니라 인식론적 상대주의와 다원주의가 자칫 치명적인 상태를 불러올 수 있음을 경계한다. "지배계급에 봉사하는 저널리즘과 테크노크라트 등은 인식론적 상대주의, 가치의 상대주의가 지니고 있는 체제 전복적이며 혁명적 요소를 최대한 순치 · 교화시켜 '뇌관이 제거된 폭탄'으로 만들어가고 있다"[15]는 것이다. 인식론적 상대주의가 가져올지도 모를 의식의 무정부상태를 그는 두 가지 계기면 충분히 막을 수 있다고 파악한다. 하나는 진정성이고 다른 하나는 타자와의 대화이다. 그는 한편에서는 "그 작품이 어떤 입장이건간에 '문학적 진정성'을 담보하고 있으면 참되고 정교한 현실 인식과 문학적 성과를 보여주는 작품이라면 적극적으로 의미를 부여하고 인정해야 한다"[16]고 말하거니와, 또다른 한편에서는

---

13) 권성우, 『비평의 매혹』, 37쪽.

14) 같은 책, 132쪽.

15) 같은 책, 137쪽.

타자의 인식구조, 타자의 고통, 타자의 열망, 타자의 욕망을 이해하는 것이 절실히 필요하다"[17]는 사실을 강조한다. 즉 "타자와의 생산적인 대화, 논쟁적 사랑, 창조적 만남을 통한 타자에 대한 진정한 이해"[18]가 있으면 그 개인은 자기 동일성에 집착하지 않고 지속적으로 발전해가는 존재가 될 수 있으며, 따라서 그러한 경지에서 씌어진 문학이야말로 진정한 문학이 될 수 있으리라는 것이다.

초기의 권성우는 당대의 문학현장은 물론 문학사에서도 이러한 진정성을 내장하고 있는 영역을 성실하게 찾아내며, 그것에 매혹당하고 또 매혹의 비평을 행한다. 이 과정에서 그는 이청준 조정래 이문열 이인성 최윤 복거일 김영현 박상우 유하 박용하의 문학적 가치를 발견하고 또 그것을 설득력 있게 문맥화해낸다. 뿐만 아니라 문학비평을 "일류의 정신이 행하는 형식이며 '누구의 동의도 얻지 못하는 고독한 정신의 움직임'이 참여하는 형식"[19]으로 규정하고 김윤식 김현 김화영 등을 비평의 정신을 가장 높은 수준에서 실천하고 있는 비평가로 지목하기도 한다. 그런가 하면 소설이라는 장르 안에서도 '에세이 소설'이라는 형식을 작가의 진정성이 최고도로 실현되는 양식으로 주목하고 그것을 소설사의 한 갈래로 편입시키도 한다. 한마디로 초기의 권성우는 '가짜 집단성'을 강요하는 권위의 두 축, 그러니까 지배계급의 문화와 민족, 민중문학을 비판하기 위하여 그것을 넘어서는 매혹적인 정신 혹은 작품을 찾아내고 문맥화하기에 그야말로 전 존재를 걸었던 비평가였던 것이다. 이는, 그가 의식하고 있었는지는 알 수 없지만, 푸코가 제기했던 담론권력에 대한 계보학적 비판을 연상시킨다. 푸코는 "기존질서를 거부하고 파편적인 지식을 재구성하려는 계보학"이야말로 "서열구조를 반대하고, 과학적 담화 안에서 요구하는 이론

---

16) 앞의 책, 133쪽.
17) 같은 책, 145쪽.
18) 같은 책, 145쪽.
19) 같은 책, 63쪽.

적이고 단일하며 형식적인 언술체계에 대항하여 싸우려는 시도"[20]라고
말하는바, 권성우의 초기 비평은 당시의 담론권력의 총화였던 민족 · 민
중문학의 서열구조에 의해서 정복당해 있던 지식을 해방하려는 효과적인
실천 전략이었다고 할 수 있는 것이다.

　물론 권성우의 초기 비평에 어떤 빈틈이 없는 것은 아니다. 그것은 무엇
보다 권성우가 문학작품의 '어떤 입장'과 '정교한 현실인식과 문학적 성
과'를 전혀 무관한 것으로 설정하고 있다는 점과 관련이 있다. 권성우는
인간존재의 계급적 위치나 그가 놓여 있는 역사적 상황이 그 존재의 현실
인식에 미치는 영향을 그리 중요하게 취급하지 않는다. 권성우에게는 한
존재가 어떤 계급적, 역사적 상황에 놓여 있는가 하는 것은 중요하지 않
다. 다만 정교한 현실인식만 가지면, 그와 다른 상황에 놓은 존재와 '논쟁
적 사랑'만 나누면 그 존재는 진리에 도달할 수 있다고 판단한다. 권성우
에게 어떤 존재가 주인인가 노예인가, 이성인가 광기인가, 편집증인가 분
열증인가, 정상인가 병리인가, 자기 동일자인가 타자인가, 남성인가 여성
인가, 상위주체인가 하위주체인가, 중심부인가 주변부인가 하는 것이 중
요하지 않다. 또 그 존재가 어떠한 현실규정성에 속에 놓여 있는가는 본질
적이지 않다. 물론 사물화된 사회의 그물망에 갇혀 있는가 아닌가, 비합리
적인 지배관계를 고도의 합리성으로 관리하는 사회인가 아닌가 하는 것
도 별 문제될 것이 없다. 그래서 권성우는 현존재의 삶을 전반적으로 지배
하는 비본래성(Uneigentlichkeit)을 부차적인 것으로 밀어내고, 죽음을 앞
에 둔 순간, 혹은 오랜 방황 끝에 돌아온 고향에서나 섬광처럼 나타난다는
본래성[21](Eigentlichkeit, 권성우의 표현에 따르자면 진정성)을 인간됨의
최대한의 조건이 아니라 최소한의 조건으로 설정한다. 이런 점에서 보자
면 권성우는 모든 현실적 조건을 거부하고 영혼의 강렬한 발현을 동경하

---

20) 미셸 푸코, 『권력과 지식 — 미셸 푸코와의 대화』, 홍성민 외 옮김, 나남출판, 1991, 118쪽.
21) 하이데거의 '본래성' '비본래성' 개념에 대한 자세한 설명은 권순홍, 『존재와 탈근거 — 하이
　　데거의 빛의 형이상학』(울산대 출판부, 2000), 제3부 참조.

는, 더 나아가 그것을 인간됨의 자질로 설정하는 '낭만적 주체' 관을 지니고 있다고 할 것이다. 문제는 권성우가 그러한 인간관을 지니고 있다는 것이 아니라 그것을 절대화할 경우 자칫 현대인의 고독과 퇴폐, 그리고 하위 주체들의 침묵과 좌절을 현대인의 사회적 존재양태가 아니라 타락으로 규정할 가능성이 높다는 것이다.

하여간 권성우의 초기 비평은 이처럼 '매혹의 비평' '매혹을 통한 비판'의 성격을 강하게 지니고 있다. 그는 이러한 글쓰기를 통해 문학성과 현실성을 아무 매개 없이 고착시킨 당시의 민족·민중문학의 경직성을 효과적으로 비판했을 뿐만 아니라 문학을 문학적인 언어로 논의할 수 있는 중요한 계기를 마련한다. 한국문학 속에 숨어 있는 어떤 가능성을 앞세우고 기존의 권위를 비판했기에 가능했던, 누구도 부인할 수 없는 권성우 비평의 소중한 성과다.

3. 폭로로서의 비판, 혹은 자해(自害)의 비평

첫번째 비평집 『비평의 매혹』 이후 권성우의 비평은 변화한다. 미리 말하자면, 한국문학의 존재의의와 자존 자체를 결정적으로 손상시키는 '비판적 글쓰기' 쪽으로 방향을 옮겨간다. 누구보다도 문학만의 '매혹'을 높이 평가하고 또다른 매혹적인 문학작품을 찾아 바쁘게 한국문학 전반을 누비고 다니던 그의 이러한 변화는 놀라울 뿐이다. 대체, 그 동안 한국문학 전체에, 그리고 그에게 무슨 일이 있었던 것일까. 어떤 순간 어느 개념과의 만남이 담론권력을 계보학적으로 비판하던 그를 '출판사나 문학잡지에 관계하는 문학비평가'의 감시자로 만든 것일까. 바로 여기에 한국문학 전체를 한국의 정치판과 동일한 진창으로 그려내며 한국문학의 자존에 치명적인 상처를 안긴 '비판적 글쓰기'의 기원이 담겨 있을 터이다. 이제, 그 과정을 살펴볼 차례다.

권성우는 자신의 '비판적 글쓰기'로의 방향전환이 문학을 위한 유일한 선택이었고 또 그만큼 의미 있는 결단이었음을 이미 여러 차례 밝힌 바 있다. 자세히 들어보자.

비평가로서, 나의 중요한 관심사는 '매혹'과 '비판'이다. 나에게 책읽기의 매혹을 선사한 텍스트와 정말 행복한 열애를 하고 싶다. 청아한 보석 같은 작품과의 만남으로 생성되는 자발적이며 행복한 비평쓰기는 내 비평의 원초적 태도이다. 문제는 이러한 비평의 매혹을 가능케 하는 빛나는 작품을 점점 만나기 힘든 문학적 현실이다. 이 점을 앞으로 어떻게 극복해나가느냐의 문제가 나의 비평적 현안이다. 아울러 순수한 비평의 매혹을 어렵게 만드는 야만적인 문학환경에 대한 응시는 자연스럽게 비판을 동반하게 된다. 여기서 비판은 문학다운 문학, 작품다운 작품의 탄생을 제한하고 왜곡시키는 모든 문학제도와 문학적 관행을 과녁으로 한다. 진정한 매혹을 위해서도, 진지한 비판이 절실하게 필요한 것이 아닐까? 궁극적으로 나는 아름다운 비판이 스며든, 그리하여 한 단계 버전업된 '비평의 매혹'을 꿈꾼다.[22]

과연 어떤 작품들에게서 '매혹'을 느끼는지 모르겠지만, 권성우는 동시대의 문학에서 '매혹'을 느끼기 힘들단다. 그리고 그것은 야만적인 문학환경 때문이란다. 그래서 모든 문학제도와 문학적 관행에 대한 비판일 수밖에 없단다. 이것이 권성우가 말하는 자신의 '비판적 글쓰기'의 출발점이다. 하지만 이것은 권성우의 '비판적 글쓰기'의 중간 지점의 모습이기도 하고, 또 마지막 도달점이기도 하다. 권성우 자신은 부정하고 싶겠지만, 또 수시로 그 모습을 부정하고 있지만, 그의 '비판적 글쓰기'는 지독한 동어반복의 세계이며 상투어들의 세계인 것이다. 그래서 권성우의 '비

---

22) 권성우, 『비평과 권력』, 251쪽.

판적 글쓰기'는 기원은 있으되 역사가 없으며, 당연히 출발점이 곧 도달점이다. 그러므로 권성우의 '비판적 글쓰기'의 전 역사와 모든 논리가 압축되어 있는 위의 인용은 자세히 살펴볼 필요가 있다. 과연, 권성우의 '비판적 글쓰기'는 어떤 과정을 거쳐서 문학비평가의 별로 있을 것 같지도 않은 악행을 감시하는 것만이 위대한 문학, 그의 표현에 따르자면 '매혹' 적인 문학을 가능케 한다는 결론에 다다른 것일까.

위의 인용에서 우선 주목할 것은 '비판적 글쓰기'의 대전제, 그러니까 동시대의 문학에서 도저히 '매혹'을 느낄 작품을 찾기 힘들다는 권성우의 진단이다. 이러한 권성우의 진단은 동의하기 힘들다. 왜냐하면 권성우는 이러한 진단을 여러 군데서 반복하고 있으며 논의의 핵심적인 근거로 제시하고 있음에도 불구하고 어떤 관점에서 혹은 어떤 맥락에서 나온 결론인지를 충분히 말한 적이 없기 때문이다.[23] 즉 권성우는 증명되어야 할, 아직은 타당성을 인정받지 못한 사실을 근거로 주장을 펼치고 있는 것이다. 문제는 이것만이 아니다. 권성우의 90년대 문학에 대한 진단은 동의하기 힘들 뿐만 아니라 치밀하게 추궁할 필요가 있을 정도로 견고한 자기 동일자적 논리에 뿌리를 두고 있다. 90년대 문학은, 거칠게 단순화하자면, 이성, 남성, 민족 등 근대적인 자기 동일성에 의해 은폐되었던 여성, 몸, 욕망, 자연, 비서구적 세계의 진실, 광기, 하위주체 등등이 비로소 발화하기 시작한, 그래서 그 어느 때보다도 다양한 목소리들이 어우러진 카

---

23) 가령, 권성우는 최근에 발표된 글에서도 이와 비슷한 언급을 한다. "이러한 점과 관련하여 비평가 이남호씨의 최근 행보는 신선하다. 이남호씨는 비평할 텍스트가 없기 때문에 앞으로 실제 비평 활동을 하지 않겠다고 선언했다고 한다.(조우석, 「문학, 포르노 마케팅」, 중앙일보 2001년 9월 1일자) 이러한 태도는 단지 자신이 문학비평가이기 때문에, 작품에 대한 자발적이며 행복한 교감 없이, 관성적으로 실제비평에 집착하는 행위보다 한결 정직한 태도가 아닐까." (권성우, 「비판적 글쓰기를 둘러싼 비평가의 내면풍경」, 『문학사상』 2001년 10월호, 80쪽) 현재 쓰여지는 작품에 관한 비평을 '관성'에 의한 것이라고 생각할 정도로 그는 그의 감식안에 한 점 회의도 없는 모양이다. 권성우의 '비판적 글쓰기'가 안고 있는 가장 결정적인 문제 중의 하나는 실제비평이 없는 것이 아니라 동시대의 그 수많은 문학작품 어느 하나에서도 '자발적이고 행복한 교감'을 받지 못한다는 것이며, 이 불감증에 이르게 된 원인을 자신에게서 찾지 않는다는 것이다.

니발의 공간이라 할 수 있다. 하지만 권성우는 지금보다 얼마나 더 좋은, 그리고 얼마나 더 낯설고 새로운 작품이 나와야 '매혹' 당하는 것일까, 혹시 권성우는 자신의 입론의 정당성을 고수해야 한다는 강박관념 때문에 '매혹' 들을 애써 외면하거나 부정하는 것은 아닐까, 아니면 타자와의 논쟁적 사랑을 강조하던 그의 핵심어는 허구적인 수사가 아닐까 하는 의문과 의구심이 들 정도로 단호하게 90년대 문학을 거부한다. 그럴 수 있는지도 모른다. 권성우는, 앞서 살펴보았듯, 현대성이라는 조건에 얽매여 분열되고 고독해진 존재보다는 낭만적 영혼의 강렬한 발현에서 매혹을 느끼던 비평가이기 때문이다. 하지만 정작 중요한 문제는 권성우가 어떠한 이유나 근거, 아니면 문학사적 맥락을 제시하는 수고로움도 없이 90년대의 한국문학에서 비로소 발화(發話)하기 시작한 하위주체들의 힘겨운 목소리들을 '매혹'을 느낄 수 없다며 던져버린다는 점이다. 우리는 권성우에서 자신의 생존을 위해 모든 타자들을 희생시키는 오디세우스의 모습을, 그리고 나아가 자본제적 경제원리 혹은 시민적 냉혹함을 발견할 수 있거니와, 그는 그렇게 '비판적 글쓰기'라는 자신의 동일성을 지키기 위해 모든 것을 폐기처분한다. 결국 권성우의 '비판적 글쓰기'는 근대 사회의 타자들을 철저하게 억압하는 기제로 작용한다. 권성우는 하위주체들의 전 존재를 건 사회적, 문학적 실천을, 그에 대한 비평의 인준과정을 "제대로 된 비판의 기능을 발휘하지 못하고 상품미학의 블랙홀에 용해되어버린 타락한 비평행태"[24]로 규정함으로써 결국은 하위주체들의 고통과 염원을 철저하게 외면하고 나아가 억압한다. 한마디로 '비판적 글쓰기'는 그들의 주장처럼 근대적 자기 동일성에 의해 배제된 타자의 목소리를 복원시키는 가설이 아니라 그 억압을 정돈하고 인격화한 가설에 불과한 것이다. '동시대의 문학에서 매혹을 느낄 수 없다'라는 '비판적 글쓰기'의 대전제에는 자기와 이질적인 세계를 용인하지 않는 자기 동일자적 논리

---

24) 권성우, 『비평의 희망』, 문학동네, 2001, 358쪽.

와 근대적인 자기 동일성의 세계가 동시에 작동하고 있다.

이러한 치명적이고 억압적인 전제를 가지고 권성우는 다음 지점으로 자리를 옮긴다. 이러한 전제라면, 다음 지점은 당연히 90년대 문학이 '매혹'적이지 못하게 된 원인을 찾아나서야 할 것이고, 권성우도 그러한 과정을 밟는다. 만약 권성우의 말대로 90년대의 문학이 매혹적이지 않다면, 그 원인도 다양할 것이다. 90년대 문학 중에서 어느 한 사조, 방법, 이념, 성, 계보가 침체한 것이 아니라 90년대 문학 전체가 '매혹'적이지 못하다고 하고 있으니 그 원인은 사소한 것에서부터 본질적인 것까지 아주 다양할 수밖에 없을 터이다. 그런데 여기서 권성우는 '모든 문학제도와 문학적 관행'을 90년대 문학을 죽인 결정적인 요인으로 설정한다. 위의 인용에서는 '모든 문학제도와 문학적 관행'이라는 말로 표현되어 있으나 그가 '야만적인 문학환경'의 실질적인 내용으로 지목하는 것은 '문학권력'이다. 권성우는 여러 자리에서 자신이 사용하는 '권력'이라는 개념이 푸코, 들뢰즈에 기댄 것임을 밝히고 있는바, 만약 그러하다면 '문학권력'이 90년대 문학의 황폐화를 가져온 핵심계기라는 말은 설득력이 있다. 푸코의 말처럼 권력이 보편적이라고 인정받은 지식과 과학이 쌓아놓은 지식의 위계질서이고 그것에 기반한 제도를 가로지르는 어떤 원리이기도 하고, 또 수많은 지식들(예컨대 '정복당한 지식' '부분적인 지식' '작은 지식' 등)을 배제하고, 걸러내고, 서열화하고, 질서를 부여한 것이면서도 그 사회에 모든 개체들에게 진리로 통용될 뿐만 아니라 그 사회 모든 영역의 구성원리로 자리하는 것[25]이라고 한다면, 우리가 진리로 여기는 어떤 것이 사실은 수많은 소중한 가치들을 배제한 것이어서 문학 전체의 황폐함을 가져왔다는 진단은 충분히 가능하겠기 때문이다. 아니, 가능한 정도가 아니라 그 배제의 기준만 정확하게 포착해준다면 한국문학의 발전에 획기적인 전환점이 될 것임에 틀림없다. 하지만 권성우가 90년대 한국문학을 황

---

25) 미셸 푸코, 『권력과 지식 — 미셸 푸코와의 대화』, 111~120쪽.

폐하게 만든 장본인으로 꼽은 문학권력은, 그가 푸코 유의 권력 개념이라고 말하고 있음에도 불구하고, 푸코와는 무관한 것처럼 보인다.

만약에 자신의 글쓰기가 권력과 전혀 상관없다고 주장하는 비평가가 있다면, 그는 현대 사회이론에 무지하거나 지나치게 순진한 비평가일 것이다. 푸코 유의 권력이론을 예시하지 않더라도, 한편의 탈역사적인 순수문학에 대한 섬세한 작품론조차도 세련된 문학적 권력의 행사일 수 있다는 사실을 우리는 이미 인지하고 있는 것이 아닌가. 이러한 사실에 대한 자각은 한편으로는 고통스럽지만, 또다른 한편으로는 비평에 대한 한층 성숙한 관점을 선사해줄 것이다.

때문에 우리가 여러 가지 비평담론들을 검토하면서 주목해야 할 것은 권력의 유무 차원의 문제가 아니라, 비평가나 특정한 비평적 에콜이 얼마나 합리적이며 정당한 권력을 행사하고 있는가, 자신의 권력에 대해서 얼마나 성실하게 되돌아보는가, 그리고 타자의 관점에 대한 비판은 얼마나 타당한가 등의 문제일 것이다.[26]

푸코의 개념에 기댄 흔적이 역력하지만 푸코식의 권력이론과는 근본적으로 다르다. 권성우는 '문학권력'에 대해 이야기하면서 사실 '비평가나 특정한 문학적 에콜의 정당한 권력 행사 여부'를 문제삼고 있는 것이다. 권성우는 또다른 곳에서 『문학과사회』『창작과비평』『문학동네』라는 잡지 및 출판사를 "우리 문단의 대표적인 문학권력"[27]이라고 부른 바 있거니와, 그렇다면 그가 제기한 '문학권력 문제'는 『문학과사회』『창작과비평』『문학동네』라는 비평적 에콜이나 출판사가 얼마나 성실하게 편집권을 행사하고 양심적인 출판을 하는가 하는 문제인 것이다. 또 실제로 권성우가 '문학권력 비판'이라고 하여 행하고 있는 작업도 이것이기도 하다.

---

26) 권성우, 『비평과 권력』, 212~213쪽.
27) 권성우, 「비판적 글쓰기를 둘러싼 비평가의 내면풍경」, 70쪽.

그런데 이렇게 되면 문제가 달라진다. 이것은 물론 권성우가 푸코나 들뢰즈의 개념을 자의적으로 사용했다는 점을 문제삼기 위한 것이 아니다. 권성우의 푸코나 들뢰즈에 대한 왜곡이나 오독 여부는 그리 중요한 것이 아닐 수도 있다. 한 사상에 대한 왜곡이나 오독은 『오리엔탈리즘』이나 『옥시덴탈리즘』의 저자들이 밝히듯 폭력이나 억압의 계기가 되기도 하지만, 하이데거가 말한 것처럼 그 사상 속에 내재해 있는 일종의 '사유되지 않은 부분'을 이끌어내는 방법으로 작용할 수 있기 때문이다. 정작 심각한 문제는 다른 곳에 있다. 권성우의 표현에 따르자면 90년대 문학의 황폐함의 근원이 『문학과사회』 등의 잡지나 에콜이 편집권을 정당하게 행사하지 않았기 때문이라는 것인데, 이것은 두 가지 점에서 성립하기 힘든 주장이다. 우선, 한 나라의 문학의 질적 수준이 몇몇 문학잡지들의 편집권의 정당한 행사 여부에 따라 결정된다는 것은 어떻게 이런 발상법이 가능할까 싶을 정도로 단선적이고 직접적이다. 아니, 하나의 작은 계기를 본질적인 것으로 격상시킴으로써 극심한 의미의 혼란을 가져오기에 충분하다. 이렇게 될 경우, 문학사적 전통, 작가의 독창성과 작가의 의식 그리고 무의식, 한 사회의 정치적 의식과 무의식, 한 나라의 지리적 특성, 한 사회를 지배하는 담론권력의 체계나 모순 등등 한 나라의 문학의 현재적 수준을 결정하는 보다 본질적인 요소들이 자리할 틈이 없어지는 것이다.

90년대 문학의 황폐함의 본질적인 원인을 몇몇 문학잡지에 관계하는 비평가들의 비합리성에서 찾는 권성우의 주장을 인정하기 힘든 두번째 이유는, 권성우가 90년대 문학비평의 비합리성의 내용으로 "문학성의 이름으로 위장된 상업주의적 책략"[28]과 "문학집단의 분파주의화"[29]를 들고 있기 때문이다. 사실 권성우가 문학잡지나 출판사에 관계하는 문학비평가들의 문학적 입장이나 행태를 이렇게 비합리적일 정도로 본질적인 것으로 설정한 이유는 여기에 있다. 권성우가 보기에 90년대 문학이 황폐해

---

28) 권성우, 『비평과 권력』, 161쪽.
29) 같은 책, 247쪽.

진 이유는 90년대의 문학비평(특히 문학잡지나 출판사에 관계하는 문학비평가들의 문학비평)이 '매혹'을 느낄 수 없는 문학작품들을 상업주의적 목적으로 혹은 작가들을 관리하기 위해 높이 평가했기 때문인 것이다. 그래서 권성우는 90년대 문학의 가능성에 높은 점수를 주는 90년대의 문학비평을 '텍스트주의' '주례비평' '해설비평' '덕담비평' 등으로 칭하거니와, 그 '덕담비평'의 본질적인 원인을 문학비평가의 출판사나 문학잡지에 대한 관계 문제 때문인 것으로 파악한다.

그런데 문제는 바로 여기에 있다. 90년대의 문학비평은, 그가 '텍스트주의'라고 비판하듯, 90년대 문학에서 새롭게 울려나오는 하위주체들의 목소리를 들어주고 그 목소리를, 또 그 목소리에 깃들인 문학적 가능성을 문학사적으로 문맥화하는 데 주안점을 두고 있는 것이 사실이다. 즉, 의미 있기에 의미 있다고 말한 것이다. 동일한 시대의 작품을 두고 나타난 이러한 현격한 차이는, 그렇다면 90년대 문학비평 전반과 권성우 사이에 미적 기준이나 세계관, 혹은 문학사적인 안목이라는 점에서 커다란 차이가 존재하기 때문일 것이다. 하지만 권성우에게는 그렇지 않은 모양이다. 권성우는 세계관이나 미적 취향의 차이로 인해 발생한 특정 작품에 대한 상이한 평가를 곧바로 '비판적 글쓰기'의 역사적 필연성의 근거로 이용한다. 즉 권성우는 자신에게 좋지 않은 작품은 타인들에게 좋은 작품일 수 없고 좋아서도 안 된다고 생각하며, 때문에 그 차이를 곧 그 비평가가 이윤을 추구하는 출판사에 영혼을 판 때문이라고 못박는다. 자신의 미적 기준, 세계관, 그리고 문학사적 안목과 차이를 보인다고 해서 다른 기준으로 작품을 보는 존재를 곧 상업자본에 영혼을 판 존재로 규정할 수 있는 권성우의 작품감식에 대한 유별난 자부심이 두렵기도 하지만, 더욱 두려운 것은 권성우가 다른 문학비평가들에 대한 '사형선고'(?)를 치밀한 검증과정 없이 행하고 있다는 사실이다. 예컨대 한 비평가가 어떤 작품에 대해서 의외의 평가를 내렸다면 거기에는 여러 가지 요소가 개입될 수 있는 것이다. 그 작품을 계기로 새로운 성찰을 얻었다거나, 막연히만 그려보던 어떤 가능성을 그 작품에서 발견하여 개념화할 수 있게 되었다든가 하는 과정 말이다. 권성우는 하나의 비평적 논리와 하나의 문학작품이 만났을 때 이루어지는 이 팽팽한 긴장과 대결, 혹은 반성과 성찰의 과정들을 모두 덮어둔 채 그 둘 사이를 문화산업의 논리로 고정시켜버리는 것이다. 이렇게 권성우는 하나의 문학작품을 구성하는 본질적이고 다양한 요소들(작가의 세계관, 문학사적 위치, 시점, 거리, 긴장, 낯설게 하기, 다성성, 웃음, 리좀적 사유, 잠재적인 가능성 혹은 전망의 발견, 전형성, 살아 있는 전사前史 등등)을 문학 논의에서 추방시키고 그 자리에 '문학비평가의 출판사 관계 여부'라는 비본질적이고 부수적인 계기를 절대적이고 유일무이한 중심으로 설정한다. 권성우의 '문학권력' 비판은 이처럼 문학에 관한 논의를 하면서 문학성에 관한 논의를 도저히 복원할 수 없을 정도로 지워내는바, 권성우가 90년대 문학의 황폐함의 본질적인 원인을 몇몇 문학잡지에 관계하는 비평가들의 비합리성에서 찾는 것에 대해 동의할 수 없는 또 하나의 이유이다.

　많은 문제점이 있는 것은 사실이지만 이로써 권성우의 자기 정체성 혹은 이론적 거점은 마련된 셈이다. 그는 한편으로는 90년대 문학과 90년대 문학비평 사이를 '문학성의 이름으로 위장된 상업주의 책략'과 '문학집단의 분파주의화'로 연결하면서 우리의 문학적 현실을 '야만적인 문학환경'으로 규정하기에 이르렀고, 또 '문학권력'을 담론의 질서가 아니라 '문단권력'으로 규정함으로써 권성우 자신을 '문단권력'으로부터 배제된 존재, 즉 '타자'로 위치시켰다. 그리고 그는 모든 문학제도와 문학적 관행을 과녁으로 비판의 화살을 날리기 시작했으며, 이 작업은 아직도 계속되고 있다. 권성우의 이러한 비판 작업은, 그는 이를 통해 문학이 '한 단계 버전업'될 것이라고 예상했지만, 그의 초기 비평처럼 동시대의 문학을 풍부하게 하거나 반성하게 하기는커녕 문학과는 사소한 연관밖에 없을 요소들을 문학의 중심으로 끌어들여 결국 문학성에 대한 논의 자체를 차단케 하는 결과를 낳는다. 그것은 두 가지 이유 때문이다. 첫번째 이유는 '비판적 글쓰기'를 행하면서 그가 '비판'의 개념을 대단히 협소하게 사용하

거나 그 개념의 즉물성에 사로잡혀 있다는 점이다. 권성우에게 있어 비판
은 다만 "저항적 사유로서, 흑막을 벗겨내고, 사람, 제도, 사상 따위의 정
체를 폭로하는 행위로서의 비판"[30]이다. 이때 문제가 되는 것은 어떤 '사
람, 제도, 사상'을 비판하느냐이며 또한 어떻게 비판하는가이다. 또한 비
판을 앞서 살펴본 푸코식으로 '성찰을 통한 권위에의 비순종'이라고 정의
하더라도 비판에 있어 중요한 것은 한편으로는 비판하고자 하는 '권위'
혹은 '권력'의 내용일 터이고 다른 한편으로는 어떠한 방법으로 순종하지
않느냐 하는 것일 터이다. 권성우는 앞서 살펴본 대로 비판받아야 할 권위
를 문학권력이라고 상정하고 그것을 비판하기 위한 방법으로 '폭로' 쪽에
초점을 맞춘다. 그에게는 그것만이 비판이다. 그는 자신의 초기 비평에서
행했던 작업은 '매혹'일 뿐 '비판'일 수 없다는 생각에 사로잡혀 있다. 그
러므로 권성우는 『문학과지성』 『창작과비평』 『문학동네』의 '사람, 제도,
사상'을 '폭로'하는 데에 초점을 맞추며, 그 외의 어떠한 길도 모색하지
않는다. 더 나아가 인정하지 않는다. 그러나 앞서 이야기했듯 '문학권력'
이 푸코식으로 '현단계 한국문학에 편재되어 있는 담론의 질서'라면 권성
우의 '비판적 글쓰기'는 대단한 의미를 지닐 수 있으나 그는 '문학권력'
을 『문학동네』 등의 사상으로 한정함으로써 결국 타자의 목소리를 억압하
게 된다. 뿐만 아니라 권성우는 누군가 무엇인가를 직접적으로 '폭로'하
는 것만을 '비판'이라고 파악함으로써 현재의 한국문학이 행하는 '성찰
을 통한 권위에의 비순종'의 행위 등을 전혀 읽어내지 못한다. 마찬가지
로 90년대 문학비평 전반이 80년대의 문학비평의 논리에 대해 벌이는 힘
겨운 고투의 과정도 전혀 눈에 들어오지 않는다. 그에게 비판이란 누군가
무엇인가를 폭로해야 하는 것이기 때문이다.[31] 그래서 권성우는 90년대

---

30) 권성우, 『비평의 희망』, 329쪽.

31) 권성우는 개념에 대한 즉물적인 이해 때문에 그의 '비판적 글쓰기'에 대해 보인 동시대 문학
인들의 무관심이 사실은 그의 비평체계에 대한 가장 신랄한 비판이며 정직한 비판이라는 사실을
이해하지 못한다. 그의 말처럼 "침묵이 필요할 때는 침묵으로 대응하는 것이 궁극적으로 이 시대
문학과 작가에 대한 가장 준열한 애정을 보여주는 방식의 하나"(권성우, 「비판적 글쓰기를 둘러

작가들과 문학비평가들이 행하는 그 숨가쁘고 고통스러운 '비순종'의 결단을 읽어내지 못하는 것은 물론 아무런 '매혹'도 느낄 수 없는 황폐한 현장으로 규정하게 된다.

권성우의 '현단계의 모든 문학제도와 문학적 관행'에 대한 비판이 한국문학을 풍부하게 하지 못한 또하나의 이유는, 권성우가 '사람, 제도, 사상 따위의 정체를 폭로'하면서 주로 부차적인 요소에 집착한다는 점이다. 권성우는 한국문학의 '가장 유력한 문학 에콜'을 집요하게 비판하면서 집요하게 피해 가는 것이 있다. '문학권력'들의 문학에 대한 위계질서 문제, 예컨대 세계관, 미적 방법, 작품 평가기준, 문학사적 모델 등등이다. 다시 말해 권성우는 '문학권력'에 대해 비판하면서도 그들의 문학의 논리에 대해 어떠한 문제도 제기하지 않는다. 또한 권성우의 말처럼 '문학권력'이 여러 문학작품에 대한 분석과 평가, 문학사적 맥락화를 통해 권력을 행사하고 있다면, 그렇다면 '문학권력'에 대한 근거 있는 비판을 위해서는 대상이 된 작품을 어떻게 자의적으로 자기화하고 문맥화하는지를 정확하게 밝혀내는 것이 필요할 터인데, 권성우는 대상이 된 문학작품에 대해서는 어떠한 이야기도 하지 않는다. 대신 권성우는 문단권력를 행사하는 비평가나 에콜(정확히 말하자면 문학잡지나 출판사에 관계하는 문학비평가)의 행태, 자세, 태도 같은 것을 폭로한다. "끈끈한 학연이나 에콜 관계로 이루어진 평론가들의 인간관계는 스승이나 선배에 대한 소신 있는 비판을 원천적으로 봉쇄"[32]한다거나, "방민호는 김윤식의 제자가 아닌가? 이러한 점은 제자가 스승을 소신 있게 비판하기에는 우리 학계의 풍토가 아식도 닫혀 있다는 사실을 보여준다"[33]든가, "이러한 사실은 반경환의 비평

싼 비평가의 내면풍경」, 80쪽)라고 한다면, '비판적 글쓰기'에 대한 침묵은 '침묵의 카르텔'을 형성해 문학권력을 유지하려는 전략이 아니라 '비판적 글쓰기'에 대한 가장 준열한 애정을 보여주는 방식이었다고 할 것이다.

32) 권성우, 『비평의 희망』, 234쪽.

33) 권성우, 『비평과 권력』, 219쪽.

관의 변모가 혹시 '인간적인 관계의 파열'에서 비롯된 것이 아닐까 하는 의구심을 불러일으킨다"[34] 하는 표현들이 권성우의 '비판적 글쓰기'에 자주 등장하거니와, 권성우는 이러한 문학에 있어서는 비본질적인 계기들을 문학구성의 주요 요소로 수시로 환기시킨다. 권성우는 한국문학 전반이 마치 거대한 이면계약에 의해 움직이는 듯한 인상을 각인시키기에 혼신을 다하고 있는 듯하며 실제로 그러한 장면만을 찾아나서고 있는 것처럼 보인다. 그 과정에서 어쩌다 에콜의 비합리적인 행태를 발견하면 그것을 집요하게 추궁하며, 뿐만 아니라 그 문학에 대한 단순하고도 치졸한 열정, 핵심을 빗나간 비판을 권성우는 사회적 실천과 양심으로 격상시킨다. 이처럼 사소한 것에 단선적이고 폭력적으로 큰 의미를 부여하면 모든 의미는 무의미해지며 동시에 모든 정신과 경험 자체가 자리할 틈이 없어진다. 결국 권성우의 문학비평가들의 행태에 대한 관찰과 폭력적인 의미 부여는 결국 그가 초기 비평에서 그토록 소리 높이 외치던 문학적 진정성을 한국문학 바깥으로 내모는 역할을 할 뿐이다.

권성우는 여기저기서 문학권력에 대한 효과적인 비판을 이야기한다. 그런데, 한국문학을 추문화(醜聞化)시키는 것은 물론 문학권력에 대한 효과적인 비판이 될 수 있겠지만 그가 말하는 것처럼 한국문학을 한 단계 '버전업'시킬 수는 없는 것이다. 우리에게는 정확한 비판이 필요한 것이며, 그것만이 한국문학의 질적 향상을 가져올 수 있다. '비판적 글쓰기'가 만일 그러한 정확한 비판을 행했더라면, 다시 말해 문단권력이 아니라 문학권력에 대해 말했더라면, 또한 한국문학의 유력한 에콜의 삶의 행태, 권력 관리방식이 아니라 문학이론과 작품 평가기준에 대해 말했더라면, '비판적 글쓰기'는 '침묵의 카르텔'을 가져오는 것이 아니라 말 그대로 생산적인 대화를 가능케 하지 않았을까. 대체, 최근 한국문학 전체에, 그리고 그에게 무슨 일이 있었던 것일까. 어떤 계기가 담론권력을 계보학적으로

---

34) 권성우, 「'비판'의 네 가지 방식 1」, 『포에티카』 3호, 1997년 가을, 231쪽.

비판하던 권성우를 '출판사나 문학잡지에 관계하는 문학비평가'의 감시자로 만든 것일까. 최근 한국문학의 큰 변화 중의 하나가 한국문학이 대단히 풍부하고 다양해진 것이라고 한다면, 혹시 실제로 있었던 일이라곤 권성우가 문학다운 문학에 관심이 희박해졌다는 것 하나뿐 아닐까.

4. '비판적 글쓰기'의 어떤 맥락

최근에도 여전히 처음 제기될 때와 같은 용어, 논법을 유지하며 문학이론이 아닌 출판사에 관계하는 문학비평가의 행태를 비판하고 있는 소위 '비판적 글쓰기'는 우리에게 한국문학의 선 자리라든가 갈 길을 보여주지는 않는다. 하지만 의외로 소중한 것을 알려준다. 우선 '비판적 글쓰기'는 근거 없는 소명의식과 개념어들의 자의적인 결합, 그리고 사실내용(Sachgehalt)에 의거하지 않는 진리내용(Wahrheitsgehalt)에의 의지란 것이 얼마나 철저하게 이성을 파괴시킬 수 있는지를 아주 선명하게 보여준다. 뿐만 아니라 이제까지는 무엇인가에 가려서 명확하게 보이지 않았던 한국문학의 어떤 파행성 같은 것, 예컨대 한국문학 특유의 사실과 개념의 전도된 변증법과 지난 시대 규범의 업적이나 의미에 대한 전면적 부정 혹은 백지화에의 욕망을 명확하게 보여줄 뿐만 아니라 90년대 문학비평의 비평적 태만을 간접적으로 비판하는 시금석이기도 하다.

거친 단순화가 용서된다면, 근대 이후 한국문학은 항시 사실과 개념의 전도된 변증법과 지난 시대 규범의 업적에 대한 전면적인 부정이라는 원리에 의해서 움직여왔다. 이는 우리 사회의 특수한 근대적 경험과 관련이 깊다. 한국의 근대적 경험이란 모든 단일한 보편성을 곧 경직된 보편성으로 만들어버릴 정도로 중층적이고 복합적이다. 우리의 근대적 경험이란 저개발국가의 근대이기도 하고, 식민지의 근대이기도 하며, 또한 일본의 근대적 경험을 목격한 후의 근대이면서 사회주의라는 근대적이며 탈근대적인 모험을 경험한 근대이고, 또 그런가 하면 제도와 개념을 이식하면서 진행된 근대이기도 하다. 한마디로, 한국의 근대는 월러스틴의 개념을 받아 윌리스(Susan Willis)가 정식화하고 가라타니 고진이 주목했던 준주변(semi-periphery)의 근대인 것이다. 자본주의 바깥에서 자족적인 통일성을 유지하던 한국사회는 전 지구적 자본주의 시스템과 충돌하면서 그 주변부(periphery)의 자족성을 강제적으로 해체당하거니와, 그 결과 한국의 근대는 중심부(core)에서 성립되는 시민사회적 질서도 주변부 특유의 전통적 질서도 존재하지 않는 시, 공간[35]이 된다. 그래서, 한국의 근대에서는 상이한 경제구조들에 부응하는 이질적인 성향들과 이데올로기들이 한 사회 속에, 그리고 자주 같은 개인 내부에조차도 공존하며, 마치 한 시대에 동시에 나타날 수 없을 것 같은 이질적인 두 개의 사회 — 전자본주의적인 것과 자본주의적인 것 — 가 같이 존재하는, 모든 모순과 분열이 집중되는 면모를 보인다. 우리의 문학은, 모레티가 지적했듯, 언제나 보편적 내러티브와 토착적 내러티브 혹은 서구의 형식적 영향과 지역적 소재의 의미 있는 결합이라는 '불가능한 프로그램들(impossible programs)'[36] 앞에 직면해 있었던 것이며, 그럼에도 불구하고 어느 단일 내러티브로 우리 사회를 서사화할 경우 그것은 무수한 우연적인 것, 무시할 수 있는 양(quantité négligeable)으로 격하된 질들(Qualitäten), 개념의 추상 메카니즘에 의해 삭제된 것들을 영원히 폐기처분하는 결과로 직접 연결되는 상황 속에서 만들어진 것이다. 니체의 표현을 빌리자면, 우리 상황에서는 "인식하는 것이 아니라 도식화하는 것이다 — 우리의 실천적 욕구를 충족시키기에 이를 뿐인 규정이나 규격을 혼돈에게 부여하는 것이다."[37]

근대 이후 한국문학은 이 혼돈을 끊임없이 도식화시킨 것이 사실인데, 그것은 주로 사실과 개념의 전도된 변증법을 통해서이다. 근대 이후 한국

35) 가라타니 고진(柄谷行人), 「나카가미 겐지에 대하여」, 『고목탄』, 문학동네, 2001, 357쪽.

36) Franco Moretti, *Atlas of the European Novel 1800~1900*, Verso, 1998, pp. 194~195.

37) 니체, 『권력에의 의지』, 강수남 옮김, 청하, 1988, 316쪽.

문학은 현실의 소여적 조건을 충분히 관찰하여 사실내용을 확립하는 과정을 충실히 밟지 않는다. 한국문학은 도저히 한국의 특수한 사회가 보이는 중층적인 사회 구조를 감당할 수가 없었던 것이다. 대신에 서둘러 현실을 보편화, 총체화하고 그 결여 부분을 주체의 결단으로 메워나가는 방법을 택한다. 그래서 근대 이후 한국문학이 택한 길은 저 바깥의 내러티브를 끌어와서 우리의 현실을 읽어보려고 했던 것이다. 즉 개념 혹은 내러티브의 이식을 통한 현실 규정이 이루어지는 것이다. 당연히 바깥의 혹은 보편적인 내러티브와 구체적 현실 사이에는 커다란 간극이, 임화의 표현을 빌리자면 '말하려는 것과 그리려는 것의 분열'이 나타난다. 이때 한국 근대문학은 자신들의 내러티브와 현실을 길항시켜 현실 정합성을 지닌 내러티브를 정립하는 대신 객관을 외면한다. 놀라울 정도의 금욕적 집중을 동원해 자신의 내러티브에 일치하는 현실만을 읽어들이고, 그래도 모자라는 부분은 주체의 능동성 혹은 주체의 금욕주의적인 실천으로 메운다. 내러티브와 현실의 차이쯤이야 새로운 사회만 건설하면 자동적으로 해소될 것이라고 믿은 것이다. 하지만 이러한 세계 창조자적 열정이랄까 주체의 자기 희생적 결단은 엄정한 현실 속에 항시 좌절하고 만다. 그러하다면 우리 문학은 앞선 세대가 멈춘 자리에서 새로운 길을 모색하는 대신에 전혀 새로운 담론으로 우리의 현실을 읽어내고자 했던 것이다. 결국 시대를 규정하는 전혀 새로운 거대담론의 출현, 한 사물에 대한 금욕적 집중과 주체의 자기 희생적 결단, 그리고 낯선 현실 앞에서의 좌절과 절망 등의 앞선 세대와 동일한 풍경이 펼쳐지거니와, 이러한 과정은 한국문학사가 악무한적으로 반복하고 있는 풍경이다. 예컨대 개념과 사실 사이의 전도된 변증법은, 그러므로 이 '불가능한 프로그램'을 감당할 수 없었던 한국 근대문학의 무력감의 표현이자 그 무력감을 주체의 능동적 실천으로 보완하고자 하는 고투의 산물이라 할 수 있다. 그런데 문제는 이 과정에서 지난 연대의 내러티브와 구체적 현실 사이에 벌어졌던 힘겨운 고투의 과정은 흔적조차 없이 빠져나간다는 점이다. 아니, 새로운 내러티브의 정당성을 증명하기 위해 지난 시대의 규범의 업적과 의미를 집요하게 폐기처분해 버렸다고 해야 하리라. 이처럼 우리 문학사에서는 중요한 고비마다 '망각하려는 의지' 혹은 집단적인 기억상실(amnesia)이 작동한다. 그래서 한국 근대문학은 지난 연대의 문학이 벌였던 시행착오과정을 자기화하지 않은 채 거듭 처음의 출발점, 바로 그 자리에서 다시 시작한다. 임화의 표현을 다시 빌리자면, 전통과 이식의 변증법이 펼쳐지는 것이 아니라 이식이 문학적 전통으로 들어앉은 셈이다.

만약 이 지루한 과거와의 단절과정을 끊어내야 한다면, 그것이 정말 필요하다면, 문제는 리얼리즘이다. 그리고 결단의 윤리가 아니라 시련의 정신이다. 먼저 무엇보다도 정체성을 확보할 수 없어 불안해하기보다는 인내하는 과정이 필요한 것이다. 그리고 그 연후에 사실내용들 속에 숨어 있는 진리내용 혹은 잠재적 가능성을 찾아내는 과정을 천천히 밟아나갈 필요가 있다. 물론 진리내용을 찾기까지의 과정은 힘겨울 것이며 또한 세계 내적 위치의 불확실성으로 인한 극심한 혼란을 겪어야 할 것이다. 하지만 그것을 견뎌내는 인내가, 시련의 정신이 우리에게는 절실하다. 그렇지 않으면 우리는 돌연 무슨 저주와도 같은 그 지점에 다시 설 가능성이 높다. 이를 위해 우리가 해야 할 일은 더할 나위 없는 쾌감을 불러일으키는 총체화의 의지와 결단의 윤리를 뒤로 하고 침묵을 강요당한 다양한 하위주체들의 자그마한 목소리들을 경청하고 또한 그것들간의 위계를 정하는 힘겨운 길을 걷는 것이다. 조금 더 구체적으로 말하자면 90년대의 문학에 숨죽이고 있는 하위주체들의 웅성거림과 그 웅성거림 속에 숨겨져 있는 잠재적인 가능성을 발견, 문학사적으로 문맥화하는 것이다. 90년대는 민족, 문명 등 보편적 내러티브에 의해 버려지고 침묵을 강요당하던 다양한 하위주체 혹은 소수집단(예컨대 죽음, 허무, 섹슈얼리티, 저개발국가의 모더니티, 동양적인 것, 목가적인 것 등등)의 언어가 광범위하게 발화한 시기이며, 또 이러한 작가 각자의 노력이 모아져 다양한 목소리들이 기묘하게 얽혀들어가는 거대한 카니발이 펼쳐지는 공간이다. 그리고 쉽게 찾은 목소리가 아니기에 아무도 주목하지 않았던 사물이나 대상에서 삶과 죽음, 희망과 종말을 읽어내는 밀도나 아우라로 충일한 것이 바로 90년대 문학인 것이다.

이런 점에서 보자면 권성우를 위시한 최근의 '비판적 글쓰기'는 90년대 문학의 이 혼돈과 밀도를 견디지 못하고 이전의 그리 아름답지 못한 전통으로 되돌아가려는 의지에 다름아니다. '비판적 글쓰기'는 거대담론 혹은 보편적 내러티브에의 조급한 갈망이나 그것 때문에 발생하는 개념과 사실의 전도된 변증법과 지난 시대의 규범에 대한 백지화 욕망이 다만 저급한 형태로 표출되었을 뿐인 근대 이후 한국문학의 이식문학사적 전통을 고스란히 보여주고 있다. 뿐만 아니라 '비판적 글쓰기'의 거칠 것 없는 행보에는 90년대 문학의 다양한 목소리들을 읽어내어 어떤 질서를 만들어내지 못한 90년대 문학비평의 태만도 작용하고 있는 것이 사실이다. '비판적 글쓰기' 논자들의 대전제, 그러니까 90년대 문학에서는 '매혹'을 느낄 수 없다는 그들의 뻔뻔할 정도로 자신만만한 전제가 공표될 만큼 90년대 문학의 '매혹'과 의미를 충분히 설명하지 못했으며, 그러한 대전제로 90년대 문학 전반에 대해 집중 포화를 퍼부을 때도 지켜보고만 있었던 것이다.

다시 돌이켜보니, 내 안에 권성우가 있었던 것이다. 나도 나 자신도 모르는 사이에 전혀 새로운 하위주체들의 목소리 앞에서 당황하고 그들의 밀도 앞에서 망연자실했으며 그래서 이 전혀 새로운 하위주체들에게서 어떤 잠재적인 가능성을 찾고 계발하는 대신에 또다른 보편적 내러티브의 출현을 숨죽여 기다렸던 것이다. 내 밖에 있는 권성우가 고맙게도 이제 더이상 90년대 문학의 숨막힐 정도의 밀도로부터 도피해서는 안 된다는 사실을 분명하게 말해주었다고나 할까. 고맙게도. (2001년)

망각의 폭력성과 그 기원

1. 망각이라는 폭력

　80년 5월, 저 남녘의 한 도시에 거대한 폭풍우가 일었고 그 열흘 동안의 폭풍우는 80년대의 모든 것을 추동시킨 진원지가 되었다. 그로부터 20년, 하지만 우리는 이제 그 핏빛 폭풍우가 가져온 역사의 의미 있는 발전에 대해서가 아니라 그 사건의 망각에 대해 말해야만 한다. 80년의 5월은 "시대를 넘어 죽음을 넘어"가지 못하고 어느 순간 우리의 곁에서 빠져나가더니 이제는 "역사 속의 해묵은 일지 정도"로 전락했으며, 또한 "그 폭풍의 강은 아주 오래 전에 흘러가 이제는 돌이킬 수 없는 먼 과거의 바다로 흘러들어"(임철우, 「책을 내면서」, 『봄날 1』, 문학과지성사, 1997, 10쪽)가버리고 만 느낌이다. 그래서 우리는 아주 엉뚱한 질문을 던질 수밖에 없다. 정말 80년 5월에 그토록 전율적이며 비극적인 경험이 거기에서 일어났던 것일까. 그리고 정말 80년의 5월은 80년대의 그 거대한 질풍노도의 진원지였던 것일까. 정말 그랬다면 대체 어떤 일 때문에 그 폭풍의 강은, 그리고 그것이 만들어냈던 거대한 파도는 그토록 허망하게 돌이킬 수 없는 과거로 흘러간 것일까. 도대체 무슨 일이 있었던 것일까.

하지만 아무리 생각해봐도 특별히 기억할 만한 사건은 없는 듯하다. 어느 한 순간에 80년 5월은 역사의 진원지에서 전혀 살아움직이지 못하는 전사(前史)로 전락했을 뿐이다. 한 소설의 작중화자의 "정신을 차려보니 문득 한 시대가 가고 한 시대가 오고 있었다. 혁명이 일어난 것도 아닌데 혁명이 일어난 것처럼 세상이 바뀐 것이었다"(김영현, 「개구리」, 『창작과 비평』 1999년 겨울호, 144쪽)라는 말을 빌리자면, 혁명이 일어난 것도 아닌데 마치 혁명이라도 일어난 것처럼 문득 80년 5월은 해묵은 역사책 속에 다만 활자로만 웅크리고 있었던 것이다. 아니, 굳이 어떤 변화를 찾자면 찾지 못할 것도 없다. 저 멀리서는 소련 등 사회주의 국가가 전 지구적 자본주의의 질서 안으로 다시 복귀했으며, 80년 5월의 유일한 가해자들인 두 명의 대통령이 권좌에서 물러나 그 사건 때문에 법정에 서서 결국은 사형선고를 받았고, 또 80년 5월의 상징적인 피해자인 한 인물이 대통령이 되어 용서와 화해 운운하며 그 악의 화신들에게 면죄부를 씌워주었다. 하지만 이러한 외적 상황의 변화로 80년 5월에 대한, 그리고 역사 전체에 대한 지금·이곳의 집단적인 기억상실증을 설명할 수는 없을 듯하다. 언제나 외적 상황이란 하나의 계기는 될 수 있을지언정 원인이 될 수는 없기 때문이다. 또한 그 동안 있었던 여러 사회적이고 정치적인 개혁이야말로 80년 5월의 피와 한과 비극이 만들어낸 기념비적 사건들인 셈이니 개혁의 원천인 광주의 정신은 오히려 더 중요한 맥락으로 자리잡으면 자리잡을 일이지 이렇게 갑작스럽게 우리의 삶 속에서 빠져나갈 일이 도대체가 아닌 것이다.

그렇다면 우리는 80년 5월에 대한 집단적인 망각의 보다 중요한 요인을 다른 곳에서 찾아야 할 터이다. 이 원인을 찾기 위해 우리는 우선 전쟁 등 모든 인간을 질곡으로 몰아넣은 역사적 사건이 기억되기 위해서는, 그리고 그 기억이 건전한 사회를 위한 정신적 원천이 되기 위해서는 그 사건을 역사적인 문맥 속에 포괄하는 일이 무엇보다 중요하다는 점을 상기할 필요가 있다. 전쟁이나 파시즘, 대량학살 등 광기의 경험들은 종종 일상적인 삶의 영역, 혹은 합리적인 판단의 영역을 훌쩍 뛰어넘는 마성적인 특성을 지니게 마련이다. 그래서 그것들은 사회의 전 구성원들의 시민적 계산가능성의 원리, 절대적 통합에의 욕구, 자유로부터의 도피 충동, 안전을 향한 욕구, 위대한 미래에 대한 환각 등이 결합해 발생한 것이라기보다는 한 악마적인 존재의 자기 도취적 파괴 충동이나 그의 능수능란한 대중선동의 결과로 먼저 다가온다. 즉 대량학살 등의 광기의 경험들은 필연적이기라기보다는 우연적인 현상으로, 한 사회의 자기 운동의 결과라기보다는 예외적이고 돌출적인 상황으로 파악되기 쉬운 것이다. 만약 이렇게 광기의 경험들을 지금 이곳을 살아가는 존재들의 삶의 원리와 단절한 채 파악할 경우, 그러한 인식틀은 결국 그 광기의 한 중요한 구성요소임에 분명한 그곳의 사회구성원에게 각자의 광기에 대한 면죄부를 쥐어주게 되고, 오히려 자신이 피해자이자 희생양이라는 전도된 의식에 빠져들게 만든다. 그리고 가해자이거나 동조자임에도 불구하고 자신을 희생양으로 위장하는 이 위선적이고 불쾌한 자기 합리화는 한 개인을 광기의 기억으로부터 강박적으로 멀어지게 하며, 이러한 강박적인 기억에의 회피는 급기야 집단적인 망각의 상태를 불러온다. 다시 한번 반복하자. 하나의 거대한 사건을 기억하고 그 기억이 의식을 항시 깨어 있게 하기 위해서 무엇보다 중요한 것은 예외적인 것처럼 비쳐지는 그 마성적인 경험을 일상적인 삶의 원리와 관계 속에 위치시키는 일이다.

  80년 5월은 분명 전쟁 등과 마찬가지로 마성적인 것으로 충일한 사건이다. 80년 5월도 역시 어느 것 하나 상식적인 판단을 넘어서지 않는 것이 없다. 여기 80년 5월의 유일한 가해자인 그들이 있다. 그들은 진정한 악의 화신이라 할 만하다. 그들은 가장 고통스러운 파괴인 인간이라는 존재의 수많은 죽음을 바라보면서 전 생애를 건 모험을 했고 그 전율을 즐길 줄 알았던 사디스트들이다. 그들은 한 나라의 최정예 부대가 그 총구를 그 나라 국민들에게, 그것도 먼저 겨누게 했고, 전 세계 자유민주주의의 수호국을 자처하는 미국이 그 비민주적인 만행을 용인하도록 이끌어낸다. 80년 5월의 불가해성은 여기에 그치지 않는다. 그곳의 시민들은 생존을 위해서건, 학대음란증 환자들로부터 인간의 자존을 지켜내기 위해서건 승부가 뻔한 싸움을 마다하지 않았고, 비록 잠시 동안이지만 모든 구속, 악, 필연성, 물신성으로부터 해방된 자유의 왕국을 경험하기도 한다. 적지 않은 사람들은 그들의 왕국을 지켜내기 위해 살아 있는 존재들이 가장 두려워하는 그 순간인 죽음마저도 마다 않는다. 즉 비극적인, 그러면서도 동시에 일상적인 삶의 감각을 넘어서는 결단이었기에 숭고하다고 할 수밖에 없는 죽음이 이 사건의 마지막을 장식했던 것이다. 한마디로 80년 5월은 절대적인 악과 절대적인 선, 지옥과 천당, 에로스적 충동과 죽음 충동 등 일상사에서는 좀처럼 볼 수 없는 극단적인 정황이나 본성들이 믿기 힘들 정도로 숨김없이 모습을 드러낸 사건이다. 그래서 80년 5월은 합리적이고 이성적인 분석과 판단이 쉽지 않으며 자칫하면 우리의 일상사와 무관한 예외적인 사건으로 받아들여질 가능성이 농후한 사건이라 할 수 있다.

이러한 예외성, 즉 망각의 위험성에도 불구하고 우선 80년 5월은 80년대 모든 움직임의 진원지로 자리할 수 있었다. 아무도 대량학살이라는 야만적인 통합의지를 용납할 수 없었기 때문이리라. 80년 정권을 잡은 그들이 80년 5월의 남녘 땅을 피로 물들였던 악의 화신들이었음이 만천하에 드러나는 순간 광주는 거대한 질풍노도의 중심이 된다. 게다가 거대한 공황이 평소에는 보이지 않는 모든 사물들의 총체적 연관관계를 한순간에 확인시켜주듯 80년 5월이라는 역사적 사건은 다양한 매개물에 가려져 보이지 않던 사회적 관계나 인간적 본성들을 사람들의 눈앞에 드러냄으로써 80년대 움직임에서 중요한 출발점을 이루기도 한다. 우리는 광주를 통해 비로소 미국이라는 중심의 제국과 변방의 권력자 간의 상호관계를 읽어낼 수 있었고 또한 죽음을 마다 않고 악과 싸우는 민중들의 변혁을 향한 열망을 확인할 수 있었다. 그러한 확인이 80년대의 중요한 지표로 자리했음은 물론이다.

80년대를 움직인 가장 핵심적인 동력인 80년 5월의 항쟁은, 하지만 어느 순간 깊은 망각의 늪에 빠져든다. 그렇다면 80년대가 5월에 보낸 숭배는 진정한 의미의 기억의 과정이 아니었는지도 모를 일이다. 80년 5월은 80년대에 가장 많이 사람들의 입에 오르내렸지만, 그 관심은 사실은 망각의 과정이었는지도 모를 일이다. 만약 역사, 그것도 비극적이고 전율할 만한 역사의 기억에서 중요한 것은 마성적인 것과 일상적인 것 사이를 컨텍스트화하는 것이라는 사실에 동의한다면, 이제 우리의 관심사는 집단적인 기억상실증에 대한 원망(怨望)에서 80년 5월에 대한 맥락화 작업이 어떻게 이루어졌는가를 검토하는 쪽으로 옮겨갈 필요가 있다.

80년 5월이 빚어낸 문학사적 흔적을 찾아보기 위해 쓰어지는 이 글은, 그래서 안타깝게도 이 집단적이고 갑작스런 기억상실의 과정을 찾아나서는, 그러니까 정치적 폭압에도 굴하고 않고 광주의 비극을 힘겹게 표현한 작품을 비판적으로 점검하는 여정이 될 수밖에 없다. 그러나 어쩔 것인가. 이래야만 지금의 집단적인 망각의 상태에서 80년 5월 광주의 기억을 조금이나마 복원할 수 있지 않겠는가.

2. 망각의 기원 1 — 비극성의 제고와 탈역사적 문맥화

80년 5월은 오래 전부터 누군가에 의해 준비된 항쟁이 아니다. 그래서 이 항쟁에는 항쟁 기간 전체를 관류하는 통일된 사상이나 이데올로기가 선명치 않다. 어떻게 보면 80년 5월은 사건 자체로 보자면 아무도 예측하지 못한 사건이며 그래서 전율적이다. 80년 5월의 그 사건에는 처음부터 일관된 방향성을 유지한 채 내세워진 슬로건도 없으며 항쟁의 주체도 불분명하다. 외부적이고 우연적인 계기에 의해 먼저 사건이 일어나고 그 우연성을 필연성과 어떻게든 결합시키기 위한 슬로건이나 항쟁의 주체가 만들어졌던 것이다. 80년 5월은 사건이 먼저 존재하고 사후에 그 역사적인 의미가 부여되는, 합목적적 판단이 행동을 이끌어낸 것이 아니라 행동이 먼저 있고 이후에 합목적적 판단이 내려지는, 수많은 것들이 뒤바뀐 사건이다. 다시 말해 80년 5월에 대한 접근은 사실내용을 확정하고 그 안에서 진리내용이 추구된 것이 아니라 먼저 진리내용을 설정하고 그에 맞게 사실이 재편하는 방식으로 진행되었으며, 자의성이 개입될 소지도, 실제로 자의성이 개입된 경우도 많았다고 할 수 있다. 그러므로 80년 5월의 광주가 다음과 같이 다양한 맥락으로 자리매김된 것은 오히려 당연하다.

1980년 5월 18일 광주에서 어떤 끔찍한 사건이 발생했으며, 그 사건은 그로부터 열흘간 지속되었고, 또한 그 사건이 가히 비극적이라는 사실에 대해 부인하는 사람은 아무도 없다. 이 대목까지에 대한 동의는 확고부동하다. 그러나 이 대목만 넘어서고 나면 누구라도 동의할 수 있는 사실이라고는 아무것도 없다. 이것이 문제다. (……) 수많은 판단과 주장은 편의적이기는 하지만 대체로 두 가지로 구분될 수 있다. 가해자측의 것과 피해자측의 것으로 말이다. 광주사태라는 비극은 광주에서 폭도 수십 명이 사살된 사건이고, 광주민주항쟁이라는 비극은 광주의 민주 시민 수백 명이 무고하게 죽어간 사건이고, 광주민중봉기 혹은 광주무장봉기라는 비극은 광주에서 봉기한 수천 명, 적어도 천 명 이상의 혁명적 민중 혹은 노동자 계급이 장렬하게 싸우다 전사한 사건이다.

그렇다면 10년 전 광주에서는 적어도 3개 이상의 비극이 발생했단 말인가. (주인석, 「광주로 가는 길」, 『검은 상처의 블루스』, 문학과지성사, 1995, 173~174쪽)

이중 제일 먼저 광주를 맥락화한 것은 말할 것도 없이 무소불위의 권력으로 한 사회의 모든 것을 틀어쥐던 권력집단이다. 그들은 80년 5월을 '광주사태'라 명명하고 이 사건을 남파간첩에 포섭된 폭도들의 난동으로 몰아갔고 오히려 무고한 시민들을 극도의 공포로 밀어넣은 소수정예부대의 총구와 개머리판을 그 난동의 구원자로 설정한다. 소수의 가해자들에 의해 이루어진 이러한 역사적 맥락화, 그리고 이데올로기화의 선점은 이후 피해자측의 역사적 맥락을 상당 부분 미리 결정한다. 광주는 '사태'가 아니라 '민주항쟁' 혹은 '민중봉기'이며, 폭도 수십 명이 사살된 것이 아니고 민주 시민 수백 명이 무고하게 죽어가거나 혁명적 민중이 장렬하게 전사한 것이라는 것. 그리고 만약 소수정예부대가 폭도들의 난동으로부터 시민들을 구해냈다면 광주의 시민들은 일상적인 삶의 리듬을 유지하며 살아갈 터인데, 실제로는 그렇지 않다는 것. 가해자에 의한 역사적 맥락의 선점 현상이 결정지은 것은 이것뿐만이 아니다. 아주 중요한 부분을 미리 결정했다고 할 수 있는데 실증주의 정신 혹은 있는 그대로의 사실을 그려내는 리얼리즘 정신이 자리할 여지를 남겨놓지 않았다는 것이다. 아주 사소한 것을 곧 '사태'로 연관시키는 저들의 절대적인 인과율 앞에서 80년 5월의 모든 것을 찾아내고 그 안에서 법칙성을 발견하려 한다는 것은, 그리하여 발자크처럼 '서기관 정신'을 유지한다는 것은 힘들었을 터이다. 80년대 전체가 사실내용을 확정하고 그 위에서 진리내용을 찾아내는 시기가 아니라 전략 전술이 절대적인 의미를 지니는 쟁투의 시공간이었던 까닭이다.

또하나 80년 5월을 총체적인 사회적 연관 속에서 읽어내지 못하게 한 중요한 요인은 '살아남았다는 죄의식' '혹은 '공범자 의식'이다.

두두두두두…… 어디선가 솟구치는 물소리도 같고 물살에 휩쓸리는 돌자갈 소리 같기도 한 둔중한 금속성의 발사음이 끊임없이 들려오고 있고 그것은 점차 가까이 다가오고 있는 중이다. 급히 쫓기는 모습으로 명부는 골목의 담벼락을 등진 채 손으로 더듬어가며 상주의 집을 향해 다가온다. 이윽고 상주의 집 대문 앞에 이르렀을 때 명부는 재빨리 주위를 살핀 다음

잔뜩 죽인 목소리로 상주의 이름을 부르기 시작한다. 상주야아…… 상주야아…… 나야, 내가 왔어. 문 좀 열어줘…… 상주야아아. 하지만 안에서는 아무런 기척도 귀에 잡히지 않는다. 두두두두두…… 소리는 점점 가까워 오고 명부는 더욱 다급히 상주를 부르며 문을 흔들어 대기 시작한다. 상주야아…… 상주야, 살려줘. 늦기 전에 나 좀…… 제발…… 문득 저벅거리며 다가오는 어지러운 발자국 소리. 순간 명부는 흠칫 몸을 일으켜 세우더니 비칠비칠 골목을 빠져나와 도망치기 시작한다. 남빛 어둠 속으로 명부의 몸뚱이가 지워져버린 후, 오래지 않아 그쪽으로부터 콩 튀기는 듯한 요란한 발사음이 터져나온다.(임철우, 「봄날」, 『그리운 남쪽』, 문학과지성사, 1985, 144~145쪽)

이 죄의식은 광주 그곳에 있었던 존재이건 아니면 광주가 아닌 곳에서 숨죽이고 있었던 존재이건 모두가 가질 수밖에 없었던 의식이다. 자기만의 생존을 위해 타자의 죽음을 외면해야 하는 부조리한 상황에서 남을 죽이고 살아남았다는 죄의식은 80년 광주를 그곳에서 혹은 바깥에서 경험한 거의 모든 존재들의 원체험에 해당한다. 이것은 한편으로는 루카치의 표현처럼 시대에의 동참의지를 유지시키는 중요한 원동력이기도 하지만 다른 한편으로는 불의의 죽음을 당했거나 숭고한 죽음을 선택했던 존재들의 죽음에 이르는 과정을 면밀하게 탐색하는 것을 불가능하게 한 장애요소이다. 그 거룩하고 숭고한 죽음 앞에 비겁하게 살아남은, 또 때로는 저들이 유포하는 역사적 맥락을 용인했던 존재들이 그 과정을 복합적으로 따져보는 것이 어떻게 가능했겠는가.

가해자의 절대적인 인과율 때문이든 피해자의 죄의식 때문이든 80년 5월의 경험은 사실에 대한 실증적 과정이 빠진 채 서사화되기 시작한다. 그리고 이 서사화는 80년 5월 이전과 그 이후를 서로 비교, 대조, 유추하여 어떻게 보면 찰나적인 광주체험의 기원과 의미를 밝혀내거나 아니면 그 기간 동안 지속되었던 것과 변화했던 것을 자세히 추체험하여 그 경험을 일상적인 삶의 맥락과 연결시키거나 하는 방식으로 이루어지지 않는다. 대신 거의 예외적인 현상에 가까울 정도의 극단적인 상황과 극단적인 인물을 선택하여 소격효과를 제고시키고자 하는바, 그래서 광주를 서사화한 소설들은 제도나 이성, 문명화나 교양, 시민적 주관성 등의 모든 현실적 원리가 작동하지 않는 시공간을 배경으로 한다. 광주의 경험을 드러내기 위해 선택한 인물 역시 일상적이고 정상적인 인물이기보다는 일상적인 질서를 뛰어넘은 초인적인 인물이거나 신경증 환자들이다. 이는 작가들의 주된 관심이 우선 80년 5월의 서사화에 있기보다는 왜곡된 80년 5월에 대한 비판적 재구성에 두어졌기 때문인 것으로 보인다. 그래서 이들 소설은 사태, 폭도, 소수정예부대의 불가피한 폭력, 안정 등으로 권력에 의해 전도된 80년 5월을 다시 전도시켜 항쟁, 완전한 영혼, 야만성, 정신착란 등을 중심개념으로 이 사건을 서사화하고자 한다.

여기 한 '완전한 영혼'들이 있다. 그는 "세계와 현실에 대한 백치적 무사상, 굴욕과 괴로움을 거역하지 않는 정신의 수동적 단순성. 천진한 미소와 겸손"(정찬, 「완전한 영혼」, 『완전한 영혼』, 문학과지성사, 1992, 59쪽)을 지닌 존재이고 세계의 모든 동물들의 탐욕을 부끄럽게 만드는 식물적인 인간이다. 동시에 그는 타인을 위해서 야만스러운 적의 총부리를 손으로 막는 인물이기도 하다. 그런가 하면 "격한 증오나 분노만으로는 결코 아무것도 이룰 수 없는 법이라고, 그건 결국 사랑을 잃게 하고 파괴만을 남길 뿐이라고"(「봄날」) 말하는 순진한 인물이 있다. 또 어머니와의 행복한 생활을 염원하는 순진한 아이가 있었다(최윤, 「저기 소리 없이 한 점 꽃잎이 지고」). 그리고 또 삼백아흔아홉 명의 아이들이 있었다(임철우, 「불임기」, 『그리운 남쪽』). 이렇게 여기 순진하고 완전한 영혼들이 있다.

그러던 어느 봄날 이 순진함으로 충일한 왕국은 거대한 폭풍우 속으로 휩쓸려 들어간다.

갑자기 아우성이 터졌어. 저 앞에서 무슨 일이 일어나고 있었던 거야. 그리고 그 거대한 물살이 뿔뿔이 흩어지기 시작했어. 그 빛나던 얼굴이 일그러지고 찢겨지고 무더기로 젖혀지면서 바닥에 나동그라졌어. 그래 그 얼굴들을 똑같이 물들이고 있었던, 피, 피, 빨간 피. 갑자기 그 큰 시가지가 비워지는 것처럼 사람들의 물살이 사방으로 흩어졌어. 악을 쓰면서, 신음하면서, 피를 토하면서, 엎어지고. 그 위로 떨어지는 광란의 막대기들, 번쩍이는 금속의 날들. 잔혹한 웃음을 낭자하게 흘리면서 도망가는 학떼를 덮치는 얼굴들. 꺾이는 얼굴, 일그러진 얼굴, 얼굴들. 빛을 모두 잃은, 순식간에 비어버리는 얼굴들. 나는 도망가야만 했어. (……) 너는 눈을 똑바로 뜨고 엄마 복부의 구멍에서 흘러나오는 검은 액체를 바라보았어. 갑자기 주위의 아우성 소리가 선명하게 가락가락 귓속으로 쏟아져들어왔지. 그리고 소리로 되어 나오지 않는 고통 때문에 너를 더욱 움켜쥐고 있는 엄마 손, 돌처럼 순식간에 굳어져버린 것만 같은 엄마 손…… 너는 급기야 한 발로 엄마의 내팽개쳐진 팔을 힘껏 누르고 네 손을 빼어냈어. 엄마의 근육살이 발밑에서 미끄러졌지. 너는 사력을 다해 밟았어. 그리고는 무더기로 이동하는 무리를 피해 달아났지.(최윤, 「저기 소리 없이 한 점 꽃잎이 지고」, 『저기 소리 없이 한 점 꽃잎이 지고』, 문학과지성사, 1992, 280~281쪽)

그렇게 총성, 아우성, 비명, 군화발 소리로 가득한 채 열흘이 지난다. 그 폭풍우 안에서 삼백아흔아홉 명의 아이들은 어디론가 끌려가고, "살려줘. 문을 열어줘. 제발 우릴 구해줘……"(「불임기」, 186쪽)라는 애절한 구원의 소리를 외면하며 살아남고, 죽고, 다친다.

그후 그곳에서는 어떠한 생명도 잉태되지 않으며 또한 화폐와 야릇한 흥분만이 존재하는 황무지로 전락한다. 그렇게 죽지 않고, 그것도 순진한 영혼의 죽음을 외면하며 살아남은 존재들도 모두 정상적인 삶이 불가능하다. 청각을 잃거나(「완전한 영혼」), 알코올이 없으면 살아가지 못하고(공선옥, 「씨앗불」), 정신분열에 시달리거나(「저기 소리 없이 한 점 꽃잎이 지고」「봄날」), 아니면 직선을 긋지 못한다(임철우, 「직선과 독가스」). 그것도 아니면 일상적인 삶의 질서를 잘 지켜가다가 오월 그 즈음이 되면 시름시름 앓는다(공선옥, 「목숨」).

　순진한 영혼을 지닌 프로타고니스트와 악마성의 총화인 안타고니스트의 대립(보다 정확하게 말하자면 일방적인 폭력)과 그로 인한 순진한 영혼의 파괴로 압축할 수 있는 이러한 경향의 소설은 사실 80년 5월에 대한 서사양식 중 가장 주도적인 갈래라 할 수 있으며, 이런 경향의 소설이야말로 전도되고 왜곡된 80년 5월의 실상을 바로잡는 데 가장 효과적이며 충격적인 방식인 것처럼 보이며 실제로 그러한 역할을 수행한 것도 사실이다.

　하지만 이러한 소설형식은 자체 안에 상당히 위험한 요소를 안고 있는 것 또한 부인할 수 없다. 예컨대, 선과 악, 순진성과 악마성의 선명한 이항대립이 이루어질 가능성이 높다. 이 계열의 소설들에는 여러 다양한 생생한 인물들이 존재하는 것이 아니라 세 개의 기호만이 등장한다. 그 세 개의 기호란 가해자 · 피해자 · 방관자이다. 이 소설들은 사태, 폭도, 소수정예부대의 불가피한 폭력, 안정 등으로 전도된 광주의 실상을 뒤집기 위해, 혹은 광주라는 정신적 상처를 설득력 있게 전달하기 위해 이 세 개의 기호를 극단화시킨다. 즉 가해자는 인간적 실존이나 두려움 따위는 전혀 없는 살인 혹은 폭행의 기계로, 피해자는 그야말로 순진한 그래서 자본주의적 이윤이나 생존을 위한 계산 가능성마저도 넘어서 있는 존재로 형상화되는 것이다. 그리고 방관자 혹은 동조자는 진실로 지나쳐서는 안 되는 어떤 상황을 지나치는 것으로, 즉 어머니를 뿌리치거나 아니면 친구를 밖에서 죽게 하거나 하는 식으로 그려진다.

　그런데 문제는 바로 이 과정, 그러니까 광주의 비극성을 극대화시키기 위해 가해자들을 그야말로 악의 화신으로 피해자를 순진함의 총화로 상징화시키는 과정에서 80년 5월은 역사적 맥락으로부터 혹은 현실적 문맥으로부터 벗어나기 시작한다는 점이다. 80년 5월의 비극성만을 제고하기 위한 목적이라면 가해자와 피해자, 선과 악의 선명한 이항대립만큼 효과적인 방법은 없을 터이다. 선과 악을 선명하게 대립시키면 시킬수록, 그리고 그를 통해 순진한 영혼이 악마적인 존재들에게 철저하게 유린당하면 당할수록, 사건 후 순진한 영혼이 겪는 정신적 상처가 깊으면 깊을수록 80년 5월의 비극성은 제고된다. 하지만 그 비극성이 제고되면 제고될수록 가해자나 피해자를 포함한 그들 모두, 그리고 그들의 상처는 현저하게 일상생활의 맥락으로부터 멀어지며 동시에 우리의 역사, 인간의 역사 밖으로 이탈한다. 앞서 살펴보았듯 이들 소설은 비극성을 제고시키기 위해 각각의 등장인물에게서 그들만의 역사, 고유한 가치, 개성, 비교 불가능한 특질 등을 가능한 한 배제한다. 그래서 가해자는, 후에 이순원의 「얼굴」이나 임철우의 장편『봄날』에서는 밀도 있게 그려졌지만, 부모·형제·남을 죽이는 두려움, 죽음에 대한 공포, 앞날에 대한 불안, 문화나 교양 등이라고는 찾아볼 수 없는 생명 없는 기호로 묘사되고, 피해자의 경우 역시 시민적 계산 가능성, 복수심, 무기 자체가 주는 나르시시즘적 쾌락, 한(恨), 방향 없는 분노, 증오 등 그 일방적인 폭력의 현장에서 있을 법한 모든 정서들이 탈각된다. 이렇게 되면 80년 5월 자체의 비극성은 제고되지만, 그 비극성은 현대의 보편적인 맥락과는 멀어진 극히 예외적인 불행으로 한정된다. 애초의 의도와는 다른 결과가 나타나는 것이다. 즉 애초의 의도는 분명 80년 5월이라는 비극이 우리 역사 속에서 실제 일어났다는 것, 따라서 비극의 당사자만이 아닌 우리 모두의 비극이라는 사실을 밝히는 데에 있었겠지만, 결과는 광주라는 비극은 그 현장에 있던, 그것도 이후 정상적인 삶이 불가능했던 소수의 예외적인 개인들에게만 발생한 것으로 비쳐지는 것이다.

80년 5월을 다룬 소설은 '80년 5월, 이곳 광주에 비극이 있었다'는 차원이 아니라 '전 지구적 자본주의의 메카니즘이, 좀더 좁혀서 이야기하자면 전 지구적 자본주의의 메카니즘에 따라 주변부에서 강요되었던 우리의 특수한 근대가 광주의 비극을 불렀다'라는 차원에서 시작했어야 할지 모른다. 일찍이 "아우슈비츠 이후에 시를 쓰는 것은 야만이다"라는 문장을 남긴 아도르노는 아우슈비츠가 단지 한 개인의 광기가 아닌 근대성의 광기이며, 아우슈비츠에서의 비극 혹은 죽음이 그곳에서 어처구니없이 죽은 존재들의 그것이 아닌 근대를 살아가는 자들의 공통된 운명임을 밝힌 바 있다. 아도르노는 근대성의 핵심원리인 이성, 그러니까 시민적 주관성에 순응하고 살아가는 자들은 모두 아우슈비츠의 가해자이자 피해자이며, 형식적 자유에 의해 가려져 있을 뿐 매일매일의 삶이 실제로는 그러하다고 파악한다. 그에 따르면 근대성의 핵심원리인 이성, 그러니까 시민적 주관성 혹은 냉혹함은 타자의 모든 가치를 기호화, 수단화시킨 채 자기를 증명한다. 아우슈비츠의 학살을 감행한 악마들의 냉혹함은 이러한 시민적 주관성을 극단적으로 밀고나간 것이다. 그러므로 계산 가능성 혹은 냉혹함으로 하루하루를 살아가는 현대인의 삶의 논리가 없었더라면 아우슈비츠는 불가능했을 것이며, 따라서 시민적 주관성을 거부하지 못한 자들은 모두가 가해자이다. 동시에 시민적 주관성에 순응하는 자들은 모두가 피해자이다. 아우슈비츠의 학살을 면했다 하더라도 그것은 악마의 손길을 우연히 피한 것일 뿐이다. 우연히 그것을 모면했지만 합법적으로 살해될 뻔했던 자가 제대로 살아갈 수 있겠는가. 또 이런 실제적인 공포가 아니더라도 현대인은 언제 어떤 상황에서든 다른 개인들로 대체될 수 있는 기호일 뿐인 존재로서의 공포감 속에서 살아가는 것이다. 이처럼 아도르노는 아우슈비츠의 학살이란 그것이 죽음 혹은 학살이라는 극단적인 방식으로 표현된 것일 뿐 하등 예외적인 사건이 아니라고 파악한다. 즉 아우슈비츠의 학살은 형식적 자유에 가려져 보이지 않았던 서로가 서로를 가해하고 또 그것의 피해자가 되는 근대 사회의 삶의 모습을 대단히 상징적으로 보여준 사건에 불과한 것이다. 아우슈비츠의 비극이 그 현장에서 죽어간 사람의 비극이 아닌 근대 자체의 비극이듯, 그리고 살아남은 존재들은 모두가 가해자이고 피해자이듯, 광주의 비극 또한 그러한지도 모른다. 현장에 있지 않았다는 것, 동참하지 않았다는 것은 하등 중요하지 않다. 만약 악마의 손길이 그 당시 현장에서 만행을 저질렀던 그 부대가 아닌 다른 부대를 지명했다면, 그리고 광주가 아닌 다른 곳을 지명했다면, 그곳의 존재들도 살아가기 위해서 냉혹함을 버리지 못한 채 가해자가 되었을 것이고, 또 악마들의 존재 증명을 위한 기호로 전락했을 것이다. 다만 우연히 그 현장에 없었을 뿐인 것이다. 그렇게 본다면 우리 모두는, 심지어는 야만적인 폭력을 지시했던 악마적인 존재들이나 아니면 그곳에서 숭고한 죽음을 맞았던 그들까지도 80년 5월의 비극의 가해자이자 피해자인지도 모른다.

하지만 80년 5월의 비극을 서사화한 위의 소설들은 그 현장에 있었던 존재들을 가해자이면서도 피해자로, 아니면 피해자이면서도 가해자로 다룬 것이 아니라 선과 악의 선명한 이분법으로 대립시키는 단계에 그치고 말았다. 선과 악, 피해자와 가해자라는 두 축을 우리의 역사적 문명사적 맥락 안에서 대립시키고 길항시킨 것이 아니라 공통점이라고는 전혀 없는 이질적인 두 극단으로 설정했던 것이다. 그래서 광주의 비극성을 표현한 서사는 결과적으로 광주의 비극을 역사적 맥락에서가 아니라 예외적이고 자립적인 공간에서 형상화하는 면모를 보인다. 그러므로 광주의 비극에 주목한 소설들은 양가적인 의미를 지닌다. 이 소설들은 광주의 비극을 효과적으로, 그리고 충격적으로 전달함으로써 야만의 적에 대한 대대적인 분노를 불러 일으켰고, 그래서 야만의 적이 정권을 잡던 그 시절, "광주의 학살 원흉들이 통치하고 있는 한 광주는 끝나지 않았다"(「광주로 가는 길」, 206쪽)며 80년대의 거센 폭풍우를 유발시키는 데 절대적인 역할을 한다. 반면 야만의 적이 물러선 순간, 그래서 정치적 문맥보다는 일상성이나 제도, 문화산업 등 문명사적 조건들이 우리의 삶을 지배하는 분위기가 되는 순간, 급격하게 영향력을 상실한다. 그렇다면 광주 자체를 근대성의 원리 또는 문명사적 맥락, 그러니까 현재 우리의 또하나의 근본적인 실존적 조건과 분리시켜 서사화한 이 소설들의 경향성이 혹시 80년 5월을 이미 지나간 시대의 한 역사로 멈추게 한 것은 아닐까. 이에 대해 우리는 그렇다라고 답할 수밖에 없다. 이는 아우슈비츠를 시민적 주관성의 표현 형식으로 파악한 아도르노가 문화산업에서 아우슈비츠를 발견하고 양자의 연속성을 규명했던 것과 비교해보면 더욱 분명하다.

3. 망각의 기원 2 ─ 역사의 사사화와 절대적인 정의

하지만 80년 5월에 대한 역사적, 문명사적 맥락화는 그 당시로는 그리 쉽지 않은 일이었음에 틀림없다. 한 나라의 거의 모든 매체, 지배적인 이데올로기, 상식, 관습 등을 동원하여 80년 5월 그 자체를 왜곡하고 있는 마당에, 하여 비극적이고 또 때로는 성스러운 죽음의 길을 걸었던 존재들의 삶과 죽음이 마구 훼손되고 있는 마당에 이 전도된 역사상을 바로잡는 일이란 무엇보다 중요했을 것이다. 더구나 악의 화신들이 권력을 쟁취하기 위해 전방의 군부대를 빼내는 것은 물론 양민학살을 감행한 악의 화신들이 어떠한 죄의식도 없이 모든 역사적 맥락을 동원하여 자기 자신을 정의와 동일시하는 상황 속에서. 그러니 80년 5월을 서사화한 소설들은 대부분 광주의 비극성을 부각시키는 데 초점을 맞출 수밖에 없었을 것이다. 그러나, 그렇다고 해서 80년 5월을 역사적인 맥락 속에 위치시키려는 노력이 없었던 것은 아니다. 서서히 광주의 실상이 전해지고 광주의 비극을 서사화한 소설들이 대단히 큰 반향을 불러일으키면서 80년대 중후반부터 광주는 그야말로 모든 담론의 중심으로 자리잡았고, 그 순간부터 80년 5월을 역사적인 맥락 속에 포함하려는 시도들이 활발하게 이루어진다. 이러한 맥락화의 필요성을 80년 5월을 서사의 원체험으로 하고 있는 임철우는 다음과 같이 제시한 바 있다.

본디 이 제목으로 『문학과사회』에 연재를 시작하기 직전까지만 해도, 전적으로 팔십년 오월 며칠 동안의 기간만을 다루어볼 생각이었다. 그러나 문득 그것만 가지고는 뭔가 한쪽이 대단히 허전하다는 느낌이 들었는데, 정치적·사회적 원인 및 배경만으로는 끝내 온전히 설명될 수 없는 어떤 부분, 가령 그 비극의 학살 현장에서 노출되어진 이 시대 인간 군상들의 야만성과 광기, 잔인함과 폭력성의 배후에는 정작 또다른 근원적 인자가 아울러 혼재해 있을지도 모른다는 의심이 바로 그것이었다. 그 의심은 막연하게나마 내 고향섬과 그 '어둠 속 벽화들'에게로 거슬러올라갔고, 그것들의 배후엔 동족 살육의 전쟁 및 분단이 배태해낸 소름끼치는 원죄의 올가미가 숨어 엎드려 있음을 비로소 깨달았다.(임철우, 「작가 후기」, 『붉은 산 흰 새』, 문학과지성사, 1990, 290~291쪽)

80년 5월의 광주에는 "동족 살육의 전쟁 및 분단이 배태해낸 소름끼치는 원죄의 올가미"가 얽혀 있으며, 그것이 "야만성과 광기, 잔인함과 폭력성"의 중요한 기원이라는 것이다. 이는 아마도 악의 화신들이 그들의 부하들을 그토록 야만적이고 폭력적인 기계로 만들 수 있었던 데에는 한국전쟁 당시의 깊은 상처들이 깊숙히 개입되어 있을 것이라는 점을 암시한 것으로 보인다. 이러한 암시는 매우 중요하다. 광주의 비극과는 꼭 30년의 거리를 두고 있는 한국전쟁의 비극이 그렇게 직접적으로 연결될 수 있을 것인가 하는 점에는 의구심이 없는 것은 아니지만, 광주에서 행해진 상상하기 힘든 폭력성의 근원을 단지 가해자들의 개인적인 폭력성에서가 아니라 또다른 기원에서 찾아야 한다는 관점은 광주의 역사적 맥락화를 위한 매우 소중한 성찰이라 할 만하다. 광주(혹은 광주의 폭력성)의 기원을 역사적인 과정에서 찾아야 한다고 말한 임철우는 정작 이러한 작업을 유보하고 있이 그 성과 여부를 따질 수 없는 것이 아쉽지만, 광주의 여러 정황들은 여러 다양한 기원 속에서 설명할 수밖에 없을 정도로 불가해한 요소들이 많다는 점을 제시했다는 것 자체만으로 의미 있는 일이다.

그렇다고 80년 5월을 서사화하면서 광주를 역사적 맥락 속에 위치시키려는 모색이 전혀 없었던 것은 아니다. 문순태의 「일어서는 땅」과 김중태의 「모당(母堂)」이 그것이다. 문순태의 「일어서는 땅」은 80년 5월을 불행했던 근대사를 바로잡으려 했던 역사적 사건의 하나로 자리매김한다. 징용에 끌려가 끝내 고국으로 돌아오지 못한 아버지, 그리고 그 아버지의 한을 풀기 위해 오욕의 역사를 청산하고 민중을 위한 역사를 건설하려다 죽음을 맞은 형을 둔 작중화자는 80년 5월 광주에서 자신의 아들마저 잃는다. 아들의 행동을 이해하지 못하던 작중화자는 아들의 일기를 통해 그 행동이 바로 오욕의 역사를 바로잡으려는 역사적 행위였음을 확인하고 아들의 역사적 결단을 받아들인다. 김중태의 「모당」 역시 비슷한 구도를 지니고 있다. "자유당 독재 말기부터 혈기를 뿜기 시작하더니 군사혁명이 일어나고 군정이 들어서서 폭압과 권력의 전횡을 일삼게 되자, 그에 맞서 부르짖으며 몸으로 싸"웠던 남편을 둔 작중화자는 아들마저 광주의 한복판에 서게 되자 자신의 신세를 한탄한다. 하지만 아들의 행위가 "인간이나 민주주의의 성장을 파괴하고 타락시키"는 "군부통치"를 반대하기 위한, 그리고 시민에게 총구를 들이대는 야만적인 군부의 전횡 속에서 "올바른 역사" "시대의 정의"를 위한 결단임을 확인한다.

문순태의 「일어서는 땅」과 김중태의 「모당」은 공히 이민족의 지배나 독재자의 폭압을 뚫고 일어섰던 역사적 항쟁의 연장선에 80년 5월을 위치시키고 그를 통해 광주항쟁이 올바른 역사를 건설하려는 모든 운동을 계승한 역사적인 사건임을 밝혀낸다. 이들 소설은 우선 80년 5월을 역사적 문맥에 위치시키려 했다는 점에서 충분히 주목에 값한다. 하지만 이들 소설은 80년 5월의 비극성에 주목한 소설들에서 보이는 한계를 고스란히 공유한다. 다시 말해 가해자가 지배계급으로 피해자는 민중계급으로 집단화되어 있을 뿐 선과 악의 이항대립적 인식은 그대로 관철되어 있다. 또한 이들 소설은 악한 지배계급과 선한 피지배계급의 대립의 역사로 역사 전체를 규정하고 80년 5월과 이전의 역사를 직접적으로 유비시키는바, 그 결과 각각의 시대 사이에 진행되었던 물질적 조건의 변화, 문명화의 정도, 정치적 발전, 제도의 변화, 의식의 변화 등은 아무런 의미가 없는 것으로 전락하고 만다. 즉 지금, 이곳을 살아가는 존재들의 삶을 규정하는 다양한 계기들, 예컨대 물신화, 사물의 주인공화와 인간의 사물화, 기호화, 단자화, 권태, 나르시시즘의 문화 등이 모두 중요하지 않은 것, 의미 없는 것으로 빠져나가고 만다. 한마디로 「일어서는 땅」 등은 80년 5월을 역사적으로 문맥화하기 위해 현대인의 존재방식을 지워버리고 있는 셈이며, 그 결과 80년 5월을 지금, 이곳의 존재들과 무관한 사건으로 형상화한다.

　이처럼 지나간 사건들을 지난날 그곳의 객관적인 삶의 조건들과 격리시켜 현재적 관점에 맞게 자의적으로 재구성하는 경우, 다시 말해 사실내용을 확정하지도 않은 채 진리내용만을 앞세울 경우를 우리는 역사의 사사화(私事化)라 할 수 있을 터이다. 역사가 사사화될 때 역사는 그 엄정성을 상실한다. 즉 역사는 사실 여부와 관계없이 자의적으로 재구성되어도 상관없는 어떤 것으로 전락하는 것이다. 물론 80년 5월을 자의적으로 재구성한, 그러니까 역사를 사사화한 장본인은 당시의 권력자들이지만, 이 권력자들과 맞섰던 쪽에서도 역사를 사사화시키기는 마찬가지이다. 앞서 살펴본 「일어서는 땅」 등이 그러하고, 또 홍희담의 「깃발」이 그러하다.

　홍희담의 「깃발」은 80년 5월을 노동계급의 관점에서 재구성한다. 홍희담은 우선 광주를 마지막까지 지켰던 존재들의 상당 부분이 노동자계급이었음에 주목한다. 그리고 여기에서 그치지 않는다. 「깃발」은 그것을 근거로 자신만의 진리내용을 읽어내고 제시하는데, 이는 다름아닌 지식인들의 비겁성과 노동자들의 변함 없는 변혁의지이다. 한때 항쟁의 주도세력인 학생, 지식인들이 죽음의 공포를 이겨내지 못했다면 노동자들은 그렇지 않았다는 것이며, 이것이야말로 노동자계급이 역사를 움직이는 주체임을 증명하는 것이라고 판단한다.

　그녀들은 부상자와 구속자 명단을 놓고 계급적으로 분류해보았다. 사망자는 제외했다. 잘못 알려지면 그 숫자만 죽었다고 확정될 수도 있으니 말이다. 사망자는 좋은 세상이 오면 정확히 확인해야 될 일이었다.

　(……)

　유산자계급 ― 34명

지식인계급 — 240명

농민계급 — 47명

무산자계급 — 822명

대략 71퍼센트가 무산자계급이었다. 지식인계급에 속하는 대부분의 숫자는 예비검속으로 붙잡혀간 사람들이었다. 붙잡혀가지 않았다면 모두 투쟁에 가담했을까. 대답은 미지수이지만 운 좋게 검거를 모면한 사람들의 행동으로 기준해본다면 가정은 나온다. 많은 사람들이 투쟁에서 이탈했을 것이다. 그렇다면 무산자계급의 퍼센트는 더 높아질 것이다. 80퍼센트, 90퍼센트. 결과를 놓고 보니 순분은 형자의 말이 새삼 떠올랐다.

(……)

"어떤 사람들이 이 항쟁에 가담했고 투쟁했고 죽었는가를 꼭 기억해야 돼. 그러면 너희들은 알게 될 거야. 어떤 사람들이 역사를 만들어가는가를…… 그것은 곧 너희들의 힘이 될 거야."(홍희담, 「깃발」, 『창작과비평』 1988년 봄호, 211~212쪽)

이러한 「깃발」 역시도 우리는 80년 5월에 대한 사사화라 부를 수 있다. 예컨대 임철우의 『봄날』이나 당시의 사건일지에서도 볼 수 있듯 마지막까지 도청을 지킨 것은 노동자만은 아니었다. 또한 도청을 지켰다고 해서 그것이 절대적인 선이 될 수 있는 것도 아니다. 그런데 작가는 80년 5월의 사건을 기록하면서 도청에서의 죽음과 그렇게 죽어간 노동자계급을 절대적 정의와 동일시한다. 이로 인해 몇몇 예상치 않은 균열이 발생한다.

우선 「깃발」은 숭고한 죽음과 비굴한 생존을 대비시킴으로써 역사의식과 역사적 행동을 생활의 영역과 분리시킨다. 「깃발」에서 역사적 인식이라든가 행위 등은 자신의 현재적 삶의 영역에 대한 맥락화라든가 혹은 그 기초 위에서 수행하는 보다 나은 삶을 위한 각양각색의 실천 등으로 파악되지 않는다. 그것보다 훨씬 직접적이다. 「깃발」에서의 역사적 인식과 행위란 역사적 현장에서의 목숨을 건 용기와 결단, 그리고 쟁투만을 지칭한다. 그 결과 「깃발」에서는 현대인의 삶을 제약하는 현실규정성은 모두 빠져나간다. 현대인의 삶을 허위의식의 그것으로 전락시키는 수많은 기제들, 예컨대 시장의 논리, 인간의 기호화 혹은 도구화, 분열되고 고독한 개인, 정치에 대한 잔혹한 무관심 등은 인간의 삶에 아무런 의미가 없는 것이 되며, 따라서 현재 우리의 삶을 둘러싸고 있는 모더니티 모두가, 그리고 그 안에서의 현대인의 삶 전체가 역사의식이 부재한 비굴한 생존의 한 방식으로 표현되는 것이다.

「깃발」은 이처럼 현대인에게서 현대인의 삶을 제약하는 규정성을 제거해놓고 바로 그 상태에서 노동자계급(혹은 무산계급)을 절대적인 정의로 격상시킨다. 「깃발」은 노동자계급의 전위적 성격을 자본주의적 시장의 논리에 의해 겹겹으로 고통받으며 그래서 그것을 해체해야만 인간적인 삶이 가능한 그들의 존재적 조건 등에서 면밀히 찾아보려 하지 않는다. 다만 노동자계급의 죽음을 마다하지 않는 용기와 결단을 주목할 뿐이다. 그 결과 「깃발」에서 제시된 노동자계급의 전위성은 역사적 맥락은 물론 문명사적 맥락과도 무관한 자리에서 설정될 뿐이니, 「깃발」에 따르면 80년 5월은 살아남고 싶은 지극히 인간적인 욕망마저도 넘어선 존재들의 고귀하고도 치열한 역사적 실천이 아니라 원래부터 죽음을 마다 않는 노동자계급의 당연한 결단에 의해 지속된 몇몇 사람들의 항쟁일 뿐이다. 「깃발」은 그렇게 80년 5월을 현대인의 실존적 조건과 단절시킨다. 그래서 「깃발」은 작가의 선의에도 불구하고, 아니 작가의 즉물적인 선의 때문에, 80년 5월을 한편으로는 한국적 모더니티의 지극히 예외적이고 우연적인 시간으로, 그리고 다른 한편으로는 극단적으로 악마적이고 절대적으로 선하며 또 극단적으로 비겁한 존재들만이 활보했던 공간으로 서사화한다.

하나의 전율한 만한, 그래서 쉽게 잊고 싶은 사건이 기억되기 위해서는 "타인을 죽이는 행위를 막기 위해 생명을 바치지 않고 팔짱 낀 채 보고만 있었다면 그것은 바로 나 자신의 죄라고 생각한다. (……) 그러한 일이 벌어진 뒤에도 아직 내가 살아 있다는 것은 씻을 수 없는 죄가 되어 나를 뒤덮는다"(야스퍼스)는 식의 사회 구성원 모두의 책임의식이 절대적으로 필요하다. 만약 그렇다면 「깃발」은 80년 5월의 고통과 환희의 순간을 지나치게 몇몇 사람들에게만 전가시켰는지도 모를 일이다. 하여, 우리는 「깃발」을 통해서 80년 5월의 고통과 환희를 같이 아파하고 기뻐하고 또한 살아남아 죄스러운 느낌을 받는 것이 아니라 대신 현재 우리의 운명과는 무관한, 따라서 우리가 지은 죄라고는 없는 어떤 사건을 팔짱을 낀 채 바라보는 경험을 하게 된다. 하나의 대상을 현실적 맥락과 무관한 자리에서 숭고하게 만드는 것은 그리 어렵지 않다. 대신 그 대상을 현실적 맥락 속에서 숭고하게 그려내는 일은 쉽지 않다. 하지만 불행하게도 「깃발」은 전자의 길을 택했으며 결과적으로 80년 5월은 지금, 이곳을 살아가는 우리의 삶의 실감과는 무관한 사건으로 멀어져갔다.

홍희담의 「깃발」은 우리에게 아주 소중한 교훈을 제공한다. 하나의 비극적 사건이 기억되기 위해서는 그 사건 자체를 사사화시켜서는 안되며 어느 누구에게도 절대적 정의의 명칭을 부여해서는 안 된다는 것. 누군가에게 절대적인 정의의 명칭이 주어지면, 여타의 존재들도 정의의 명칭을 나눠 가지려 하며 급기야는 그 사건으로부터 모두 자유로워지기 때문이다.

4. 원점 회귀의 미적 차원

80년 5월 이후 80년 5월을 기억하려는 노력은 80년대 문학의 한 갈래를 형성할 정도로 치밀하고도 치열하게 이루어진 바 있다. 하지만 그러한 기록에의 의지에도 불구하고 80년 5월은 우리에게 살아 있는 역사로, 혹은 의미 있는 정신으로 작용하지 못하고 있는 것처럼 보인다. 어느 정도인가 하면 80년 5월의 역사적 의미를 다룬 논문들로 구성된 책자의 제목이 '광주는 정말 끝났는가'라고 붙을 정도인 것이다. 그만큼 지금, 우리는 80년 5월에 대한 잔혹한 무관심의 상태로 살고 있다. 80년 5월에 대한 집단적인 망각에의 의지는 물론 한국사회와 역사 전반을 대상으로 한 총체적인 정신분석이 필요할 정도로 복합적인 요인에 의해서 형성된 것임에는 틀림없다. 하지만 그토록 집요한 기록에의 열정에도 불구하고 80년 5월이 우리 사회의 내용과 형식의 근저에 뿌리내리지 못했다는 것은 뒤집어 생각해보면 그 기록의 형식 자체에 우리가 미처 눈치채지 못한 심각한 문제가 놓여 있다는 것을 반증하는 것이다. 그래서 우리는 80년 5월 이후 80년 5월에 대한 자신들의 전 존재를 건 기록들을 비판적인 관점에서 다시 읽어볼 필요성을 느꼈고, 이제까지 그 작업을 너무 지나치다 싶을 정도로 혹독하게 진행해온 셈이다.

80년 5월의 기록에 대한 우리의 비판적 점검에 대해 혹독함을 느끼는 사람들은 대부분 80년 5월 이후를 기억하는 존재들일 것이다. 사실 우리에게는 너무도 선명하다. 80년 5월 이후부터 90년대 초엽까지만 해도 저 야만의 적들이 규정한 80년 5월과 다르게 80년 5월을 표현한다는 것은 곧 목숨을 건 결단이었다는 것. 그렇게 그때는 하나의 사건에 대한 단 하나의 인과율만을 폭력적으로 강제했으며, 그래서 단 하나의 인과율이 집요하게 왜곡한 사실들을 어떻게든 복원해야 했고 그를 위해서는 80년 5월 그곳의 광기와 숭고함, 추함과 아름다움을 선명하게 대비시킬 수밖에 없었다는 것. 하지만 또 어쩔 것인가. 그토록 힘겹고 처절한 기억과 기록에도 불구하고, 또 부분적으로는 그러한 기록 때문에 80년 5월은 우리에게서 멀어진 것을. 결국 우리에게 필요했던 것은 80년 5월 그곳을 성역화, 영웅화하는 것이 아니라 일상적이고 역사적인 맥락 속에 포괄하는 것이며, 야만의 적에 대한 분노만이 아니라 분노를 다스리는 냉정함이었던 것이다. 또한, 주인석이 「광주로 가는 길」에서 제시한 것처럼, 사실을 떠난 해석이 아닌 사실의 객관적 총괄이 먼저 이루어졌어야 했는지도 모른다.

이런 점에서 보자면 90년대 후반 갑작스럽다 싶게 우리 앞에 모습을 드러낸 임철우의 『봄날』은 대단히 문제적이다. 『봄날』은 80년 5월을 다룬 소설적 성과는 물론 그것에 관한 모든 기록물들을 집대성한 대작이다.

『봄날』은 80년 5월을 총체적으로 재현하기 위해 80년 5월의 모든 핵심적인 사건들을 소설 속으로 끌어들이는 것은 물론 사회의 전 계층이 망라되었다 할 정도로 다양한 인물들을 등장시킨다. 이 다양한 사건과 인물들을 통일성 있게 구성한 원천, 그러니까 『봄날』의 가장 핵심적인 서사원리는 사실을 객관적으로 총괄하려는 의지이다. 다만 『봄날』은 그때, 그곳의 실체적 진실을 충실하게 전달하고자 하며, 『봄날』이 80년 5월의 사건일지를 핵심적인 서사단위로 설정하는 다큐멘터리식 구성을 취한 것은 이와 관련이 깊다. 물론 있는 그대로의 사실을 전달하려는 작가의 의지는 단지 소설의 외적 형식에만 관철되지는 않는다. 『봄날』은 광주의 비극성과 의의를 고조하기 위하여 그곳의 다양한 존재들을 더이상 가해자, 피해자, 방관자라는 기호들로 환원하지 않는다. 뿐만 아니라 가해자는 더이상 악의 총화가 아니며, 피해자는 무조건 숭고한 존재로 표현되지 않는다. 그리고 살아남은 자들은 살아남았다는 이유로 공범자로 몰아붙이지 않고 나름대로의 역사적 의미를 부여한다. 뿐만 아니라 어느 누구에게도 절대적인 정의라는 명칭을 부여하지 않는다. 다만 최선을 다했을 뿐이라고 말한다. 『봄날』은 이처럼 어떻게든 80년 5월 그곳을 현대인의 실존적인 조건이나 역사적인 맥락과 연결시키려 그야말로 혼신의 힘을 다하며, 그러한 작가의 노력은 헛되지 않았다. 『봄날』은 사실은 없고 자의적인 해석만이 난무했던, 아니 해석에 따라 사실마저도 수시로 변했던 80년 5월의 실체적 진실을 끝까지 포기하지 않으며, 그 결과 드디어 80년 5월을 둘러싼 숱한 소문과 편견들이 걷히기 시작한 것이다.

하지만 『봄날』은 80년 5월에 대한 어떤 완결일 수 없다. 아니, 『봄날』로 인하여 비로소 80년 5월은 이제부터 의미 있는 맥락화의 길로 접어들게 되었다고 해야 할 것이다. 『봄날』은 정말 치열하게 맥락화의 매혹을 떨쳐내고 있다. 작가 임철우가 『봄날』 이전에 『붉은 산, 흰 새』에서 80년 5월을 한국전쟁과 연관시키는 시도를 행한 바 있거니와, 또한 그러한 맥락화의 필요성을 제기한 바도 있다. 하지만 『봄날』은 그러한 맥락화를 극도로 자제한다. 작가 자신이 80년 5월을 되살리는 보다 효과적인 길로 사실의 재현을 선택했기 때문일 것이다. 앞서 이야기했듯 이는 성공적이다. 그러나 그렇기 때문에 작가 임철우에게는 또하나의 중요한 과제가 놓여 있다. 바로 그가 미루어놓았던 작업, 즉 한국전쟁과 80년 5월을 연관시키고 더 나아가 그러한 광기가 주기적으로 반복될 수 있는 한국적 모더니티의 특이성을 규명하는 일이다. 아우슈비츠 이후 세계를 대표하는 지성들이 아우슈비츠를 통해 모더니티의 구조를 새로운 관점에 읽어냈듯, 우리도 80년 5월을 통해 한국적 모더니티의 특성을 밝혀낼 수 있을 것이며 그것은 우리의 삶을 이해하는 데 가장 중요한 계기로 작용할 것이다.『봄날』은 이처럼 80년 5월을 기억시킨 것만이 아니라 우리에게 우리의 근대 역사 전체를 이해할 수 있는 열쇠를 제공한다. 혼신의 역작만이 가져올 수 있는 일이다.

10년 전 쯤 채영주의『시간 속의 도적』은 광주의 상처가 제대로 처리되지 않을 경우 광주와 같은 또다른 불행을 낳을 것이라고 강렬한 경고를 제기한 바 있다. 그리고 최근 간행된 송기숙의『오월의 미소』역시 상처의 불완전한 치유가 가져올 불행에 대한 강력한 경고를 담고 있다.『오월의 미소』는 80년 5월에 대한 역사적 평가가 제대로 이루어지지 않자 이에 대한 증오로 광주의 피해자가 가해자를 죽이는 것으로 결말 맺고 있는바,『오월의 미소』는 80년 5월의 역사적 의미가 충분히 재평가되지 않을 경우 또다른 비극을 불러올 수 있음을 우려한다. 우리의 망각은 이처럼 치명적인 것이다.

우리가 서서히, 혹은 급격하게 광주를 잊어가고 있는 동안 광주 그곳에 있던 존재들은 사실을 바라보지 못하게 하던 온갖 검은 휘장을 걷어내고 있다. 그리고 말한다. 80년 5월을 보라고, 그곳에는 우연히 악마의 손길을 벗어난 당신들의 모습이 있다고. 아니 당신의 과거의 모습만이 아니라 오늘의 모습, 그리고 내일의 모습이 있다고. 망각을 무기로 계속 냉혹한 삶을 유지할 경우 어느 순간 악마는 부활할 것이며 그때 그 손길은 우리 모두를 향할지도 모른다고. 우리가 잊지 말아야 한다고 하는 것은 우리의 상처 때문이 아니라 바로 그 때문이라고.

　이제 우리가 기억할 차례다. (2000년)

불임(不姙)의 사랑, 모성의 공포

1. 오디세우스의 귀환과 여성적 글쓰기의 확대

'여성작가들이 몰려오고 있다' 라는 표현은 결코 저널리즘 일각의 과장
은 아닌 듯하다. 위의 구절만큼 90년대 문학의 핵심적인 특징을 정확하게
짚어낸 표현도 드물다. 아니, 오히려 '여성작가들이 몰려오고 있다' 는 표
현 대신에 '여성작가들이 한국문학의 중심부를 장악했다' 라는 표현이 더
합당할는지도 모른다. 정말로 90년대 들어 여성작가들의 활동은 눈부시
다. 박경리 박완서 오정희 서영은 최명희 김향숙으로부터 최윤 신경숙 김
형경 윤영수 공지영 공선옥 김승희 김인숙 이혜경 서하진 은희경 전경린
차현숙 배수아 권여선 윤효 한강 조경란 하성란에 이르기까지 90년대 들
어 여성작가들이 품어내는 향취는 진하다 못해 정신을 아득하게 할 정도
이다.

소설은 '집 떠나는' 남성들의 출사표이자 귀향하는 아들들의 환멸, 환

희, 참회를 담은 고백록이었다. 이제까지 소설의 역사는 '페넬로페'의 '한숨'을 뒤로 한 채 세계의 중심을 향해 다가서는 오디세이적 모험의 역사였으며, 루카치가 소설을 '성숙한 남성의 형식'이라고 규정한 것은 이러한 소설의 역사를 총괄해낸 결과일 것이다. 소설이란 진정한 자기를 찾기 위해 이미 사라져버렸는지도 모르는 세계의 총체성을 향해 돌진하는 모험의 서사이자 동시에 본질이 사라진 시대에 그 본질을 찾아나서는 문제적 개인의 내면적 여행의 기록이다. 그러나 이 모험과 여행을 멈춤 없이 행할 수 있는 존재들이란 항시 소수일 뿐이다. 현재의 '나'에서 보다 높은 위치의 '나'로 나아가려는 욕망으로 살아가는 자들, 자기 보존적인 삶에 대한 강한 유혹을 물리치고 세계사적 인간으로 웅비하려는 존재들만이 본질을 찾아나서는 힘겨울 뿐만 아니라 영원히 되풀이될지도 모르는 악무한의 모험을 감행할 수 있다. 이제까지 인류사를 돌이켜보건대 자신의 전 존재를 건 이러한 치열한 쟁투와 모험을 용이하게 수행하여 세계를 움직였던 존재들은 대부분 남성이었으니, 비록 소설을 '성숙한 남성의 형식'이라고 규정하는 데에는 남근주의적 사고가 물씬 풍기는 것이 사실이기도 하지만, 세계의 총체성을 되찾으려는 모험의 서사인 소설을 '성숙한 남성의 형식'으로 규정한 데에는 이러한 저간의 사정이 개입되어 있을 터이다.

한국소설의 역사 또한, 거칠게 말하자면, '집 떠나는 남성'들의 출사표의 역사이다. 한국소설사에서 각각의 소설이 생산된 시대와 관계없이 일관되게 나타나는 풍경 중의 하나는 '집 떠나는 남편(혹은 자식)과 기다리는 어머니(혹은 아내)'이다. 이 풍경만큼 우리 민족이 살아온 역사를 압축적으로 보여주는 대목은 드물다. 한마디로 '집 떠나는(혹은 집으로 돌아오는) 남편과 기다리는 어머니'는 한국근현대사의 '바로 그 모습', 즉 한국근현대사의 전형적 표현이다. 우리의 근현대사가 한시의 멈춤도 없이 긴박하게 전개되었고 그 거대한 역사적 격랑 속에서 많은 사람들이 자의든 타의든 집을 비울 수밖에 없었다는 사실은 한국근현대사를 정밀하게 읽어내려는 노력 없이도 쉽게 확인할 수 있는 바이다. 때로는 소위 '모던 걸' 혹은 '카페 여급'이 품어내는 향기에 취해서, 또 때로는 자신의 이념에 충실하기 위해서(김소진의 표현을 빌리자면 '헛것'에 눈이 멀어서), 아니면 이념을 달리하는 누구에겐가 쫓겨서, 그것도 아니면 급격한 도시화에 의해서, 우리 민족의 성원들은 자신의 터전에서 서울로, 동경으로, 만주로 유랑민 같은 삶을 살아야 했다. 그 텅 빈 집을 지켰던 것이 어머니(아내)들이었음은 두말할 나위도 없다. 처음에는 지아비를, 그 다음에는 자식들을 기다리며, 우리의 어머니들은 동구 밖 신작로를 눈이 아릴 정도로 응시하며 살아왔다. 이러한 어머니(아내)의 한숨 소리를, 악다구니를, 아련한 눈길을, 그리고 가정에 안주했으면 하는 간절한 염원을 뒤로 하고 남성들은 집을 떠났으며, 이 오디세이의 후예들의 내면의 기록이 한국소설사의 큰 줄기를 이루어왔다.

그런데 언제부턴가, 구체적으로 말하자면 90년대로 접어들면서, 오디세이들이 서서히 귀환하기 시작했다. 이들은 오디세이적 열정으로 충일했던 시절을 단지 아름다웠노라고 회고할 뿐 어떠한 새로운 모험도 감행하지 못한다. 오디세이의 후예 몇몇이 기나긴 장정에 접어들었지만, 그들의 출사표는 어딘지 모르게 황폐하다. 그들이 걷는 길은 현재를 살고 있는 인간 누구나가 각자이면서도 전체로 가야 하는 길처럼 보이지 않으며, 그들이 행하는 서사적 모험은 자기 기만이나 삶의 타성으로부터 벗어나서 자신의 내면성이 지니는 고유한 가치를 알아보려는 모험처럼 다가오지 않는다. 즉 새로운 세대들의 소설에선 현재 인간의 삶을 규정하는 사회적 내용이나 형식에 자신의 영혼을 내맡길 경우 자신의 삶은 아무것도 아닌 것으로 전락할 것이라는 공포감이나 삶의 타성으로부터 끊임없이 벗어나게 하는 동력인 마성적인(demonic) 기억이 깃들여 있지 않다. 대다수의 사람들이 관심조차 가지지 않는 대상에게서 찰나적인 경이와 죽음의 공포를 발견하고 전율할 때, 다시 말해 한 작가의 내면세계에 마성적인 것이 깊숙이 자리잡고 있을 때, 그들의 경험내용은 지성이나 합리성 혹은 이미 존재하는 보편적인 담론으로 설명되지 않기에 사소한 대상, 사건에 대해서도 민감하게 반응하여 표현의 밀도를 유지시킨다면, 새로운 세대에겐 이 밀도를 찾아보기 힘든 것이다.

한마디로 90년대로 접어들면서 한국소설에서 집을 떠나는 남성들의 모험은 세계의 본질에 보다 더 접근하는 데 어느 정도 한계를 드러낸 셈이다. 그 불모의 자리를 대신 메운 것은 여성들의 한숨과 악다구니와 아련한 눈길이다. 신경숙 김형경 공지영 공선옥 은희경 전경린 이혜경 서하진 배수아 차현숙 권여선 등등의 페넬로페의 충실한 후예들이 속속 등장하더니, 이제는 한국소설의 거대한 줄기를 형성하기에 이르렀다.

여성작가들의 대대적인 약진과 남성작가들의 상대적인 부진이라고 할 수 있는 이 현상은 가히 90년대의 특성이라 할 수 있으며, 좀더 나아가 문학사적인 사건이라 할 만하다. 한 시대 문학의 중심부가 이처럼 여성작가들로 채워진 경우는 유례가 없었거니와, 동시에 최근의 여성작가들이 생산해내고 있는 소설은 이전 시대 남성작가들의 소설은 물론 전 시대 여성작가들의 소설과도 내용과 형식에 있어서 그 특질을 달리하기 때문이다. 최근 여성작가들의 소설은 분명 '성숙한 남성의 형식' 은 아니다. 그들 소설의 주인공은 생애 '최대의 풍경' 이라는 유년기를 행복한 것으로 기억하지 않는 듯하며, 또한 개인의 모험과 사회적 발전이 조화를 이루는 서사시적 경험도 가지고 있지 않다. 뿐만 아니라 그들 소설의 주인공과 어떤 까닭인지 자기 완성을 위해 모든 고난들과 맞서는 대신 작은 시련 앞에서 쉽게 절망한다. 이러한 주인공의 모습은 이전 소설의 주인공 사이에는 큰 차이가 존재하는 것으로 보인다. 이전의 소설이 '모험의 서사' 라고 한다면, 최근 여성작가들의 소설은 '환멸의 서사' 라고 이름할 수도 있을 것이다. 이처럼 최근의 여성작가들의 소설은 이전의 소설과는 질적으로 다른 서사원리에 의해 구조화되고 있으며, 또 이제까지의 소설의 역사와는 다른 계보를 형성하고 있다.

최근 여성작가들의 소설을 검토하는 일은, 따라서 중요하고도 시급한 일이다. 이 작업을 위해서는 문제를 구체화시킬 필요가 있다. 최근 여성 작가의 소설들이 한국소설의 중심부를 형성하게 된 이유는 무엇이며, 구체적으로 이전의 소설과 어떤 차이를 보이는가. 그리고 이전과는 다른 내적 형식, 서사원리를 지닌 이 소설들은 지금, 이곳의 현실을 얼마나 풍요롭게 반영하는 동시에 투사(Projekt)하며, 기록하는 동시에 구성하고 계획하며, 읽어내는 동시에 예측하는가. 즉 이들 소설의 소설사적 위상을 자리매김하는 것이 필요하다는 것인데, 이 작업은 90년대 문학의 선 자리를 확인하는 중요한 단서를 제공할 것이라 생각된다. 즉 이들의 소설이 현재 한국소설을 이끌어가는 중요한 동력 중의 하나라고 한다면 이들에 대한 통시적이고도 공시적인 접근은 곧 현재 한국소설의 수준을 확인하는 일이 될 것이다.

2. 아비들에 대한 공포, 혹은 여성적 정체성의 발생론적 근거

90년대 여성작가들의 소설사적 위상을 규명하기 위해 먼저 필요한 일은 90년대 들어 여성작가들의 소설이 한국소설의 중심부로 진입하게 된 과정을 밝히는 것이다. 90년대 접어들어 '성숙한 남성의 형식' 이기를 고집하는 소설이 갑작스레 쇠퇴하고 그 자리를 여성적인 목소리가 메웠던 필연적인 요인은 무엇이며 그리고 또 그 여성적 목소리에 많은 평자들이 귀를 기울였던 이유는 무엇인가. 이 질문은 중요하다. 이 문제에 대해 어느 정도 윤곽이 그려져야만 30대 여성작가들이 생산한 소설들의 소설사적 위상을 판별할 수 있는 기준의 설정이 가능하기 때문이다.

이 질문에 답하고자 할 경우 양귀자처럼 문제적인 작가도 드물다. 양귀자는 80년대와 90년대의 소설형식상의 차이를 전형적으로 보여주는 바로 그 작가이다. 『귀머거리새』『원미동 사람들』『희망』의 작가에서 『나는 소망한다 내게 금지된 것을』『천년의 사랑』의 작가로의 존재전이는 실로 갑작스럽다 할 수 있거니와, 이 갑작스러움이야말로 80년대와 90년대 사이에 양귀자가 행한 변화의 특성이자 더 나아가 같은 시기에 한국소설에서 나타난 변화의 특징이다. 그런데『원미동 사람들』에서『나는 소망한다 내게 금지된 것을』로 넘어가는 길목에 걸쳐 있는 양귀자의 다음과 같은 언급은 주목을 요한다.

1) 지금 내 앞에 주어진 미로는 너무 교활하다. 지식과 열정을 지탱해주던 하나의 대안(代案)이 무너지는 것을 신호로 나의 출구도 봉쇄되었다. 나는 길 찾기를 멈추었다. 길 찾기를 멈추었으므로, 나는 내 소설의 새로운 주인공을 찾을 수 없게 되고 말았다. 작은 꿈, 작은 눈물, 그런 것들로 무찌르기에 이 세계는 너무나 거대하고 음흉하다. 문학은 곧 폐기처분될 위기에 내몰린 듯하다는 글쟁이들의 엄살은 결코 엄살이 아닌 현실이 되어버리고 진실이나 희망이란 말은 흙더미에 깔려 안장되었다. 그 순간 나의 출구도 파묻혔다. 나는 두 팔을 묶었다.(양귀자, 「숨은 꽃」,『문학사상』1992년 6월호, 306쪽)

2) 이 소설(『나는 소망한다 내게 금지된 것을』을 말함—인용자)을 시작하면서 나는 엄정한 리얼리즘의 시선을 유보하기로 마음먹었다. 그렇게 함으로 해서 작가인 나도, 강민주도 보다 자유롭게 주제를 풀어나갈 수 있는 길을 뚫어놓고자 함이었다. 그리고, 그 판단은 옳았다.(양귀자,『나는 소망한다 내게 금지된 것을』, 살림, 1992, 14쪽)

위의 진술을 우리는 교활한 현실의 발견과 엄정한 리얼리즘적 정신의 유보라는 말로 요약할 수 있을 듯하다. 현실이 교활하므로 리얼리즘의 시선을 유보하기로 한다는 표현은, 그러나 앞뒤가 맞지 않는다. '교활한 현실'이라는 말이 있을 정도로 현실은 원래 교활하며 이 교활한 현실을 법칙적으로 그리고 그 현실을 발생시킨 궁극적인 추동력과의 관계 속에서 읽어내려는 정신이자 방법이 바로 리얼리즘이라 한다면, 그리고 수많은 논란에도 불구하고 리얼리즘이 여전히 유효한 창작의 원리로 존속되는 이유는 리얼리즘이 가변적이며 수시로 여러 사람의 여러 예측을 비웃으며 질주하는 현실에 보다 더 접근할 수 있는(그 결과 인간적, 사회적 진실에 보다 더 접근할 수 있는) 창작의 정신이자 방법이기 때문이라고 한다면, 양귀자의 리얼리즘에 대한 이해가 일반적으로 통칭되는 리얼리즘과는 구분된다는 사실을 확인할 수 있다.

그러나 문제는 양귀자가 리얼리즘이라는 외연(外延)에 일반적인 의미와는 다른 내포(內包)를 부여했다는 데에 있지 않다. 보다 중요한 문제는 양귀자가 현실의 교활함을 90년대에 접어들어서야 비로소 느끼기 시작했다는 점이며, 또한 현실의 교활함을 발견하는 순간 타락한 현실에 대한 부정의지나 극복의지를 스스로 거두어들이고 있다는 사실이다. 양귀자의 이러한 변화과정은 선뜻 동의하기 힘들다. 90년대 이전의 시대가 90년대와는 전혀 다른 작고 순진한 세계였다는 견해에 수긍할 수 없을뿐더러, 현실의 벽이란 결코 쉽게 넘어설 수 없을 정도로 견고하기 때문에 이제는 꿈을 꾸지도, 길 찾기를 지속하지도 않겠다는 다짐에는 더더욱 동의할 수 없다. 만약 80년대의 시대적 분위기가 그 시대를 작고 순진한 세계로 읽었다면 그것은 시대가 작고 순진했기 때문이 아니라 80년대의 시대정신이 그 시대를 잘못 읽었기 때문일 것이며, 만약 진정으로 꿈을 실현하고자 하는 자(또는 그 꿈의 실현에 자신의 전 존재를 건 자)가 갑작스레 현실의 벽이 높다는 사실을 확인했다면 그가 먼저 할 일은 꿈이란 의미 없다고 선언하는 것이 아니라 궁극적인 목표에 도달하기 위해 방법을 재정립하거나 아니면 가까운 목표를 설정 · 수정하는 일일 것이다. 한마디로 더욱더 엄정한 리얼리즘의 시선이 필요했던 것인데, 양귀자는 리얼리즘의 유보를 선언한다.

그런데 더욱더 중요한 문제는 현실의 교활함의 발견과 리얼리즘적 시선의 유보가 단지 양귀자 한 사람에 국한되지 않는다는 사실이다. 한 시인

이 "활처럼 긴장해도 겨냥할 표적이 없"(김중식, 『황금빛 모서리』, 문학과 지성사, 1993, 40쪽)다고 선언하는 순간, 현실의 본질을 읽어내려는 모험이 사라지기 시작했고, 불분명한 의식에서 분명한 의식으로 성숙하려는 치열한 과정이 숨죽이기 시작했다. "본질은 절대로 찾아야 하지만 동시에 본질은 절대로 찾아지지 않는다"는 것이 소설의 운명이고 이 운명에 충실하고자 한 결과가 '성숙한 남성의 형식'으로서의 소설로 현상했다면, 90년대 접어들어 소설은 '절대로 찾아지지 않는 본질을 절대로 찾아내야 하는' 이율배반적인 상황을 더이상 의미 있게 병존시키려는 노력을 행하지 못하고 있다. 90년대로 접어들면서 한국소설 전반은 갑작스레 나타난 낯선 풍경과 더불어 불분명해진 '나'를 보다 분명한 '나'로 비약시키려는 치열한 과정을 지속시키지 못했던 것이다.

이처럼 거대하고 음흉한 세계의 발견과 성숙한 남성의 형식의 후퇴는 긴밀한 함수관계를 맺고 있다. 이해하기 힘든 현상이지만 분명히 눈앞에 펼쳐진 장면임에 틀림없다. 따라서 중요한 것은 왜 이처럼 이해하기 힘든 현상이 실제로 나타났는가 하는 점을 밝히는 일이다. 결론적으로 말하자면, 음흉한 세계에 대한 인정과 남성적 모험의 정지는 우연적이라기보다는 필연적이며 한 개인에 속한 것이라기보다는 한국문학의 특성과 밀접한 연관을 지닌다. 우리의 '집 떠나는 남편(아들)'들, 즉 우리의 오디세우스들은 세계가 교활하고 음흉하다는 사실을 어쩔 수 없이 받아들여야 하는 경우 필연적으로 길을 잃을 수밖에 없는, 그런 황폐한 내면을 지니고 있었던 것이다. 우리의 오디세우스들의 모험은 세계(혹은 교활한 현실, 가부장적 질서)는 거대하고 음흉하며 따라서 자신들의 모험이 성공하기 위해서는 수많은 낯선 풍경을 접해야 하고 그 수많은 풍경 속에서 자기 소멸과 자기 보존의 과정을 거쳐야 한다는 전제하에서 이루어지지 않았다. 이제 세계가 교활하다는 사실을 더이상 부인할 수 없는 시기가 왔고, 그 시기는 90년대였으며, 그러자 본질을 향하는 서사적 모험은 실제로 사라졌다.

한국의 아들들은 변화를 원치 않는 현실을, 그 현실의 정점이자 동시에 그 현실을 유지·보존하는 존재인 아비를, 그리고 그 아비 밑에서 성장하여 자신의 영혼에도 긍정적인 것이건 부정적인 것이건 아비의 삶의 논리가 스며 있다는 사실을 두려워하지 않아왔다. 아들의 눈에 비친 아비는 단순히 아무런 가치관도 세계에 대한 진지한 접근도 없는 존재들이다. 국가나 민족을, 아니면 인륜성과 모럴과 교양 등을 강조하는 아비상도 존재하나, 그러나 아들들은 그 이데올로기를 "나 빼놓고 다 망해라"(채만식, 『태평천하』)라거나 아니면 "너희들도 돈을 벌어야 하느니라. 사회니 무어니 하고 떠들어도 결국 돈 가진 놈의 놀음이야. 다 소용없어! 그저 돈이다"(이기영, 『고향』)라는 속물근성을 감추기 위한 장치로 규정한다. 그 결과 한국의 아들들은 오이디푸스 콤플렉스 때문에 갈등하지 않는다. 아비 앞에서 아들들은 고개를 숙이지 않는데 그것은 아비에게 어떤 전율스러우며 공포에 가까운 권위를 느끼지 못하기 때문이며, 따라서 거세공포나 살부충동 사이에서 긴장하는 모습을 찾아보기 힘들다.

다음의 이상(李箱)의 시는 한국의 아들들이 아비들에게 느끼는 내면의 미세한 감정을 전형적으로 보여준다.

나의아버지가나의곁에서조을적에나는나의아버지가되고또나는나의아버지의아버지가되고그런데도나의아버지는나의아버지로되나의아버지인데어쩌자고나는나의아버지의아버지의아버지의……아버지가되느냐나는왜나의아버지를껑충뛰어넘어야하는지나는왜드디어나와나의아버지와나의아버지의아버지와나의아버지의아버지의아버지노릇을한꺼번에하면서살아야하는것이냐(이상, 「오감도 — 제2호」, 전문)

물론 아비로 인해 촉발되는 공포가 없는 것은 아니다. 그것은 다름아닌 아비가 너무 왜소하기 때문에 발생하는 공포이다. 한국의 아들들은 아비의 권위에 공포를 맛보는 것이 아니라 아비의 왜소함에 공포를 느낀다. 만일 계속 이 질서 속에 머문다면 자신도 속물적이고 왜소한 아비가 될지도 모른다는 공포감. 동시에 아들들은 아비의 왜소함이 강퍅한 역사를 살아 가는 하나의 중요한 생존전략이자 동시에 나름대로 개연성 있는 역사적 총괄이라는 사실을 잘 안다. 역사철학적으로 위대하지 않은 자만들이 생 존할 수 있었던 역사가 한국의 역사였으므로. 따라서 변화를 원치 않는 혹 은 세상을 악의 구렁텅이로 몰고 가는 아비의 세계관을 부정하고 비판하 고 넘어설 수 있는 결정적인 방법은 역사란 필연의 왕국에서 자유의 왕국 이 발전할 수 있다는 사실을 증명하는 길이다. 인간의 삶에 중요한 것은 '돈'의 추구가 아니라 자기의 완성과 사회의 발전을 동시에 추구하는 열 정이라는 사실을 일깨우고, 인간의 역사란 '돈 가진 놈의 놀음'이 아니라 진정으로 자기를 완성하려는 세계사적 개인들의 활동의 장이어야 한다는 사실을 환기시키는 길은, 역사적 전변 혹은 혁명을 완성해내는 일이다. 그 래야만 "나 빼놓고 다 망해라"라는 가치관이 허위의식임을 분명히 밝힐 수 있을 것 아니겠는가. 한국의 아들들은 개선, 개혁 등 점진적인 변화의 모델은 상정하지 않는다. 혁명의 미학화이든 미학의 혁명화이든 그들은 세계의 근본적인 변화 즉 혁명을 꿈꾸어왔다. 한국의 아들들에게 '현실의 제반 모순점을 부분적인 개혁으로 해결하려는 노력'은 곧 '부패한 냉정' 과 등가인 것이다.

한국의 아들들은 아비의 어떤 것은 계승하고 어떤 것은 넘어서겠다는 식의 사고가 없다. 그들은 현실 속에서 이상을 발견하거나 이상에 근접하 기 위해서 현실을 조금씩 변화시키려는 시도는 행하지 않는다. 그들은 자 기 주변의 사람들이란 다른 사람의 지도(권력에 의한 중앙집권식 통제) 없 이는 자신의 지성을 사용할 수 없는 존재라고 의식적이든 무의식적이든 규정해왔으며, 따라서 권력을 확보해야 한다고 믿는다. 권력이 있어야만 계몽의 형식을 통해 자기 주변의 현실을 전면적으로 변화시키는 것이 가 능하기 때문이다. 하여, 아들들은 근본적인 변화를 강조하는 담론들이 나 타나면, 그 담론에 자신의 영혼을 내맡긴다. 한 세대가 극단적인 이념을 선택하고 실패한다. 그러면 아비의 속물근성은 더욱 강화된다. 아들의 논리에 따르자면 아비는 더욱 왜소해지는 것이지만, 실제로는 더욱 강해지는 것이다. 그러면 다음 세대는 앞선 세대보다 더 극단적인 가치를 제시하고 금욕적 집중 또는 자기 희생적인 삶의 방식으로 그 극단적인 가치를 현실화시키려 한다. 그 다음 세대는 더 극단적이고 또 그 다음 세대는⋯⋯ 이렇게 왜소한 아비에 대한 공포(또는 두려울 것이 없는 아비에 대한 두려움)와 아비의 논리가 나름대로의 역사적 지혜이자 의미 있는 총괄이라는 사실 때문에 한국의 아들들은 항시 '아버지를 껑충 뛰어넘어야' 한다는 강박증에 시달린다.

한국의 아들들은 항시 기존의 것과 전혀 다른 질서, 사회운영 프로그램을 전면적으로 기획하고자 했으며, 그를 위해 노동자, 농민, 산책자, 룸펜, 창녀, 변태성욕자 등등 기존의 질서를 전면적으로 거부하려는 자들 곁으로 가거나 스스로 새로운 질서를 체현하기 위해 과거의 삶을 폐기하고 변신을 감행한다. 이 변신은 가출(혹은 출가, 탈향)에서 시작되며, 80년대까지의 한국소설사가 주로 '집 떠나는 아들(혹은 남편)'의 시선에 의해 형성·전개된 연유도 여기에 있을 터이다.

아들들이 펼치는 모험적 행동은, 그러나 모두 좌절한다. 그들은 단호하게 집을 떠나서 세계의 중심부를 장악, 세계를 전면적으로 재기획하려 했지만, '밑으로부터의 혁명'도 '위로부터의 개혁'도 그리고 '옆으로부터의 혁명'도 실현하지 못했다. 한국의 모든 모험적 행동은 '미완의 혁명'으로 끝났다. 보잘것없어 보였던 아비의 세계가 사실은 철옹성이었던 것이다. 뿐만 아니라 아들들은 굳이 부인할 것이지만, 그들의 영혼 깊숙한 곳에는 이미 "나 빼놓고 다 망해라"라는 아비의 유일한 논리, 즉 속물주의(혹은 속물근성)가 망령처럼 떠돌고 있다. 다만 그것은 아들의 마음속 깊숙한 곳에 무의식처럼 숨어 있어서, 타인에게는 물론 어쩌면 자기 자신에게도 보이지 않을 뿐이다. 다시 말해 아들들은 변화시켜야 한다는 단호한 의지와 더불어 근본적인 변화란 이루어지지 않을지도 모른다는 두려움을 동시에 지니고 있다고나 할까. 이러한 속물근성은 아들들이 자신의 전 존재를 건 실천과 실천을 통해 즉자-대자적인 존재로 전환하는 것을 가로막는다. 즉 아들들은 자기 스스로를 아비를 '껑충 뛰어넘은' 존재로 평가했지만 사실은 그렇지 않았던 것이다. 오히려 아비는 노회했고 아들은 열정적이었을 뿐이며, 아비가 낙관적 전망이나 모험적 행동만으로는 결코 변화시킬 수 없다는 냉정한 판단으로 정확하게 미래를 읽어내고 있었다면 아들은 현실에 대한 엄정한 시선을 유지하지 못했다. 아비는 왜소하기에 두려운 존재가 아니라 실제로 두려운 존재이며, 정작 보잘것없는 존재는 젊은 열정 하나로 세상을 변화시킬 수 있다고 믿었던 아들들인 것이다.

90년대는 아비가 결코 왜소하지 않다는 것이 증명된 시대이다. 아비는 놀라울 정도의 엄정한 리얼리즘적 시선으로 자신의 권위, 질서, 가치관을 지켜냈다. 이에 아들들은 거대하고도 음흉한 세계의 갑작스런(?) 출현에 당혹스러워했고 그리고는 시대에 대한 방향감각을 상실했다. 이 막힌 출구를 비집고 나갈 수 있는 방법이 없는 것은 아니다. 그 유일한 방법은 원래부터 아비의 세계, 즉 가부장적 질서는 철옹성이었으며 아들들은 그 질서를 훌쩍 뛰어넘은 초월자가 아니었다는 사실을, 그리고 아들들은 노예일 뿐 결코 주인은 아니라는 현재의 위치를 인정하는 것이다. 다시 말해 현재 있는 그대로를 솔직하게 인정하는 자세가 필요한 셈인데, 이 자세의 확립은 의외로 쉬운 것일 수 있다. 아비들이 철옹성이었다는 사실을 아들들은 애써 외면했을 뿐 이미 알고 있었기 때문이다.

이제까지 아들들이 행한 가출은, 한편으로는 아비와 닮지 않겠다는 욕망 때문이지만 다른 한편으로는 아비와의 정면대결에서 승리하기 힘들다는 사실을 무의식적이나마 감지한 결과이다. 아비가 아무리 증오스럽다 하더라도 그 아비의 아들인 것을 어찌하겠는가. 또 아들이 아무리 헌신적으로 가족 내의 질서를 변화시키려고 해도 아비는 도대체 변할 가능성이 없는 것을 어찌하겠는가. "보는 데가 없이 다른 사람이 그런 짓을 한다면 어찌 되었든지 간에 열나는 대로 닥들여 보았겠지요"라는 이기영의 『고

향』의 한 구절에서 볼 수 있듯 아들들은 아비들의 속물근성을 비난하면서
도 결국은 아비들과 정면으로 쟁투를 벌이지 못하고 만다. 이는 아들 자신
도 역시 가부장적 질서에서 자유롭지 못하기 때문이다. 속물적인 아비와
맞서는 방법은 아버지와 아들이라는 관계를 끊어내는 것이리라. 아니면
『삼대』의 조덕기처럼 아버지의 악행을 감내하면서 아비를 진정으로 극복
해내는 것이리라. 한국의 아들들은, 그러나 이 난감한 상황을 가출로서 돌
파한다. 아니, 가출을 통해 회피한다.

　그렇다면 이제 한국의 오디세우스들이 자기 기만이나 삶의 타성으로부
터 벗어나서 자신의 내면성이 지니는 고유한 가치를 알아보려는 모험을
다시 시작하기 위해서는 자신들이 아비의 세계가 거대하고 음흉하다는
사실을 무의식적으로 느끼고 있었으며 또 아비를 닮고 싶지 않았을 뿐 아
비를 뛰어넘은 자는 아니었다는 사실을 인정해야 할 터이다. 그리고 현재
자신들이, 아비와 다른 자신을 가능하게 했던 원천인 거대담론을 유지하
기 위해 주위의 친숙한 세계에 눈을 감고 있는 것은 아닌가(다시 말해 아
직도 자신들이 아비를 훌쩍 뛰어넘은 존재라는 자아도취에 빠져 있는 것은
아닌가) 아니면 공동화(共同化 혹은 空洞化)된 기억으로 인해 자신의 영혼
에서 울려나오는 목소리들을 들을 수 없는 불치의 난청(難聽) 상태에 빠져
있는 것은 아닌가 그것도 아니면 남은 알 수 없고 자기 자신만 알 수 있는
혼돈의 경험이나 투항에의 미혹 등을 여전히 감추고자 하는 자기 기만의
상태에 있는 것은 아닌가 하는 회의가 요구되는 것이다. 그 과정을 통해
눈앞의 아비는 왜소하지만 그 왜소한 아비들은 그 왜소함에도 불구하고
오랜 기간 동안 생존해왔다는 것을, 다시 말해 한 아비는 왜소하지만 그들
을 생존하게 한 질서는 음흉하고 거대하다는 사실을, 그리고 아들 자신도
왜소한 아비의 겉모습에 속아서 지나치게 자기 확신적이었거나 정신적으
로 나태했음을 인정하는 것이 필요하다.

　그러나 있는 그대로의 사실을 인정하고 현재의 자기 의식을 정확하게
검증하는 것은 곧 오랜 기간 자리잡아온 소설사적 관성으로부터 일탈하

는 것이며 동시에 뼈를 깎는 자기 고발과 반성의 과정이다. 궤도에서 이탈하는 것, 그것도 동시에 종종 기억마저 공동화(共同化)시킬 정도로 '나'가 없는 '우리'를 강조해온 문학사적 전통에서 벗어나 자기 자신을 심층적으로 분석하는 일이란 힘겨운 것이리라. 80년대의 아들들은 애상조로 과거를 회고하거나 아비와 닮아가는 자신에 대한 모멸감을 표현하기에 급급했고, 90년대의 아들들은 자신을 왜소한 아비와도 다르고 앞선 세대와도 다른 존재로 격상시키기 위해 추체험화된 곧 공동화된 기억과 선험적인 인식틀로 재무장, 또다시 집을 떠나 질주하고 있다. 90년대로 접어들면서 한국의 아들들은 자기 삶의 타성과 문학사적 관성을 끊어내지 못한 채 자신의 내면성이 지니는 고유한 가치를 찾으려는 모험을 효과적으로 수행하는 데 어느 정도 한계를 드러냈던 것이다.

왜소하지만 그 왜소함이 생존할 수 있도록 거대한 질서를 갖춘 아비들의 존재방식, 이것이 우리의 오디세우스들을 좌절시킨 직접적인 요인이라면, 이러한 아비의 존재방식은 동시에 여성적인 목소리를 90년대 한국문학의 중심부로 진입시킨 주요한 조건이다. 90년대 한국문학에 가장 절실한 과제는 왜소한 아비들이 만들어놓은 가부장적 질서에 대한 면밀한 접근이었지만 아들들은 아비들의 왜소한 겉모습만을 본질로 설정했고 그러한 태도를 여전히 유지함으로써 가부장적 질서에 대한 면밀한 접근은 커녕 오히려 시대적인 방향감각마저 상실하고 말았다.

반면 여성작가들이 놓인 자리는 달랐다. 그들은 현실을 견고하게 지켜내는 힘인 가부장적 질서의 희생양이었기 때문이다. 그들은 아비가 결코 왜소하지 않으며 철옹성이라는 사실을 알고 있었고 그 아비의 질서로 인해 생존의 위험까지 경험했던 존재들이었던 것이다. 이들만큼 가부장적 질서를 비판적으로 바라보는 데 적절한 자리에 선 존재들이 있을 수 있을까. 또 이들의 내면세계에는 이미 존재하는 담론으로 설명할 수 없는 어떤 마성적인 것이 강렬하게 깃들여 있으며, 따라서 이들은 삶의 타성을 벗어던지지 않는 한 자신들의 고유한 가치를 증명할 수 없는 존재들이다. 80

년대까지 아들들의 기세에 오히려 자신의 고유한 가치를 스스로 묻어두었던 여성들이 아들들의 과오가 증명되자 자신의 목소리로 발성하기 시작한 것은 따라서 당연하다. 이렇게 남성작가들이 스러지자 여성작가들이 몰려왔다.

3. 성장 장애, 성장 거부 — 여성적 글쓰기의 현상학 1

최근의 여성작가들이 발표하는 소설 공통의 화두는 '고통받는 여성'이다. '고통받는 여성'이란 화두의 설정은 일종의 중대한 선택이자 결단이다. 이제까지 소설의 역사는 '고통받는 인간'에 대한 서사였다. 인간들은 왜 불행하며, 그 불행을 이겨내기 위해 인간 누구나가 각자, 또 전체로서 가야 하는 길은 과연 무엇인가라는 질문에 묻고 답하는 것, 이것이 소설의 내용이자 형식을 이루어왔다고 해도 과언은 아닐 것이다. 사물화, 계급모순, 민족모순, 분단모순, 인공낙원의 화려함, 자유로부터의 도피, 자기 분열, 억압 기제로서의 문명의 역사, 관료제와 대규모 공장제, 탈마법된(또는 인간에게 두려움을 앗아간) 합리성의 원리, 이성의 파괴 등등의 개념이 현대소설의 서사원리로 자리한 것이나 유토피아 의식, 낯선 세계에 두려움을 느끼는 미메시스 정신의 회복, 계급의식, 민중성, 당파성, 자유 혹은 이성에 대한 믿음, 소통체계의 확립 등등이 서사형식의 중요한 추동력으로 작용했던 것 모두가 소설은 결국 인간의 불행을 자양분 삼아 성장하는 음지식물과도 같은 존재임을 말해주는 중요한 지표이다.

그런데 90년대 한국문학의 중심부에서 우리 문학의 흐름을 이끌고 있는 여성작가들의 소설은 인간 일반이 경험하는 고통에 대해 주목하기보다 주로 여성의 고통을 서사화하고 있다. 이러한 선택(혹은 대상의 제한)은 아마도 여성의 고통을 말할 때 현재 한국인이 겪는 고통을 예각적으로 드러낼 수 있으며, 동시에 이 고통을 이겨내는 법을 찾아낼 때 현대인의 불행을 근본적으로 치유할 수 있는 길을 찾아낼 수 있다는 판단 때문이리라. 작가는 누구나가 자기의 고유한 가치 평가기준을 가지고 어떤 대상을 선택하고 배제하기 마련이다. 문제는 여성작가들의 이 선택이, 어떤 선택 때문에 불가피하게 발생한 배제의 전략이, 과연 인간 일반의 불행을 이야기하던 그때 그 소설보다 좀더 예각적으로 우리가 놓여 있는 자리(자기 정체성)를 제시하고 있는가이며, 우리의 관심사도 이것이다.

앞서 언급한 바 있듯, 90년대 접어들어 활발한 활동을 보이고 있는 30대 여성작가들의 화두는 '고통받는 여성'이다. 이 작가들은 여러 다양한 현실, 여러 다양한 인간들 중에서 집요하게 '고통받는 여성'들을 골라낸다. 그리고 그들은 남성들에 비해 혹은 남성들의 의해 참을 수 없을 정도로 고난에 찬 삶을 살아야만 하는 여성들의 삶을 세밀하게 묘사하고 동시에 그러한 삶을 강요하는 원인을 제시한다.

여성작가들은 우선 매맞고 학대받고 버려지는 여성, 아니면 여성이라는 이유 하나만으로 가족 내에서 혹은 직장 내에서 불이익을 겪거나 성적 희롱의 대상이 되는 여성들의 존재방식을 집중적으로 그리고 반복적으로 서술한다. 그를 통해 여성이라는 것 자체가 얼마나 큰 굴레이며 여성이 짊어진 짐이 얼마나 무거운가를 처절하게 묘사한다. 그러나 이러한 접근은 현실의 한 측면을 일반화, 절대화시키는 느낌을 준다. 여성들 중에는 매맞는 여성만이 있는 것이 아니라 사랑받는 여성도 엄연히 존재하며, 또 여성이라는 이유만으로 어떤 혜택을 받는 경우도 얼마든지 있을 수 있다. 뿐만 아니라 여성작가들이 자주 주목하는 '고통받는 여성'의 상태는 영원불변의 질서가 아니다. 그 상태에서 벗어날 자유가 현대사회에는 법적으로, 제도적으로, 그리고 인식론적으로 보장되어 있다.

결국 문제는 여성들이 자신의 내면세계의 고유한 가치를 증명하기 위한 모험을 꺼려하는 자기 보전적인 삶의 방식을 선택하고 있고, 이 선택이 자유로운 선택이라기보다는 여성에게만 유독 혹독한 시련을 안기는 가부장적 질서 속에서 생존하기 위한 부자연스러운 선택이라는 점일 터이다.

왜 여성들은 제도적, 법적, 인식론적 자유가 보장되어 있음에도 불구하고 근대의 축복이자 재앙이라 일컬어지는 자율적인 자아로서 살아가려는 의지를 실현하지 못하는가. 그런데 여성문제를 제기하는 상당수는 현대여성들이 경험하는 질곡의 원인을 폭력을 가하는 남성 개인에게로, 또는 가부장적 질서로만 한정한다. 만약 여성들이 겪는 고통의 원인을 모두 한 남성의 인간성이나 가부장적 질서로 돌린다면, 가부장적 질서가 여성에게 유독 비인간적인 질서임에 불구하고 가부장적 질서가 왜 이토록 오랜 생명력을 지녔으며 또 많은 여성들이 이 질서에 순응하며 살았는가에 대해서는 답할 길이 없게 된다. 중요한 것은 '고통받는 여성'을 다루는 것 자체가 아니라 어떤 시각에서 다루는가 하는 점이다.

'고통받는 여성'을 다룬 여러 시각 중 주목할 만한 시선은 바로 최근 여성작가들의 소설에서 자주 나타나는 '성장 장애 혹은 성장 거부'라는 모티프이다. 결론적으로 말하자면, '성장 장애 혹은 성장 거부'의 모티프는 여성들이 가부장적 질서 속에서 겪는 고통의 정도를 예각적으로 드려내는 것은 물론 왜 여성들이 불우한 처지를 오로지 견뎌내는가(달리 표현하자면 여성들이 세계사적 개인으로서의 삶이 아니라 자기 보전적인 삶을 사는가, 혹은 '나'의 가치를 타자가 자신의 가치로 인정Anerkennung해주기를 의욕하고 실천하는 위신투쟁Prestigekampf을 치열하게 감행하지 못하는가)라는 문제에 대한 진지한 성찰이 담겨 있다. '성장 장애 혹은 성장 거부'라는 모티프가 구체적으로 어떠한 문제성과 보편성을 띠는지를 규명하기 위해서는 먼저 이 모티프가 최근 여성작가들의 소설들 속에서 어떠한 과정을 통해 형성되는가를 살펴볼 필요가 있다.

여기, 자신의 영혼이 지니는 고유함을 증명하려는 한 여성이 있다. 그 여성의 유년은 암울하다. 아니, 유년부터가 아니라 여성으로 출생하는 그 순간부터 깊은 불행의 심연 속에 놓인다. 이유는 너무나 간단하다고 분명하다. 남성이 아니라는 것.

내가 태어난 새벽, 아버지는 방 앞 쪽마루에 조는 듯 마는 듯 걸터 앉아 있었다. '또 딸'이 태어났다고 하는 장모의 목소리, 장중하기는 고사하고 모기 소리처럼 기어들어가는 운명의 목소리를 듣고 어깨를 으쓱한 지 얼마 지나지 않아, 아버지는 흐릿하게 내려앉은 새벽 하늘을 배경으로 새 한 마리가 빠른 속도로 날아와 마당을 가로질러 지나가는 것을 보았다. (……) "아무렴, 파랑샌데. 이제 자네두 떵떵거리면서 한가닥 하구 살려나보네. 딸이라고 섭해 말게, 그게 복뎅인걸." (……) 이리하여 꼭지의 '파랑새 신화'가 생겨났다. 파랑새 이야기는 이웃에도 퍼졌다. 딸만 내리 낳은 어머니는, 누가 또 딸이라고 쯧쯧 혀를 차기라도 할 양이면 지레 발이 저려, 기운 없는 중에도 남편의 생생한 체험기인 파랑새 이야기를 한껏 정확하고 풍부하게 전달하려고 기를 썼다. (……) 아들 못 낳은 게 결코 서러울 일이 아니고 오히려 이 딸을 못 낳았던들 절대적으로 큰 변고가 생길 뻔하지 않았느냐고, 이웃들이 남 먼저 말해줄 때까지, 어머니는 온갖 기운을 빼가며 파랑새 이야기를 되풀이했다.(권여선, 『푸르른 틈새』, 살림, 1996, 34~35쪽)

여성들은 이처럼 태어나자마자 원죄의식과 같은 평생의 굴레를 짊어진다. 자신이 행한 어떤 행위 때문에 노예의 자리에 놓인 것이 결코 아니다. 그럼에도 불구하고 그녀는 불온한 가치를 지닌 존재로 낙인찍힌다. 이 불온함이 어느 정도인가 하면, 위의 인용에서 볼 수 있듯, 전혀 근거 없는 신화를 하나 붙여놓아야만 비로소 남성과 동등한 인격체가 된다. 따라서 이 땅의 여성들은 출생하는 그 순간, 아니 출생하기 이전부터, 타자에게 인정받을 자신의 가치를 박탈당하는 셈이니, '나'의 가치를 타자에게 인정받으려고 의욕하고 실천하는 위신투쟁을 치열하게 행하기 힘든 위치에 놓이게 된다고 할 수 있다.

이렇게 불우하게 태어난 여성들의 유년은 더욱 어두워진다. 세상이 흘러가는 이치에 관심을 둘 무렵, 즉 유년기에 그녀들은 젠더로서의 여성이 얼마나 무가치한 존재인가를 확인해야 한다. 그녀들에게 유년기란 인생

최대의 행복이 보장되는 시기가 결코 아니다. 그녀들의 유년의 풍경엔 주인인 아버지가 있고 노예인 어머니가 있다. 거기엔 "대자적인 입장에서 자기 존립을 고수함을 스스로의 본질로 하는 자립적 의식"을 지닌 당당한 아버지와 "생이나 대타적 입장에 있는 존재를 자기의 본질로 하는 비자립적 의식"으로 허덕이는 어머니가 있다. 이 일차적인 경험은 그녀들에게 남성은 세상의 주인이며 여성은 그 주인의 논리에 순응해야 생존할 수 있다는 어떤 법칙성을 의식 깊숙한 곳에 심어준다.

그녀들은 엄하거나 아니면 자상한, 혹은 현실적이거나 낭만적인, 집을 철저하게 지키거나 자주 떠나는 아비가 존재하는 가정에서 성장하거나, 아니면 아비가 존재하지 않는 풍경 속에서 자라난다. 경우가 어떠하든 그녀들의 유년은 걷잡을 수 없이 불행하다. 왜냐하면 그 유년의 풍경엔 아비로 인해 황폐한 어머니가 존재하기 때문이며, 그 어머니의 모습은 유년기의 그녀들이 상정할 수 있는 유일한 미래상이기 때문이다. 어떤 남편 밑에 있건 그녀들의 어머니의 삶은 모두 처절했던 것이다.

우선 "남의 힘을 빌리지 않고 내 힘으로 흠결 없이 살아간다는 자부심"(이혜경, 『길 위의 집』, 민음사, 1995, 140쪽)을 가진 아비가 있다. 그 아비는 저녁을 준비하지 않았다고 자신의 아내에게 자장면을 뒤집어씌우고 술에 취하면 아내를 구타하면서도 자신의 삶에 자부심을 느낀다. 반면 어머니는 "죽어서라도 남자 옷 입고 가야 다음 세상에 남자로 태어나지"(『길 위의 집』, 254쪽)라며 자신의 삶을 힘겨워하면서도 그 고통을 감내한다.

이와는 다른 아비상도 물론 존재한다. 자상한 아비상이다. 또는 무언가를 찾아 집을 떠나는 아비이다. 그녀들에게 더할 나위 없는 자상함을 베풀던 아비가 어느 날 사랑을 찾아 떠나고, 어머니는 그 아비를 수긍한다. 아버지의 갑작스런 존재전이와 어머니의 수긍은 어린 '그녀'에게 깊은 상처를 남긴다. 어린 그녀는, 남성은 무언가를 위해 언제든지 여성을 버릴 수 있고 또 버려도 되고 여성은 그것을 수긍할 수밖에 없다는 법칙성을 무의식중에 자기화한다(김형경, 『세월』). 또 어머니와 정반대의 삶을 사는 여성상도 있다. 바로 아버지의 새로운 연인. 아들들은 아비에 대한 반감으로 아비의 새로운 연인에게 반감을 보인다면 그녀들에게는 반드시 반감으로만 다가오지는 않는다. 오히려 한 남자에 묶여사는 어머니보다는 자기 스스로 사랑을 선택하는 아버지의 새 연인은 어머니가 지니지 못한 도시적 감수성과 교양으로 밝게 빛나는 존재로 비쳐지기도 한다. 하지만 이 빛도 곧 어둠으로 바뀐다. 그녀의 아버지가 새 연인에게 보인 사랑은 모든 기성의 고정관념과 맞서는, 혹은 기존의 제도를 넘어서게 하는 힘으로 충일한 열정적 사랑도 아니며, 그를 통해 낭만적 사랑을 완성하지도 않기 때문이다. 그녀의 아버지는 다시 가정으로 돌아오고(또 떠나가고), 아버지의 새로운 연인은 결국 불행해지며, 그녀의 어머니는 껍데기뿐인 아버지와 살아간다(신경숙, 「풍금이 있던 자리」; 전경린, 「안마당이 있는 가겟집 풍경」).

그렇다고 아비가 존재하지 않는 유년이 기쁨으로 충일해 있는가 하면 그렇지 않다. 아비의 부재, 즉 어머니의 지아비의 부재는 어머니에게 크나큰 고통으로 다가오며 그 고통은 딸에게 전가된다. 아버지라는 중심점이 존재하지 않는 가족은 훼손되고 일그러진다. 그리고 지아비를 떠나보낸 그녀의 어머니들은 그 텅 빈 중심을 메우기 위해 다른 남자를 따라 떠나거나 아니면 잠시만이라도 다른 남자를 끌어들여 빈 영역을 메운다(은희경, 『새의 선물』). 그러나 지아비가 존재하지 않는 자리를 메우려는 이러한 행위는 그 주변의 사람들에게 불온한 행동으로 규정된다. 이로 인해 성장하는 여성들에게는 (지)아비가 존재하지 않는 풍경 역시 여성에게 불행을 가져다준다는 흔들림 없는 관념이 자리잡는다.

결국 여성들의 유년기는 아비가 존재하는 풍경이나 그렇지 않은 풍경이나 모두가 짙은 어두움으로 착색되어 있다. 그녀들의 미래상인 어머니의 불행이 그녀들을 불행하게 만든다. 그녀들은 자신들의 가치를 타자가 인정해주도록 의욕하거나 그 욕망을 실현하지 않는다. 그녀들은 타자에게 인정받고 싶은 자신의 가치를 지니지 못하는 것이다. 아니, 자신만이 지닌 고유한 가치에 대한 자부심 대신에 현재의 자기를 지워내고 싶은 충동에 휩싸인다. 또 그녀는 커다란 패배의식에 사로잡혀 있다. '기다리는 어머니(아내)'의 입장에서 보자면 세계는 발전은커녕 변화한 적도 없다. 마냥 지아비를, 아들을 기다리는 것이 힘겨워 어떤 일탈(앞서 사용한 코제브의 용어를 따르자면 위신투쟁)을 감행했지만 그것은 모두 좌절되었으며, 오히려 그 일탈의 행위가 그녀들에게 더 큰 멍에를 안겨주기만 한다. 이런 연유로 여성들은 자기의 내면적 가치를 증명하기 위한 인정투쟁 전에 죽음의 그림자를 먼저 발견하고 움츠러든다. 현재의 자기 의식을 외화시키기를 꺼려하는 것이다. 현재의 자기 의식을 외화시키지 않을진대 그 감각적 실천의 결과를 다시 전유하는 과정이 이루어질 리 만무하며, 하여 그녀들은 자기 의식의 실현과정을 통해 보다 고차의 존재로 발전하는 과정을 치열하게 수행하지 못한다. 다음과 같은 한 작가의 육성은, 이 땅의 여성들이 왜 매를 맞으면서도 그 자리를 벗어나지 못하는지를 잘 보여준다.

> 그 여자는 운명이라는 걸 믿을 수밖에 없다. 그게 아니라면, 거듭 밀려들어 몸을 휘청이게 하는 파도에게 어떤 이름을 붙여야 할지 모르겠기 때문이다. 자신의 선택이 아니었던 어려움들, 자신의 잘못이 아니었던 고통들, 극복할 만하면 되풀이하여 밀려들던 파도들. 운명이 아니라면 그걸 어떻게도 설명할 수 없다. 길을 걷다가 머리 위로 떨어지는 돌멩이에 맞는 듯한, 그 우연한 불행들을 어떻게도 설명할 수가 없다.(김형경, 『세월 2』, 문학동네, 1995, 159쪽)

여성들은 이렇게 본의 아닌 숙명론자가 되는 셈이다. 일찍이 헤겔이 근대의 재앙이자 축복이라고 일컬었던 주체성의 원리가 여성의 삶에는 허용되지 않았던 것이다. 태어나면서부터 짊어질 수밖에 없었던 여성이라는 원죄의식은 이처럼 이 땅의 여성들로 하여금 감각적 경험으로부터 출발하여 지각·오성·자기 의식·이성·정신으로 점점 보다 높은 의식형태나 삶의 상태로 나아가는 과정을 불가능하게 한다.

여성이라는 원죄의식과 그에 따른 자기 외화에 대한 공포는, 타자에 의해 형성된 실존의 어둠에서 벗어나려는 노력을 거듭 행하는 몇몇 예외적인 경우를 제외하고는, 여성들에게 헤어나오기 힘든 강박증에 시달리게 하거나 아니면 허위의식에 사로잡히게 한다. 태어나면서 경험해야 하는 잇단 공포로 인해 여성들은 어두운 심연으로부터 벗어나려고 하기보다는 우선 이 어둠 속에서 생존하는 방법(방어기제)을 고안하는 것이다. 타자(가부장적 질서)에 의해 강요된 어둠 속에서 이들이 생존전략으로 선택한 것 중, 최근 여성소설에 반복적으로 나타나는 방어기제는 다음과 같다.

1) 대학 풋내기 시절, 내가 무엇보다 우선적으로 해야 할 일이 있었다면 그것은 한시바삐 어른이 되는 것이었다. (……) 불결, 음담패설, 궁핍, 고통 등을 참아내지 못한다면 그것은 내숭 아니면 사치였다. 나는 그런 비판에서 벗어나기 위해 남학생들이 흘리는 음담패설에 그 정도쯤이야, 하는 얼굴로 함께 웃었고 벌레를 보고도 심상찮게 툭 털어내든가 눌러 죽였고, 남자 화장실 문이 잠기지 않아 한 손으로 문고리를 부여잡고 다른 한 손으로 어렵사리 바지를 내리거나 올리면서도 볼일을 보고 나와서는 아무렇지 않게 침을 한 번, 캑, 뱉었다. 여성적이고자 하는 욕망은 나를 부드럽게 어루만져주었고, 중성적이고자 하는 욕망은 나를 심각하고 진지한 고민에 빠뜨렸다. 당시의 내게 여성성은 유혹과 매력이었고, 중성성은 당위이자 압력이었다. (……) 나는 질깃질깃한 강아지풀을 꼭꼭 씹으며, 내가 좀더 강하고 위대한 어른이 될 수 있기를 기원했다.(권여선,『푸르른 틈새』, 28쪽, 78~79쪽, 91쪽)

2) 그때 1969년 겨울, 나는 조그만 앉은뱅이 책상 앞에서 '절대 믿어서는 안 되는 것들'이라는 제목의 목록을 지우고 있었다. 동정심, 선과 악, 오직 하나뿐이라는 말, 약속…… 마침내 목록을 다 지운 나는 내 가운뎃손가락 마디에 연필 쥔 자국이 깊게 팬 것을 한참동안 내려다보았다. 그후 지금까

지 나는 인간이 진심으로 사랑하는 것은 자기 자신뿐이라고 확신하고 있는 것이다. 요즘도 나는 뭔가를 쓰다가 이따금 연필을 내려놓고 가운뎃손가락 마디의 옹이를 한참 내려다보곤 한다. 나는 삶을 너무 빨리 완성했다. '절대 믿어서는 안 되는 것들'이라는 목록을 지워버린 그때, 열두 살 이후 나는 성장할 필요가 없었다.(은희경,『새의 선물』, 13쪽)

3) 나는 아직 인생을 몰랐지만 엄마처럼은 절대로 되지 않으리라는 결심만은 이미 확고했다. 엄마처럼 산다면 살아볼 필요도 없으며 심지어 자라볼 필요조차 없을 것이었다.

내 결심도 모르는 채 엄마는 내가 맏딸 노릇을 하지 않는다고 욕을 퍼부어댔다. 그러나 어떤 핍박을 받는다고 해도 나는 절대로 맏딸 노릇을 받아들이지 않을 작정이었다. 맏딸이란 내 의지로 된 일이 아니었고 엄마가 줄줄이 동생을 두어서 된 일이니 나로선 거부할 자유가 있었다. 나는 아무도 몰래 일기장에 썼다.

'나는 공주처럼 살 테야.' (전경린,「안마당이 있는 가겟집 풍경」,『염소를 모는 여자』, 문학동네, 1996, 98쪽)

4) 은용은 노트에 동글동글한 글씨로 낙서를 한다. 오래 전에 유행했던 노래 가사, 떠오르는 대로 적는다. (……) 흥얼거리면서 무심코 흘려 쓴 구절, 등나무 줄기에 얹힌 눈이 툭 떨어지듯 은용이 떨군 마음은, 북북 긁은 만년필 자국 밑에서 이런 형상을 무너뜨렸다.

미친년이 되고 싶어. 창녀가 되고 싶어.(이혜경,『길 위의 집』, 124쪽)

여성들은 이미 어머니와 그 주변의 여자들을 통해 그들의 미래를 안다. 그들의 길은 정해져 있으며, 그 길은 어둡다. 이 어둠 속에서 형성된, 그것도 뒤틀린 상태로 형성된 자의식은 자신의 내면적 가치의 고유함을 증명하거나 '나'의 가치를 타자의 가치로 전이시키는 데 생사를 건 투쟁을 행하기보다는 예정된 어두운 길을 피해갈 방법을 찾게 한다. 여성들이란 많은 경우 미래를 미리 보았다는 점에서 선지자들이며 또 그 미래가 어둡다는 것을 뼈아프게 확인했다는 점에서 허무주의자들이다. 한 발 앞에 놓여 있는 절망의 늪을 피하기 위해 그녀들이 선택하는 삶의 방법 중의 하나는 1)의 경우처럼 여성이라는 정체성을 거부하는 것이다. 그들은 위대한 여성은 불가능하다고 믿기에 위대한 인간이기를 염원하며 중성적인 삶을 살고자 한다. 이는 자신의 가치를 타자에게 증명함으로써 자신의 가치를 타자에게 전이시키는 것이 아니라 타자의 승인을 위해 자신의 가치를 지워버리는 행위이다. 결국 그녀들은 이러한 삶을 통해 자신의 친숙한 경험마저 스스로 부정해버리는 금욕주의적 삶을 살며 동시에 위선적이거나 위악적인 삶을 지속한다. 이 삶의 끝에는 권태나 파멸이 기다린다. 욕망을 계속 억누르기란 힘겨울 뿐만 아니라 아무리 욕망을 억누르고 더욱 위악적인 행동을 해도 자신이 설정한 목적이 달성되지 않을 때, 이러한 삶을 선택한 자들은 권태에 빠지거나 자기 스스로의 삶을 조종하는 능력을 상실할 수밖에 없겠기 때문이다.

이 지독한 허무주의적 예언자들이 살아가는 또하나의 방법은 2)와 같은 경우이다. 그녀들은 조숙하다. 아니, 조숙할 수밖에 없다. 이미 어린 나이에 삶의 이면을 알 수밖에 없는 상황 속에서 성장하기 때문이다. 2)의 경우처럼 그녀들은 희망, 믿음, 신뢰, 인간성 같은 말들을 더이상 믿지 않는다. 그 개념들은 현재 어머니가 겪고 있는 불행, 그리고 앞으로 자신이 어김없이 겪게 될 고통을 덮어버리기 위해 고안된 위선적인 장치로 그녀들에겐 다가온다. 이들의 눈에 이제 세상 사람은 위선적이거나 아니면 그 위선적인 장치에 속아넘어가는 두 부류의 인간이 있을 뿐이다. 그녀들이 살아가는 동안 경험하는 모든 사실을 총괄한 후에 어떤 인과적 체계를 정립하는 것이 아니라 '세상은 위선의 총화다'라는 굳은 선험적인 인과율에 집착하여 새롭게 발생하는 여러 사건들을 자기 식대로 주관화한다. 이 순간, 그녀들의 정신적인 성장은 멈춘다. 변화는 있지만 질적인 변화, 즉 전환은 불가능하다. 정신적 도야(陶冶)가 외부세계를 내면세계가 순응해야할 모델로 만듦으로서 낯선 것과 친해지려 할 때, 다시 말해 현상은 언제나 법칙보다 풍부하여 모든 법칙은 제한적이며 불완전하고 개략적이라는 전제에 설 때 가능하다면, 이 조숙한 아이들은 내면세계와 외부세계를 혼동함으로써 외부로부터 얻은 친숙한 경험마저도 적대시할 수밖에 없다. 위선적인 세계에 맞서는 가장 통렬한 복수의 방법은 위악이다. 위악은 상해를 입은 개인이 누릴 수 있는 최고의 만족임에 틀림없지만, 그러나 위선적인 말과 행동이란 항시 내면적인 가치와 외부적인 표현 사이의 분열을 전제로 성립되는 행위이다. 결국 이 조숙한 아이들은 자신의 삶을 실행하면서 관찰하는 자기 분열적이며 연극적인 삶 혹은 포즈로서의 삶을 살아가야 하며, 이러한 삶의 방식은 과정이야 어떠하든 조숙했던 그 상태에서보다 높은 정신의 단계로 발전하지 못할 가능성이 높다는 사실만은 분명하다.

　가부장적 질서에 의해 여성들에게 미리 주어진 어두운 실존을 견뎌내는 또하나의 방법은, 3)의 경우에서 볼 수 있듯, 자신의 어머니들과 다른, 그것도 정반대의 삶을 사는 것이다. 어머니의 삶이 한 남성에게 자신의 모든 것을 예속시킨 채 살아가는 것이라면, 성장하는 여성들에게 어머니의 삶은 곧 죽음과 마찬가지이다. 죽음의 상태를 꾸역꾸역 살아가는 대신에 그들은 어머니와는 다른 삶인 '공주'로 살기를 염원한다. 아니 이 욕망은 염원을 넘어서는 것인지도 모른다. 즉 그들은 '공주처럼 살고 싶다'고 손을 모아 비는 것이 아니라 '공주처럼 살 테야'라고 주먹을 불끈 쥔다. 그러나 '공주'의 세계는 유아적이고 동화적이며 환상적인 세계이다. 우리가 살고 있는 이 시대에서 '공주'의 세계는 용인되지 않는다. 그렇지만 그녀들은 공주여야 한다. 그렇지 않으면 죽음과도 같은 어머니의 삶을 자신도 살아야 하기 때문이다. 움직이지 않는 선험적인 좌표에 시선을 고정할 경우, 그 삶은 선험적인 좌표에 가까이 갈 수 없다는 절망감에 빠지거나 아니면 아무리 기다려도 선험적인 좌표가 오지 않기 때문에 느끼는 권태에

허우적거리거나 그것도 아니면 그 선험적인 좌표를 향한 맹목적인 결단일 것이다. 그리고 이 모든 것이 고통스러울 때 마지막으로 선택할 수 있는 길은 자아도취 혹은 나르시시즘의 매혹 혹은 우물 속으로 뛰어드는 것이다.

절망을 건너는 위의 세 가지 방법마저도 불가능한 경우도 있을 것이다. 그때 마지막으로 나타나는 정서는 4)의 경우처럼 자기 파멸의 길이다. 스스로를 학대하고 스스로 파멸의 길을 걸음으로써 세상에 대한 원망(怨望)과 복수를 감행하고자 하는 욕망일 것이다. 그러나 이 자멸의 충격은 항시 충격적이지만 일시적이며, 자신의 목적을 위해 목숨을 건 것이지만 동시에 자신의 목적의 포기이기도 하다.

일찍이 칸트는 외부적 지성의 도움 없이 자신의 지성을 사용하는 상태를 성년의 단계로 규정하고 이것이 계몽(근대성)의 정신이라고 단언한 바 있다. 동시에 칸트는 이 성년의 단계로 올라서기 위한 가장 중요한 계기로 다른 사람의 지도 없이도 지성을 사용할 수 있는 결단과 용기를 제시한 바 있거니와 이를 "과감히 알려고 하라(Sapere aude)! 너 자신의 지성을 사용할 용기를 가져라!"(칸트, 『계몽이란 무엇인가에 대한 답변』)라는 표어로 정리한다. 자기 내면의 고유한 가치를 증명하기 위해서는 이처럼 용기와 결단이 필요한바, 앞서 살펴본 대로, 가부장적 질서는 여성들에게는 이 용기와 결단의 기회를 여러 교묘한 장치를 통해 차단한다. 이로 인해 여성들은 자신의 내면적 가치를 소중히 하고 이것을 타자에게 전이시키는 대신에 타자에게 인정받기 위해 자신의 내면적 가치를 버리거나 위악의 삶을 살며, 그것도 아니면 자기 도취적이거나 자기 파멸의 삶을 살아간다.

최근 여성작가들은 여성들의 뒤틀린 성장과정을 그려내면서 가부장적 질서가 얼마나 비인간적이며 동시에 견실한가를 충분히 밝혀낸다. 여성작가들에 따르면 가부장적 질서는 여성들을 고통으로 밀어넣는데, 이 고통은 남편을 잘못 만났거나 또는 성적 희롱이 일반화된 직장을 선택했기 때문에 경험하는, 즉 우연히 마주한 고통이 아니라는 것이다. 그녀들은 여성들이 경험하는 정작 큰 고통은, 폭력적인 남편으로부터 벗어나 자신의 인간다운 삶을 찾으려고 해도 그 모험이 폭력적인 남편 곁에 있는 것보다 더 큰 시련을 가져다주곤 하는 엄연한 현실에 있으며, 그에 따라 여성들 자신도 자신들의 지성을 사용하기 위해서는 반드시 요구되는 용기와 결단을 상실했다는 점에 있다고 말한다. 즉 당장 경험하는 고통도 문제지만, 이 고통을 영원히 감내하는 것 외의 다른 선택의 가능성이 없다는 것. 이것이 현재 여성의 삶을 온전치 못하게 하는 가장 큰 요인이며, 이것의 제일 밑바닥에는 가부장적 질서가 장승처럼 버티고 있다는 것이다. 가부장적 질서에 대한 이러한 시각을 두고 아비들은 왜소하지 않았으며, 비록 왜소하다 하더라도, 그들이 만들어낸 질서는 강인하다는 사실을 비로소 밝혀낸 문학사적 장면이라고 할 수 있으리라.

4. 모성의 공포 — 여성적 글쓰기의 현상학 2

최근의 여성작가들은 이 힘겨움 속에서도 자신의 지성을 사용할 수 있는 성숙한 개인으로서의 삶을 포기하지 않는다. 온전한 성인의 상태를 불가능하게 하는 여러 현실의 장벽을 넘어서지 않거나 타자에 의해 형성된 실존의 어두운 심연에서 헤어나오지 않으면, 자신은 그야말로 아무것도 아닌 존재로 전락할 수 있다는 공포 혹은 마성적인 힘이 그녀들을 허무주의의 상태에서 벗어나도록 부추긴다.

최근의 여성작가들은 '사랑'에 주목한다. 일찍이 어린 시절의 어둠이 주로 '사랑받지 못한 어머니'로부터 발원한 것이라면, 어머니를 '껑충 뛰어넘을' 수 있는 효과적인 방법은 '사랑받는 여성'이 되는 것일 터이다. 하여, 그녀들은 사랑에 집착한다. 헤겔의 말처럼 '사랑의 진정한 본질은 자기 자신의 의식을 포기하는 것 다시 말해서 하나의 다른 자아 속에서 스스로를 망각하고 동시에 이러한 소멸과 망각 속에서 비로소 자기 자신을 획득하는 데 있다'고 한다면, 사랑은 항상 극도의 긴장상태를 유지해야 하는 위악적인 삶(혹은 중성적인 삶), 포즈로서의 삶에서 벗어나서 원래 자신의 가치를 회복할 수 있는 중요한 통로로 손색이 없다고 할 수 있다.

하지만, 결론적으로 말하자면, 최근의 여성작가들은 낭만적 사랑의 완성보다는 사랑의 비극성에 보다 초점을 맞춘다. 최근의 여성작가들이 그려내는 사랑의 풍속도에는 사랑이 완성되는 순간의 희열이 없다. 아니, 그녀들의 사랑엔 완성의 순간만이 아니라 완성을 향해 나아가는 숨막히는 긴장, 연속되는 헤어짐과 만남 속에서 경험하게 되는 자기 소멸과 자기 회복의 황홀경도 존재하지 않는다. 그녀들은 사랑받고 사랑하고 싶다. 그러나 그녀들은 사랑의 결과가 두렵다. 그녀들이 그토록 갈망하고 욕망하는 사랑의 끝에는 결혼이 있고, 그 결혼으로 인해 그녀들은 어머니가 되어야 한다. 다시 말해 그녀들은 사랑의 끝에 그녀들이 참을 수 없을 정도로 고통스러워하는, 그리하여 영원히 거부하고 싶은 가부장적 질서가 어두운 심연처럼 놓여 있다고 믿는 것이다. 이 믿음에 따르자면, 사랑은 가부장적 질서로 예속되는 첫걸음일 가능성이 농후하며, 따라서 그녀들은 사랑에 자신의 영혼과 육체를 내맡기지 못한다.

그를 바라보는 내 눈 속에는 여자가 사랑하는 남자를 볼 때 으레 담게 되는 흠 잡을 데 없는 다정함이 깃들여 있다. 물론 그를 사랑하기 때문에, 아니 좀더 정확하게는 사랑이라고 짐작되는 감정 속에 속해 있기 때문이다.
나에게 있어 사랑은 거의 마음먹은 대로 생겨나고 변형되고 그리고 폐기된다. (……) 나는 사랑이란 것은 기질과 필요가 계기를 만나서 생겨났다가 암시 혹은 자기 최면에 의해 변형되고, 그리고 결국 사라지는 것이라고 생각해왔다. (……) 나는 그를 진심으로 사랑하고 있으며 심지어 어쩌면 내 생에 단 하나의 '타인을 위한 사랑'이 아닐까 하는 생각마저 들 정도로 반해 있다. 그가 내 사랑을 증명하기 위해 꼭 필요하다고 요구하기만 한다면 나는 내가 가진 모든 것을 분연히 버리고 그와 함께 남도로 떠나는 밤기차의 창가에 청승맞으나 희망 찬 포즈로 앉아서 그를 위해 삶은 달걀 껍질을 벗길 것이다. 얼마든지!

하지만 돌이켜보면 불과 몇 달 전에도 나는 이런 생각을 하면서 다른 남자와 마주앉아 있었다.

나의 분방한 남성편력은 물론 사랑에 대한 냉소에서 온다. 사랑에 대해 아무것도 기대하지 않는 사람만이 쉽게 사랑에 빠지는 것이다.(은희경,『새의 선물』, 10~11쪽)

예컨대 최근 여성작가들이 그려내는 여성의 사랑에는 "청승맞으나 희망 찬" 풍경이 없다. 즉, 사랑을 통해서도 어두운 유년에 빚어진 강박관념을 벗어던지지 못하는 것이다. 가령,『세월』을 보자.『세월』의 작중화자는 어린 시절 아버지의 갑작스런 외도와 어머니의 수긍으로 인해 깊은 상처를 입는다. 또 성장하면서 한 남성에게 느닷없는 폭력을 당하나 그 남성은 오히려 떳떳하다. 이 남자의 망설임 없는 행동은 남성 중심의 세계에 대한 공포를 증폭시킨다. 또 서클에서 만난 선배의 갑작스런 폭력과 사랑이라는 이름으로 행해지는 편집광적인 자기애. 그러나 작중화자는 거부하고 싶은 남자의 광기에 가까운 사랑을 감내한다. 어릴 때부터 여성에겐 이 광기에 순응하는 길밖에 다른 선택의 가능성은 없다는 체념을 배워왔으므로. 그 인고의 세월 동안 '그 여자'는 한 남자를 멀리서 바라본다. 애정을 표현하지도 못한 채 안타깝게 지켜보아야만 했다. 남성중심의 사회가 뿜어내는 광기로부터 벗어나기 위해 용기와 결단을 내렸던 그 여자의 어머니의 어머니들의 비극적인 생애 때문에 '그 여자'는 사랑이라는 불꽃에 자신을 내맡기지 못한다. 뿐만 아니라 더할 나위 없이 선한 그 존재가 언제 아버지처럼 변할지 모른다는 두려움이 사랑이라는 자기 완성의 길을 막아선다.『세월』을 통해서 확인할 수 있듯 그녀들은 사랑을 갈구하지만 사랑을 향한 열정을 불사르지 못하는, 어떤 강박관념의 상태를 벗어나지 못한다.

그러나 항시 강박관념은 벗어나고픈 질곡이면서 동시에 머물고픈 편안한 매혹이게 마련이다. 그녀들의 강박관념 또한 마찬가지이다. 그녀들은 강박관념에 힘겨워하지만 이 강박관념을 벗어던질 경우 이전과는 전혀 다른, 전혀 예측할 수 없는 삶을 살아야 한다는 두려움에 굴복한다. 따라서 그녀들의 강박관념은 자기 모멸이면서 자기 유희이며, 마조히즘적이면서 동시에 사디즘적이며, 동시에 끊임없이 벗어나고자 하는 움직임이자, 벗어났을 때의 공포나 전율을 두려워하는 정지이다. 그녀들은 이 양립하기 힘든 두 극단 사이를 오가고, 때에 따라 이 양극단 사이에서 나름대로의 병존형식, 즉 균형감각을 만들어낸다.

최근 여성작가들의 소설을 읽다보면, 그녀들이 주목하는 사랑의 형식이 있다. 그녀들은 우선 결혼, 임신, 출산 등등으로 이어지지 않는, 그리고 젠더로서의 남성과 여성의 분화가 이루어지지 않은 상태에서 황홀하게 꽃피었던 사랑, 즉 미성년의 사랑을 기억하고 꿈꾼다(신경숙, 『깊은 슬픔』; 은희경, 『새의 선물』; 배수아의 소설들). 그리고 미성년의 사랑에 대한 집착은 종종 동성애의 감정이나 근친상간의 감정으로까지 확장(권여선, 『푸르른 틈새』; 전경린, 「사막의 달」 등)되는바, 사회적 금기에 정면으로 도전할 정도로 그녀들은 미성년 상태의 사랑에 열의를 보인다. 이 미성년의 사랑이 아닌 경우, 그녀들은 아내되기 혹은 어머니되기의 공포로부터 보다 자유로운 사랑, 혹은 흔히 불륜이라고 불리는 관계에 매혹을 느낀다(신경숙, 『풍금이 있던 자리』; 서하진, 「제부도」; 은희경, 『새의 선물』). 결국 그녀들이 꿈꾸는 사랑은 일체의 사회적 구속이 끼어들지 않는 사랑이다. 여기서 우리는 일단 그녀들이 일체의 사회적 구속력이 틈입할 수 없는 어떤 예외적인 공간에서의 사랑만이 진정한 사랑일 수 있다고 믿으며, 그 정도로 현재 존재하는 사회적 구속력에 적대적인 감정을 지니고 있다는 사실을 확인할 수 있다.

물론 최근 여성작가들의 소설에 미성년의 사랑, 아내되기를 비껴갈 수 있는 사랑만이 주요한 소재로 등장하는 것은 아니다. 또하나의 소재가 반복되는데, 그것은 결혼 생활에서 느끼는 권태와 그로 인한 일탈에의 걷잡을 수 없는 욕망이다. 어떤 경우 사랑의 속성 때문에 그녀들은 아내가 된다. 사랑은 저항할 수 없는 운명의 결합처럼, 두 영혼의 예정된 만남처럼 다가오는 경우가 있다. 이 격정의 시기에 여성은 사랑하는 두 사람이 자신들의 감정에 출실하기만 하다면 어떠한 사회적 규약도 뛰어넘을 수 있을 것 같은 환각에 빠져들거나 아니면 그 감정을 통제한다는 것은 곧 죽음에 이르는 길이라는 파괴적인 정열에 휩싸여 결혼을 하고 그 결과 그토록 기피하던 가부장적 질서에 편입된다. 바로 그 순간 격정은 잦아들고 불꽃같던 감정은 현실의 도도하고 엄정한 물결 앞에서 꺼져버린다. 즉 결혼하자마자 남편된 자가 갑작스레 변신하고, 여성은 곧바로 어머니를 떠올린다. 남자는 사소한 것에까지 큰 의미를 부여하는 아내의 강박관념에 당혹스러워하고 급기야는 싫증을 내며, 아내는 이 남편에게서 아버지의 그림자를 발견하고 전율한다. 이제 두 사람은 자신들의 감정에 충실할 수 없으며 오히려 이전에 솟구쳐오르던 불꽃을 의심하기 시작하는바, 뛰어넘을 수 있으리라던 사회적 규약은 특히 여성들에게 아주 미세한 움직임마저 용인하지 않는 철칙임이 드러난다. 그녀들은 이 거대한 벽 앞에서 자기 모멸과 세상에 대한 환멸에 빠지거나 권태에 찌들며 그것도 아니면 일탈을 꿈꾼다.

분명히 사랑해서 결혼했는데 사랑을 이루고 나니 이렇게 당연한 순서인 것처럼 외로움이 기다리고 있다. 이루지 못한 사랑에는 화려한 비탄이라도 있지만 이루어진 사랑은 이렇게 남루한 일상을 남길 뿐인가.(은희경, 「빈처」, 『타인에게 말걸기』, 문학동네, 1996, 173쪽)

그녀들에게 결혼은 낭만적 사랑을 완성해가는, 하여 자기 자신을 획득해가는 중요한 계기 중의 하나가 아니다. 그녀들에게 결혼은 단지 "다른 모든 일이 그렇듯이 습관과 타성에 의해 이어지는 관계"(서하진, 「푸른 폭포 너머로」, 『책 읽어주는 남자』, 문학과지성사, 1996, 137쪽)이며, 따라서 그녀들은 자주 "모든 것에서 한 번쯤은 놓여나고 싶"(차현숙, 「나비학 개론」, 『나비, 봄을 만나다』, 문학동네, 1997, 120쪽)은 강한 욕망에 휩싸인다.

 결과적으로 그녀들은 몇몇 예외적인 경우를 제외하고는 모성의 시간을 삶의 긍정적인 계기로 설정하지 않는다. 그녀들에게 모성은 자신의 정체성에 대한 근본적인 도전으로 경험된다. 그녀들이 어머니되기(mothering)를 곧 정체성의 상실로 등치시키는 것은, 크리스테바가 지적했듯, 한편으로는 임신 자체가 주체의 분열(즉 육체의 배가, 자아와 타자, 자연과 의식, 또는 생리학과 언어의 분리와 공존)을 경험하게 하기 때문이기도 하고, 다른 한편으로는 어머니가 되는 과정을 곧 껑충 뛰어넘고자 했던 어머니의 삶과 자신의 삶이 동질화되는 순간으로 감각하기 때문일 것이다.

 내 남편도 나에게 어떤 진지한 대화나 토론의 쟁점을 가지고 나에게 오지 않는다. 나의 말은 일상적인 언어로만 짜여져 있다. 대학 때 그것 자체가 좋아 즐겨 쓰던 관념어나 전문적인 용어들로 의사를 전달할 곳이 없다. 사용할 데가 없는 언어는 조금씩 잊혀져가면서 사멸된다. 이제 아이와 대화를 하면서 나의 언어는 유아적인 말이 되었다. 자아 맘마 먹자. 띠띠 빵빵……
 (차현숙, 「삼십삼 세」, 『나비, 봄을 만나다』, 151쪽)

 그녀들은 모성이라는 계기를 통하여, 크리스테바의 묘사를 빌리자면, 만일 어린아이가 없었다면 그녀들이 거의 마주치지 않았을 경험의 미로 속으로, 즉 타자에 대한 사랑(그녀 자신도 아니고 동일한 존재도 아니며 '나'가 사랑 또는 성욕을 위해 결합하는 또다른 사람도 아니지만, 주의를 집중하게 되고 부드럽게 되며 자신을 망각하게 되는 그 어려우면서도 기쁨에 찬 완만한 배움의 길)으로 미끄러져 들어가지 않는다. 순수한 모성이 여성들에게 마조히즘에 빠지지 않고 또한 자신의 감정적, 지적, 전문적 인격도 말살시키는 일 없이 타자와 진정으로 하나가 되는 경험을 제공한다면, 그리고 이 경험은 진정한 창조를 가능케 하는 중요한 계기라고 한다면, 최근의 여성작가들은 모성의 시간을 그녀들의 삶에서 그리 중요한 계기로 설정하지 않는다. 그녀들은 모성의 시간을 자신의 감정적, 지적, 전문적 인격이 말살되는 시간으로 인지하기 때문이다. 물론 다음과 같은 언급이 없는 것은 아니다.

> 그렇게 배가 부른 나는 엄밀히 말해 내가 아니었고, 길고 지루했던 임신기란, 내 생의 예외적이고 일탈적인 시간이었다. 그러나 동시에 내 몸에 한 생명을 완전히 허용했던 성스러운 시간이며, 그런 만큼 내 생의 가장 순수한 시대였다고 할 수 있을 것이다.(전경린, 「남자의 기원」, 『염소를 모는 여자』, 174쪽)

임신이라는 타자와 합치되는 미묘한 경험은, 그러나 그녀들에겐 "생의 가장 순수한 시대"이기는 하지만 동시에 그 기간은 극히 예외적이고 일탈적인 시간으로만 자리한다. 실제로 최근의 여성작가들의 소설은, 작가의 개인적인 사정과 관계된 것이지만, 모성의 체험이 거의 등장하지 않는다. 딸의 입장만 있을 뿐 어머니의 위치는 없으며, 아들, 딸들을 거느리는 등장인물이라고 해도 아들, 딸에 대한 관심은 거의 보이지 않는다. 즉, 그녀들에게 모성이란 삶의 타성에서 헤어나오지 못하도록 하는 끈적끈적한 일상의 덫이며, 동시에 자기의 정체성을 근본적으로 무화시키는 감시장치인 것이다.

이처럼 가부장적 질서가 행하는 물리적인, 그리고 인식상의 폭력과 광기는 여성들을 어떤 강박관념의 상태로 몰고 간다. 여성들은 사회적 규약이 여성들에게 강요하는 불행한 삶 때문에, 젠더로서의 여성이 겪어야 하는 질곡 때문에, 결국은 그들의 타고난 성, 즉 생물학적인 성마저 부정하는 극단적인 선택을 행한다. 그 정도로 가부장적 질서는 여성들에게 치유하기 힘든 깊은 상처를 영혼 구석구석까지 새겨넣고 있는 셈이며, 최근의 여성작가들은 이러한 부조리한 현실을 '불임의 사랑'과 '모성에 대한 공포'라는 모티프를 통하여 충격적으로 제시한다.

5. 유아(唯我 혹은 幼兒)적 사랑, 그 빛과 그늘

최근의 여성작가들은 여성들의 자유롭지 못한 성장과정에 주목한다. 그리고 성장 장애라는 모티프를 중심으로 지금, 이곳의 여성들은 출생 때부터 놓여진 자신들의 비극적 조건 때문에 여성 자신의 내면적 가치를 발견하기가 쉽지 않을 뿐만 아니라 설령 그것을 찾았다 하더라도 그것을 증명하기란 더욱 힘든 삶을 강요받고 있다는 사실을, 그러한 삶을 강요하는 질서의 중심부에 거대하고 음흉한 아비가 웃음짓고 있음을 날카롭게 묘파한다. 아니, 그녀들은 아비 개인이 아니라 아비들이 만들어낸 질서에 공포를 느낀다. 엄한 아비건 속물적인 아비건, 아비가 존재하건 존재하지 않건 여성들은 자기 의식의 실현이라는 인간의 유적 특질이자 근대적 특질을 행사하지 못한다. 여성작가들의 인식틀에 따르자면, 아비들은 비록 겉모습은 왜소할지 몰라도 실제로는 전혀 왜소하지 않다. 오히려 거대하고 음흉한데, 그것은 왜소한 아비들이 만들어낸 질서가 그만큼 견고하기 때문이라는 것이다. 한마디로 최근 여성작가들은 이제까지 아들들에 의해서 지나치게 폄하되었던 아비들의 모습을 온전하게 되살려놓은 셈이며, 이를 통해 우리는 비로소 우리가 놓여 있는 위치를 확인하게 되었다고 해도 과언이 아니다.

젠더로서의 성이 아직 확립되지 않은 시기에 이루어진 사랑, 그리고 아내가 되지 않아도 되는 사랑에 대한 동경 또한 가부장적 질서를 읽어내고 비판하는 데 아주 유효한 방식이기는 마찬가지이다. 가부장적 질서 속에서 남성과 여성의 삶은 이미 그 태생부터 삶의 방향이나 미래가 결정되는 경우가 많다. 특히나 여성들의 삶은 자신의 의지, 능력으로는 넘어서기 힘든 뒤틀린 질서로 인해 남성에 비해 제한된 가능성만이 열려 있을 뿐 아니라 결혼이란 제도가 원래의 목적처럼 사랑이 충만한 두 사람간의 결합이기보다는 역으로 남성과 여성간의 지배, 예속관계가 확정되는 순간이라고 한다면, 미성숙의 사랑으로 결혼이라는 제도를 비껴가려는 여성들은 의지는 이제는 목적 없는 합목적성의 원리에 의해 지탱되는 현재의 가부장적 질서를 비판할 수 있는 강력한 무기임에 틀림없다.

최근 여성작가들의 소설에 내포되어 있는 의미는 여기에 그치지 않는다. 최근 여성작가들은 여성들이 지닌 내면적 가치의 구체적인 세목을 밝혀내고 이 가치를 배제하는 사회운영원리가 인간 전체를 얼마나 황폐하게 할 수 있는지를 성공적으로 묘파한다. 최근 여성작가들의 소설에 따르면, 어머니와 딸은 자연을 잊은 그리하여 계산 가능성 혹은 환금 가능성의 논리에 찌든 아버지와 아들의 논리(가령, 이혜경의 『길 위의 집』은 아버지는 신동엽이 가라고 목놓아 외쳤던 '쇠붙이'를 취급하는 철공소를 운영하며, 아들은 인간의 상품화를 조장하는 술집을 경영하는 것으로 설정하고 있다)와는 다르게 자기 희생적인 모럴을 지닌 존재들이다. 또 최근의 여성작가들은 어머니와 딸이야말로 어떤 희생을 치르더라도 남편과 아들 혹은 오빠와 동생을 위하는 이타(利他)적인 존재들이며, 자연에게서도 인간을 느끼는 휴머니즘적인 가치를 잃지 않은 존재들로 형상화한다. 그리하여 여성들이 자신의 내면적 가치에 확신을 갖지 못하고 뿐만 아니라 그 가치를 사회의 흐름에 반영시키지 못하는 것은, 단지 여성만의 불행이 아니라 인류 전체의 불행이라는 것이다. 여성성의 배제는 곧 이타적 사랑, 휴머니즘, 자연과의 조화 의지, 인륜성 등의 상실과 등가라는 최근 여성 작가들의 시각은, 현재 인간의 삶에 대한 의미있는 접근이라고 할 수 있다. 현재 인류가 겪고 있는 위기가 자연에 대한 두려움을 떨쳐낸 합리성이 그 자체의 목적을 상실하고 결국은 도구적 합리성으로 귀결되면서 발생한 것이라면, 그리고 어떤 초월적인 질서에 묶여 있던 인간을 구원하는 선한 얼굴을 지닌 계산 가능성의 논리가 자연은 물론 인간까지를 기호화, 도구화하는 악마적인 속성까지를 갖추면서 현대의 불행이 시작되었다면, 최근 여성작가들은 자연과의 조화나 이타적인 사랑을 보다 많이 간직한 여성들의 소외를 통해 이 불행한 현대를 웅숭깊게 성찰해낸다(전경린,『염소를 모는 여자』; 신경숙,『외딴방』; 이혜경,『길 위의 집』; 은희경,『새의 선물』).

이런 관점에 보자면, '불임의 사랑'과 '모성에 대한 공포'로 거칠게 정리할 수 있는 최근 여성작가의 소설들에 담겨 있는 문제성은 분명하다. 앞서 제기한 것처럼 90년대 한국문학 전반에 주어진 과제가 한 아비는 왜소하지만 그들을 생존하게 한 질서는 음흉하고 거대하며 아들 자신이 왜소한 아비의 겉모습에 속아서 지나치게 자기 확신적이었거나 정신적으로 나태했다는 사실을 밝혀내는 것이었다고 한다면, 최근 여성작가들은 90년대 한국문학 전반에게 제기된 과제를 아주 충실하게 수행하고 있다고 할 것이다. 우리는 최근 여성작가들의 소설에서 한국 근대문학이 출발한 이래 거의 밝혀지지 않았던 음흉한 아비와 그들이 만들어낸 거대한 질서가 그 위용을 드러내는 인상적인 장면을 비로소 발견했으며, 이 점이야말로 90년대 여성작가들의 소설세계 전반이 지니는 문제성이라 할 것이다.

하지만 유아(唯我 혹은 幼兒)적 사랑에 대한 집착은 최근 여성작가들의 소설이 지닌 문제성의 원천이기도 하지만, 동시에 최근 여성작가들의 소설을 제한하는 역할도 행하고 있다는 사실도 지적되어야 할 것이다. '불임의 사랑'과 '모성에 대한 공포'라는 강박관념은 최근 여성작가 소설의 주인공에게서 자주 발견되어 읽는 이들을 안타깝게 하고 또 때로는 분노하게 하지만, 중요한 것은 최근의 여성작가들 또한 이 강박관념으로부터 자유롭지 못하다는 점이다. 작가들 또한 '불임의 사랑'과 '모성에 대한 공포'에 시달리고 있는 것이다. 최근의 여성작가들은 '불임의 사랑' 외에 또 다른 사랑의 형식을 창출하거나, 이러한 여러 사랑의 형식과 '불임의 사랑'을 비교, 대조, 유추, 추론하는 과정을 통해서 '불임의 사랑'이 지닌 강박성을 밝히는 데 그리 큰 관심을 보이지 않고 있다. 아니, 오히려 '불임의 사랑'이 여성적 정체성을 유지하는 유일한 방법이라는 대목에서는 작중 화자와 작가간의 거리가 아예 사라지기까지 한다. 하여, 자기를 진정으로 발견할 수 있고 타자의 삶 구석구석을 읽어낼 수 있는 중요한 계기일 수 있는 사랑을 단지 가부장적 질서를 비판하는 도구로 전락시킨다. 즉 새롭게 대면하는 현실적 조건, 혹은 인간상을 철저하게 분석하여 그 실체를 찾아내려 하기보다는 기존의 인식틀로 혹은 작가 개인의 고정관념 속으로 새로운 대상이 지니는 특수성을 마구잡이로 밀어넣는다. 그 결과 같은 작가 안에서 종종 동어반복의 양상이 나타나며, 또 때로는 어떤 일정한 패턴이 반복되는 듯한 느낌을 주기도 한다.

요컨대 유년기의 체험이 안겨준 저주와도 같은 강박관념을 작가 자신이 지니고 있다는 점이 문제인 것이다. 그녀들은 자기를 외화하고 나서 자기를 망각하지 못한다. 다시 말해 그녀들은 자기가 행한 실천이 타자들 속에서 어떠한 결과를 발생시켰는지를 검증할 수 있는 엄정한 리얼리즘적 시선, 즉 세계에서 일어난 모든 일에 주목하고 그것을 있는 그대로 기록하겠다는 '서기관의 정신'을 확립하기가 쉽지 않은 것이다. 그녀들은 세상의 모든 제도와 가치관을 여성을 억압하는 위선적인 담론으로 규정하고, 이 인식틀을 토대로 세상을 읽어낸다. 때문에 그녀들과 타자가 화해하는 그 순간에 행복에 젖어들기보다는 불행의 징후를 찾기 위해 혈안이 되며, 또 더할 나위 없이 선한 한 존재에게서 악의 그림자를 찾아내려 한다. 그녀들은 그 실물을 보는 것이 아니라 그 실물에 어른거리는 그림자를 먼저 본다. 그래도 보이지 않으면 불안해지고, 혹여 악의 그림자가 흔적처럼 묻어나면 희열에 빠진다. 그녀들은 어머니, 어머니의 어머니, 더 나아가 어머니의 어머니의 어머니의 불우했던 운명을 어떠한 순간에서도 기억해냄으로써 구체적 사실에 실체적으로 접근하지 못한다. 이 땅의 아들들이 '아버지의 아버지의……아버지'라고 자신을 규정하면서 현실적 조건을 객관화하는 것이 힘들었다면, 이곳의 딸들은 '어머니의 어머니의 어머니……어머니'라고 자신을 설정하면서 역시 있는 그대로의 현실을 읽어내려는 엄정한 시선의 확보에 어려움을 겪고 있는 셈이다.

'모성에 대한 공포'와 그에 따른 모성 거부 역시 최근 여성작가들의 세계를 더욱 한정시키고 있다. 최근 여성작가들의 소설에는 모성이 빚어내는 미묘한 경험이 거의 등장하지 않는다. 어머니의 삶을 껑충 뛰어넘어야 한다는 강박관념 때문이다. 이러한 모성 체험의 부재는, 그녀들이 아버지 대신에 중요하게 평가하는 어머니의 삶을 형상화하는 데 있어서도 상당한 제약조건이 된다. 그녀들은 어머니의 삶을 같은 어머니이자 동시에 딸인 입장에서 읽어내지 않으며, 단지 딸의 입장에서 읽어낸다. 모성의 체험을 행하지 않은 딸의 입장에서 보자면, 어머니의 삶은 불행하고 전근대적일 뿐이며 따라서 껑충 뛰어넘어야 하는 대상일 뿐이다. 모성이라는 미묘한 체험은, 그러나 한편으로는 자본주의적 계산 가능성과 맞서는 숭고한 정신을 가능케 할 수도 있다. 즉 어머니의 삶이란, 불행하지만 동시에 숭고하며 전근대적이지만 동시에 탈근대적인 존재방식이다. 그러나 결혼을 거부하고 어머니되기를 거부한 딸들은 이러한 양가적인 삶을 현저히 단순화시켜 한 단면을 전체로 증폭시킨다. 이는 이들보다 앞선 세대의 여성작가들과의 가장 큰 차이이기도 하다. 앞선 세대의 여성작가들은, 예컨대 박경리 박완서 오정희 양귀자 윤영수 등은, 어머니의 삶이 가지는 양가적인 가치를 정확하게 읽어낸 바 있고 그를 통해 어머니를 어머니의 실체에 근사한 형상으로 창조한다.

이 어머니되기의 거부는 단지 어머니의 실체를 단순화시키는 문제점만을 발생시키지는 않다. 또다른 문제를 발생시키기도 하는데, 바로 그녀들의 시선을 과거에 고정시켜놓는다는 것이다. 가부장적 질서를 비판하는 그녀들의 의식이 정당하다는 것을 증명해주는 근거는 무엇보다 과거에 있다. 하여, 그녀들은 자신의 판단이 옳다는 것은 증명하기 위해 지나칠 정도로 과거를 회상하며, 그 과거의 이미지로 현재를 읽어낸다. 그녀들은 윗세대와 자신의 관계, 그리고 수평적인 축에 폭넓은 관심을 보이는 반면 자신과 아랫세대의 관계에는 거의 시선을 보내지 않는다. 그 결과 최근 여성작가들의 소설은 시간적으로는 과거와 현재에는 집요함을 보이는 반면 미래라는 시간에는 그리 치밀한 눈길을 보내지 않는 특징을 보인다. 그녀들은 과거와 현재가 달라지지 않았음을 자주 강조한다. 그러나 과거와 현재가 질적으로 달라진 것은 아닐지라도 큰 차이를 보이고 있는 것이 사실이며, 이 큰 차이들이 모아져 질적인 변환이 가능할 수 있으며 또는 이미 질적인 변환이 이루어졌는지도 모를 일이다. 앞선 세대의 여성작가들은 과거 그것에만 시선을 고정시키지는 않았다. 왜냐하면 그녀들은 딸이기도 했지만 동시에 어머니이기도 했기 때문이다. 자신의 아들, 딸의 삶 때문에 어쩔 수 없이 미래에 관심을 가지게 되었으며, 그 미래상으로 과거를 재구성하는 시도를 멈추지 않았다. 그런 과정에서 어머니의 또다른 측면에 주목하기도 하고 그를 통해 자신을 재정하는 과정을 끊임없이 행해왔다. 반면, 최근 여성작가들의 소설에 등장하는 어머니는 움직이는 삶도 아니고 또한 여러 각도에서 접근이 가능한 대상도 아닌 듯이 보인다. 과거의 사실을 기반으로 형성된 현재의 의식을 굳건하게 고집함으로써 과거도 현재도 그리고 미래도 움직임이 없는 어떤 정형물로 고정시켜놓았으며, 또한 더욱더 깊이 근원을 찾아나가려는 노력도 행하지 않는 것이다.

　현실은 항상 변한다. 따라서 가부장적 질서도 본질은 같을지 몰라도 그 것의 현상형식은 변화하기 마련이며, 이 현상형식의 변화가 양적으로 축적되면 언젠가 질적이 비약이 이루어질지도 모른다. 폭력적인 남편, 그것에 순종하는 아내상은 이미 과거의 것인지도 모른다. 또 가부장적 질서는 폭력적인 남편을 통해서만 여성의 삶을 억압하지 않는다. 모든 이데올로기, 인식틀, 가치체계, 광고전략 등등을 통하여 여성적 정체성의 내면적 가치를 잠식시키며, 동시에 여성이 선택할 수 있는 삶의 가능성을 몇몇으로 한정시켜버린다. 그렇다면, 가부장적 질서를 부정하기 위해서라면 이제 여성작가들도 과거에 붙박인 시선을 거두어내고 현재, 그리고 미래에 보다 많은 관심을 지녀야 하는 것은 아닐까. 또 어머니의 운명이 불행했다고 해서 '불임의 사랑'과 '모성에 대한 공포'라는 극단적인 처방을 행할 것이 아니라 보다 진정한 형태의 사랑과 모성을 확립하려는 노력을 행해보는 것은 어떨까. 한국의 아들들이 아비를 껑충 뛰어넘어야 한다는 강박관념 때문에 진정한 자기 실현이 불가능했다면, 이 페넬로페의 후예들 역시 어머니를 껑충 뛰어넘어야 한다는 강박관념에 시달리고 있는 것은 아닐까. 그렇다면 자신의 내면적 가치를 발견하고 그것을 외화시키기 위해서 이 강박관념을 과감하게 떨치는 용기와 결단이 더 필요한 것은 아닐까.

(1998년)

희망과 절망, 그 이상한 가역반응

1. 질풍노도 그후

상(箱, 작가 이상을 지칭함—인용자)은 필시 죽음에게 진 것은 아니리라. 상은 제 육체의 마지막 조각까지라도 손수 길어서 없애고 사라진 것이리라. (……) 상은 한번도 잉크로 시를 쓴 일은 없다. 상의 시에는 언제든지 상의 피가 임리하다. 그는 스스로 제 혈관을 짜서 시대의 혈서를 쓴 것이다. 그는 현대라는 커다란 파선에서 떨어져 표랑하든 너무나 처참한 선체조각이었다. (……) 그는 세속에 반항하는 한 악(?)한 정령이었다. 악마더러 울 줄을 모른다고 해서 비웃지 마라. 그는 울다울다 못 해서 인제는 누선이 말라버려서 더 울지 못하는 것이다. 상이 소속한 20세기의 악마의 종족들은 그러므로 번영하는 위선의 문명에 향해서 메마른 찬 웃음을 토할 뿐이다.(김기림, 「고 이상의 추억」)

김기림은 이상의 죽음 앞에 위와 같이 고개를 숙인 바 있다. 이제는 90년대를 살고 있는 우리가 이상에게, "제 혈관을 짜서 시대의 혈서를 쓴" 이상의 글쓰기 행위에 대해, 그리고 그가 추구했던 모더니즘 문학에 대해 고개를 숙일 차례이다. 이상은 척박하기 짝이 없던 1930년대의 경성에서 "번영하는 위선의 문명"을, 그 문명에게 혼을 내맡기는 인간들의 군상을 발견하고는 공포에 떨었다. 이상이 보기에 "번영하는 위선의 문명" 혹은 상품의 쾌락적 이미지는 인간을 한갓 생명력 없는 기호로 전락시킬 뿐만 아니라 또 인간에게서 모든 열정을 빼내가고 대신에 헤어나올 수 없는 권태를 안겨주는 전지전능함을 지닌 괴물이었다.

　이상은 인간에게서 빼내온 영혼을 자양분 삼아 하루가 다르게 커져가는 이 괴물과 돌이킬 수 없는 싸움을 시작했다. 이상이 지닌 무기는 "메마른 찬 웃음"뿐이었다. "메마른 찬 웃음"으로 저 흉물을 보라고 손가락질하며 비웃었지만, 손가락질당한 것은 이상 자신이었다. 세상 사람들은 상품의 쾌락적 이미지로 화려하게 치장한 괴물에 속아 그 괴물의 음험한 이빨을 발견하기보다는 오히려 이상을 악마로 규정하고 말았던 것이다. "번영하는 위선의 문명"이 만들어내는 화려함에 생명을 앗아갈 정도의 독이 감추어져 있다는 사실을 눈치챌 수 있는 사람은 소수일 뿐이다. 이상은 골리앗과 다윗의 신화를 재현할 수 없었으니, 이상이 살았던 시대는 신화가 사라진 시대 곧 탈마법화의 시대였기 때문이다. 결국 이상은 「종생기」라는 패배의 기록을 마지막으로 제 육체의 마지막 조각까지 "손수 길어서 없애고 사라"졌다.

　우리는 이러한 이상을, 그의 희망과 좌절을 너무 쉽게 잊고 있었다. 김기림의 표현을 빌리자면 우리는 "번영하는 위선의 문명"이 인간의 영혼을 얼마만큼 철저하게 잠식하고 있는지에 대해 너무 무관심했다. 세월이 흘러 인간에게 두려움을 주던 마법의 세계는 그 흔적조차 사라져버렸고 위선은 진정한 선을 내몬 채 절대적인 선으로 자리잡은 시대에 살고 있으면서도 말이다. 교환가치가 사용가치를 간단하게 제압하고 환금 가능성 혹은 계산 가능성이 인륜성이나 모럴 등을 압도하여 이제 모든 가치의 유일한 척도로 군림한 시대, 그 시대를 우리는 살고 있다. 이상이 보았던 괴물은 더욱 전지전능해졌고 교활해졌으며, 인간은 그 교활함에 죄의식도 없이 자신의 영혼을 맡겨버린 상황인 것이다.

이러한 엄정한 현실에 비추어보자면 80년대는 신들린 시대였다고 할 것이다. 80년대에 우리는 벅찬 미래를 눈앞에서 보았고 노동자들이 곧 그 미래의 문을 여는 순간만 남았다고 믿었다. 좌절이 커야 성공은 더욱 성스러워지는 법, 좌절은 성스러움을 더하기 위한 자그마한 시련일 뿐이었다. 오늘이 아니면 내일, 내일이 아니면 바로 그 다음날 벅찬 미래가 다가오리라는 확신이 있었기에 좌절과 절망이란 다만 임계한 미래를 예견해주는 징후로 받아들여졌다. 비유컨대 신의 재림이 목전에 있었다고 믿었던 시대, 80년대는 바로 그러한 시대였다. 그러나 현대는 탈마법의 시대이다. 마법은 한순간 관철될 수 있을 뿐 오랜 지속성을 지닐 수 없다. 신들린 시대는 인간의 합목적성에 다시 굴복할 수밖에 없었고, 계산 가능성의 세계는 정의를 믿는 순수한 마음만으로는 넘어설 수 없을 만큼 견고하다는 사실이 밝혀졌다.

희망과 절망의 차이는 단순히 희망이 있고 없음의 차이가 아니다. 희망이 있느냐 없느냐에 따라 세계를 규정하는 본질적인 입장까지 차이가 나는 것이다. 어떤 현상이 한 시대의 거대서사에 포괄되고 포괄되지 않는다는 것, 이도 역시 마찬가지이다. 매일 새롭게 발생하는 현상들을 하나의 인과율에 의해서 파악할 수 있을 경우, 우리는 과거를 객관화할 수 있고 현재를 총체적으로 파악할 수 있으며 미래를 예측할 수 있다. 미래에 대한 예측 가능성은 미래를 보다 철저하게 그리고 빠르게 보장할 계급과 실천 방식을 확정할 수 있고, 각각의 '나'는 단자화된 '나'가 아니라 '우리'를 대표하는 '나'이며 '나'와 '너(타자)'와의 소통 가능성은 무한히 열려 있게 마련이다. 그러나 새롭게 나타나는 현상들을 설명할 수 없을 경우, 사정은 크게 달라진다. 과거와 현재, 그리고 미래의 정확한 구분은 불가능해지며 모두가 지속되는 현재일 뿐이다. '나'는 그야말로 고립된 '나'이다. 이러한 상황에서 '고립된 자아'는 '나' 이외의 모든 것으로부터 소외되고 공포를 느끼게 되는 것이다.

총체적 재현에 대한 믿음이 상실될 때 모더니즘적 글쓰기는 낮은 곳에서 높은 곳으로 상승한다. 레이먼드 윌리엄스가 모더니즘 발생의 한 중요한 계기로 현실을 규율하던 중심사상의 동요를 제시한 것도, 페리 앤더슨이 모더니즘과 마르크스주의의 깊은 함수관계에 대해 주목한 것도 이와 관련이 깊다. 하나의 거대서사가 더이상 새롭게 나타나는 현상을 포괄하지 못할 때, 거대한 희망이 꺾여버려 절망의 상태에 빠질 때, 모더니즘은 발생하고 복원된다. 그만큼 희망의 상태와 절망의 상태는 큰 차이를 지니는 것이다. 그러나, 그렇다고 해서, 이 모더니즘적 글쓰기가 자연적으로 발생하고 완성되는 것은 아니다. 한 '고립된 자아'가 희망을 좌절시킨 구체적인 장벽을 직시하고 넘고자 할 때에만 비로소 소외와 공포감을 불러일으킨 사회제도나 관습과 '승부가 뻔한' 싸움을 벌일 수 있는 것이다. 그래야만 이상의 경우처럼 "제 혈관을 짜서 시대의 혈서"를 쓰는 마음으로 글을 쓸 수 있지 않겠는가.

그러나 우리는 80년대에 대한 너무나도 황홀한 기억에 매달려 있었다. 우리는 80년대가 절망을 감싸안지 못한 전망, 냉정함을 수반하지 않은 열정, '주어진 현실의 분석'과 결부되지 않은 '주어진 목표에 대한 의식'만을 내세웠던 시대라고. 따라서 이제는 주어진 현실에 대한 분석이 필요할 때라고 믿는 대신에, 희망의 절정에서 절망의 깊은 심연으로 추락하는 어지럼증에 시달리고 있다. 신을 믿었던 자에게 그리고 여전히 그 신을 믿는 자에게 신의 규율이 작용하지 않는 현실은 아무런 의미가 없는 법이다. 신을 믿는 자에게 신이 숨어버린 시대는 전체가 아니면 무(無)이다. 신의 흔적을 보는 순간 그는 삶의 충일감으로 가득 차지만, 신의 흔적조차 찾아볼 수 없을 때 그에게 현실은 아무것도 존재하지 않는 상태인 것이다. 그리하여 신이 숨은 시대에 신을 믿는 자는 열정으로 가득 차거나, 극도의 절망에 빠져들게 마련이다.

90년대의 문학은 이처럼 80년대를 향한, 때로는 터무니없는 희망과 근거 없는 절망으로 시작되었고, 여전히 그런 상태를 벗어나지 못하고 있다. 이 사이 신의 죽음을 알리바이체계로 내세우며 환금 가능성의 논리에 영혼을 팔아넘기는 문학은 돌이킬 수 없을 정도로 확산되어버렸다. 따라서 현재 한국문학에 필요한 것은 80년대라는 '그 좋았던 시절'에 대한 미망에서 벗어나는 것이다. 돌이켜보건대 80년대는 한순간 소나기가 휩쓸고 지나간 것에 불과한 것이 아니었던가. 염상섭이 한국전쟁을 소나기에 비유한 바 있듯이, 소나기란 한순간의 변화와 일탈을 가져다줄 뿐이다. 소나기가 그치면 모든 것은 원래의 상태로 재빠르게 복원되게 마련이고, 변화와 일탈에의 욕구는 거대한 질서에서 벗어나 "너무나 처참한 선체조각"으로 살 각오가 없다면 한때의 추억으로 묻혀질 뿐이다. 때문에 80년대, 그 질풍노도의 시대에, 거리를 가득 메웠던 사람들을 애써 기억할 필요는 없다. 그리고 또 그들의 짧은 기억력을 탓할 필요도 없다. 소나기가 만들어낸 소란스러움은 소나기가 그치면 잦아들게 마련인 것이다. 이제 한국문학이 한 걸음이라도 내딛기 위해서는 80년대의 그 엄청나다고 믿었던 소나기가 세상사람들의 겉옷만 적셨을 뿐 깊은 심금에까지 영향을 미치지 못했으며 80년대 자체도 결코 신의 규율에 의해 움직인 것이 아니라는 사실을 확인해야 한다. 세상사람들의 영혼을 좀더 깊은 곳에서 지배했고 지배하는 것은 상품의 쾌락적 이미지였고 지금도 또한 그러하다는 사실을 인정해야만 할 때이다. 그래야만 80년대의 그 갑작스런 소나기로 인한 소란스러움 때문에 미처 시선을 돌리지 못했던 상품의 쾌락적 이미지와 맞설 수 있고, 또 눈앞의 현실은 내버려둔 채 있지도 않았던 신의 언어를 기억하기에 급급한 상황에서 벗어날 수 있는 것이다.

현재 한국문학에는 한 사람의 이상이 절실하다. 이상이 느꼈던 공포를 상기하고, "제 혈관을 짜서 시대의 혈서를" 쓰는 마음으로 글을 썼던 모더니즘적 전통의 복원이 시급하다. 그리하여 자연 혹은 역사와 인간 사이에 끼어든 "번영하는 위선의 문명"이 인간의 영혼을 얼마나 황폐하게 했으며, 각 인간을 얼마나 철저하게 기호화시켰으며 단자화시켰는가를 확인해야 한다. "번영하는 위선의 문명," 이것은 엄연한 현상이다. 이 엄연한 현상을 인정해야 그 현상을 깊은 심급에서 결정하는 법칙성을 찾아낼 수 있지 않겠는가. 또 이것이 인간의 꿈을 좌절시킨 가장 직접적인 장벽일진대 이 장벽의 높이를 확인해야 그 장벽을 뛰어넘을 수 있는 것이다. 현실의 총체적 재현이 현실의 법칙성을 찾아내어 필연/우연, 선/악, 중요한 것/중요하지 않은 것을 판별하고 위계질서화하는 것이라면, 그리고 전망이 깊은 절망에서 돋아나는 가냘픈 미래의 싹을 찾아내는 것이라면, 이를 위해서라도 모더니즘적 전통의 복원은 좀더 철저하게 이루어질 필요가 있고 이미 그것을 행하고 있는 작가에게는 좀더 세심한 주의가 필요하다.

　"번영하는 위선의 문명"과 힘겹게 맞서고 있는 작가들을 찾아나서는 여행, 이것이 이 글의 목적이다.

2. 목적 없는 여행 — 하일지의 경우

　한국문학은 90년대 접어들어 전혀 예기치 못한 상황을 맞이하고 있다. 희망의 절정에서 절망의 깊은 심연으로의 갑작스러운 추락. 이 갑작스러움은 한국문학의 지형도를 일거에 바꾸어놓은 것이다. 희망이 절정에서 절망의 수렁으로 하루아침에 빠져들 때, 많은 경우 이상한 가역반응이 나타나게 마련이다. 갑작스런 좌절을 맛본 사람들은 절망을 감싸안지 못했다는 점을 반성하는 것이 아니라 전망 자체를 폐기처분하거나, '주어진 현실에 대한 분석'을 강화하는 것이 아니라 '주어진 목표에 대한 의식' 자체를 부정하며, 아니면 냉정함을 갖추려 하기보다는 열정 자체를 시대착오적인 것으로 규정하기가 쉬운 법이다. 그리하여 새롭게 더 진전하리라고 예상되던 문학적 운동이 한순간에 멈추는 기현상이 나타나고, 거대하던 문학적 흐름이 단절되곤 하는 것이다. 이때 인간의 삶에 여전히 중요한 문제들은 이전 시대에 많이 다루어졌다는 사실 하나만으로 시대착오적인 문제로 전락하며, 부차적인 문제들이 역시 이전에 다루어지지 않았다는 사실만으로 전면에 부각되곤 한다. 희망의 절정에서 절망의 심연으로 내려 앉을 때의 현기증은 이처럼 사람들의 판단을 흐리게 한다. 80년대에서 90년대로 진입하는 순간은 이처럼 커다란 혼란의 시대라 할 수 있거니와, 당연하게도 주어진 현실에 대한 냉철한 분석은 관심의 뒤켠으로 밀려나버린 바 있다. 그래서 80년대의 희망을 좌절하게 한 중요한 요인(이것은 동시에 현재 인간의 충일한 삶을 가로막는 구체적 요인일 터이다)을 밝혀내고 그 현실과 고독하게 맞서는 일은 중요한 현안임에도 불구하고 자꾸 뒤로 미루어진 감이 없지 않다. 그런데 최근 이 어려운 상황 속에서도, 유토피아에의 꿈을 좌절시킨 요인이자 현재 인간의 삶을 집요하게 억압하는 요소들을 찾아내려는 소중한 노력이 하나하나 나타나기 시작했다. 하일지의 소설은 그 소중한 노력 중의 하나이다.

『경마장 가는 길』에서 『경마장에서 생긴 일』까지로 이어지는 하일지의 작품세계는 낯설다. 그의 소설은 기존의 소설문법을 해체하거나 또 때로는 거부한다는 점에서 낯설게 느껴지되, 그 낯섦이 단지 형식적 실험에 그치지 않고 지금 이 시대의 삶을 냉정하게 묘파한다는 점에서 문제적이다. 한마디로 하일지의 소설은, 애써 부인하고 싶은 일그러지고 왜소한, 그리하여 인간적 충일성이라곤 찾아볼 수 없는 동시대의 삶을 우리 앞에 제시한다.

그러나, 이 하일지의 낯선 세계를 실감하기 위해서는 그만의 소설에 나타나는 몇몇 낯선 풍경들과 친숙해져야 한다. 이 풍경들과 친숙해지지 않을 경우, 하일지의 소설에서는 낯섦 이상의 것을 발견하기 어렵다. 예컨대, 하일지 소설에 나타나는 익숙하지 않은 풍경은, 작가의 철저한 의도에 의해서 만들어지고 고안된 것이며, 따라서 그의 소설 세계로 진입하는 표지에 해당한다. 쉽게 발견되는 낯선 부분부터 찾아보자. 우선 『경마장 가는 길』『경마장은 네거리에서…』『경마장을 위하여』『경마장의 오리나무』『경마장에서 생긴 일』등 소설 제목에 '경마장'이라는 이미지를 고집하는 것이 이에 해당하거니와, 이 '경마장'이라는 기호가 구체적인 지시물을 내포하지 않는다는 사실 또한 주목할 필요가 있다. '경마장'은 향수처럼 떠오르는 과거의 장소도 아니고 현재의 삶이 이루어지는 공간도 아니며, 또 그렇다고 우리의 삶이 도달해야 할 미래도 아니다. 다시 말해 우리 삶의 출발점도 아니며 또한 목적지도 아니다. 도대체가 '경마장'은 정확하게 위치를 설정할 수도 또 의미를 설정할 수 없는 불분명한 시, 공간이다. 친숙해져야 할 것은 이것만이 아니다. 동일한 에피소드와 시선의 반복(가령『경마장 가는 길』에서 R은 음식점에만 가면 육개장을 시켜 먹으며,『경마장의 오리나무』에서 주인공은 과자를 손에서 놓지 않는다. 또 하일지 소설의 작중화자의 시선이 한 대상을 바라보는 각도는 전혀 변하지 않은 채 지독하게 반복된다) 혹은 인물들의 충동적인 행동들과 연속되는 우연적인 만남 등도 하일지 소설의 특이한 풍경이다.

이제 우리의 관심사는 하일지가 이러한 의도적인 낯설게 하기를 통해 표현하고자 하는 그 무엇이다. 이를 위해『경마장의 오리나무』를 자세히 보자.『경마장의 오리나무』는 '나'라는 인물의 여로를 좇는, 여로형 구조를 취하고 있는 소설이다. '나'는 그리 뒤처지지 않는 대학을 나와 증권회사에 다니며 아내와 두 자녀를 부양하는 인물이다. 그야말로 평범한 인물인 셈이다. 그런 '나'가 집과 직장을 버리고 길을 떠난다. '나'가 길을 떠난 데에는 어떤 특별한 이유가 있는 것은 아니다. 어느 날 새벽 세시 반에 깨어나는 우연적인 사건이 '나'에게 벌어졌고 떠날 결심을 한다. 그 결심은 느닷없이 당한 외국인으로부터의 폭행, 그리고 여관 프런트 앞에서 '나'를 아는 척하는 '나'는 모르는 인물과의 만남, 그리고 자신의 빈자리에도 불구하고 여전히 부산한 사무실 정경을 확인하는 순간 이루어진다. '나'는 우연적인 계기를 통해 여수행 기차를 탄다. 그리고는 갑자기 이리에서 내린다. 이리에서 한 간호사와 만나고, 다시 목포행 열차에 몸을 실으며, 그리고는 다시 어느 한적한 소읍에서 걸음을 멈춘다. 그곳에서 '나'가 경험하는 일은 제방에 불놓기, 간호사에게서 얻은 성병 치료와 그녀와의 해후, 한 장난기 어린 여중생과의 우연적인 만남이다. 그리고 다시 목포로 발길을 옮기며, 거기에서 가짜 장님 행세를 하는 한 인물을 만나며, 그리고 '나'도 가짜 장님이 되기로 한다. 그때 찾아온 친구 A. 그러나 '나'는 A를 통해 다시 일상사로 복귀하는 것이 두려워 그를 피해 다시 기차에 오른다.

이상이 『경마장의 오리나무』의 전체적인 개요다. 여기서 우리가 확인할 수 있는 것은, 이 여행 자체가 우연의 반복으로 진행되고 있다는 사실과 '나'가 철저하게 자신의 삶의 토대로부터 벗어나겠다는 욕망을 보일 뿐 어떠한 목적도 의지도 갖고 있지 않다는 사실이다. 이러한 여행풍경은 대단히 낯설며 당황스러운 것이다. 특히 우리 소설사에 자주 등장했던 여로형 소설에 익숙한 사람에게는 더욱 그렇다. 이제까지 우리에게 친숙했던 여행풍경이란, 저 멀게는 무덤처럼 변해가는 식민지적 현실의 모습(염상섭의 「만세전」)이었으며, 가깝게는 묻어야 할 과거를 지닌 고향(김승옥의 「무진기행」)이거나 산업화의 물결로 그 흔적조차 찾아볼 수 없는 곳(황석영의 「삼포 가는 길」, 문순태의 「징소리」 등)이었으며, 아니면 분단에 따른 곪아터진 개인의 상처를 확인하거나 치유하는 자리(김원일의 『노을』 등 분단소설들)였기 때문이다. 다시 말해 이제까지의 여로형 소설은 한 개인의 존재의 뿌리와 그를 둘러싼 객관적 현실의 변화를 포착하는 데 유효한 소설적 방법으로 자리했던 셈이다.

그런데 『경마장의 오리나무』에서 '나'가 그리고 있는 여행의 궤적은 그런 것과 거리가 멀다. 확인하고 싶은 기억의 뿌리를 찾는 것도 아니며 새롭게 변화된 현실에의 관심은 애초부터 없다. 그저 아무 데서나 내리고, 급작스레 다른 장소로 옮아가는 여행일 뿐인 것이다. 그렇다고 이 여행풍경이 아무 의미가 없는 것이냐 하면 그렇지 않다. 오히려 『경마장의 오리나무』는, 이 작품을 지탱시키는 여행풍경이 무목적적이라는 이유 때문에,

이 시대의 삶의 한 단면을 민감하게 드러내는 경우이다. 목적조차 없는 것으로 설정된 이 여행이 역설적이게도 이 시대 삶의 핵심적인 부분을 감싸 안고 있는 것이다. 결론적으로 말해,『경마장의 오리나무』는 자본주의 사회의 급격한 산업화와 정보화에 따라 기하급수적으로 자리를 잃어가는 인간주체 또는 개인의 생산적이고 창조적인 욕망의 모습을 섬뜩하게 묘파하고 있는 것이다. 이러한 미적 성과를 가능케 한 직접적인 요인은 이러한 분위기를 만들어내려고 한 작가의 세밀한 배려이다. 작가는 '나'라는 인물의 존재방식, '나'를 중심으로 형성되는 인물들간의 관계, 그리고 여행의 진행방향 등과 여행풍경을 서로 내밀하게 엮어내기 위하여 치밀한 계산을 행하고 있다.

먼저 주인공인 '나'의 형상화 방식에 주목해보자. '나'는 '이것이 정말로 나를 나로써 존재하게 한다'는 그 무엇을 하나도 지니지 못한 인물로 설정되어 있다. 작가는 이러한 '나'의 성격을 극단적으로 예시하기 위해 세심한 주의를 기울인다. 일단 작가는 '나'에게 과거를 기억하게 하지도 또한 미래를 꿈꾸게 하지도 않는다. '나'에겐 기억에 남을 자신만의 고유함이 없다는 것을, 그리고 자신의 의지로 미래를 만들어갈 수도 없다는 것을 말하기 위함이다. 때문에 '나'의 의식은 어떤 사물을 바라보아도 마냥 그대로일 뿐이며, '나'의 행위도 원숭이와 노는 장면이나 제방에 불을 놓는 장면에서 드러나듯 끊임없이 반복된다. 새롭게 덧씌워지는 경험이나 의식의 진전이란 '나'의 삶에서 이미 사라졌음 암시하는 것이다. 자신이 떠난 사무실을 기웃거리게 하여, 지금 이곳에서 필요한 사람은 바로 '나'가 아니라 그저 사무를 처리할 능력을 지닌 인물일 뿐이라는 것을 제시하기도 한다. 그리고 '나'로 하여금 어느 날 외국인에게 구타를 당하게 한다. 그만큼 '나'에게는 남과 구분되는 자기 정체성, 또는 고유한 표정이 없다는 것이다. 이러한 세심한 배려 끝에 '나'는 이성과 의지 또는 합목적적 의식이 사라진 무의지적인 인간으로 형상화된다.

이러한 의지와 열정을 상실한 '나'의 형상은 '나'를 중심으로 한 인물들간의 관계에서 더욱 강화된다. '나'와 아내, 자식, 이리에서 만난 간호사, 소읍에서 만난 여중생 등의 관계는 아무런 애정도 열정도 없다. 집을 떠나면서도 '나'는 아내와 자식은 염두에조차 두지 않는다. 이리에서 만난 간호사와는 몸을 섞기도 하지만, 그것은 서로에게 하등 의미가 없는 것이다. 간호사는 '나'에게서 근친상간의 대상이었던 사촌동생의 이미지를 본 것뿐이며, '나'는 그녀의 풍만한 가슴을 탐했을 뿐이다. 그리고 소읍에서 만난 여중생이 '나'에게 보인 관심은 '나'가 문성근을 닮았다는 게 이유이며, '나'가 그녀에게 보인 관심은 단지 덜 성숙한 가슴일 뿐이다. 이처럼 이들의 관계를 형성시키는 요인은 허구적인 이미지와 즉물성이다. 다시 말해 한 개인에 대한 이해나 애정 또는 실재성이 빠져 있는 것이다. 때문에 서로간의 의사소통이란 이루어지지 않으며, 또한 자기 동일자와 타자로서 서로를 뒤흔들어 또다른 자기 동일자와 타자로서 정립되는 관계도 설정되지 않는다.

이처럼 열정도 지향점도 없는 '나'와, 의사소통조차 이루어지지 않는 까닭에 서로 대립할 수도 갈등할 수도 없는 인물들의 관계 속에서 이루어지는 여행인 만큼, 『경마장의 오리나무』의 여행은 전적으로 우연적인 계기에 의해 이어진다. 예컨대 "내가 혹시 여수로 가느냐고 묻고 만약 여수로 가면 자신의 표를 사라고 말했다. (……) 나는 주머니에서 돈을 꺼내어 주고 그녀가 내미는 기차표를 받았다. 그리고 급히 개찰구로 나갔다"는 식이거나 "나는 그러나 목포까지 가지 않았다. 광주를 지나 조금 더 가다가 삭은 역에서 내렸다"는 식으로 계속되는 여행인 것이다.

『경마장의 오리나무』에서 자주 등장하는 우연적인 계기를 통하여 우리는 다음의 두 가지 사실을 지적할 수 있다. 하나는, 서구의 모더니스트들이 소설 속에 우연성을 빈번하게 반복했던 것과 마찬가지로, 도구적 합리성에 대한 작가의 비판적 태도를 엿볼 수 있다는 것이다. 즉 자본주의 사회를 지탱하는 도구적 합리성이 꿸 수 없는 우연적인 사건이 충분히 있을 수 있다는 것을 환기시킴으로써, 도구적인 합리성을 모든 인간의 삶의 옳

아매려는 인식틀로 규정하고 그것 자체를 부정하는 것이다. 다른 하나는 『경마장의 오리나무』 말미에 감행되는 '나'의 선택과 결단 행위와 선명한 대비를 이룬다는 점이다. '나'는 작품 말미에 간호사와의 불장난과도 같은 만남과 제방에 불 놓기가 결코 자신의 무기력증을 극복하게 할 수 없음을 확인하자, 드디어 선택과 결단을 감행한다. 그 결단을 통하여 목포를 향하며, 가짜 장님이 되기를 결심하고, 일상으로 복귀해야 할지도 모르는 A를 피해 다시 기차에 오른다. 이러한 '나'의 의지와 결단은 "합리화 및 주지화, 특히 저 마법으로부터의 세계 해방을 특징으로 하는 시대적 운명"을 받아들일 수 없는 사람은 "교회의 넓고 따뜻한 품안으로 되돌아가는" 길뿐이라는 막스 베버의 표현을 연상시킨다. '나'가 작품 말미에 행하는 선택과 결단은 결국 사회로부터 눈을 감아버리고 그 시대적 운명으로부터 이탈하겠다는 의지의 표명인 것이다.

우리는 이제 『경마장의 오리나무』에서 행한 '나'의 여정이 무엇을 말하고자 한 것인가를 개념화할 수 있게 되었다. 『경마장의 오리나무』는 도구적 합리성이라는 이름 아래 평균적인 인간만을 양산하는 사회에 대한 거부감이며, 시대적 운명을 등지고서라도 이 거부감을 실현하려는 강한 욕망의 표현물이다. 이것이 바로 『경마장의 오리나무』에서 행한 '나'의 여행의 마지막 도달점이다.

이처럼 하일지의 소설은 계산된 무의지적인 여행을 통해 꿈을 잃어버린 혹은 고향을 잃어버린 현대인의 모습을 형상화한다. 하일지는 현대인을 과거도 없고 삶의 목적지도 없는 존재로 파악한다. 그 결과 하일지 소설의 인물들은 하나같이 현재의 삶이 뒤틀린 것인지 혹은 행복의 순간인지를 성찰하거나 고뇌하거나 하지 않으며 어떤 우연적인 계기에 자신의 삶 전부를 맡겨버린다. 만약 어떤 존재가 과거와 목적지를 지니고 있지 못하다면, 이러한 존재방식은 당연한지도 모른다. 인간에 있어 과거란 그 인물의 세계관 혹은 인생관을 배태시킨 '원체험'의 공간일 수도 있고, 그 행복했던 기억으로 향수에 젖게 하거나 또는 서사시적 공간을 찾아헤매는 문제적인 개인으로 만들게 하는 힘이 되기도 하며, 또 때로는 현재의 '나'의 입장에서 보자면 타자화된 '나'로 마주섬으로써 새로운 자기 동일성을 향해 가는(또는 미래를 꿈꾸는) 개인으로 만들기도 한다. 또 한 인간이 설정한 미래는 그의 현재의 삶을 가늠하는 또하나의 기준이니, 자신이 설정한 미래상이 있을 때라야 모험을 결행할 수도, 그 모험 후에 충일함 또는 좌절을 느낄 수도 있으리라. 그런데 하일지는 현대인의 삶에서 진정한 의미의 과거에 대한 향수와 미래의 목표를 인정하지 않고 있는 것이니, 하일지 소설의 인물들에게서 과거의 흔적이나 도달할 지점 대신에 불안정하고 불투명한 현재만을 확인할 수 있는 것은 오히려 당연하다. 뿐만 아니라 하일지 소설에서 등장인물들이 한 대상 혹은 인물을 파악하는 시선은 항상 고정되어 있다. 달리 말하면 하일지의 인물들은 하나의 경험/관찰을 총괄하여 새로운 인식체계를 확립하거나 보다 나은 '나'를 지향하려는 과정을 행하지도 않고, 또 그러한 욕망 자체가 결여되어 있는 것이다. 따라서 하일지 소설의 등장인물들의 행동은 문제적인 개인이 세계와 자아의 간극을 좁히려는 여행이 아니다. 그저 충동적일 뿐이며, 자기 정체성을 상실한 자의 육체적인 움직임이다. 그러므로 하일지 소설에는 개인간의 소통체계가 닫혀 있다. 한 인간을 있는 그대로 읽어내고 그후에 관계가 맺어지는 것이 아니라, 떠도는 환유에 의해 그 인간 됨됨이 규정되며 그들의 관계는 의사(擬似) 소통관계일 뿐이다

　이러한 사실을 감안한다면 하일지의 소설이 그 특유의 계산된 우연을 통해서 표현하고자 하는 바가 조금 분명해진 셈이다. 하일지의 소설은 결국 이 황량하고 낯선 여행을 통해 급격한 산업화와 정보화에 따라 기하급수적으로 자리를 잃어가는 인간주체 또는 생산적이고 창조적인 욕망을 잃은 현대인의 모습을 그려내고 있는 것이다. 우리는 이렇게 열정에 가득 차서 미처 보지 못했던 현대인의 존재방식을 하일지의 소설을 통해 발견하게 되었다.

3. 존재의 본래성과 '거슬러올라가기' — 윤대녕의 경우

시사 주간지의 총무과에 근무하는 한 직원이 갑작스레 집을 나선다. "내가 투구게처럼 갑갑하게 느껴지고 이 한줌 하찮은 삶도 갑자기 자갈길을 갈고 있는 보습처럼 못 견디게 더워져서, 마침내 삶의 화두가 뻗쳐올라와 물집투성이인 얼굴이 되었을 때 다시금 나는 떠나지 않고는 배길 수가 없"어서이다. 그는 "정말 투구게 같은 모습으로 남 몰래 어깃어깃 길에 오"른다. 여기에 이르기까지 그는 망설임이 없다. 불현듯 불같이 일어나는 일탈에의 욕망, 그러나 그 욕망은 대부분 스러지기 마련이다. 가족의 얼굴을 떠올려보고 일탈 후의 결과에 생각이 미치면, 그 불 같던 욕망은 자연스레 꼬리를 감추곤 하는 것이다. 그러나 그는 정말로 길을 떠난다. 떠나야 한다는 것, 이것은 너무도 내적으로 확실한 것이어서 회의도 불안도 따르지 않는다. 그는 행선지로 경주를 택하고, 동해를 거슬러올라간다. 이 행선지를 고르는 데도 그는 망설임이 없다. 이것 역시 회의할 필요조차 없이 확실하기 때문이다.

이 여행은 얼핏 생각하기에 목적이 없는 것처럼 보인다. 선택의 과정이, 선택하기까지의 번민이 없기 때문이다. 그러나 이 여행에는 분명한 목적이 있으며, 『한국의 미학사상』이란 여행의 안내서도 손에 쥐어져 있다. 그가 저 고도 경주를 찾는 것은, 경주로 대표되는 "신라 사회의 분위기"가 "의외로 제도나 도덕보다는 미를 우선 가치로 삼았"기 때문이다. 또 그가 동해를 거슬러올라가는 것은, 생불인 삼촌을 만나러 가기 위한 것이기도 하지만, 정작 중요한 이유는 동해의 "푸른" 기운을 만끽하기 위한 것이다. "그리하여 서울에서 경주까지 가는 길이" 그에게는 "하행(下行)이 아니라 되레 상행(上行)이랄 수밖에 없"는 것이다. 즉 그에게는 찌푸린 회색으로 가득 찬 그리고 제도나 도덕에 의해 움직이는 서울보다는 그것에서 벗어난 "신라로 거슬러올라가는 푸른 길"이 가치의 중심인 것이다. 인간은 누구나가 자신이 설정한 가치의 중심에 의해 살아가는 법이다. 따라서 시사 주간지의 총무과에 근무하는 한 직원인 그가 이 가치의 중심을 따라 움직이는 것은 당연하다. 하물며 내적 확실성으로 무장하고 있음에랴. 그는 망설임 없이 모험을 감행한다.

윤대녕의 「신라의 푸른 길」의 개요이다. 우리는 이 이야기로부터 감동을 받을 수도 있고, 또 아무런 전율을 느끼지 못할 수도 있다. 주인공의 느닷없는 행동에서 한 인간의 욕망을 동일한 빛깔로 고정시키려는 도구적 합리성의 음험함을 발견할 때 「신라의 푸른 길」은 미세한 떨림을 가져온다. 하지만 현재 인간을 옥죄기만 하는 제도나 도덕은 '푸른' 기운에 대한 동경에 의해서가 아니라 합목적성을 사회 각 방면에 고루 관철시키는 행위에 의해서만 바로잡힐 수 있다고 믿는 사람들에게 이 작품은 인류의 역사적 진보를 모두 무화시키는 것으로 읽힐 수도 있다.

윤대녕의 소설은 이처럼 어떤 경계에 서 있다. 안/밖, 의식/무의식, 근대/탈(전)근대, 의미 있음/의미 없음, 찬사/비판의 아슬아슬한 경계. 찌푸린 회색이 지겹거나 인생이 사막 같아서 혹은 일상성과 도구적 합리성이 견디기 힘들어서 문득 나 홀로 떠나고 싶을 때 윤대녕의 소설에 나타나는 모험과 여행은 감동을 준다. 그러나 나 혼자 탈출하는 것보다는 우리 주변의 사람과 같이 떠나는 여행이어야 하지 않겠는가 하는 생각이 들 경우, 그 감동의 폭은 현저하게 줄어든다. 또 아도르노와 호르크하이머가 이야기하듯 근대의 뒤틀린 삶이 마법의 세계 혹은 주술의 세계가 주는 공포를 잊었기 때문이라는 진단에 고개를 끄덕일 경우 윤대녕의 소설은 미세한 떨림을 가져오지만, 그러나 베버의 말처럼 탈마법화의 원리가 현대의 작동원리임을 인정한다면 윤대녕의 소설은 그렇게 다가오질 않는다. 또 윤대녕의 소설에 나타나는 잦은 우연들을, 필연성의 강조는 어떤 일탈을 막으려는 자본주의의 음험한 논리라고 비판하기 위해 자본주의 사회에서도 도구적 합리성이 꿸 수 없는 우연적인 사건이 충분히 있을 수 있다는 사실을 환기시키는 것으로 읽을 경우, 윤대녕의 소설은 공감을 준다. 그러나 1930년대의 파시즘의 논리가 결국은 역사적 필연성의 종말을 고하는 데서 비롯되었다는 사실을 상기하면, 윤대녕 소설에 나타나는 잦은 우연성은 그리 곱게 보이지 않는다. 이것만이 아니다. 가령 윤대녕의 소설에 자주 등장하는 음악, 영화 등 인공낙원적 사물들이 시원으로 거슬러올라가려는 등장인물들의 지향과 내적 통일을 이룬다고 느껴질 경우 그의 소설은 자연스레 읽히지만, 그렇지 않을 경우 음악과 영화에의 탐닉은 자연스런 글읽기를 자주 방해한다.

윤대녕의 소설에서 이러한 이율배반적인 느낌을 받게 되는 가장 큰 이유는 아무래도 그의 독특한 세계와 관련이 깊을 터이다. 예컨대 윤대녕의 소설은 주어보다는 서술어가 중요한 역할을 담당한다. 윤대녕은 인물의 성격보다는 그 인물의 행위에, 그것도 '거슬러올라간다' 라는 행위에 관심을 집중한다. 윤대녕에게 있어서 '거슬러올라가야 한다' 는 명제는 절체절명이며 너무도 분명한 내적 확실성을 지닌다. 따라서 어떤 인물이 어떤 이유로, 그리고 어디로 거슬러올라가야 하는지에 대해서는 친절한 설명이 곁들여지지 않는다. 윤대녕의 소설에 등장하는 인물은 그 인물이 노동자건 중산층이건 자본가건 아무 상관이 없다. 또 어떤 과거를 지니고 있는지 어떤 미래를 예측하고 있는지도 고려의 대상이 아니다. 다만 인생이 사막 같다고 느끼는 사람이면 족하다. 예컨대 자신의 삶을 '사막에서, 존재의 외곽에서' 의 삶 혹은 '허위와 속임수와 껍데기뿐인 욕망' 으로 채워진 삶이라고 느끼는 존재들이다. 그뿐이다. 윤대녕의 소설에서 한 개인의 자질구레한 일상사는 서술되지 않으며(초기의 작품, 예컨대 「그를 만나는 깊은 봄날 저녁」과 「눈과 화살」은 예외적이다), 따라서 그 인물이 왜 거슬러올라가야겠다는 결단을 내리게 되었는지 분명하지 않다. 뿐만 아니라 거슬러올라가는 지점도 불분명하다.

그러나 그 먼 존재의 시원, 말하자면 내가 원래 있어야만 하는 장소로 돌아가기까지 나는 보다 많은 밤과 낮을 필요로 해야 했다.(「은어낚시통신」)

148

그 먼 존재의 시원은 다만 붉거나 푸른, 사막과 찌푸린 희생과는 구분되는 지점으로만 그려질 뿐이다. 윤대녕에게는 다만 거슬러올라가려는 의지만이 중요하다. 비록 그것이 죽음을 향하는 것일지라도(「소는 여관으로 들어온다 가끔」).

때문에 윤대녕 소설에서는 은어가 욕망의 매개자로 자주 등장한다. 윤대녕 소설의 등장인물들은 은어의 비늘이 햇빛을 받아 밝게 출렁이는 바로 그 순간 생의 윤기를 찾으며, 또 은어를 올려다보며 살아간다. 은어는 이들의 욕망을 매개하는 꼭지점이자 좌표이다. 은어가 모든 등장인물의 좌표일 수 있는 것은, 은어가 회귀성 동물이기 때문이다. 은어는 삶의 출발지점으로 거슬러올라가기 때문에 이들 삶의 좌표로 자리잡는다. 다시 말해 윤대녕 소설의 인물들은 삶을 애초의 지점으로 거슬러올라가는 그 결단과 의지를 꿈꾸는 자들이다.

결국 윤대녕 소설은 이 불길한 계산 가능성(혹은 환금 가능성)의 시대에, 철저한 감시체제에 의해 통제되고 있는 시대에, 인간이 '지금-이곳'에서 벗어날 수 있는 길은 허위와 속임수와 껍데기뿐인 욕망이란 없는 지점, 그곳을 찾아내는 것이라고 말한다. 다시 말하자면 윤대녕의 소설은 우리가 그토록 소중하게 떠받들었던 역사 혹은 일상세계란 사실은 비본래적인 것이며 인간에게는 보다 본래적이고 궁극적인 가치가 존재한다고, 그러므로 그 세계를 향해 거슬러올라가는 결단과 의지가 필요하다고 말하고 있는 것이다. 견고한 일상성이 모든 자유와 일탈을 가로막는 세계. 이러한 현대사회의 핵심적인 원리에 대해 우리는 관심조차 없었거니와 윤대녕은 우리에게 그러한 측면에 대해 눈을 열어주었다.

4. 불변의 지식에 대한 공포와 문체에의 의지 — 최윤의 경우

작가 이상은 "불행이 아니면 하루도 살 수 없는 '그런 인간'에게 행복이 오면 큰일나오. 아마 즉사할 것이오. 협심증으로—"라고 말할 정도로 자신을 행복과 거리가 먼 "그런 인간"으로 묘사했지만, 이상에게도 행복했던 순간은 있지 않았는가 싶다. 만약 있었다면, 그 기간은 바로 '구인회' 활동을 하던 시기일 터이다. 이상이 절대적인 믿음을 주었던 김기림, 그 혹독한 항의에도 불구하고 「오감도」를 신문에 연재하게 해준 이태준, 이상 자신을 삶의 지향점으로 바라보던 박태원, 그리고 순진무구한 영혼으로 즐거움을 주었을 뿐 아니라 '폐병'이라는 죽음의 공포까지도 나누어주었던 김유정. 이들과 다방과 카페를 전전하며 도시를 향한 오디세이적 열정을 불태우던 그 시기는 이상이 살아가는 동안 내내 감내해야 했던 고독감과 공포로부터 한결 자유로웠던 순간이리라. 이상이 '구인회'의 기관지인 『시와 소설』에 누구보다도 열성적이었던 것은 오히려 당연한 것인지도 모른다. 이 '구인회'의 동인지 『시와 소설』의 한모퉁이에, 그리고 상대적으로 행복했을 그 시기에, 이상은 "절망은 기교를 낳고 기교는 절망을 낳는다"라고 적어놓았다.

이 말만큼 이상 문학의 근원을 또는 모더니즘 문학의 근원을 압축적으로 설명한 구절이 있을까. 모더니즘의 한 중요한 특징은 러시아 형식주의자들이 말한 '장치의 동기화(motivation of the device)'이다. 그만큼 모더니스트에게 '문체에의 의지(will to style)' 혹은 기교에의 의지는 강렬하다. 이 문체에의 의지 혹은 기교에의 의지는 삶의 파편화와 개인의 단자화에 대한 저항이면서 다른 한편으로는 그 과정의 내면화이기도 하다. 즉 기교에의 의지는 삶의 파편화라는 절망을 넘어서기 위한 저항이면서 동시에 개인의 단자화를 어쩔 수 없이 기정사실화하는 순응 혹은 패배의 표현이기도 하다. 자본주의의 발전동력인 노동의 분화는 인간정신 내에서도 분화를 일으킨다. 때문에 인간의 의식 내부는 분열된다. 어떤 부분은 균형을 깰 정도로 비대해지며, 또 어떤 부분은 존재를 찾아볼 수 없을 정도로 작아진다. 가령 시각적인 부분이 청각이나 미각 또는 후각을 압도하여버리는 불균형의 상태가 빚어지는 것이다. 이러한 각 영역의 불균형한 발전은 자연스레 인간간의 소통을 불가능하게 하여 사람들은 저마다 자신의 방언으로만 말할 뿐 타자의 언어를 받아들이지 못하는 상태에 빠지고 만다. 또한 대규모의 공업 생산제도와 관료제의 발생과 정착은 인간을 단자화 혹은 기호화시킨다. 인간의 기호화는 일상성을 강화시키고, 이 일상성의 강화는 삶의 권태를 낳는다. 그러나 이 일상성은 삶의 권태가 일상성의 일탈로 방향지어지지 않도록 짝패를 만들어내는데, 그 짝패는 견고한 제도 한켠에 만들어진 일탈의 공간 혹은 축제의 공간이다. 이것은 마치 폭력의 짝패가 축제인 것과 마찬가지이다. 모더니즘은 개인의 단자화와 인간의 기호화에 대한 저항이다. 인간을 단자화시키는 거대한 제도, 혹은 관습적 언어를 부정하기 위해 낯선 문체를 발굴하고, 미학을 전략화하지만, 그러나 이 행위는 더욱 각각의 개인들을 단자화시키고 의사소통을 불가능하게 할 뿐이다. 또 일탈에의 의지를 불길한 욕망으로 환원해내는 감시체제에 대해 저항하지만, 이 저항은 오히려 일탈에의 의지를 잠재우게 된다. 견고한 일상성의 세계는 이 모더니즘적 저항을 오히려 '폭넓은 아량을 지닌 사회' 혹은 '전혀 보수적이지 않은 세계'로 위장하는 데 이용하기 때문이다. 결국 모더니즘은 "절망은 기교를 낳고 기교는 절망을 낳는" 과정을 저주처럼 되풀이할 수밖에 없다.

최윤은 자기 스스로 "절망은 기교를 낳고 기교는 절망을 낳는" 악무한의 과정을 선택한 작가이다. 최윤은 무엇보다 우리 사회를 폭력적이고 단일한 인과율이나 원근법의 사회, 그리고 다성성이 통용되지 않는 사회로 읽어낸다.

앞을 보고 빨리 걸으며 어떤 사건에도 무심하게 그만큼 빨리 멀어져가는 사람들, 가족과 돈과 탄생과 죽음에는 이의 없이 감격하며, 이권과 권력과 민족과 핏줄에 대해서는 세 줄을 넘지 않는 논의 끝에 무조건 동의하는 사람들, 선과 악, 상과 하, 전과 후, 안과 밖에 대해 불변의 지식을 소유하고 있는 사람들……(최윤, 「푸른 기차」)

최윤은 어떤 이념도 무조건 받아들여질 때, 변화하지 않을 때, 광기의 이성으로 전락한다고 파악한다. 이러한 최윤의 파악은 매우 타당하며 또한 한국사회에 대한 의미 있는 비판이다. 무조건 받아들여진 이념, 그리고 변화하지 않는 이념은 새롭게 발생하는 현실적 조건이나 예외적 징후 등의 감각적 경험내용을 충분히 총괄하지 못한 상태에서 형성된 것이기에 그것은 현실의 구체성과 조우할 경우 시대착오적인 문제틀로 전락하기 마련이다. 그런데 문제는 현실의 구체성을 인정할 경우 자신의 문제틀을 전면적으로 재구성해야 하므로 대부분의 경우 이 낡은 문제틀을 고수하며, 이 과정에서 자신의 문제틀에 대한 자기 기만적인, 그리고 편집광적 집착이 나타난다. 한 존재가 지닌 문제틀이 현실에서 확실하게 기댈 지지물이 있지 않을 경우 당연히 내면세계와 외부세계, 개인의 운명과 사회법칙, 개인의 모험과 사회적 발전, 현상과 본질의 커다란 분열을 경험할 수밖에 없을 터인데, 그렇게 되면 그 존재가 이 분열을 메우기 위해 선택할 수 있는 유일한 방법은 미묘한 현실적 내용들을 범박한 문제틀 속에 마구잡이로, 폭력적으로 밀어넣는 것이 된다. 상대적인 진리를 절대적인 진리로 믿는 자는 당연히 자신의 진리를 상대적이라고 규정하는 자들을 용납하지 않는다. 그는 아버지의 이름으로, 혹은 권력을 행사하여, 아니면 철저한 감시체제를 통하여 낯선 것에 친숙해지려는 자들을 응징하며, 폭력적으로 세계에 의미를 부여함으로써 의미를 무의미하게 만든다. 한국의 지성사는 이로부터 자유롭지 못하다. 지금 이곳은 현실정합성 여부가 검증되지 않은 선험적인 어떤 법칙이나 원리들이, 몇 권의 번역서를 앞세워 제시되고, 그러면 한국사회는 '마르크스주의 시대'도 되고, 혹은 '포스트모던의 시대'도 되는 그런 사회이다. 어떤 시대에는 마르크스주의가 선과 악, 중요한 것과 중요하지 않은 것을 판별하는 기준 즉 진리로 공인되고, 또 어떤 시대에는 포스트모더니즘이 전과 후, 안과 밖을 구분하는 기준으로 자리한다. 즉 한국의 지성사는 어떤 관념에 무조건 동의하거나 그것을 불변의 지식으로 떠받들어왔던 것이며 하나의 현상에 대한 다양한 접근을 중심 없는 상대주의로 혹독하게 몰아붙여왔던 것이다.

최윤은 이 불변의 지식, 단일한 인과율과 맞서고자 하며, 그것을 위해 여러 장치의 동기화를 시도한다. 앞에서 뒤로 읽어가는 독서법을 전복시키는 소설을 쓰기도 하고(「숲에서 숲으로」), 한 개인의 삶을 시간적 순서 혹은 인과관계로 설명하기보다는 몇몇 이미지로 재구성하기도 한다(「집, 방, 문, 벽, 들, 장, 몸, 길, 물」). 또 인간간의 소통 불능의 상태를 말하기 위해 상대가 있는(?) 독백을 행하기도 한다(「속삭임, 속삭임」). 최윤은 이처럼 혼란스러울 정도의 다양한 방식으로 문체에의 의지를 실천에 옮기고 있는 것이 사실이나 나름대로의 원리가 없는 것은 아니다. 불변의 지식에 맞서기 위한 최윤의 서사적 전략은 크게 두 가지이다. 하나는 친숙한 세계를 낯선 시각, 방법으로 형상화하는 전략(「저기 소리 없이 한 점 꽃잎이 지고」 「아버지 감시」 「속삭임, 속삭임」, 「문경새재」 등)이고, 다른 하나는 어설픈 교양인들에 주목하지 않는 사회현상이나 삶의 징후에 보다 큰 의미를 부여하는 방법(「너는 더이상 너가 아니다」, 「워싱턴 광장」, 「푸른 기차」 등)이다.

최윤의 소설은 어느 범주에 속하건 변화하는 정신과 낯선 경험내용의 소중함을 일깨우는 데에는 모자람이 없으며 최윤의 문제성은 바로 여기에 있다. 이러한 최윤의 작가적 면모를 한눈에 확인할 수 있는 소설이 있으니 바로 「하나코는 없다」이다. 「하나코는 없다」는 최윤 소설의 핵심적인 서사원리인, 낯선 세계와 존재를 끊임없이 거부하는 불변의 지식에 대한 부정의지가 밀도 있게 표현된 작품으로 최윤 소설의 특성을 이해하기 위한 좋은 참고자료에 해당한다. 자세히 볼 필요가 있음은 물론이다.

여기 '그'가 있다. '그'는 '그의 아내'나, 그의 친구들인 'K' 'J' 'P' 'Y'

로 불려도 상관은 없다. 아니면, 지금 이곳을 살아가는 한국인이라고 해도 문맥이 바뀌지 않는다. '그'는, 현대 한국인을 대변하는 환유적 기호이다. '그'는, 아니 '그들'은 "더이상 젊지 않았고 견고한 사회에서 조금씩 겁을 먹기 시작했고 삶이 즐거울 수 있는 확실한 대책이 없었으며 (……) 그래서 자주 만나"는 존재들이다. 그리고 삶에 대한 진지한 고민, 즉 낯선 세계의 전유를 통해서 보다 높은 나로 나아가려는 고민도 시들해진 존재들이다.

처음에는 제법 진지한 대화도 있었다. 실존이니, 가치관이니, 공유니 하는 단어들을 섞은 고상한 공방전은 아주 빨리 적나라한 언쟁이 되었다. 시시껄렁한 물건 구입이나 중간부터 치약을 짠다든지, 또는 늘 조금은 연기가 풍기게 비벼 끄는 그의 습관 같은 사소한 일을 두고 생겨나는 말다툼이 단번에 두 사람의 온 존재를 부정하고 뿌리에서부터 뒤흔든다.(최윤,「하나코는 없다」)

또 "한 여자가 있"다. '하나코'. "그들의 도시적 감성에는 그다지 매력적으로 다가오는 이름이 아"닌 '장진자'라는 이름의 여성. '장진자'는 그들에게 낯선 세계, 낯선 존재이다. 매사에 진지한 여성, 그리고 "그들 모임에 분위기 쇄신이 필요할 때라든가, 각자 사귀고 있던 여자와의 까다로운 심리전에 지쳐 있을 때, 또는 그렇고 그런 각자의 얼굴에 조금은 싫증이 나지만 안 볼 수도 없는 관성 때문에 만나서 술잔이나 기울이게 되는 그런 모임이 있을 때" '그들'의 모임에 불러내는 여성. 낯선 세계와 존재는 권태로운 삶에 청량제 역할을 하는 법이니, '그들'은 낯선 세계에 친숙해지기 위해서가 아니라, '그들'의 필요에 따라 '그들'을 보존할 수 있는 범위한에서만 '장진자'가 아닌 '하나코'를 접한다. 게다가 '장진자'는 종종 '그들'의 지친 영혼의 안식처로서 손색이 없다. '장진자'는, '도시적 감성'의 그들과는 달리, 혹은 최소한의 투자로 최대한의 이윤을 뽑아야 살아남고 만인이 만인과 투쟁하는 정신적 동물왕국 시대의 인간존재와는 달리, 이타(利他)적인 존재였던 것이다. 마음의 편안함을 찾고 싶을 때마다, '그들'은 '하나코'를 찾아 모든 것을 털어놓기도 한다. "마치 고해성사라도 하듯이 어느 누구에게도 말할 수 없었던 내밀한 자신의 얘기", 얘컨대 "사귀고 있는 여자애에 대한 얘기만 빼놓고는 모든 얘기를. 몇 살 때 자위를 시작했다든지, 자신이 은밀하게 가지고 있는 괴로운 습관 같은 것"을 늘어놓는 것이다. 그래도 "아무리 충격적인 얘기를 해도", '장진자'의 "입가에 깃들인 미소가 변질되는 일이 없"다.

'그들'은 '장진자'의 친숙함을 끊임없이 동경하면서도, 결국에는 그 친숙한 경험마저도 적대시한다. 비록 권태스럽다 하더라도, 혹은 '그들' 자신이 내면세계와 외부세계, 개인의 운명과 사회법칙, 개인의 모험과 사회적 발전, 현상과 본질의 커다란 분열을 경험하고 있음에도 불구하고, '그들' 자신의 문제들이나 존재방식을 바꿀 수 없기 때문이다. '그들'은 집요할 정도로 자신들의 지식과 삶의 영역을 지켜내고자 한다. '그들'에게 '장진자'는 자신들의 영혼을 위로해주는 소모품 이상이 아니었던 것이다. 결국 '장진자'는 멀어져간다. 아니 '장진자' 스스로가 떠난 것이 아니라, '그들' 자신이 멀어져간 것이리라. '장진자'는 언제나 '그들'을 맞을 준비를 하고 있다. 그러나 '그들'은 멀리 이탈리아까지 날아가서 찾아가겠다는 전언만을 남기고는, 결국 찾지 않는다. 아니, 못한다. 자기 의식을 고양하는 것은, 즉 감각적 경험으로부터 출발하여 지각·오성·자기 의식·이성·정신 등 보다 높은 의식형태로 나아가는 것은, 낯선 세계나 존재로부터 받은 것보다 더 많은 것을 그 세계에 돌려줄 때 가능하다. 그 세계의 통일성을 다시 발견해야 하고, 또 그 통일성과 어긋나는 자신을 반성하고 새로이 정립하여, 낯선 존재와 대면해야 하기 때문이다. 그러나 '그들'은 이 과정을 행하지 않는다.

'그들'에게 '장진자'는 '장진자'가 아니라 '하나코'일 뿐이다. '그들'은 '장진자'를 있는 그대로 보지 않는다. "정면에서 보건, 옆에서 보건 일품인 코를 가진 여자. 그래서 붙여진 별명, 하나코", 그리고 "이렇게 별명으로 불러야 마음이 편한 상대를 누구나 한 명쯤 숨겨 가지고 있다면 그들에게" 바로 그 대상인 '하나코'. 즉 낯선 주변세계 속에서도 불변의 지식을 유지하기 위해, '그들'은 '장진자' 대신에 다소 경멸적인 의미가 담긴 '하나코'라는 호칭을 고집한다. 그리고 '그들'은 이 고집을 버리지 않는다. 불변의 지식에 대한 광적인 집착을 보이는 것이다. 따라서 "'그렇게 날 몰라요?'라고 전화로 말하던 하나코의 음성은 가끔 유령의 목소리처럼 그의 귓가에 울리는" 경험 후에도, 그리고 '그'가 '장진자'에 대한 전반적인 사실을 확인하고서도, 결국 "하나코의 얼굴은, 옆에서 웃고 있는 친구의 얼굴 쪽으로 반 정도 돌려져 있어서 오똑하게 돋아난 코가 더욱 부각되어 보였다"고 술회하는 마지막 대목은, 현대인의 불변의 지식에 대한 집요함을 상징적으로 보여주기에 충분하다.

'하나코는 없다'라는 선언적 제목에는 두 가지 메시지가 함께 담겨 있다고 할 수 있다. 하나는 "'그들'의 낯선 세계에 대한 적대시 때문에 현대 한국사회에는 '하나코'로 상징되는 이타적 삶은 그 의미를 발하지 못한다"는 명제이며, 다른 하나는 "하나코는 없다. 그러나 분명 장진자는 있다"는 정언이다. 즉 「하나코는 없다」의 주제는 분명히 존재하는 낯선 세계, 그것도 소중한 가치를 지니는 세계를 인정하지 않으려는 현대인의 자기 보존적인 욕망 혹은 불변의 지식을 고집하는 이성이 현대인의 삶을 훼손시키고 있다는 것이다.

최윤은 불변의 지식이 인간간의 소통 불능이라는 치명적인 상태를 가져온다고 파악한다. 최윤은 이 치명적인 상태에서 어떤 가능성을 찾아나가는데, 그것은 바로 역사와 자연을 매개로 해서 느꼈던 일체감과 그로 인해 행복했던 기억이다. 최윤은 현재의 권태로운 삶을 그리면서도, 그의 삶에 흔적으로 남아 있는 역사와 자연을 찾아낸다. 미장이로만 알았던 아버지에게서 뜨거웠던 역사(「그의 침묵」)를 찾아내거나, 혹은 월남한 부모와 남로당 출신의 아재비가 자연(과수원)을 매개로 해서 맺어진 우정을 기억하거나(「속삭임, 속삭임」), 아니면 장엄한 자연의 풍경 속에서 이루어진

쫓는 자와 쫓기는 자의 인간적 교류를 향수처럼 떠올린다(「문경새재」).

결국 최윤은 아무런 맥락 없이 절대화된 낡은 보편성에의 집착이 현대인들의 고독과 소통단절의 상태를 가져오며 이 고독의 깊은 심연은 우리 삶의 깊은 곳을 흘러가고 있는 역사와 자연에 대한 기억을 회복할 때만 가능하다고 믿는 셈이다.

5. 희망과 절망의 변증법

러시아의 혁명을 성공시킨 한 철학자이자 혁명가는, "역사, 특히 혁명의 역사는, 가장 진보적인 계급의 가장 의식화된 전위가 생각하는 것보다 언제나 그 내용에 있어서 풍부했고, 다양했으며, 역동적이었고, 미묘하였다"고 말한 바 있다. 문학이란 우리가 딛고 있는 현실과 그 현실 속에서 모세관처럼 가느다랗게 퍼져 있는 인간의 운명을 깊이 있게 연관시켜줄 때 그 존재의의가 인정된다면, 오늘날과 같은 혼란스러운 시대에는 더 말할 나위도 없을 것이다.

풍부하고, 다양하며, 역동적이고, 미묘한 역사의 수레바퀴 안에서 오늘날의 성격을 밝혀내고 또 미래의 싹을 보아낸다는 것은 물론 그리 쉬운 일은 아니다. 그러나 결코 쉽지 않기에 "제 혈관을 짜서 시대의 혈서를" 쓰는 마음으로라도 행해야 하는 일이다. 이를 위해 무엇보다 필요한 것은 인정하기는 힘들더라도 80년대의 그 질풍노도는 분명 가라앉았다는 것을 받아들이는 것이며, 그 거센 파고를 쉽게 잠재운 실체가 무엇인가를 밝히는 일일 터이다. 우리는 80년대의 그 거센 질풍노도의 파고 앞에서 지나치게 들떠 있었음에 틀림없다. 그래서 우리는 우리를 둘러싸고 있는 문명적인 조건도, 80년대 이념의 선험성과 단순성도, 그리고 미적인 가치의 의미 등 모더니티라는 사회적 규정성도 고려하지 않은 것이다. 그리고 모더니티라는 큰 원리로부터 자유로울 수 없어 물화되고 분열된 우리네의 삶을 집요하게 그들이 속한 계급적인 위치로 설명하거나 아니면 그들 자신의 비역사적인 의식의 탓으로 돌렸으며, 그것도 아니면 행동하지 않는 기회주의자로 규정했던 것이다. 한마디로 우리 삶 속에 깊숙이 작동하고 있는 "번영하는 위선의 문명"을 애써 외면했던 셈이다.

하일지 윤대녕 최윤 등은 한때 우리가 홀린 듯 버려두었던 현대성의 경험에 대해 말하기 시작한 작가들이라는 점에서 매우 중요한 의미를 지닌다. 물론 이들의 작업은 현재 우리의 상태가 절망적이라는 것, 그리고 이 절망의 상태와 어떻게든 맞서야 한다는 사실 정도를 밝힌 것에 불과한지도 모른다. 그러나 이 간단한 사실을 확인하는 데 얼마나 오랜 시간이 흘렀던가. 그러니 우리는 이들의 자그마한 확인으로 비로소 새로운 출발점을 찾았다고 할 수 있다. 인간의 역사란 이처럼 자그마한 사실들의 발견 속에서 한 단계 한 단계 진전해오지 않았던가. 그러므로 하일지 윤대녕 최윤이 행한 통찰은 비록 작더라도 결코 작지 않은 진전이라 할 수 있다.

(1995년)

의사 진정성의 매혹

―90년대 통속소설의 존재방식

1. 잦아드는 소설가 아내의 한숨, 혹은 소설 환경의 변화

우리는 소설가 하면 떠올렸던 여러 내용들을 이제 바꾸어야 할지 모른다. 소설가 하면 으레 연상했던 것은, 미친 듯 머리를 쥐어뜯거나, 신경질적으로 원고지를 구겨버리는 장면이었다. 그 옆에 구겨진 원고지를 펴며 남편을 안타깝게 혹은 원망스럽게 바라보는 아내의 시선이 곁들여지면, 이 풍경화는 더욱 현실적인 것이 되곤 했다. 아니면, 이런 것일 수도 있다. 소설의 육체를 확보하기 위해 유랑민의 삶을 산다든가, 또는 마치 관음증 환자처럼 다른 사람들의 삶을 끊임없이 엿보는 존재들. 그것도 아니면 한 인간에게 스치는 표정들의 참의미를 깨닫기 위해 자신의 존재조건을 버리고 역사의 현장으로 삶의 현장으로 표표히 발길을 내딛는 존재들이, 우리에게 익숙한 소설가들의 초상화이다.

그 외형적인 삶의 방식이 어떠하건 간에, 소설가란 '저주받은 운명'으로서의 삶을 살아온 셈이다. 그 '저주받은 영혼' 탓에, 혹은 순간적으로 보아버린 인류의 서사시적 세계에 대한 황홀한 기억 탓에, 그들은 매순간 자신들에게 다가서는 욕망의 강렬한 충동에 몸을 내맡길 수 없었다. 또한 남과 동일한 언어로 말할 수 없었고, 끊임없이 새로운 담론질서를 찾아내야 했다. 한순간도 머물 틈이 없이 자신의 영혼이 안주해야 할 곳을 찾아 여행을 떠나야 했다.

이 고통스런 소설가의 초상은, 자본주의가 난숙해지자 더욱 일그러진다. 자본주의란 약육강식의 동물적인 논리가 인간의 삶을 결정하는 정신적 동물왕국의 시대가 아니던가. 또 신으로부터 인간을 해방시킨 합리성은, 이제 도구적 합리성으로 굳어져, 인간의 삶에 가장 중요한 덕목으로 계산 가능성 혹은 환금 가능성을 만들어놓지 않았던가. 또는 자신에 대한 비판의 몸짓까지 수용해내는 그 철옹성과도 같은 일상성의 세계는, 감시와 처벌 등을 통하여 인간을 단일한 것으로 고정시켜버리지 않는가. 그럼에도 한순간의 황홀한 기억에 이끌려, 저 서사시적 시대를 동경하며, 그 서사시적 세계로 인류의 삶을 이끌려고 한 것이 소설의 존재의의이자 소설가의 운명일 터이다. 타락한 시대에 의해 오히려 문제적인 개인으로 내몰리며 살아가면서도, 멈춤 없이 깊어만 가는 타락한 질서를 바로잡겠다는 열정으로, 소설가들은 아내의 원망스러운 시선도, 머물고 싶은 욕망도 물리치며 살아왔던 것이다.

그런데, 90년대의 소설가에게서는 열정이, 아우라가 빠져나가고 있다. 몇몇 소설가는 아내의 원망스러운 눈길로부터 이미 자유스러워졌다. 소설의 육체를 확보하기 위해 끊임없이 유랑하지도 않는다. 대신에 베스트셀러를 만드는 데 자질이 있는 기획자들과 머리를 맞댄다. 그리고 기획자의 요구에 따라 팔릴 만한, 혹은 상품성이 높은 소설을 만들어낸다. 당연히 문화기획자들은, '이 책을 읽지 않으면 문화인이 아니거나 매국노이다'라는 선전문구를 만들어, 매일 광고를 터뜨린다. 이 문구에 세뇌된 독자들은 '애국자가 되기 위하여, 야만인이지 않기 위하여' 책을 산다. 애국

자나 문화인으로서의 자리는 타인에게 공인되어야 하는 법. 독자는 자신이 애국자임을, 문화인임을 드러내기 위하여 유독 사람이 붐비는 전철 등에서 멍한 시선으로 책을 읽는다.

이러한 일련의 과정을 거쳐 소설가는 '최소한의 투자로, 최대의 이익을 뽑아낸' 경제원리의 실현자로 추앙받는다. 이제 소설가는 이 거대한 대량생산 시대에, 혼을 부어가며 하나의 완미한 생산품을 고집하는 수공업자이거나, 장인정신의 마지막 수호자가 아니다. 소설에서 혼이 빠져나가고, 서사시적 세계를 향한 열정이 사라지자, 몇몇 소설가는 환금 가능성의 논리를 가장 집중적으로 체현하는 인물이 되었고, 그 뒤를 좇는 작가들은 점점 늘어만 간다.

바야흐로 거대한 자본이, 소설의 영역도 계산 가능성 혹은 환금 가능성이라는 준거틀로 환원해낼 수 있다고 확신하기 시작한 것이다. 그것은 어느 정도 실효를 보기 시작했다. 『소설 동의보감』이 잘 팔리면 『소설 토정비결』과 『소설 목민심서』가, 『무궁화꽃이 피었습니다』가 베스트셀러가 되면 『소설 이휘소』, 혹은 남북의 핵문제를 다루는 소설들이 뒤를 잇는 관행이 자리잡아가고 있다. 그들은 노골적으로 작가들을 유혹한다. 한 손에는 대중의 환호를, 또 한 손에는 일확천금의 꿈을 들고서. 그 유혹자들은 작가들에게, 텔레비전의 대담자가 되어 한마디만 하면 고개를 주억거려주는 대중들을 만나고 싶지 않느냐, 아니면 아내의 원망스러운 눈길로부터 자유스러워지고 싶지 않느냐고 달콤한 목소리를 건넨다.

이것은 강렬한 유혹이다. 글쓰기의 욕망이란 하나의 독창적인 담론질서를 만들어 그것으로 대중과 소통관계를 맺고자 하는 것이기 때문이며, 또한 미적인 가치마저 교환가치를 환산해내는 이 자본주의사회에서 돈이란 생존을 위한 기본수단이기 때문이다. 작가들은 속속 이 유혹에 빠져든다. 그리고 점점 그 숫자가 늘어난다. 이제 소설은 어떤 정신이 담론질서로 스며나오는 것이 아니라 기획된다. 그리고 그만큼 소설의 담론체계 내에서 자본의 자기 운동영역은 넓어진다.

그러나 미적인 가치가 교환가치로 환산되는 이 현상이야 어디 90년대에만 있었을 것인가. 우리 역사가 자본주의로 진입한 이래 늘상 있어왔던 것일 터이다. 그러나 그것은 우리 신체 어느 한구석에서 자그마한 영역을 차지하던 암세포와 같았다. 그러나 이제 그 암세포의 증식운동은 파시스트적 속도감에 비견할 만하다. 중요한 것은 이 암세포의 증식운동을 멈추게 하는 것이다. 아니, 멈추게 할 수는 없다 하더라도 속도를 더디게는 해야 할 터이다. 이를 위해 필요한 것은, 한편으로는 이 암세포가 어떤 계기로 폭발적인 자기 증식을 행하게 되었는지를 밝히는 일이며, 다른 한편으로는 이 암세포가 얼마나 치명적인가를 따져보는 일이다.

이 작업은 구체적으로 행해져야 한다. 만약 이 현상을 우리 사회가 창조, 생산, 노동이라는 욕망의 유용성이 약화되고 모방, 소비, 환락이라는 불 같은 욕망이 인간을 지배하는 소비사회로 진입했기 때문이라고, 혹은 파시즘과 마찬가지로 인간을 움직일 수 없는 단자로 만드는 거대한 문화산업의 논리 때문이라고 설명할 경우, 이것으로는 이 심상치 않은 분위기 모두를 설명할 수도 없고 설명되어서도 안 된다. 이 설명틀로는 '왜 90년대에 이러한 분위기가 숨막힐 정도로 확산되는가'라는 질문에 답할 수 없을뿐더러, 소설의 숨통을 죄는 이 불길한 분위기를 걷어낼 실천적인 방안을 찾을 수 없기 때문이다. 문화산업을 거대한 골리앗으로 키운 여러 계기에 대한 설명 없이 그 문화산업의 전지전능한 악마성만을 강조한 아도르노나 마르쿠제 혹은 르페브르는 결국 도저한 절망의 구렁텅이에서 빠져나올 수 없지 않았던가. 자본이 소설 내부에서 자기 운동영역을 넓힐 수 있는 것은, 결국 소설의 창조자나 수용자의 어떤 실천의 결과들일 터이다. 중요한 것은, 자본에게 빠르게 담론체계의 많은 부분을 내주게 된, 그 과정을 따져보는 일이다.

2. 진리내용의 동요와 '고개 드는' 자본의 논리

자본에게 인격이 있어 소설의 행간에 자신의 활동범위를 마련해준 데 대해 고마움을 표시할 수 있다면, 그 고마움을 표시해야 하는 대상은 많다. 그 고마움은 우선, 저 멀리는 『추월색』 『장한몽』에서부터 80년대의 『인간시장』에 이르기까지 흥미진진한 작품을 써준, 그래서 소설에도 충분한 상품가치가 있다는 사실을 알려준 작가에게 전해져야 할 것이다. 하지만 90년대에 소설을 통해 '이익'을 창출한 자본이라면, 그 자본은 중심이 해체된 90년대라는 상황 자체에 더 큰 고마움을 표해야 할 것이다. 중심이 해체된 시대상황은 그만큼 소설에서 인간의 중요한 문제를 통속적으로 해결하게 하는, 그리하여 소설 행간을 흥미진진한 이야기로만 채워 상품화할 수 있게 해주는 주요한 요인이다.

이제까지 우리 소설의 흐름에 통속소설이 존재하지 않았던 적은 없다. 언제 어느 시기에나 통속소설은 소설의 한쪽 모서리에서 독자들을 만나왔고 의사소통을 나누어왔다. 이러한 소설의 통속화 경향은 두 방향에서 진행되었다. 하나의 방향은 그 전까지 소설사적으로 중요한 작가들이 현저하게 현실의 중요한 문제를 통속적으로 해결하는 소설을 쓰면서 이어진다. 그리고 다른 하나의 방향은 그야말로 순수한(?) 의미의 통속소설이 씌어지는 경우이다. 이 두 방향이 얽히면서 한국의 통속소설은 그 명맥을 이어왔고 나름대로의 역사를 형성하기까지 했다.

전자의 경향은, 자신의 이념적 파토스를 한껏 불살랐던 작가가 그 이념적 파토스에 대한 확신을 잃었을 때, 나타난다. 작가 자신의 이념에 대한 확신이 불투명해질 때, 통속소설은 어떤 의미에서 작가들의 훌륭한 도피처이다. 하나의 완결된 장편소설을 완성하기 위해서는 미적 주체의 분명한 가치 평가기준의 필요하다. 그럴 때만이 여러 다양한 인물들을 위계질서화하여 하나의 서사적 구조를 축조해낼 수 있는 것이다. 그러나 이 가치 평가기준이 흔들릴 때, 뒤얽혀 전개되는 일련의 우연성을 사회 · 역사적 필연성이 관철되는 방식으로 서사화하는 것은 불가능하다. 이때 자신의 이념을 포기하지 않은 채, 현실을 서사화할 수 있는 방법으로 다가오는 것이 바로 통속소설적 문법이다. 통속소설은 이미 나름대로의 정해진 문법이 존재하기 때문에, 작가는 새삼스레 현실적 상황을 반영하는 구조적 원리를 마련할 필요가 없다. 또한 통속소설 자체는 상황의 급격한 전개에 맞추어 우연적인 상황의 도입이 가능하다. 따라서 필연적인 서사구조의 연락 속에서가 아니라, 특이한 상황설정을 통하여, 자신의 이념을 전달하는 메가폰적 인물이 활동할 공간을 쉽게 만들어낼 수 있는 것이다.

　우리 소설사에서 한 작가가 자신의 이념에 대한 내적 확실성을 상실하는 순간, 통속소설로 나아가는 경우를 자주 목도할 수 있음이 이 때문일 것이다. 인간주체를 세계를 움직이는 중심으로 설정한 『무정』의 작가 이광수가, 『개척자』에서 자신의 이념의 한계를 자각한 후 『재생』이라는 통속소설로 나아가는 과정은 한 작은 예에 불과하다. 염상섭의 경우에도 동일하게 나타난다. 『사랑과 죄』 『삼대』를 통하여 '동정자' 의식으로 당대 현실의 조감도를 리얼리즘적으로 묘파했던 염상섭도, 『무화과』에서 그 '동정자' 의식에 대해 스스로 회의를 품은 후 『모란꽃 필 때』 등의 통속소설을 거느렸던 것이다. 또한 김승옥은 어떠한가. 「무진기행」 「서울 1964년 겨울」이라는 소설로 잘 알려진 그 역시, 60년대 후반에는 『보통여자』 『강변부인』 등을 통해 통속소설로 자신의 작가적 생애를 정리하지 않았던가. 이외에도 이러한 과정을 밟은 작가들은, 우선 쉽게 떠오르는 작가들만 꼽아보아도, 적지가 않다. 저 멀리는 이인직 이해조 김동인 이효석 유진오 이기영 한설야 김남천 박태원 김동리로부터 가깝게는 손창섭 김승옥 최인호에 이르기까지, 한국소설사에 중요한 계보를 형성한 작가들이 자신의 신념에 대한 확신을 잃을 때, 곧바로 통속소설의 유혹에 빠져들었던 것이다.

　통속소설의 또하나의 계보는 최찬식 조중곤 최독견 김말봉 박계주 김래성 이원수 김관용 나상만 임선영 등이 이어온 전통이다. 순수한 형식적 입장에서 보면, 이들 소설들은, 우리가 상상할 수 있는 것 중에서 가장 인습적 · 도식적 · 인위적인 소설문법, 즉 새롭고 독창적이며 현실적인 문맥이 거의 들어 있지 않은 하나의 공식과도 같은 구성방식을 취한다. 이 구성방식은 처음에는 갈등의 상황, 중간에는 충돌, 그리고 마지막에 가서 권선징악적 대단원을 맺는 것으로 전개되는데, 이 서사적 진행은 마치 금기처럼 신성시된다. 때문에 구성이 인물보다 우위를 점하게 되고, 결국 인물들은 '바로 이 사람'이란 자기 정체성을 유지하지 못하고 하나의 기호로 존재한다. 그러나 하나의 사건은 맹목적이고 무자비한 운명성을 지닌 것으로 소설의 모든 구성 부분을 압도하기에, 이 기호마저도 한정될 수밖에 없다. 인물 설정도 철저하게 상투적으로 이루어진다. 주인공과 죄 없이 박해받는 여인, 처음에는 기사도 정신의 소유자로 여주인공을 유혹한 후 그 본성을 드러내는 악한과 희극적 인물, 이 기호들에 의해 소설은 진행되는 것이다.

이처럼 통속소설은 오랜, 그리고 다양한 현상형식으로 명맥을 유지했음에도 불구하고, 항상 낮은 차원의 장르로 혹은 소설의 주변부에 위치해 있었다. 하나의 이념적 파토스가 스러지면, 또다른 이념적 파토스가 그 자리를 메워온 것이다. 때문에 한국소설사는, 각각의 방향에서 상당한 양의 통속소설이 있음에도 모든 가치를 균질화시키는 이 타락한 사회의 음험한 발톱에 대항하는, 이념적 파토스의 일련의 자기 실현과정으로 구성될 수 있었다.

그러나 문제는 통속소설의 이 두 방향이 동시에 나타나는 순간이다. 이 순간 통속소설은 주변부에서 소설의 중심권으로 진입하며, 진입과 동시에 모든 개별적인 가치를 균질화시키는 힘은 증폭된다. 작가 스스로도 미적 가치에 대한 확신을 잃고 교환가치로 환산하기 시작하며, 소설은 더이상 문제적인 개인의 자기 여행이기를 고집하지 않는다.

이러한 상황을 우리는 이미 1930년대 후반에서 경험한 바 있다. 1930년대 후반에, 통속소설의 두 방향이 합쳐졌다. 박태원 이기영 한설야 유진오 이효석 김남천 등이 통속소설이라는 도피처로 몸을 옮겼고, 여기에 김말봉 박계주라는 통속소설사의 입장에서 보자면 신화와 같은 존재들이 나타났다. '문화기업론' 등의 전에 못 보던 용어가 등장하고, 담론질서의 중요한 추동자로 자본이 논의된다. 다시 말해 하나의 이념적 파토스를 대신할 또다른 파토스가 뒤를 잇지 못하자, 우리 소설사는 거대한 통속소설의 늪으로 빠져들었던 것이다.

1930년대 후반에 이러한 상황이 전개되었던 것은 1930년대 후반이 그야말로 극심한 전환기였다는 사실과 관련이 깊다. 전환기를 "신시대의 탄생이나 구시대의 존속이 모두 가능적이었을 때", 즉 "양자의 승패가 모두 확정적이 아닌 때"(임화, 『개설 신문학사』)라고 정의할 수 있다면, 1930년대 후반은 전환기임에 틀림없다. 이는 곧 1930년대 후반이 혼란기였음을 말해주는 것이기도 하다. 즉 향후의 역사에 대한 예측 가능성이 차단되었던 시기인 것이다. 1930년대 전반까지 당대 작가들은 역사의 합법칙성을 믿었다. 봉건사회를 넘어 자본주의가 왔으며, 그 타락한 현실은 사회주의로 극복되거나, 보다 고도한 자본주의로 치달으리라는 것이 당대 문인들의 공감각이었던 것이다. 그런데 게르만 민족의 우월성이나 천황제 등을 내세우는 파시즘이 등장했고, 이 전근대적 사유들이 세계를 장악해가기 시작했다. 당대 작가들이 혼란에 빠졌을 것은 불을 보듯 뻔하다. 역사가 근대에서 전근대로 방향을 되돌리는 형국이니, 그들의 혼란은 당연한 것이었으랴. 이런 시대적 특성을 그들은 여러 가지로 불렀다. 역사를 움직이는 동력이나 그 방향을 도저히 찾아볼 수 없는 "사실의 세기"라든가, 자신들이 믿고 있었던 역사의 합법칙성과 현실이 심하게 어긋나는 "말하려는 것과 그리려는 것"이 "분열된" 시대라는 규정이 당대를 형용하였거니와, 따라서 인간의 이성이나 지성은 더이상 아무런 역할도 할 수 없다고 규정하기까지 한다.

1930년대 후반의 상황은 한 작가만이 자신의 이념에 대한 확신을 잃는 경우가 아니었다. 당대 인식론 전반이 각각의 이념에 대한 확신뿐 아니라 역사의 발전 자체에 대한 방향감각을 상실한 경우에 속한다. 다시 말해,

1930년대 후반은 저 피안의 세계를 예측할 수 없었던 시기인 것이다. 이때 모든 인물은 선한 존재이기도 하고 또한 악한 존재이기도 하다. 또 모든 현상이 우연적인가 하면, 또한 필연적이다. 선/악, 필연적인 것/우연적인 것, 안/밖, 나/너 혹은 우리/그들을 구분해줄 시대정신이 사라진 셈이다. 당연하게도 이기영 박태원 등의 작가는 통속적으로 이념적 파토스를 유지하기에 급급해하는 면모를 보인다.

또한 김말봉과 박계주가 등장한다. 이들은 새롭고 독창적인 요소라고는 찾아볼 수 없는 『찔레꽃』과 『순애보』를 발표하는데, 이 작품들은 당대 독자들을 휘어잡는다. 진리기준이 불분명한 상황 때문에 이들은 자유로울 수 있었던 것이다. 『찔레꽃』 등은 흥미로운 소설 진행을 위해서, 현실의 법칙적인 전개를 마음대로 뒤튼다. 이 작품들은 등장인물들의 삶에 거미줄처럼 얽혀 있는 현실의 복잡다단한 연관을 쉽게 끊어낸다. 그 순간부터 이 인물들은 소설공간을 마음껏 휘젓는다. 이 인물들은 어떤 대목에서는, 곧 위기감을 고조시키고자 하는 부분에서는, 한없이 가냘픈 존재로 내려앉으며, 어떤 대목에서는 자신이 가진 능력을 넘어서는 괴력을 발휘한다. 좌절과 극복, 분노와 응징, 슬픔과 기쁨 등의 분위기를 만들어내기 위해 인물의 성격이 수시로 변하는 것이다. 선/악, 필연적인 것/우연적인 것, 우리/그들, 유한성/무한성 등을 구분하는 진리기준이 사라진 시기였기에, 김말봉 등은 아무 거리낌 없이 현실을 자의적으로 변형시킬 수 있었고, 『찔레꽃』 등의 재미는 여기서 발생한다.

한마디로 어떤 시대에서 그 시대인들이 공유하는 진리기준이 흔들릴 때, 두 방향에서 진행되던 통속화 경향은 합쳐지며, 통속소설은 소설의 중심부로 올라선다. 일제의 침략이 가장 노골적이던 1930년대 후반에 소설 전반에 뜻밖에도 통속소설의 천년왕국이 펼쳐지는 것은 이 때문이며, 많은 지식인들이 근대의 초극 형태로서의 동양 체제를 기정사실화했을 때 이 통속소설이 사라지는 것도 이 때문이다. 결국, 선/악, 필연적인 것/우연적인 것, 안/밖, 나/너 혹은 우리/그들을 구분해줄 시대정신의 동요는 통속소설의 중요한 현실적 근거가 되는 셈이다.

지금·이곳에 불고 있는 통속소설의 바람 역시 1930년대 후반의 상황과 크게 다르지 않다. 90년대에는 모든 사람이 최소한 옳다고 여기는 진리기준이 부재한다. 80년대적 정신은 숨가쁘게 우리 곁으로 육박하는 소비사회적 징후를 감싸안지 못했다. 80년대의 사유로는 포괄할 수 없는 상황이 하나둘 나타났고, 그 상황은 90년대에 폭발적으로 팽창했다. 그러자 90년대에 근대적 기획을 부정하는 탈근대적 담론이 제기되었다. 포스트모더니즘론은 80년대적 사유의 일면성을 비판하는 대신에 80년대적 사유 전체를, 더 나아가서는 시대정신의 성립 자체를 부정하고 나섰으며, 80년대적 사유는 자신을 부정하는 타자에 맞서 '나'를 지켜내기에 급급한 상황에 놓이게 되었다. 그 결과 현재의 양대 사유구조는 팽팽히 맞서 있으며, 모두가 지금 이곳의 삶을 총괄하는 진리기준을 제출하지 못하고 있다.

말하자면 90년대는 어떤 현상의 선/후, 우연/필연, 선/악, 안/밖을 가늠할 수 있는 진리기준이 마구 뒤엉키고 있는 시점인 것이다. 이 때문에 많은 작가들이 이전에 지녔던 자신의 이념적 파토스를 통속적으로 해결하기 시작했으며, 또 새로이 등장하는 작가들은 기존의 담론질서와 어떠한 차별성도 보이지 않는 통속소설적 문법을 가지고 대중들을 휘어잡는다. 독서대중들의 그 멍한 시선을 잠깐이나마 빛낼 수 있는 온갖 다양한 요소들을 자의적으로 배열하며, 행간을 채우는 것이다. 이것이 현재 폭풍우처럼 우리 소설 전반을 휩쓰는 통속화 경향의 주요한 한 요인이다.

그러나 주기적으로 통속소설이 소설의 중심부로 진입하는 현상에는 전환기라는 시대적 특성이 중요한 요인을 차지하지만, 전환기마다 이 현상이 반복되는 데에는 보다 깊숙한 동인이 있다. 이는 근대 한국역사의 특이한 전개에 의해 형성된 것으로, 어느새 한국소설사의 전통으로까지 자리잡은 것이기도 하다. 한국 근대소설사를 형성, 발전시킨 소설적 전통이란 다름아닌 징후 찾아내는 데 급급한 전통이다. 이러한 전통은 한국의 근대가 다른 나라에 비해 뒤처져 진행되었다는 것과 관련이 깊다. 한국의 근대화란 다른 나라가 이미 거쳐간 단계를 뒤따라가는 과정에 다름아닐 터이다. 역사의 단계를 앞서간 나라들이, 매순간 나타나는 평지돌출의 현상들에 대해 그 현상이 나타나게 된 여러 요인들을 탐색하고 그중 본질적 요인을 찾아내는 사유방식을 어쩔 수 없이 취할 수밖에 없었다면, 우리의 사유방식은 그런 과정을 밟지는 않는다. 갑작스레 나타난 평지돌출의 현상이라도 그것은 앞선 사회에서 이미 일어난 것이기에 몇몇 현상과 서구의 현상을 비교하여 우리도 이제 이만한 사회로 접어들었다고 규정하는 방식을 취한다. 그리하여 공장 몇 개와 노동자가 생겨나자 사회주의를 꿈꾸고, 경성에 벌거벗은 마네킹이 등장하자 상품의 쾌락적 이미지를 읽어낸다. 특수성을 지향하기보다는 보편성으로 막바로 나아가며, 존재를 지향하기보다는 당위를 지향한다. 우리 소설사에 나타난 몇몇 문학적 경향은 존재에 잠재하는 현실 그것에 착목하는 것이 아니라, 꿈이나 상상 속의 모범적인 세계를 관념적으로 선취하는 데서 형성된다. 한국소설사에 그토록 많은 문예사조가 도입되고 또 쉽사리 사라지는 것은 이 때문일 것이다. 몇몇 징후에도 호들갑스럽게 우리 사회가 서구의 저 단계에 접어들었다고 규정하고, 실제로 역사가 그렇게 진행되지 않으면 좌절하는 양상이 반복되었던 것이다.

따라서 우리 소설사는 눈앞에 있는 현실을 다각적으로 분석하고 그 현실을 추동시킨 본질을 찾아내는 과정보다는 선험적인 규정이 항상 앞서는 면모를 보인다. 그리하여 마르크스가 『자본론』에서 훌륭하게 가르친 "한 사회의 사회적 역사적 발전단계는 생산·분배·교환·소비·임금·지대·재산·공업·농업 등 다양한 요소들의 서로 상이하고 매우 특수한 비율에 따라 결정되며, 이 비율이 변화할 때 사회의 전 과정의 성격도 아울러 바뀐다"는 사실이 우리 소설사에서는 거의 관철되지 않는다. 또한 작가의 세계관도 이데올로기와 미적 정서 또는 정치의식, 윤리의식, 예술에 대한 자기 인식, 체험영역 등 다양한 요소의 상호결합물임에도 불구하고, 각 작가들은 그중 어느 한 부분만을 강조하여 자신의 문학적 이념을 내세우는 양상이 반복된다. 한 작가가 혹은 한 경향이 시대적 분위기가 조금만 바뀌면 그 새로운 현실적 징후를 새로이 감싸안지 못하고, 통속화로 자기 위안을 삼는 것은, 그리고 이러한 양상이 거듭되는 것은, 한국소설사의 이러한 전통과 관련이 깊다.

때문에, 한국소설사에서는 사회에 극심한 변화가 오면 작가들은 고독을 느낀다. 한 작가의 시대정신이 상승하던 시기에는, 그 정신이 비록 대중에게 흡수되지는 않는다 하더라도 작가는 고독감을 느끼지 않는다. 이미 앞선 나라에서 그랬듯이 머지않아 우리 사회도 각 작가가 관념적으로 선취한 사회 속으로 진입할 것이며, 그때 미정향의 독자는 자신의 이념과 방법 속으로 끌어올려질 것이라는 확신이 안받침되기 때문이다. 그러나 자신의 시대정신에 대해서 작가 스스로가 피곤함을 느낄 때, 작가는 이제 고독해진다. 자신의 영역 안으로 들어올 것이란 기대에도 불구하고 여전히 독자는 제자리에 있거나 다른 이념의 파장 속으로 끌려들어가고 있음을 목도하게 되는 것이다. 그때 작가는 이제 눈앞에 보이는 대중의 수준으로 달려간다.

게다가 한국문학에는 한국문학의 발전을 가로막는 빼놓을 수 없는 장애물이 존재한다. 속물근성이다. 한국의 역사는 한 번도 혁명을 경험하지 못했다. 다시 말해 우리 역사에는 추악한 것들을 말끔히 씻어가는 혁명의 폭풍우가 한 차례도 불지 않았다. 이로 인해 속물근성은 각자의 삶 속에 튼실하게 자리한다. "나 빼놓고 다 망해라"(채만식, 『태평천하』), 혹은 "너희들도 돈을 벌어야 하느리라. 사회니 무어니 하고 떠들어도 결국 돈 가진 놈의 놀음이야. 다 소용없어! 그저 돈이다"(이기영, 『고향』)로 대표되는 이 속물근성은, 이 혼탁했던 역사에서 각 인간이 살아가는 생존전략이었던 것이다. 그리하여 현실을 극복하려는 열정을 지닌 삶 자체가, 김소진의 소설에서 볼 수 있듯 "맹탕 헷것"으로 규정되는 역사를 우리는 살아왔다. 그리하여 작가가 '지금이란 바로 이런 시대' 라고 확신하는 데 중요한 예증이 되는 민중의 존재방식도 보다 세밀한 접근이 필요하다. 우리의 삶은 어느 순간엔 남을 의식해 거리에 나서기도 하지만, 그것은 항상 다른 순간엔 집으로 돌아와 표정 없는 삶을 살아갈 만반의 준비를 또한 갖추고 있는 것이다. 속물근성은 그만큼 우리에겐 견고하다.

90년대를 우리는 전환기라고 부를 수도 있을 것이다. 80년대 거리를 가득 메웠던 역사의 주체로서의 민중은 얼굴 없는, 혹은 역사적이고 계급적인 요소가 탈각된 대중으로 모습을 바꾸어 앉았고, 더 나아가 소비사회의 그 불길한 욕망을 남김없이 향유하는 삶을 산다. 또한 사회 자체도 분단시대에서 정보사회 혹은 소비사회로 단계를 바꾼 듯이 보인다. 이로 인해 우리는 현재, 어떤 현상이 우연적인 것인지 필연적인지는 말할 것도 없이, 어떻게 사는 것이 옳은 삶인지, 어떤 인물이 선한 존재인지조차도 분간하지 못한다. 자본이 소설의 행간에 개입하는 것은 이러한 시대적 특성 탓이다. 아니 소설 전체의 흐름이 자본을 불러들였다고 해야 할 것이다. 상품화될 수 없는 견고한 성역이라고 믿었던 소설 내부에서 스스로 무장해제를 했으니, 돈 냄새에 민감하기 짝이 없는 자본이 움직이는 것은 당연한 일일 터이다. 따라서 현재 소설에 행해지는 자본의 개입은, 역사의 코페르니쿠스적 전환이 논의되면 허둥댈 수밖에 없게 전개된 소설사의 일관된 진행에 대한, 혹은 90년대 소설 전반의 이 경박스러운 허둥댐에 대한 응분의 대가인 셈이다.

3. 나르시시즘과 영웅숭배

80년대에 우리는 민중시대, 분단시대, 혹은 계급모순의 사회에서 살았다. 그리고 90년대에 우리는 포스트모던 사회, 소비사회에서 산다. 80년대와 90년대 사이에 우리는 이처럼 건널 수 없는 강을 넘었다. 우리가 80년대에서 90년대로 넘어오는 길목에 어떤 거대한 변혁을 겪었는가 하면, 그렇지 않다. 다만 저 멀리서 동구권이 몰락했을 뿐이다. 그런데 우리는 이처럼 거대한 단절을 경험한다. 이것 때문에 파시스트적 속도감이 말해지는지도 모른다. 그러나 아무리 따져보아도 우리의 삶의 질은 변하지 않았다. 시대를 달리 읽고 있을 뿐이다. 아니 변했다 하더라도 그것은 생산·분배·교환·소비·임금·지대·재산·공업·농업 등 사회 구성요소의 비율관계만이 변했을 것인데, 마치 차원이 다른 사회로 시간여행을 한 것처럼 느껴진다. 자고 일어나니 세상이 바뀌어버렸고, 먼저 다가오는 것은 당혹감이다. '나'의 지향점은 한편으로는 여전히 옳고, 한편으로는 옳지 않다. 옳다고 확정하기엔 세상이 바뀐 듯하고, 옳지 않다고 여기고 세상을 둘러보면 커다란 변화가 느껴지지 않는다. 자기 동일성의 세계는 흔들리고 있는데, 그 세계를 흔든 타자는 보이지 않는 것이다.

때문에 90년대의 소설은 서사와 묘사, 주관주의와 객관주의, 과학성과 비합리주의, 있는 그대로의 사실과 상징, 기록적 자료와 영혼 혹은 정조 중 어느 한쪽만을 택해 극단적으로 밀고(루카치, 『루카치의 문학이론』, 김혜원 옮김, 세계, 1990, 161~164쪽) 나가고 있다. 아니, 이러한 양상은 80년대에도 마찬가지였는지도 모른다. 만약 80년대의 소설에 이 양자가 변증법적으로 소통할 통로가 있었다면, 80년대와 90년대의 정체를 밝히기 힘든 이질감은 애초에 없었을지도 모른다. 90년대 소설에서도 마찬가지로 현상의 본질로 육박하는 정신보다는 징후 찾기에 혈안이 된 한국소설의 전통은 이어지고 있다. 80년대의 소설이 주로 민중, 노동자의 삶에 초점(다른 삶과의 면밀한 검토 없이)을 맞추었고 그들의 삶 중에도 주로 역사의 복판으로 나서는 대목만 강조했다면, 90년대의 소설은 불길한 욕망에 몸을 떠는 모습만을 그리고 있다. 그리하여 눈앞에 엄연히 존재하는 현실적인 문제들(분단문제라든가 외세의 문제)은, 소설의 표면에서 사라졌다. 이러한 소설이 자신의 참존재를 알고 싶어하는 독자대중들에게 외면당하는 것은, 따라서 당연하다. 독자대중이 피부로 실감하는 현실이 보이지 않고, 사회적 관계의 총화로서의 인간의 모습도 드러내지 않은 채, 박물관적 영혼이나 정신이 빠진 기록적 사실에만 집착하는 소설은, 읽히지 않는다.

그리하여 역설적이게도 현실적 운동과 인간의 자잘한 일상사를 총체적으로 묶어주는 것은, 90년대에 많이 읽힌 통속소설이다. 90년대에 폭발적으로 읽혔던 소설들은, 현재 우리가 피부로 경험하는 현상들을 폭넓게 다룬다. 몇몇 예만을 들어보아도 이것은 분명한 사실이다. 시대적 격변기에 나타나는 보수세력과 혁신세력의 갈등(『영원한 제국』), 민족의 자주성 (『공존의 그늘』『무궁화꽃이 피었습니다』), 뒤틀린 현실을 바로잡으려는 적극적인 주인공의 삶과 그들의 민중에 대한 애정(『소설 동의보감』『소설 목민심서』『소설 토정비결』), 권력과 사랑의 갈등(『여자의 남자』), 무너져가는 성윤리에 대한 비판(『혼자 뜨는 달』), 한 직장인의 욕망과 좌절과 성공(『베니스의 개성상인』)이 90년대에 많이 읽힌 소설들이 다루고 있는 주제거니와, 이러한 주제는 이 시대에 자신의 존재를 확인하고 싶어하는 개인이라면 알고 싶어하는 그러한 영역임에 틀림없다. 따라서 90년대의 통속소설은 현재 소설 전반의 뒤틀린 형상을 정확하게 비추는 거울이라고도 할 수 있다. 아니, 통속소설이 지니는 거울로서의 의미는 언제 어느 시대에나 그러했는지도 모른다. 소설이 인간의 삶 구석구석까지를 총괄해야 한다면, 그 시기의 소설 전반이 놓치고 있는 삶의 영역에 통속소설은 항상 발을 들여놓고 있었으니 말이다. 80년대 초반 그 암울한 상황에 소설이 침묵하고 있을 때 혜성과 같이 나타났던 『인간시장』이 그러했고, 문학 전반이 '새벽' '노동'이라는 상징에만 집착할 때, 널리 읽혔던 지고지순한 순애보인 『잃어버린 너』 또한 반성적 잣대로서의 의미는 충분하다. 인간의 삶을 지독스럽게 불결한 욕망의 덩어리로 가득 채웠던 이원수 김관용의 소설에 대해서도 동일한 의미부여는 가능하다. 80년대 우리의 소설은 욕망, 혹은 에로스가 빠진 금욕주의자들만을 그려놓지 않았던가.

민중의 환상적 행복인 종교의 지양은 바로 민중의 현실적 행복에 대한 요구이다. 민중의 상황에 대한 환상을 타파하라는 요구는 이 환상을 필요로 하는 상황을 타파하라는 요구이다. 따라서 종교에 대한 비판은 종교를 자신의 후광으로 받들고 있는 속세에 대한 비판의 맹아이다.

비판은 질곡으로부터 가상의 꽃들을 뽑아내버린다. 그것은 인간이 환상을 벗겨냄으로써 상상과 위안이 사려져 버린 질곡 속에 머무르기 위해서가 아니라, 그 질곡을 떨쳐버리고 생생하게 살아 있는 꽃을 얻기 위해서이다. 종교에 대한 비판은 미몽에서 깨어나고 사리분별을 획득한 인간처럼 사유하고 행동하면서 그의 현실을 형성시켜 나갈 수 있도록, 그리고 자기를 중심으로 활동하고 동시에 자기 자신의 현실적 태양을 중심으로 활동할 수 있도록 인간을 깨우친다.(마르크스, 『헤겔 법철학 비판』, 홍영두 옮김, 아침, 1989, 188쪽)

결국 독자의 통속소설에의 탐닉은 자신의 운명을 알고 싶어하는 앎에의 요구이다. 우리는 독서대중과 통속소설의 밀월관계를 통해 현재 독서대중의 요구를, 그리고 요구가 생겨나게 된 정황들을 정확하게 읽어내야 할 터이다.

현재 폭발적으로 읽히고 있는 통속소설이 주는 반성적 의미는 여기에 그치지 않는다. 90년대 통속소설의 문법은 독서대중이 알고자 하는 내용을 암시해줄 뿐 아니라, 그것이 시급히 소설문법 안으로 감싸안아져야 한다는 사실도 암시한다. 통속소설은 현실의 새로운 징후를 찾고자 하지 않는다. 단지 상식적인 선에서 모든 문제를 다룰 뿐이다. 그리고 그 상식이란 이전 시대에 위대한 문학에 의해 형성된 내용이기도 하다. 그리하여 저 열정에 가득 찬 80년대가 뜨겁게 달구어놓았던 주제들이, 90년대 통속소설에서 지루하게 반복됨을 확인할 수 있다.

그런데 문제는 이 지루한 반복이 아니라 그 내용을 현저하게 속화시킴으로써 나타나는 결과들이다. 90년대의 통속소설이 80년대에 그토록 강조했던 주제들을 근간으로 하고 있음은 이미 앞서 제기한 바와 같다. 이 중요한 주제를 이들 통속소설은 상식의 차원에서 형상화한다. 그러나 상식은 당대 현실의 흐름과 결부되지 않을 때, 때로는 역사를 현저히 왜곡하게 마련이다. 또한 상식이라는 인식범주는 단호하기 마련이다. 이미 모든 사람에게 공인된 것이기에 새삼 그 증거를 댈 필요가 없는 것이다. 그러나 소설 속에서의 증거 불충분은 그 폐해가 크다. 현실의 역관계 혹은 현실의 도도한 흐름이 뒤틀려지기 때문이다.

상식으로만 행해지는 사유는 노예의 사유가 아니며, 따라서 회의주의의 그것도 아니다. 다시 말해 개인의 이성을 실천에 의해 외화하고 그 결과를 다시 아우르는 사유의 운동성이 관철되지 않는다. 따라서 구체에서 추상으로, 그리고 보다 높은 구체로 나아가는 사유의 나선형적 구조와는 거리가 멀며, 또한 자기 반성을 행하지 않는 자아 도취자의 시선이다.

이들 통속소설의 가치 평가기준은 단지 '우리 민족은 외세에 시달리고 있으므로 그것으로부터 벗어나야 한다' 든가 '민중에 대한 헌신적인 사랑이야말로 인간에게 가장 중요한 덕목이다' 라는 것이다. 이것은 80년대의 의미 있는 문학이 만들어놓은 상식이다. 많은 사람들이 함께 인정하는 결론이기에, 작가들은 확신에 찬다.

이 거칠 것 없는 자기 확신은 모든 것을 압도한다. 그리고 이 자기 확신의 증거를 만들기 위해 영웅을 만들어낸다. 곧 자기 반성이 애초에 없는 자기 도취에 빠져 있기에, 그들은 쉽게 한 영웅의 숭배자가 된다. 그리고 그 인물을 전지전능한 신으로 모신다. 신이란 현실의 디테일들을 항상 초월하는 존재들인 것, 이들 소설의 주인공 또한 현실의 모든 질서 혹은 도도한 역사의 흐름을 훌쩍 뛰어넘어 그들의 신적인 행동을 펼친다. 그리하여 이용후(『무궁화꽃이 피었습니다』), 정약용(『소설 목민심서』), 나선랑 (『혼자 뜨는 달』) 등은 단군과 또는 예수와 동격이 된다.

나선랑! 너는 이 썩어가는 지구를 구원해야 한다. 침략과 약탈의 인류 역사에 사랑과 도덕의 실천을 통해 인간성 회복의 전주곡을 울려야 한다.

나선랑! 너는 남성 우월의 인류 역사에 남녀 평등의 깃발을 꽂고 진리를

향해 달려야 한다.(나상만,『혼자뜨는 달 4』, 다나, 1993, 71쪽)

그러나 문제는 주인공을 영웅적 존재로 만들기 위해 행해지는 역사에 대한 뒤틂이다. 이들 작가에게 신성한 것은 주인공의 영웅적 행동이지 역사가 아니다. 인물들의 신성성을 위해 과거-미래-현재라는 도도한 역사의 흐름과 현실의 역관계 등이 제물로 바쳐지는 것이다. 제단에 바쳐지는 아름다운 처녀는 안타깝기는 하지만, 신의 요구라면 혹은 신을 위하여 하는 일이라면, 어쩔 수 없는 법이다.

그리하여 이들은 역사를 마구잡이로 뒤튼다. 한 인간의 지향점과 실천을 제약하는 사회적 규정력은 말할 것도 없고 객관적인 진리라 할 수 있는 역사의 기록적 사실마저 훌쩍 뛰어넘는다. 이들 작품에서는 디테일의 충실성이 문제가 아니라 디테일 자체가 의미가 없다. 그리하여 이들은 현실적 공간을 마음껏 휘젓는다. 비행기를 납치해 김일성을 만나기도 하고, 남북이 공동으로 핵을 개발해 일본을 격퇴하기도 한다(『무궁화꽃이 피었습니다』). 미군에 당한 한국 여성들의 한을 풀기 위해 미국여성을 유린하기도 하며(『공존의 그늘』), 외진 조선의 한 청년이 외국의 역사적 인물들을 만나 담판하고 도움을 받기도 하여 저 서구의 역사가 결국 자랑스런 대한의 남아에 의해 움직인 것처럼 묘사되기도 한다(『베니스의 개성상인』). 한마디로, 이들 작품들의 주인공의 여행과 모험은 역사적 진실을 찾아나서는 것이 아니라 역사를 희화화시키고 만다.

이처럼 이들 소설은 내용 자체가 현실을 보는 작가의 고유한 현실인식에서 나온 것이 아니기에, 형식은 자립화될 수밖에 없다. 묘사와 서사, 우연적인 사건과 필연적인 사건, 보여주기와 말하기 등이 유기적으로 연관되지 않는다. 주로 서술에 의해 소설이 진행되며, 그것도 작가의 빈번한 개입이 나타난다. 그리하여 대부분의 문체가 윤기 없는 기사투의 문장(『공존의 그늘』『무궁화꽃이 피었습니다』)이거나, 감상성으로만 덩어리진 문장(『소설 목민심서』)이다.

또한 주인공 자체가 영웅적 인물, 또는 세계사적 개인으로 설정되었기에, 소설은 당연하게도 극적 구성을 보인다. 세계사적 개인 혹은 영웅이 소설의 주인공으로 설정될 경우, 소설의 주된 흐름은 주인공이 영웅성을 실현하는 과정에 모아지게 마련이다. 온갖 어려움을 이겨내고 결국 승리해야만 영웅은 영웅으로 완성되기 때문이다. 그리하여 끊임없는 좌절과 위기의 극복이 반복되고, 실험과 모험은 멈춤이 없다. 많은 모험을 경험하면 할수록 영웅적인 품격은 상승되고, 결국 소설은 모험의 악무한성에 빠진다. 소설에는 극적 반전이 절대적으로 필요하다. 그래야만 소설을 끝낼 수 있기 때문이다. 그리하여 이들 소설에는 반복되는 모티프와 외양만 달리하는 인물들이 수시로 등장한다. 이 인물들에겐 물론 자기 정체성이 없다. 주인공의 탁월한 능력을 확인시키기 위한 생명력이 결여된 기호들이다. 금욕주의적 영웅을 꿈꾸는 나선랑에게는 끊임없이 아름다운 여인(뒤에 등장하는 여자일수록 아름답고 매력적이다. 그래야만 영웅성이 고양되겠기 때문이다)들이 줄을 서서 등장하여 그의 영웅성을 실현한다. 또 정약용, 허준에게는 정말로 동정심을 유발하는 가난한 민중들이 줄을 서서 찾아오고, 그때마다 정약용과 허준의 처지 또한 상대적으로 절박하다.

　결국 이들 소설은 소설 장르를 차용하고 있음에도 극적 구성을 보인다. 연극이 관객 앞에서 행위로 주제를 구현하는 까닭에, 세계사적 인간들을 주인공으로 내세워 대립, 갈등 등을 만들어낸다면, 그리하여 운동의 총체성을 지향한다면, 이들은 소설임에도 불구하고 운동의 총체성을 지향하는 셈이다. 이것은 영웅을 주인공으로 내세운 데서 오는 당연한 귀결이기도 하며, 또한 소설의 내용이 분명하지 않은 데서 오는 결과이기도 하다. 새로울 것이 없는 주제로 독자의 기대지평을 충족하기 위해서는 기법의 동원이 절대적으로 필요하겠기 때문이다. 때문에 90년대 대부분의 통속소설이 추리소설적 기법을 쓰거나, 아니면 영화적 구성 혹은 연속극적 구성을 취한다. 작가만이 아는 어떤 진실을 미리 감추어두고 독자들과 함께 그것을 찾아나서는 소설의 진행은 항상 흥미롭게 마련이며, 연속극처럼 한 사건을 중간에서 끊고 다른 자리에서 그 사건의 나머지를 서술하는 방식은 항상 독자들을 조바심나게 한다. 그러나 중요한 것은 감추어두고, 뒤로 미루어둔 사건 전말과 진실의 내용이 결국은 영웅숭배와 역사의 희화화라는 점이다. 이제까지 앞서 예시한 작품들을 읽지 못한 독자들이 만약 그 소설을 읽고자 한다면, 이렇게 말할 수 있다. 충분히 재미있을 거라고. 그러나 그것은 그 대가로 도도한 역사와 삶의 진실을 지불하고서 느끼는 재미이다.

4. 머뭇거림의 미덕

채영주의 『크레파스』가 있다. 채영주의 소설을 관심 있게 지켜본 독자라면, 그 독자는 『크레파스』를 읽는 동안 분명 몇 번은 멈칫거려야 한다. 그의 이전 소설 『가면 지우기』 『담장과 포도넝쿨』 『시간 속의 도적』 등이, '정상적인' 것으로 위장된 제도 또는 권력에 의해 심하게 훼손되고 일그러진 동시대의 삶을 다루었다면, 그리하여 채영주만의 무늬와 결을 일구어냈다면, 『크레파스』는 단연코 이질적이다. 이 이질적인 세계가 우리를 멈칫거리게 한다.

독자가 『크레파스』의 곳곳에서 멈칫거려야 하는 이유는, 이 소설이 특이한 소재를 다루었다든가 하는 데에 연원하는 것이 아니라, 너무도 빨리 재미있게 읽힌다는 점에 있다. 너무도 빨리 읽히는 소설에 우리가 멈칫거리는 것은, 소설이란 속도감과는 무관한 장르이기 때문이다. 장편소설은 '과정의 총체성'을 지향한다. 한 등장인물이 사소한 경험들을 통해 세계의 본질을 하나하나 깨달아가는 느리디느린 서사적 글쓰기가 장편소설이다. 그리고 독자는 등장인물이 어떤 인식 수준에서 다른 인식 지평으로 나아가는 그 완만한 과정에, 만약 '나'라면 어떻게 할 것인가라는 질문을 던지며 동참한다. 그리하여 소설에서 '나'의 삶은 어디서 왔고 어디로 갈 것인가를 깨닫고, 그 여러 겹으로 가려진 세계의 본질을 읽어낸다. 이러한 소설의 장르적 특성을 잘 지키던 채영주가 돌연 90년대 들어 변한 것이다. 그만큼 자본의 논리가 소설의 행간을 잠식하기 시작했고, 작가는 흔들렸으리라.

그러나 『크레파스』는 요즘 상업적으로 성공한 소설들과 유사성을 보이고 있음도 불구하고 실패했다. 문학적으로도, 혹은 작가가 내밀하게 꿈꾸었을지도 모를 대중성의 확보에도. 채영주의 작품을 따라 읽은 독자라면 이 실패를 이렇게 규정하고 싶을 것이다. 『크레파스』의 실패는 작가가 최소한의 제어장치를 지니려고 했던 때문이 아닌가 하고. 하지만, 문제는 많은 독자들이 통속소설이 주는 재미 혹은 현란함에 취하면, 또는 많은 작가들이 현란함에 취한 독자들의 환호에 만족하면, 채영주의 흔들림은 더해질 것이고 더 많은 채영주가 생겨날 것이라는 사실이다. 이렇게 미적 가치마저 교환가치로 환산되어버리면, 인간의 삶은 어쩌면 아무런 생명력도 없는 단자가 되어버릴지도 모른다.

악화가 양화를 대신한다. 혹은 채영주가 80년대의 그 의미 있던 세계를 버리고 속도감에 몸을 맡기고 있다. 이것이 현재의 소설적 조건이자, 현재 소설이 진행되어가는 방향이다. 우리는 어떻게 이 현란한 악화들의 홍수 속에서 후줄근하게 보이는 양화를 지켜낼 것인가. 이제 90년대의 화두는 이것이어야 할지도 모른다. 여기서 양화란, 그것을 추구하지 않고는 '인간'이라고 명명할 수 없을, 진실 혹은 진리이기 때문이다.

이를 위해 우리는 좀더 많이 멈칫거려야 한다. 아무리 독자들의 환호가 그립더라도, 아무리 한 소설이 재미있다 하더라도, 그 환호와 재미를 위해 무엇을 지불해야 하는지를 따져보며, 자주 멈칫거리는 것이 필요한 것이다. 이것은 서사시적 세계에 대한 꿈을, 혹은 인간의 충일한 삶을 회복하는 데 중요한 일일지도 모른다. 지금 나는, 김일성의 죽음과 남북 핵문제를 소설화하여 갑작스레 서점가를 휩쓸고 있는 『용의 날』 앞에서 멈칫거리고 있다. (1994년)

제 2 부 전환기적 현실과 작가의 운명

종말의식의 현대성과 이율배반

1. 숭고와 환멸, 박상우 소설의 두 축

박상우는, 모든 문제적인 작가가 그러하듯, 주관과 객관, 희망과 절망, 80년대와 90년대, 찰나적인 구원의 순간과 영원한 종말의 시간 사이에서 극심한 갈등을 경험하고 있는 그런 작가이다. 이러한 갈등은 작가 박상우의 희망이 자본주의라는 현실적 규정력을 초월할 정도로 절대적으로 크기 때문이다. 박상우는 인간 주체의 "완전한 자유"(『시인 마태오』)의 경시, 이러한 경지에 오른 인간들이 만들어내는 "그 모든 것이 별개이면서 그 모든 것이 하나일 때" 그리고 "시와 삶과 시대가 하나의 흐름으로 일원화되고, 그 속에서 시대에 대한 봉사와 기여가 저절로 형성되는 시간"(『시인 마태오』)을 꿈꾼다. 그런데 지금, 이곳은 "매달리고 의지하고 기대할 수 있는 모든 것들이 소멸되어버린 세상"(『나는 인간의 빙하기로 간다』)이며 "희망과 구원으로부터 완벽하게 멀어져가는 인간세계, 멀어져가는 정도가 아니라 파장을 서두르는 광기가 온 세상을 뒤덮고 있"(「어느 지하 생활자의 수기」, 『사탄의 마을에 내리는 비』, 문학동네, 2000)는 시·공간이다. 박상우는 이 광기의 세상에서 자율적인 자아들이 만들어내는 완전한 공동체를 꿈꾸는 셈이며, 따라서 차안과 피안 사이에서 행하는 박상우의 갈등이란 필연적일 수밖에 없다.

하지만 현상과 본질, 절망과 희망, 영원한 것과 일시적인 것 사이의 분열이란 모든 작가의 출발점이다. 이 양자가 일치할 경우 모든 사유는 정지하며, 글쓰기도 마찬가지이다. 그러므로 중요한 것은 이 양자를 의미 있게 병존시키거나 아니면 보다 구체적이고 높은 단계의 개념을 찾아내는 것일 터이다. 박상우는 이 양자 사이에 가능한 여러 병존형식 중 차안과 피안의 분열을 변증법적으로 지양하여 어떤 매개 지점을 찾아나서는 대신에 결과적으로 이 양자를 비교, 대조하는 길을 선택하게 된다. 그것은 박상우가 상정하는 이상과 박상우가 읽어낸 현실 사이에는 지양할 수 없는 거대한 단절이 놓여 있기 때문이다. 박상우는 "완전한 자유"나 그 자율적인 자아들이 만들어내는 이상향적 공동체를 "과거의 우리에게 있었던 상태이고 또 그것들은 마땅히 다시 그렇게 되어야 할 우리들의 상태"(쉴러)로 위치시키는 것이 아니라 바로 이곳에서 충분히 실현 가능한 상태로 파악한다. 박상우에게 "완전한 자유"는 자기 의식을 끊임없이 확장해가는 자가 얻을 수 있는 최대한의 경지가 아니라 인간이라면 갖추어야 할 최소한의 덕목이며, 그래서 박상우는 "완전한 자유, 그것을 증명하는 일"(『시인 마태오』)만이 인간 혹은 소설가의 진정한 가치라고 판단한다. 박상우는 이들의 현존이나 흔적을 찾아나선다. 하지만 이런 존재들이 보일 리 없다. 이곳의 존재들이란 겹겹의 현실적 규정력에 얽매여 살아가게 마련이기 때문이다. 그러므로 박상우는 이곳이 아닌 저곳이라는 거울형상을 통해 이곳의 잠재적인 가능성을 찾아내거나 이곳에 대한 꼼꼼한 점검을 통해 저곳의 형상을 역사적인 문맥으로 포괄하는 변증법적 지양 대신에 저곳과 이곳을 끊임없이 비교하는 길을 선택할 수밖에 없다.

이처럼 박상우는 이상과 현실 사이의 거대한 단절, 그것도 아도르노가 모더니즘과 대중문화 사이의 화해할 수 없는 분열상태를 지칭하기 위해 사용했던 문맥 그대로의 거대한 단절을 경험하거니와, 이는 박상우 소설의 핵심적인 두 가지 원리를 형성시킨다. 하나는, 현실에 대한 환멸. 만약 "완전한 자유"의 상태를, 자기를 발전시키려는 생사를 건 투쟁 연후에 도달할 수 있는 어떤 경지가 아니라 인간을 인간답게 하는 최소한의 조건이라고 생각한다면 이러한 현실에 대한 환멸은 아마도 필연적인 것이리라. 박상우 소설의 또하나 핵심적인 원리는 이러한 현실적 규정력을 초월하고 살아가는 예외적인 존재들, 그리고 현실적인 존재들이 찰나적이고 순간적으로 행하는 완전한 자유를 향한 목숨을 건 결단이나 초월의 순간에 대한 외경심, 즉 숭고미적 표현이다.

　박상우의 텍스트 부분부분을 구성할 뿐만 아니라 작가의 소설 전체를 움직이는 원리는 이러하거니와, 따라서 박상우 소설은 어떤 적절한 매개가 설정될 때 문제성을 획득한다. 숭고미는, 칸트가 말한 바처럼, 일상적인 범위로 예측할 수 없는 대단히 큰 것에 대한 외경심이기 때문에 그 크기를 가늠할 수 있는 기준이 주어지지 않으면 측량이 불가능하며, 환멸은 현실과 꿈의 거리가 정확하게 계측되지 않을 경우 현실에 대한 전면적인 부정을 낳게 되어 오히려 현실을 구성하는 다양한 원리를 덮어버릴 가능성이 농후하기 때문이다. 그래서 박상우의 소설은 숭고한 존재 자체가 역사적 문맥이나 구체성을 지닐 때이거나 구체적인 현실 속에서 숭고미를 발견할 때, 아니면 경멸이 대상이 힌 인간의 윤리적인 설함으로 형상화되는 것이 아니라 충분히 보편적인 맥락에서 표현될 때는 더할 나위 없이 강한 미적 환기력을 획득하지만, 그렇지 않을 경우 미적 환기력은 현저하게 반감된다.

　박상우가 이러한 매개물을 적절하게 설정했음은 그가 이미 우리 시대의 명실상부한 문제작가라는 사실 하나만으로 쉽게 확인할 수 있는 바이다. 등단작인 「스러지지 않는 빛」(1988)에서부터 『지구인의 늦은 하오』

(1990), 『샤갈의 마을에 내리는 눈』(1991), 『독산동 천사의 시』(1995)에 이르는 박상우 초기 소설의 핵심적인 서사는 숭고미와 환멸이지만, 이들 작품은 적절한 매개를 획득하고 있는 것으로 보인다. 박상우의 소설이 90년대 초반 한국문학 전반에 매우 중요한 역할을 행한 것은 숭고와 환멸이라는 추상적인 원리 때문이 아니라 그것을 역사적 문맥 속에서 빛나게 한 적절한 매개 때문인 것이다. 박상우의 초기 소설에서 숭고한 존재로 설정되는 인물들은 생사를 걸고 야만의 폭력과 맞선 80년대의 존재들일 뿐만 아니라 모두가 망각한 80년대의 자유의 정신을 이어가기 위해 현실적 규정력을 초월하고자 하는 자들이다. 80년대야말로 "시대를 넘어 죽음을 넘어" 야만의 폭력과 맞선 숭고한 존재들의 시대였다고 해도 좋을 만한 시·공간이었던 만큼 박상우의 소설에 등장하는 이러한 숭고한 인물들은 아주 자연스럽게 개연성과 역사성을 획득한다. 여기에 박상우 특유의 인식론과 수사학이 결부되면서 이들의 숭고함은 우리의 타락한 삶을 비추는 가장 선명한 거울형상으로 자리한다. 뿐만 아니라 박상우는 아직도 80년대적 미망에 젖어 변화하는 시대의 추이를 읽어들이지 못했던 그 시점에 현실의 환멸적 요소들을 누구보다도 먼저 선취하는 역할을 담당하기도 한다. 즉 박상우는 80년대 거리를 가득 메웠던 그 존재들이 "정치적인 관심사로 한때 내남없이 침을 튀기고 핏대를 올리던 주변의 많은 사람들이 이제는 정치 대신 증권과 부동산, 고스톱과 포커, 그리고 방중술(房中術)과 포르노에 관한 얘기로 시간의 공백을 메워나가는"(「샤갈의 마을에 내리는 눈」) 등 영혼을 팔기 시작했음을, 그리고 그러한 세상 사람들의 변화에 "때로 에스컬레이터를 태워주기도 하지만, 느닷없이 곤두박질을 치게 만들기도 하는 자본이라는 이름의 파시스트"(「독산동 천사의 시」)가 작용하고 있음을 어느 작가보다도 먼저, 그리고 정확하게 읽어냈던 것이다.

80년대 말~90년대 초반 사이 박상우가 행했던 이러한 역할은 충분히 강조될 필요가 있다. 박상우가 자신의 고유한 목소리를 내던 때는 바로 한국문학 전반이 문학사상 유례가 없을 정도로 거대한 단절을 경험한 시기이며, 그래서 어느 때보다도 혼란과 혼돈의 목소리가 높던 시기였던 것이다. 이 혼란의 저변에는 물론 공적(公敵)의 소멸, 사회적 분위기와 세태의 갑작스러운 변화 등 여러 요인이 깔려 있는 것이겠지만, 보다 핵심적인 요인은 아무래도 현실독법의 거대한 전환이라는 요인이 작용했다고 할 수 있다. 가령 80년대가 주로 분단, 혹은 비윤리적인 권력이나 자본 등 우리 현실의 개별성에 초점을 맞춘 인식틀로 현실을 읽어들였다면, 90년대는 개별성만을 강조하는 담론들에 의해 가려져 있거나 그 의미가 현저하게 축소되었던 전 지구적 자본주의라는 보편적인 문제틀로 우리 현실을 규정하기 시작했던 것이다. 현실에 대한 새로운 독법의 등장으로 인해 90년대 초반은 희망과 절망, 세계 창조자적인 역사적 주체로서의 개인과 단자화되고 사물의 노예로 전락한 개인, 기억과 망각, 개별성과 보편성, 중심부와 주변부 등 모든 요소가 동요했으며, 그중 보편성이라는 틀로 세계를 규정하는 시각이 개념공동체를 장악하면서 80년대와 90년대 사이에는 어떠한 연속성도 없는 단절의 벽이 형성되었던 것이다. 이 혼란 속에서 박상우는 이제 역사적 주체로서의 특질을 상실한 민중들의 모습을 발견했고 그것을 전 지구적 자본주의의 맥락 속에 위치시켰던 것이다. 한마디로 박상우는 우리만의 역사상에만 주목하던 한국문학에 충격을 가하고 개별적이면서도 보편적인 한국사회에 대한 관심을 환기시킨, 그래서 이후 보편적인 맥락에서 한국사회를 규정하는 문학이 탄생할 수 있는 인식론적 조건을 형성하는 데 중요한 역할을 수행한 작가인 것이다.

　하지만 이 순간, 즉 완전한 자유를 가로막는 가장 직접적이고 거대한 적으로 "자본이라는 이름의 파시스트"를 발견한 순간 박상우는 또다른 출발의 기로에 선다. 현실 혹은 현실독법의 변화가 박상우의 소설문법의 변화를 강력하게 요청했기 때문이다. 80년대의 현실 변혁의지 혹은 질풍노도의 정신에서 완전한 자유의 진정한 모습을 발견하고 그것을 위해 생사를 건 존재들에게 외경심을 표현하거나(『시인 마태오』), 아니면 그 정신을 기억하고 계승하고자 하는가 아닌가 여부에 따라 숭고와 환멸이라는 극단적인 가치평가를 행하던 것(「샤갈의 마을에 내리는 눈」「백마, 그 폐허」「노란 잠수함」「사하라」)이 박상우의 초기 소설이라고 한다면, 더이상 이러한 기준으로는 현실에 대한 의미 있고도 총체적 연관을 포착할 수 없는 상황에 직면한 것이다. 박상우의 충실한 증언에 따르면, 80년대와 90년대 사이에는 무슨 까닭인지 몰라도 "집단적인 기억 상실"이 일어났고, 하여 "6년 전의, 60년 전의, 그것으로도 치부하고 싶어하지 않는 끔직한 망각의 노예"들이 "어제 없는 인간처럼 90년대적 욕망이란 것에 뒤도 돌아보지 않고 몸을 던지기 시작"(「독산동 천사의 시」)하는 상황이 벌어졌던 것이다. 이런 상황에서 80년대의 현실 변혁의지를 기준으로, 혹은 그것의 기억 여부로 숭고와 환멸을 구분할 경우, 그것은 80년대의 정신에 대한 집착일 뿐 더이상 구체적인 현실 속에서 자유를 추구하는 자의 모습은 아닐 것이다. 중요한 것은 무조건적인 계승이 아니라 비판적 계승이며, 진정한 문학이란 그것이 아직까지도 현실의 많은 부분을 설명할 수 있는 문제틀이라고 하더라도 지나간 보편성을 해체하고 보다 고차의 보편성을 향해 나아가는 과정에서만 가능한 것이다.

박상우는 이 기로에서 예전의 보편성을 과감하게 떨쳐내고 "가공할 만한 가속력"(「독산동 천사의 시」)의 시대를 읽어들이려는 새로운 서사적 모험을 감행한다. 이러한 새로운 보편성을 향한 의지를 박상우는 "어금니에서 신물이 날 정도의 정치적 주제의식에서 벗어"나 "욕망−소외−단절−존재……와 같은 주제의식을 되새기며 현실을 바라보게 될 것"(『섬, 그리고 트라이앵글』의 작가 후기)라고 표현한 바 있거니와, 이후 박상우는 80년대와 90년대의 선악적 이항대립의 틀에서 벗어나 새로운 인식틀로 현실을 읽어내려는 다양한 시도를 행한 바 있다.

이러한 다양한 시도가 이번에 한자리에 모인다. 『사탄의 마을에 내리는 비』가 그것이다. 『사탄의 마을에 내리는 비』는 『독산동 천사의 시』 이후 거의 5년 만에 상자되는 소설집이다. 이 사실만으로도 그간 박상우가 현실적 맥락을 새롭게 규정하기 위해 얼마나 치열한 자기 모색을 해왔는가

하는 점은 충분히 짐작할 수 있다. 하지만 우리에게는 한 단계에서 다음 단계로 넘어서는 어떤 지점에서 명멸해간 수많은 작가들에 대한 기억이 너무도 강렬한 것도 사실이다. 과연 박상우의 소설은 지금 어떤 지점에 와 있는 것일까. 여러 다양한 시도 끝에 이상과 현실 사이의 어떤 의미 있는 병존형식을 과연 찾아낸 것일까. 아니면 앞선 시대의 여러 작가들이 그러했듯 한 시대를 풍미하고는 명멸하는 것일까. 이제 설레는 마음으로 혹은 긴장된 마음으로 그것을 확인할 차례다.

2. 나날의 삶에 대한 공포

『사탄의 마을에 내리는 비』에서 집중적으로 다루어지고 있는 주제는, 박상우가 새로운 창작의 방향으로 설정한 그것대로, 불길한 욕망에 영혼을 내맡긴 존재들이 경험하는 고독과 소외와 퇴폐이다. 『사탄의 마을에 내리는 비』의 기본 정조는 매우 어둡고, 음습하고, 절망적이지만, 그렇다고 『사탄의 마을에 내리는 비』에서 다루어지는 삶 자체가 예외적이거나 일탈적이거나 하지는 않다. 오히려 『사탄의 마을에 내리는 비』에 등장하는 인물들은 하나같이 사물이 주인공이 되고 인간이 사물이 되어버린 현대라는 거대한 수레바퀴에 동승하고 있는 바로 일상인들이다. 그들은 하루하루를 반복하며 살아가거나(「내 마음의 옥탑방」), 자기를 타자화하고 타자를 자기화하는 대신에 자기만을 배려하는 사랑을 하거나(「내 혈관 속의 창백한 詩」「붉은 달이 뜨는 풍경」), 맺어질 수 없는 사랑에 안타까워하거나(「물그림자를 위한 산문시」), 생활의 논리에 찌들어 자신이 하고 싶은 일을 접어두고 있거나(「말무리반도」), 아니면 한편으로는 자신을 위장하고 다른 한편으로는 자신을 드러내고픈 이중적인 욕망에 때문에 자신만의 표지를 달고 카페에 모여들거나, 낯선 존재들끼리 말없이 서로를 바라보는(「사탄의 마을에 내리는 비」) 존재들이다. 다만 고독하고 그 고독을 이기기 위해 사랑에 집착하거나, 그러면서도 용기와 결단이 부족해 사랑을 완성하지 못하는, 오늘날을 살아가는 우리들인 것이다.

그렇다. 그들은 고독과 퇴폐 속에서 살아가는, 그리고 타자를 배려하기보다는 모든 타자들을 기호화시킨 채 현재의 자기를 유지하는, 바로 우리들이다. 그들은 우리와 마찬가지로 죽음과도 같은 고독으로부터 벗어나려 누구를 만나고 살을 맞대고 몸부림치나 이 절대고독의 상태를 벗어나지 못한다. 타자와의 진정한 관계 혹은 사랑의 본질이 헤겔의 말처럼, 자기 자신의 의식을 포기하는 것, 다시 말해서 하나의 다른 자아 속에서 스스로를 망각하고 동시에 이러한 소멸과 망각 속에서 비로소 자기 자신을 획득하는 데 있다면, 망각과 보존, 자기 부정과 자기 보존의 변증법적 관계를 지속하지 못하기 때문이다. 이 과정을 가로막는 것은 물론 여러 가지일 터이나 핵심적인 요인은 진정으로 타자를 만나려는 정신의 부재이며 동시에 사랑마저도 소유하라고 강요하는 타락한 자본주의적 가치이다. 그래서『사탄의 마을에 내리는 비』에 등장하는 인물들 사이에서 맺어지는 관계들은 타자의 전 서사를 감싸안아 자기화하려는 의지나 아니면 자신의 전 서사를 객관적으로 외화하는 과정이 개입되어 있지 않다. 다만 현재의 자기를 지켜내고 타자를 소유하려 한다.

은지의 섹스 욕구는 언제나 돌발적이고 기습적으로 살아나 때마다 나를 당혹스럽게 만들곤 했다. 담배를 피우다가, 책을 읽다가, 컴퓨터 통신을 하다가, 라면을 먹다가, 한순간에 동작을 멈추고 그녀는 팽팽하게 긴장된 눈빛으로 나를 건너다보곤 했다. 처음에는 그것이 무엇을 의미하는지 몰라, 왜 그래? 왜 그러는 거지? 하고 몇 번이나 되묻지 않을 수 없었다. 하지만 그럴 때마다 나의 물음에는 아무런 대답도 하지 않고, 그녀는 다급하게 옷을 벗어던지고 다짜고짜 나를 공격하며 일방적인 섹스에 몰입하곤 했다.

(……)

아무렇든 그녀와의 섹스에서 나는 단 한 번도 일체감 같은 걸 느낄 수 없었다. 그녀와 내가 주고받는 섹스는 아무리 생각해봐도 합리적이고 조화로운 섹스가 아니었고, 그랬기 때문에 그녀가 자신의 섹스에 몰입하는 동안 나는 육체를 제공해주는 이상한 보살처럼 묵묵히 눈을 감고 다른 생각에 몰입할 수밖에 없었다. 그러다가 온몸이 땀에 젖은 그녀가 나에게서 떨어져 나온 뒤에야 비로소 나는 뒷북을 치는 사람처럼 체위를 바꾸고 나의 섹스를 시작할 수 있었다. 하지만 내가 섹스에 몰입하는 동안, 그녀는 구제불능의 불감증 환자처럼 뻣뻣하게 굳은 몸으로 또한 나처럼 눈을 감고 인내의 시간을 보내곤 했다.(「내 혈관 속의 창백한 詩」, 65~65쪽)

각자의 어떤 부분을 망각하고 또 어떤 부분을 보존하면서 일체감을 형성하는 관계가 아니라 현재의 자기의 상태에서 벗어나려 하지 않는다. 때문에 이들의 관계를 유지하는 힘은 가학적이고 피학적인 충동, 수요와 공급이라는 계약관계이다. 이들 각자는 어느 순간은 철저하게 자기만을 배려해야 하고 또 어느 순간은 타자만을 배려해야 한다. 하여, 서로가 서로의 전 서사적 맥락을 길항시키면서 보다 지양된 공동체를 만들어가는 과정, 즉 사랑을 완성시켜가는 과정은 애초부터 차단되는 것이다.

물론 『사탄의 마을에 내리는 비』에는 「붉은 달이 뜨는 풍경」처럼 낯선 타인들끼리 만나 일체감을 이루는 순간도 있다. 누군가를 필요로 하는 남성과 여성이 만난다. 그들은 순식간에 "이대로 석상처럼 굳어져버렸으면 좋겠다"고 할 정도의 일체감을 형성한다. 하지만 여성의 낯선 모습을 발견하는 순간, 그 남성은 "이제는 떠나야 할 시간, 하늘과 지상의 붉은 달에게 조용히 작별을 고해야 할 시간이었다"며 등을 돌린다. 결국 이 둘의 일체감 역시 자아를 타자화하고 타자를 자아화하는 과정에서 형성된 일체감은 아니다. 오히려 이 일체감은 전체가 아니면 전무라는 도박판에서의 일체감과 같다. 즉 상대방이 한 사람의 필요를 충족시켜줄 경우 그때는 더할 나위 없는 전체감에 빠져들지만, 이것은 어디까지나 자기를 사랑하는 타인을 사랑하는, 다시 말해 자신의 존재감이나 아름다움을 확인하는 나르시시즘적 자기애에 불과하다. 그러다 상대방에게서 전혀 낯선 타자를 발견할 경우, 하여 자기 동일성을 깨뜨려야 하는 순간 그들의 관계는 더이상 존속되지 않는다.

『사탄의 마을에 내리는 비』가 존재들 사이의 불구적인 관계를 강요하는 요인으로 주목하는 것은 이것만이 아니다. 바로 모든 가치를 등가화시키는 교환가치이고, 자신의 편안한 일상을 위해 이 파시스트에게 각자의 자유에의 의지와 삶을 개척하려는 용기를 넘겨준 개인들이다.

> 지금 민수씨가 한 말은 신들에게나 어울리는 거예요. 여기 서서 그런 시선으로 세상을 굽어보면…… 저 낮은 곳으로 두 번 다시는 내려가기가 싫어져요. 저 가파른 언덕길을 하루에 두 번씩 힘겹게 오르내리며 내가 무엇을 꿈꾸는지 아세요? 지금 민수씨가 말한 저 가련한 고난의 세계, 저곳이 아무리 미물스럽고 속물스럽다고 해도…… 그래도 저곳으로 내려가 편안하게 안주하고 싶다는 게 아주 오래 전부터 키워온 내 꿈이에요. 저곳의 주민이 되고, 저곳의 주민들처럼 미물스럽고 속물스럽게 사는 거…… 그게 나에게 남겨진 마직 꿈이라구요.(「내 마음의 옥탑방」, 164쪽)

지금, 이곳의 삶 전체를 결정하는 원리는 계산 가능성 혹은 환금 가능성의 원리라고 한다면, 『사탄의 마을에 내리는 비』의 인물들은 이 원리가 뿜어내는 매혹을 떨치지 못한다. 가령 자본주의는, 자신의 질서를 지켜내기 위해, 자본주의식 사랑의 신화를 만들어내고 널리 선전한다. 자본주의가 수많은 매체들을 동원해 펼쳐 보이는 이상적(理想的 혹은 異常的)인 사랑의 형태가, 순박한 시골처녀와 백만장자와 결혼이라고 한다면, 『사탄의 마을에 내리는 비』의 인물들은 이러한 사랑을 꿈꾼다. 자본주의의 이 음험한 신화 앞에서 모든 낭만적 사랑이란 왜소한 것으로 비쳐지게 마련이며, 또한 사회적 금기체계에 의해 철저한 감시를 당하거나 처벌의 대상이 되기도 하는 것이다. 하여, '최소한의 이윤을 얻더라도 최대한의 투자를'

행하겠다는 자기 희생적인 모럴, 혹은 이타적(利他的) 사랑은 항시 넘기 힘든 벽, 곧 철옹성과도 같은 자본주의적 질서와 마주해야 하고, 이러한 사랑을 완성하기 위해서는 용기와 결단이 필요하다. 하지만 이 용기와 결단은 쉽지 않다. 왜냐하면 이 용기와 결단은 지금 인간의 삶을 규정하는 모든 규범과 맞서야만 가능한 것이기 때문이다. 결국「내 마음의 옥탑방」과「물그림자를 위한 산문시」에 등장하는 인물들은 사랑함에도 불구하고 이 자본주의적 가치를 넘어설 수 있는 용기와 결단을 보이지 못하며, 결국 서로를 그리워하면서도 사랑을 이루지 못하는 부조리한 조건을 경험한다.

『사탄의 마을에 내리는 비』는 이처럼 고독한 현대인, 그것도 인간간의 소통관계의 단절로 인해 더욱 고독한 현대인의 자화상을 그리고 있다. 그런데 여기서 우리가 주목할 점은 작가 박상우가 이러한 현대인의 고독 혹은 불구적인 인간관계를 종말의 상황으로 연결시키고 있다는 점이다.『사탄의 마을에 내리는 비』는 사물화의 논리에 지배되어, 혹은 용기와 결단의 부재로 고독과 소외로부터 벗어나지 못하는 인물들을 형상화하고 있음에도 불구하고, 이 소설집을 강하게 휩싸고 있는 분위기는 종말을 앞둔 상황에 대한 공포, 두려움, 불길함이다. 실제로『사탄의 마을에 내리는 비』에는 '사탄' '악마' '종말' '심판' '자학의 광기' '악마의 예찬' '살육' '악마의 웃음소리' 등 종말의 징후, 종말의 목소리들이 텍스트 곳곳에 퍼져 있다. 현대인의 일상적인 삶의 조건을 곧 종말의 징후로 읽어내는 이 모습이야말로『사탄의 마을에 내리는 비』의 고유함이라 할 수 있을 것이며, 이를 우리는 묵시록적 상상력이라 부를 수 있을 터이다. 박상우는 현실에 대한 환멸에서 더 나아가 이 시대를 종말의 상황으로 규정하게 된 것이다.

이러한 묵시록적 상상력이 가장 전면적으로 직접적으로 관철되고 있는 소설은 표제작인「사탄의 마을에 내리는 비」인바, 이는『사탄의 마을에 내리는 비』의 전체를 꿰뚫고 있는 작가의식의 한 단면을 가장 전형적으로 보여준다. 「사탄의 마을에 내리는 비」에 등장하는 인물들은 모두가 고독한 청춘들이다. 그들은 한편으로는 자신을 위장하고 다른 한편으로는 자신을 드러내고픈 이중적인 욕망에 때문에 자신만의 표지를 달고 카페에 모여든다. 그렇게 만난 낯선 타인들은 같은 자리에 앉아 있으면서도 서로가 서로를 조율할 수 있는 대화 대신 자신의 의사만을 일방적으로 전달할 수 있는 필담을 나눈다. 모여 있지만 같이 나눌 것이라고 아무것도 없는, 그래서 더욱 고독한 그들인 것이다. 그런 그들이 "저주받은 영혼이 안식할 수 있는 지하묘지, 구원을 포기한 영혼이 안주할 수 있는 카타콤이 우리를 기다리고 있습니다. 어둠과 빛을 등지고, 희망과 절망을 망각하고, 저주와 구원에 초연해질 수 있는 우리들의 마지막 안식처, 카타콤으로 당신들을 초대합니다. 지상에서 지하로 내려가는 비밀 통로를 알고 있는 X, 나는 길 잃은 영혼을 인도하는 유혹자. 내일이 없는 마법의 공간, 카타콤에서의 영원한 밤을 위하여!"(「사탄의 마을에 내리는 비」, 23~24쪽)라는 문구에 이끌려 지하의 세계로 내려간다. 그리고 그곳에서 "빛이 아니라 소리로 다가오는 아침, 구원이 아니라 재앙을 알리는 불길한 경고음"(「사탄의 마을에 내리는 비」, 41쪽)을 듣는다. 작품 특유의 음습한 분위기나 박상우 특유의 둔중한 수사가 만일 없었다면, 「사탄의 마을에 내리는 비」의 현실은 세상에 대한 방향 없는 분노나 허무의지로 가득한, 우리 주위에서 쉽게 목격할 수 있는 장면들이라 할 수 있을 터이다. 다시 말해 박상우는 바로 오늘날 우리의 모습에서 바로 종말의 시간을 예견하고 있는 것이다.

여기에서 우리는 다음과 같은 의문을 떠올려볼 수 있다. 도대체 왜 종말인가. 우리 삶의 어떤 부분을 두고 작가 박상우는 종말적 상황이라 지칭하는가. 이에 대한 답은 매우 본질적이라 할 수 있는데, 이 질문이야말로 『사탄의 마을에 내리는 비』를 가로지르는 그의 문제의식에 닿아 있기 때문이다. 우선 다음을 주목해자.

우리는 모두 거세당한 시지프들, 산정을 향해 바위를 밀어올리는 불굴의

의지를 상실한 시지프들이었다. 신을 향한 멸시를 통해 인간의 운명을 극복하려는 반항적인 분투가 사라지고, 이제 지상에는 인간에 의한 인간을 위한 인간의 멸시가 범람하고 있을 뿐이었다. 어느 누구도 희망 없는 노동을 투자하여 산정으로 올라가지 않으려 하고, 어느 누구도 도로(徒勞)의 절망을 숙연하게 받아들이지 않으려는 것이었다. 주어진 형벌의 바위도 부정하고, 지상에 안주하기 위해 인간의 숙명까지 부정하는 가련한 시지프들의 지옥.(「내 마음의 옥탑방」, 177~178쪽)

지난 십 년 동안 나는 시지프의 세계에 안주하고 있었다. 몽타주로 재현되는 무수한 시지프들의 세계, ……그곳에 안주하며 하루하루 종말적인 인간의 시간을 살아온 것이었다. (「내 마음의 옥탑방」, 190~191쪽)

위의 인용에서 우리는 박상우가 "지상에 안주하"는 삶 자체가 곧 "지옥"의 삶이며 이를 "종말적인 인간의 시간"으로 규정하고 있다는 것을 확인할 수 있다. 공동체적인 질서 혹은 일상적인 질서를 해체하거나 파괴하는 행위가 아닌 우리네 장삼이사의 삶이 곧 지옥의 삶이며 종말의 시간을 구성하는 가장 직접적인 요인이라는 것이다.

그렇다면 우리는 다시 물을 수밖에 없다. 우리의 일상적인 삶이 도대체 어떤 것이길래 곧 종말의 삶인가. 박상우의 대답은 간단하다. 우리가 살고 있는 자본주의 사회란 "무한대의 물질적 유혹이 정신을 혼미하게 만드는 공간"이며 그곳에서 우리는 "물질에 대한 숭배심"(「내 마음의 옥탑방」)으로 살아간다. 그런데 그 안에, 우리가 한 번도 회의하지 않고, 회의하기는커녕 절대적인 윤리로 받아들이는 이 자본주의적 윤리 안에 바로 인류를 종말의 상황으로 이끄는 원천이 숨어 있다는 것이다. 즉 자본주의적 윤리 안에는 "인간의 가치"를 정확한 "수치로 환산"(「내 마음의 옥탑방」)해가면서 수많은 인간을 죽음으로 내몰았던, 그리고 가장 고통스러운 파괴인 인간이라는 존재의 죽음을 보고 즐겼던 파시즘적인 광기가 은밀하게, 그러나 가장 궁극적인 힘으로 숨어 있다는 것이다.

　자넨 도대체 무슨 생각을 하면서 세상을 사나? 영업사원이 아니라 벌레
가 꿈틀거려도 이보다는 실적이 나을 거야. 한두 달도 아니고 벌써 석 달째
이 지경이니 자네 형이 내 친구가 아니라 내 할아버지라고 해도 분통이 터
질 일 아닌가! 형은 또랑또랑한데 도대체 아우는 왜 이 모양이지? 남의 집
안 문제를 놓고 내가 가타부타 떠들 입장은 못되지만…… 대학 공부까지
시켜준 형한테 얹혀 사니까 아직 등 시려운 줄 모르는 모양이지? 자네에게
말은 못해도, 자네 형도 자네 때문에 꽤나 골머리를 썩고 있다는 것쯤은 알
아두라구. 형이나 내가 자네에게 봉사하기 위해 태어난 자선사업가도 아닌
데…… 기생충이 아니고 사람이라면 양심이 있어야 할 것 아냐, 양심!(「내
마음의 옥탑방」, 170~171쪽)

이 인용에서 우리는 박상우가 우리에게는 그저 당연한 것으로 받아들
여지는, 아니 오히려 종교적인 경배의 대상으로까지 격상되어 있는 자본
주의적 윤리를 전혀 다른 시선으로 바라보고 있음을 확인할 수 있다. 박상
우는 자본주의적 윤리의 핵심을 이루는 교환가치나 소유 관념이 모든 존
재나 사물의 질적 차이, 비교 불가능성, 고유한 가치, 인간적 본성 등을 폭
력적으로 등가화시키고, 결과적으로 인간의 진정한 삶을 불가능하게 할
뿐만 아니라 세계와 진정으로 결부될 수 있는 모든 계기를 차단한다고 파
악한다. 어느 정도인가 하면 양심, 사랑, 행복 등 인간을 인간답게 하는 진
정한 본질까지를 상품의 논리로 전도시킨다는 것이다. 이렇게 자본주의
적 윤리는 상품화의 논리에 의해 전도되고 절대화됨으로써 결국 ‘양심’의
이름으로 한 인간, 다만 상품화의 논리에 적응하지 못하는 인간을 ‘벌레’
나 ‘기생충’으로 폄훼하게 된다. 이렇게 되면 인간이 아닌 한갓 ‘벌레’나
‘기생충’에게 폭력을 가하는 것은 양심을 저버린 행동이 아니라 철저하게
양심적인 행동이 되며, 극단적으로 나아갈 경우 한 인간에 죽음이라는 폭

력을 가해도 그것은 인간을 번거롭게 하는 '벌레'나 '기생충'을 박멸하는 것 이상의 의미를 지니지 못한다. 아니, 반대로 진정으로 인류를 위한다는 사명감으로 그러한 행위를 벌일 수도 있다는 것이다.

그러므로 박상우에게 일상적인 삶에 안주한다는 것은 나날의 삶을 이어나간다는 것 이상을 의미한다. 자본주의 사회에서 이루어지는 나날의 삶이란 곧 자본주의적 윤리 안에 음험하게 숨죽이고 있는 파시즘적 광기에 대한 사디즘적이고 마조히즘적인 대응에 다름 아니다. 박상우의 논리에 따르면 현재 우리가 경험하는 나날의 삶이란 한편으로는 이미 세상의 주인공이 되어버린 사물에게 우리의 모든 것을 철저하게 굴복시키는 마조히스트적인 삶이며, 다른 한편으로는 사물이라는 신을 경배하기 위해 마지막 남은 인간적 자존을 죽여나가는 사디스트적 삶이라는 것이다. 사물이라는 신 앞에서는 아직도 남아 있는 인간적 가치를 서둘러 폐기하고 어쩌다 발견하는 인간적 가치 앞에서는 잔인한 폭력을 휘두르는 삶이 우리네 나날의 삶이며, 따라서 이 일상의 삶에서 벗어나려는 용기와 결단 혹은 생사를 건 투쟁이 없는 삶이란 가해자이며 동시에 피해자인 삶을 반복하는 것에 다름아닌 것이 된다. (「물그림자를 위한 산문시」를 보라. 이 작품의 남녀는 자본주의적 윤리에 의해 마조히즘적인 삶을 강요받지만 결국 자신들의 사랑의 결실인 뱃속의 아이를 두 번이나 지워내는 폭력을 가하며, 작가는 이 행위를 '죄악'이라 규정한다.) 박상우는 이렇게 우리의 일상적인 삶을 구성하는 자본주의적 윤리 안에 음험하게 숨죽이고 있는 파시즘적 광기에 전율하거니와, 일상적인 삶에의 안주를 곧 인류의 종말의 시간으로 규정한 것은 바로 이 때문일 것이다. 박상우의 이러한 문제의식은, 계산 가능성 혹은 냉혹함으로 하루하루를 살아가는 현대인의 삶의 논리가 없었더라면 아우슈비츠는 불가능했을 것이며 따라서 시민적 주관성을 거부하지 못한 자들은 모두가 아우슈비츠의 가해자이자 피해자라는 아도르노의 성찰을 연상시키거니와, 자본주의적 윤리에 대한 깊이 있는 성찰이라 할 만하다.

이처럼 『사탄의 마을에 내리는 비』는 고독, 권태, 반복, 단절, 망설임, 비겁 등 우리의 바로 그 모습에서 모더니티의 광기를 발견한다. 매일매일 자신의 인간적 자존에 상처를 받으며 동시에 타인의 인간적인 가치를 억압하며 살아가고 있는 것, 이것이 광기의 이성에 의해 보이지 않는 우리의 진정한 모습이라는 것이다. 『사탄의 마을에 내리는 비』는 그 광기의 이성을 걷어내고 이면에 교묘하게 가려져 있던 우리의 일그러진 자화상을 가감없이 그려낸다. 그래서 『사탄의 마을에 내리는 비』는 낯설고 충격적이지만 우리의 삶에 대한 대단히 깊이 있는, 그래서 더욱 전율적인 성찰이다.

3. 자유와 사랑, 희망의 원리

모든 개념은 발견의 천재이지만 동시에 은폐의 천재이다. 마찬가지로 박상우의 묵시록적 상상력은 자본주의적 윤리 안에 숨겨진 폭력적 요소를 전율적으로 드러내는, 그래서 박상우 소설의 문제성의 중요한 원천이 되기도 하지만, 현실의 중요한 부분을 배제할 가능성도 높다. 이것은 묵시록이라는 개념틀이 현실의 미세한 부분을 읽어내기에는 지나치게 큰 매개라는 사실과 관련이 깊다. 만약 묵시록적 규정을 절대화할 경우 모든 존재, 모든 가치가 곧 종말의 징후로 읽혀지기 때문에 이곳에서 자유를 향한 어떤 가능성도 찾아낼 수 없다. 왜냐하면 자본주의라는 규정성 안에서 자유를 구현하는 삶을 인정할 경우, 종말론이라는 문제틀을 유지하는 것은 불가능하기 때문이다. 이렇게 되면 자본주의 사회 안에서는 존재 자체가 종말을 향한 타락현상으로 전도되며, 자본주의 사회의 원칙에 의해 발생한 고독과 퇴폐, 소외라는 역사적 조건 자체가 각각의 개인들의 의지에 따라 충분히 피할 수 있는 과오나 자기 기만의 결과로 읽혀진다. 종말론이라는 사유틀 안에서는 당연하게도 자본주의적 합리성이라는 규범이 인류 역사에서 행했던 규범화의 업적이라든가 해방적 성격은 애초부터 자리할 틈이 없다. 동시에 자본의 획득 그 자체를 목적으로 하는 물신화된 삶을 살거나 자본을 생존이나 더 큰 목적을 위한 수단으로 위치시키거나 이 둘 사이에는 아무런 차이도 없는 것으로 받아들여진다. 뿐만 아니라 자본주의적 합리성 속에 살아가면서 끊임없이 희생당하는 존재들이나 자본주의적 윤리를 보다 고차의 윤리로 지양하면서 자기 활동성을 넓혀가는, 예컨대 노동자, 여성, 식민지 국가의 민중들이 경험하는 고통이나 희생, 그리고 그들이 지닌 사물화된 세계의 극복 가능성에 대해서 침묵할 수밖에 없는 상황에 처할 수도 있다. 이처럼 박상우 소설의 한 축을 구성하는 묵시록적 상상력은 그 묵시록적 규정을 고수하기 위해 타락한 사회로부터 벗어나기 위한 어떤 인간적 실천에도 관심을 기울이지 않을 경우, 자본주의적 윤리가 자본주의 합리성 이외의 가치를 배제하면서 자신의 체계를 유지·존속시키는 것과 마찬가지로, 비록 중심은 아니라고는 하나 이 사회 안에 엄연히 존재하는 인간적인 가치들이나 그 가치들 안에 내장되어 있는 해방 가능성을 부정하는 역설적인 상황에 놓일 수 있는 것이다. 즉 존재나 사물의 질적 가치나 특수성을 인정하지 않는 자본주의의 윤리를 부정하기 위한 문제틀이 오히려 존재나 사물의 질적 가치를 다시 회복하기 힘들 정도로 지워버리는 역설이 발생하는 것이다.

그러므로 박상우의 소설이 보다 높은 문제성을 유지하기 위해서는 묵시록적 상상력이라는 대단히 큰 문제틀 외에 사물들간의 질적 가치를 읽어내거나 그것들간의 위계질서를 서열화할 수 있는 기준이 필요하다. 그것이 아니면, 묵시록적 상황으로부터 벗어닐 수 있는 원리, 계급, 혹은 진리내용을 설정하는 것이 필요하다. 다시 말해 묵시록이라는 지나치게 포괄적인 개념과 다양한 요소들에 의해 복합적으로 구성된 있는 그대로의 사실을 연관시킬 구체적이면서 보편적인, 통시적이면서도 공시적인 매개가 요청된다는 것인데, 그래야만 사물이나 존재들 사이에 엄연히 존재하는 차이, 비교 불가능한 특질, 고유한 가치들을 읽어내는 것이 가능하겠기 때문이다. 그렇지 않을 경우 박상우의 소설은 현대인의 삶을 구성하는 중요한 요소인 자본과 노동, 지배와 피지배, 중심부와 주변부, 남성과 여성 등의 모든 현실적이고 역사적 맥락을 무화시키고 모든 것을 종말의 징후라는 지나치게 큰 개념으로 단선화시킬 가능성이 높은 것이다. 결론적으로 말하자면, 『사탄의 마을에 내리는 비』에는 묵시록적 상상력이 가져올 수 있는 현실에 대한 지나친 일반화를 차단할 수 있는 여러 원리들이 같이 작동하며, 이것이 사물이나 존재들간의 사소한, 그러나 중요한 차이를 읽어들이는 원천이 된다.

박상우의 소설에서 묵시록적 상상력 외에 사물이나 존재를 판단하는 중요한 원리로 등장하는 것은 소설적 진실, 혹은 심미적 이성이다. 『사탄의 마을에 내리는 비』에는 매우 이질적인 소설이 두 편 수록되어 있는데, 「어느 지하 생활자의 수기」와 「깊고 푸른 방, 깊고 푸른 빵」이 그것이다. 이 두 작품은 외형적으로 보자면 하나의 소설이 진실에 도달하기 위해 밟아야 하는 경로에 대한 소상한 기록을 담은 소설로 쓴 소설론이다. 하지만 박상우에게는 그 이상의 의미를 지닌다. 박상우는 종말의 상황에 빠진 인류를 구원할 가능성을 소설의 창작 과정, 혹은 소설을 통해 진리를 찾아가는 과정에서 찾는다.

거짓 우화 같은 세계, 거짓 우화 같은 역사, 거짓 우화 같은 철학, 거짓 우화 같은 인생 — 그 모든 것들이 내가 키워나가는 언어의 높이에 의해 무색해지기를. 그리하여 허구의 세계가 참의 세계와 이윽고 맞닿게 되기를!(「깊고 푸른 방, 깊고 푸른 빵」, 294쪽)

인간은 정신이다! 기억을 되새기며 하는 길게 한숨을 내쉬었다. 특정한 세기의 한때 그런 게 통했을지 몰라도 이제는 아니라는 생각이 들어서였다. 그런 걸 변함없이 신뢰하고 싶다고 해도, 세상의 흐름이 달라져버렸으니 달리 무슨 방법이 있으랴. 인간은 더이상 정신이 아니고, 지금은 그것을 고집하는 자들이 가차없이 부정당하는 세상 아닌가.

인간이 정신이냐는 물음은 이미 답을 상실한 지 오래라네. 왜냐하면 지상은 이제 진실의 토양과 아무런 상관도 없는 가상의 공간으로 빨려들어가고 있기 때문이네. 우리가 두더지처럼 이 지하 세계에서 진실을 고수하겠다고 버티는 동안, 지상에서는 꿈같은 공간이 창조되고 있었던 것일세. 속도의 신이 창조한 신세계…… 그것 때문에 인간의 구원은 거의 불가능한 것이 되어버렸지만, 바로 그것 때문에 나는 구원을 더욱 간절하게 꿈꾸고 있다네. 기록의 진실은 결국 세상을 향해서가 아니라 자기 자신을 향해 추구되어야 한다는 생각…… 이제는 기록이 아니라 기록자인 나 자신을 깨닫고 싶다는 생각을 하고 있는 것일세.(「어느 지하 생활자의 수기」, 314~315쪽)

지금, 이곳이란 삶의 모든 영역이 허위의식에 의해 장악되어 있는 세상이며, 그 타락한 세계 안에서 소설이란 도구적 이성에 맞설 수 있는 중요한 무기이자 구원이며, 피난처라는 것이다. 박상우는 소설이란 애초부터 물질이 아닌 정신을 추구하며, 동시에 소설이란 타자만을 배려하거나 자기만을 배려해서는 진리내용을 포착할 수 없다는 사실에 주목한다. 즉 도구적 이성 혹은 광기의 모더니티가 모든 인간이나 사물의 가치를 물질로 환원하고 그 가치를 절대화하기 위해 모든 사물을 적이나 지지기반, 혹은 수단이나 기호로서 만난다면, 소설적 진실이란 도구적 이성과는 다른 진정한 방식으로 사물이나 존재들을 전유한다고 판단하는 것이다. 또한 소설이란 허구이면서도 진실을 추구한다는 소설 자체의 특성 때문에 상징과 사실, 허구와 진실, 지상과 지하, 영원힌 종말의 시간과 찰나적인 구원의 순간의 어느 한쪽을 절대화시켜 폭력적으로 사물이나 존재를 지배하는 것이 아니라 그 경계에서 끊임없이 방황할 뿐 광기로 흘러갈 가능성이 현저하게 미약하다는 것이다.

박상우는 이처럼 자본주의적 합리성과는 다른 소설적 진실이라는 인과율 혹은 미적 가상을 통해 세상을 읽어내고 실천할 때 인간의 진정한 삶은 가능하다고 믿는다. 그리고 이러한 믿음은 묵시록적 상상력과 더불어 박

·상우 소설을 구성하는 중요한 원리로 작용한다. 이 소설적 진실이라는 인과율은 묵시록적 상상력과 때로는 조화를 이루고 또 때로는 갈등하면서 박상우 소설을 보다 풍부하게 하는 원천이 된다. 소설적 진실이라는 미적 가상은 묵시록이라는 탈역사적이고 비현실적인 개념틀과 있는 그대로의 사실 사이에 매개범주로 작용하며, 결국은 묵시록이라는 개념틀에 현실성과 역사성을 부여한다. 즉 이 시대가 묵시록의 시대인 것은 소설적 진실이라는 인과율이 자리할 틈조차 없는 시대이기 때문이라는 묵시록에 대한 근거가 성립되면서 지나치게 큰 범주인 묵시록적 규정은 구체성을 확보하게 되는 것이다. 뿐만 아니라 소설적 진실이라는 기준은 종말의 징후로만 전유할 수밖에 없는 이 시대를 살아가는 수많은 존재들의 삶을 나누고 분류하고 위계질서화하는 중요한 역할을 담당한다.

그러나 이러한 소설적 진실이라는 미적 가상이 박상우 소설을 풍부하게 하는 경우는 소설적 진실의 의미를 집중적으로 조망한 「어느 지하 생활자의 수기」나 「깊고 푸른 방, 깊고 푸른 빵」이 아니다. 물론 이 두 작품에서 이루어지는 소설적 진실에 대한 성찰은 대단히 진지하고 웅숭깊지만 또 다분히 추상적이다. 이러한 추상성은 이들 소설이 사변이나 관념으로만 구성되었다는 사실에서 기인하는 것은 물론 아니다. 심미적 이성 혹은 소설적 진실이 지니는 의미가 모더니티라는 현대의 규정력과의 관련 속에서 추출되고 있지 않기 때문이다. 즉 박상우가 「어느 지하 생활자의 수기」나 「깊고 푸른 방, 깊고 푸른 빵」에서 소설적 진실의 상징으로 제시하는 "잃어버린 영혼의 눈"(「어느 지하 생활자의 수기」)을 우리들이 상실한 것은 어느 때이며, 어떤 계기에 의해서이며, 그것은 영원한 파괴와 쇄신이라는 자본주의적 질서나 윤리로부터 이탈하기만 하면 되찾는 것이 가능한지, 아니면 이러한 세계에 편입되지 않은 사회나 인간들에게 아직도 보존되어 있는 것인지 등등에 대해서 작가는 침묵하고 있다. 뿐만 아니라 「어느 지하 생활자의 수기」 등에서는 소설적 진실에 다가갔던 순간이나 그것에 다가갈 어떤 가능성, 요컨대 특정 계급이나 성, 지정학적 터전,

정신적 원리, 이미 역사상에 존재했던 사건도 제시하지 않는다. 또한 소설적인 진실과 인간의 보편적인 본성 사이의 관계에 대해서는 침묵한다. 즉 박상우는 인간의 순수한 영혼에 신뢰를 보이거나 아니면 의식의 차원은 아니더라도 무의식적인 측면에서라도 소설적 진실의 가능성을 찾아내고자 하지 않는다. 그래서 「어느 지하 생활자의 수기」나 「깊고 푸른 방, 깊고 푸른 빵」의 경우 소설적 진실이라는 미적 가상은 현실적이거나 역사적인 맥락을 획득하지 못한다. 다만 소설은 허구로 진실을 추구하기 때문에 거짓만이 지배하는 세상으로부터 거리를 두고 있으며 그 때문에 "잃어버린 영혼의 눈"을 찾기 위해 혼신의 힘을 다하고, 또 다해야 한다고 말할 뿐인 것이다.

묵시록적 상상력의 보완물이면서 또한 대립항인 소설적 진실이라는 원리가 박상우의 소설을 풍부하게 하는 경우는 「내 마음의 옥탑방」과 「말무리반도」이다. 이 두 작품 모두 우선 지금, 이곳의 상황을 인간의 인간다운 삶이 불가능한 부조리의 세계의 규정한다. 이 세계를 지배하고 있는 것은 "물질에 대한 숭배심"이며 그래서 "인간의 가치"는 남김없이 "수치로 환산"(「내 마음의 옥탑방」)된다. 당연히 인간과 인간의 관계 사이에도 상품—화폐가 개입하며 그 결과 인격과 인격의 만남이란 불가능하며, 동시에 "수치로 환산되는 삶"이 아닌 다른 삶을 살고 싶다는 꿈도 쉽게 실현되지 않는다. "세상이 꿈꾸는 자의 것이라는 말은 세상이 결코 꿈꾸는 자의 것이 될 수 없다는 걸 역으로 반영하는 말일 뿐이었다. 만약 꿈꾸는 자의 것으로 만들고 싶다면, 꿈을 보장받기 위해 음험한 뒷거래에 눈을 떠야 하는 건지도 모를 일이었다."(「말무리 반도」, 225~226쪽)

하지만 이러한 부조리한 세계 속에서도, 그리고 거대한 현실적 규정력에 의해 좌절될 모험임을 알면서도 「내 마음의 옥탑방」과 「말무리반도」의 주인공들은 사랑도, 꿈도 포기하지 않는다. 사랑과 꿈이야말로 인간을 인간답게 하는 본질이며, 이것을 포기할 경우 죽음과도 같은 상황에 직면한다는 사실을 깨닫고 있기 때문이다. 그래서 그들은 이루어지기 힘든 사랑을 위해 산정에 비견될 만한 옥탑방을 오르내리고 방황하며, 또 불화의 근원인 화구를 등에 지고 "대상과 주체 사이의 불순물을 완전히 제거한 뒤에 드러나는 까발려진 풍경의 세계, 혹은 섬뜩한 날것의 잔혹한 아름다움 같은 것"(「말무리반도」)을 찾아나선다. 그리고는 수요와 공급의 법칙에 의해 지배되는 사랑이나 자신을 사랑하는 타인의 그 모습을 사랑하는 나르시시즘적 자아도취의 사랑이 아닌 자아를 타자화하고 타자를 자아화하는 사랑을 꿈꾼다. 아니면, 광기의 모더니티에 철저하게 길들여진 인과율을 끊어내고 대상과 주체 사이의 새로운 관계 정립을 모색한다. 물론 이 모험은 찰나적이며 비극적이다. 하지만 그들은 이 비극적인 결말을 두려워하지 않으며, 만약 모험 끝에 다가오는 비극이 두려워 자본주의적 윤리에 귀의한다 하더라도 그것에 대한 부끄러움까지 잃지는 않는다. 뿐만 아니라 작중화자들은 이 모험과 좌절의 개인사를 통해 타인들의 물신숭배를 비판하는 것이 아니라 주변의 모든 인물의 삶에서 모험과 좌절, 환희와 비극의 숨겨진 역사를 읽어내기 시작한다. "그제서야 비로소 나는 알아차릴 수 있었다. 그녀가 나보다 먼저, 신화나 관념이 아니라 순수한 삶을 간파하고 있었다는 것. 뿐만 아니라 체념과 비관으로 뒤틀린 시지프들의 세계에 동화되지 않기 위해 자신의 꿈에 집착했을지도 모른다는 것. (……) 그녀가 자기 형벌의 바위를 올라간 산정, 그곳이 바로 그녀의 옥탑방이 아니겠는가."(「내 마음의 옥탑방」, 178쪽)

그리고 다음과 같은 찰나적이지만 아름다운 사랑의 장면을 완성한다.

내가 만들어준 별장을 그녀는 진심으로 마음에 들어했다. 퇴근할 때마다 백화점 지하 식품부에 들러 먹거리를 사왔고, 그것을 조리해 레저 테이블에 앉아 먹으며 이를 데 없이 행복한 표정을 짓곤 한 것이었다. 날씨가 맑은 밤에는 알루미늄 판지를 바닥에 깔고 옥상에 누워 밤하늘의 별자리를 올려다보기도 하고, 비가 내리는 밤에는 텐트 안에 누워 음악을 감상하듯 빗소리를 듣기도 했다. (……) 한 번만 안아봤으면 좋겠다고 내가 어둠 속에서 말했을 때, 젖은 한숨을 길게 내쉬며 그녀는 내게 등을 보이고 돌아누웠다. 그리고는 사마귀처럼 안아줘, 하고 속삭이듯 말했다. (……) 자신의 꿈을 포기하지 않기 위해 내 쪽으로 돌아눕지 못하는 그녀, 그리고 그녀의 꿈을 존중하기 위해 사마귀처럼 등을 껴안아야 하는 나.(「내 마음의 옥탑방」, 168~169쪽)

"미물스럽고 속물스런 세계로의 편제"를 꿈꾸는 한 여자와 그러한 수직적인 세계에 고소공포증을 느끼는 한 남자가 만들어낼 수 있는, 자기를 보존하면서도 자기를 망각하는 진정한 사랑의 방식이란 "사마귀처럼 등을 껴안"는 사랑이 아니겠는가.

박상우에게 "사마귀처럼 등을 껴안"는 사랑이란 매우 상징적인 의미를 지니는 것으로 보인다. 박상우 소설의 중요한 구성요소 중의 하나가 맹목적인 즉자에 대한 환멸이고 그것이 곧 종말론이라는 인과율로 확장되었다고 한다면, "사마귀처럼 등을 껴안"는 사랑이라는 상징은 결국 일상인을 맹목적인 즉자로 이해하는 시선에 대한 자기 부정처럼 보이기 때문이다. 즉 박상우는 이제 이전에 맹목적인 즉자로 규정되었던 그 인물들에게서 광기의 모더니티와 소설적 진실 사이의 길항 과정, 그리고 모험과 좌절의 내러티브를 발견하고자 하며, 동시에 현대인이란 광기의 모더니티에 의해 끊임없이 억압당하고 좌절하지만 그러면서도 타인을 배려하는, 그리고 보다 나은 삶을 위한 이타성을 지니고 있다는 사실을 성찰하기 시작한 것이다. 그리고 현재적 삶 속에서 찾아낸 소설적 진실이라는 미적 가상이 「내 마음의 옥탑방」과 「말무리반도」를 빛나게 했음은 물론이다.

이처럼 중요한 것은 지금, 이곳의 삶에서 아름다운 요소나 잠재적 가능성을 찾아내는 것인지도 모른다. 현실의 어떤 특정한 부분에 대한 부정이 아닌 전면적 부정은 통쾌하기는 하지만 그것은 어디까지나 나약한 부정일 수밖에 없다. 일찍이 루카치는 객관적 현실의 맥락 속에서 잠재적 가능성을 완벽하게 표현해내는 것이야말로 예술적 탁월성의 중요한 원천이라고 말한 바 있거니와, 굳이 루카치의 말이 아니더라도 현실적 문맥 속에 의미 있는 부분을 찾아내는 것만이 타락한 것에 대한 진정한 부정이며 현실의 문맥을 훼손하지 않는 것이다. 우리가 「내 마음의 옥탑방」과 같은 성과에 주목하는 것은 「내 마음의 옥탑방」이 자본주의적 윤리를 전면적으로 부정한 허구로서의 삶을 지향했기 때문이 아니라 현재 우리의 삶의 문맥 속에서 어떤 가능성을 찾아냈기 때문일 것이다. 그렇다면 이제 박상우에게 남은 일은 이런 것인지도 모른다. 묵시적 상상력을 고집하는 것이 아니라 어떤 역사를 지닌 존재들(요컨대 자본가/노동자, 중심부/주변부, 남성/여성, 계몽적 이성/심미적 이성)이 좀더 광기의 모더니티에서 벗어날 잠재적인 가능성을 지니고 있는지 타문해들어가는 일.

4. 복원되지 못한 것들을 위하여, 박상우의 또다른 시작

아직도 소설과 소설을 둘러싼 환경과의 조화를 꿈꾸는 자가 있다면, 그는 진정 소설을 아끼는 독자임에는 틀림없지만 냉정한 현실주의자라고 볼 수는 없을 것이다. 오늘날 소설의 운명은 그만큼 불우하고 불길하다. 이처럼 불길한 소설의 운명을 알고서도 여전히 소설과 소설을 둘러싼 환경과의 조화를 꿈꾸는 자가 있다면, 그는 진정 소설을 아끼는 독자이면서 동시에 누구보다도 냉정한 현실주의자라 할 수 있다. 그 독자는 소설의 운명은 불길하지만 이 불길한 운명을 개척하려는 작가들의 "생사를 건 투쟁"이 오늘도 여전히 계속되고 있다는 것을 알고 있기 때문이다. 아니다. 그 독자는 소설이란 소설이 동경하는 꿈의 세계를 더이상 용인하지 않는 시대에 탄생했다는 사실, 그리고 소설의 발전이란 그 타락한 세계와의 힘겨운 쟁투의 결과로 이루어진 것이라는 점, 더 나아가 불우함이 곧 소설의 운명이라는 사실까지를 잘 알고 있는지도 모를 일이다. 한마디로 우리 시대의 소설은 지금, 이곳의 타락한 사회구성원리에 의해서 끊임없이 주변부로 밀려가고 있지만 그럼에도 불구하고 이 타락하고 비인간적인 보편성을 부정, 해체하고 진정한 인간적인 보편성을 찾으려는 작가들의 고투는 멈춤 없이 진행되고 있는 것이다.

박상우는 이러한 고투를 끊임없이 수행하는, 그래서 우리 시대의 소설의 운명이 그리 어둡지만은 않음을 분명하게 보여주는 작가이다. 그러므로「내 마음의 옥탑방」에서 박상우가 카뮈를 빌려 제시한, 신들의 멸시를 오히려 멸시함으로써 자신의 운명을 스스로 극복하는 시지프의 형상은 박상우의 그것과 닮아 있다. 박상우는 '완전한 자유'라는 유난히 높은 꿈을 꾸기에 끊임없이 산정을 향해 올라갈 수밖에 없는 숙명을 지닌 작가이다. 우리가 박상우가 한 단계 비약하고 다시 내려와 또다른 정점을 향해 올라가는 악무한의 과정을 멈추지 않을 것임을 자신 있게 기대하는 것도 이 때문이다.

그렇기에 박상우가 밀어올리는 바위에 감히 몇 가지 짐을 더 얹어놓는 것도 그리 큰 실례는 아닐 것이다. 우리는 앞에서 박상우가 분단 등 개별적인 맥락을 중시하는 보편성을 해체하고 우리의 현실을 전 지구적 자본주의 혹은 현대라는 보편적인 맥락으로 위치시키는 데 중요한 역할을 행했음을 지적한 바 있다. 그리고 이후 박상우의 소설 전반이 그러한 방향으로 옮겨갔음도 지적한 바 있다. 하지만 이러한 박상우 소설의 중심 이동은 중요한 한 요소를 배제한 것으로 보인다. 80년대를 짓눌렀던 야만의 적은 과연 사라진 것인가. 표면에서는 사라졌지만 실상은 우리의 삶 깊숙한 곳으로 옮겨진 것은 아닐까. 그리하여 파시즘적인 지배와 피지배의 관계는 강고하다. 뿐만 아니라 분단 등의 우리의 특수한 현실적 조건이 우리의 삶을 구속하고 있는 것도 사실이다. 그렇다면 이러한 특수한 현실적 조건을 어떻게든 감싸안아야 하는 것은 아닐까.

이것은 단지 작품의 주제와 관련된 사항만은 아니다. 박상우는 그런 특수한 조건에 대한 관심이 시대착오적이라고 규정하는 듯하다. 80년대와의 이러한 강박적 절연의지는 박상우 소설의 중요한 특징을 야기시키는 데, 그것은 기억 혹은 회상의 부재이다. 박상우는 최근 작품의 등장인물 대부분에게서 기억이나 향수를 떼어내고 있다. 그들에게는 인간 최대의 전성기라는 유아기도 없고 또한 자신을 현재의 자리에 이르게 한 구체적인 과거 혹은 과정이 없다. 있다 하더라도 그것은 대부분 공동화(共同化 혹은 空洞化)된 기억이다. 부모의 편애로 인한 형제간의 갈등, 지옥 같은 가난 등이 그것이다. 일찍이 마르쿠제는 "잃어버린 낙원만이 진정한 낙원"(마르쿠제, 『에로스와 문명』)이며, 잃어버린 낙원에 대한 기억은 지배상황에 대한 강력한 파괴력으로 작용할 수 있다고 말한 바 있다. 회상은 지나가는 것, 흘러가는 것에 대한 불안 없는 기쁨을 제공하고, 기억이 아니면 얻을 수 없는 지속의 기쁨을 제공하며, 이 기억이나 회상이 역사적 행동으로 판독되면 모든 것을 존속시키는 지배상황에 대한 강한 파괴력으로 표현될 수 있다고도 말한 바 있다. 한마디로 사소한 기억이 인간 존재를 역사적인 존재로 만들고 그렇게 역사 속에 위치하게 된 개인이 그 기억을 다시 세계내적 형식으로 격상시키면서 현대라는 거대한 괴물과 맞설 수 있는 중요한 원천이 될 수 있다는 것이다.

하지만 박상우의 소설에 등장하는 인물들은 거의 기억을 지니고 있지 않으며, 기억할 것이 없으므로 회상을 하지 않는다. 박상우의 소설에 나타나는 기억의 부재는 80년대와 강박적으로 절연하려는 의지 때문이기도 하지만 다른 한편으로는 지금, 이곳을 살아가는 존재들이 경험한 집단적 기억상실증과 관련이 깊은 듯하다. 80년대 혹은 그 이전을 서술할 경우 곧 개연성이 떨어진다는 강박관념 같은 것이 박상우의 의식을 지배하고 있을지도 모를 일이다. 하지만 우리는 이 기억의 부재가 얼마나 야만적인 결과를 낳을 수 있는가를 여러 자리에서 확인하고 있다. 한 시대를 지옥과도 같은 상태로 몰아넣었던 개인들이 시대의 영웅으로 떠오르기도 하고, 완전한 자유를 위해 헌신했던 존재들의 생사를 건 투쟁이 무모한 모험 정도로 폄하되기도 한다. 박상우 자신의 말처럼 속도라는, 자본이라는 이 시대의 파시스트는 집단적인 기억상실을 유도하고 그를 통해 인간의 자존을 훼손한다. 만약 신의 멸시를 멸시함으로써 운명을 개척하는 것이 작가라고 한다면, 아무리 '신물이 나'도라도 우리의 엄연한 과거를, 그 과거에 대한 집단적인 기억상실이 가져온 광기를 '신물이 날' 정도로 환기시켜야 하는 것은 아닐까.

『사탄의 마을에 내리는 비』는 작가 박상우의 고투의 기록이다. 나날의 삶에 감춰진 모더니티의 광기를 곧 종말의 징후로 읽어내려는 묵시록적 상상력과 절망의 나날 속에서 인간의 자존을 찾아내려는 심미적 이성이 벌이는 치열한 쟁투의 자리인 것이다. 이 싸움을 언제까지 끌고 나갈 수 있을지, 이러한 싸움의 과정에서 과연 우리의 특수하면서도 보편적인 역사적 맥락을 끌어들일 수 있을 것인지. 결국『사탄의 마을에 내리는 비』를 다 읽고서도 우리는 설렘과 긴장된 마음을 늦출 수가 없는 셈이다.

(2000년)

스러진 세계에 대한 동경

─한창훈과 성석제의 소설에 대하여

1. 첨단의 것에 대한 관심과 그 의미

한국문학 전반에서 '상호 대립자들의 관계 속에서 총체성으로서의 이념을 형성하려는 의지'가 구현되는 작품을 만나고 싶다는 것은, 이제 하나의 슬픈 염원이다. 모든 대상, 현상, 인간의 존재는, 삶과 죽음, 의식과 무의식, 정신과 육체, 자기 보존과 자기 소멸, 남성성과 여성성, 자기 동일자와 타자, 중심부와 주변부, 영원한 것과 일시적인 것, 주체와 구조, 실재와 환상, 희망과 절망, 모험적 행동과 환멸, 세계사적 보편성과 한국적 개별성 등 상호대립물의 모순적인 통일로 구성된다. 또 한 시대의 사회적 · 역사적 발전단계는 어떠한 지배적 요소들의 집합체로서만 존재하는 것이 아니라 과거로부터 잔류된 요소들과 미래를 향해 부상하는 요소들의 다양한 결합에 의해서 그 형태가 결정된다. 그런데 현재의 한국문학에서는, 하나의 대상 안에 상이하고 매우 특수한 비율로 존재하는 이 대립자들의 관계 속에서 진리를 찾으려는, 다시 말해 지각과 대상을 일치시키려는 열정과 의지가 서서히 빠져나가고 있는 것이다.

희망, 모험적 행동 등으로부터 배척된 자들은 모든 현상을 희망의 원리로 환원하는 것에 대해 혐오감을 품게 되었으며 대신에 절망과 환멸을 현실을 총괄하는 원리로 제시한다. 이들은 현실의 몇몇 징후 속에서만, 그리고 작가의 관념 속에서만 살아움직일 뿐 아직 현실 전반으로 확장되거나 다른 생명체에는 도달하지 않은 경우에도 '전체' 혹은 '우리'라는 표현을 구사하기에 망설임이 없다. 이들이 제시한 원리는 소여적 현실을 총괄한 이후에 얻어진 귀납적인 결론도 아니고, 그렇다고 어떠한 추상적인 틀을 현실과의 대비를 통해 증명하는 연역적인 결론도 아니다. 이 원리는 '나'에 지나지 않으면서 '우리'라고 말하며, 통시적(通時的)인 맥락과 단절된 공시적(共時的)인 현상에만 집착하는 유아론(唯我論)의 성격을 지닌다. 그리고 이 유아론에 가까운 시대의 중심담론은 그 시대를 평정해버린다. 즉 상호대립물의 비율관계 혹은 결합방식에 따라서가 아니라 상호대립물 중 어느 한 축을 절대화하며 한 시대를 파악하는 것이다.

물론 하나의 극단적인 견해가 군림하면 현실을 보는 다른 시각은 스러지고, 하나의 담론이 중심담론으로 부상하면 새롭게 등장하는 거의 모든 작가들이 그 성스러운 휘광(?) 속으로 뛰어드는 것은, 그러나 한국문학사에 있어서 결코 낯선 것이 아니다. 오히려 우리는 이것을 한국문학의 특성이라 규정해도 그리 큰 무리는 없을 것이다. 여기, 이전의 논리로는 설명하기 힘든(다만 설명하기 힘들 뿐이다!) 사회적 현상이 발생한다. 이때 한국문학 전반은 혼돈에 빠지고, 그러면 어디선가 그 새로운 현상을 설명하기 위한 거대담론이 제기된다. 이 담론은 가설의 차원으로 혹은 참고자료의 의미로 수용되는 것이 아니라 더할 나위 없는 절대적인 진리로 떠받들어진다. 한 사회의 사회적·역사적 발전단계는 생산·분배·교환·소비·임금·지대·재산·공업·농업 등 다양한 요소들의 상이하고 매우 특수한 비율에 따라 결정된다면, 이들의 어떤 단계에 대한 명명 행위가 이 다양한 요소들의 상이하고 매우 특수한 비율을 고려한 것인가 하면 그렇지는 않다.

　다만 어디에선가 흘러들어온 거대서사들을 맹목적으로 신봉하며, 그 맹목적인 문제틀을 내세워 이전의 모든 것을 부정한다. 이때의 부정은, 어떤 개념이 부정되어야 할 대상이 된다는 것은 그만큼 부정되는 대상이 그에 못지않게 긍정적인 요소를 안고 있다는 사실도 전제되어 있지 않으며 따라서 어떤 특수한 내용의 부정이 아닌 부정할 대상 전체를 영(零)이나 추상적인 무(無)로 해소해버리는, 전면적 부정의 양상을 띤다. 즉 어떤 것에 대한 부정은 하나의 새로운 개념이면서 동시에 앞서간 개념보다는 좀더 고차적이며 풍부한 개념으로 이어지는 것이 아니라 단지 새로운 개념의 제시라는 차원에 머물고 마는 것이다. 하여, 한국문학사의 매시기마다 등장했던 거대서사들은 세상이 변화했다는 사실을 표나게 강조하나 정작 사회적 발전단계를 규정짓는 여러 요소들의 비율관계가 어떻게 변화했는지에 대해서는 말하지 않는 것을 특징으로 한다. 이러한 과정을 통하여, 설명하기 힘든 하나의 현상만 발생하면 그 현상을 빌미삼아 온갖 거대서사들을 끌어들였고, 때문에 일제시대부터 한국문학은 "서구 문예사조의 전시장"이었고, 또 지금도 그러하다. 한마디로 한국문학은, 몇몇 예외적인 경우를 제외하고는 우상의 집이며, 우상이 떠나면 집은 텅 비어 버리는 적막한 터전이다.

　현단계의 문학 역시, 이러한 한국문학사의 전통을 아주 충실히(?) 따르고 있다. 한 대상을 구성하는 상호대립자 중 어느 극단은 필연적인 것으로 승격되고, 그 반대의 축은 우연적인 것으로 규정될 뿐 아니라 급기야는 인식의 범위 밖으로 밀려난다. 하나의 극단만이 존재하며, 이것이 그 반대축에 놓여 있을 또하나의 극단을 집어삼켜버린다. 희망의 원리가 절망의 징후를 집어삼킨 것이 이전 시대 문학의 특징이라면, 절망의 원리가 희망의 싹을 잘라내 버리고 있는 형국이 현재 한국문학의 현주소이다. 한 대상, 사회가 상호대립자들의 모순적 통일이라는 사실조차 인정하지 않는 마당에 '상호대립자들의 관계 속에서 획득된 총체성으로서의 이념'의 형성은 어쩌면 불가능한지도 모른다. 다만 한 가지 남은 방법은 구체적 현실과 관계없이, 그리고 자신의 개념이 이전의 개념보다 더 고차의 개념인지에 대한 의심 없이, 새로운 현상이 나타나 자신의 개념이 결정적으로 흔들릴 때까지, 온몸으로 그야말로 온몸으로 밀고 나가는 길 뿐이다.

한 시대의 인간의 존재방식은 과거로부터 잔류된 요소들과 미래를 향해 부상하는 요소들의 다양한 결합에 의해서 그 형태가 결정된다면, 현재의 한국문학은 대부분 미래를 향해 부상하는 요소들에만 시선을 고정시키고 있다. 과거로부터 잔류된 요소들은, 그 요소들에 대한 어떤 특수한 내용을 부정하기 위한 것이 아니라 전면적 부정을 위해서만, 관심의 영역 안에 자리할 뿐이다. 그리고 그 관심사도 곧 사라져버렸다. 새로운 문제틀은 과거의 요소들의 불충분함을 통해 새로운 개념의 전지전능함(?)을 증명하고는, 과거로부터 잔류되어오는 요소들을 곧 박물관에 진열해버렸다. 이러한 과정을 통해서 과거로부터 이어져내려오던(그토록 오랜 기간 인간의 삶에 영향을 끼쳤다는 것은 이 요소들이 그만큼 인간의 삶에 중요한 부분이라는 것을 의미할 터이다) 삶의 구성 요소들은, 그리고 삶의 구성요소들을 형성케 하는 원리를 많은 부분 밝혀주던 문제틀은, 이제 박물관에서 먼지를 뒤집어쓴 채 스러져가고 있으며, 켜켜이 쌓여가는 그 먼지의 두께만큼 한국문학은 황폐해지고 있다.

한창훈과 성석제는, 세인의 관심에서 멀어져버린 동시대인의 삶의 한 측면에 관심을 기울이는 작가들이다. 그들의 시선은 동시대 여타의 작가들과 다른 곳에 머물러 있다. 이전의 어떤 시대에는 집중적인 관심의 대상이었다가 한순간에 박물관의 한구석으로 밀려난 요소들, 즉 현재 한국문학에서는 더이상 새로울 것도 의미도 없다고 치부되는 대상, 삶, 개념틀, 바로 그곳에 가 있는 것이다. 90년대 한국문학 전반이 화려한 도시적 이미지, 영혼을 빼앗긴 채 육체만이 살아움직이는 인간 형상, 제도에 짓눌린 주체 등에 시선을 집중했다면, 한창훈과 성석제는 서서히 그 지배적인 힘을 상실하여가는 삶의 방식이나 가치관에 주목한다.

한창훈과 성석제는, 분명 90년대의 지배적인 담론과는 이질적인 세계를 만들어내고 있다. 그리고, 이를 통해, 한 사회는 결코 어떠한 지배적인 요소에 관심을 기울여서는 그 본질을 읽어낼 수 없다는 사실을, 또 이전의 인식틀이 결코 전면적으로 부정될 것이 아니라는 사실을, 혹 부정되어야 한다 하더라도 그 인식틀의 어떤 특정한 내용에 대한 부정이 아니어서는 새로운 개념틀은 어떤 내용을 담고 있다 하더라도 풍부한 개념틀일 수 없다는 사실을 환기시킨다. 한창훈과 성석제는, 하여, 현란하지만 소박성 (인간성)을 지니지 못한, 보편적이지만 개별적이지 못한, 그리고 변화와 새로움을 강조하지만 궁극적으로는 전혀 변화하지도 않았으며 새롭지도 않은 90년대식 자기 동일성을 비추는 거울형상으로 손색이 없다. 90년대 소설의 지형도를 그리고자 할 때 한창훈과 성석제가 반드시 언급되어야 하는 이유는 바로 이 때문이다.

2. 근대 안에서의 자연, 자연의 근대성

한창훈은, 아직 미정형의 작가이다. 그는 '아직' 세계를 하나의 고정된, 혹은 체계적인 시선으로 읽어내지 않는다. 때문에 그의 소설은 작가 자신이 설정한 목적에 따라 어떤 수단이 선택되는 것으로 보이지 않는다. 무언가 초월적인 질서, 혹은 황홀한 기억이 작가로 하여금 소설을 쓰게 하고, 작가는 그 황홀경 혹은 휘광에 전율하며 하나하나의 문장이 풀려나오는 것, 그것이 한창훈의 소설이다. 즉 한창훈은 자신의 서사형식 속에서 자신을 파악하며 또 스스로 감성이나 감정으로 외화된 속에서도 자기를 재인식할 뿐만 아니라, 자기의 타자 속에서 자기를 파악하고 소외된 것을 사상으로 변화시켜 작가 스스로에게 복귀시키는 과정을 통해서, 즉 사유하는 정신을 기반으로 소설을 쓰지 않는다. 그의 글쓰기는 사유하는 정신을 통해 어떤 영혼에 접근하는 과정을 밟는 것이 아니라, 아직 분화되거나 분석되지 않은 어떤 힘에 이끌려 신들린 듯 수행된다.

미정형의 작가라는 표현은, 물론 그의 글쓰기에 어떠한 합목적적 과정도 없다는 의미는 아니다. 한창훈은 아주 중요하고도 문제적인 목적을 설정해놓고 있으며 그의 소설은 그 목적을 실현하기 위해 씌어진다. 그는 첫번째 창작집인 『바다가 아름다운 이유』(솔, 1996)의 서문에 자신의 글쓰는 목적을 "중심에서 더 멀리 떨어져나와 발톱 끝 같은 주변부에 또하나의 중심을 세우는 것"이라고 분명히 밝히고 있거니와, 실제로 한창훈 소설의 행간에는 그 목적을 달성하기 위한 혼신의 노력이 배어 있다. 한창훈이 시선을 집중하는 대상은, 자연 혹은 자연의 질서에 순응하는 혹은 자연과 근사(近似)한 삶을 사는 인간존재들이다. 한창훈의 현실독법에 따르자면, 자연적인 질서는 인간을 자기와 통일하며 존재하는 반면, 인공적인 질서는 자연과 인간을 분리시키며 나아가 인간은 인간을 지배 · 수탈할 뿐아니라 자연마저 황폐화시킨다. 한창훈은 인간이 만들어낸 질서를 거부하며 대신에 현재는 "발톱 끝 같은 주변부"로 밀려나버린 자연적인 질서를 꿈꾼다. 결국 한창훈은 모든 고정된 것은 연기처럼 사라질 정도로, 다시 말해 하나의 사회적 내용이 사회적 형식으로 전화할 틈도 없이 새로운 사회적 내용이 발생할 정도로 빠르게 변화하는 세상의 한복판에서 과거로부터 잔류된 요소에 관심을 기울이는 이 시대의 예외적인 개인인 셈이다.

한창훈의 자연적인 질서에 대한 동경은 문제적이다. 자연적인 질서에 대한 동경을 통해 두 개의 '중심', 인간 혹은 문학의 충일성과 생동성을 심하게 훼손시키는 '중심'과 맞서고 있기 때문이다. 한창훈이 맞서는 '중심' 중의 하나는 90년대 한국문학의 주류적 흐름이다. 90년대 한국문학은, 거칠게 단선화하자면, 다국적의 문학이며 무국적의 문학이다. 달리표현하면 행복을 위해서 이전의 모든 것을 잊어버리려는 망각의 정신, 이전의 모든 것(전통)과 절연하려는 의지가 지배하는 곳, 그곳이 90년대 한국문학이 서 있는 자리이다. 90년대 한국문학에서는 '어제'보다는 '오늘'

이, '오늘' 보다는 '내일' 이 중요한 관심사이다.

하여, 90년대의 문학은 마치 새롭게 재생한 듯하다. 과거를 깨끗이 잊고 새출발을 다짐하는 회개자의 모습으로, 애써 과거의 기억을 푸른 바다 속에 던져버린 채 오로지 과거와는 다른 삶을 살고자 한다. 이러한 과정을 통해 한국의 90년대는 후기산업사회, 정보사회, 대중소비사회, 포스트모던한 사회, 세계화 시대를 구가하고 있으며, 90년대의 문학 ― 문학의 생명은 기억이고, 변화 자체가 아니라 변화하기까지의 과정이며, 따라서 문학은 기억과 과정에 대한 관심으로 한 시대의 지배적인 담론과 맞서야 한다는 목소리가 여전히 높음에도 불구하고 ― 또한 그 논리를 충실하게 따르고 있다. 한 시대의 총체성을 감싸안지 않는 그 시대에 대한 명명법은, 엄연히 존재하는, 그리고 인간의 삶에 있어서 중요한 삶의 영역을 인간의 삶 밖으로 강제적으로, 그리고 영원히 밀어내기 때문에, 자칫 인식상의 폭력으로 표출될 가능성이 높다면, 90년대의 한국문학의 주류적 흐름은 이로부터 자유롭지 못하다. 90년대 문학에서는, 과거 문학이 주로 관심을 기울였던 영역(인간의 삶에 작용하는 정치·사회적인 측면, 그리고 주변부의 삶)이, 왜 그토록 오랜 기간 동안 많은 작가들의 관심의 대상이었는가에 대한 해명도 질문도 없이 강제적으로 밀려나고 있다. 그렇다면 주변부에 대한 한창훈의 관심은, 일단 소중하다.

한창훈이 맞서고자 하는 또하나의 '중심' 은, 자연의 질서를 대신하여 인간의 삶을 지배하기 시작한 인공의 질서 즉 문명이다. 한창훈은, 의식적이든 무의식적이든, 자연적 질서에 순응하는 인간적 삶을 제일 중요한 삶의 모델로 설정하며, 그를 통해 자연과 조화된 인간적 질서의 형성을 꿈꾼다. 문명의 역사는 곧 억압의 역사라고 할 때, 그중 가장 큰 억압의 대상은 자연이며, 이는 궁극적으로 자연과의 조화를 통해 얻어질 수 있는 인간의 행복을 가로막는다. 결국 자연은 인간의 합목적성이라는 휘황찬란한 이미지에 가려진 그늘이고 진실이며, 인공의 질서에 철저히 몸을 버린 희생양이다. 그러나 자연은 일그러진 대로 말없이 운동한다. 자연은 문명의,

216

인공의 질서 속에서 살아가는 인간의 영원한 타자이며, 때묻지 않은 거울이다. 이 순수한 거울로 변화한 인간의 삶을 바라본다는 것, 이것은 현재 우리의 삶을 있는 그대로 재현할 수 있는 길이며, 때문에 한창훈이 소설이라는 수단을 통하여 달성하고자 하는 목적은 문제적이다. 이러한 한창훈의 문제틀은 "자연과 조화된 인간의 삶은 과거의 우리의 모습이다. 그리고 우리가 앞으로 그렇게 되어야 할 모습이다. (……) 이제 인간의 문화는 인간을, 이성과 자유를 통해 자연으로 되돌려보내야 한다"(쉴러, 『소박문학과 감상문학』)고 했던 쉴러를 연상시키기도 한다.

그러나, 그럼에도 불구하고, 한창훈은 미정형의 작가이다. 그는, 그 자신을, 그리고 그 자신의 목적을, 뿐만 아니라 자기와 구별되는 것을 아직 보편적인 개념을 통하여 사유하지 않기 때문이다. 그는 사유하는 정신으로 글을 쓰는 것이 아니라 느낌으로 받아적는다. 쉴러의 말처럼 자연과 조화된 인간의 삶은 분명 과거의 모습이며, 또 인간이 설정할 수 있는 의미 있는 미래상이다. 다시 말해 지금, 우리의 현재적인 모습이 아닌 것이며, 한창훈의 표현처럼 "발톱 끝 같은 주변부"에 위치한 모습이다. 그렇다면 한창훈은 자신이 설정한 목적을 달성하기 위해서는 간직했어야 할 과거의 모습이 사라진 이유는 무엇이며, 만약 돌아가야 한다면, 어떠한 방법을 통해 돌아갈 것인가 하는 점을 밝혀야 할 터이다. 가령 쉴러의 경우를 보자. 쉴러는 자연과 인간의 조화가 깨진 시 · 공간으로 근대를, 합목적성에 의해 모든 것이 다시 기획되는 시점인 근대를 설정한다. 그러면서도 쉴러는 근대의 발전적 계기를 부정하지는 않는다. 쉴러는, 인간 각자가 어떠한 노력도 없이 이루어진 자연과 인간의 조화 상태보다는, 근대는, 비록 자연과 인간의 조화를 분열시켰다 하더라도, 주체성의 능동적인 역할에 대한 발견이 이루어진 만큼 이 자기 활동성을 통해 목적의식적으로 실현되는 자연과 인간의 조화가 보다 풍부한 이념내용이라고 규정한다. 즉 근대가 마련한 이성과 자유를 지니고 자연으로 돌아갈 때 인간과 자연의 조화는 미래적 전망으로 튼실하게 자리잡을 수 있다는 것이다. 그러나 한창훈은 이 작업을 수행하지 않는다.

한창훈이 미정형의 작가인 것은 바로 이 때문이다. 자신이 포착한 대상을 아직은 역사화, 개념화시키지 않은 단계에서 그의 글쓰기가 행해지고 있다는 것. 하여, 그는 아직 자신이 중요한 것으로 설정한 대상에 대해 분명한 태도를 취하고 있지 못하다. 한창훈의 소설에서 주요 등장인물은 민중적, 토속적 세계에 근원을 두고 있는 순박한 인물들(황종연,「서민적 삶의 훈기와 활력」,『바다가 아름다운 이유』, 300쪽)이며, 또한 자연에 삶의 터전을 둔, 그리고 영원한 파괴와 쇄신이라는 근대적 역동성으로부터 소외된 인물들이다. (이러한 인물들을 우리는 일반적으로 서민이라고도 부를 수 있고, 80년대식 개념을 사용하자면 민중이라고도 부를 수 있을 터이다. 하지만, 한창훈 소설의 등장인물들을 이처럼 명명하기에는 힘들 듯하다. 작가 자신이 이들을 분명하게 개념화하고 있지 않기 때문이다.) 이들은, 한때 자연의 질서에 순응하는 삶을 살았거나 아니면 여전히 그 질서에 순응하며 사는 자들이다. 한창훈이 이러한 인물들을 대하는 태도는 대단히 불명확하다. 내려다보는가 하면 어떤 대목에서 올려다보기도 한다. 어느 대목에서 이들은 어쩔 수 없이 자본주의라는 거대한 수레바퀴에 스러질 수밖에 없는 존재로 설정되어 쓸쓸한 페이소스의 대상이 되기도 하지만, 또 어떤 대목에서는 가속도가 붙어 이제는 멈추게 할 수 없는 자본주의라는 기차에서 떨려난 이들을 감싸안는 놀랄 만한 생명력을 지닌 존재로 형상화된다. 즉 한창훈에게 있어 자연적 질서는, 자연적 질서에 순응하는 삶은, 스러져가는 존재이기도 하고 동시에 도달해야 할 목표이기도 하다.

한창훈은, 따라서 심한 내적 모순에 시달릴 수밖에 없다. 자연의 한 부분으로 살았던 유년의 황홀한 기억은 너무도 깊게 각인되어 있어 자연을 성스럽고 높은 질서로 파악하는 것 이외의 개념화를 용인하지 않는다. 그러나 자연과 관련된 작가의 "생애 중 가장 황홀한 기억"은 과거의 것이다. 작가가 아무리 유년의 기억을 소중히 간직하고 있다 하더라도 현대인의 삶 속에서 이 기억은 점점 구석진 자리로 밀려가며 그 자리에는 새로운 개넘틀이 들어차 있다는 것을 부정할 수는 없다. 따라서 한창훈은 자연이라는 대상에 서로 양립하기 힘든 양가적인 감정을 동시에 느낀다.

이 양가적인 감정을 해소할 수 있는 방법, 과거의 기억과 좀더 선명한 형태로 남아 있을 보다 가까운 과거의 개념틀을 어떻게든 통일시킬 수 있는 방법으로는 두 가지가 가능할 터이다. 하나의 방법은 현재의 삶 속에서 갑작스레 과거의 기억을 떠올린 이유는 무엇인가라고 묻고 그에 답하는 것이다. 그리고 또하나의 방법은 현재의 자기 자신을 잊거나 포기하는 길이며, 그리하여 새로이 습득한 개념틀이 활동할 영역을 최소화하고 과거의 기억에 자신을 맡기는 것이다. 전자의 경우는 후자의 길보다 복잡한 매개와 과정을 필요로 한다. 현재 자신의 삶을 객관화하여야 하고, 더 나아가 좀처럼 개념화를 용인하지 않는 미정형의 기억을 정형화시켜야 한다. 그렇다고 후자의 길이 간단한가 하면 그렇지는 않다. 과거의 막연한 기억보다는 훨씬 권위적인 개념틀과 맞설 수 있어야 하기 때문이다. 한창훈은 후자의 길을 선택한 것으로 보인다. 이로 인해 한창훈 소설에 있어서 글쓰기의 원천은 과거의 기억, 그리고 어떠한 개념틀도 지워내지 못한 자연적인 질서이다. 한창훈은 자신이 설정한 대상을 형상화하는 것이 아니라 그 대상에 대한 섬광과도 같은 느낌을 기억하고 표현할 뿐이다.

한창훈 소설의 주인공은 어떤 특정한 인물이 아니다. 자연과 인간의 조화가 가능한 주변부와 영원한 파괴와 쇄신이라는 역동적인 기차가 질주하는 중심부, 이 두 시·공간이 한창훈 소설의 구조를 결정짓는 동력이다. 한창훈 소설의 주인공들은 보이지 않는 본질 그러나 엄연히 존재하는 본질을 찾아, 여행이 시작되어도 길이 보이면 의미 없는 여행을 떠나지 않는다. 한창훈 소설의 인물들이 하는 일이란 자연의 곁에서는 도시를 동경하고, 도시라는 문명 속에서는 과거를, 바다를, 그리고 자연을 기억하고 추억하는 정도이다. 근대화된 도시 앞에 서면 각각의 인물은 자신이 활동할 공간도, 생의 윤기도 상실한다(「까치마을」, 「닻」, 「바다가 아름다운 이유」). 그러다 푸른 파도에 밀려 몸이 출렁이는 순간, 각각의 인물들은 생동성을 회복한다. (앞서의 작품뿐만 아니라 「증인」 「오늘의 운세」도 마찬가지 경향을 보인다. 돈을 위해서 분명하지 않은 사실을 증언하려던 「증인」의 소라댁은 남편이 남성적인 힘[자연적인 힘]을 되찾아 부부관계를 회복하는 순간 생의 윤기를 찾으며, 장사꾼이므로 어쩔 수 없이 상품-화폐경제의 논리 중심에서 살아가는 「오늘의 운세」의 용표는 오누이 관계라는 자연적 질서를 떠올림으로써 활력에 넘친다.)

예컨대 한창훈은 과거와 현재, 근대와 전근대, 도시와 자연이라는 시·공간을 인간의 운명을 좌우하는 결정적인 요소로 설정하는 반면 인간존재의 주체성이나 자기 활동성에 대해서는 최소한의 자리만을 내주고 있는 셈이다. 작가는 물론 이러한 문제틀을 절대화시키지는 않는다. 작가는 도시에서 온 자들은 자연의 곁에서도 그들의 불순한 욕망을 채우기에 급급하고(「까치마을」 「마리아가 사는 마을」), 주변부에도 이미 중심부의 논리가 빠르게 혹은 느리게 끼어들어와 있다는 사실에도 눈을 떼지 않는다. 이러한 부분에 있어서는 한창훈은 누구보다도 충실한 리얼리스트이며, 따라서 한창훈의 소설에 등장하는 시·공간은 현재라는 시간성으로부터 절연된 고도(孤島)는 아니다. 하지만 이러한 현재성이 한창훈의 대전제를 변화시키지는 않는다. 한창훈이 중심부의 논리와 맞서는 혹은 넘어서는 어떠한 삶의 방식을 찾아내는 대신에 더욱더 주변부에 위치해 있는 삶의 방식을 의미 있는 것으로 제시(「마리아가 사는 마을」에서는 과거를 기억하지 못하는, 즉 자본주의적 삶의 경험 모두를 잃은 인물이 주인공으로 설정되어 있기도 하다)하기 때문이다.

한창훈은 거듭거듭 자본주의적 시장원리에 물들지 않은 소박한 인간상을, 그리고 자본제적 계산 가능성으로부터 절연된 인간적 덕성에 주목한다. 그에게 시장의 논리, 혹은 문명은 억압이며 질곡이며 궁극적으로 인간적 생동성을 빼내가는 첨병이다. 그는 아직은 합목적성 혹은 계산 가능성의 원리가 언제부터, 그리고 왜 모든 인간을 장악하기 시작했는지에 대해서는 관심이 없다. 또 합리성이 인류의 삶에 기여한 점은 없는지에 대한 관심도, 아직은 없다. 그리고 자연과 조화된 인간의 삶이 우리가 도달해야 할 목적이라면 그 목적을 위해 어떠한 수단을 선택해야 하는지에 대한 관심도 지금은 이루어지고 있지 않다. 한창훈의 표현처럼 지금, 이곳은 그가 동경하는 주변부가 "발톱 끝"에 위치해 있지 않은가. 지금, 이곳은 자연에 대한 기억마저 없는 인공낙원의 삶, 밀실을 통해서만 익명의 광장으로 들어설 수 있는, 그러므로 공동체적인 삶에 대한 동경도 향수도 없는 삶, 전쟁의 공포와 분단의 상처, 아귀(餓鬼)와도 같은 가난, 독재의 서슬로부터 멀리 떨어진, 그 결과 개체보존의 욕망마저 강렬하지 않은 삶으로 뒤덮이고 있지 않은가. 이런 시대에 '자연으로 돌아가자'는 한창훈의 구호는 어딘지 모르게 공허한 감이 없지 않다. 구호가 의미가 없어서가 아니라, 자본주의라는 거대한 중심부를 넘어서는 풍부한 개념틀로 완성되어 있지 않기 때문이다.

결국 한창훈 소설의 뿜어내는 미적 환기력은 근대사회의 희생양이자 타자인 자연, 그 자체가 만들어내는 것인지도 모른다. 즉 한창훈 소설의 미적 환기력은 필연적인 것이라기보다는 우연적이며, 작가의 의도에 의한 것이라기보다는 대상 자체가 지니는 문제성에 기인한다는 것인데, 때문에 한창훈 소설을 읽고 감동을 느끼기 위해서는 독자의 적극적인 준비작업 혹은 의미부여가 필요하다. 즉 한창훈의 소설은 자연이 지니는 중요성에 동의하는 소수의 독자들에게만 큰 울림을 준다.

쉴러는 "이제 인간의 문화는 인간을, 이성과 자유를 통해 자연으로 되돌려보내야 한다"고 말한 후 "그런데 근대시인이 걸어가는 이 길은 인간 누구나가 각자, 또 전체로서 가야 하는 길이다"라고 덧붙인 바 있다. 이 시대를 살아가는 인간 누구나가 각자, 또 전체로서 가야 자연과 인간의 조화 상태가 가능하다면, 한창훈은 도구적 합리성을 전면적으로 부정하는 것이 아니라 그것의 어떤 특수한 내용을 부정하려는 정신, 그리하여 도구적 합리성보다 한층 풍부하고도 고차의 개념틀을 확립하려는 의지를 다지는 것이 필요하지 않을까. 그래야만 "중심에서 더 멀리 떨어져나와 발톱 끝 같은 주변부에 또 하나의 중심을 세우는 것"이 가능할 것이며, 새롭게 세워진 중심부에 동시대인들을 끌어모을 수 있을 터이다.

그러나 「입덧」처럼 계산 가능성이라는 중심부의 논리에 계산 가능성의 논리로 맞서 비판하고 어떤 가능성을 찾아보는 것은 도구적 합리성을 지양, 극복하여 풍부한 개념틀로 나아가기보다는 오히려 작가 자신을 잃어가는 상태에서 이루어진 것으로 보인다.

> 의료보험마저 일반 직장근로자나 공무원보다 배는 더 내야 하는 농민들. 월 소득산출을 하기 어렵다는 이유로 기본보험료에 능력비례보험료라 하여 재산 소득 자동차는 물론 농업시설물, 소 돼지 수와 그것들이 먹는 사료까지 계산에 넣어 나오는 보험료를 내야 하는 농민들. 아프더라도 쓰러지기 전까지는 병원 가볼 엄두도 시간도 못 내는 사람들. 결국 병을 키워 병원에 실려가면 보험 혜택이 안 되는 비싼 의료기계 신세를 져야 하는.(한창훈, 「입덧」, 『창작과비평』 1996년 가을호, 166쪽)

앞서 지적했듯 한창훈이 줄곧 관심을 기울였던 민중적, 토속적 세계에 근원을 두고 있는 순박한 인물들이 미적 환기력을 발산할 수 있었던 이유는 이들이 자본주의적 시장원리의 희생양이자 동시에 초월자로 설정되었기 때문이며, 이로 인해 한창훈의 소설은 그만의 아우라와 특질을 확보할 수 있었다. 즉 서민층을 한편으로는 전근대적이며 또 한편으로는 탈근대적인, 그리고 과거이면서도 미래적이라는 모순적인 통일체로 설정했다는 것, 그것이 권위주의적 담론과 내적 설득의 담론이 서로 대화할 수 있었던 힘이며 한창훈 소설이 설득력을 지닐 수 있었던 근거였던 것이다. 그러나 「입덧」은 내적 설득의 담론을 작가 자신이 스스로 철회함으로써 권위주의적 담론이 질주하는 양상을 보인다. 자신의 감성이나 감정을 외화시키는 가운데에서도 자기를 재인식하지 않으면, 한 개인은 정신의 보다 높은 상태로 나아가기 힘들다. 어떻게 자기를 유지하면서 자기 의식의 발전을 꾀

하느냐는, 따라서 한창훈 소설의 새로운 화두이다.

3. 스러진 세계의 동경과 포즈

성석제의 혈관에는 "너무도 많은 19세기의 엄숙한 도덕성의 피가 위협하듯이 흐르고" 있다. 성석제는 시대착오적이라 불려질 만한 엄숙한 도덕성을 위장하기 위하여 여러 다양한 포즈를 취하는, 아니 취할 수밖에 없는 작가이다. 하여, 성석제가 취하는 포즈는, 암만해도 한국문학사에 뚜렷한 흔적을 남긴 작가 이상(李箱)을 연상시킨다.

암만해도 나는 19세기와 20세기 틈사구니에 끼어 졸도하려 드는 무뢰한 인 모양이오. 완전히 20세기 사람이 되기에는 내 혈관에는 너무도 많은 19세기의 엄숙한 도덕성의 피가 위협하듯이 흐르고 있소그려. 이곳 34년대의 영웅들(『34문학』 동인들을 지칭하는 듯함―인용자)은 과연 추호의 오점도 없는 20세기 정신의 영웅들입디다. 도스토예프스키는 그들에게는 선조에 지나지 않는다는 것을 그들은 생리를 가지고 생리하면서 완벽하게 살으오. 그들은 이상도 역시 20세기의 스포츠맨이거니 하고 오해하는 모양인데 나는 그들에게 낙망을(아니 환멸을) 주지 않게 하기 위하여 그들과 만날 때 오직 20세기를 근근히 포즈를 써 유지해 보일 수 있을 따름이구려! 아! 이 마음의 아픈 갈등이여.(이상, 「사신 7」, 김윤식 편, 『이상전집 3―수필』, 문학사상사, 1993, 235쪽)

성석제는, 유년 시절, 어떤 황홀경을 맛보았다. 중요한 것과 중요하지 않은 것, 선과 악, 아버지와 아들, 할아버지와 손자, 개인적 모험과 사회의 발전 등이 그야말로 완벽하게 조화를 이루는, 저 인류의 유년기인 서사시의 시대를 연상시키는 황홀경을.

성석제는 가야 할 길을 훤히 밝혀주던, 그리고 모든 것을 새로우면서도 친숙하게 했던 별빛을 이미 보아버렸다. 그 별빛은 다름아닌 할아버지였으며(신수정, 「우리 시대 만가(輓歌)의 존재방식」, 『문학사상』 1996년 10월호, 126~127쪽), 그 할아버지로 인해 유년 시절 작가의 영혼의 모든 행위는 그야말로 의미로, 활력으로 가득 차 있었다.

밥 먹는 행위의 전범을 나는 할아버지에게서 배웠다. 할아버지의 상은 대개 겸상으로 차려지는데 마주 앉는 사람은 집안의 장자이다. 그가 그릇의 뚜껑을 열면서 소리 내는 것을 들은 적이 없다. 국을 마실 때나 수저를 놓을 때도 마찬가지다. 그가 식사를 하는 것은 정물처럼 고요하다. (······) 반찬 그릇의 가장자리는 새처럼 가벼운 존재가 다녀간 듯 보일 듯 말 듯한 흔적이 남아 있다. 어린 대중이 환호하는 특정한 반찬—계란찜이나 굴비구이 등등—은 아이들을 위해 남겨진다. 할아버지가 자리를 뜨면 아이들은 숟가락을 움켜쥐고 승냥이처럼, 때로는 성난 파도처럼 남은 것들을 쓸어간다. 그것이 아름다운 풍경이 아니므로 피해가는 것이다. 그러나 그렇게 하는 것을 은연중 용인하여 아이들의 갈구를 채워줄 줄 아는 것이 할아버지의 원칙이다.(성석제, 『위대한 거짓말』, 문예마당, 1995, 112쪽)

성석제가 할아버지에게서 배운 것은 단지 "밥 먹는 행위의 전범"은 아닐 것이다. 할아버지란 성석제에게 있어서 욕망의 매개자이다. 금기와 허용, 위엄과 관대, 낡은 것과 새로운 것, 당위와 욕망이 미묘하게 어우러져 만들어냈던 화음을 성석제는 잊지 못한다. 성석제의 유년기에 형성된 할아버지에 대한 기억은, 그가 세상을 바라보는 잣대이며, 거울이다.

할아버지로 표상되는 금기와 허용이 의미 있게 병존하는 세계는 떠올리기만 해도 그를 단숨에 황홀하게 하는 기억인가 하면, 다른 한편으로는 더할 나위 없는 질곡인지도 모른다. 그는 20세기의 인간이기 때문이며, 성석제의 기억은 보편적인 경험이 아닐뿐더러 자신의 기억 속에서도 아주 '작은 부분'에 불과하기 때문이다. 20세기는 할아버지로 표상되는 세계에 전근대적이라는 수식어를 붙여놓았을 뿐 아니라 전근대적이라는 수식어 외에도 인간의 삶의 가능성을 철저하게 훼손한, 하여 넘어서야 할 어떤 세계라는 역사적 평가까지를 내려놓은 상태이다. 작가는 이것을 잘 알고 있다. 성석제는, 할아버지라는 전범을 좇아 자신의 삶을 영위할 가능성이란 애초부터 없으며, 또한 할아버지로 표상되는 질서를 사회적 목표로 제시할 경우 그에게는 '시대착오적'이라는 명칭이 붙여질 것이라는 사실을 의식적이든 무의식적이든 감지하고 있는 것이다.

한 시대의 주류적 흐름으로부터 이탈하거나 한 시대를 예외적인 존재로 살아간다는 것은, 그 존재를 '마음의 아픈 갈등'의 상태로, 즉 불행의 상태로 밀어넣게 마련이다. '나'만의 기억이나 목표가 아닌 '우리'의 기억이나 목표를 갖는다는 것은 얼마나 행복한가. 그저 '나'만의 기억이나 목표를 그려내더라도 그 작품은 보편성을 지닐 수 있는 것 아니겠는가. 그러나 성석제가 지니고 있는 내용은 그렇지 못하다. 자신의 기억을 존중하면 보편성을 확보할 수 없으며, 또한 '우리'의 기억을 존중하면 '나'의 기억이 설 자리가 없다. 이러한 '마음의 아픈 갈등'을 결국 그는 언어유희, 이야기체의 구현으로 해결하고 있다. 성석제는 '마음의 아픈 갈등'을, 이상과 마찬가지로, 포즈를 취하는 것으로 해결한다. 구분되는 점이 있다면 이상은 시대의 흐름을 너무 앞서나갔고 성석제는 시대의 흐름에 역행하는 기억을 간직하고 있다는 사실일 것이다.

성석제가 취하는 포즈는 두 가지 형식충동으로 구체화된다. 하나는 기호놀이, 혹은 말장난(pun. 성석제 소설에 나타나는 기호놀이의 구체적인 양상에 대해서는 신수정, 앞의 글 참조)이며, 다른 하나는 이야기체의 도입이다.

『왕을 찾아서』는 성석제의 기호놀이가 어디에서 연원하는지를 잘 보여준다. 『왕을 찾아서』는 한때 뒷골목의 세계를 평정했던 '마사오'에 대한 추억담이다. '마사오'는 금기와 허용, 위엄과 관대, 낡은 것과 새로운 것,

당위와 욕망을 조절할 줄 아는 능력을 지닌 인물이다. 그가 맨주먹으로 한 세계를 평정하는 동안, 그곳은 모든 것이 빈틈없이 조화를 이루고 있었다.

마사오는 말차기, 주먹치기, 박치기, 손으로 잡고 찌르고 뜯기, 물어뜯기 등등 천년 전 삼국시대부터 내려온 무술을 두루 사용하여 평정한 다음, 뒤탈 없는 놈, 성질 급한 놈, 툭하면 치받는 놈, 잘 훔치고 잘 웃고 잘 먹고 잘 사는 놈, 독한 놈, 속없는 놈을 고루 사귀고 그들을 움직여 똑같은 놈들을 다스렸다. 고루 쓰고 두루 사귄다는 점에서 그는 싸움꾼을 벗어났고, 수십 년을 왕으로 군림하는 동안 어느 한 분야의 천재에 의해 거덜나는 낭패를 당하지 않았던 것이다. 그때 그들은 무엇을 했는가. 물보다 잉어가 차지하는 부피가 더 많은 못에서 잉어를 잡았다. 회쳐 먹고 지져 먹고 볶아 먹고 삶아 먹고 고아 먹었다. (……) 그들은 한 번은 낚시로, 한 번은 밧데리로, 한 번은 꽝으로, 한 번은 직접 못에 뛰어들어 당수와 뒷발차기로 때려잡는 등 각자의 취미껏 놀면서 영광스럽고 아름다운 한 시절을 장식했다.(성석제,『왕을 찾아서』, 웅진출판, 1996, 111쪽)

그러나 이 조화는 깨져나간다. '마사오'의 시대가 끝나면서부터이다. '마사오'는, 거대 도시의 조직과 연계를 가졌으며, 동시에 칼을 사용하고 교묘한 술책으로 영향력을 넓혀오던 '창용'의 속임수에 그 권좌에서 물러나는 것이다. 이때부터 진정한 왕은 존재하지 못하고, 대신에 '어느 한 분야의 천재'들에 의한 불화, 그것도 금속성 무기와 교묘한 술책으로 가득한 불화상태 즉 추악한 시절이 펼쳐진다.

『왕을 찾아서』는 마사오에 대한 헌사이다. 금기와 허용, 위엄과 관대, 낡은 것과 새로운 것, 당위와 욕망을 조절할 줄 아는 능력을 지닌 권위자에 대한 만가이다. 성석제는 이 권위자를 숭고하게 그리지도 않으며, 그에 대한 만가를 장엄하게 울려대지도 않는다. 이런 점에서 그는 이상주의자가 아니라 리얼리스트이다. 성석제는 '마사오'로 표상되는 어떤 세계를 동경하지만 '마사오'로 표상되는 세계가 전지전능한 것은 아니었다는 사실, 그리고 그러한 세계가 더이상 불가능하다는 사실을 잘 안다. 때문에 작가는 '마사오'를 신격화하고 싶으면서도 그를 신격화하지 않으며, '마사오'가 부재한 세상을 경멸하지만 극단적으로 경멸하지는 않는다. 작가로 하여금 그것을 차단하게 하는 어떤 제어장치가 작동하기 때문이다. 기억과 현실의 갈등을 그는 언어유희라는 형식으로 표출하며, 어쩔 수 없이 기억 쪽으로 기우는 마음을, '마사오'에게는 호의적인 웃음을, 그리고 '창용' 등에게는 냉소와 경멸을 실어보내는 것으로 은밀하게 관철시킬 뿐이다.

성석제는 새롭게 중심을 찾으려는 아들들의 논리보다 한때 중심을 이루고 있었던 세계를 동경하는 작가이다. 성석제에 따르면, 근대화의 논리를 추종하는 아들들이란, 모두 집을 나간 탕아들이다. 성석제는 그 아들들이 집에 돌아오면, 그러니까 집 나간 아들들에게 삶의 교훈을 주고 싶어한다. 이야기는 아버지와 아들의 관계라는 프리즘으로 바라보자면, 아버지의 언어이며, 소설은 아들의 언어이다. 인류의 역사가 말할 수 없이 고요하여 동일한 삶의 방식이 누대에 걸쳐 지속되었던 시대, 삶의 지혜를 전수할 매개체를 지니고 있지 못했던 시대에, 아버지들은 이야기를 통하여 삶의 지혜를 아들들에게 전수해왔다. 아버지(할아버지)라는 길잡이가 아들의 삶을 충일하게 하는 데 손색이 없었던 까닭이다. 그러나 자본주의 시대이후로 인류의 역사는 그야말로 전면적이고도 걷잡을 수 없이 빠른 변화를 보이고 있다. 지나간 역사적 경험이나 사실을 기초로 추상화된 아비 세대의 논리는 새롭게 변화하는 현실을 따라잡기 힘들며, 뿐만 아니라 변화한 현실을 따라잡지 못하면 못할수록 회의의 정신을 상실하고 굳어진 자기 확신에 빠진다. 이때 아버지라는 존재, 그리고 아비가 행하는 교훈은 길잡이가 아니라 오히려 아들의 삶을 제약하는 질곡으로 작용한다. 이때 소설이 개화한다. 소설이 인간의 모든 가치를 계산 가능성의 가치로 환원하는 타락한 시대(자본주의)의 반영물이자 그 시대에 대한 반항의지의 소산이라면, 그리고 모든 인간을 기호화·단자화시키는 사회질서에 대한 반영이자 부정의식의 산물이라고 한다면, 닫힌 세계의 조그마한 틈을 열고 나오려는 자(곧 아들)들이 소설에 매달리는 것은 당연하다. 그러나 성석제는 아비를 거부하지 않는다. 아니, 오히려 아비의 입에서 풀려나오는 삶의 지혜를 경탄의 눈으로 바라본다. 아비 논리에 대한 동경은 성석제로 하여금 이야기체에 매혹당하도록 한다. 성석제의 많은 소설이 이야기체의 구성방식에 접근해 있다는 것, 또 가장 최근의 소설인 「어린 도둑과 40마리의 염소」에서 성석제가 소설 형식을 버리고 이야기체로 나아간 것 등은 결코 우연이 아니다. 아비의 세계를 동경하는 까닭이다.

한마디로 성석제는 흔히 제반 영역으로의 분화로 설명되는 근대사회 전반을 비판적으로 인식하고 있는 작가이다. 성석제는 근대란 '어느 한 분야의 천재'들만을 양산했을 뿐 모든 사회적 질서를 관류하는 중심적인 가치체계를 설정하는 데 실패했다고 규정하며, 근대를 인류 역사의 발전 계기로 읽어내는 모든 담론에 맞서고 있는 셈이다. 이러한 성석제의 개념 틀은 전근대라는 중심을 해체했을 뿐 그 해체 작업을 통해 또하나의 중심을 건설하는 데 실패한 한국의 근, 현대사를 되돌아보게 한다는 점에서 의미가 깊다.

그러나 성석제의 이러한 진단과 이에 따른 형식 충동들은, 이전의 문학적 체계를 넘어서서 풍부한 개념으로 완성된 상태는 아닌 듯하다. 성석제는 어쩌면 장자(長子)의 입장에서 할아버지의 세계를 바라보고 있는지도 모를 일이다. 성석제의 진단에는 할아버지라는 중심이 과연 할머니와 며느리, 손녀의 삶까지를 조화롭게 만들었으며, 또한 서자나 하인 등까지를 풍요롭게 했는지에 대한 검토가 없다. 마찬가지로 할아버지라는 존재가 만약 어떤 전범이 됨직하다 하더라도 이 할아버지의 세계를 전근대적 질서 전반으로 일반화할 수 있는지 그리고 근대적 질서가 그토록 전면적으로 부정해버릴 요소로만 가득 찼는지, 또 설령 할아버지의 세계가 전근대적 질서의 상징물임에 틀림없으며 그리하여 그 세계로 돌아가야 한다는 말이 의미있다 하더라도 그것이 '할아버지의 지혜'를 들려주는 것만으로 가능한 것인지 등등 중요한 문제에 대해서 성석제는 아직 답변할 준비가 되어 있지 않다. 성석제는 앞으로 이러한 문제에 대해 어떻게 대응할 것인가. 만약 성석제가 이러한 질문에 나름대로 설득력 있는 답변을 마련한다면, 우리는 또하나의 위대한 작가를 만날 수도 있으리라.

4. 일시적인 것과 영원한 것

90년대 한국문학의 흐름은, 한 선전광고의 문구를 빌리자면, '새로운 것만이 세상을 바꾼다'로 집약되는 감수성이라 할 수 있을 것이다. 이 표현에는 어떤 것이 새로운지, 또 바꾸고자 하는 세상이 무엇인지에 대한 질문이 빠져 있다는 것이 특징이다. 이러한 질문에 대한 답변이 이루어지지 않은 상태에서도 세상은 바뀌어야 하며 그것은 새로운 것을 통해서만 가능하다고 굳게 믿는 것, 이것이 90년대 문학이 주류적 흐름이다. 90년대의 한국문학은 기존의 것에 대한 환멸과 전복의지로 충일하며 그 의지를 실현하기 위한 모험적 행동으로 점철되어 있다. 어쩌면 90년대 문학의 주류적 흐름은 영원한 파괴와 쇄신이라는 자본주의적 역동성이 인간의 삶에서 무엇을 앗아가는가에 대한 고민 없이, 영원한 파괴와 쇄신이라는 역동성에 보조를 맞추고 있다.

'자기'를 찾고자 하면 '우리'에게서 멀어지고, '우리'라는 공감대를 유지하고자 하면 '자기'가 무(無)가 되어버리는 사회, 이것이 현재의 인간이 살고 있는 공간일 터이다. 또 단자의 삶을 부정하기 위해 '나'의 진실한 모습을 드러내고자 하면 세상으로부터 더욱 고립된 단자가 되는 곳, 이곳이 우리의 현주소이기도 하다. 하여 영원한 파괴와 쇄신의 논리에 전율하면서도 어쩔 수 없이 영원한 파괴와 쇄신을 감행해야 하는 것, 이 고통에 찬 모습이 이 시대를 살아가는 작가의 운명이다. 이를 두고 이상은 "절망은 기교를 낳고 기교는 또다른 절망을 부른다"고 표현했는지도 모른다.

그런데 현재 한국문학 전반은 새로움의 추구에 온몸을 맡기며 더 나아가 이 행위 자체를 마치 모순된 사회를 바로잡는, 즉 '세상을 바꾸는' 행위로만 여기고 있다.

그 결과 현재의 한국문학은 새롭게 나타난 삶의 방식, 첨단의 문화적 양식을 찾아내야만 위대한 문학이 가능한 것 같은 허위의식에 사로잡혀 있다. 그러나 기존의 질서를 보다 높은 수준에서 행하지 않는 새로운 지향들과 전위적인 운동은 분명 기존의 질서를 더욱 공고하게 만드는 계기가 되기도 한다. 기존의 질서를 전면적으로 부정하고 사회를 새롭게 기획하려는 의지가 그 의지의 불충분함으로 실패할 경우, 기존의 질서는 번번이 실패하는 새로운 기획들을 빌미삼아 더욱 확고하게 자신의 자리를 지켜낸다. 즉 구두선으로 내건 새로움이 이전 체계의 어떤 특수한 내용에 대한 부정을 통해 높은 체계로까지 정립되지 않을 경우, 이 새로움은 역사를 퇴행시키는 방향으로 변화를 일으킬 가능성이 높은 것이다.

뿐만 아니라 첨단의 문화적 양식에 대한 관심은, 동시대 인간의 삶을 심각하게 왜곡할 위험성도 동시에 지니고 있다. 한 인간이 평생 동안 사회규범을 거부하는 전위적인 삶을 살고 또 첨단의 문화적 양식을 좇을 가능성은 그리 많지 않다. 또 전체의 사회성원 중 전위적 삶을 사는 존재란 소수일 뿐이다. 그렇다면 현재 대대적으로 수행되는 첨단의 문화양식에 대한 담론화는, 한 개인의 삶 중에서 아주 작은 부분을 한 개인의 삶 전체, 또는 세대 전체, 더 나아가 시대 전체로 환원하는 오류에 빠져 있는지도 모른다. 인간의 삶이 영원한 것과 일시적인 것의 매우 다양한 결합에 의해 영위된다면, 영원한 것이라는 요소가 이들의 담론 속에는 자리하고 있지 않은 까닭이다.

파괴와 쇄신이라는 원리를 가장 중요한 미적 전범으로 설정하고 있는 현재의 한국문학의 조건은 이처럼 불길하다. 자기를 망각한 상태에서 자신의 실천이 발생시킨 결과를 수용하고 이를 통해 보다 높은 자기를 확립하는 노력이 쌓일 때 한 작가의 발전이 가능하고, 또 이러한 작가들이 양적으로 축적될 때 질적인 비약이 가능하다면, 현재의 한국문학은 자기 확신을 위해 소여적 현실을 단선화시키는 데 그치고 있는 것이다.

이런 점을 감안하면, 한창훈과 성석제의 소설은, 문제적이다. 아무도 관심을 기울이지 않는 영역을 찾아나서서 그것을 의미화하려는 노력은 이 시대에 이루어진 어떠한 소설적 모험보다도 값지다. 그들은 이렇게 묻고 있다. 지금은 과연 탈근대적 징후만이 존재하는 시대인가? 이 땅에서 근대적인 기획이라는 이름으로 행해진 모든 담론들이 과연 전근대적인 질서보다 고차의 개념이었던가?

한창훈과 성석제의 질문에 이제는 우리가 대답할 차례이다. 그러나 솔직히 고백하자면 나는, 이에 답할 준비가 아직 되어 있지 않다. 다만 이것 하나만은 분명히 말할 수 있다. 만약 이 질문에 답하지 않는다면, 어떠한 근대적 기획, 탈근대적인 노력도 의미 없는 것이 될 것이라는 사실. 이처럼 한창훈과 성석제는 90년대의 한국문학 전반에 근원적인 질문을 던지고 있다고 할 수 있거니와, 이것이 바로 한창훈과 성석제 소설에 스며 있는 문제성이다. (1996년)

제도라는 굴레, 자유라는 고통

1. 유목민 의식과 채영주 문학

채영주는 항시 뒷모습을 보여주는, 그리고 그 뒷모습이 아름다운 작가이다.

그는 자신이 매번 여행을 떠나면서 구체적인 목적지를 정하지 못하며 또 어떤 목적지에 도달하는 순간 그 출발점을 기억하지 못하는 존재라는 사실을 알면서도, 다수의 인간존재에 의해 권위를 인정받은 중심담론보다는 그 담론에 비하면 왜소하기 짝이 없는 자기 자신의 개념과 판단을 소중하게 생각한다. 또한 그는 현재 자기 자신의 개념과 판단을 이미 존재하는 담론보다 풍부한 것으로 만들기 위해 여행이 끝나는 순간, 또다른 여행을 준비한다. 위대한 소설이란 작가의 자율적인 의지(자유의지)를 통해 이미 정형화되어버린 보편성의 어떤 특정한 내용을 부정하고 보다 고차의, 보다 새로운 보편성을 창출할 때 가능하다면, 하여 소설가란, 특히 위대한 소설을 꿈꾸는 소설가란, 이전의 문제들이 포괄하지 못한 혹은 새롭게 발생한 사회적 내용과 인간의 본성을 찾아 헤매는 유랑민의 삶을 살 수밖에 없다면, 채영주야말로 때로는 벗어던지고 싶은 저주스러운 굴레를 힘겹게 지고 떠도는 작가임에 틀림없다.

채영주는 비켜갈 수 있는 여러 혹독함을 감내한다. 아니, 자기 자신을 혹독한 상황 속으로 밀어넣는다. 그가 이 선택을 마다하지 않는 이유는 그가 간직하고 있는 어떤 목적, 혹은 꿈 때문이다. 그는 자신이 설정한 목적에 가까운 인물이나 대상을 발견할 경우 생의 윤기를 회복하며, 또 그 목적과 멀리 떨어진 인물이나 대상 앞에선 그것이 아무리 사소한 것일지라도 전율하며 깊은 허무의 심연으로 빠져든다. 그는, 한 시대의 중심담론이 한 번 힐끗 시선을 던지고는 곧 고개를 돌려버리는 사물이나 현상 앞에서 편집광적인 희열과 죽음에 가까운 공포를 경험하곤 한다. 즉, 채영주는 자신이 설정한 어떤 목적 때문에 이 시대의 중심담론과 같은 방식으로 사유하거나 세상을 읽어내지 않는다. 한 시대의 중심담론과 다르게 사유한다는 것, 곧 자유롭고자 한다는 것은, 흔히 한편으로는 축복이고 다른 한편으로는 저주라고 말해진다. 하지만, 오늘날 우리 사회처럼 "가족과 돈과 탄생과 죽음에는 이의 없이 감격하며, 이권과 권력과 민족과 핏줄에 대해서는 세 줄을 넘지 않는 논의 끝에 무조건 동의하는 사람들, 선과 악, 상과 하, 전과 후, 안과 밖에 대해 불변의 지식을 소유하고 있는 사람들……" (최윤, 「푸른 기차」)이 지배하는 곳에서 자유의지를 고집하는 길은 수많은 안락함을 포기해야 하는 그런 선택임에 틀림없다. 그럼에도 불구하고 채영주는 자유로부터 도피하지 않으며, 오히려 이러한 우리의 상황 때문에 그는 더욱더 자유의지를 굳건하게 밀고 나간다.

그를 이처럼 예외적인 개인으로 살아가게 하는 추동력인 그의 소망은 사실 소박하다. 아니, 소박하다는 표현은 정확하지 않다. 현대라는 시·공간에서는, 모든 것이 복잡하게 얽힌 우리네 삶에선, 소박한 꿈이야말로 가장 도달하기 힘든 자리이므로. 그는 여타의 존재들이 도달하기 힘들다는 이유만으로 포기한 그 소박한 꿈을 지향한다.

　결혼식을 올린 후에도 영인은 철저히 자기 방과 자기 물건들의 독립성을 고수하고 있었던 것이다. 그걸 잃으면 자기라는 존재가 지워지기라도 하는 듯. 달라진 점이 있다면 아마 이따금, 특히 바람이 많이 부는 밤, 그녀의 침대나 내 침대 중 하나가 빈다는 사실과, 그녀의 방 한쪽 구석에는 이제 두 개의 감색 배낭이 세워져 있다는 사실 정도였다. 길 떠날 채비를 하는 두 마리의 털강아지들처럼. 꼭지점을 향해.(채영주,『웃음』, 문학과지성사, 1996, 363쪽)

　채영주는 타자 혹은 사회적 형식(제도) 속에 자기를 외화시킨 상태에서도 자기를 유지하는 창조적 주체 혹은 창조적 개인을 소망하고 있거니와 궁극적으로는 밀실과 광장, 개인과 사회, '나'와 '너' 혹은 '우리', 개인의 모험과 사회적 발전의 조화가 가능한 세계를 꿈꾸고 동경한다.
　그렇다고 그가 현실의 엄정함에서 시선을 거두어들인 작가인가 하면, 그렇지 않다. 그는 측정, 계량, 계산의 정확성만을 진리로 규정하는 자본주의 사회에서, 그리고 '최소한의 투자로 최대한의 이윤을!'이라는 무언가의 희생을 강요하는 논리가 진실로 자리한 이 사회에서, 창조적 주체 그리고 개인적 모험과 사회적 발전의 조화를 꿈꾸는 자들은 유배의 삶을 살 수밖에 없다는 사실을 누구보다도 잘 알고 있다. 그는 인간의 삶 속에서 사물의 핵심, 구체적인 가치, 독특성, 비교 불가능한 성질들이 계량, 측정, 계산의 정확성이라는 원리와 돈이라는 무서운 잣대에 의해 이미 다시 회복할 수 없는 방식으로 소진해버렸으며, 이제 인간이 창조적 주체가 아니라 이미 하나의 생명력이 빠져나간 기호에 불과하다는 사실을 인정한다. 마찬가지로 그는, 이 거짓된 세계에서는 모든 쾌락이 거짓이고 이러한 시대에서 행복하기 위해서는 행복을 거부해야 하니, 결국 인간을 기호가 아닌 창조적 주체로서 부활시키려는 꿈은 이미 실현 불가능한 것인지 모른

다는 점도 부정하지 않는다

그러나, 아니 그렇기 때문에, 그는 자신의 꿈을 포기하지 않는다. 그는 거짓된 세계에서 모든 쾌락이 거짓이라면 금욕에서라도 진실을 찾아야 하고, 다수의 사람들이 불행이라고 말하는 곳에서라도 행복의 징후를 발견해야 한다고 믿는다. 어떤 경로를 통해서건 이 타락한 세계에서 벗어날 길을 찾아내야 한다는 것, 이것은 채영주 소설의 출발점이다. 이러한 출발점에 서 있기에 채영주는 자신이 설정한 목적에 누구보다도 헌신적이며 또 그 목적을 달성하기 위해 치열한 쟁투를 거듭하고 있다.

『연인에게 생긴 일』은 『가면 지우기』(1990) 이후 꽤 오랜만에 상자된 채영주의 두 번째 창작집이다. 『연인에게 생긴 일』에는 만약 자신이 설정한 목적에 헌신하지 않는다면 자기 자신은 아무것도 아닌 존재로 전락할 수 있다는 절대적인 공포감을 경험한 존재만이 만들어낼 수 있는 아우라가 있으며, 동시에 그러한 작가에서만 찾아볼 수 있는 자기 인식과 사회적 총체성과의 대화적 관계가 숨죽인 채 빛난다.

2. 탈향, 혹은 자유의 길

『연인에게 생긴 일』이라는 성에서 길을 잃지 않기 위해서는 먼저 「겨울 소묘」를 자세히 검토할 필요가 있다. 『연인에게 생긴 일』은 비유컨대 입구를 찾기 힘든, 그리고 입구에 들어섰다 하더라도 길을 잃기 쉬운 성과 같다. 채영주 작품을 처음 접해본 독자는 물론이고, 채영주의 소설을 꽤 차근히 따라 읽었다고 자신하는 독자들도, 일단 『연인에게 생긴 일』이라는 성에 들어서려면 자주 멈칫거릴 수밖에 없을 것이다. 『연인에게 생긴 일』에는 양립하기 힘들어 보이는 다양한 주제, 어조, 분위기 등이 공존하고 있으며, 그 때문에 어떤 법칙성이나 질서, 혹은 그 다양한 색조를 아우르는 문제틀을 찾아내기가 쉽지 않다.

『연인에게 생긴 일』에 수록된 전체 작품들에서 가장 핵심적인 단어는, 다시 말해『연인에게 생긴 일』을 관류하는 기본적인 행위소는 '떠나다' 이다. 이 '떠나다' 라는 단어는 '떠나고 있다' '떠나 있다' '언젠가 떠난 적이 있었다' '떠날 것이다', 혹은 '기어든다' '내려간다' '숨어든다' 등으로 변주되어 나타난다. 채영주는 자신이 설정한 목적에 도달하기 위해 '떠나다' 라는 행위를 중요한 수단으로 설정하고 있는 셈이다. 억제할 수 없는 일탈, 출가, 탈향에의 의지, 이것이야말로『연인에게 생긴 일』에 수록된 모든 소설들의 내용과 형식, 서사와 묘사를 결정짓는 핵심적인 서사원리이다.

『연인에게 생긴 일』전체를 관류하는 탈향에의 의지는 주목을 요한다. 그 이유는 첫번째 작품집『가면 지우기』와의 미세한, 그러나 분명한 차이 때문이다.『가면 지우기』의 핵심적인 원리는, 비유하자면, '떠나고 싶다. 하지만 떠날 수 없다' 로 압축할 수 있는 어떤 것이다. 이를 우리는 현실과 이상(꿈), 존재와 당위, 그리고 현실원리와 쾌락원리, 사적 개인과 공적 개인의 갈등이라고 부를 수도 있을 것이다.『가면 지우기』에서 인물들은 여러 가지 이유로 떠나지 못한다. 대신에 그들은 수많은 사물 속에 한 정물로 살아가는 노점 사내에게서 자신을 발견하고 그 사내에 대한(곧 자신에 대한) 살인충동을 느낌에도 불구하고 쉽게 결단을 내리지 못하거나(「노점 사내」), 수몰되는 땅을 떠날 수 없어 고대의 무덤 속에 스스로 갇히는(「순장, 순장」) 길을 선택한다.

『연인에게 생긴 일』에서 이 갈등은 해소된다. 작가는 '떠나고 싶다' 는 욕망을 넘어선다. 아니, 그 욕망을 '떠나야만 한다' 는 당위의 차원으로 격상시킨다. 한 개인을 떠나지 못하도록 묶어두는 질긴 끈(다시 말해 현실원리, 제도, 일상성)을 끊어내는 의지를 절대화시킨다. '떠나기 힘든 것이 사실이지만 그래도 떠나야만 한다' 는 것이다. 따라서 우리의 일차적인 관심사는『연인에게 생긴 일』의 등장인물들이 어디로, 무엇을 위해서 떠나는가 하는 것에 모아질 수밖에 없다. 이 문제에 대한 답이 어느 정도 마련된다면, 때로는 이질적으로까지 느껴지는 『연인에게 생긴 일』의 다양한 세계를 관류하는 법칙성을 찾아낼 수 있을 뿐 아니라 이 작품집의 미적 가치도 추출해볼 수 있겠기 때문이다.

「겨울 소묘」는 작가의 어떠한 인식이 등장인물들을 삶의 터전으로부터 이탈시키는지를 확인해볼 수 있는 바로 그 소설이다. 「겨울 소묘」는 『연인에게 생긴 일』의 핵심적이고 보다 본질적인 서사원리를 해명해주는 중요한 열쇠에 해당하며, 따라서 우선 주목할 필요가 있다. 「겨울 소묘」는 한 화가의 방황과 좌절, 그리고 성공의 과정을, 독백의 형식으로 서술한 작품이다. 어느 큰 미전에서 상을 받은, 그러니까 세인의 관점에서 보자면 큰 성공을 거둔 작중화자의 어조는, 뜻밖에 씁쓸한 페이소스로 가득 차 있다. 미전에서 상을 받는 것(사회로부터 인정받는다는 것)은 곧 자신이 여타의 미술가보다 더 높은 정신적, 예술적 성취를 이루었음을 공인(公認)받는 과정이며, 이 경험은 타자에게 나의 독립적 가치를 인정받는 몇몇 예외적인 존재만이 경험할 수 있는 황홀경의 순간일 터이다. 하지만 작중화자는 황홀경 대신에 특이하게도, 아니 어떤 점에서는 역설적이게도 자기 모멸(환멸)의 고통에 전율한다.

사회적 공인이란, 코제브식으로 말을 바꾸면, 위신투쟁(Prestigekampf)에서의 잠정적인 승리라 할 수 있다. 코제브는 인간 주체란 '나'의 가치를 타자가 자신의 가치로 인정(Anerkennung)해주기를 의욕하며, 이 인정에 대한 욕구는 자기 의식과 인간적 현실을 산출하는 모든 인간적·인간발생학적 욕구라고 규정한 바 있다. 인간은 타자에게 인정받기 위해 자신의 전 존재 즉 생명을 걸며, 이 생사를 건 위신투쟁이야말로 인간의 욕구를 동물의 욕구와 구분시키는 원천이며 동시에 인간존재를 지상에 가능케 한 동력이라는 것이다. 미전에서 상을 받는다는 것은 곧 여러 사람들로부터 '나'의 가치를 자립적인 가치로 인정받은 것이니, 이 순간은 죽음의 두려움을 이겨낸 자만이 맛볼 수 있는 환희의 정점이어야 할 것이다. 그러나 작중화자는 사회적 공인 앞에 환희에 찬 두 손을 불끈 쥐기보다는 오히려 좌절, 절망의 깊은 수렁에서 허덕인다. 왜 자기 모멸에 빠지는가. 작중화자가 얻어낸 사회적 공인이 '그'의 자립적인 가치를 타자가 자신의 가치로 인정해줌으로써 얻어진 것이 아니라 역으로 사회적 공인을 받기 위해 그의 자립적 가치를 포기하고 대신에 타자의 가치를 전적으로 수용하는 과정에서 이루어지기 때문이다.

작중화자는 한때 어떤 자립적인 가치를 가지고 있었고 그 가치를 타자가 타자 자신들의 가치로 인정해주기를 바라고 있었다. '권위의 벽' 혹은 '집단의 권위와 독선'으로부터 일탈하여 자신만의 세계를 구축하려는 강렬한 욕구를 지녔던 것이다. 이 욕구는 인간을 인간이게끔 하는(혹은 인간을 동물과 구분시키는) 최소한의 욕구이기에 그는 '집단의 권위와 독선' 따위는 그리 큰 장애요소로 상정하지 않았다. 그는 집단 혹은 제도로부터의 이탈을 감행했다. 하지만 지금, 이곳이란 창조적 주체의 모험적 행동과 사회적 발전이 원환적으로 얽혀 있는 사회는 아니다. 때문에 창조적 주체를 꿈꾸는 한 개인의 모험적 행동은 사회적 발전을 저해하는 행위로 규정되고, 그럼에도 불구하고 모험적 행동을 불사하는 개인들에게는 혹독한 감시와 통제장치가 주어지거나 그렇지 않으면 그들은 아무와도 의사소통을 나눌 수 없는 절대고독의 상태로 빠져든다. 즉 "홀로 판단하고 홀로 움직"이려는 욕구를 실현하기 위해서는 생사를 걸어야 하는 것이다. 작중화자는, 이 생사를 건 싸움에서 살아남고자 한다. "통제가 사라진 진공상태에서의 외로움은 터져버릴 듯한 폭발성으로 팽창하고 있었"고, 그는 이 절대고독의 상태를 이겨내지 못한다. 그는 결국 그가 한때 그토록 거부했던 집단으로, 제도 속으로 터벅터벅 걸어 들어온다. 이 귀환의 모습은 회개의 눈물을 가득담은 '돌아온 탕아'의 형상이다.

　　좌절이 가져다준 순종이라고 할까요. 혹은 절망의 끝에서 움켜쥔 어이없는 희망이라고 할까요.
　　새로이 시작된 학교생활에 나는 아주 열심으로 매달렸습니다. 탈출구를 찾아 떠났던 여행의 실패는 나를 더없이 초라하게 위축시켰습니다. 나는 내 몸부림의 한계를 본 셈이었고 그 끝까지 우격다짐으로 부딪쳐갔다가 되돌아온 셈이었으니까요. 그렇게 초라해진 인간이 살아남기 위해서 할 수 있는 일이 달리 어떤 게 있었겠습니까. 집단의 지시에 충성을 다하는 수밖에.(「겨울 소묘」, 『연인에게 생긴 일』, 문학동네, 1997)

생사를 건 위신투쟁에서 그는 그의 자립적 가치를 인정받기 위해 죽음의 공포를 견뎌낸 것이 아니라 타자의 가치를 절대적으로 인정하면서 다만 살아남은 것이다. 그에게 주어진 사회적 공인은 비굴한 자에게 주어진 승자(타자)의 혐오감 실린 아량일 뿐이다. 그는 사회적 공인을 받았음에도 불구하고 "부채의식"에 시달리거나 "너무 빨리 늙어버린" 자신에 대한 모멸감에 시달리며, 따라서 세인에 논리에 따르면 성공한 작중화자는 자신의 성공 앞에서 울먹여야 하는 이율배반적인 감정을 느낄 수밖에 없는 것이다.

자립적 가치를 포기해야만 사회적 공인을 받을 수 있는 곳, 또 사회적 공인을 받기 위해서는 자신의 가치를 포기해야만 하는 곳, 하여 사회적 공인을 받아도 불행하고 사회적 공인을 받지 않으면 더더욱 불행하며 또 자립적 가치를 지켜낸 상태에서 사회적 공인을 받았다 하더라도 그 개체는 어떤 부채의식에 시달릴 수밖에 없는 곳, 작가는 지금 이 시대를 이렇게 규정하고 있는 것으로 보인다. 한마디로 작가는 개개인의 자립적 가치가 존재할 최소한의 틈, 혹은 최소한의 가능성도 남겨지지 않은 곳, 그만큼 견고한 '집단의 권위와 독선'이 철옹성과도 같은 굳은 장벽을 구축한 곳으로 지금, 여기를 인지하고 있다.

작가는 한 개인이 우연히 겪은 특수하다면 특수하다고 할 수 있는 이 경험을 이 시대의 보편적인 특성으로 설정한다. 작가에 따르면 「겨울 소묘」의 작중화자는 지금, 이곳을 살아가는 모든 인간 존재의 전형적 형상이며, 또 작중화자가 겪는 자기 모멸은 지금, 이 시대에서 사회적 공인을 얻어낸 존재라면 반드시 경험할 수밖에 없는 보편적인 정서이다. 채영주는 타자의 인정을 받는 순간 필연적으로 자기 모멸을 경험해야 하는 시 · 공간이라는 문제틀을 통해 이 시대를 읽어내고 표현한다. 사회적 공인을 받은 인간 존재의 자기 모멸감은, 그가 현실을 읽어내는 잣대나 거울로 설정한 개념틀을 제시하기 위한 매개물, 혹은 상징물이다. 여기, 수많은 사람들의 박수 속에서 자신의 머리를 쥐어뜯는 한 개인이 거울에 비쳐져 있다. 그 개인의 뒤로는 각자의 자립적 가치를 실현하지 못해 몸부림치는 인간 군상 곧 현대인들이 도열해 있고, 또 창조적 주체의 자기 활동성을 철저하게 통제하는 장치들, 굳이 개념화하자면 현대라는 문명사가 펼쳐져 있다. 채영주가 사회적 공인을 받은 존재의 자기 모멸을 통해 궁극적으로 말하고자 하는 것은, 인간 존재의 자립적 가치가 자리할 틈이 없는 황폐한 현실이다.

이러한 소여(所與)적 조건 속에서 지금, 이곳을 살아가는 인간이 선택 가능한 삶의 방식은 두 가지일 뿐이라고 작가는 못박는다. 하나의 길은 자신의 자립적인 가치(구체적인 가치, 독특성, 비교 불가능한 성질 등)를 유지하면서 절대고독을 견디는 방식이고, 다른 하나는 그 모든 차이를 스스로 지우고 집단이라는 물신의 논리 속에서 평온함을 향유하는 방식이다.

난 다만 우리가 집단이라는 이름의 관행을 어느 정도까지 무비판적으로 받아들여야 할 것인가를 묻고 싶었던 거죠. 집단 속에 매몰되어 집단의 주문에 따라 무의식적으로 수족을 움직이는 인간이 진정한 인간인지 혹은 반대로 집단으로부터 철저히 떨어져나와 홀로 판단하고 홀로 움직일 수 있는 인간이 진짜 인간인지를 말입니다.(「겨울 소묘」, 같은 책)

작가는 그외의 가능성이란 없다고 믿는다. 집단 속에서 자신의 자립적 가치를 보존하거나, 그 자립적 가치를 타자의 가치로 전이시켜 집단의 논리를 변화시킬 가능성은 존재하지 않는다고 믿는다. 그만큼 구조(혹은 제도, 작가의 표현대로 하자면 집단)와 주체성의 관계에 대한 작가의 생각은 확고하다. 너무나 확고해서 작가는 구조와 주체라는 상호대립자를 해체하고 이 양자의 상이한 비율관계로 인해 발생하는 다양한 결합방식을 추출해보려 하지 않는다. 동일한 집단 속에 놓여 있는 존재들이라 하더라도 어떤 존재는 그 집단의 논리에 충실한가 하면 또다른 존재는 집단의 권위와 독선으로부터 이탈하고 또 어떤 존재는 집단의 논리 속에서 자기를 소멸시키면서도 자기를 보존하기도 하는 다양한 삶의 방식이 존재한다는 사실을, 그리고 이 다양한 주체들의 실천에 따라 집단의 논리 자체가 변화할 수도 있다는 사실을, 작가는 인정하지 않는다.

그 결과 채영주는 구조와 주체의 관계를 문제삼을 때 당연히 제기됨직한 질문들(예컨대 제도라는 틀 속에서는 자기 활동성이나 자기 의식을 유지할 수 있는 개인·집단·계층은 불가능한가. 또 제도가 인간의 개성적인 목소리를 불가능하게 한다면 이때의 제도란 어떤 제도이고 언제 형성된 것이며 또 그 제도가 계속 유지되는 원천은 무엇인가. 관료제인가, 문화산업의 논리인가. 언어라는 의사소통 및 의식형성의 도구[혹은 기호] 때문인가, 아니면 이들을 충분히 거세시킬 수 있을 정도로 강인한 아비들 때문인가)을 던지지 않는다.

뿐만 아니라 제도를 부정하려고 한다면 반드시 고려해야 할 문제들에 대해서도 그는 단호하다. 제도가 부정적이라고 해서 제도 전반을 부정한다면 당연히 각 인간은 단자화될 수밖에 없을 것이니 그러면 인간간의 관계 혹은 인간과 사회의 관계는 어떻게 되는가. 또 현실의 원리가 인간을 억압한다고 해서 각 인간의 쾌락의 원리를 무조건적으로 허용한다면 인간은 원시공동체로 돌아가야 한다는 말인가. 문명의 역사가 억압의 역사인 것은 최소한의 억압(마르쿠제의 용어를 빌리자면 기본억압)을 구실로 인간의 모든 자유, 개별성, 창조의지마저도 억압하는 과잉억압이 사회를 지배하고 있기 때문이 아닐까. 그렇다면 제도를 모두 부정하는 것이 아니라 기본억압과 과잉억압을 구분하고 그중 과잉억압이라는 특정 부분을 부정하는, 어떤 특정한 내용에 대한 부정정신이 요구되는 것은 아닌가. 그렇다면 제도의 과잉억압의 양상을 부정하려 했음에도 불구하고 급기야는 이제까지 인류가 쌓아온 전 자산을 부정하는 결과로부터 자유로울 수 있는 것 아니겠는가.

그러나 채영주는 이러한 문제들 앞에서도 머뭇거리지 않는 듯이 보인다. 이 질문들 모두가 구조와 주체라는 상호대립자 사이에 있는 수많은 결합방식을 전제할 때 제기될 수 있는 것이라면, 채영주는 삶과 죽음, 의식과 무의식, 정신과 육체, 자기 보존과 자기 소멸, 남성성과 여성성, 자기 동일자와 타자, 중심부와 주변부, 영원한 것과 일시적인 것, 주체(개인)와 구조(집단), 실재와 환상, 희망과 절망, 모험적 행동과 환멸 사이에서 의미 있는 병존의 길을 찾지 않는다. 아니, 현 사회에서 이 상호대립자의 병존 가능성 혹은 변증법적 소통 가능성은 없다고, 확신한다.

물론 나는 믿어. 서울이 나날이 새로워지고 있으리라는 걸. 젊은이들이 기지개를 켜고 새로운 집단들이 만들어지겠지. 그러나 난 이제 아무런 집단에도 발을 들여놓고 싶지 않아. 어느 곳에든 한 귀퉁이라도 발을 디밀게 되면 결국 온통 중심을 못 잡을 만큼 휩쓸려들게 될 게 뻔하단 말이야.(「겨울 소묘」, 같은 책)

이미 구조는 어떠한 창조적 주체의 어떠한 자기 활동성도 무화시킬 정도로 전지전능하며, 이 전지전능한 신 앞에서 인간은 무력한, 너무나 무력한 존재일 뿐이다.

만약 이러한 현실인식에도 불구하고 한 개인이 창조적 주체의 자기 활동성을 인간됨의 기본적인 욕구로 상정한다면, 그가 선택할 길은 이제 하나밖에 없는지도 모른다. 한 인간이 자신의 자립적 가치를 보존하기 위해서는, 즉 "홀로 판단하고 홀로 움직일 수 있는 인간" 혹은 "자신의 감각과 충동에만 충실"한 "보다 자유롭고 활발하게 뻗어나가"는 인간이 되기 위해서는, "집단으로부터 철저히 떨어져나"오는 것. 인간이 인간의 편의를 위해 고안한 현대의 사회적 구조는 이미 자립화되어 각 인간 주체의 비교 불가능한 가치마저도 수량화하거나 평균화시켜버렸으며 따라서 이 구조로부터 떨어져나오고 떠나야만 자신의 가치를 보존할 수 있다고, 채영주는 현재의 소여적 조건들을 읽어낸다. 『연인에게 생긴 일』의 등장인물들이 한 곳에 머물지 못하고 거듭 떠나는 것은 이런 까닭이다.

3. 과잉 억압과 강박증

자율적 자아이기 위해서 집단으로부터 철저히 떨어져나와야 한다는 채영주의 선택은, 그를 이율배반적인 상황 속으로 밀어넣는다. 채영주는 자신이 설정한 목적지에 다가서려면 다가서려 할수록 그 목적지에서 멀어진다. 그의 등장인물들은 혼자만이 자유롭고자 길을 떠나지는 않는다. 그들의 여행은 자유의 왕국을 건설하기 위한 것이며, 동시에 나와 나 이외의 존재들간의 원활한 소통이 가능한 세계를 만들기 위한 것이었다. 채영주는 자유의 왕국이라는 궁극적인 목표에 도달하기 위해서는 자율적인 자아라는 가까운 목표가 달성되어야 한다고 믿었으며, 이 자율적인 자아의 완성을 위한 방법으로 "집단으로부터 떨어져나"오려는 의지와 행동을 선택했다. 이 선택은 그러나 그를 그의 궁극적인 목표에 근접시키는 것이 아니라 그 목표로부터 멀어지게 한다. 채영주식의 논리에 따르자면 채영주가 상정하는 자율적인 자아란 "아무런 집단에도 발을 들여놓"지 않고 아무런 집단도 형성하지 않으려는 개인이 된다. 그런데 문제는 바로 이 지점에서 발생한다. 이러한 인물이 채영주의 궁극적인 목표, 즉 나와 나 이외의 존재들간의 원활한 소통이 가능한 사회와는 오히려 배치되는 인간상이기 때문이다.

채영주는 궁극적인 목표와 가까운 목표 사이에서, 혹은 목적과 수단(방법) 사이에서 흔들린다. 이 때문에 채영주는 동일한 삶의 방식을 보이는 인물에게 어떤 경우는 긍정적인 시선을, 어떤 경우는 비판적인 거리를 취한다.

내 속에는 또다른 한 인간을 받아들일 자리가 없었다. 내 삶에는 애당초 인간들에 할당된 부피가 있었다. 그런데 그 부피는 나 자신만으로도 이미 넘쳐나고 있었으므로 도무지 또 한 사람을 구겨넣을 여지가 없었던 것이다.(「도시의 향기」, 같은 책)

"그런데 그건(다른 사람들의 집착—인용자) 집을 떠나서도 달라지지 않았어. 점원으로 들어간 양품점의 주인은 그 애를 친딸처럼 대했어. 십 년이고 이십 년이고 함께 일하다가 자기가 죽거든 가게를 이어가달라고 부탁했어. 그 앤 여주인을 좋아했지만 그런 생각은 견딜 수가 없었어. 양품점 옆에는 오래된 세탁소가 있었고 그곳에는 붙박이장처럼 들어앉아 하루 열 시간씩 양복을 다리는 남자가 있었는데 어느 날 그 남자가 이십칠 년째 그 일을 계속하고 있다는 얘기를 듣고 그 애는 점원일을 그만뒀어. ……그리고 몇 가지 일을 더 거치다가, 술 따르는 여자가 되었어."
"집착이랑 제일 거리가 먼 일 같아서?"
"글쎄, 그렇게 생각했겠지. 하지만 그것도 사실과 달랐어. 술집에는 또 수많은 남자들의 집착이 기다리고 있었거든 (……)"(「미끄럼을 타고 온 절망」, 같은 책)

「도시의 향기」의 '나'나 「미끄럼을 타고 온 절망」의 '그녀'는 타인과의 소통체계를 완강히 거부하고 자신만의 공간에 칩거하는 인물이다. 그런데 작가는 한 인물은 한껏 희화화시키는 반면 또 한 인물은 신비화시킨다. 한편으로 작가는 광장으로 통하는 문을 스스로 닫아건 밀실의 삶을 사는 한 자유의 왕국의 신민이 될 수 없다고 판단(「도시의 향기」에서 이루어진

244

이 판단은, 그러나 애매하다. 이 애매함은 작가가 이러한 인간상을 비판적으로 바라보기는 하지만 그 비판의 기준이 분명하지 않다는 데 기인한다. 작가는 밀실의 삶을 비판하기 위해 광장의 삶을 거울형상〔혹은 짝패〕으로 내세우는데, 이 짝패 역시 희화화되어 있어 밀실의 삶을 비판하는 기준이 불분명하다)하며, 또 한편으로는 타인들의 개입을 거부해야만 자율적인 자아일 수 있다고 평가한다. 즉 채영주에게 인간 사이의 관계 맺기를 거부하는 삶은 부정적인 대상으로 다가오기도 하고 동시에 "집착을 혐오했으며 오고 싶으면 오고 가고 싶으면 떠나는 자유인"의 초상으로 비쳐지기도 한다. 결국 채영주에게 이러한 인간상은, 비유하자면 '뜨거운 감자'인지도 모른다. 궁극적인 목표에는 위배되지만, 그의 가까운 목표에는 근접한 인물인 것이다.

채영주의 이러한 흔들림은 작가가 제도에 속한 인간 존재들에게서 그 존재들이 지닐 수 있는 어떠한 잠재적 가치도 인정하지 않는다는 점과 관련이 있다. 현대인들은 이미 존재하는 사회적 구조 혹은 말의 질서 속에서 의식을 형성하고 삶을 영위하며 거대한 집단 속의 한 개인으로 살아가며, 따라서 어떠한 개인에게도 제도나 집단의 논리는 스며들어 있게 마련이다. 그런데 채영주는 집단이나 제도 자체를 부정한다. 다시 말해 한 인간의 자기 활동성을 충일하게 할 수 있는 제도나 집단이 있을 수 있음을 부정한다. 만일 이러한 논리에 집착할 경우, 그 개인은 어쩔 수 없이 나 이외의 존재에 대한 불신에 빠진다. 그가 직면하는 타인들에게는 이미 그가 그토록 불신하는 제도가 스며 있기 때문이며, 또 타인과의 관계를 형성할 경우 "오고 싶으면 오고 가고 싶으면 떠나는 자유"가 침해당하기 때문이다. 급기야 그는 타자와의 관계 속에서 자기를 소멸시키고 동시에 보존하는 과정을 통해 자기 의식을 완성케 하는 중요한 통로인 낭만적 사랑마저 부정하는 양상을 보이며, 더 나아가 어떤 강박증에 시달리게 된다. 자신의 자유의지에 의해 촉발된 사랑의 감정에도 불구하고 그 감정이 타인의 자유를 구속하거나 아니면 자신의 자유를 구속할지도 모른다는 두려움 때문에 사랑의 감정을 애써 외면하는 강박증. 하여, 채영주의 인물들은 "그녀를 끌어안고 싶다는 생각"이 간절함에도 불구하고 "휘적휘적 밤거리 속으로 사라"지는 사랑의 대상을 붙잡지 못하거나(「미끄럼을 타고 온 절망」) 아니면 그토록 원하던 사랑이 결실을 맺으려는 순간 그 자리로부터 도피한다(「당신을 찾아드립니다」).

『연인에게 생긴 일』의 등장인물들은, 그들을 창조한 신의 강박증으로 인해, 어느 곳에서건 잠시만 머물 수 있는 운명을 타고났다. 찰나적인 머묾 이상은 허용되지 않는다. 낯선 공간에 눈이 익어 그곳에도 역시 제도나 집단의 견실한 그물망이 드리워져 있다는 사실을 확인하는 순간 그들은 또다시 떠날 채비를 해야 한다. 그러나 어느 곳에나 현실적 구속력이 존재하며 또 그 현실적 구속력이 인간의 자유를 지워내고 있다는 사실을 확인하는 것은 그리 전율스러운 상황은 아니다. 정작 그들을 더할 수 없는 공포로 몰아넣는 것은 그곳의 낯선 존재들과의 관계가 형성되는 순간이다.

이들은 사랑에 공포를 느낀다. 사랑이라는 욕망은 걷잡을 수 없이 강한 향기로 그들을 머물도록 유혹한다. 그들은 이율배반에 빠진다. 자유의 왕국의 신민이 되기 위해, 「겨울 소묘」의 표현을 빌리자면 "자신의 감각과 충동에만 충실"하기 위해 떠난 여행에서, 그들은 "자신의 감각과 충동"이 오히려 자신의 손발을 묶는 기제로 작용하는 역설적인 상황에 직면하는 것이다. 이 역설적인 상황을 그들은 "자신의 감각과 충동"을 억제함으로써 해결한다. 이제 이들에게서 목적은 사라지고 목적 없는 합목적적 행위만이 남는다. "자신의 감각과 충동에 충실"하기 위해 "자신의 감각과 충동"을 억누르며, 동시에 자유를 위해 자유의지를 스스로 억제한다. 자유를 찾아 떠난 여행이 어느새 떠나야만 자유의지를 보존할 수 있다는 관념으로 바뀌어진 것이다. 때문에 그들은 어떤 계기에 의해 머물러야 하는 상황에 직면할 경우 집단의 논리를 수용하게 된다는 공포감에 자신의 욕망을 억누르며 서둘러 짐을 챙긴다. 좀더 주변부로, 좀더 인적이 드문 곳으로, 내가 묶일 가능성이 없는 이국으로, 제도의 바깥으로, 전근대적인 시 · 공간으로 그들은 그렇게 자리를 옮겨 간다.

문제는 여기부터이다. 그 다음은 어디인가. 절해고도? 아니면 죽음? 여기에서도 작가가 설정한 목적이 이루어지지 않는다면, 이제 자신이 설정한 목적을 포기해야 하는가? 사랑과 자유를 찾고자 떠났음에도 불구하고 사랑과 자유를 억누른 채 이루어지는 이 악무한적이고 금욕적인 여행은 이처럼 막다른 골목에 다다를 수밖에 없다. 이 악무한의 반복을 끊어내는 방법은 물론 여러 가지가 있을 터이다. 작가는 이 방법으로 두 가지를 상정하고 있다. 하나는 죽음(「겨울 소묘」「미끄럼을 타고 온 절망」). 그리고 다른 하나는 자율적인 의지의 확립이라는 자신의 목적을 포기하는 길. 어느 길을 선택해도 채영주가 애초에 설정한 목적으로부터 멀어지기는 마찬가지이다.

그렇다면 채영주가 애초에 설정한 꿈은 불가능한가. 아니다. 아니, 적어도, 아니어야 한다. 채영주의 꿈이야말로 그의 문학을 보편적이게 하는 원동력이며, 동시에 우리가 직면한 타락한 현실을 부정할 수 있는 마지막 보루 아닌가. 다만 문제는 이 역설적인 상황을 넘어설 수 있는 통로의 확보인 셈이다. 앞서 지적한 것처럼 사랑을 위해 사랑을 단념해야 하고 자유를 위해 자유를 포기해야 한다는 역설적인 상황에 빠진 것이 전적으로 타인에 대한 불신(혹은 인간의 삶에 배어 있는 제도에 대한 불신)에 연유하는 만큼 죽음을 향해 치닫기만 하는 악무한의 반복을 끊어내고 개인과 사회의 원환적 발전관계를 모색하는 길은 현대라는 사회적 구조 속에 무리지어 살아가는 인간들에게서 짐재직 가치를 찾아내는 것인지도 모른다. 다시 말해 채영주는 "그러나 난 이제 아무런 집단에도 발을 들여놓고 싶지 않아. 어느 곳에든 한 귀퉁이라도 발을 디밀게 되면 결국 온통 중심을 못 잡을 만큼 휩쓸려들게 될 게 뻔하"다는 자기 확신적인 판단을 유보하는 것이다. 아니면 인간의 주체성이나 자기 활동성이란 나를 둘러싼 사회적 관계 속에서 나의 위치를 정확히 읽어내어 실천하고 또 그 실천의 결과를 전유하는 과정에서 발휘된다는 사실을 상기하거나, 잘못된 보편성을 전면적으로 부정하는 것이 아니라 그 보편성의 특정한 내용을 부정하는 방식을 통해 보다 고차의, 보다 새로운 보편성을 모색하려는 노력이야말로 자율적인 의지를 실현하는 길이 아니겠느냐라는 문제틀을 가져보는 것.

　이러한 인식상의 전환을 이루어내기 위해서는 무엇보다 집단(제도)에 대한 두려움을 떨쳐내는 것이 필요할 터이다. 사실 채영주의 단호한 탈향에의 결단에는 두 가지의 감정 즉 양가감정(emotional ambivalence)이 동시에 작용하고 있다. 즉 변혁에의 열정이 하나의 감정이라면 다른 하나의 감정은 현실에 대한 두려움이다. 채영주는 자신이 발딛고 있는 현실을 하나하나 개선하는 것은 불가능하다는 사실을, 현실은 그만큼 철옹성이라는 사실을, 그 현실에 계속 머물 경우 자신도 그토록 자신이 부정했던 존재들과 동일한 삶을 살 수밖에 없다는 사실에 전율한다. 내가 보다 높은 위치의 나로 발전하여도 세상은 여전히 그 자리이다. 아니, 오히려 더욱더 타락해간다. 이런 환경에 놓인 개인은 먼 목표를 향해 가까운 목표를 하나하나 실현하고 나와 나의 주변을 변화시키려 하기보다는 세계를 전면적으로 새롭게 기획할 근본적인 원리를 찾아 새로운 세계상을 건설하고자 한다. 현실 속에서 이상을 발견하거나 이상에 근접하기 위해서 현실을 냉정하게 분석하는 시도 자체가 무의미하게만 느껴지는 것이다.

　그는 자기 주변의 사람들이란 다른 사람의 지도 없이는 자신의 자유의지를 형성할 수 없는 존재들이라는 사실을 의식적이든 무의식적이든 전제하고 있다. 이러한 존재들은 특유의 결속력으로 집단의 권위와 독선이라는 굳은 장벽을 쌓아놓게 마련이다. 이 장벽은 움직일 가능성조차 없다. 장벽에 둘러싸여 그는 고독하다. 주위에 누군가가 있다 하더라도 그 누군가는 소수, 아주 극소수일 뿐이다. 그는 굳건한 장벽, 즉 타락한 현실을 근본적으로 극복할 수 있는 전혀 새로운 가치를 정립해야 한다고 믿는다. 몇 사람이 자유의지를 확립하는 동안 현실적인 장벽은 더욱 견고해진다고 믿기 때문이다. 이 견고한 장벽은 한편으로는 감시와 통제를 통해서, 다른 한편으로는 진실을 넘겨주면 안락한 삶을 제공한다는 악마적 목소리로 그를 유혹한다. 악마의 유혹은 독버섯처럼 화려하고 달콤하다. 제공받을 수 있는 안락한 삶 때문만이 아니라 안락한 삶을 선택해도 그 행위를 합리화할 수 있는 수많은 알리바이들이 널려 있기 때문이다. 이 유혹까지를 뿌리치기 위해 그는 더욱더 단호하게, 그리고 현실의 논리(제도의 중심부)로부터 더욱더 먼 지점으로 이탈한다.

4. 실낙원과 웃음

채영주는 인간 존재의 자율적인 의지를 인정하지 않는 제도 바깥에서 이것과 맞설 수 있는 삶의 감각들을 찾아나선다. 그가 찾아헤매는 삶의 감각은 제도 안에서의 삶의 방식보다 좀더 나은 어떤 것이 아니다. 제도 속의 삶과 근본적으로 다른 어떤 것, 그는 이것을 찾아 끊임없이 떠난다. 떠나서 무엇을 찾는다. 그 힘겨움 속에서 찾은 것, 순수한 영혼이다.

「족자카르타의 베착」과 「부디 린」은, 먼 이국에서 찾아낸 순수한 영혼에 대한 헌사이다. 이 두 작품 속에 그려진 인물들은 니체가 그려낸 순진한 어린아이의 형상을 닮아 있으며, 현실적 구속력을 훌쩍 넘어선 순수한 영혼들의 얽매이지 않는 삶은 마치 한 폭의 투명한 수채화를 연상시킨다. 이 투명한 거울 앞에서 우리는 회복할 수 없을 정도로 더럽혀진 현대인의 자화상을 발견한다. 그러나 거울에 비쳐진 추악한 현대인에겐 원근법적인 시선이 주어져 있지 않다. 다시 밀해 인류가 순수한 영혼을 상실한 것은 어느 시기부터인지, 만약 아직도 인간의 내면 깊숙한 곳에 순수함이 남아 있다면 어떤 이유로 우리네 삶의 중요한 부분으로 작용하지 못하는지, 그리고 이 순수함을 내어준 대신에 인류가 얻어낸 것은 없는지 등에 대한 성찰적인 질문이 빠져 있는 것이다.

작가는 순수한 영혼을 아름답다고만 표현할 뿐 그것을 인류의 문명사와 관련시켜 개념화하지 않고 있는 것이다. 또한 그는 문명(제도) 속에서 혼탁하게 살아가는 작중화자와 그 대상 사이의 유비관계를 설정하지 않는다. 하여 작중화자와 아름다움과 순수함의 정점으로 묘사된 대상 사이에는 어떠한 동일화나 타자화, 자기 보존이나 자기 소멸 등의 관계도 성립되지 않는다. 그 결과 우리가 살고 있는 현실과 이상적으로 묘사된 대상 사이의 거리가 얼마인지도 측정되지 않은 채 순수한 영혼을 지닌 존재들은 신격화, 물신화된다. 작가가 찾아낸 순수한 영혼의 형상이 단지 과거의 모습만이 아니라 우리가 앞으로 그렇게 되어야 할 모습이라면, 중요한 것은 그 아름다움을 상실할 수밖에 없었던 요인을 분석하고 현대인의 삶 속에서 잃어버린 순수함을 복원할 수 있는 어떤 잠재적 가치(이성, 자유, 자기 의식, 부정성, 계급의식, 생명사상 등)를 찾는 것일 터이다. 「족자카르타의 베착」과 「부디 린」에서 이루어지는 순수한 영혼에 대한 예찬에는 아쉽게도 이 중요한 문제가 심각하게 고려되어 있지 않으며, 그 결과 순수한 영혼에 대한 전원시적인 예찬으로 흐른 감이 없지 않다. 결과적으로 이들에게서 발견되는 아름다움은 영원한 파괴와 쇄신이라는 광물적인 운동성을 지닌 모더니티의 테러와 맞설 수 있는 따스함으로 다가오지 않는다.

영혼이란 형태가 없는 어떤 것이다. 따라서 어떤 객관적인 참조물과 비교되지 않으면 그것은 현실과 절연된 추상물이 된다. 「족자카르타의 베착」과 「부디 린」은 바로 이런 경우이다. 이 두 소설은 우연히 발견한 순진한 영혼들에게서 객관적인 참조물과 유비 없이, 즉 현실과 이상 양자 사이의 면밀한 거리 설정의 노력 없이 이상의 실현 가능성을 성급하게 확인함으로써 추상적이고 자족적인 가능성을 제시하는 것에 멈춘다. 결국 때묻지 않은 영혼, 다시 말해 인류의 역사적 경과의 흔적이 새겨지지 않은 순수한 영혼을 통해 지금, 이곳의 위치와 그 현실을 움직이는 동력을 비추거나 판독하려 한다면, 그것은 지금의 소여적 조건과 순진한 영혼간의 관계 설정이 이루어질 때 가능한지도 모른다.

채영주는 차디찬 현실과 따스한 영혼간의 관계를 웃음이라는 스펙트럼으로 연결시킨다. 즉 영혼이라는 미정형의 사유 영역을 웃음의 해석학이라는 기제를 통해 구체화시키고 정신의 운동으로 전환시키는 것이다. 웃음이란 듣는 자, 그리고 전언하고자 하는 대상보다 높은 위치에 설 때에만 만들어진다. 듣는 자의 웃음을 유발시키기 위한 농담이란 고도의 지적 조작에 의해서만 가능하며, 따라서 자신이 전달하고자 하는 대상(내용)이 현실 속에서 어느 위치에 자리하고 있는가를 정확히 자리매김해야만 웃음이라는 효과를 유발시킬 수 있다. 채영주는 웃음이라는 장치를 위해 현실과 이상이라는 양극단의 축을 연결시키고자 한다. 그리하여 순진한 영혼을 내밀하게 동경하면서도 다른 한편으로 그가 꿈꾸는 상태란 실현 불가능할지 모른다는 허무에 시달린다. 아니, 역인지도 모른다. 현실과 이상 사이의 메울 수 없는 간극으로 인한 절망감이 그를 웃음이라는 장치로 이끈다. 선후야 어떠하건 제도 바깥에서 어떤 가능성을 찾으려는 작가적 노력은 웃음이라는 장치로 구체성을 획득하며, 그리고 웃음이 현대성의 빛이자 그늘이며 중심부이자 주변부인 병원이라는 공간과 겹쳐질 때 그의 소설적 마성은 읽는 이들의 정신을 아득하게 할 정도로 강렬해진다.

광기와 웃음이 조우할 때 채영주의 소설이 정점에 오르는 이유는 작가가 웃음을 유발시키기 위해 나름대로 구사하는 전략과 관계가 깊다. 작가는 엄숙한 것을 가볍게 만들고 진지한 것을 말장난으로 희화화함으로써 웃음을 유도한다. 그의 소설은 동시대인들에게서 숭고한 것으로 떠받들어지는 상징물, 혹은 그것만 연상하면 두 손이 모아지는 엄숙한 대상들을 여지없이 비하시킨다. 이 불손한 전복의지에도 불구하고 그의 소설은 무시하기 힘든 긴장감을 획득하는바, 이는 작가의 독특한 상황 설정방식과 설화방식에 연원한다.

채영주의 웃음의 소설은, 그의 중요한 장편 『시간 속의 도적』이 그러하듯, 일단 전혀 개연성이 없으며 너무 거리가 멀어 어떠한 연관관계도 찾기 힘든 요소들을 강제적으로 결합시킨 상황이 설정되면서 시작된다. 먼저 「춤추는 멍텅구리배」를 보자. 여기 거대한 폭풍우가 몰아치는 바다에 두 사내가 흔들리고 있다. 그들은 자신들을 구원해주면 천 배의 인원을 바다에 바치겠다고 기도한다. 그러자 세상 모든 것을 집어삼킬 듯 포효하던 폭풍우가 멈추고 그들은 구원받는다. 폭풍우의 멈춤과 기도 사이에는 어떤 연관성을 찾을 수 없는 것인지도 모른다. 그러나 이들은 이 약속을 지키기 위해 진지해진다. 현실성이라곤 전혀 없는 상황 속에서 이들이 보이는 진지함은 동시대인들의 인식적 패러다임 바깥에 있다. 이 불일치가 웃음을 유발시킨다. 기존의 인식 패러다임으로는 전혀 개연성을 발견할 수 없는 상황, 따라서 시선을 한 번 힐끗 던지고 웃어넘길 문제 앞에서 보이는 작중인물들의 진지함은 웃음을 촉발시키기는 중요한 장치이다.

진지할 필요가 없어 보이는 문제에 대한 작중인물들의 과대망상적 집착이라는 상황 설정을 통한 웃음의 유도는 채영주가 웃음을 의도하며 창작한 소설들의 일관된 창작방법이다. 사소한 사건에서 인류 혹은 민족의 미래를 발견하고 그 사건에 편집광적으로 집착하는 인물들의 예측하기 힘든 착상은 읽는 이들에게 웃음을 제공하기에 충분하다. 그러나 텍스트가 진행될수록 우리는 웃음을 거두어들일 수밖에 없다. 그들의 과대망상 속에서 역사나 타인에 대한 신뢰나 헌신, 혹은 최대한의 투자로 최소한의 이윤을 얻어도 좋다는 인류적인 모럴, 파시스트적 속도감 탓에 현대인이 잃어버린 안식처에 대한 갈망 등을 발견할 수 있기 때문이며, 이것을 발견하는 순간 우리는 우리가 합리적이라고 이름 붙이며 평온함을 느끼는 정신상태가 또다른 한편으로는 불완전하며 어느 경우에는 정신적 동물의 그것과 근사하다는 사실을 아프게 깨달아야 하기 때문이다. 채영주의 웃음은 "웃음도 눈물도 은총의 천국에서는 나타날 수 없다. 양자는 모두 슬픔의 아들이며, 쇠약해진 인간이 자신을 통제할 힘을 잃었을 때 등장한다"는 보들레르의 탁월한 성찰을 연상시키며, 그의 웃음, 가벼움 속에는 이처럼 현재의 인식적 패러다임이 감당하기 힘든 무거운 주제들이 담겨 있다.

이 대목에서 우리는 「족자카르타의 베착」과 「부디 린」에서는 천상의 덕목으로 부유했던 순수한 영혼이 지상의 윤리로 뿌리내리는 장관을 경험할 수 있는데, 이는 전적으로 병원이라는 근대적 장치와 웃음이라는 기제에 의해서 이루어진 것이다. 웃음은 어떤 대상에 대한 숭고미적 접근이나 섣부른 신성화를 거부한다. 사물과 사물을 연관시키는 현재의 보편적인 문제틀을 정확히 읽어낼 때 웃음은 가능하기 때문이다. 웃음이라는 작품 내적 총체성을 유지하기 위해서는 따라서 리얼리스트가 될 수밖에 없는 것이다. 병원이라는 장치 또한 마찬가지이다. 병원이란, 특히 정신병원이란 현대라는 사회적 구조를 지탱하는 집결체인 만큼 작가는 자신이 지향하는 인간적 따스함이 어떤 이유로 유폐되어야 하는지를 직시할 수밖에 없게 된다. 이 현실 직시의 결과가 「백치 세습」이나 「상자 속으로 사라진 사나이」의 미적 의의를 가능케 했음은 물론이다. 특히 「상자 속으로 사라진 사나이」는 그 미적 환기력이 더더욱 강렬한데, 이 작품에서 작가는 「족자카르타의 베착」과 「부디 린」 「춤추는 멍텅구리배」 등에서 보였던 순진한 영혼이라는 단순한 거울을 해체하여 보다 복합적인 스펙트럼을 동원하고 있기 때문이다. 「상자 속으로 사라진 사나이」에서 작가는 제도 바깥의 삶을 두 가지로 유형화한다. 즉 밀실 중독증의 인간과 광장 중독증의 인간 유형이 그것. 현대를 지탱시키는 장치들은 이 시대를 살아가는 인간 모두의 영혼에까지 스며들어가 있으며 이제 이것으로부터 자유로운 존재는 없다는 것, 따라서 우리가 어떠한 숭고한 영혼을 완성하기 위해서는 바로 이러한 극단들까지 넘어서는, 바로 세울 수 있는 사유의 과정이 필요하다는 것을, 채영주는 말해준다. 이 성찰은 채영주 소설의 중요한 도달점이자 동시에 한국소설의 중요한 성과 중의 하나임에 틀림없다.

5. 귀환, 혹은 또다른 출발

채영주는 자유의 왕국을 꿈꾸는 자이다. 그를 위해 머물고 싶어도 머물 수 없는 악무한적인 이탈을 감행했던 자이다. 그는 이 이탈을 통해 자신의 존재를 증명하고자 했으며, 이탈을 멈추는 순간 자신은 아무것도 아닌 존재로 전락한다는 공포를 짊어지고 다녔다. 한마디로 그는 자신이 설정한 목적을 위해 생사를 건 싸움을 마다하지 않았던 것이다. 생사를 건 위신투쟁에서 그는 자유를 억압하는 실체를 깨달았으나, 동시에 각각의 개인이 이탈한다고 해서 자유의 왕국이 가능한 것도 아니며, 또 어떤 존재가 떠돌아다닌다고 해서 자유의 왕국의 신민이 될 수 있는 것도 아니라는 예상치 못한 결론도 얻은 것으로 보인다. 그러나 출발선에서의 기대치와 다른 결론을 얻었다고 해서 『연인에게 생긴 일』에서 펼쳐진 그의 소설적 모험이 무의미한 것은 아니다. 아니, 그는 예상치 못한 결과로 인해 자유의 왕국에 한 발 더 가까이 가 있다고 해야 하리라. 이제 그는 또다른 출발점에 서 있다. 『연인에게 생긴 일』의 출발점이 집단의 권위와 독선이 두려워 이탈하는 존재였다면, 여행을 마친 그는 권위와 독선이 희석된 제도, 소통체계의 가능성을 모색하는 존재로 바뀌어 있다.

반성과 재정립으로 요약될 채영주의 이 변화는 기억할 만한 것이다. 우리 문학사에서는 아주 보기 드문, 그래서 장관이라 표현할 수 있는 장면이기 때문이다. 한국소설의 주인공들이 변혁에의 열망과 늪과 같은 현실에 대한 두려움 때문에 하나같이 탈향을 감행했음을 잘 알려진 사실이다. 그들은 자기 주변의 사람들이란 다른 사람의 지도(권력에 의한 중앙집권식 통제) 없이는 자신의 지성을 사용할 수 없는 존재라는 것을 의식적이든 무의식적이든 규정해왔다. 따라서 권력을 확보해야 한다고 믿으며, 권력에 의해서만 가능한 계몽의 형식을 통해 자기 주변의 현실을 전면적으로 변화시키고자 욕망한다.

정치(혁명)의 미학화를 꿈꾸건 혹은 미학의 정치(혁명)화를 모색하건, 한국 근대소설의 주인공들은 타락한 현실을 쓸어내고 전면적으로 새로운 시대를 건설하고자 하며 때문에 항시 집, 고향을 떠난다는 점에서는 동일하다. 하여 한국 근대소설의 주인공들은 고향에서 점점 더 멀리 떠나고자 하며, 만일 집으로 돌아올 경우 패배자의 모습이나 아니면 현실의 논리에 순응하는 모습으로 귀환한다. 현실 속에서 이상을 발견하거나 이상에 근접하기 위해서 현실을 조금씩 변화시키려는 시도는 몇몇 예외적인 경우를 제외하고는 이루어지지 않는다. 하여 한국 근대소설의 주인공들은 이상을 좇을 경우 일상적인 삶의 방식을 멀찌감치 던져버리며, 일상적인 삶의 양식을 수용할 경우 이상을 폐기처분하고 자신이 거부했던 삶의 방식 속에 자기를 해소시킨다. 이러한 방식으로 한국 근대소설의 주인공들은 집을 떠나 돌아오지 않거나, 귀환할 경우 마치 '돌아온 탕아'처럼 자신의 꿈이 헛된 것이었다고 속죄한다. 일제시대 때부터 계속되어오던 이 악순환의 고리는 아직도 진정될 기미가 없는 것이 사실이다.

채영주는 역시 집을 떠났었고, 이제 돌아와 있다. 그러나 자신의 꿈을 향한 의지는 여전하다. 아니 현실적 지지물을 획득했기 때문에 한결 자신감이 붙어 있다. 이 작품집의 표제작인 「연인에게 생긴 일」의 다음과 같은 마지막 대목은 따라서 채영주에게 거는 우리의 기대를 더욱 배가시킨다.

햇살은 이제 내 방에서 사라지고 없었다. 그러나 그 자리에는 그녀가 몸을 감쌌던 커다란 타월이 떨어져 있었다. 나는 그것을 접어 내일이면 다시 해가 들어올 자리에 놓아두었다. 그리고 작업대 위에 걸려 있는 바다장어의 액자를 내렸다. 구석으로 치워버리기 위해서였다. 액자 위로 얼핏 한 남자의 모습이 스쳐갔다. 턱수염이 텁수룩하고 두 눈이 퀭한 남자였다. 그는 내가 지난 삼십 년 동안 알아왔던 남자 같기도 했고 조금 전 그녀를 찾아왔다가 떠나간 선반공 같기도 했다. 자기 속의 불확실성에 대한 환멸 때문에 아무것도 책임 있게 사랑할 수 없었던 남자. 그는 이제 과연 사람들과 더불어 사는 법을 체득한 것이었을까. 그가 떠나가는 뒷모습을 보지 못했다는 사실이 문득 아쉬움으로 남았다.

아쉬움을 느꼈다는 것을 그 아쉬움을 메우겠다는 의지로 읽을 수 있다면, 이제 채영주는 제도에 갇힐지도 모른다는 강박증을 떨어내고 있다고 해도 지나친 비약은 아니리라. 하여간 채영주는 이탈하는 것에 대한 확신을 심어주던 바다장어의 액자(「도시의 향기」를 참조하라)를 구석으로 치웠다. 사랑과 남과 더불어 사는 법에 대해 모색하기 시작했으며, 그 모색을 제도 바깥에서 아니라 제도 속에서 그리고 역사적 과정 속의 한 개인에게서 찾기 시작했다.

현실의 중심으로 다시 돌아온 채영주의 앞모습이 문득 보고 싶다.

(1997년)

길 찾기, 혹은 소설가의 숙명

—「숨은 꽃」과 『나는 소망한다 내게 금지된 것을』에 대하여

1. 90년대적 현실과 양귀자의 위치

동구권의 붕괴와 함께 90년대가 열렸고, 소설의 지형학이 일거에 바뀌기 시작했다. 80년대 소설을 풍미하던 적극적인 주인공들의 목숨을 불사르는 행동이 모습을 감추고, 대신에 여성적인 속살거림과 무표정한 인간들이 소설적 공간을 메우고 있다. 지금 이곳의 소설에서 우리가 주로 발견하는 것은 역사와 현실과 고유한 경험을 가지지 못한 무표정한 인간들과 두뇌(이성과 합리성, 또는 역사의 발전방향) 대신에 육체적인 향기만을 뿜어내는 인간들이다. 이러한 문학적 경향은 양적으로 점점 확산되는 추세에 있으니, 바야흐로 우리 소설은 90년대에 접어들어 새로운 변화의 지점에 서 있는 셈이다. 말하자면 80년대와는 변별되는 90년대의 문학이 또다시 우리 문학사의 새로운 매듭으로 추가되는 시점인 것이다.

새로운 연대의 새로운 목소리, 이것은 우리 소설사에서 낯선 것은 아니

다. 흔히 우리는 소설사의 매듭을 일별할 경우, 10년을 주기로 하는 연대별 구분을 가장 많이 사용해왔다. 20년대, 30년대, 암흑기, 해방공간, 50년대, 60년대…… 이러한 시대 구분은 물론 자의적이다. 소설의 흐름과 발전을 엄밀한 과학적인 틀로 묶어내기보다는 소설적 경향과 그 시대의 현실적 상황을 무매개적으로 환치시키려는 태도가 바로 이러한 잣대를 사용하게 된 이유일 터이다. 그럼에도 불구하고 이러한 잣대가 또한 일정하게 유효성을 발휘하고 있는 것도 사실이다. 그만큼 우리의 소설사는 10년을 주기로 전진과 후퇴의 과정을 거듭해온 것이다. 이는 소설이란 애초부터 객관적 현실의 반영물이며, 게다가 우리 역사가 그만큼 급격한 변화를 거듭했고, 또한 우리의 소설도 발빠른 현실의 변화를 따라잡기 위해 치열한 몸짓을 한시도 포기하지 않았다는, 여러 가지 사실을 동시에 반증한다고 할 수 있다.

이러한 시대정신의 급격한 변화는, 그러나 한편으로는 우리 지성사의 비변증법적 태도와도 깊은 연관을 맺고 있다. 일반적으로 변증법적 인식은, 사물의 현상형식과 본질이 직접적으로 일치하지 않는다는 전제하에, 생동하는 관찰에서 추상적 사유로 그리고 실천적 활동으로 나아가는 과정만이 진리와 객관적 현실에 더 가까이 갈 수 있다는 인식에서 출발한다. 그런데 우리 문학사에서 한 시대정신이 자리잡아가는 과정은 이러한 역동성이 담보되지 못하는 것이 일반적이다. 인간의 주관과는 독립해 발전하는 객관적 현실에 대한 생동하는 관찰에서 추상적 사유가 이루어지는 것이 아니라, 우연적인 사건과 외부적인 충격에 의해 한 시대정신이 정해지고, 그 시대정신은 진리에 가깝게 간 것이 아니라 진리 그 자체로 굳어진다. 이후에 이루어지는 것은 시대정신에 걸맞은 현실적 징후 찾기이다. 따라서 당연하게도 주체는 객체와, 우연은 필연과, 그리고 현상은 본질과 상호 소통관계를 맺는 것이 아니라 우연적인 것이 필연으로, 때로는 몇몇 현상이 본질로 과장되거나 단순화된다.

그리하여 새로운 현실적 징후 앞에서, 지난 시기의 시대정신은 그 정신

258

의 옳고 그름에 관계없이 무조건 무의미한 것으로 폐기처분되고, 새로운 시대정신만이 시대의 전면을 활보하는 양상이 반복된다. 이러한 요인이 바로 우리 소설사에, 한 시대를 지탱했던 이념이 현실과의 화해할 수 없는 괴리로 인해 패퇴하는 과정의 산물인 비극성의 부재라는 특징을 낳고 있다고 할 수 있다. 그리고 시대정신을 대변하는 메가폰적 인물이 설정됨에도 불구하고 정작 그 정신을 잉태케 한 모순을 체현하고 있는 인물들은 등장하지 않는, 요컨대 선한 인물은 있음에도 불구하고 생동성과 전형성을 확보한 악한 인물은 보이지 않는 소설들이 주조를 이루게 한 것이다. 다시 말해 각 시기에 등장한 새로운 시대정신은 구체적 현실에 육박하는 과정을 보이지도 못한 채, 다음 시대의 정신에게 곧바로 자리를 내주는 면모를 보였던 것이다.

이러한 문학사적 흐름에 비추어본다면 90년대 초반에 나타나고 있는 80년대적 시대감각을 지녔던 작가들의 좌절과 방황, 그리고 90년대적 정신을 내세우는 작가들의 확신에 찬 목소리는 예의 그 현상이 또다시 반복되는 것 정도로 보아넘길 수 있다. 그러나 90년대의 소설적 징후는 그런 안일함을 허용하지 않는다. 바로 90년대에 대두되고 있는 새로운 소설의 내용성 때문이다. 80년대까지의 시대정신이라는 것이 앞서 전제한 사유의 운동성을 확보하지 못하는 한계는 보였더라도, 그것은 보다 올바른 인간적 삶에 복무하기 위한 치열한 자기 모색의 과정이었다고 할 수 있다. 반면 90년대적 시대정신이란 인간의 삶에서는 계급성과 실천적인 힘을, 역사에서는 과거와 현재 그리고 미래로 이어지는 역사의 발전을, 예술에서의 창조성을 각각 떼어내고 있는 것이다. 따라서 주체의 죽음 또는 주체의 정신분열적 탈중심화가 공공연하게 유포되고 있는 90년대적 상황에서, 80년대적 정신이 어떻게 이전의 한계를 스스로 반성하고 새로운 현실적 징후까지를 감싸안으며 재출발하느냐 하는 것은, 인간의 주체성과 예술의 창조성 자체를 지켜내는 중차대한 문제가 아닐 수 없다. 즉 새로운 현실적 상황 앞에 인간이 지닌 창조적 힘을 상실하느냐, 아니면 구체에서 추상으로 그리고 그 추상에서 또다시 구체로 상승하는 변증법적 사유구조를 확보하느냐, 하는 분기점에 90년대의 소설은 놓여 있는 것이다.

이 분기점에서 우리의 소설은 아쉽게도 적극적인 대응을 보이지 못하고 있다. 혼란과 방황, 그리고 저조의 무거운 분위기만이 감돌고 있다. 그만큼 90년대의 현실적 징후들은 우리에게 낯선 것이며, 이전과는 판이한 특성을 보이고 있는 것인지도 모른다. 그러나 이러한 저조의 현상이 모두 현실 탓은 아닐 터이다. 오히려 미적 주체의 인식론적 태도가 이것을 더욱 가속화시키고 있다는 것이 정확한 표현이 될 것이다. 우리가 근대문학 이래 꾸준한 자기 모색의 과정을 통해 마련한 미적 원리들의 체계가 90년대적 상황을 따라잡지 못하고 있는 셈이다. 그럼 현단계 미적 주체의 인식론적 태도는 어떤 것이기에 이처럼 새로운 현실적 징후 앞에서 무력해진 것일까.

우리는 이 문제에 답하기 위해, 1992년 우리에게 가장 인상적인 모습으로 다가온 작가인 양귀자를 살펴보고자 한다. 1992년에 양귀자는 「숨은 꽃」으로 이상문학상을 수상했으며, 또한 『희망』에 이어 두번째로 발간한 장편소설인 『나는 소망한다 내게 금지된 것을』을 일약 베스트셀러의 대열에 올려놓았다. 이 두 작품은 내용이나 형식에서 극단적으로 이질적이다. 「숨은 꽃」이 지금 이 시대를 살아가는 작가의 운명을 소설적 대상으로 설정하고, 지난날 자신의 글쓰기에 대한 반성과 새로운 방법의 모색이라는 치열함을 보이고 있다면, 『나는 소망한다 내게 금지된 것을』은 부담 없는 읽을거리 정도인 여타의 베스트셀러 작품과 순위를 다툴 정도로(?) 통속적인 요소가 주조를 이루고 있다. 한마디로 1992년에 양귀자는, 한 작가의 내밀한 호흡 속에 함께 숨쉴 수 없을 것 같은 양극단의 세계를 동시에 펼쳐 보이고 있는 셈이다.

양귀자가 1992년에 내보인 미로 속에서의 길 찾기와 통속소설적 구성이라는 양극단의 세계를 통하여 우리는 이제까지 힘겹게 마련된 미적 전유의 원리들이 새로운 현실에 어떻게 대응하고 있는가 하는 점을 일목요연하게 확인해볼 수 있다. 따라서 이 글은 "공동체적 윤리감각이 그대로 미적 기능으로 간주되었던 우리 문학의 뚜렷한 글쓰기의 범주가 퇴색되었을 때, 이에 대체될 새로운 글쓰기"의 "잠정적인 해답"(김윤식,「문학주의로의 회귀현상」,『1992년 이상문학상 수상작품집』, 문학사상사, 1992, 451쪽)으로 평가된「숨은 꽃」이 정작은 진정한 해답 또는 출구를 찾지 못했다는 전제에서 출발한다. 즉「숨은 꽃」에서의 잘못된 문제 제기와 답안이 양귀자를『나는 소망한다 내게 금지된 것을』이라는 세계 속으로 끌어들이고 있다는 판단인 것이다. 그리하여 우리는 작가가「숨은 꽃」에서 수행한 반성과 고민의 과정에서 혹시나 빠진 항목은 없으며, 그 누락된 사항이 작가를 통속적인 요소로 끌고 간 것이 아닌가를 따져볼 것이다.

누구나 다 자기의 길이라 믿고 따랐던 불빛이 사라진 지금, 선이 끊긴 지도와 작동하지 않는 나침반이라도 손보기 위해 쪼그려 앉은 작가들에게 혹시 조그마한 도움이라도 되었으면 하는 마음으로 이 글은 씌어진다.

2. 소설의 역사철학적 조건과 길 찾기—「숨은 꽃」의 경우

80년대를 꿰뚫던 절대적인 이념과 가치가 일거에 부정된 시대에 작가의 생존방식과 글쓰기의 방식은 어떠해야 하는가 이것은 중요한 문제이다. 이 문제에 대한 나름대로의 답을 찾지 않고서는 80년대적 정신에 세례받았던 작가들은 이 광활한 세계 속에서 인물이나 사건을 선택할 수도 없으며 또한 소설적 공간을 구성해낼 수도 없는 것이다. 이와 같은 중요한 문제를 소설의 중심주제로 설정하고 나선 작가는 뜻밖에도 양귀자였으며, 그 작품은 1992년도 이상문학상을 수상한「숨은 꽃」이다. 여기서 '뜻밖에도'라는 단서를 붙인 것은, 양귀자가『귀머거리새』『원미동 사람들』『희망』 등을 통하여 사소한 개인의 삶에 개입된 사회적 의미를 찾아내려는 노력을 지속적으로 보인 작가임에는 틀림없지만, 80년대의 시대정신에 흠뻑 젖어 있었던 작가는 아니기 때문이다. 그럼에도 불구하고 양귀자는 80년대적 글쓰기와 90년대의 현실이 얼마만큼 어긋나고 있으며, 그 때문에 겪게 되는 좌절과 고통을 온몸으로 호소하고 있다. 이러한 양귀자의 모습은 80년대적 정신의 중요한 것과 중요하지 않은 것을 분별시켜줌과 동시에, 90년대적 현실이 품어내는 강렬한 향기가 80년대적 분위기와 얼마나 다른가를 단적으로 보여주는 지표로 손색이 없다. 또 이를 전면에 드러낸 작가에게서 우리는 작가의 강한 시대에의 동참의지와 성실성을 확인할 수 있다.

이처럼 「숨은 꽃」의 중심주제는 80년대와 90년대라는 현실적 상황의 낙차, 그로 인한 작가의 방향감각 상실과 길 찾기에의 노력이다. 과연 양귀자는 이를 어떠한 관점에서 어떠한 방법으로 수행하고 있는가. 이에 답하기 위해 우리는 이 작품이 여로형 구조로 안정성을 획득하고 있다든가 하는 문제는 미루어두기로 하자. 지금 확인하고자 하는 것은 작가가 80년대 자신의 글쓰기에 대한 자기 반성을 어떤 관점에서 행하고 있으며, 그를 통해 어떠한 길을 찾고 있는가, 그리고 그 작가의 존재 자체를 건 여행이 과연 90년대적 현실의 외피를 걷어내고 본질로까지 더 가까이 갈 수 있는 역동성을 확보하고 있는가 하는 점이기 때문이다.

330매의 분량에 달하는 「숨은 꽃」은 "그는 귀신사(歸神寺)에 있었다. 나는 그를 귀신사에서 만났다"(「숨은 꽃」, 『문학사상』 1992년 6월호, 244쪽. 앞으로 이 소설의 인용은 인용 쪽만 표시함)라는 서두로 시작된다. 그러나 이야기의 중심은 '그'가 아니라 '나'다. 이 '나'는 소설적으로 허구화된 '나'가 아니다. 바로 작가 자신이다. 말하자면 「숨은 꽃」은 고백체 소설이자 동시에 자전적 소설인 셈이다. 「숨은 꽃」은 이처럼 작가가 갑자기 불일듯 일어난 여행에의 욕구로, "자판을 두들겨가며 원고의 양을 착실하게 늘려"(249쪽)가는 대신에 여행을 떠나 귀신사에서 김종구를 만남으로써 시작되고 닫히는 구조를 가지고 있다.

소설에서 여행을 떠났다 돌아온다는 것은 무엇인가. 그것도 작가가 자신의 맨몸을 주인공으로 설정하고, "한 시간이라도 죽을 듯이 아껴서 써 대도 겨우 마감날짜를 지킬까 말까 한 이 화급한 날들"(246쪽)에 여행을 떠난다는 것은 어떤 연유인가. 그것은 한마디로 "소설이 제대로 씌어지지 않는"(246쪽) 때문이리라. 다시 말해 작가가 중요한 것과 중요하지 않은 것, 선과 악, 희망과 절망, 현상과 본질을 구분할 수 있는 역사감각을 상실 했고, 따라서 새로운 이념과 방법이 마련되지 않고는 소설가에게 지어진 운 명의 무게를 감당할 수 없었기 때문이리라. 즉 한자리에 머물러서 이전의 목소리를 반복하는 것은 자기에게 소여된 운명의 힘을 부성하는 것이며 소설가로서 운명을 정한 자신의 영혼이 부추기는 과제를 등지는 것이다.

결국 작가는 운명의 힘이 내리누르는 중압감을 덜어내기 위해 여행을 떠난다. 이 여행은 중요한 것이다. 자신에게 부여되고 자신이 선택한 작가 로서의 운명을 감당할 수 있는가, 아니면 그 길을 버리는가가 걸린 계기이 기 때문이다. 따라서 이 여행은 애초부터 "망설임과 후회"(246쪽)가 곱씹 어질 수밖에 없는 것이지만, 종국에는 출발할 수밖에 없는 것이다. 이 여 행이 출발되지 않는다는 것은 "내 생애 전부를 실어내기 위해 늘 내 이름 자 밑에 괄호로 닫혀져 묶여 있는 '소설가'라는 호칭을 반납하"(245쪽)는 것과 동질적인 것이다. 때문에 이 여행에 순탄함과 안락함이 동반될 수 없 음은 물론이다. "다른 이들은 모두 신나는 휴가를 떠나는데 오직 나에게 만 처치곤란한 일거리가 잔뜩 주어져 내몰린 기분"(245쪽)으로 출발할 수 밖에 없는 여행인 것이다. 이 여행은 출발부터 잔뜩 혼란에 휩싸인다. 애 써 창문 쪽을 예약했건만 그 자리는 바깥 풍경을 여유만만하게 즐길 수 없 으며, 활자가 주는 강박관념을 피하기 위해 책을 가져오지 않았건만 이내 무료와 권태에 시달린다. 시작과 끝, 목적과 수단 등이 서로 엉킨 실타래 마냥 뒤얽혀 혼란스럽기 짝이 없는 여행인 것이다. 그러나 이 여행이 중요 한 의미를 지니는 것은 여행의 혼란스러운 풍경 때문이 아니다. 오히려 중 요한 것은 여행을 떠날 수밖에 없었던 작가 자신의 혼란스러움이며, 그것 이 혼란스러운 여행 풍경과 맞물리면서 소설적 긴장은 유지된다. 만일 이 긴장감이 성립되지 않았더라면, 「숨은 꽃」은 작가의 말 그대로 "소설만을 위해서 일상을 저버리고 떠나는 일은 마치 죽기 위해서 산다는 말처럼 부정하기 어려운 허장성세"(245쪽)이겠기 때문이다. 그럼 작가가 여행을 떠날 수밖에 없었던 이유는 무엇인가.

문제는 '슬픔도 힘이 된다'는 진술이 아무런 감동도 주지 못하는 세상의 변화에 있었다. 세상이 갑자기 텅 비어버린 듯했다. 써야 할 것이 우글대던 머릿속도 세상을 따라 멍한 혼돈에 빠져버렸다. (……) 함께 살기 위해 만들었다는 한 제도적 장치로서의 도덕은 당분간 어느 곳에서도 얼굴을 내밀지 않을 것 같았다. (……) 어쩌다 느닷없는 자신감에 힘입어 다시 기계 앞에 앉아도 첫 문장을 맺기도 전에 이게 아닌데, 라는 마음속의 말이 내 손을 멈춰버리곤 했다. 이게 아닌데. 이것은 아니다, 라는 것 하나만 분명하고 그 외는 다 오리무중인 나날이 한 달간 계속되었다. (……) 내 속에 들어 있는 것의 정체를 알기 전에는 어떤 문장에도 안심하고 마침표를 찍을 수가 없는 것이다.(249~250쪽)

이상의 진술을 통해 우리는 80년대적 시대정신의 강한 파장 밑에 놓였던 작가가, 90년대의 새로운 현실적 징후 앞에서 얼마만큼 당황하고 있는가를 단적으로 확인해볼 수 있다. 그리고 이러한 태도는, 새로운 현실적 징후를 빌미로 작가 또는 인간에게서 역사적 능동성을 그리고 인식과 실천의 관계를 떼어내는 일련의 작가들과, 90년대적 현실을 애써 외면하며 이전의 목소리를 반복하는 작가들에 비하면, 자못 진지하고 강한 시대에의 동참의지를 느낄 수 있게 한다. 「숨은 꽃」의 문제성은 바로 여기에 있을 것이다.

그러나 「숨은 꽃」이 가지고 있는 이러한 미덕에도 불구하고, 우리는 이 소설에서 몇몇 전도된 인식론을 찾아볼 수 있는 것이 사실이다. 그것은 한마디로 「숨은 꽃」에서 양귀자가 제기하고 있는 90년대적 현실에서의 작가적 상황이란, 90년대적 상황에 대한 올바른 상황의 제시인 듯하면서도 실상은 그렇지 않기 때문이다. 이 역설적인 언술이 가능한 것은 「숨은 꽃」에서 사용하고 있는 소설적 방법이 묘사나 서사가 아니라 상징이기 때문이다. 「숨은 꽃」에는 많은 상징물들이 등장한다. 그리고 이 상징물들이 모여 90년대라는 시대적 분위기를 분명하게 전달한다. 그러면서도 현실의 구체성은 한 자락도 전달하지 못한다. 그리하여 90년대의 작가가 놓인 실존적 상황이 이렇구나 하고 감을 잡을 수는 있어도 구체적으로 무엇인지는 알 수조차 없다. 위의 인용에서 드러나고 있는 작가의 고민 역시 마찬가지다. 모두 비유적 표현 또는 상징적 표현인 것이다.

그러나 문제는 상징이 사용되고 있다는 것에 있지는 않다. 문제는 이 상징이 현실의 본질로 육박할 수 있는 힘, 그러니까 90년대적 상황에서 선과 악, 먼 것과 가까운 것을 구분하도록 이끌어갈 수 있는 사유의 운동성을 차단한다는 것이다. 상징이란 흔히 "언어의 표상기능과 의미기능 사이에 괴리가 존재하지 않는 표현양식"(Paul De Man, *Blindness and Insight*, Methuen & Co. Ltd., 1983, p.208)으로 정의된다. 다시 말해 특정한 현실의 의미를 파악할 수 없을 때 사용되는 방법(프레드릭 제임슨, 『변증법적 문학이론의 전개』, 여홍상 외 옮김, 창작과비평사, 1984, 333쪽)인 것이다. 한 사회의 성격을 구성하는 요소가 사회 경제 윤리 종교 등이고, 한 사회의 역사적 성격은 이 요소들의 서로 상이하고 매우 특수한 비율관계에 의해 결정되며, 이 비율이 변화할 때 사회의 전 과정의 성격도 아울러 바뀐다면, 이 상징법하에서는 이러한 상이하고 특수한 비율관계가 모두 사라진 채 단순화되는 것이다. 따라서 상징법에 대해 "한 예술가가 상징법으로 기울 때, 그것은 그의 사고—혹은 계급의 사회적 발전이라는 의미에서 그가 대표하는 계급의 사고—가 가히 그의 눈앞에 놓여 있는 현실 속으로 파고들지 못한다는 것을 보여주는 너무도 명백한 표시"(프레드릭 제임슨, 『변증법적 문학이론의 전개』, 333쪽)라고 하는 것은 이 때문이다.

「숨은 꽃」의 현실적 상황에 대한 제시는 이러한 상징 일반이 가지는 특성을 벗어나지 못한다. 다시 말해 상징으로 인하여 생동하는 관찰에서 추상적 사유로, 그리고 실천으로 나아가는 변증법적 과정이 차단되고 있는 것이다. 가령 작가가 90년대적 상황이 '슬픔도 힘이 된다'는 진술이 아무런 감동도 줄 수 없을 정도로 변화했다는 언술 부분을 살펴보자. 「슬픔도 힘이 된다」(『창작과비평』1989년 가을호)는 전교조 문제를 다룬 소설이다. 이 작품은, 작가의 말대로 그다지 진한 감동을 주는 소설은 아니다. 그런데 그 진한 감동을 주지 못하는 이유가 단지 세상의 변화 때문이라고 할 수 있을까. 보다 중요한 이유는 소재가 아니라 그 작품의 창작방법에 있다. 이 작품은 몇몇 부분을 제하고는 모두 르포적 수법에 의해 지탱되고 있다. 각각의 인물이 지니는 전형성에도 불구하고 그 인물들의 삶은 생동성을 상실한 평균적인 인물로 현상한다. 각각의 인물이 왜 전교조에 가담할 수밖에 없었는가는 문제가 그 삶의 중요한 요소 — 예컨대 계급 계층 직업 윤리 도덕 종교 철학 등 — 간의 갈등과 비율관계에 의해 그려진 것이 아니라, 신문기사식 서술에 의해 충당되고 있는 것이다. 그런데 작가는 「슬픔도 힘이 된다」가 감동을 주지 못하는 이유를 단지 시대의 변화에서만 찾고 있다. 현실의 상징적인 인식으로 인하여, 정작 중요한 문제인 새로운 현실의 구체적 모습과 자신의 이념과 방법에 대한 자기 반성이 빠져 버린 셈이다.

이러한 비변증법적인 인식론은 단지 이것에 한정되는 것은 아니다. 다음 언술을 보자.

지금 내 앞에 주어진 미로는 너무 교활하다. 지식과 열정을 지탱해주던 하나의 대안(代案)이 무너지는 것을 신호로 나의 출구도 봉쇄되었다. 나는 길 찾기를 멈추었다. 길 찾기를 멈추었으므로, 나는 내 소설의 새로운 주인공을 찾을 수 없게 되고 말았다. 작은 꿈, 작은 눈물, 그런 것들로 무찌르기에 이 세계는 너무나 거대하고 음흉하다. 문학은 곧 폐기처분될 위기에 내몰린 듯하다는 글쟁이들의 엄살은 결코 엄살이 아닌 현실이 되어버리고 진실이나 희망이란 말은 흙더미에 깔려 안장되었다. 그 순간 나의 출구도 파묻혔다. 나는 두 팔을 묶었다.(306쪽)

위의 인용에서 특징적인 것은 지식과 열정을 지탱해주던 하나의 대안이 무너지는 것을 신호로 미로에 갇혀버리고 말았다는 것, 그리고 미로에 갇혔음을 확인하는 마당에 대안이 무너진 후의 구체적 현실상은 어느 곳에도 없다는 것이다. 이만큼 양귀자를 또는 우리 소설을 지탱했던 80년대적 이념의 수준을 단적으로 드러내는 대목이 있을까. 80년내에 양귀자를 지탱시켰던 그리고 여러 망설임 끝에 확보했던 이념은, 그 이념의 옳고 그름을 차치하고 보면, 현실의 현상형식과 본질을 직접적으로 일치하는 것으로 파악한 자리에서 이루어진 것이다. 민중성·당파성에 의거한 현실 변혁의 열정이 고도로 충일되어 있을 때, 작가는 『원미동 사람들』 『희망』을 쓸 수 있었다. 그러나 그 불꽃이 사그라든 90년대적 상황에서, 작가는 이제 미로에 갇혀버렸다. 즉 양귀자는 주체와 독립된 현실적 운동과의 관련 속에서 현실적 상황을 위계질서화한 것이 아니라, 양적으로 많고 적음에 따라 먼 것과 가까운 것을 판독했던 것이다. 그것이, 하나의 대안이 무너져내리는 것을 신호로 출구가 봉쇄되고, 새로운 주인공 찾을 수 없는 상황, 즉 가치 평가기준의 상실로 표출된 것이리라.

「숨은 꽃」은 비록 절망이라는 색채로 채색되고 있지만, 80년대 작가의 인식태도를 고스란히 반복하고 있는 소설이다. 상징이라는 작가 스스로 만든 높은 담장으로 인하여 현실의 구체성은 찾아볼 수 없다. 따라서 현실을 구성하는 여러 요소와 인간의 삶을 지탱하게 하는 여러 요인의 비율관계가 어떻게 변화하여, 사회의 전 과정과 인간의 실존방식이 달려졌는가 하는 질문이 빠져 있는 것이다. 작가의 소설들이 감동적인 울림을 전해주었던 것은 그 소설들이 단지 지식과 열정을 지탱해주던 이념에 충실했기 때문이 아니라, 그 이념을 통하여 인간간의 관계와 그를 형성시킨 현실적인 추동력을 묶어세울 수 있었기 때문이라는 중요한 사실을 빼놓은 채, 작가는 90년대적 현실을 80년대적 이념이 작용할 수 없는 상황으로 기정사실화하고 있는 것이다. 중요한 것은 이념 그 자체가 아니라 그 이념이 얼마만큼 현실의 본질로 육박하게 하는가이며, 따라서 이 시대에 필요한 것은 상징을 통한 시대적 분위기의 전달이 아니라, 왜 80년대적 정신이 현재 힘을 잃었으며 이 정신은 이제 무의미한 것인가, 아니라면 그 정신이 90년대적 현실에서 다시 힘을 발휘하기 위해서는 어떤 노력이 필요한가 하는 근본적인 회의와 자기 반성일 것이다. 즉 필요한 것은 상징법이 아니라 리얼리즘인 것이다.

우리는 이제까지 「숨은 꽃」에서 감행된 여행의 출발점에 대해 살펴본 셈이다. 우리가 이 여행에서 기대하는 것은, 여행에서 간혹 빚어지는 우연적인 깨달음이 아니라, 90년대적 혼란을 작가 자신의 치열한 자기 모색의 과정을 통하여 돌파하는 것이다. 그러나 「숨은 꽃」에서의 여행은 그 과정보다는 출발점에 큰 부하가 걸려 있다. 그만큼 작가의 여행은 구체적인 현실과 그 속에서 살아가고 있는 사람들의 모습과는 애초에 무관한 자리에서 시작하고 있다. 단지 자신의 내면만을 향해 있으며, 작가는 이 여행 동안 시대적 상황의 변모에도 불구하고 여러 현실적 상황의 구성요소들에 의해 삶을 형성하는 인간들과의 대화를 시도하지 않는다. 피곤에 지쳐 열차의 좌석에 몸을 구긴 채 잠든 인간들에 대해, 작가는 연민도 애정도 없다. 작가의 여행의 목적과 무관하기 때문이다. 말하자면 작가의 이전 소설에서 중요한 등장인물이었던, 구체적인 현실을 딛고 사는 사람들의 모습이 철저히 풍경화로만 존재하는 것이다.

물론 이 여행의 과정중에 아무런 깨달음이 없는 것은 아니다. 작가는 여행 도중에 몇몇 눈부실 정도로 빼어난 상징을 이끌어낸다. 이 소설에서 압도적인 중요성을 차지하는 김종구는 뛰어난 상징물이다. "머릿속에 뭐가 들어 있다는 것은 욕이에요. 그건 모두 쓰레기거든요. 머리는 즉시즉시 청소를 해줘야 합니다. 그래야 진짜 알맹이를 발견했을 때 얼른 쓸어담지요. 곰팡이가 가득 차기 시작하면 정말 끝장이에요"(289쪽)라고 이야기하는 인물, 그리고 "'위선과 타협할 수 없는 국외자'(278쪽)로서의 성격을 지닌 인물, "삶의 비밀을 엿"보았기에 "붙박이 삶"(278쪽)이 불가능한 인물. 그가 바로 김종구이다. 그는 일상인이 이해하기 힘든 기이한 삶을 살고 있으며, 귀신사에도 인공의 손이 닿는 것을 되도록이면 막기 위해 절 개축공사에 참여하고 있는 인물이다. 즉 일상적인 삶의 논리를 거부한 채, 자신의 삶이 이끄는 대로 충실한 삶을 사는 인물인 것이다. 이 인물을 발견하자마자 작가는 여러 인물을 떠올린다. 지브란이라는 별명을 지닌 운동가, 그리고 의사이자 소설가인 글벗.

이들에겐 공통점이 있다. 작가의 표현에 따르면, 거인이라는 이미지를 갖추고 있으며 또한 일상인들은 알지 못하는 아름답게 마련인 꽃말을 가지고 있으리라는 것이다. 김종구는 거친 삶을 살고 있지만 일상성에 허덕이지 않고 어느 곳에서도 남을 위해 살아갈 힘을 생리적으로 갖추고 있는 인물이며, 지브란은 지금은 비록 정신적으로 불구이지만 자신의 이념에 한시도 소홀하지 않았던 인간이다. 그리고 의사이자 소설가인 지우 역시 일상에서는 벗어난 삶을 살고 있지만 무의미한 것에서 의미를 끊임없이 발견하고자 하는 인물이다. 일상에서는 벗어나 있지만, 90년대적 상황에서는 흔들리지 않는 거인들을 발견하자마자 작가는 이 여행을 마친다. 작가는 상황의 변화 속에서도 흔들림 없이 자신의 삶을 견실하게 이어가고 있는 인물들을, 이제 주인공을 내세울 수 있음을 확인한 것이다. 이러한 인물들의 발견으로 인하여 「숨은 꽃」의 여행은 무의미한 자기 소모가 아니라 소설로 끌어올려질 수 있는 여행으로 마감된 셈이다. 따라서 「숨은 꽃」이 "그는 귀신사(歸神寺)에 있었다. 나는 그를 귀신사에서 만났다. (……) 그가 나를 알아보지 못했다면 (……) 이 소설은 씌어지지 않았을 것이다"(244쪽)로 시작되고, 다음과 같이 끝남은 어쩌면 당연한 것인지도 모른다.

기차는 자꾸 달린다. 아직도 부옇기는 하지만, 서울에 닿으면 그래도 나는 기계 앞에 앉기는 할 것이다. 나는 아마도 한 거인을 그리려고 덤빌지도 모르겠다. 와해된 세계의 폐허 어딘가에 숨어사는 거인, 결코 세상에 출몰하지 않는 거인의 초상. 그리고 숨어 있는 꽃들의 꽃말 찾기. 그러다보면 언젠가는 이 세상살이가 돌아가는 이치의 끝자락이나마 만져볼 수 있을지 모른다.(310쪽)

이 다짐을 소설화한 것이 바로 「숨은 꽃」일 것이며, 이후 양귀자의 작업은 바로 이 연장선상에 놓일 것이다. 그러나 작가가 편안한 마음으로 끝맺고 있는 이 여행을, 작가와 같은 편안함으로 끝맺음할 수 없음은 왜일까. 아마도 「숨은 꽃」 속에 산견되어 있는 다음과 같은 태도 때문일 것이다.

> 나는 이제 나와 연루된 모든 것들, 한마디로 뭉뚱그려 높은 도덕과 긴 역사의 문화라고 하는 것들이 이들 앞에서 얼마나 하찮게 무너지는가를 절감했다. 내가 영향받고 그에 의해 단련되던 것들이 사실은 아주 작은 세계에 불과하다는 것, 나는 평생 이 작은 세계 밖으로 한 발짝도 벗어날 수 없을 것이라는 예감은 절망이었다.(290쪽)

작가는 김종구를 발견하고 여행을 마감할 수 있었다. 그리고 여행을 시작하기 전과 여행의 끝은 이처럼 판이한 내면 풍경을 지니고 있다. 우리의 역사를 지탱했던 것은 아주 사소한 작은 세계로 규정되는 것이다. 그리고 그것을 넘어선 어떤 것, "세상에 출몰하지 않는" "삶의 비밀을 엿보는" "예언자의 잠언" 등의 술어가 작가의 가치 평가기준으로 새롭게 자리잡는다. 그리하여 작가는 남들보다 먼저 도착해 표를 샀기에 얻을 수 있었던 좌석권에 대해서도 다음과 같은 태도를 보이는 것이다.

> 언제 어느 순간 내 앞에 선이 그어져버릴지 아무도 모른다. 우연히 행운이 왔다면 불행도 똑같은 모습으로 올 것이었다. 우리는 선택할 수 없고 마

270

찬가지로 우리는 거부할 수도 없다. 어떤 것도 불확실하며 어떤 것도 전혀 보장받을 수 없는 것이다.(302쪽)

작가는 80년대적 시대정신이 온전하게 작동하지 않는 듯 보이는 90년대적 현실에서, 작가와 연루되었던 모든 것들을 의미 없는 것이라고 선언하고 있는 것이다. 작가는 이제 일상성 대신에 초월성을, 초라한(?) 역사적 방향성 대신에 선택할 수도 거부할 수도 없는 질서를 부여잡고 있는 것이다. 우리가 양귀자의 「숨은 꽃」에서 이루어진 작가의 여행을, 그 출발점부터 의심스럽게 본 것은 바로 이 때문이다. 자신의 이념과 방법에 대한 자기 반성의 욕망과 그 욕망의 실현방법으로서의 상징법에 대한 집착이, 결국은 사유의 운동성의 확보가 아니라 사유 자체의 포기로 나타나는 것이 「숨은 꽃」이 숨기고 있는 세계인 것이다. 그러나 이는 양귀자 혼자 굴러내린, 그래서 양귀자 혼자 산꼭대기까지 밀어올려야 할 바위는 아닐 터이다. 소설은 당대적 현실의 반영물이다. 때문에 문학적 깊이와 넓이는 당대를 통찰하는 전 부문의 수준과 비례한다면, 이 굴러내려진 바위는 바로 우리 모두가 밀고 올라가야 할 그런 것이다.

3. 확실성의 매혹과 작가의식의 소멸—『나는 소망한다 내게 금지된 것을』의 세계

1992년에 양귀자가 발표한 또하나의 작품은 『나는 소망한다 내게 금지된 것을』이다. 앞서 설명했듯 이 작품은 「숨은 꽃」과 전혀 이질적인 세계를 표상하고 있다. 이러한 이질성은 소설의 기본구조를 추동시키는 소설 구성원리에 고스란히 나타난다. 「숨은 꽃」이 「귀머거리 새」 「원미동 시인」 『희망』 등 양귀자의 이전 소설과 마찬가지로 무수한 중얼거림을 통한 결단, 총체적인 역관계를 감싸안고자 하는 구체성, 사소한 것에의 애정 등

과정의 총체성을 지향하고 있다면, 『나는 소망한다 내게 금지된 것을』은 정반대의 소설문법으로 구성되어 있다. 『나는 소망한다 내게 금지된 것을』은 서슴없는 행동과 극단적인 인물의 설정과 대결이 기본선을 이루고 있다. 요컨대 운동의 총체성을 기본골격으로 하고 있는 것이다.

말하자면 『나는 소망한다 내게 금지된 것을』은 양귀자가 이전에 선보였던 작가의 이념과 방법 대신에 새로운 모색을 감행하고 있음을 말해주는 작품인 셈이다. 「숨은 꽃」의 표현에 따르자면 『나는 소망한다 내게 금지된 것을』은 '소인국', 즉 현실에 뿌리내린 삶을 떠나 와해된 세계 어딘가에 숨어사는 거인을 주인공으로 설정한 소설이다. 좀더 구체적으로 이야기하자면, 『나는 소망한다 내게 금지된 것을』이 1991년부터 씌어진 작품(『나는 소망한다 내게 금지된 것을』은 『리빙센스』에 1991년 7월부터 1992년 7월까지 연재된 작품이다)이니까, 『나는 소망한다 내게 금지된 것을』의 거인적인 삶에 작가 스스로 빠져들어 「숨은 꽃」의 결말을 그렇게 맺었는지도 모를 일이다. 하여간 『나는 소망한다 내게 금지된 것을』은 이전의 창작방법론 대신에 새로운 소설문법을 찾고자 하는 작가의 노력이 깊숙하게 개입되고 있는 작품이다.

『나는 소망한다 내게 금지된 것을』은 여성문제를 소설화한 작품이다. 농경사회의 시작과 더불어 골이 파이기 시작한 남성의 여성에 대한 성적 억압, 이것은 자본주의적 생산양식에 의해 더욱 그 골이 깊어졌으며, 특히 우리의 경우 유교 이데올로기와 결합되면서 인간의 삶을 옥죄는 강고한 모순의 하나로 작용하고 있다. 따라서 진정한 인간해방을 위해서 성적 억압의 극복이 얼마만큼 중요한가는 새삼 강조할 필요가 없는 것이기도 하다. 『나는 소망한다 내게 금지된 것을』은 이처럼 우리의 삶에서 하나의 중요한 구성요소인 성적 지배의 문제를 다루고 있는 소설이다. 이러한 중요한 문제를 다루고 있음에도 불구하고, 이 소설은 한 평자의 지적처럼 "재미는 있지만 감동이 없다".(김영민, 「행복한 글 쓰기, 불행한 글읽기」, 『문학정신』 1992년 9월호, 172쪽)

사소한 인간의 사소한 삶에조차 감동의 폭을 일구어냈던 작가가 "글쓰기 작업에 있어 처음 가져보는" "행복"(양귀자, 『나는 소망한다 내게 금지된 것을』, 살림, 1992, 14쪽. 앞으로 이 소설의 인용은 인용 쪽수만 표시함)감과 함께 만들어낸 세계가 왜 재미만 있고 감동은 없는 소설로 현상하고 말았는가? 이에 답하기 위해 우리는 이 소설의 창작방법에 유념해볼 필요가 있다. 『나는 소망한다 내게 금지된 것을』은 이전의 여성소설을 다룬 작품이 '여성수난사'를 기본선으로 하고 있는 것과는 달리 영웅형 인물의 자기 활동성을 기본 서사구조로 취하고 있다. 대학원에서 심리학을 전공하며, 남성의 여성억압에 대해 증오심을 품고 있던 주인공 강민주가, 부드러운 남성상으로 남성억압의 사회적 구조를 은폐시키는 인물인 영화배우 백승하를 납치한 후 8개월 동안 감금하며 여성에 대한 남성의 폭력구조를 세상에 알리는 것이, 이 소설의 기본 얼개이다.

　강민주는 여성상담소에서 접하는 여성의 뒤틀린 삶들을 통하여, 남성억압사회가 여성의 또는 인간의 전체적인 삶을 그 근본에서부터 얼마나 철저하게 파괴하는가를 절감한다. 그리고 그 학대받는 여성들의 삶을 바로잡아줄 "응징의 대리인"(75쪽)의 사명을 부여받는다. 그녀는 영웅이다. 그녀는 돈·사물을 분석하는 능력과 추진하는 실천력, 물리적인 에너지, 즉 완력, 그리고 그에 따른 분노와 한과 슬픔, 그 모든 것을 소유한 인물이다. 그녀는 성장하는 동안에, 또는 자신의 어머니로부터 물려받은 것을 통해 이미 모든 것이 갖춰진 완결된 인물 또는 세계사적 개인이다. 완결된 인물이 그러하듯 그녀에게는 내적 번민이라든가 새로운 의식의 각성이란 들어설 여지조차 없다. 여기서 우리는 강민주, 즉 "완벽한" "초월자"(75쪽) 또는 작가의 모든 지향성을 한 몸에 끌어모으고 있는 세계사적 개인이 주인공으로 설정되어 있다는 점에 주목할 필요가 있다. 일반적으로 소설은 역사적 방향성과 현실적 운동에 얽힌 개인의 삶을 다루기에, 사회·역사적 총과정의 복잡한 뒤얽힘을 대변하는 세계사적 개인은 부차적 인물로 주변화되는 것이 일반적이다. 그래야만 다양한 인간의 삶에 추동하는 본질을 올곧게 형상화할 수 있기 때문이다. 반면 극은 제한된 공간과 인물의 행위를 통하여 역사적 필연성을 드러내는 장르이기에, 사회적 도덕적 규정들을 자신의 인격 속에 통합하는 세계사적 개인을 주인공으로 설정한다. 그때만이 극은 한 무대 위에서 직접적으로 그리고 남김없이 시대적인 갈등을 집중해낼 수 있는 것이다.(루카치, 『역사소설론』, 이영욱 옮김, 거름, 1987, 190~191쪽) 이런 점에서 보자면, 강민주의 인물 설정방식은 철저하게 극적인 것임을 알 수 있다.

이러한 인물 설정방식으로 인하여 『나는 소망한다 내게 금지된 것을』은 구성에서도 극적 구성을 취하게 된다. 강민주라는 인물이 철저하게 완결된 인물이고 내적 번민이 없는 인물이기 때문에, 소설은 당연하게도 강민주가 세계의 벽과 충돌하는 때마다 사건 또는 줄거리가 형성된다. 강민주는 자신의 영웅성을 과시하기 위해 적대자를 선택한다. 백승하가 바로 그 적대자다. "백승하. 그는 나와 붙을 만한 적수이다. 그야말로 이 강민주와 대결할 만한 상대인 것이다. 맹장(猛將)들은 상대가 강할수록 전의(戰意)를 불태"(52쪽)우게 마련이며, 그래야만 자신의 영웅성을 발휘할 수 있기 때문이다. 강민주는 백승하를 납치한다. 그리고 남성억압을 교묘하게 위장하는 사회 전체와 그리고 그것을 대변하는 백승하와 대결한다. 그녀는 백승하를 물리적으로 정신적으로 압도함으로써 자신의 영웅성을 발휘하며, 백승하를 찾는 전 세계를 비웃고, 신문지상에 납치의 변을 발표함으로써 수많은 동조자를 얻어내기도 한다. 그리고 사족처럼 황남기의 배반에 의한 강민주의 죽음이 첨가되고, 소설은 비극적 결말을 맺는다.

이처럼 『나는 소망한다 내게 금지된 것을』은 영웅소설적 문법을 지닌 소설이다. 이러한 영웅적 면모는 김홍신의 『인간시장』이 그러했듯 재미있게 읽힌다. 인간이 자리할 곳이 점점 좁아드는, 그리고 뒤틀린 현실상이 개인의 삶을 철저하게 차단하는 현실적 상황 속에서, 그것을 통쾌하게 격파하는 영웅적 면모는, 왜소한 개인들의 대리만족 수단으로는 더할 나위 없는 것이기도 하다. 그러나 『나는 소망한다 내게 금지된 것을』은 이것까지만 이루고 있다. 그것은 강민주의 죽음이 『임꺽정』『장길산』『태백산맥』의 비극적 결말처럼 우리에게 비극성으로, 더 나아가서는 비록 현실적 상황의 열악함으로 인하여 달성되지는 않았지만 꼭 이루어져야 할 고귀한 이념이 가지는 비극성, 즉 낙관주의적 비극의 형식으로 다가오지 않기 때문이다. 다시 말해 강민주는 있을 수는 있지만 전형적인 인물로까지 나아가지는 못한 것이다.

오히려 강민주라는 영웅을 만들기 위해 너무도 많은 것이 희생되었다고 해야 정확한 표현이리라. 흔히 한국여성이 당년한 문제를 사회적 역사적 차원에서 총체적으로 재구성하고자 할 경우, 여성문제는 계급문제와 민족문제라는 전체적 구도하에서 올바르게 위치지어져야 한다고 말해진다.(김영혜, 「여성문제의 소설적 형상화」, 『창작과비평』 1989년 여름호 참조) 그러나 『나는 소망한다 내게 금지된 것을』에서 다루어진 여성문제는 그러한 계기를 찾아볼 수 없다. 단지 남성의 여성에 대한 억압이라는 추상적 범주만이 구체적 현실을 초월하며 작동하고 있을 뿐이다. 그리고 여성문제를 드러내기 위하여 계급적 상하관계라는 전근대적인 사고마저 긍정적으로 파악하는 단계에까지 이른다.

어머니가 원한 것은 그들과 나의 평행관계가 아니다. 어머니는 분명히 상하(上下)의 관계를 바라고 있었다. 그것이 딸의 성품에 어울릴 것이라고 당신은 믿었다. 어머니는 옳았다. 나는 수직에 반하는 평행을 경멸한다.(47쪽)

이처럼 강민주의 여성문제에 대한 인식은 여성문제에서 구체적 현실의 모든 자락을 떼어놓은 자리에서 형성되고 있다. 이러한 인식의 추상성으로 인하여 강민주는 "거부와 반항을 넘어선 놀라운 역습"(83쪽)을 계획할 수 있었고, 그것을 실행에 옮길 수 있었다. 물론 적에게 복수를 가한다는 것은 상해를 입은 개인이 누릴 수 있는 최고의 만족임에 틀림없다. 그러나 이것은 적대자에 반해서 나만이 본질적 존재임을 천명하면서 분명한 실재자임에 틀림없는 적의 존재는 지양해버리게 됨으로써 오히려 나 자신마저도 실체적인 자아로 취급할 수 없게 하는 그런 인식론이다. 만약 이러한 상황이 전도될(여성이 남성을 지배하게 될) 경우, 멸시되었던 것이 오히려 영예롭게 되고 영예롭게 생각되었던 것은 다시 멸시를 받게 됨으로써, 나라는 실재는 자기 파멸에 이르게 되는 것(헤겔,『정신현상학 I』, 임석진 옮김, 지식산업사, 1988, 228~229쪽)이다. 바로 이 자기파멸의 과정이 『나는 소망한다 내게 금지된 것을』의 마지막에 사족처럼 붙은 강민주의 죽음과 그 죽음에 대한 황남기와 백승하의 후일담인 것이다.

이처럼 『나는 소망한다 내게 금지된 것을』은 강민주라는 여성영웅을 통해 여성해방이라는 자기 동일성을 실현하고자 한 의도에도 불구하고 결국은 강민주의 자기 파멸과정을 그린 작품이라 할 수 있다. 물론 이 작품의 한계는 이것만이 아니다. 소설임에도 불구하고 운동의 총체성을 지향함으로써, 이 소설의 인물들은 전형성은 물론이고 자기 정체성마저 확보하지 못하고 있다. 극적 구성에 따른 상황의 급격한 변모, 이로 인해 인물들의 성격은 하나하나의 계기를 통하여 발전하는 것이 아니라 상황에 맞게 또다른 능력들이 부여된다.

언젠가 한 번쯤 말한 적이 있는지는 모르지만 나는 대학 다니면서 주먹 쓰는 법을 제대로 배운 사람이다. 태권도와 호신술, 그리고 펜싱이나 검도 등의 무술에 어느 한 시절 매혹당했던 때가 있었다.(178~179쪽)

때문에 한 개인의 삶이 어떻게 형성되고 어디로 나아가는지, 그 인간들의 관계가 그 관계를 추동시킨 본질과 어떤 연관을 가지는지를 조심스럽게 천착한 『원미동 사람들』『희망』이라는 작지만 의미 있는 공간을 만들어내었던 작가의 미덕을 이 작품에서는 애석하게도 찾아볼 수 없다.

우리는 『나는 소망한다 내게 금지된 것을』을 살펴보고 있는 이 지점에서, 「숨은 꽃」을 상기할 필요가 있다. 「숨은 꽃」에서 작가는 90년대적 상황을 「슬픔도 힘이 된다」라는 작품이 감동을 주지 못하는 시대라고 규정한 바 있다. 그 때문에 작가는 미로에 놓여 있다고 말했고, 그 미로에서 벗어나야 한다고 언급한 바 있다. 여기서 「숨은 꽃」에 관한 부분을 다시 끄집어내는 것은, 『나는 소망한다 내게 금지된 것을』의 세계에 통속소설적인 면모가 강하다는 것과 그리고 작가가 통속소설적인 세계에서 혹시나 길 찾기를 하고 있는 것이 아닌가 하는 우려 때문이다. 물론 『나는 소망한다 내게 금지된 것을』을 통속소설로 규정하는 데는 망설임이 따르는 것이 사실이다. 하나는 『나는 소망한다 내게 금지된 것을』이 무조건적으로 대중에게 읽히기 위해서 작가의 이념과 방법이 포기된 소설은 아니라는 점 때문이고, 다른 하나는 통속소설과 본격소설 사이에 엄밀한 경계선을 긋기가 힘들다는 사실 때문이다. 따라서 여기서는 다음과 같은 특질을 지닐 때, 소설 앞에 '통속'이라는 관사를 붙일 수 있을 것이라는 기본적인 전제만을 확인하는 데 멈출 수밖에 없으며, 『나는 소망한다 내게 금지된 것을』이 이에 근접하고 있다는 사실만을 지적하는 데 그치기로 한다.

소설은 한 개인의 삶을 보편적인 인간의 운명으로 형상화하는 것이지만 통속소설에서는 보편화가 거부된다. 주인공의 삶은 그의 개인적인 국면에 한정되어 개별적인 예외성을 보인다. 그러므로 인간의 삶이 문제적으로 인식되지 않고 특이한 것으로만 보여진다. 문제성의 행방을 찾을 수 없고 다만 예외적인 개인의 행위만을 구경하게 되는 것이다. 소설 속의 인간의 삶이 구경거리가 되고 있다는 것은 독자의 의식이 그만큼 문제성에 대한 인식으로부터 벗어나 있음을 뜻하는 것이다.(권영민, 『한국 민족문학론 연구』, 민음사, 1988, 513쪽)

이제 우리에게 제기된 중요한 문제는, 사소한 인간의 삶을 통해 잔잔한 감동을 주던 양귀자가 왜 통속이라는 혐의를 받는 소설을 쓰게 되었는가

하는 것이다. 이때 우리는 『나는 소망한다 내게 금지된 것을』의 「작가의 말」에서 작가가 스스로 밝히고 있는 다음과 같은 태도에 주목할 필요가 있다.

이 소설을 시작하면서 나는 엄정한 리얼리즘의 시선을 유보하기로 마음 먹었다. 그렇게 함으로 해서 작가인 나도, 강민주도 보다 자유롭게 주제를 풀어나갈 수 있는 길을 뚫어놓고자 함이었다. 그리고, 그 판단은 옳았 다.(14쪽)

중요한 것과 중요하지 않은 것, 희망과 절망이 판별되지 않는 시대에 작가에게 있어서 리얼리즘이란 무거운 바위와도 같은 것이리라. 이 족쇄에서 풀려나고 싶은 욕망, 이것을 작가는 위와 같이 표현한 셈이다. 물론 작가가 보이는 이러한 욕망을 우리는 무조건 비난할 수만은 없을 터이다. 작가가 자신의 작품을 대중에게 읽히고 싶은 욕망은 오히려 당연한 것이라 할 수 있으며, 통속소설적 문법 자체가 가지고 있는 매력 또한 상당한 것이기 때문이다.

하나의 시대정신이 그 영향력을 상실한 시기에 창궐하는 것이 통속소설임은, 우리 문학사의 경우를 보면 쉽게 확인할 수 있다. 1920년대의 최독견이 그러했으며, 1930년대 말의 김말봉과 박계주가 그러했다. 또한 우리 소설사의 중요한 매듭을 차지하고 있는 대다수의 문제적인 작가들 역시 이러한 시대에 통속적인 문법에 빠져든 바 있었다. 멀리는 이광수 염상섭 김동인 김남천 이기영 한설야 박태원 등으로부터 가깝게는 김승옥 최인호 등이 바로 그들이다. 이러한 현상은 아마 이렇게 이해할 수 있을 것이다.

하나의 시대정신이 상승하던 시기에는, 그 정신이 비록 대중에게 흡수되지는 않는다 하더라도 작가는 고독감을 느끼지 않는다. 머지않아 미정향의 독자가 자신의 이념과 방법 속으로 끌어올려질 것이라는 확신이 안

278

받침되기 때문이다. 그러나 자신의 시대정신에 대해서 작가 스스로가 피곤함을 느낄 때, 작가는 이제 고독한 존재로 부각된다. 자신의 영역 안으로 들어올 것이란 기대에도 불구하고 여전히 독자는 제자리에 있거나 다른 이념의 파장 속으로 끌려들어가고 있음을 목도하게 되는 것이다. 그때 작가는 이제 눈앞에 보이는 대중의 수준으로 그들의 작품을 끌어내리게 되는 것이다. 염상섭이 『삼대』를 쓰고, 『무화과』를 쓰면서 자신의 이념에 대한 확신을 잃었을 때 『백구』『모란꽃 필 때』를 쓴 경우나, 흔히 '말하려는 것과 그리려는 것의 분열'로 일컬어지는 1930년대 후반에 리얼리즘과 모더니즘의 발전경로를 이끌던 작가들의 행적(예컨대 이기영의 『어머니』, 한설야의 『초향』, 김남천의 『사랑의 수족관』, 박태원의 『금은탑』, 유진오의 『화상보』 등) 또한 이와 밀접한 연관을 가진 것이라 할 수 있다.

통속적인 세계로의 침윤이 이처럼 독자들과의 관계하에서만 파생한 결과라고는 할 수 없다. 미적 주체의 이념적 방법적 흔들림도 또하나의 중요한 계기로 작용하는 것이다. 하나의 완결된 장편소설을 완성하기 위해서는 미적 주체의 확고한 가치 평가기준이 필요하다. 그럴 때만이 여러 다양한 인물들을 위계질서화하여 하나의 서사적 구조를 축조해낼 수 있는 것이다. 그러나 이 가치 평가기준이 흔들릴 때, 뒤얽혀 전개되는 일련의 우연성을 사회·역사적 필연성이 관철되는 방식으로 서사화하는 데에는 많은 어려움이 따르게 된다. 이때 자신의 이념을 포기하지 않은 채, 현실을 서사화할 수 있는 방법으로 다가오는 것이 바로 통속소설적 문법일 터이다. 통속소설은 이미 나름대로의 정해진 문법이 존재하기 때문에, 작가는 새삼스레 현실적 상황을 반영하는 구조적 원리를 마련할 필요가 없는 것이며, 또한 통속소설 자체는 상황의 급격한 전개에 맞추어 우연적인 상황의 도입이 가능하다. 따라서 필연적인 서사구조의 연락 속에서가 아니라 특이한 상황설정을 통하여, 자신의 이념을 전달하는 메가폰적 인물이 활동할 공간을 쉽게 만들어낼 수 있는 것이다.

이러한 주·객관적인 요인에 의해, 즉 하나의 시대정신이 새로운 현실

앞에서 좌초할 때, 많은 작가들이 통속소설의 세계로 진입함은 이로써 드러난 셈이거니와, 양귀자의 경우도 이와 무관하지는 않다. 실제로『나는 소망한다 내게 금지된 것을』에는 소설의 서사구조를 통해서거나 아니면 작가의 직접적인 언급을 통하여 작가가 바라보는 세계상이 서술되고 있다. 이 대목들에서 우리는 작가가 아직은 자신의 이념까지 포기한 것이 아니라는 사실을 쉽게 확인할 수 있다. 작가가『나는 소망한다 내게 금지된 것을』의「작가의 말」에서 표하고 있는 자신감은 이러한 측면과 연관될 것이다. 그러나 이 성과는 아주 미미한 것일 뿐이라는 사실이 지적되어야 한다. 정작 리얼리즘을 유보함으로써 잃은 것이 너무 많기 때문이다. 우리는, 앞서 살펴보았던 통속소설로 빠져들었던 작가들이, 많은 경우에 그 이전에 자신이 보였던 역량을 회복하지 못했음을 이미 알고 있다. 특히 김승옥의 경우는『강변부인』에서 보듯 극단적인 성애의 표현으로까지 나아갔고, 결국에는 글쓰기 자체를 이어가지 못한 바 있다. 중요한 것은 소설의 몇 구절로 시대에 대한 비판의식을 표현하는 것이 아니라, 구체적인 현실에 대한 생동하는 관찰이다. 그리하여 왜 지난 시대의 이념이 새로운 현실 앞에서 무력할 수밖에 없었는가를 밝혀내고, 현실을 거쳐 되돌아온 추상적 사유를 통해 현실을 있는 그대로의 현실보다 더욱 현실적으로 그려내야 한다. 문제는 리얼리즘의 유보가 아니라 리얼리즘이며, "보통의 삶보다는 강렬하고 쏘는 듯한 특별함에 훨씬 더 많이 이끌"(47쪽)리는 것이 아니라, 바로 그 평범한 개인의 삶을 가로지르는 추동력의 발견이다.

4. 교활한 현실과 리얼리즘

지금까지 우리는 1992년에 발표된 양귀자의 두 편의 소설을 살펴본 셈이다. 그 과정에서 우리는 이 두 작품이 지니고 있는 미덕에 애써 눈감으려는 태도를 일관되게 취했다. 90년대적 현실이란 작은 것에의 만족이라든가 안일함이라든가 하는 것을 용납하지 않는 시대라는 인식 때문이다. 더욱 복잡한 매개과정이 본질을 숨기고 있으며, 현실의 교활함이 두드러지는 그런 시대이다. 그리고 많은 작가들이 이 교활함 앞에 당황하고 있으며, 또 한편에서는 교활함을 빌려 역사의 운동방향 자체를 부정하는 모습이 나타나기도 한다. 이때 필요한 것은 그 교활함 너머에 작용하고 있는 역사적 본질에 더 가까이 가려는 노력이 아닐까. 이런 이유 때문에 우리는 양귀자에게 호된 채찍질을 가했는지 모를 일이다.

그러나 이러한 호된 채찍질이 양귀자가 지닌 시대에의 동참의지와 성실성을 부정하는 것은 아니다. 오히려 양귀자의 이러한 면모 때문에 호된 잣대를 댔다는 것이 정확한 표현이리라. 그리고 90년대 문학 전체를 염두에 두고 전개한 글임에도 불구하고, 양귀자만을 문제삼은 것은 이 때문이다. 특히 양귀자의 「숨은 꽃」은 90년대에 발표된 어느 소설보다도 많은 미덕을 지니고 있는 작품임에 틀림없다. 거의 모든 작가가 무력감에 빠지고 있는 지금, 그리고 자신의 삶마저 객관화하고 있지 못한 상황에서, 그 끊임없는 객관화의 노력은 우리 소설의 또 한 번의 발전에 중요한 싹이 되기에 충분하다.

흔히 90년대를 혼란의 시대 그리고 비극적 정조의 시대로 규정하는 목소리들이 높다. 그러나 과연 그렇기만 할까. 이제까지 우리의 시대정신이란 엄밀한 의미에서 그 어떤 타자를 자기의 대상으로 삼는 또다른 자아에 대해서 전혀 개의치 않는 직접성에 매몰된 것이었다고 할 수 있다. 즉 자아와 대상의 본질성과 비본질성을 구별하지 않은 채, 감성적 확실성과 자기 확신의 신념에 근거하는 직접성의 수준에서 자기 동일성을 유지하고 있었던 것이다. 따라서 타자의 존재, 자아 사이의 모순적 대립이라는 측면은 철저하게 자기 동일성이라는 굳은 실재 앞에 묻혀버렸던 셈이다.

그러나 90년대의 현실은 타자의 존재라든가 자아 사이의 모순적 대립이라는 성격을 확연하게 부각시키고 있다. 말하자면 굳어진 자기 동일성을 부정할 계기가 주어진 셈이고, 이 부정이라는 운동을 통하여 또다른 인식의 단계로 상승할 기회가 찾아든 것이다. 따라서 중요한 것은 타자성을 인정하고 그것에서 다시 자기 동일성으로 돌아오는 사유의 운동성이다. 이것을 문예학적 용어로 바꾸자면 바로 리얼리즘일 것이다. 즉 「숨은 꽃」 의 표현을 빌리자면, "문제는 '슬픔도 힘이 된다' 는 진술이 아무런 감동도 주지 못하는 세상의 변화"를 인정하는 것이 아니라, 그 변화가 개별적인 삶에 어떤 영향을 미치고 있는가를 확인하고 그를 통해 시대를 움직이는 질서에 가까이 가려는 노력이다. 우리 소설은 바로 이러한 출발선상에 다시 놓여 있다. (1992년)

제 3 부 세기말의 서사 풍경

전환기를 건너는 법

전통은 아무리 더러운 전통이라도 좋다
(……)
비드 비숍 여사를 안 뒤부터는 썩어빠진 대한민국이
괴롭지 않다 오히려 황송하다 역사는 아무리
더러운 역사라도 좋다
진창은 아무리 더러운 진창이라도 좋다
나에게 놋주발보다도 더 쨍쨍 울리는 추억이
있는 한 인간은 영원하고 사랑도 그렇다
―김수영, 「거대한 뿌리」중에서

1. 전환기적 현실과 90년대 소설의 시금석

분명, 우리는, 근대와 근대 이후, 질서와 일탈, 현실원리와 쾌락원리, 소설과 소설 이후의 어떤 경계에 서 있다. 서로 양립하기 힘든 현상들이 수시로 나타나는 것은 분명하나, 이전의 진리틀은 그 혼란스러운 표상을 뚫고 들어가 어떤 법칙성을 찾아내는 데 한계를 드러내고 있으며, 또 그 혼란스러운 표상을 총괄한 어떤 새로운 진리틀은 모습을 드러내지 않고 있다. 전환기를 "신시대의 탄생이나 구시대의 사멸이 모두 가능적이었을 때", 즉 "양자의 승패가 모두 확정적이 아닌 때"(임화, 『개설 신문학사』)라고 정의한다면, 우리는 수사적인 차원을 넘어 정말로 전환기를 경과하고 있는 듯하다.

물론 우리는 양립하기 힘든 여러 현상들의 양립현상을 다른 관점에서도 파악할 수 있을 것이다. 일찍이 일본의 정치학자 마루야마 마사오는 일본의 근대문학 혹은 지성사를 개괄하면서, 근대 일본사회의 특성을 이론 신앙과 생활신앙의 대치상태로 표현한 바 있다. 서구의 사회를 모델로 삼았던 까닭에 일본사회에서는 서구의 특정 개념이 먼저 들어와 겉으로 드러나는 모든 담론들을 지배하나, 그 개념들이 생활의 영역까지는 관철되지는 못하는 양상이 반복되었다는 것이다. 즉 일본 근대사회는, 생활의 논리와 이론적인 인식틀이 서로 변증법적으로 결합하는 것이 아니라 첨예하게 대립한 채 각자의 길을 가는, 불구적인 변화를 거듭했다는 것이다. 그리고 일찍이 김기림은 한국문학 전반에 대해 풍문으로 들어온 서구의 변화가 우리 문학의 변화를 움직이는 중요한 힘이었다고 반성한 바 있으며, 그렇게 된 중요한 원인으로 소비와 생산의 불균형을 든 바 있다. 즉 먼저 풍문을 타고 온 소비의 형식이 정립된 후 한참 후에야 생산의 조건이 갖추어졌으며 이러한 한국역사의 비정상적인 발전은 문학에도 그대로 수용되어 소비적인 삶의 변화를 현실의 변화로 곧 규정해버리는 문학의 흐름이 반복되었다는 것이다. 하여, "유감이나마 우리 생활과 사고, 사고와 생활 사이에는 중세와 근대의 틈바귀가 그대로 남아 있는 구석이 있으며 또한 정신 속에도 봉건사상과 인문주의가 동서하며 한 작가나 시인의 문학 속에 19세기와 20세기가 뒤섞여 있으며 한 상징시인 속에 낭만파와 민요시인과 유행가수가 겹쳐 있는 것조차 도처에서 쉽사리 구경한다"(김기림, 『조선문학에의 반성』)고 설명한다. 마루야마 마사오나 김기림의 관점에 따른다면, 지금 우리의 사회는 전환기가 아니라 최첨단의 삶의 양식(혹은 담론)과 전통적인 삶의 방식이 대립했던 이전의 어느 특정 사회와 다름이 없을 터이다. 그리고 만약 이 관점에 따른다면 전환기적 양상을 보이고 있는 한국소설 전반은, 불구적인 사회 운영의 원리를 그대로 내면화한 그런 불구적인 문학에 불과할지도 모른다.

사정이 어디에 있건 현재 우리는 전환기적 상황을 경과하고 있고, 건너야 할 위치에 놓여 있다. 여기서 전환기적 상황을 넘어야 한다 함은, 전환기적 상황이라는 인식 때문에 '신시대의 탄생'이라는 복음을 서둘러 맞아들이려는 부류들은 그에 합당한 삶만을 찾아내고 있으며, '구시대의 존속'이라는 신화를 굳게 지키며 현실상에 엄연히 나타나는 삶의 변화에 질끈 눈을 감고 있기 때문이다. 그렇게 현재의 소설은 최첨단의 삶의 방식과 잔존해오는 전통적 요소가, 현실원리와 쾌락원리가, 무거움과 가벼움이 대화를 단절한 채 제 갈 길로 질주하거나 멈추어 있는 것이다.

어떻게 이 전환기를 건너야 하는가. 다시 말해 이 극심한 혼란의 시대에 어떤 방식으로 위대한 문학이 가능할 것인가. 물론, 나에게는 이런 문제에 답할 능력이 없다. 다만 두 개의 참고자료만을 제시할 수 있을 뿐이다. 단재 신채호의 "종족의 보존도 의문이거늘 하물며 문화발전의 가능이 있으랴"라는 명제와 "우리 조선 사람은 (……) 무슨 주의가 들어와도 조선의 주의가 되지 않고 주의의 조선이 되려 한다"는 선언이 일제시대 문학의 궁극적인 평가의 척도가 되는 시금석이듯, 전환기를 경과하는 오늘날의 문학도 반드시 고려해야 할 최소한의 기준은 필요할 터이다. 최윤의 『겨울, 아틀란티스』(문학동네, 1997)와 김승희의 『산타페로 가는 사람』(창작과비평사, 1997)은 바로 이러한 시금석의 의미를 지니는 소설이다.

우상적 사유, 혹은 구체적인 가치, 독특성, 비교 불가능의 성질을 지워버리는 환원적 사고에 대한 철저한 부정의지를 보였던 최윤이 드디어 소설(혹은 문학) 전반에 대한 우상적 사유와 맞서기 시작했다. 『겨울, 아틀란티스』는 문학연구에 관심을 가졌던 주인공 '이학'이 애인 Z의 실종과 우연한 계기로 '한진영'이라는 인물의 삶에 개입하면서 현실의 상투성을 넘어서는 상상력의 도저함에 매혹당한다는 개요를 지닌 소설이다. 간단한 개요에도 불구하고 『겨울, 아틀란티스』는, 별도의 접근이 요구될 정도로, 대단히 체계적이고 중층적이며, 그러면서도 사적인 맥락을 포괄하는, 소설로 쓴 소설론이다. 한마디로, 『겨울, 아틀란티스』는 소설의 개인적 역사적 기원을 세심하게 읽어낸 입문서이고, 또 소설이 인간의 영혼에 미치는 영향력에 대한 상세한 보고서이며, 동시에 하나의 소설이 소설적 진실에 도달하기 위해 밟아야 하는 경로에 대한 소상한 기록이다.

『겨울, 아틀란티스』에서 우선 주목되는 요소는 소설의 마성에 대한 성찰이다. 주인공은 여러 시행착오를 거쳐 자기 스스로에게 진실해질 수 있는 어떤 일을 찾아낸다. 한 여성을 멀리서 관찰하는 것이 그녀에게 맡겨진 일이지만, 이후 그녀와 그녀를 둘러싼 환경에 관심을 가지면서 그녀의 실체적 진실에 접근하고자 하는 욕망에 사로잡힌다. 그녀의 버릇, 옷맵시, 기호 등등에 대한 사소한 정보들을 수집하여 하나의 가설을 세우고 새롭게 관찰된 결과와 이전의 가설을 비교, 분석, 대조하면서 또다시 가설을 재정립하곤 하는 과정을 반복한다. 한 인간을 이해하기 위한 새로운 단서가 발생하면, 그리고 그 단서가 이전의 가설과 일치하지 않으면, 주인공은 어떻게든 이 둘 사이를 연결하는 끈을 찾아내려고 하며 주인공의 치밀한 성찰로 인해 서서히 한 인물의 실체적 진실이 밝혀지기 시작한다. 그러나 이러한 분석적 작업은 소설이라는 매개가 들어서면서 방해받기 시작한다. 한진영은 자신의 삶과 소설 속에 그려진 삶을 구분하지 못했고, 오히려 소설 속의 삶과 자신의 삶을 환치시키고 있었던 것이다. 주인공은 그녀의 주문대로 장기영이라는 작가의 소설을 통하여 그녀의 삶을 재구하려 하지만, 주인공 역시 소설 속의 삶과 자신의 삶을 환치시킨다. 소설이라는 가상의 세계가 뿜어내는 마성이 한진영이나 주인공의 영혼을 잠식하고, 동시에 그녀들에게 엄연히 존재했던 과거의 사실마저도 부정하게 만들었던 것이다. 이처럼 소설이 주인이라면 독자는 노예다. 독자는 애초에는 자신의 삶의 기억을 가지고 한 작품을 선택하고 그에 탐닉하겠지만, 이후에 독자는 소설이 만들어주는 실존의 그늘 속에서 벗어나지 못하게 된다. 한진영이나 주인공 이학은 장기영의 소설이 더이상 씌어지지 못하는 순간, 다시 말해 장기영이 죽는 순간, 자신들의 삶으로 돌아온다. 이처럼 소설이란 마성적인 형식인 것이다.

『겨울, 아틀란티스』에서 주목되는 또하나의 중요한 성찰은 소설적 진실이란 어떤 경로를 통해 달성되는가 하는 점이다. 작가 최윤은 소설적 진실의 중요한 덕목으로 "스스로에게 진실해지는 것"이라는 내포를 지닌 작가적 진정성을 설정한다. 주인공 이학은 장기영의 소설이 뿜어내는 강한 마력에서 벗어나 현실의 상투성을 해체하고 다시 종합해 생동하는 현실로 바꾸고자 하는 욕망을 내밀하게 꿈꾸는바, 이학은 작가의 길을 선택한다. 이는 스스로에게 진실해지려는 이학의 진정성의 발로일 것이며, 장기영의 소설이 아무리 자신의 삶의 많은 부분을 설명해준다 하더라도 결국 자신의 삶을 다 표현해주지는 못한다는 깨달음의 결과일 것이다. 장기영의 소설을 읽는 동안 이학은 어떤 상실감에 허덕이며, 그 결과 부모가 교통사고로 사망하던 때나 Z가 실종되었을 때 경험했던 '고속비만증'의 징후에 시달린다. 그러나 자신의 글을 쓰면서부터 "그녀는 더이상 고속비만증의 초기 증상에 시달리지 않아도 된다는 것을 시간이 지나면서 알아차린다". 이학은 그렇게 존재하면서도 존재하지 않는, 존재하지 않으면서도 존재하는, 자신만의 섬을 찾아나서고자 하며, 그 목적을 위해 헌신하고자 한다. 장기영이 앞선 세대의 어떤 작가의 목소리를 계승하고 거기에 자신의 목소리를 덧붙였듯, 이학 역시 자신의 삶의 많은 부분을 포괄했던 앞선 세대의 작가를 한편으로는 모방하고 한편으로는 부정하며 자신만의 텍스트를 만들어내고자 하는 것이다.

이처럼 『겨울, 아틀란티스』는 소설(가)의 기원에 대한 소설이며, 소설의 사회적 영향력에 대한 치밀한 임상보고서이다. 한마디로 『겨울, 아틀란티스』는 어떤 과정을 통해 소설이 탄생하며, 어떤 경로를 거칠 때 소설적 진실을 획득할 수 있는지에 대한 아주 충실한 지침서로 손색이 없다고 할 수 있을 것이며, 『겨울, 아틀란티스』는 하여 전환기적 현실을 통과하는 우리의 소설이 끊임없이 비추어보아야 할 선명한 거울이라 할 수 있다.

『겨울, 아틀란티스』가 소설적 진실에 관한 근원적인 성찰로 90년대 소설의 시금석으로 자리할 수 있다면, 김승희의 『산타페로 가는 사람』은 또다른 측면에서 90년대 소설을 평가하고 판단할 수 있는 중요한 기준을 제공해준다. 『산타페로 가는 사람』에서 그려내는 세계는 다양하다. 가부장적인 현실에 대한 비판이 있는가 하면(「산타페로 가는 사람」「호랑이 젖꼭지」), 상품의 논리에 영혼이나 역사의식을 상실해버린 욕망하는 기계들의 황폐한 삶이 있고(「聖 브래지어, 1994년 7월 9일」), 미국의 한인사회에 대한 편견 혹은 백인우월주의에 대한 비판도 있으며(「13월의 이야기」), 또 합리적인 형식을 갖추고 있으면서도 비합리적으로 운영되는 제도가 언표된 형식(이론, 합리성, 대의명분, 거대담론)과 담겨진 내용(현실, 비합리주의, 개체 보존욕망, 본능적 인식) 사이의 극단적인 분열을 낳으며 이것이 한국인의 불구적인 삶을 조장한다는 성찰도 있다(「제목을 붙이지 않은 오페라」). 다음과 같은 부분은 특히 문제적이다.

80년대는 갔고, 갔으면 갔으니, 이제 우리는 그 문제와 아주 상관없는, 천상천하에서 처음 보는 새로운 사고를 하지 않으면 안 된다는 헐떡이는 강박관념을 가지고 있는 것 같다. 그러나 과연 80년대의 문제가 80년대로만 끝나는 꼭 그런 문제였을까. 80년대, 아니 90년대가 와도, 아니 21세기가 온다고 해도 80년대적 문제는 여전히 탐구되어야 할 인류 보편의 조건에 관한 탐구 내지는 투쟁이었다는 것을 작가들도 지식인들도 거의 다 망각하고 있는 것만 같은 분위기가 휩쓸었다. (……) 어서 이 터널만 빠져나가고 보자는 도망자 의식이 우리 모두에게 있는지도 모른다. 어서 이 구질구질하고 궁상스런 80년대적 피와 살점의 이야기, 최루탄 가스, 물고문, 지겹도록 들은 광주, 속이구 선언, 분열, 야합, 배신, 음모—이 모든 것에서 탈출해서 좀 멋지게 살아보자고 생각할 수 있겠다.(「회색고래 바다여행」, 110~111쪽)

물론 김승희의 『산타페로 가는 사람』의 문제성은 위와 같은 구두선을 내세웠다는 사실에 있지 않다. 이러한 인식을 소설의 풍부한 육체를 통해 구조화했다는 것에 그 의미가 있다. 80년대라는 정신적 상흔으로 인해 끊임없이 과거의 흔적인 이름을 바꾸는 신경증환자, 그리고 유방이 잘려나간 시체에서 받은 공포로 종종 광기를 보이는 미술가의 초상은 가히 인상적이다. 신경증이 비정상적인 어떤 정신상태가 아니라 혼란스러운 정체성에 대한 극히 복잡한 반응이라고 한다면, 80년대의 공포와 열정 등은 현재 한국인의 삶 모두에게 잠복되어 있다고 할 수 있을 것이다. 80년대가 아무리 "구질구질하고 궁상스"럽게 느껴진다고 하더라도, 우리네 삶의, 역사의 한 부분 아니겠는가. 80년대에 대한 집단적인 기억상실증을 환기시켰다는 점에서, 그것도 뛰어난 미적 성취로 환기시켰다는 점에서, 김승희의 『산타페로 가는 사람』은 90년대 소설의 대부분을 반성케 하고 재정립하게 하는 시금석인 셈이다.

그렇다면, 이제 우리의 관심사는 이 계절에 씌어진 소설들이 이 두 개의 시금석에 어떻게 비쳐지고 있는가이다.

2. 욕망하는 기계들의 권태와 절망

2.1. 역사를 이탈한 별 — 김이태의 『궤도를 이탈한 별』

김이태의 『궤도를 이탈한 별』(민음사, 1997)은 루카치식의 소설이 어떤 경로를 통해 스러지며 소위 신세대의 소설이 어떤 경로를 통해 형성되는지를 전형적으로 대변하는, 한마디로 전환기에 놓여 있는 현단계 소설의 정신적 자화상이자 이정표라 할 수 있는 소설집이다.

『궤도를 이탈한 별』 제일 앞머리에는 작가의 등단작인 「몽유기」가 실려 있다. 「몽유기」는, 의식적이건 무의식적이건, 우선 혼란스럽다. 너무도 혼란스러워서 그 혼란스럽고 어지러운 표상들로부터 어떤 법칙성을 찾아내는 것 자체가 힘들 정도이다. 과거와 미래라는 시간의 무질서한 혼효, 위계질서가 세워지지 않은 다양한 가치관의 무질서한 배열, 비문법적인 문장의 잦은 출현 등은 전통적인 소설문법에 익숙한 독자들을 아주 곤혹스럽게 만든다. 이런 와중에도 어떤 궁극적인 핵심은 존재하는 것으로 보이는데, 그것은 다음의 구절에서 압축적으로 나타난다.

1)갑자기 사라진, 논리 정연했던, 의기충천했던, 항상 자신을 부끄럽게 했던, 그나마 비판의 눈을 가지게 했던, 돈이 제일의 가치는 아니라고 당연하게 말할 수 있게 했던, 정신없이 잃어버리기만 하는 세상살이에 조금이라도 연결 고리를 비추어주었던, 인생을 그나마 진지하게 대하게 했던, 사라진 그 무엇. 나는 무엇이 사라진 것인지 명명할 수 없다. (……) 추억으로 남을 수 없는 것에 대한 암담한 기억.(59쪽)

2) "동지가 아니면 사랑도 못하는 거야?"
그는 가끔씩 반쯤 포기한 눈초리, 성인(聖人)들이나 지니고 있을 듯한 연민의 눈초리로 그의 첫사랑인 나를 본다. 내가 창녀였던 막달레나도 되고 그는 성적인 유혹을 초탈한 듯이 '너는 뼛속까지 개인주의적이라 안 돼' 라고 말한다. 내심 파산하기를 바랐던 그 첫사랑은 십 년 뒤 변호사라는 간판을 달고 무슨 연합에 있다.(28~29쪽)

3)그러면서 그들은 조심스럽게 물어온다. 때로는 눈이나 입가로만 묻기도 한다. 무얼 하며 살아가고 있냐고. 아니면 무엇을 위해 살고 있냐고. 그러면 나는 실실 웃으며 대답한다. 나사가 풀려서 그냥 갈 데로 가는 거라고. 그러면 그들 중 두셋은 인생을 좀 진지하게 사는 게 낫지 않냐고 조심스럽게 충고한다. 나는 다시 대답한다. 진지하게 사는 것에 넌더리가 난다고.(38~39쪽)

80년대를 장식했던 시대정신이란 2)의 경우처럼 인간이 도달하기 힘든 어떤 경지를 절대선으로 세워놓고 그 경지를 향한 금욕적 자기 완성을 강제했는지도 모른다. 아니, 분명 그런 측면이 있을 것이다. 80년대의 시대정신(아니, 80년대 이전에도 그러했을 것이다)은, 근대문학 초창기의 이광수와 유사한 면모를 보인 바 있다. "사랑이냐 민족이냐". 이광수는 개인의 욕망과 민족이라는 당위 사이에서 고민하는 불행한 의식의 소유자이기를 고집하기보다는, 민족을 위해서라면 사랑을 포기해야 한다고 쉽게, 그것도 아주 쉽게 결정해버린 바 있다. 그리고 여타의 욕망들을 스스로 억눌렀고, 또 인정하지 않았다. 80년대의 시대정신이 바로 이러했다. 하나, 이 금욕적 집중이란 얼마나 자기 기만적이며 또 얼마나 한 개인을 쉽게 지치게 만드는가. 뿐만 아니라 여러 상이하고도 다양한 가치들을 얼마나 철저하게 억압하는가. 80년대의 시대정신은 그렇게 금욕적이었으며 억압적인 측면이 분명 존재한다. 그러나 한 개인이 한평생을 금욕의 삶을 산다는 것은 불가능할 터, 하여, 80년대의 시대정신을 전면에 앞세우던 많은 사람들 중에 몇몇은 겉으로는 금욕을 안으로는 내밀한 욕망을 불태우는 '이중생활자'의 모습을 보이기도 했을 것이다. 그리고 80년대의 아들, 딸들 중 아무런 합리적 해명 없이 자신이 부정하던 질서에 합류해들어간 부류도 있을 것이다. 그렇게 그들은 '변호사'가 되었으며, 정치인이 되었을 것이다.

이러한 80년대라는 세계상을 자기화하는 방식은 여러 가지가 있을 수 있을 것이다. 80년대적 시대정신이 불행한 의식의 소유자이기를 거부하고(또는 분명 노예라는 자신의 위치를 분명히 깨닫지 못하고) 주인의 특권이라 할 금욕주의적 자세를 지녔다는 것을 비판할 수도 있을 터이고, 또 80년대의 아들은 절대선과 실제생활 사이의 거리를 좁히려는 노력이 부족했다고 비판할 수도 있을 것이다. 그러나 김이태는 이런 방법을 택하지 않는다. 3)에서 볼 수 있듯 "진지하게 사는 것에 넌더리가 난다"라고 자기화한다. 이 순간 김이태는 1)에서 행했던 성찰과 모순에 빠진다. 1)에서 볼 수 있듯, 80년대의 시대정신이란 나름대로의 의미를 충분히 지녔던 것 아닌가. 비록 "그나마"라는 한정어가 많이 붙어 있기 하지만, 자신을 세계화하는 데 충분한 기여를 한 것이 아닌가. 그러나 다시 한번 생각해보자면 세상에 존재하는 진리틀이란 모두가 다 세계를 자기화하는 데 "그나마" 기여할 뿐이며, 이 "그나마"를 떼어내기 위해 우리는 거듭 현실의 구석구석과 새로운 삶의 징후에 민감한 반응을 보이고 새롭고도 절대적인 진리틀을 향해 나가는 것인지도 모른다. 그렇다면 80년대의 시대정신이란 나름대로 충분한 역사적 공과를 지닌 셈이며, 따라서 김이태는 "사라진" 그 무엇을 구체화하는 작업이 필요한지도 모른다. 하나, 김이태는 "추억으로 남을 수 없는 것에 대한 암담한 기억"에 넌더리를 낸 채 과거를 묻어버린 채 "돈이 제일"인 세상, 혹은 "정신없이 잃어버리기만 하는 세상살이"에만 주목한다.

「몽유기」이후 김이태의 소설에서 혼란감은 더이상 없다. 현대인을 정신없이 살게 하는 자본주의적 속도감이나 정신적 동물왕국의 상태에 주목하고, 그 속도감에 중요한 무엇을 잃어가는 인간 군상에 주목한다. 「궤도를 이탈한 별」이 그러하고 「식성」이 그러하다. 이 소설에 등장하는 인물들의 영혼은 텅 비어 있다. 어떠한 변화된 상황이 나타나면 그 외부적 상황은 이제 하나의 동기가 되는 것이 아니라 전적으로 원인이 된다. 불륜의 상황 속에 놓이면 불륜이 시작되고, 도박이라는 상황에 노출되면 편집광적으로 자본의 논리에 빠져든다. 물론 김이태의 관심은 황폐해진 영혼의 비극성에 맞추어져 있고, 또 그렇게 인간을 황무지로 내모는 자본주의 사회의 비인간적 측면에 가 있다. 하지만, 인간에겐 정말로 이 자본주의적 속도감에 제동을 걸 수 있는 어떤 측면이 하나도 없는 것일까. 그것을 찾아보아야 하는 것은 아닐까. 넌더리가 난다고 해서 진지한 것 모두를, 또는 성인과도 같은 눈초리를 인간적 덕목에서 빼버리는 것은, 또다른 의미의 금욕적 억압은 아닐까. 개인적인 고백이 허용된다면, 『궤도를 이탈한 별』의 마지막 페이지를 덮는 순간, 나는 「몽유기」의 그 혼란스러움이 그리웠다.

2.2. 죽음이라는 막다른 길 — 백민석의 『16믿거나말거나박물지』

80년 광주에서 거대한 운동이 있을 무렵, 컬러 TV의 색채감에 매혹되고 만화영화에 심취해 있었던 한 아이가 있었다. 80년대가 광주를 시발로 질풍노도처럼 들끓고 있을 때, 좀더 나이가 든 그 아이는 그 만화영화의 세계를 실천에 옮기고 있었다. 그리고 그 아이가 이제 작가가 되었다. 그 아이란 바로 백민석이고, 그 백민석이 『헤이, 우리 소풍간다』, 『내가 사랑한 캔디』에 이어 『16믿거나말거나박물지』(문학과지성사, 1997)를 내놓았다.

백민석은 만화영화의 황당무계할 정도의 상상력과 한시도 멈춤이 없는 운동성을 기억한다. 그리고 모든 등장인물이 선과 악으로 분명히 갈리는 그 선명한 선/악 대비나, 하나의 가치관이 정립될 틈도 없이 옮겨지는 등장인물의 그 무한한 자기 활동성을 무슨 저주처럼 그리워한다. 하니, 그에게, 세상은 권태 그 자체이며, 또 그 권태를 꾸역꾸역 살아가는 인간 군상에 휩쓸려 있으니 고독하다. 아니, 그 반대인지도 모른다. 성장하면서 내내 경험한 권태와 고독이 만화경적인 세계를 기억하게 했는지 모른다. 백민석은 유아론적(幼兒論的 혹은 唯我論的) 사고의 소유자이다. 유년기의 황홀경을 이어나가려 한다는 점에서 그는 유아론자(幼兒論者)이며, 타자라는 개념을, 그리고 나 밖에서 벌어지는 제반 현실을 나의 경험구성에 무용하다고 파악하다는 점에서 유아론자(唯我論者)이다.

『16믿거나말거나박물지』는, 권태와 고독으로부터 벗어나고자 몸부림치는 작가가 권태를 영속시키려는 세상에 던져놓은 출사표이며 동시에 절망의 기록이다. 『16믿거나말거나박물지』는 3부로 구성되어 있다. 1부는 '믿거나말거나박물지 갤러리 코미디즘'에 대한 간접적 소개, 2부는 '믿거나말거나박물지' 외부의 세계, 그리고 3부는 주인공의 '믿거나말거나박물지 갤러리 코미디즘'에서의 체험담. "상상해낼 수 있는 모든 것들을 생산해낸 인류는 이제, 인류가 상상해낼 수 없는 것들을 생산해내기 시작했"으며, '믿거나말거나박물지 갤러리 코미디즘'은 "그 새로운 생산 시대의 선두주자"이다. 즉 "생산의 속도가 의미의 속도를 앞질러버린 시대"의 상징물이 바로 '믿거나말거나박물지'인 셈이다. 그곳에는 의미를 캐려는 자들을 조롱하는 '캘리포니아 나무개'가 있으며, 또 실체를 드러내지 않는 그래서 더욱 인간에게 공포를 가중시키는 '완다라는 물고기' 등이 전시된다. 이들 여러 전시물들의 특성은 인간에게 공포나 권태를 제공하나 그 실체는 찾아볼 수 없다는 것이다. 즉 현대를 살아가는 인간들은, 높은 자리에서 일상적인 인간들을 내려다보고 조롱하나 보이지는 않는 어떤 초월적인 권력이 제공하는 권태나 죽음이라는 공포에 시달리고 있다는 것, 이것을 작가는 암시하고 있는지도 모를 일이다.

'믿거나말거나박물지'에는 많은 것이 전시되지만 무질서하고 혼란스럽다. 그 자체의 법칙성을 찾아볼 수가 없다. 하나 분명한 것은 권태가 있는가 하면 공포가 있고, 질서가 있는가 하면 일탈이 허용되고, 삶의 무의미성이 있는가 하면 최소한의 자유가 보장된다. 그러면서도 '믿거나말거나박물지'에서 지켜지는 제일 중요한 원칙은 삶과 죽음의 권리는 누군가에게 쥐어져 있다는 것. 아무도 죽을 수 없고 또 아무도 죽지 않는다. 「열네 개의 병원 침대」에서 볼 수 있듯 무의미한 삶, 하여, 다른 사람에게는 보이지도 않는 삶이 영속된다. 단지 '가상의 위기상황'에서 '죽음 없는 죽음'의 놀이를 행하고 '난 살아 남았다'라는 자기 위안과 자기 기만이 이들에게 허용된다. 자신의 죽음마저도 자신이 선택할 수 없는 극도의 무력한 상태, 이것이 '믿거나말거나박물지'를 통하여 작가가 파악하는 현대인의 존재방식처럼 보인다. 하여, 『16믿거나말거나박물지』가 다음과 같이 마무리되는 것은 어쩌면 당연하다.

이제 한 달 후면, 위대한 21세기의 첫날 첫 아침에, 나는 이십대의 종말을 맞을 것이다─그럼 그 자살용 올가미의 매듭이 더 죄어오든가, 아님 운 좋게도 공중에서 툭 끊어져버리겠지─아무튼 가장 가능성 높은 것은, 내 이십대의 모든 순간에서 그랬듯이, 야금야금 내가 미쳐돌게끔 옥죄어오는 경우일 것이다. 바로 눈앞에서 최후가, 한 발짝 한 발짝 끝도 없이 연기되는 경우 말이다. 그럴 경우엔, 내가 알아서 말총머리의 장의사 현관을 찾아 두드릴 것이다.

펨프의 경우엔 좀더 일찍, 내일 새벽녘에 종말을 맞을 것이다. 말총머리의 기막힌 사형 선고와 함께.

펨프가 마루 저쪽에서 푸념하듯 지껄였다. "세상에 자살이란 없어. 살 (殺)만 있지. 그냥 자살자의 손만, 살해하는 데 임대하는 거라구!"(「음악인 협동조합」, 253쪽)

우리는 백민석의 『내가 사랑한 캔디』의 마지막 부분을 기억한다. "내 도끼 아래서의 고통 따위는, 영원히 실현될 수 없는 이상을 무작정 기다리는 고통에 비하면 약과……"에서 볼 수 있는 강렬한 죽음에의 충동, 이 죽음에의 충동은 죽음이라는 공포를 앞세우고 야금야금 인간에게 걸어들어와 권태를 감내하게 하는 현대사회에 맞서던 백민석의 대항이념이었다. 그러나 『16믿거나말거나박물지』에서는 그 자살충동마저도 결국은 인간의 선택권에서 떠나버렸다는 결론에 도달한 것으로 보인다. 그렇게 우리네 인간의 삶은 황폐하다는 것이다.

한마디로 『16믿거나말거나박물지』는 사물에 의해 주변부로 밀려난 현대인의 무의미하고 권태로운 삶을 그로테스크적 이미지를 통하여 구성해 낸 소설이라 할 수 있다. 자살마저도 자신의 의지가 아닌 보이지 않는 권력의 의지의 몫이라면, 인간은 이제 권태를 견디는 것말고 아무것도 할 수 없는 것일까. 백민석은 이제 이 질문으로부터 자유롭지 못하다. 이제까지 그의 글쓰기가 죽음충동을 앞세운 권태로부터의 탈출이었다면, 『16믿거나말거나박물지』는 그것마저도 불가능한 상황이라고 말하고 있기 때문이다. 그러면, 그는 어디로 갈 것인가. 이 방향은 물론 작가가 결정할 수밖에 없는 것일 터이다. 하지만 예측해볼 수는 있을 터. 이제까지 확인해본 바에서 드러났듯 백민석의 소설은 순수하게 자족적인 세계이며 동시에 물샐틈없이 형식논리적으로 구성된 세계이다. 백민석이 설정한 상상의 세계에는 구체적인 현실이 없다. 아니, 구체적인 현실이 그 논리의 틈을 비집고 들어갈라치면 순식간에 무너질 수밖에 없는 세계이기도 하다. 이렇게 현실을 떠난 자리에서 형식논리적으로 자족적인 공간을 일단 설정한 자가 행할 수 있는 방식은 세 가지이다. 하나는 끝까지 현실을 모른 채 하는 것, 둘째는 자족적인 공간을 포기하는 것. 그리고 마지막으로는 자족적인 공간(혹은 일종의 가설)을 현실과의 관련을 통해 재구성하는 것. 정말, 그는 어디로 갈 것인가.

2.3. 환부 없는 상처, 그리고 몸의 현상학 — 조경란의 『불란서 안경원』

『식빵 굽는 시간』으로 이미 그 역량을 인정받은 신예작가인 조경란이, 첫번째 작품집 『불란서 안경원』(문학동네, 1997)을 상자했다. 조경란은 최근 모습을 선보인 신예작가 중, 단편소설이란 서정시에 근접하는 서사 양식이라는 사실을 정확하게 인지하고 있는, 그리고 그것을 치밀하게 실천해내는 작가이다. 조경란의 소설에는 묘사된 대상을 통해 작가의 시선을 교묘하게 감추는 압축미와 상징미가 살아움직이며, 동시에 한 장면 한 장면, 혹은 한 과정 한 과정이 모아져 총체적인 세계상을 구현하는 과정, 즉 묘사와 서사, 장면과 압축의 유기적인 연관이 밀도 있게 유지되고 있다. 이는 묘사는 묘사대로 서사는 서사대로 고립되어 이 공백을 메우기 위해 작가의 목소리를 직접 개입시키는 최근 소설의 조급한 형식파괴의 서사와 구분되는, 조경란만의 미덕이다.

조경란은 여타의 신세대 작가와는 달리 거대담론을 소설 속에 끌어들이지 않는다. 거대담론의 시대는 갔으며 미시서사만이 가능하다는 자신의 인식틀을 거대서사 속에 담아내는 이율배반으로부터 자유로운 셈이다. 조경란의 소설에 등장하는 인물들은 모두가 정신적 트라우마를 앓고 있으며, 그 상처의 근원은 가족이다. 조경란 소설의 주인공들은 이 가족이라는 불합리한 구조로부터 상처받고 신음한다. 아니, 정확하게 표현하자면, 불합리한 가족구조로부터 삶의 가능성을 차단당한다. 만약 가족이라는 불합리한 구조가 조경란의 인물들을 제한한다면, 그녀들은, 그녀의 앞선 세대 여성작가 대부분이 그러했듯, 가족으로부터 탈출했을 것이다. 그러나 조경란의 그녀들은 '행복한 집'을 희구하며, 그렇기에 집 밖으로 나오지 못한다. 일그러지고 뒤틀려버린 가족을 유지해야 하고, 더 나아가 그것을 행복한 상태로 바꾸어야 하기 때문이다.

그런데 행복한 집의 복원이라는 그녀들의 희망은 애초부터 불가능하다. 그녀들의 웃음이 사라진 가족은 이미 가족구성원들이 죽었거나, 치유 불가능한 질환(치매) 등으로 인해 형성되기 때문이다. 그녀들의 집은, 분명 한 개인을 세상으로 이어주는 통로가 아니라 세상으로부터 그녀들을 단절시키고 차단하는 벽이다. 세상의 흐름은 이 벽을 넘지 못한다. 넘어선다 하더라도 넘어서는 순간 그 생명력이 약화되어 아무런 흔적도 남기지 못한다. 또 조경란의 그녀들은 외부로 향하는 순간 곧 미약한 바람이 되며, 집으로 들어서는 순간 실체를 회복한다. 그녀들의 불행은 따라서 그 자신의 의지에 따라 개선될 수 있는 어떤 것이 아니다. 운명적으로 결정된 조건이며 따라서 그녀들의 불행은 존재론적이다.

물론 이 존재론적인 조건을 넘어서려는 노력이 없는 것은 아니다. 「내 사랑 클레멘타인」에서는 치매에 걸린 아버지를 내다버리고자 하며, 또 「꿈」에서는 자신과 쌍생아인 여인을 살해하려 하지만, 그것은 어디까지나 환상에서 이루어지는 일이다. 또 「목이 긴 사내 이야기」에서는 "아아, 어서어서 나를 바다로 데려가줘. 맨발로 바다를 밟고 간 사람들은 새가 된다고 해. 나는 새가 되고 싶어. 아니아니 나를 수천 개의 가벼운 이파리로 만들어줘. 그리곤 지옥보다 높은 벼랑에서 나를 단숨에 날려줘버려 제발……"이라고 욕망하고 중학생 제자를 유혹하지만, 그것은 어디까지나 자멸적인 행동일 뿐 또다시 집으로 복귀한다. 이처럼 조경란에게 집은 고통의 출발점이자 종착점이기도 하다.

조경란의 소설에는 하나의 특징이 있다. 주제를 찾아내기 힘들다는 것. 조경란의 소설은 상처입은 영혼들이 경험하는 내면의 일탈욕망과 좌절 등을 이야기하고 있지만, 이청준의 「병신과 머저리」의 동생처럼, 그 상처에는 환부가 없다. 아니 보다 정확하게 표현하자면 환부를 개념화하기가 어렵다고 해야 하리라. 조경란의 그녀들은 자기를 세계화하거나 세계를 자기화하는, 하여 그녀들을 세계 내적 존재로 위치시키려는 노력을 행하지 않는다. 그녀들은 타자라는 개념을 그리고 나 밖에서 벌어지는 제반 현실을 그녀들의 경험구성에 틈입시키지 않는다. 그녀들은 분명 합목적적 존재도 아니며, 이성적 사회적 역사적 존재도 아니다. 하여, 그녀들의 경험하는 고통은 상징적이거나 제의적이며 또는 신화적인 요소를 지니지만, 그 상징적인 고통의 사회적이며 구체적 내포를 지정하는 것은 쉬운 일이 아니다. 즉 그녀들은 어떤 개념으로의 환원 또는 개념화를 거부하는 자리에서 살고 있는 것이다.

우리가 조경란의 그녀들에게서 발견할 수 있는 객관적인 정보란 생물학적인 나이이거나 신체의 특이한 구조뿐이다. 조경란 소설의 주인공들은 생물학적 나이를 자신의 삶의 중요한 이정표로 삼는다. "스물아홉이라는 너무 늦거나 혹은 너무 빠른 나이"(「푸른 나부裸婦」), "우리 이제 겨우 서른세 살이에요. 연민으로 살기엔 너무 젊어요"(「사소한 날들의 기록」), "나는 이제 서른세 살이 된다. 지독한 나이다" "사랑이 치욕이 되는 나이"(「중독」) 등등. 그러나 이것 역시 그녀들의 세계 내적 위치를 측량하는 데 현저하게 역부족이다. 이미 한 비평가가 적절하게 지적했듯, 나이가 어떠하건 '너무 늦거나 너무 이르다' 라는 판단으로 귀결되기 때문이다.

조경란의 소설에서 그녀들을 혹은 그들을 객관적으로 살펴볼 수 있는 기준은 신체구조이다. 많은 등장인물의 성격이 그들의 신체구조에 의해 암시되는가 하면, 인물과 인물과의 관계설정에 중요한 동인이 된다. 같이 편두통을 앓는다는 이유만으로 소통체계를 만들어가기도(「꿈」) 하고, (동성애적인) 신체적인 교감을 거친 후에 곧 그 타인을 자신의 세계 안으로 끌어들이기도 한다(「푸른 나부裸婦」「당신의 옆구리」). 심지어 작중의 한 인물은 "나는 내 영혼보다도 두 귀를 더 신뢰하고 있는 것은 아니었을까"(「푸른 나부裸婦」)라고 말하기도 한다. 그만큼 조경란에게 인간의 신체는 그 개인의 삶, 역사, 가치관을 읽어내고 표현하는 중요한 기제이다. 일반적으로 신체란 욕망하는 기관들로 일컬어진다. 사람의 육체 혹은 신체는 자신의 욕망을 성취하기 위해 여러 관계들을 조직하며, 그러한 관계들을 통해서 욕망을 충족시킬 수 있는 구조들을 탐색하고 형성하고 발전시키며, 또 파괴한다. 즉 인간의 신체는 인간이 소유하고 있는 어떤 물리적이고 물질적인 실체만이 아니라 행위체계이며 실천양식이다. 하여, 조경란의 그녀들은 이 신체적인 특성을 통해 자신의 역사를 암시한다. 하지만 이것을 감안한다 하더라도 그녀들을 세계 내에 위치시키는 것은 쉽지 않다. 이성(혹은 영혼)과 신체 사이의 어떤 관계설정이 이루어지고 있지 않기 때문이다.

이처럼 조경란의 소설은 '그녀들'의 비사회적인 성격으로 인하여 이 사회를 움직이는 궁극적인 원리와 먼 자리에 서 있는 듯이 보인다. 즉 현재 인간의 삶을 결정짓는 여러 조건이 그녀들의 삶 속에서는 찾아지지 않는 것이다. 그녀들을 집 밖으로 자주 내보내야 하는 것은 아닐까. 또 TV를 더 시청하게 하고, 신문도 더 보게 해야 하고, 그리고 아주 잡스러운 것이라도 외부적인 전언들을 접하게 해야 하는 것은 아닐까. 갑작스레 걸려오는, 그녀들과 동일한 운명의 전언만 듣지 말고 다른 평범하다고 느껴지는 여자들의 수다도 더 들어보고, 아이들의 재잘거림에 귀도 기울여보는 것은 어떨까. 그렇다면 그녀들은 지금 이 시대 속에 위치하지 않겠는가. 다시 말해 출가는 아니더라도 좀더 많은 외출 후에, 다는 아니더라도 그녀들의 이웃과만이라도 비교해보는 것은 어떨까.

2.4. 불가항력의 수레에서 내리는 방법 ― 김영하의 『호출』

현대가 창출한 세계에서 사는 것은 불가항력의 수레를 타는 것과 마찬가지인지도 모른다. 현대사회에서의 변동은 인간의 기대에 일관되게 따르는 것도 아니고, 또 인간의 통제에 따라 법칙적으로 수행되는 것도 아니다. 어느 순간부터인지 사물은 거대해졌고, 인간은 기호가 되었다. 사회를 움직이는 힘으로부터 소외된 인간들은 자기의 정체성을 찾기 힘들어졌고 그 결과 자기 활동성은 인간적 덕목의 아주 구석진 자리로 밀려났다. 인간의 모습을 비춰줄 거울이 사라지자(혹은 현실의 합법칙적 발전이라는 믿음에 기초한 미래적 전망의 제시가 더이상 불가능해지자), 현대인들은 극단적인 나르시시즘에 빠지거나 아니면 자기 환멸에 빠져들었다. 현대가 창출한 세계에서 살아남고자 하는 극단적인 자기 방어의 결과일 것이다. 김영하는 현대라는 불가항력의 수레에 탑승한 현대인들의 고독과 권태, 환멸과 허무에 누구보다도 깊은 관심을 기울이는 작가이다.

소위 신세대 작가에 대한 우려 섞인 반응을 한순간에 불식시킨 작가 김영하가 첫번째 소설집 『호출』(문학동네, 1997)을 상자했으며, 이 소설집으로 우리는 김영하가 90년대 소설의 중요한 수확임을 다시 한번 확인하게 되었다. 앞서 이야기했듯 김영하는 현대라는 불가항력의 수레를 탄 현대인의 존재방식에 주목한다. 그가 그려낸 현대는 황무지 바로 그것이며, 그곳을 살아가는 인간은 그 불모의 상태를 견디기 위해 어쩔 수 없이 신경증 환자가 되었거나 아니면 권태에 찌들어 있다. 그에 따르면 현대란 소통관계가 불가능한 시, 공간(「호출」「거울에 대한 명상」)이고, 어떤 가상적 존재와의 사랑만이 가능하며(「도마뱀」), 가상의 게임을 통해서만 권태를 잠시 유예할 있는 곳(「삼국지라는 이름의 천국」)이다. 또, 그에 따르면, 현대인들은 정신병적 징후에 시달린다. 무의미한 삶이 가져다주는 권태를 견디거나(「전태일과 쇼걸」), 사물의 기능성에 영혼이 지배되어 살인을 행하거나(「내 사랑 십자 드라이버」「총」), 아니면 타인의 시선에 자신의 신체를 재편하는 삶, 혹은 포즈로서의 삶을 이어간다(「호출」「거울에 대한 명상」). 그렇다고 김영하가 불모의 삶을 이겨내는 어떠한 방법도 제시하지 않은 것은 아니다. 김영하가 삶의 무의미성, 혹은 도구의 주인공화와 인간의 기호화라는 현실로부터 이탈할 수 있는 가능성으로 제시하는 방법은, 죽음이라는 공포를 이겨낸 아름다움의 추구이다(「손」「나는 아름답다」). 죽음의 미학화 혹은 미학적 죽음, 이것만이 우리가 불가항력의 수레에서 내려올 수 있는 유일한 방법이라는 것이다. 이처럼 김영하의 현대라는 상황, 그곳에 내던져진 인간 존재에 대한 진단은 절망적이며 암울하다.

『호출』에 다양한 내용이 담겨져 있고 그 내용에 적합한 형식이 다양하게 안출되고 있음은 인상적이다. 작가 김영하가 내용과 형식을 유기적으로 엮어내는 데 있어서는 탁월한 능력을 지니고 있음이리라. 그럼에도 불구하고 『호출』에는 대부분의 소설을 관류하는 공통적인 요소가 눈에 띄는데, 이를 통해 우리는 세계를 보는 김영하의 일관된 시선을 읽어볼 수 있다. 우선 첫번째 눈에 띄는 특징은, 등장인물의 대부분이 생활의 세계 혹은 생활의 논리로부터 자유롭다는 것. 이들을 현실적으로 구속하는 끈은 현격하게 단선적이다. 도구의 주인공화로 인해 발생하는 구속, 이것이 다른 구속 혹은 억압의 형식을 압도해버리며, 그 결과 지금, 우리가 경험하는 여타의 억압형식은 아주 미약한 형태로 나타난다. 이것은 김영하 소설에 등장하는 인물들이 대부분 미혼이며, 동시에 부모와의 끈도 미약한 상태에서 살아간다는 사실과 밀접한 연관을 맺는다.

또하나의 눈에 띄는 특징은 김영하는 등장인물 대부분에게서 기억이나 향수를 떼어내고 있다는 점이다. 그들에게는 인간 최대의 전성기라는 유아기가 없다. 마르쿠제는 "잃어버린 낙원만이 진정한 낙원"(마르쿠제, 『에로스와 문명』)이라고 말한다. 그리고 이러한 명제가 가능한 이유를 설명한다. 과거의 기쁨이 실제로 있었던 것보다 더 아름답게 보이기 때문이 아니라, 회상만이 지나가는 것, 흘러가는 것에 대한 불안 없는 기쁨을 제공하고, 기억이 아니면 얻을 수 없는 지속을 기쁨에 제공하기 때문이라는 것이다. 동시에 마르쿠제는 이 기억이나 회상이 역사적 행동으로 판독되면 모든 것을 존속시키는 지배상황에 대한 강한 파괴력으로 표현될 수 있다고도 말한다. 다시 말해 현대라는 거대한 괴물과 맞설 수 있는 중요한 원천이 될 수 있는 기억이란 애초부터 무슨 역사적 기억으로 다가오는 것은 아니며 설명하기 힘든 그 사소한 기억이 인간 존재를 역사적인 존재로 만들고 그렇게 역사 속에 위치하게 된 개인이 그 기억을 다시 세계 내적 형식으로 격상시킨다고 할 수 있다. 하지만 김영하의 소설에 등장하는 인물들은 거의 기억을 지니고 있지 않으며, 기억할 것이 없으므로 회상을 하지 않는다. 물론 몇몇 작품에서 회상 장면이 등장하지만 그것은 대부분 80년대에 대한 술회(이 80년대를 김영하는 금욕주의라고 판단하고 비판한다. 80년대를 다룬 90년대의 소설이 대부분 그 시기를 금욕주의적인 측면에서 형상화한다는 점은 좀더 많은 고찰을 요한다. 물론 80년대를 금욕주의로 규정한다고 해도 이 시대에 대한 가치판단은 판이한 양상을 보인다. 공지영 송기원 등 80년대를 아름답다고 파악한다면, 90년대의 아들들은 '넌더리'가 난다고 평가한다)이지 그 이전으로 거슬러올라가지는 않으며, 또 그 이전으로 거슬러올라간다고 하더라도 그 기억은 지나치게 상식적이거나 보편적이며 동시에 신화적인 구조로 나타난다. 결국 김영하 소설의 대부분은 동경할 어떤 삶, 공간도 지니고 있지 못하다. 동경할 어떠한 지점도 없기에 이들은 어떠한 희망이나 꿈도 지니지 못하며, 기억이나 희망이 부재하기에 이들의 삶이란 권태로울 수밖에 없다. 아니면 도구의 기능성에 맹목적으로 감염된다. 혹여, 작가 스스로가 기억을 의식적으로 부정하기 때문에 김영하 소설의 등장인물들은 좀더 빠르게 세상의 기호로 살아가고, 또 이 의식의 부재가 미학적 죽음이라는 극단적인 탈출구를 제시하게 만드는 것은 아닐까.

만약 위대한 작가의 탄생이, 엄정한 객관적인 방법에 기초해 현실을 개념적으로 재배열하고, 변화하게 마련인 현실과의 소통을 통해 개념을 부단히 재구성해나갈 때 가능한 것이라면, 또 이때 반성되어야 할 개념이 앞서 존재했던 개념(보편성)만이 아니라 자신까지도 포함되어야 한다면, 김영하는 기억의 있고 없음이라는 양자택일적 질문보다는 현대라는 미혹이 품어내는 마성과 회상이 각기 어떤 비율로 얽혀드는지에 관심을 기울여야 하는 것은 아닐까.

3. 상투어의 배제와 말장난 — 성석제의 『아빠 아빠 오, 불쌍한 우리 아빠』

성석제의 『아빠 아빠 오, 불쌍한 우리 아빠』(민음사, 1997)의 주도적인 서사원리는, 사물의 핵심, 구체적인 가치, 독특성, 비교 불가능의 성질들을 다시 회복할 수 없는 방식으로 도려내는 상투화된 표현(formulaic expression)에 대한 전복의지이다. 성석제의 상투어에 대한 부정은 집요하다. 오랜만에 해후한 유부남과 유부녀의 그야말로 통속적인 연애담을 통해 자신의 고유한 내면적 가치 없이 시류를 따라가는 현대인과 그러한 생활세계와 담을 쌓은 엄숙한 문학주의를 동시에 비판하는「통속」, "너도 꼭 너 같은 자식을 낳아서 나처럼 고생을 해봐야 한다. 그때가 되면 내 마음을 알 것이다" 등 상투적인 표현으로 일관하는 아버지를 조롱하는(그러면서 연민의 시선을 보내는)「아빠 아빠, 오, 불쌍한 우리 아빠」, "읍 전체에 만연한 공권력 불신 풍조를 불식하고 사회기강을 문란케 하는 악질 폭력 범죄를 적발, 단호히 하는 동시⋯⋯"라고 말하는 경찰서장을 야유하는「조동관약전(略傳)」, 타인이 만들어놓은 일반적인 삶의 방식을 좀처럼 거부하지 못하는 여성을 "남산 위에 저 소나무 철갑을 두른 듯"이라는 잘 알려진 구절로 표현하는「칠십년대식 철갑」 등. 이러한 예 외에도『아빠 아빠 오, 불쌍한 우리 아빠』에 수록된 소설들의 인물들이 행하는 담화들은 그야말로 모두 상투어라 할 정도이며, 작가는 상투어의 늪에서 허덕이거나 상투어의 품에서 만족하는 인물들을 조롱하고 야유한다.

성석제의 상투어에 대한 전복의지는 이 시대의 중심권력에 대한 비판과 닿아 있음은 물론이다. 하나의 상투어가 주변부의 상투어에서 중심부의 상투어가 되는 순간 그 상투어는 곧 상식(doxa)이 되고 본질이 되는 까닭에 상투어란 권력의 총화이며 매개자이다. 상투어란, 롤랑 바르트가 이야기한 것처럼, 참신하지 못한 표현 정도를 넘어서서 사회생활의 일상적이고 일반적인 사건들의 모든 영토를 지배하는 중요한 기능을 담당하기 때문이다. 상투어는 자주 반복되면 반복될수록, 또 삶의 아주 작은 부분에 대해서만 진실하면 진실할수록, 광기의 형태를 보인다. 상투어란 새로운 현실과 각 대상(혹은 인간)의 비교 불가능한 특성들을 단일한 기준으로 환원시키며, 따라서 그 외의 모든 가능성들에 억압기제로 작용한다. 상투

어는 현실을 올바르게 미메시스하고자 하는 자들에겐 가장 강력한 적이
며 힘겨운 과정을 통해서만 넘어설 수 있는 벽에 해당한다. 한마디로 상투
어의 세계는 필연의 왕국에 모든 삶을 가두며 자유의 왕국으로 나아가고
자 하는 모든 욕망을 감시하고 통제한다. 성석제는 이러한 상투어의 폭력
성과 광기를 중요시하고 있으며, 또 상투어의 비판을 통해 모든 권력 형태
를 격렬하게 비난하고 야유한다.

　상투어들과 결연한 쟁투를 거듭하는 성석제의 『아빠 아빠 오, 불쌍한
우리 아빠』가 지니는 문제성은 분명할 터이다. 한국의 근대가 지난 시대
역사의 지양을 통해서가 아니라 근대적인 제도의 이식을 통해서 시작되
었음은 잘 알려진 사실이다. 제도의 일방적인 이식을 통한 근대화란, 부르
디외가 정확하게 설명한 것처럼, 그 사회 인간의 삶을 공적인 삶과 사적인
삶, 형식과 내용, 진리와 삶의 본능적 인식, 금욕주의와 속물근성, 언표된
도덕적 진실과 감추어진 불길한 욕망 사이의 거대한 분열을 초래한다. 한
국근대사의 거의 모든 시기를 장식했던 갑작스럽고도 우연한 변화, 그리
고 그때마다 바뀌었던 제도나 사회적 지표의 변화는 한국인들의 의식 내
부에 생에 대한 본능적 집착을 심어놓았다. 진리를 찾아나서는 개개인의
삶의 모험이 사회적 변화로 이어지지 않을 뿐만 아니라 오히려 진실을 찾
고자 하는 모험이 종종 개체보존마저 불가능하게 하기 때문이다. 그러나
생의 본능적인 집착이라는 속물적인 삶은 하나의 보완물(혹은 방어기제)
을 필요로 하는데, 생의 본능적 집착이란 인간적 조건이 아닌 정신적 동물
의 상태이기 때문이다. 따라서 이 정신적 동물의 상태를 감추기 위해서는
인간적이라고 부름직한 바로 그것이 선택되어야 할 것인바, 이때 합리성,
교양, 도덕적 순결성, 혹은 상식만큼 효과적인 방어기제도 드물 터이다.
그 결과 한국사회에서는 겉으로 나타나는 공식적인 발화나 제도, 그리고
실제로 숨은 동기나 내용은 서로 지양되는 것이 아니라 병존한다. 하여 공
적인 발화들이 엄숙하면 엄숙할수록 그 발화자들의 영혼은 그 엄숙함과
는 거리가 멀며, 심지어 텅 비어 있기까지 한다. 그렇다면 성석제가 농담

을 통해 상투어들과 벌이는 치열한 쟁투는 한국사회를 움직이는 중요한 원리를 포착하고 있는 셈이다.

그러나 성석제의 이러한 모험은 성석제를 또다른 난관에 봉착하게 한다. 공적인 발화와 숨겨진 동기 사이의 분열은 농담으로 비웃을 수 있는 엄숙함을 낳기도 하지만 어떤 인간에게는 돌이킬 수 없는 전율과 공포, 나아가 광기의 형태로 나타나기 때문이다. 우리는 이러한 역사를 잘 알고 있다. 잔혹하기 짝이 없었던 한국전쟁과 80년대의 광주는 우리가 손쉽게 떠올려볼 수 있는 경우일 것이다. 뿐만 아니라 성석제가 상투어와의 쟁투를 선언하는 그 순간, 그것도 농담을 통해 그것을 수행하는 순간, 작가는 일종의 반어적 상태, 혹은 이율배반적인 상황에 직면한다. 성석제는 인간의 자유의지를 제한하는 체제옹호적인 상투어를 해체하기 위해서 어쩔 수 없이 '상투어는 인식상의 광기이자 폭력이며 따라서 이를 해체해야 한다'라는 지역적인 상투어를 만들어내고 있기 때문이다. 이 새로운 상투어가 또다시 대다수의 사람은 아니더라도 몇몇 사람에게는 일종의 폭력이며 광기로 작용할 수 있음도 물론이다. 언표된 도덕적 진실과 숨겨진 불길한 욕망간의 분열로 인해 죽음이라는 극한적인 상황에 이르렀거나 아니면 살아남았다 하더라도 치유할 수 없는 정신적 외상으로 고통받는 자들에게 농담을 통한 상투어의 해체란 오히려 또다른 의미의 자유의지의 감금 형식일 수 있는 것이다.

이 이율배반을 어떻게 넘어서느냐, 이것은 분명 성석제 소설에 남겨진 중요한 숙제이다.

4. 기법의 승리 — 구효서의 『남자의 서쪽』

구효서가 『남자의 서쪽』(문학동네, 1997)을 통해 전달하고자 하는 주제는 그리 낯선 것이 아니다. 아니, 아주 익숙한, 너무나 익숙해서 진부하다는 느낌까지 주는 바로 그 주제, '일상으로부터의 탈출'이다.

여기 한 남자가 있다. 그는, 마흔여섯 살의 나이에 '붉은산'으로 상징되는 닫힌 세계, 곧 일상적인 늪에서 탈출하고자 몸부림쳤던 아버지를 두고 있었지만, 그 아비에 대한 기억은 묻어둔 채, 일상의 삶을 자신의 삶의 가능성을 실현하는 중요한 방식으로 생각하며 살아가는 그런 인물이다. 그는 "저 자신 혹은 사회가 요구하는 규범이랄지 도리라고 말해지는 것들을 별다른 저항감 없이, 어쩌면 적극적이고 능동적으로 받아들이며 살아"온 인물이며, 또 그 삶이 "분명 자신에 대한 세밀한 규제나 통제를 필요로 하는 일이었음에도 불구하고 그걸 편한 것으로 여겨온" 존재이다. 하여, 그는 "하루 세 끼 밥을 먹고, 편하게 잠들 침대가 있고, 맘씨 좋은 아내와 무럭무럭 자라나주는 아이들만 있다면 더이상 바랄 게 없다고 생각"하며 살아간다. 그러던 어느 날 독신주의자인 한 여성과 사랑에 빠지면서 자신이 "몸담아왔던 세계와 갈등을 빚기 시작한"다. 그가 자신의 일상적인 세계에 혐오감을 갖게 된 것은 그녀에게 사랑을 느꼈기 때문이기도 하지만 그녀의 탈일상적인 삶의 논리 때문이기도 하다. 그는 그녀의 가족이라는 굴레를 거부하는 일탈적인 삶의 방식에 커다란 미혹을 느꼈던 것이다. 하지만 탈일상적인 세계를, 그리고 그 세계에서의 행복을 보여주었던 그녀가 역시 가족이라는 굴레를 씌우려 하자, 그는 "세상과 세계가 마침내 사람들 내면에서 잘디잘게 나누어지고, 사람들은 그 파편화된 작은 세계 안에서 꽁꽁 갇혀" 잊고 살았던 아름다운 바다로 탈출한다.

이상은 『남자의 서쪽』의 전체적인 스토리이다. 이 스토리 안에 물론 '쾌락의 원리를 과잉억압하며 형성된 문명의 세계 혹은 그 세계 안에서 이루어지는 일상의 삶이란 풍요로워야 할 인간의 삶을 철저히 제한하게 마련이며, 따라서 풍요로운 삶을 위해서는 문명화된 일상으로부터 탈출하여 자연에 근접하는 것이 필요하다'는 주제가 감춰져 있음은 물론이다. 그러나 이러한 스토리란 얼마나 흔하며 또 얼마나 많이 보아왔던가. 좀 주관적인 판단을 섞어 표현하자면 통속적이기까지 하다.

308

그런데 작가 구효서는 이 통속적인 스토리를 높은 예술적 경지로 끌어올린다. 『남자의 서쪽』은 작중화자인 주인공이 베트남에서 우연히 만난 '당신'이라는 인물에게 보내는 편지 형식으로 구성되어 있다. 작중화자는 자신에게 과거의 기억이 전혀 없음을 거듭 강조하고, 대신 '당신'은 작중화자에게 자신의 과거를 말하며 그 나름의 가치관을 충분히 제시한다. 따라서 얼핏 보기엔 『남자의 서쪽』에 등장하는 중요한 두 인물, 즉 주인공과 '당신'은 전혀 다른 인물처럼 읽힌다. 그러나 서사가 닫히는 순간 주인공과 '당신'은 같은 존재임이 밝혀진다. 따라서 『남자의 서쪽』은 외형상으로는 주인공이 타인에게 행하는 고백의 형식이지만, 결국은 주인공이 자신에게 행하는 독백의 형식인 것이다. 서사가 닫히는 순간에야 우리는 주인공의 과거와 현재, 그리고 미래라는 일대기를 만나게 되며, 또 주인공의 고백이 사실은 현재의 나와 미래의 나 사이의 대화이며, 또 일상적인 삶에 순응하려는 나와 강렬한 일탈의 욕망에 휩싸이곤 하는 나의 치열한 쟁투과정이었음을 확인하게 되는 것이다.

　너무 자주 반복되어 낡은 주제, 하여, 정작 우리네 삶의 중요한 문제임에도 불구하고 기피하는 주제들이 있다. 아마, 일상으로부터의 탈출도 그런 주제 중 하나일 것이다. 이미 여러 사람에게서 반복된 주제를 다루면서도 감동을 줄 수 있다는 것, 이것은 구효서가 역량 있는 이야기꾼임을 증명하기에 모자람이 없다.

5. 회상의 빛과 그늘 — 이순원의 『말을 찾아서』

　이순원의 『말을 찾아서』(문이당, 1997)에 수록된 소설들은 대부분 외부로부터의 전화나 편지로 시작된다. 「말을 찾아서」가 그러하고, 「강릉 가는 옛길」이 그러하며, 「영혼은 호수로 가 잠든다」「매듭을 이은 자리」가 또한 그러하다. 어느 날 예상치 않게 걸려온 전화를 통해 소설의 주인공들은,

우연한 계기에 의해 과거로 혹은 추억 속으로 걸어들어간다. 그리고 과거 혹은 기억 속에서 복원되어야 할 것을 길어올린다.

'전방위작가'라고 일컬어질 정도로 동시대의 사회적 문제에 집착하던, 그 결과 르포적 성향이 강하던 이순원이 『수색, 그 물빛 무늬』이래로 '기억'이나 '회상' 쪽으로 현격하게 관심을 옮기고 있다. 『말을 찾아서』도 『수색, 그 물빛 무늬』의 연장선상에 놓여 있음은 물론이다. 『말을 찾아서』가 『수색, 그 물빛 무늬』와 다른 점이 있다면, 회상공간의 확대가 이루어지고 있다는 점이다. 『수색, 그 물빛 무늬』가 주로 가족이라는 울타리에 한정되어 있었다면, 『말을 찾아서』에서는 친족, 학교, 친우관계 등으로 그 관심 영역이 넓혀졌다.

그러나 회상공간의 확대가 곧 사회적 관계의 총화로서의 개인을 형상화하는 데 기여하지는 않는 것으로 보인다. 분명 『수색, 그 물빛 무늬』에 비해 회상공간은 확대되었음에도 불구하고 『말을 찾아서』에 등장하는 인물들의 삶은 현대인의 보편적 존재방식과 거리를 두고 있는 듯하다. 이유는 두 가지이다. 하나는 과거의 기억과 현재의 실존 사이에 유비적 관계나 서사적 연관이 철저하게 배려되어 있지 않기 때문이다. 가령, 비인간적 교사와 그 교사로부터 상처받는 영혼을 다룬 「강릉 가는 옛길」은 소재의 생동성과 구체성에도 불구하고, 「아우를 위하여」(황석영), 「우상의 눈물」(전상국), 「우리들의 일그러진 영웅」(이문열), 「허생전을 배우는 시간」(최시한)의 경우와 같은 구체적 보편성을 느끼기 힘들다. 물론 이는 지나치게 한 교사의 비인간성에 초점을 맞춘 까닭이기도 하지만, 좀더 궁극적으로는 현재 인간의 삶을 결정짓는 사회 운영원리와 교사와의 관계가 철저하게 고려되지 않았으며 동시에 그러한 과거의 어두운 상처가 현재 나의 삶에 어떤 계기로 작용했는지에 대한 설명이 미약하기 때문이다. 하여, 「강릉 가는 옛길」은 작품 중간중간 빛나는 장면이 다수 눈에 띔에도 불구하고 '후일담'의 구조를 넘지 못하고 말았다. 「강릉 가는 옛길」의 이러한 평범한 결말은 『수색, 그 물빛 무늬』와 좋은 대조를 이룬다. 『수색, 그 물

310

빛 무늬』가 친어머니/ '수호엄마', 금기/일탈, 계산적 합리성/환원되지 않는 감각, 근대성/마법의 세계 등 중층적이고 보편적인 체계에 의거, 과거의 경험을 오늘날의 삶과 연결시켰고 그 결과 뛰어난 미적 성취가 가능했다면, 「강릉 가는 옛길」은 과거의 경험이 오늘날과는 무관한 자리에서 회고되고 만 셈이다.

『말을 찾아서』의 몇몇 소설이 한 개인을 사회적 관계의 총화로서 형상화하는 데 부분적인 실패를 하게 된 두번째 이유는, 물론 첫번째 이유와 밀접한 연관을 갖는 것이지만, 복원되어야 할 가치들이 무매개적이고 성급하게 제시된다는 점이다. 가령 「말의 찾아서」에서는 '가계'를 잇겠다는 '아부제'의 의지가, 「영혼은 호수로 가 잠든다」에서는 지역공동체의 집단 무의식에 대한 경외감이, 그리고 「매듭을 이은 자리」에서는 사당지키기의 소명감이 복원되어야 할 가치들로 등재되어 있다. 물론 이러한 가치관이 현재 한국인이 경험하고 있는 사회적 혼란을 수습할 수 있는 한 방안일 수는 있겠지만, 그것은 어디까지나 현재 한국인이 안고 있는 치부를 검증한 후에 내려져야 할 결론일 터이다. 그렇지 않을 경우 전통적인 가치관의 복원이라는 명제는 슬로건적이며 선험적일 가능성이 높으며 종국적으로 생동감으로 충일한 현실에서 생명력을 빼앗는 결과를 낳게 된다.

『말을 찾아서』 중 「은비령」은 빛난다. 「은비령」 역시 '은비령'이라는 과거의 장소, 과거의 기억을 찾아가는 소설이다. 그러나 이 소설은 한 개인의 추억담에 그치지 않는다. 여기서 '은비령'은 과거의 곳이지만 도달하고픈 미래의 곳이기도 하다. 소설가인 주인공은 계산 가능성의 논리를 상징하는 아내로부터 끊임없이 벗어나고자 한다. 계산 가능성의 세계로부터 벗어난다는 것은 아름다움에 대한 추구이기도 하면서 동시에 무책임한 행동이기도 하며, 물신화된 세계로부터의 탈출인 동시에 그 세계로부터의 유배이기도 하다. 그는 그 사이에서 방황하며, 그러한 갈등이 격렬하던 과거의 어떤 지점을 찾아나선다. 그곳은 '과거의 나'가 고시공부를 하던 은비령. 그리고 그곳에서 요절한 친우의 아내이자 이제는 영혼의 반려

자인 여성과의 사랑을 완성하고자 한다. 즉 은비령이라는 공간은 과거의 장소이자 현재의 장소이며, 과거의 추억이 아련한 곳이지만 동시에 현재 자신의 운명을 시험하고 개척하는 장소이다. 그곳에서는 그는 비록 외형 적으로는 이별이지만, 진정한 사랑의 덕목으로서 이타심을 배운다. 이별 을 통해 사랑을 완성했던 것. 「은비령」은 한 편의 소설이 시만큼이나 함축 적이고 상징적일 수 있다는 것을 보여준다. 하여, 은비령이라는 시, 공간 은 소중한 많은 인간적 덕목을 잃었으면서도 그것을 인간적 본질의 실천 이라고 믿으며, 혹은 스스로를 속이며 살아가는 우리네 삶을 너무도 분명 하게 비쳐낸다.

6. 소설의 운명에 대하여

소설을 '부르주아 시대의 서사시'라고 규정한 헤겔이나, 그 헤겔의 명 제를 받아 소설을 역사철학적으로 규명한 루카치의 소설형식에 관한 논 의는, 이제 그 오랜 권좌에서 물러나야 할 때가 온 듯하다. 인류의 어떤 시 기(자본주의)에 발생해서 그 시기 인간의 삶을 가장 사실적이면서도 가장 본질적으로 형상화한 형식인 소설, 헤겔이나 루카치에 의해 '부르주아 시대의 서사시로서의 소설'이 소멸을 향해 치닫고 있는 것이다. '부르주 아 시대의 서사시로서의 소설'은 진실로 근대사회의 적자였으며, 동시에 근대사회의 핵심적 원리를 구현한 서사형식이었다. 계몽(근대성)의 정신 을, 칸트가 지칭한 것처럼, 외부적 지성의 도움 없이 자신의 지성을 사용 하는 성년의 상태로 규정한다면, 그리고 성년의 상태에 도달하기 위해서 는 "과감히 알려고 하라(Sapere aude)! 너 자신의 지성을 사용할 용기를 가져라!"(칸트, 『계몽이란 무엇인가에 대한 답변』)라는 자세가 필요하다 면, "내면성이 지니는 고유한 가치를 알아보려는 모험의 형식"이자 "자신 을 알아보기 위해 길을 나서는 영혼의 이야기이자 모험을 통해 자신을 시험하고 또 자신을 견디어내면서 자신의 고유한 본질을 발견하려는 영혼의 이야기"(루카치, 『소설의 이론』)인 소설이야말로 근대성의 원리를 체화한 바로 그 형식이었다고 할 수 있다.

그러나 이제 우리의 소설은 루카치식의 소설형식에서 점점 멀어지고 있다. 최근 소설에 등장하는 주인공들은 외부적 환경 혹은 낯선 세계의 미메시스를 통하여 '불분명한 나'에서 '보다 분명한 나' 혹은 '낮은 차원의 나'에서 '보다 고차의 나'로 발전해나가는 삶을 살지 않는 것으로 보인다. 즉 최근의 소설에서는 즉자적인 개인에서 대자적인 개인으로 나아가거나, 아니면 세계를 자기화하는 동시에 자기를 세계화하는 과정이 중심서사를 이루지 않는 것이다. 루카치식의 소설형식과는 배치되는 소설형식이 하나둘 씌어지기 시작하더니 급기야는 한국소설의 중심 서사로 떠오르고 있다.

이처럼 현재의 한국소설은 거대한 형식적 실험을 행하고 있으며, 이 형식적 실험이, 한국문학 전반이 전 지구적 자본주의의 논리에 맨몸으로 노출되는 순간 이루어지고 있다는 점은 주목을 요한다. 루카치는 한 작가가 영혼의 고유함을 찾아나서게 되는 중요한 조건으로 삶의 타성으로부터 벗어나려는 의지를 설정하고, 또 삶의 타성을 벗어나려는 의지를 불태우기 위해서는 마성적인 것(the demonic)의 작동이 필요하다고 역설한 바 있다. 루카치가 마성적인 어떤 것을 소설의 중요한 조건으로 설정한 이유는 분명하다. 비록 타자가 만들어놓은 실존의 그늘이라고 하더라도 삶의 타성이란 각 개인의 삶의 많은 부분을 충족시키며 더 나아가 한 개인을 자기 기만의 상태로 몰아넣기 때문이다. 현대인은, 코지크의 논의를 빌리자면, 이제 '그에게 고유한' 상황 속으로 태어나는 것이 아니라 언제나 세계 속으로 '던져지는' 존재이다. 현대인들 대부분은 다만 사회적 제도가 지정해주는 삶을 좇는 자신들의 일상적인 활동을 그들만의 고유한 본질을 실현하는 것으로 간주하지만, 이들의 활동은 어디까지나 무의식적이고 무반성적인 것이며 따라서 그들의 자기 의식을 실현하고 있다는 믿음 또한 허위의식의 산물이다. 타인이 만들어놓은 삶의 논리나 이미 존재하는 제도의 틀을 한치의 오차도 없이 좇는 타성에 젖어 있으면서도 자신만의 고유한 본질을 실현하는 것으로 착각하는 것, 이것이 전쟁이나 죽음이라는 극단적인 공포마저도 탈의미화하고 일상화하는 현대를 살아가는 인간의 존재방식일 터이다.

이제까지 한국문학은 그러나 이러한 현대사회의 보편적 인간의 운명, 혹은 전 지구적 자본주의의 논리로부터 비교적 자유로울 수 있었다. 한국의 작가 대부분은 현재 인간의 삶을 규정하는 사회적 내용과 형식으로 인해 죽음의 공포를 맛보았거나 삶의 생동성이 깨어지는 경험을 한 자들이었으며, 그것도 아니면 지금의 보편성 밖에서 어떤 황홀경을 경험한 존재들이었다. 즉 한국의 작가들은 이미 존재하는 제도나 보편성이 더이상 나의 꿈(경험)을 충족시켜주지 못한다는 사실을 누구보다도 정확하게 감지할 수밖에 없는 '그에게 고유한' 상황 속에서 태어났던 것이다. 그들은 한국전쟁이나 80년 광주와 같은 직접적이고도 폭력적인 사건은 물론, 특정 공동체(구체적으로 말하면 농촌공동체)의 갑작스러운 균열이나 가부장적 질서로 인한 거세공포 등의 일상적인 폭력에 의해 심한 정신적 트라우마에 시달려야 했다. 이들은 태어나면서 혹은 성장하면서 어쩔 수 없이 받아들인 마성적인 경험이나 기억 탓에 자신의 존재증명을 위해서 거듭 길을 떠났고 또 새로운 보편성을 찾아나설 수밖에 없었던 것이다.

이런 맥락에서 보자면 최근 등장하는 작가들은 전혀 다른 조건을 지닌 작가들인지도 모른다. 아주 이질적인 존재들인 셈이다. 이들의 삶은 마성적인 것과 거리가 멀다. 이들은, 1930년대 김기림이나 이상의 표현을 빌리자면, 진정한 의미의 '도시의 아들'이고 '20세기의 아들'이다. 이들은 루카치식의 소설을 고집하지 않는다. 아니, 서둘러 폐기해야 할 전시대의 억압적 구조로 설정한다. 루카치식의 소설개념을 고집하지 않는다는 것이 그리 큰 손실을 가져올 것은 아니겠지만, 루카치식의 소설형식의 해체와 더불어 많은 것이 사라지고 있다는 점은 중요한 문제라 아니할 수 없다. 교양인으로서의 소설가의 위치, 지금 우리의 삶에 작용하는 과거로부터 잔류된 요소들에 대한 관심 등이 루카치식 소설의 소멸과 더불어 표면에서 사라지고 있는 것이다.

　이러한 현상 앞에서 우리는 한국소설은 어디에 서 있으며 또 어디로 가고 있는가라는 곤혹스러운 질문을 떠올릴 수밖에 없다. 자본주의라는 보편성 앞에 처음으로 노출되는 순간, 한국소설은 "과감히 알려고 하라! 너 자신의 지성을 사용할 용기를 가져라!"라는 명제로부터 멀어졌으며, 자신의 고유한 본질을 발견하기 위해서는 반드시 거쳐야 할 "모험을 통해 자신을 시험하고 또 자신을 견디어내"는 시련의 정신을 스스로 포기하고 있기 때문이다. 하니, 물을 수밖에. 한국의 소설은 과연 어디에 서 있으며 또 어디로 가고 있는가. (1997년)

자유의 왕국을 향한 모험

1. 지금, 이곳에 대한 두 개의 조감도

여기, 김연경이 있다. 1975년생인 그녀가, 그러니까 우리 나이로 23살인 그녀가, 첫번째 소설집 『고양이의, 고양이에 의한, 고양이를 위한 소설』(문학과지성사, 1997)을 간행했다. 우리는 그녀쯤의 나이를 소위 신세대라 부르며, 그들과 이전 세대 사이에는 건널 수 없는 강이 가로놓여 있는 것으로 받아들인다. 이는 어느 정도 사실과 부합할지도 모른다. 이들은 자연의 흐름과 단절되었을 뿐만 아니라 자연에 대한 기억마저 없이 인공낙원의 삶을 사는 세대, 밀실을 통해야만 광장으로 들어설 수 있는, 그러므로 공동체적인 삶에 대한 동경도 향수도 없는 세대, 전쟁의 공포와 분단의 상처, 아귀(餓鬼)와도 같은 가난, 독재의 서슬로부터 멀리 떨어진, 그 결과 개체보존의 욕망이 강렬하지 않은 세대들이 아닌가. 뿐인가. 그들은, 마법으로부터 세계를 해방시킨 지성과 합리화가 전 지구의 곳곳까지를 자신의 논리로 재편시켜 더이상 불가해한 경험을 허용하지 않을 정도로 거대해진 세상에서 태어난 아들들인 것이다. 하여, 그들은 낯선 상황에 직면해도 공포를 느끼지 않으며, 어떤 공동체(구체적으로 말하면 농촌공동체)가 한순간 균열되는 저주도 경험하지 못한 세대인 것이다. 이런 상황 속에서 그들은 태어나고 자라났다. 그들은 도시의 아이들이고, 인공낙원에서 성장한 아이들이며, 절대적인 기아가 가져다주는 공포도 경험하지 않은 아이들이다. 그들은 삶이 그야말로 한순간에 질적으로 전환되는 순간을 경험하지 않은 채 성장한다. 어제가 오늘이자 내일이며, 이곳이 저곳이며, '나'는 곧 다른 아이이며 다른 아이가 곧 '나'이다. 그 아이들이 이제 작가가 되었고, 그들이 바로 소위 신세대 작가들인 것이다.

이러한 세대가 이전 세대와 전혀 다른 소설적 문법을 추구함은 오히려 당연하다. 이제까지의 소설문법이 주로 루카치가 규정했듯 "내면성이 지니는 고유한 가치를 알아보려는 모험의 형식"(루카치, 『소설의 이론』)이라고 한다면, 이들은 알아볼 고유한 가치가 없는 셈이다. 또 이제까지의 한국소설사가 주로 한 시대를 장악하는 거대한 기념비적 사건(전근대적 공동체나 농촌공동체의 해체, 한국전쟁, 80년의 광주 등)의 소용돌이 속에서 일그러지고 황폐해진 내면의 상처를 치유하는 것에 매달려 있었다면, 이들은 어떤 기념비도 거대한 사건도 지니지 못한 세대인 것이다. 그들은 오히려 개인적인 상처가 없어서 작가로서는 치명적인 상처를 입은 자들이며, 또한 어떠한 기념비도 지니지 못한 최초의 세대라는 점에서 기념비적 의미를 지니는 작가군이다.

『고양이의, 고양이에 의한, 고양이를 위한 소설』는 바로 이러한 세대의 '알몸과 육성'이 그대로 실려 있다. 이 소설집에는 표제작을 비롯 8편의 소설이 실려 있다. 이 8편의 소설에 공통적으로 나타나는 모티프 중의 하나는 '환부 없는 상처, 즉 일종의 정신적 트라우마'이다. 박태원의「소설가 구보씨의 일일」과 이청준의「병신과 머저리」에서 흥미 있게 제시되었던 이 모티프를 작가는 다시 복원시키고 있는 셈이다. 상처는 있지만 환부가 없기에 치유할 수 없는 절망감, 이 시대를 살아가는 젊은이들의 내면을 김연경은 이렇게 표출하고 있다. 그런데 이 절망감은 과장된 것처럼 보인다. 왜냐하면 이 정신적 외상을 치유하기 위한 어떠한 시도—예컨대 과거를 차근차근 되돌아보거나 상처를 입었음직한 어떤 경험을 기억하는 등의—도 행하지 않기 때문이다.

이 소설집에 실린 소설들을 관류하는 또하나의 요소가 있는바, 그것은 기억이나 회상의 부재이다. 거칠게 단순화하자면, 소설에서 기억이 행하는 역할은 두 가지. 하나는 '과거의 나'와 '현재의 나'의 차이를 보여주고 동시에 어떠한 과정을 거쳐 '현재의 나'가 형성되었는지를 인과론적으로 밝혀주는 역할을 행하며, 다른 하나는 각 인물의 고유한 역사, 고유한 내면적 가치를 선명하게 제시하는 기능을 담당한다. 근대적인 자기 의식의 핵심적인 내용이 개인마다 다를 수밖에 없는 진리의 내용을 인정하는 것이라면, 그리고 각 개인의 고유한 진리를 인정할 수 있었던 까닭이 인간 모두가 '불분명한 나'에서 '보다 분명한 나' 혹은 '낮은 차원의 나'에서 '보다 고차의 나'로 옮겨갈 수 있다는 개연성 때문이라면, 소설에서의 기억이야말로 근대성과 운명을 같이하는 소설의 정신이자 기법이라 할 수 있다.

그런데 김연경의 소설에 등장하는 인물들은 대부분 과거를 기억하지 않으며, 기억할 과거가 없는 것으로 설정되어 있다. "남자는 많은 것을 잃어버렸다. 언제 어디서 태어났던가. (……) 그는 자신의 이름을 또한 잊었다"(「고양이의, 고양이에 의한, 고양이를 위한 소설」). '과거의 나'가 없으므로 어떠한 과정을 거쳐 '현재의 나'가 되었는지에 대한 서술이 없으며, 때문에 등장인물의 현재 상태를 인과론적으로 설명하기 위한 서사원리인 플롯도 김연경의 소설에는 없다. (대신에 김연경은 '현재의 나'를 과거화시키는 방식을 사용하곤 한다.) 동시에 불분명한 상태에서 분명한 상태로 전화하는 인물, 즉 입체적 인물도 김연경의 소설에는 등장하지 않는다. 아니 인물 자체가 없다고 해야 하리라. 김연경 소설 속의 인물들은 성

318

격이 없고 단지 이미지만 있는 일종의 기호로 자리한다.

　과거를 기억하지 못하기에, 아니면 기억할 만한 과거가 없기에 환부를 찾을 수 없는 상처에 신음하는 인간들. 김연경은 자신을 둘러싸고 있는 현실을 이렇게 읽어내고 있는지도 모른다. 다시 말해 김연경은 '과거의 나'가 경험했던 하나하나의 체험이 쌓이고 쌓여서 '현재의 나'가 형성되었다는 사실을 인정하지 않는다. 때문에 김연경의 소설은 한 주체와 타자가 대면하는 하나하나의 경험을 모아서 성격을 표현하거나 한 인물의 정체성을 충분히 전달하기 위한 소설적 과정을 만들어가기보다는, 즉 성격과 환경 혹은 묘사와 서사의 구조적 연관성에 주목하기보다는 수많은 에피그램이나 아포리즘으로 인물의 이미지를 만들어간다. 이 과정에서 수많은 작품의 패러디가 이루어지고, 때문에 김연경의 소설은 메타픽션적인 경향을 강하게 띤다.

　이러한 소설적 방법은, 작가 이응준의 인상적인 표현을 빌리자면, "상처마저도 환상인 자의 상처"에 신음하는 세대가 취할 수 있는 유일한 방법인지도 모른다. 즉 김연경의 소설에는 작가 나름대로의 절실함과 진지함이 배어 있는 셈이다. 그런데 이런 절실함은 그 세대 밖에서 보자면 어딘가 허위의식의 냄새가 짙게 풍기는 그런 것이기도 하다. 그들 세대에 어찌 기억이 없으며 상처가 없겠는가. 단지 기념비적일 정도로 거대하지 않은 것뿐 아닌가. 또 어찌 그 세대의 무수한 존재들이 동일한 경험을 했겠는가. 단지 유사할 뿐이며, 또 그렇게 따져 그 세대의 성원들과 비교해보자면 앞선 세대의 작가들도 결국은 유사하지 않겠는가. 그렇다면 새로운 세대들도 자신의 삶을 꼼꼼히 뒤져보면 자신만의 경험, 자신만의 역사가 있지 않겠는가. 따라서 인간의 삶에서 과거를 지워내거나 메타픽션적인 극단적인 글쓰기를 행할 것이 아니라 자신만의 역사를 증명하는 모험의 서사도 새로운 세대들에게서 씌어질 수 있는 것은 아니겠는가. 그러나 이것은 어디까지나 그 세대 밖에서나 가능한 평가일 것이며, 이러한 평가가 그들의 절박함, 그들 나름대로의 진실성을 오히려 지워버릴 수 있음을 물론이다.

김연경이 있는 반면, 여기 김소진도 있다. 김소진은『열린 사회와 그 적들』『고아떤 뺑덕어멈』『자전거 도둑』에 이어 네번째 작품집인『눈사람 속의 검은 항아리』(강, 1997. 이 소설집의 표지에는 '마지막 소설집'이라는 활자가 눈이 시리도록 선명하게 박혀 있다)를 간행했다. 김소진을 김소진이게 하는 원동력은 기억이며, 또 전혀 인공낙원과 무관한 자리에서 삶을 일구어가는 존재들이다. 김소진은 어떤 관점에서 보자면 김연경과 대척점에 서 있는 셈이다. 김소진은 서서히 스러져가는 주변부의 인간 존재에 대한 가장 충실한 서기관이자 대변인이었다. 김소진은 문명과 개념의 개입을 받지 않고서도 주변부의 인간들이 만들어낸 아름다운 통일성(권태와 일탈, 부정과 긍정, 금기와 허용의 변증법적 조화)에 주목하고 이 아름다운 통일성을 거울로 어설픈 개념화와 자연의 수탈로 점철된 문명의 악마적인 속성을 정확하게 비춰낸 작가였으며, 동시에 최첨단의 문화적 삶에만 관심을 기울이는 한국문학사의 일면적인 성격을 누구보다도 철저하게 비판한 '한국문학사의 반성적 거울'이었다. 그런가 하면 김소진은 주변부 인간들의 가장 적극적인 적대자였는지도 모른다. 그의 소설을 위해서 어떻게든 김소진은 이들의 삶을 개념적으로 배열할 수밖에 없었던바, 이는 이들이 일구어낸 자족적인 공간이 지니는 고유함과 역동성을 자칫 흐리게 할 가능성도 없는 것은 아니었기 때문이다. 물론 김소진은 그들 세계의 생생한 육체성과 자족성을 있는 그대로 인정하고 그 삶의 충실한 서기관 역할을 행했고, 그것을 개념화하려는 순간(이들 주변부의 삶을 김소진 나름의 틀로 매개된 현실로 전화시켰을 경우, 우리의 문학은 한껏 풍요로워질 수 있었으리라) 그의 문학도 멈추고 말았다. 우리가『눈사람 속의 검은 항아리』에서 주목해야 하는 사실은, 또 이 작품에 그려진 주변부의 존재들이 직조해낸 아름다운 질서에서 확인할 수 있는 사실은, 이러한 주변부적 존재들이야말로 우리 시대의 중요한 성원들이며 이들을 고려하지 않은 개념이나 문학, 또는 문명 그 어떤 것도 진실에 접근할 수 없으며 또 생동하는 것일 수 없다는 점이다.

이균영의 『나뭇잎들은 그리운 불빛을 만든다』(민음사, 1997) 역시 이제
는 주변부로 밀려간 존재들에 대한 따사로운 시선이 돋보이는 작품집이
다. 『나뭇잎들은 그리운 불빛을 만든다』는 영원한 파괴와 쇄신이라는 근
대적인 원리를 상징하는 기차의 속도감과 낭만주의적 꿈을 잃지 않고 자
연에 순응하는 주인공의 관조적인 자세를 선명하게 대조시킴으로써 근대
성 전반에 대한 새로운 정립의 필요성을 일깨운다. 그의 유고작이 된 「빙
곡」은 뛰어난 역사학자였던 그의 풍모가 고스란히 작품 속에 반영되어 있
는바, 주목할 만하다. 「빙곡」은 한국전쟁의 기원과 이후까지의 역사를 총
괄적으로 서술한 작품이다. 인간의 죽음을 부르는 어떤 이론과 어떤 이데
올로기도 올바른 것일 수 없다는 판단 때문에 오히려 곡예에 가까운 삶을
살아야 했던 ‘박용태’의 인생역전을 통해서 우리는 한국전쟁의 실체를
비로소 접할 수 있을 뿐만 아니라 동시에 구체적 사실에 입각해 제시되지
않은 이론이나 전망은 많은 경우 광기로 흐를 수 있음을 충격적으로 확인
할 수 있다.

이처럼 김소진과 이균영이 그려내는 이 시대의 조감도는 김연경의 그
것과 다르다. 김연경이 중심부의 풍경에 주목하고 있다면, 김소진과 이균
영은 주변부의 풍경에 좀더 시선을 모으고 있다. 한마디로 김연경과 김소
진(이균영)은 서로 대척점에 서 있는 셈이다. 동일한 시대를 이렇게 다르
게 바라볼 수 있다는 것이 우선 놀랍지만, 다시 한번 생각해보면 그리 놀
라운 것도 아닐 터이다. 원래 한 사회란 영원한 것과 일시적인 것, 육체와
개념, 과거로부터 잔류하는 것과 미래로 향해 나아가는 것, 사실과 개념,
자연과 문명, 기억과 전망, 한국적인 것과 세계적인 것, 전근대와 탈근대
라는 대립항을 지양하면서 형성되고 전개되기 때문이다. 우리가 살고 있
는 사회도 마찬가지일 터이다. 한쪽에 인간의 영혼을 송두리째 빼앗을 정
도의 대규모 쇼핑몰이 있는가 하면 또다른 쪽에는 인간미가 뚝뚝 묻어나
는 장터가 있고, 머리를 물들이는 것으로 자신을 증명하는 세대가 있는가

하면 아직 갓 쓰고 도포 두르는 것으로 자신의 위용을 떨치려는 세대가 있고, 매맞는 아내가 있는가 하면 사랑받는 아내도 있는 곳. 이곳, 이처럼 서로 양립하기 힘들어 보이는 요소가 같이 엉켜 있는 곳이 우리가 살고 있는 터전이다. 이중 어느 하나를 선택한 것이 김연경의 소설이고 김소진의 소설일 터이다. 김소진의 입장에서 보자면 김연경의 소설은 비현실적이며 거짓에 가까울 것이며, 김연경의 입장에서는 김소진의 소설이 그러할 것이다.

과연 이 두 축 중 어느 축이 보다 현실적일까. 이 글은 이 문제를 말하기 위해 씌어지는 것도 아니며 또 나 자신이 이 문제에 대해서 엄정한 판정관이 될 자신도 없다. 하여, 우리는 둘 다가 나름대로 현실성이 있으며, 또 둘 다가 어느 정도 진지함과 진실을 가지고 있다고만 답하자. 그렇지만 한 가지 단호하게 지적하고 넘어갈 사실이 없는 것은 아니다. 다름아니라 김소진과 김연경 중 어느 쪽이 현실적인가 하는 문제는 분명 주요한 문제이지만, 중요한 문제이기에 섣불리 답해져서는 안 된다는 점. 만약 이 문제를 답하고자 한다면 적어도 그는 한국의 역사 전반을, 그리고 한국의 역사와 세계사와의 관계를, 거기에 덧붙여 한국의 지성사를 꿰뚫은 자여야 한다는 점. 그렇지 않은 상태에서 어느 쪽이 현실적이며 나머지는 비현실적이라 배제한다면, 이는 일종의 정신적 폭력이자 인식의 광기에 다름아니다. 그렇지만 불행하게도 한국문학, 나아가 한국의 지성 전반이 위와 같은 판정관 역할을 해왔다. 예컨대 한 시대가 김소진을 진실한 것으로 규정하면 다음 시대는 김연경만을 본질적인 것으로 설정하고 다른 요소를 배제하는 것이 한국문학사의 전통이었던 것이다. 이렇게 한국문학은, 더 나아가 한국사회는 앞서 열거했던 대립항을 변증법적으로 연관시키지 못해온 것이 사실이다. 한 시대에는 어느 한 쪽이 어느 한 쪽을 압도하고 그 다음 시대에는 반대의 양상이 벌어지는 악무한의 반복이 계속되는 형국을 보였고, 이것이 한국의 문학과 사회를 보다 발전된 형태로 나아가는 것을 가로막았다. 김소진과 김연경 어느 쪽이 보다 본질적인가. 아직 한국역사 전반을 꿰뚫을 수 있는 어떤 관점이 서 있지 않은 만큼 우리는 다만 이렇게만 답하자. 둘다 현실을 추상화한 만큼 나름대로의 현실성이 있으며, 우리의 삶은 그 사이 어디쯤 있을 것이라고. 그렇다면 김연경과 김소진(이균영)이 그려낸, 동시대의 것으로 보기 힘들 정도로 판이한 조감도는 이제 한국문학이 짚고 나아가야 할 중요한 두 개의 표지라고. 과연 우리의 삶은 두 대척점의 어디쯤 놓여 있는가. 앞으로 한국문학의 화두는 이것이어야 할지도 모른다.

2. '바로 그 사람'의 창조

윤영수의 『착한 사람 문성현』(창작과비평사, 1997)은 『사랑하라, 희망 없이』에 이은 두번째 작품집이다. 윤영수의 소설을 읽는 것은 즐겁고도 무섭다. 그의 소설에는 뼈만 앙상한 개념이 사실 위를 비상하거나 아니면 개념이 매개되지 않는 생경한 육체만이 질서 없이 나열되지 않기에, 그의 소설에서 우리는, 인간 일반이면서 동시에 자신만의 역사를 지니고 있고, 또 이성적인 존재를 지양하면서도 때로는 설명할 수 없는 욕망에 자신을 맡기고 마는, 전 지구적인 삶을 좇으면서도 어쩔 수 없이 자신의 민족적인 전통에 친숙한 그런 '바로 그 사람(ein Dieser)'을 만날 수 있고, 또 자연스레 나를 삼투시킬 수 있다. 하나의 작품에서 바로 나를 발견하는 일만큼 즐거운 일이 있을까. 그러나 윤영수 소설의 마지막 페이지를 덮는 순간 독자들은 전율할 수밖에 없다. '바로 나'라고 느꼈던 그 인물이 더할 나위 없이 황폐하고 일그러져 있다는 사실을 발견해야 하기 때문이다.

윤영수의 소설에는 한 인물의 얼굴에 스치는 미소에서도 사회적 관계의 총화를 읽어내는 치열함이 느껴지며, 이것이 그의 인물들을 '바로 이 사람'으로 생동하게 할 터이다. 윤영수 소설의 이러한 생동성은 작가의 관심이 개인의 역사와 전체의 역사, 인륜성과 속물근성, 정신과 육체, 이상과 현실, 권태와 일탈의 결단, 개념과 사실, 구조와 주체성, 복수와 화해, 사랑과 증오 등이 모두 뒤엉켜 있는, 따라서 한두 개의 개념으로는 좀처럼 포괄하기 힘든 생활세계과 인간 감정, 그곳에 항상 가 닿기 때문에 나타난다. 윤영수는 선한 인물에게서도 악한 요소를 발견하며, 속물에게서는 인간다운 측면을 찾아낸다. 작가의 윤리적 판단으로 각 인물에 대해 포폄을 행하는 것이 아니라 선한 측면과 악한 측면을 병존시키고 그 비율 관계를 살펴본 후에 어렵게 판단을 내린다. 이러한 윤영수 특유의 창작방법은 더할 나위 없이 교활한 생활의 윤리와 복잡하기 짝이 없는 인간의 세세한 감정을 드러내는 데 유효한 역할을 하며, 이것은 윤영수 등 몇몇 작가에서만 경험할 수 있는 미덕이다.

우선 「알몸과 누드」를 보자. 여기 상호라는 인물이 있다. 그의 꿈은 훌륭한 사진사였다. "우연, 오묘, 절대자의 위대한 섭리를 사진에 담고 싶었"고, "중요한 것은 사진가의 작의가 아니라 피사체가 가지고 있는 속성. 사물과 상황을 편견 없이 증거하는, 가차없는 눈과 뜨거운 가슴으로 자신과 싸우는 진정한 예술가"라는 자의식을 지닌 사진작가였다. 이 인물은, 그러나 불의의 상황으로 결혼사진을 전문으로 찍는 사진사로 전락한다. 선한 의도로 행한 어떤 행위가 한 여자를 불행하게 했고 결국은 체념의 상태에서 사진사의 길을 선택하지만, 그렇다고 그가 예술가에 대한 자의식을 상실하는 것은 아니다. 이러한 상호가 영혼과 사실, 이상과 현실, 희망과 절망 사이에서 갈등함은 당연하다. 이 양자가 팽팽히 맞서며, 이 양자의 길항관계가 사디즘적인 자기 현시로 표출된다. 처음 본 고객들에게도 욕설을 퍼붓는다. 그러나 이 사디즘적 자기 현시는 마조히즘적 자기 학대와 또다시 엉켜들며, 뿐만 아니라 이러한 행위는 고객들의 이상심리를 이용한 상술의 한 방편이기도 하다. 윤영수는 이처럼 한 인간의 성격을 그 인물이 처한 상황을 편견 없이 기술하며, 이는 전적으로 한 인물의 행위의 동기를 중층적으로 구성하는, 윤영수의 표현을 빌리자면 "사진가의 작의가 아니라 피사체가 가지고 있는 속성. 사물과 상황을 편견 없이 증거하는, 가차없는 눈과 뜨거운 가슴으로 자신과 싸우는 진정한 예술가"이고자 하기에 가능한 성취라 할 수 있다.

여기, 인생의 황혼기를 맞이한 한 여성이 있다. "잃어버린 나. 가족의 틈새에 끼어 너무 얇아지고 옅어진 나, 나도 모르는 사이에 이파리도 줄기도 아닌 뿌리가 되어 땅속으로 스며들어간 나의 실체. 그것을 점검하고 싶었다. 아직 내 몸 안에 남아 있을 용기, 투지, 그리고 어쭙잖은 일이지만 나의 가능성, 능력, 어영부영 세월에 밀리는 동안 내 몸에서 슬그머니 빠져나간 그것들을 나는 이제나마 다잡아"보기 위해 십을 나선다. 그러나 그녀가 향하는 곳은 동네의 큰 한식집. 여기에 윤영수다움이 있는지도 모른다. 최근의 젊은 여성작가들의 작품에 나타나는, 이런 결심하에 가출하거나 남편과 동일한 행동으로 복수하거나 하는 장면들과 비교해보면, 윤영수의 이 장면은 큰 차이를 보인다. 그녀가 집 밖으로 더욱 멀리 나가지 못한 것은 이 인물이 가정 안에서 어떤 행복을 맛보았기 때문이다. 가정 안에서의 행복과 불행이 서로 길항하고 그것의 비율관계에 따라 어떤 개연성 있어 보이는 행동이 결정되는 것이다.

윤영수의 인물이 '바로 그 사람'으로 다가오는 것은 윤영수가 인간의 삶이란 가차없는 눈(현실)과 뜨거운 가슴(이상)의 어느 한 측면이 다른 한 측면을 일방적으로 압도하는 것이 아니라 그 양자의 비율관계에 의해 결정된다는 사실을 철칙처럼 믿기 때문이다. 어떠한 이념도 생활의 논리를 일방적으로 압도하지 못할 뿐 아니라 생활의 논리가 일방적으로 어떤 열정을 내리누르지 못하는 것, 이것이 인간의 세상살이라는 것이다. 소설을 언급할 때 흔히 말하는 성격과 환경의 조화된 상태란 바로 이러한 장면일 것이다. 윤영수의 이러한 장면과 상황 설정은 염상섭(『삼대』의 조덕기와 김병화의 관계를 연상해보라. 사회주의자인 김병화는 조덕기를 부르주아라 경원하지만 결코 적대적이지는 않은데 조덕기의 도움이 절대적으로 필요하기 때문이다. 이 상태를 김병화는 조덕기에 대한 비아냥으로 외화하며, 실제로 김병화에게 돈이 생기자 그는 조덕기를 잘 찾지 않는다) 이래 꽤 오랜

만에 모습을 드러내는 그런 조화라 할 수 있다.

『착한 사람 문성현』의 윤영수는 『사랑하라, 희망 없이』의 윤영수와는 무언가 달라진 것이 사실이다. 우선 눈에 띄는 차이는, 소설을 배열하고 재질서화하는 작가의 형상적 개념틀이 이전에 비해 협소해졌다는 점.『사랑하라, 희망 없이』의 경우 윤영수는 중심 소재를 어떤 것으로 취하건 그것은 소통단절이라는 현대의 보편적인 상황과 결부됨으로써 그의 소설은 개별적이되 보편적일 수 있었다고 할 수 있다. 예컨대 일그러진 가족의 생태(「잔일」이나 「바람의 눈」), 두 남녀의 슬픈 연가(「사랑하라, 희망 없이」), 한 개인의 절대고독(「모든 벽은 문이다」) 등을 다루면서도 그것을 타자와의 소통통로가 철저하게 닫혀버린 현대인들의 초상으로 확대시키는 면모를 보였던 것이다. 그러나『착한 사람 문성현』에 수록된 소설들은 한 개인의 삶이 미치는 범위가 협소해졌으며(이것과『착한 사람 문성현』에서 취하는 시점이『사랑하라 희망 없이』와 변화했다는 점, 그리고 소설의 시, 공간적 배경이 짧아졌거나 축소되었다는 점과 어떤 관련이 있는지도 모른다) 그만큼 문제성의 범위도 제한되었다.

또하나 눈에 띄는 차이는 바로 최근작인 「삼가 조의를 표함」이나 「착한 사람 문성현」 등에서 나타나는 것으로, 어떤 생활의 논리도 이겨나가는 (다르게 표현하자면 생활세계나 생활의 논리에 간섭을 받지 않는) 어떤 이상적인 주체, 정찬의 소설 제목을 따르자면, '완전한 영혼'이 소설 속의 주요 인물로 등장하기 시작했다는 점이다. 「삼가 조의를 표함」의 준섭이나 「착한 사람 문성현」의 문성현이 그들이다. 이들은 모든 멸시와 학대와 세상의 선입견에도 불구하고 그것을 사랑으로 되갚는다. 이런 과정에서 세상사람들은 더욱 추악해져버려(「삼가 조의를 표함」의 준호의 경우) 통속적인 인물의 수준을 넘지 못하게 되었고, 그래도 윤영수의 소설에 긍정적인 면모를 보였던 인물들은 꼭 그만큼 이상화되었다. 완전한 영혼만이 펼칠 수 있는 헌신적인 사랑은 메피스토펠레스에게 영혼을 판 자들의 추한 모습을 여지없이 비출 수도 있겠지만 다른 한편으로는 그들의 물신적인 삶에게 또하나의 튼실한 알리바이를 제공할 수도 있다. 어떻게든 희망을 찾아야 한다는 강박증 때문일까. 아니면 이상과 현실 속에서 갈등하는 것이 그만큼 힘겨운 것일까. 아니면, 필자 자신이 강박증에 쫓게 너무 성급한 판단을 내리는 것일까. 하여, 책장을 덮는 순간 나는 윤영수의 다음 작품을 기다리기 시작했다.

3. 향기로 세상 읽기, 혹은 취미와 진리 사이

여행의 막바지에 이르러 그 모든 향기를 코로 맡는 게 아니라 한눈에 조망할 수 있도록 그 언덕에 서게 되었다는 느낌이 들기도 했다. 다시 말하거니와 모든 향기를 조망할 수 있도록 말이다. (……) 그 향기가 아니라면 그것은 점토판에 영원히 판독할 수 없는 쐐기문자로 기록되어 잠든, 죽은 도시라고 여겨졌다. 향기로 인해 그 도시는 사랑을 배태하고 살아 있는 것이었다. 향기가 없다면 모든 의미는 무의미했다. 사랑도, 삶도, 시간도, 공간도 그 향기가 지배하고 있는 것이었다. 나는 그 향기를 마음껏 들이마셨다.(윤후명, 「북회귀선을 넘어서」)

『돈황의 사랑』『부활하는 새』『원숭이는 없다』『오늘은 내일의 젊은 날』『귤』 등에 이어 이번에 상자된 윤후명의 『여우 사냥』(문학과지성사, 1997)의 화두는 향기이며, 뿐만 아니라 가장 중요한 등상인물도 '향기' 바로 그것이다. 무덤을 찾아 여행을 떠나는 소설가 자신이나, 그 소설가의 길잡이 역할도 해주고 사랑도 나누는 J나, 80년대 민주화운동에 헌신하고 지금은 러시아에 체류하며 여우 사냥을 하는 친구 등 등장인물 모두는 부수적인 인물들이다. 또 향기는 주어이고 움직이는 모든 인물들은 동사이다. 소설 속의 주인공(작가 자신이다)이 어떤 향기를 찾아가는 것이 아니라 향기가 주인공을 부르며, 일깨움을 주며, 생의 정체성을 부여해준다. 작가는 향기를 맡고 그 향기 속에 배어 있는 의미를 단순히 옮겨적을 뿐이다. 작가는 어떤 객관적인 잣대로 가치를 잴 수 없는 향기에서 절대적인 진리를, 신의 계시를 발견하며 이것으로 한 개인의 역사를 더 나아가 인류의 역사를 재배열하고자 한다. 향기만이 선과 악을, 진리와 허위를 판별할 수 있다는 것이며, 하여, 『여우 사냥』은 향기라는 절대적인 신의 계시록이며 동시에 향기가 행하는 기적을 목도한 자의 신앙고백이며 잠언록이다.

작가는 자신만이 맡아낸 계시의 내용을 가지고 현대의 물신화 논리와 대결한다. 현대의 유일신은 윤후명에게 묻고 요구한다. "얼마 짜리 향기? 어떻게 만드는데? 어디 그 물건 좀 보여줘봐." 현대는 모든 인간의 가치를 교환가치로 질서화한 시대이며, 또 어떤 사물이든 실험과 공장을 통해 인간을 위한 물질로 전화시킬 수 있어야 의미를 인정받는 시대이며, 동시에 사물의 정확성을 객관적으로 판별해낼 수 있도록 시각(視覺)을 통해 확인해야 하는 시대이다. (물론 이러한 요소들이 절대자로서의 유일신을 부정하게 함으로써 역사를 이전의 것과 다르게 만든 중요한 요인이지만, 또 우리가 우리 시대를 비판하고 부정할 수 사유의 길을 열어준 것이 근대성의 여러 요소들이지만, 그러나 제도나 구조, 그리고 자본이 자기 운동을 시작하면서 이전과는 다른 방식으로 인간을 억압한다.) 이러한 현대의 절대적인 존재에 윤후명은 수량적인 가치로 환원할 수도 없고, 과학적으로 설명할 수도 없으며, 보이지도 않는 향기로 맞서고자 하는 것이다.

이러한 윤후명의 세상 읽기는 비현실적이며, 오히려 이제까지 인류가 쌓아온 역사적 경험과 발전을 무화시키는 면모를 보인다는 점에서 비역사적이기까지 하다. 그러나 윤후명이 신뢰하는 향기는 모든 가치를 수량화시키는 자본주의의 운영원리를 비판하는 데는 더할 나위 없이 현실적이며, 또한 역사적이기도 하다. 뿐만 아니라 기능적 합리성에 의해 철저히 단자화 기호화되어가는 인간의 존재방식에 비추어볼 때 그 합리성을 넘어서는 어떤 가치관을 찾아나선다는 것, 그리고 어떤 대상이나 사물 속에서 신비감을 맛본다는 것, 이것은 오히려 수량적인 가치가 인간의 사유를 지배하는 인식론 전반에 대한 하나의 충격이라 할 수 있다. 만약 어떠한 차이도 인정하지 않고 다양한 현상들을 선험적인 개념틀 혹은 보편성의 체계 안으로 밀어넣을 때 인간적 사유는 정지한다고 한다면, 윤후명의 『여우 사냥』에 나타난 이질적인 감성은 정지된 사유를 움직이게 할 수 있는 하나의 계기일 수도 있는 것이다.

그래도 문제는 남는데, 향기는 철저하게 주관적이어서 객관화시킬 수가 없다는 것이다. 물론 윤후명은 세상의 모든 향기를 조망할 수 있을 것이라고 하지만 혼자만이 맡은 신의 계시를 누가 동조할 것인가. 결국 향기를 통해 세상을 읽으려는 윤후명의 모험은 자유로운 주체이고자 하는 인간의 지를 가로막는 어떤 것에 대한 비판의 잣대로 설정될 때 문학적 향기를 띨 수 있을 뿐이다. 그런데 윤후명은 그 과정을 성실하게 수용한다. 그는 이 향기로 자유롭고자 하는 인간의 의지를 과학의 전능함으로 짓누르는 감시 장치인 정신병원을 비판하기도 하며, 또 '항상 개인이 함몰되는 사회'를 비추기도 한다. 이 순간 『여우 사냥』이 뿜어내는 향기는 정점에 달하는데, 윤후명은 이 정점을 스스로 만들어낼 줄 아는 작가임에 틀림없다.

4. 키 작은 자유인의 초상

『제망매』(문학동네, 1997)라는 첫번째 소설집을 발간한 고종석은 1920년대 초반의 염상섭이 혼자 고독하게 행했던 싸움을 다시 시작하고 있다. 1920년대 초반 염상섭이 "노예적 모든 관습으로부터, 기성적 모든 관념으로부터 적나의 개인에! 이것이 우리의 모토가 아니면 아니되겠습니다. 자기 심령을 잠식하는, 자기의 심령 속에 속속들이 미만된 우상, 권위와 성벽으로부터 해방되어야 하겠습니다. 자기 기만, 자기 포기, 자기 학대로부터 자기 해방에, 인성유린으로부터 개인해방에 — 이것이 정치적 경제적 도덕적 일체의 외적 해방의 발족점이요 제1요건이외다"라고 목소리 높여 외쳤음은 이미 잘 알려진 사실이다. 이때 염상섭이 의미했던 "미만된 우상"이란 곧 전근대적 우상을 의미할 터인데, 그러나 정작 염상섭이 더 크게 더욱 위협적으로 경험해야 했던 우상은 마르크스주의였고 또 모더니즘이었다. 일찍이 칸트가 경계했던 그 미혹에 한국의 지성사 전반이 빠져들어갔던 것이다.

일찍이 칸트는 계몽의 정신을, 외부의 지성을 사용하는 안락함을 떨치고 스스로의 지성을 사용할 수 있는 성인의 상태로 지칭하고 이 성인의 상태에 도달하기 위한 조건으로 용기와 결단을 표나게 강조하거니와, 동시에 이 성인의 상태에 도달하는 길목에서 마주치게 될 강한 유혹, 즉 특정의 외부의 지성에서 벗어나기 위하여 또다른 외부의 지성에 자신을 맞기는 경우를 경계한 바 있다. 서구의 근대가 신이라는 외부적 지성에서 벗어나 스스로의 지성을 거듭 찾아나간 계몽정신의 자기 운동성에 의해 형성, 전개되었음은 물론이다. 그러나 한국의 근대는 근대의 아들들이 자신의 지성을 사용하는 용기와 결단을 행하기엔 지나치게 극단적으로 새로운 내용과 형식을 지닌 채 한순간에 우리의 삶을 장악했으며, 그로 인해 근대의 아들들은 칸트가 경계했던 그 유혹을 떨칠 수 없었다. 다시 말해 지난 시대 외부의 지성으로부터 벗어나고자 하는 길목에서(아니면 외부의 지성이 던져준 충격이 지난 시대의 외부적 지성을 부정하게 했는지도 모른다) 너무도 황홀하게 빛나 보이는 서구적 지성에 정신을 내맡길 수밖에 없었던 것이다.

한국의 근대는 한순간 "내가 누구인지 말할 수 없"을 정도의 큰 혼란으로 시작되었다. 이 혼란을 수습하기 위해 근대를 설명하는 여러 모델이 수용되었다. 한 사회를 풍부하게 설명할 수 있는 개념이라 하더라도 그것이 전혀 상황이 다른 현실로 수용될 경우, 자칫하면 그 이론은 현실로부터의 추상화 과정보다는 추상화된 결론만이 주목되어 그 개념이 일종의 현실로 전화하는 결과가 빚어진다. 게다가 서구의 모델을 하나의 도달할 지점으로 설정할 경우, 이론은 하나의 가설이 아니라 도달해야 할 절대적인 진리로 떠받아들어질 가능성은 더욱 높다. 그렇게 한국의 근대인들은 또다른 외부적 지성에 자신을 내맡겼다. 하나의 개념을 받아들여 그 개념이 만들어주는 아름다운 통일성에 황홀해했으며, 이 아름다운 통일성을 위해서는 그 개념에 어긋나는 추한 현상이나 사소하기 짝이 없는 개인의 감각, 경험, 감정을 배제했다. 이때 문제는 특정의 개념에는 어긋나는, 그렇지만 한국인의 삶에는 전형적인 현상이나 감각이다. 이를 한국의 지성사는 아주 쉽게 처리하곤 했는데, 그들은 개념의 아름다운 통일성을 위해 엄연히 존재하는 현상과 자연스러운 감각을 비본질적이며 시대착오적이라고 명명하거나 아니면 아름다운 통일성을 위해서라면 희생을 감수하는 금욕주의나 순교정신이 필요하다고 역설한다. 그리고 더이상 순교정신을 강요할 수 없는 경우, 하나의 개념을 대상의 부단한 검증을 통하여 재구성하는 것이 아니라 또다른 개념을 도입한다. 한마디로 한국의 역사는 서구의 근대지성사에서 그토록 경계의 대상이 되었던 우상숭배적 사유의 역사라고 일반화할 수 있다.

이렇게 본다면 염상섭의 저 명제는 여전히 유효한 것인지도 모른다. 그때와 우상의 외양만 달라졌을 뿐, 우상숭배라는 내용은 같기 때문이다. 한 개인의 솔직한 내면이나, 자유롭고자 하는 의지는 거대한 것에 의해서 비루한 것, 비양심적인 것으로 치부되어왔고 이런 상황은 한 번도 변한 적이 없다. 한국사에서 외부적 지성에서 벗어나 살고자 하는 자들의 세력은 너무도 미약해서 보이지 않았으며, 또 역사의 희생양이 되었을 뿐이다. 하여 한국사회는 "이념은 맹탕 헷것"(김소진, 「쥐잡기」)이라는 본능적 인식과 현실을 폭력적으로 재구성한 거대서사의 경연장이라 해도 과언이 아닐 정도였다. 이 힘겨운 싸움을, 최인훈 박경리 이청준 박완서 김원일 최윤 등의 여러 작가의 혼신의 노력에도 불구하고 전혀 움직임이 없던 이 철옹성을 고종석이 다시 흔들기 시작한 것이다.

『제망매』를 관류하는 인식소를 찾기 위해서는 우선 「讚 기 파랑」에 표현된 기 파랑의 아포리즘을 참조할 필요가 있다. "옳은 것에 대한 신념이 때로는 옳지 않은 결과를 빚을 수 있다는 것을 나는 스페인에서 배웠다. 그것이 권력이든 도덕률이든 신앙이든 국가든, 커다란 것에 대한 맹목적인 사랑이 인간을 얼마나 왜소화하는가." 이러한 기파랑의 표현을, 커다란 것은 어떤 것이든 맹목적인 사랑을 요구하므로 커다란 것에 대한 맹목적인 사랑이 문제가 아니라 커다란 것 자체가 문제이다라고 바꾸면, 이것이 곧 『제망매』를 관류하는 인식소이다. 비록 어떤 신념이 올바른 것이라 하더라도, 그 신념이 절대 우위에 놓일 경우 그것은 각 개인을 왜소화한다고 파악하는 고종석은, 소설 곳곳에서 너무도 많은 사람들이 수긍하는 것이어서 감히 다가서지 못하는 문제들에 대해서도 비판의 화살을 늦추지 않는다. 용모를 신입사원의 채용기준으로 삼는 사회적 풍조에 대한 비판에서도 커다란 것의 광기를 발견하고 그것을 "지적으로 뛰어난 여자가 단지 수수한 외모 때문에 차별을 받는 데 분개하는 사람이라면, 아리따운 여자가 단지 공부를 못해서 받아야 하는 차별에 대해서는 분개해야 마땅하"다고 비판하는 「전녀총 이여성 회장님께 드리는 공개서한」이 그러하고, 개인의 삶을 발전시키는 데 일조하는 이념이 아니라면 그것이 비록 민주화와 통일운동이라도 동의할 수 없다는 「사십 세」 등은 고종석의 이러한 인식소를 전형적으로 보여주는 소설이다.

그렇다고 고종석이 아무런 대안도 없이 커다란 것, 무엇이든 환원하려고 하는 것에 대해 혐오감을 보이는 것은 아니다. 오히려 나름대로 긍정적이라고 파악한 삶이 있었기에 커다란 것에 대한 거부감을 보일 수 있었다고 해야 하리라. 「제망매」의 '김혜원'이 바로 그러한 경우에 해당할 터이다. 「제망매」의 주인공이 머릿속에서 그려본 묘비명은 그것을 단적으로 보여준다. 그중 "자신이 투사인 줄 몰랐던 박애의 투사. 우리 별에 머물렀던 서른두 해 동안 소리 소문 없이 사랑을 실천하다"라는 구절. 고종석은 진정한 의미의 근대주의자이며 근대 시민의식의 진정한 계승자인 셈이다.

한마디로 고종석은 아무리 선한 의도를 지닌 이념이라 하더라도 한 개인이 스스로 발전할 수 있는 계기를 제공하지 않는 이데올로기는 오히려

선의를 알리바이 삼아 더욱 광기에 빠질 수 있으며, 실제 한국의 지성사가 그러했다는 것을 누구보다도 날카롭게 묘파한 작가임에 틀림없다. 이는 고종석이 자유로운 주체가 되기 위해 수많은 고정관념에 맞설 용기와 결단이 있기에 가능한 것이었다. 누가 이렇게 철저하게 기존의 모든 권위와 관습을 부정하고 자유로운 주체이고자 헌신했던 적이 있었가.

5. 전쟁의 광기 혹은 이성의 광기

김원일의 『불의 제전』(문학과지성사, 1997)이 드디어 완간되었다. 1980년 4월 첫번째 연재가 시작되었으니, 작가 김원일이 소설의 서문에서 감회 어리게 술회했듯, 18년이라는 세월 동안의 땀과 정열이 바쳐진 끝에 비로소 완성된 셈이다. 아니, 어찌 18년 만의 땀과 정열이겠는가. 작가 김원일의 전 생애 동안의 혼신의 노력이 이 작품의 곳곳에 배어 있다고 해야 하리라.

『불의 제전』은 각별한 문학사적 의의를 지닌 소설임에 틀림없다. 18년에 걸친 각고의 노력 때문이기도 하지만, 한 작가가 한 작품에 18년 동안 매달려야만 했던 어떤 필연성과 생사를 건 절박함이 소설을 구성하는 힘으로 작용하고 있기 때문이다. 그 필연성을 우리는 일단 '자신만의 진리를 찾으려는 자유로운 주체에의 의지' 혹은 '자신의 내면세계가 지니는 가치를 증명하려는 열정'이라고 규정하자.

『불의 제전』은 1950년 1월부터 10월까지를 시간적 배경으로, 그리고 경남 진영을 공간적 배경으로 설정하고 있다. 이 시간이 한국의 역사에서 차지하는 비중은 새삼 강조할 필요가 없을 것이다. 한마디로 『불의 제전』은 일찍이 한 작가가 "6·25, 그것은 우리 모두의 공동의 획이었다. 그 획을 통과하면서 각자의 운명은 얼마나 심한 굴절을 겪어야 했던가?"(박완서, 「그 가을의 사흘 동안」)라고 표현했던 그 거대한 전쟁을 직접적으로 형상화한 작품이다. 그렇다고『불의 제전』이 단지 한국전쟁의 발발 전후라는 시간만을 대상으로 하고 있는 것은 아니다. 한국전쟁을 어떻게 보느냐에 따라 한국전쟁의 기원은 얼마든지 거슬러올라갈 수 있고, 또 전쟁의 상태는 현재까지 연장될 수 있다. 작가 김원일은 한국전쟁의 기원을 일제에 의해 파행적으로 진행된 근대의 시발점으로까지 거슬러올라가며, 또 지금, 이곳의 삶에서도 전쟁의 흔적을 충분히 찾아낸다. 뿐만 아니라 경남 진영이라는 닫힌 공간에 한반도, 더 나아가서는 세계 전반의 역사를 담아낸다. 한마디로『불의 제전』은 1950년, 경남 진영이라는 구체적인 시, 공간에 한국의 근대역사 전반과 당시 한반도를 둘러싼 세계사의 정황까지를 녹여낸 직접적인 현실보다도 더 현실적인 작품이라 할 수 있다.

한국전쟁은 '우리 모두의 운명을 굴절시킨' 거대한 사건이므로, 최근 몇 년을 제외하고는, 한국문학의 중심 소재 중 하나였다. 아니, 한국전쟁과 그로 인한 분단은 중심 소재라는 차원을 넘어 이 거대한 사건을 형상화하기 위해 한국문학 전반이 혼신의 힘을 다했다고 해야 할지도 모른다. 이 소재를 다룬 수많은 작품을 보면서도 작가 김원일이 이 소재에 다시 매달린 것은 외부적 지성 대신에 자기 스스로의 지성을 사용하려는 작가의 용기와 결단이 그만큼 남다른 것임을 웅변적으로 말해준다. 이제 우리의 관심사는 한국전쟁을 다룬 그 수많은 작품을 두고도 이 소재를 다루어야만 했던 필연적인 이유, 다시 말해 작가가 증명하고자 하는 '자신만의 진리'의 내용이다. 이에 대한 관심이 곧『불의 제전』을 구성하는 서사원리를 해명하는 열쇠이자 동시에『불의 제전』이 차지하게 될 문학사적 자리를 가늠하는 작업임은 물론이다.

이를 위해서는 이제까지 한국전쟁을 다룬 소설 전반을 되짚어보는 작업이 필요할 터이다. 그러나 이 자리에서 그 문제를 자세히 다룰 수는 없으므로, 그 윤곽만을 제시해보기로 한다. 이제까지 한국전쟁을 다룬 소설은 다음과 같이 전개되어왔다고 할 수 있다. 두 가지의 양극단이 있고, 그 양극단 사이에서 변증법적 연관을 찾아내려는 노력이 있어왔다. 두 개의 양극단의 한 축에는 염상섭이 있고, 또다른 극단에는 손창섭 등의 소위 전후세대의 소설이 놓여 있다. 염상섭은 한국전쟁을 소나기에 비유한다. 한국전쟁은 일상적인 위계질서를 잠시 뒤흔들었을 뿐 전쟁의 포화가 그치는 그 순간 이전의 모든 질서가 복원되었다고 염상섭은 파악한다. 전쟁중 각각의 인간존재들은 어쩔 수 없이 하나의 이데올로기를 선택할 수밖에 없었고 그 이데올로기에 스스로 취해 각각의 이데올로기를 마치 신의 계시처럼 떠받들었으며, 그 악한 정령에 영혼을 내맡긴 채 살상(殺傷)까지도 서슴지 않았지만, 한국전쟁중의 그 전율스러울 정도로 들뜬 분위기란 사실은 거품에 불과하다는 것이다. 이에 비해 전후세대가 파악한 전쟁의 풍경은 무척 다르다. 그들은 전쟁이라는 상황 속에서 살아남기에 급급해야 했던 인간존재들의 전율스러운 체험에 갇혀 전쟁을 사회, 역사적으로 파악하여 객관화하기보다는 역사 혹은 인간을 탈역사적인 존재 맥락 속으로 옮겨놓는다. 그들은 전쟁중 겪었던 경험내용을 절대화함으로써 인간존재를 비역사적일 뿐만 아니라 자기 활동성을 상실한 생물적인 존재로 규정한다.

한 축이 너무 전쟁을 가볍게 보고 있다면 다른 한 축은 전쟁을 너무 절대화시키고 있는 셈이다. 이러한 극단적인 파악이 한국전쟁의 실상을 객관적으로 조명할 수 없음은 물론이다. 한국전쟁을 객관적으로 파악하려는 노력들 중 한 가지의 방식은 주로 전쟁의 기원을 전쟁의 두 주체(좌익과 우익, 남한과 북한, 민중과 지배자, 소작인과 지주)의 대립에서 찾고 그중 어느 이데올로기가 보다 진실했는가에 대해 관심을 경주한다. 그리고 그 정점에 각기 『태백산맥』(조정래)과 『영웅시대』(이문열)가 놓여 있다. 반면 당시 전쟁의 두 주체였던 이데올로기가 과연 사실과 휴머니즘에 기반한 것이었는가를 따져보는 소설들이 분단소설의 중요한 계보를 차지한다. 이들에 따르면 당시 전쟁의 기원이 되었던 이데올로기들은 각기 달랐지만 구체적인 현실에 기반한 추상화 과정을 통해 도출된 이론도 지향점도 아니었으며 그로 인해 당시의 이데올로기들은 현실을 폭력적으로 재구성한 결과를 낳았다고 평가한다. 즉 두 이데올로기 모두 인식의 광기 혹은 광기의 인식을 보였으며 따라서 어느 한쪽의 이데올로기가 긍정적인가를 평가할 수 없다는 것이다. 「광장」『화두』(최인훈)를 비롯, 『시장과 전장』(박경리), 『한씨 연대기』(황석영), 「장마」(윤흥길), 「어둠의 혼」『마당깊은 집』(김원일), 「엄마의 말뚝 2」「그 가을의 사흘 동안」(박완서), 「키 작은 자유인」『흰옷』(이청준) 등이 이러한 관점에서 한국전쟁을 형상화한 대표적인 경우이다. 『불의 제전』은 바로 이 마지막 계보를 잇고 있는 것으로 보인다.

> 난 강제된 사회는 싫어. 인간이 사는 사회란 저절로 굴러가게끔 하는, 말하자면 자율에 맡기는 일정한 부분도 있어야 하는데 공산사회는 그걸 통째 없애버린, 이를테면 너무 수치적이며 기계적인 적용만 한단 말야.(『불의 제전』5, 229쪽)

> 인민군 침공으로 서울을 내주고 후퇴하는 과정에서 성향 분석에 따른 재판도 없이 보도연맹 가입자 수십만 명을 무참히 처형한 최종 결재자가 바로 대통령이다. 그들이 적의 세력화에 기여할까봐 겁먹고 저지른 만행이다. 인공 세상이 되자 그 가족이 사무친 원한으로 우익을 보복했을 터이고, 다시 수복되자 그 앙갚음이 곳곳에서 자행되고 있는 현실이다. (……) 죽이고 다시 죽이는 보복의 악순환.(『불의 제전』7, 121쪽)

이상은 『불의 제전』에서 잦은 빈도로 반복되는 구절이며, 한국전쟁이 빚어낸 여러 현상들을 개념적 형상적으로 정렬해내는 『불의 제전』의 핵심적인 서사원리이다. 『불의 제전』에 따르면 한국전쟁은 광기의 전쟁이며 동시에 전쟁의 광기에 휩싸인 전율스런 상황이다. 전쟁의 기원이 되었으며, 동족간의 전쟁을 광기의 상태로 몰아넣은 양대 이데올로기는 자율적인 주체를 용인하지 않을뿐더러 사실로부터 추상화되지 않은 개념틀에 불과함을 『불의 제전』은 분명히 지적한다. 자신만의 진리를 찾으려는 모든 노력을 인정하지 않는 우상적 사유와 있는 그대로의 사실 전체를 포괄하지 않은 추상적 전망이 전쟁의 기원이자 광기의 중요한 원인이라는 것이다. 즉 작가 김원일은, 어떤 이데올로기나 선의를 내포하고 있는 법이지만 그 선의가 리얼리즘 정신과 결합되지 않을 때에는 오히려 광기의 가장 직접적인 원인이 될 수 있으며 당시에 이데올로기가 그런 성격을 지녔던 만큼 어느 특정의 이데올로기에 편을 들 수 없다는 입장을 분명히 하고 있는 셈이다.

『불의 제전』은 「광장」에서 시작된 전쟁에 대한 이러한 접근방식을 충실하게 계승할 뿐만 아니라 전쟁에 관한 이러한 규정을 집대성하고 정점에 올려놓았다고 할 수 있다. 「광장」 등이 주로 한국전쟁에 대한 잘못된 보편성을 부정하고 비판하는 과정에서 한국전쟁에 대한 새로운 시각의 가능성을 열어놓았다면, 『불의 제전』은 당시의 현실 구석구석을 뒤지고 당대인들의 삶의 방식을 면밀히 재구성해 그 가능성을 구체적인 성과로 가시화시킨 셈이다. 그리하여 한국문학사는 「광장」에서 출발해 여러 단계를 거쳐 『불의 제전』에 이르는, 한국전쟁이나 분단에 대한 또하나의 중요한 계보를 지니게 되었다.

『태백산맥』과 『영웅시대』가 씌어지기까지 거의 40년의 세월의 소요되었다. 그리고 10여 년이 더 흘러 『불의 제전』이 완성되었다. 『태백산맥』과 『영웅시대』라는 산맥을 넘어서는 데는 그만큼의 세월이 필요했는지도 모른다. 그러나 어디 10년이라는 세월만이 필요했으랴. 『태백산맥』과 『영웅시대』가 한국전쟁을 대표하는 소설로 칭송되는 동안, 작가 김원일은 한국전쟁에 대해 나름대로 세운 진리내용과 자신의 삶의 흔적이 사라지는 절망감을 맛보았는지도 모른다. 작가 김원일은 자신의 개념적 형상적 개념틀을 당대의 구체적 현실과 거듭 비교하여 고치고 손질하고 재구성하는 혼신의 과정을 통하여 『불의 제전』을 완성했고, 자신만의 진리를 찾으려는 열정으로 완성된 『불의 제전』은 『태백산맥』이나 『영웅시대』에 비견되는, 아니 더욱 웅장한 하나의 산맥이 되었다. 그리고 우리는『불의 제전』이라는 웅장한 산맥을 통하여 비로소 한국전쟁은 결코 현재의 우리와 무관한 과거가 아니라 바로 우리 삶의 근원이라는 사실을 깨닫게 된다. 한마디로『불의 제전』은 한국전쟁을 '살아 있는 전사'로서 역동시킨 우리 문학사에 이미 오래 전에 있었어야 할 바로 그 소설이다.

6. 한국사와 보편사의 차이, 혹은 한국문학의 길

이제 한국문학은 어떤 대상이나 제도의 형식, 그리고 특정 개념이 아닌 그 형식이나 제도를 형성하고 추동하는 원리, 한 특정 개념의 구체적인 내용에 대해서 관심을 가져야 할 때인지도 모른다. 아니, 이는 보다 단호하게 표현되어야 한다. 만약 앞으로도 한국문학이 여전히 어떤 대상이나 제도, 그리고 특정개념의 외연에만 관심을 기울일 경우, 다시 말해 어떤 현상이나 개념의 세계사적 보편성에만 집착할 경우, 한국문학은 한국적 개별사와 세계사적 보편사가 뒤엉켜 발생하는 한국인의 특수한 존재방식을 읽어내지 못함으로써 위대한 한국문학의 창출은 물론 한국사회가 안고 있는 중층적인 모순에 대한 보다 고차의 개념화나 풍부하고도 역동적인 부정을 끝내 실현시킬 수 없을 것이다.

가령 이런 것이다. 일반적으로 우리는 한국전쟁을 좌우익 이데올로기의 대립으로 설명한다. 구체적으로 말하면, 이제까지 우리는 한국전쟁을 사회주의와 민족주의라는 양대 이데올로기의 쟁투로 이해해왔던 것이다. 이 양대 이데올로기는 자본가와 노동자, 지배자와 피지배자, 주인과 노예, 욕망과 당위, 현실과 이상, 단자의식과 공동체 의식, 낙관적 종말론과 비관적 유토피아주의자라는 대립항의 한 축을 극단적으로 지향함으로써 근원적으로 화해하기 힘든 속성을 보이며, 또한 한국전쟁의 두 주체가 민족주의와 사회주의를 자신의 이데올로기로 강하게 내세웠다는 사실을 감안한다면, 민족주의와 사회주의의 대립으로 한국전쟁을 설명하는 시각은 나름대로의 설득력을 지닌다. 그러나 한국전쟁은 이것만으로 설명하기 힘든 여러 요소를 지닌 것 또한 사실이다. 예컨대 한국전쟁에서 각각 좌익과 우익을 선택했던 인물들이 양대 이데올로기를 충분히 자기화했는가 하는 점은 의문의 여지가 많다. 자유로운 주체가 분명한 삶의 목적을 가지고 그 목적을 실현하기 위하여 각각의 이데올로기를 선택했던가 하는 질문에 그렇다고 답하기 힘든 요소가 한국전쟁에서는 많이 나타난다. 오히려 당대의 이데올로그들은 연기(演技) 혹은 포즈로서의 이데올로그였는지도 모른다. 아니면 단지 살아남기 위하여 마지못해 특정의 이데올로기를 선택했던 경우도 많았으며, 그것도 아니면 각각의 이데올로기가 지향하는 목적을 위해 헌신한 것이 아니라 개인의 권력의지나 어떤 불길한 욕망을 성취하기 위한 개인의 입신양명의 수단으로 이념을 선택했을 가능성도 높은 것이다.

　그들이 내세웠던 이론이나 이데올로기도 마찬가지의 측면을 지닌다. 현실은 언제나 이론보다 풍부하며, 때문에 이론은 언제나 제한적이다. 만약 하나의 이론이 현실과의 끊임없는 소통을 통해 부단한 검증을 하지 않을 때 그 이론은 어쩔 수 없이 현실을 폭력적으로 재구성할 수밖에 없으며, 이렇게 폭력적으로 재구성된 이론을 고집할 경우 이론은 사회를 바라보는 개념틀의 범위를 넘어선다. 현실적 지지물이 빈약한 관념을 지켜내야 하기에 변화하는 현실에 기반한 새로운 보편성 혹은 삶의 감각을 용인하지 못하며, 이 관념을 부인할 경우 그 관념을 포기한 자의 삶은 한순간에 아무것도 아닌 것으로 전락하기에 하나의 관념에 맹목적인 집착을 보일 수밖에 없으니 이때 이론은 신앙의 수준으로 추락한다. 또한 이때의 이론은 이성의 광기를 뿜어내거나 광기의 이성으로 전락하며, 광기의 이성이 물리적인 힘으로 전화할 때 한 사회는 공포에 휩싸인다. 한국전쟁 당시 좌우익의 이데올로기는 객관적 현실의 전체에서 어떤 법칙성을 찾아내기보다는 이미 존재하는 어떤 법칙성에 현실을 마구잡이로 밀어넣은 성격이 짙다. 그리하여 현실을 폭력적으로 재구성했으며, 그렇게 만들어진 교리로 그 자체가 목적인 각 개인을 특정의 이데올로기에 귀속시키는, 곧 기호화시키는 양상을 보였던 것이다.

이러한 점을 감안한다면 한국전쟁을 사회주의(자)와 민족주의(자)의 쟁투로만 설명하는 것은 당대의 현실을 정확하게 추상화한 개념틀로서는 어딘지 모르게 역부족처럼 느껴진다. 한국전쟁을 보다 본질에 가깝게 규정하기 위해서는 사회주의(자)와 민족주의(자)라는 일반적인 명칭 앞에 많은 한정어가 필요한지도 모른다. 다시 말해 한국전쟁은 신앙의 수준으로 받아들여져 이성의 광기 혹은 광기의 이성으로 전락한 사회주의와 민족주의의 대립이었으며, 또한 생존을 위해서이거나 다분히 불길한 욕망을 실현하기 위해서 연기나 포즈의 형태로 각각의 이데올로기를 선택한 사회주의자나 민족주의자들의 쟁투였던 것이다. 물론 한국전쟁이 그토록 잔혹했던 이유는 이데올로기 그 자체의 속성일 수도 있고, 또한 특정의 이데올로기를 신앙을 수준으로 받아들인 그 수준의 문제일 수도 있고, 또 그 모두일 수도 있다.

자율적인 의지를 매개로 잘못된 보편성을 부정하고 새로운 보편성을 창출할 때 위대한 문학이 가능한 것이라면, 이제 한국문학이 위대해지기 위해서는 세계사적 보편성에만 주목할 것이 아니라 한국역사의 특수성을 규명하기 위해 보다 많은 관심을 기울여야 한다. 한 사회를 풍부하게 설명했던 개념이라 하더라도 그것이 성격이 다른 현실로 수용될 경우, 자칫하면 그 이론은 현실로부터의 추상화 과정보다는 추상화된 결론만이 주목되어 이론의 물신화에 빠질 가능성이 높다. 이렇게 되면 현상이나 그곳을 살아가는 인간 각자의 의식이 일차적인 고려의 대상이 되어 그것을 추상화한 어떤 개념이 정립되고 부단한 검증을 통해 재정립되는 것이 아니라 개념의 아름다운 통일을 위해 엄정한 현실을 부정하는 결과가 빚어진다. 개념의 아름다운 통일성을 위해 오히려 자신의 경험내용을 부정하는 금욕주의나 순교자적 자세까지 발생할 수도 있으며, 한 개인의 삶 중에서 아주 작은 부분을 한 개인의 삶 전체, 또는 세대 전체, 더 나아가 시대 전체로 환원하는 결과가 나타날 수도 있다.

현재의 한국문학에서 이제까지의 우리 민족만이 경험했던 역사의 흔적이나 그 역사적 흔적의 결과물인 한국인의 자화상을 발견하기란 쉽지 않다. 한국문학 전반이 흔히 서구 근대문학의 에피고넨으로 일컬어지며 또 끊임없이 모방과 모작이 문젯거리로 등장하는 것은 이 때문일 것이다. 한국문학 전반이 각각의 작가가 선택한 개념의 통일을 위해 엄연한 현실을 자의적으로 해체하고 왜곡했던 셈이다. 때문에 한국문학에는 많은 경우 개념만 있고 풍부하고도 구체적인 육체는 없으며, '우리'는 있되 '나'는 없으며, 세계시민은 있되 한국인은 없다. 아니면 어떤 특정 개념에서 보자면 문제적이지만 지금, 이곳의 현실에서 보자면 아무런 문제성도 지니지 못하는 작품이 다수 발견된다. 이는 타자가 만들어놓은 실존적 조건으로부터 벗어나 자신만의 진리를 찾으려는 의지가 없는 자, 그리고 엄밀한 방법적 자각에 서서 대상을 개념적으로 정렬하고 부단한 검증을 통하여 이것을 재구성해나가는 과정을 수행하는 대신에 이미 존재하는 어떤 문제 틀을 선택했던 자가 필연적으로 도달할 수밖에 없는 마지막 지점인지도 모른다.

그렇다면 이제 한국문학은 특정 개념이 안겨주는 추상적인 통일성의 미혹을 떨쳐내고 자유로운 주체로 서고자 하는 용기와 결단이 필요하며, 동시에 있는 그대로의 사실에 기반한 추상화 과정과 현실과의 부단한 비교, 대조, 유추, 구분, 분류 과정을 통해 그 개념을 재구성하는 과정이 절실하게 요구된다. 이때에야 비로소 우리의 역사적 흔적이 담긴 문학작품을 가질 수 있을 것이며, 이러한 위대한 문학이 실체화될 때 자연스레 서양문학의 에피고넨이라는 명예롭지 못한 표지를 떼어낼 수 있을 것이다. 이제 우리의 관심사는 자유로운 주체이고자 하는 용기와 결단이며, 자율적인 주체로 살아가기 위해서는 거듭 요망되는 것이 리얼리즘 정신이다.

(1997년)

사랑의 본질, 혹은 유혹과 억압 사이
― 김인숙의 『꽃의 기억』 읽기

1. 사랑, 그 영원한 화두

어느 작가나, 특히 그 작가가 위대하면 위대할수록, 그가 평생토록 짊어
지고 다녀야 하는 화두가 있게 마련이다. 자기 주변의 사람과 같이 체험한
내용이 아니어서 좀처럼 보편화하기 힘든 것임에도 불구하고 그렇다고
그 체험 내용을 부정하면 자신의 삶은 아무것도 아닌 것으로 전락해버리
는 불가해한 상황을 경험했을 때, 한 개인은 이러한 경험을 평생 화두로
짊어질 수밖에 없다. 그 화두는, 따라서, 실제이면서도 일종의 환각이며,
주관적이면서도 객관적이며, 찰나적이면서도 영원하며, 아무것도 아니면
서도 전체이기도 한 이율배반적인 특성을 지닌다. 신비하며 심지어는 제
의적이기까지 한 이러한 경험을 루카치는 마성적인 것이라 칭한 바 있거
니와 이 마성적인 것이야말로 기존의 보편성을 부정하고 나태하고 기계
적인 일상을 거부하는 예술적 원천이라 할 수 있다. 망령과도 같은 화두를

어느 순간 손에 쥔 존재들은 자신만의 고유한 영혼을 증명하지 않으면 자신의 삶 전체가 무화되기 때문에 그들은 자신의 고유한 영혼을 증명하기 위해 길을 떠날 수밖에 없게 된다. 즉 소설의 길로 들어서는 것이다.

이러한 화두는 작가에 따라 다를 수밖에 없음은 물론이다. 그것은 손에 잡힐 듯한 찰나적인 인상일 수도 있고, 인물이나 장면일 수도 있으며, 그것이 아니면 특정의 주제 혹은 개념일 수도 있다. 또는 눈이 부실 정도의 황홀한 기억일 수도 있고, 또 그 기억의 파편만으로도 전율을 느끼는 공포의 체험일 수도 있다. 하여간 문제적인 작가라면 누구나 이전에도 볼 수 없었고, 또 동시대의 작가에게도 나타나지 않으며, 후대의 작가에게서도 찾아볼 수 없는 화두를 지니고 있게 마련이다. 그리고 이 낯선 화두에 대한 편집증적인 집착이 한 작가를 문제적인 작가로 자리하게 하곤 한다. 거칠게 단순화시키자면 마성적인 화두야말로 한국문학을 형성시키고 움직인 동력이다. 염상섭의 타락한 성과 황금편집광적 인물들, 이상의 소설에 나타나는 상품과 마찬가지인 쾌락적 이미지를 지닌 여성, 이태준의 도구적 합리성에 어쩔 수 없이 좌절하는 전근대적 인물들, 최인훈이 도서관에서 느끼는 황홀경, 이청준의 전짓불 앞에서의 공포, 김승옥 · 서정인의 소설에서 나타나는 소위 '출세한 촌놈'들의 죄의식, 김원일 · 김소진 등의 어머니에 의한 거세공포증, 박완서 소설의 차가운 근대성과의 갑작스런 조우, 황석영의 떠돌이 삶에 대한 희망과 좌절, 신경숙의 우물 속의 쇠스랑, 장정일의 문고판 독서체험 등등. 우리는 각각의 작가가 짊어진 낯선 화두들을 독창성이라 불러도 무방할지 모른다. 아무노 샷시 않은, 한 작가만의 고유한 세계상이기 때문이다.

각각의 작가를 저주처럼 혹은 축복처럼 따라다니는 화두는, 한 작가의 작품에 자주 반복되며 또한 변주된다. 그 화두는 어느 순간 착각처럼 선연한 모습을 보여주기도 한다. 그러나 그 분명한 모습을 기록하려는 순간 또다시 미궁 속으로 사라진다. 하여, 한 작가는 자신이 습득한 개념들을 통하여 화두의 실체를 가시화하고자 하는 악무한적인 과정을 반복한다. 따라서 작가가 설정한 화두에 대한 변이양상은 곧 한 작가가 세계를 바라보는 관점을 보여주는 중요한 표지가 되기도 한다.

『'79~'80 겨울에서 봄 사이』『함께 걷는 길』『당신』『칼날과 사랑』『유리구두』 등으로 80년대는 물론 90년대에도 문제작을 생산하고 있는 작가 김인숙도 하나의 화두에 집요하게 매달리기는 마찬가지다. 아니, 쉽게 실체를 드러내지 않는 화두에 대한 집착이 80년대와 90년대를 가로지르게 한 작가 김인숙의 원동력이라 해야 정확한 표현일 것이다. 김인숙이 집요하게 천착하는 화두는 다름아닌 사랑이다. 김인숙은 항상 "계산이나 이해타산이 스며들 여지가 없는, 그러나 맹목적이지 않고 올바른 전망 앞에서서 있는 것이어서 더욱 순결하고 아름다운, 그런 사랑의 이야기"(「작가의 말」,『긴 밤, 짧게 다가온 아침』하권, 동광출판사, 248쪽)를 쓰고자 하며, 김인숙의 결코 적지 않은 소설은 모두 이러한 노력의 결과물이라 해도 과언이 아니다.

이번에 선보이는『꽃의 기억』(문학동네, 1999) 역시 작가 김인숙이 한 순간도 놓지 않았던 화두인 사랑에 관한 이야기다. 그러나『꽃의 기억』이 작가 김인숙이 지속적으로 다루었던 사랑에 관한 이야기라고 해서 섣불리 이전 작품세계의 반복 내지는 연장이라고 판단할 필요는 없다. 『꽃의 기억』은 분명 김인숙의 이전 소설의 단순한 반복이 아니다. 서둘러 결론을 말하자면,『꽃의 기억』에는 하나의 화두에 편집증적으로 집착한 존재들만이 도달할 수 있는 눈부신 비약이 있으며 또한 자신의 것까지를 포함한 기존의 보편성을 부정하고 새로운 보편성을 창출해내는 진경이 있다.

이제『꽃의 기억』속에 숨겨져 있는 진경을 찾아나설 차례다.

2. 환원의 거부, 혹은 사랑으로 가는 길

『꽃의 기억』의 표면적인 서사는 한 여인의 진정한 사랑 찾기이다. 여기,

한 여성이 있다. 박경진이란 이름을 가진 그녀는 이혼한 여자이고 홀로 딸을 기르고 있으며 미술관 큐레이터라는 직업을 가지고 있다. 이러한 그녀에게 각기 다른 세계상을 대변하는 남성들이 다가온다. 이 남성들 사이를 오고 간 끝에, 다시 말해 세계를 구성하는 요소들을 경험하고 자신의 세계 내적 위치를 확인한 끝에 그녀는 한 남자를 선택한다. 결국 그녀의 사랑 찾기란 곧 자신의 정체성을 찾아나가는 과정에 다름아니다. 이것이 『꽃의 기억』의 심층적인 서사이다.

박경진은 남편의 이해하기 힘든 행동을 뒤늦게 확인하곤 이혼을 결행한다. 그녀의 결혼생활은 굳이 행복한 것은 아니었지만 그렇다고 불행한 것도 아니었다. 그녀는 가족이라는 테두리 안에서 아슬아슬하나마 균형을 유지하며 살았다. 그녀는 비록 삶의 충일성으로 가득 찬 상태는 아니었더라도 희망과 절망, 욕망과 억압, 자유의지와 공동체적 질서라는 서로 모순되는 가치들을 조율하고 조정하며 나름대로의 자기 정체성을 유지하고 있었던 것이다. 하지만 가족이라는 질서에서 벗어나는 바로 그 순간, 그녀는 선택의 기로에 선다. 더구나 남편의 예기치 못한 행동으로 인한 이혼이었기에 그녀는 기존의 균형감각이 허위의식 위에 세워진 것임을 절감해야 했으며, 따라서 그녀는 이전에 자기 스스로 규정한 세계 내적 위치를 부정하고 자기 정체성을 근본적으로 재정립해야 하는 상황에 놓인다.

이런 그녀에게 세 남자가 다가온다. 우진석, 최성택, 신지우. 그녀는 갑작스럽게 다가온 자기 정체성의 혼란을 아직 추스르지 못한 상태이기 때문에 당연히 이 세 남자 사이에서 갈등한다. 우선 그녀를 선택의 지점에 서게 하는 것은 우진석과 최성택이다. 도대체가 그녀는 우진석과 최성택이 각기 뿜어내는 매혹을 뿌리칠 수가 없는 것이다.

그녀를 깊은 혼란에 빠뜨린 한 축인 우진석은 산부인과 의사이다. 우진석은 "정통적인 엘리트 코스만을 거쳐온 사람"이며 동시에 "자신만만하면서도 오만하지 않았고, 친절했지만 비굴하지도 않"은 "부자가 갖출 수 있는 가장 근사한 미덕만을 골라 갖춘 사람"이다. 우진석은, 한마디로 "세상에 좋은 직업은 없"으며 "돈을 얼마나 많이 버는 직업이냐"가 중요하다는 말로 표상되는 세계를 대표하는, 지금, 이곳의 삶 전체를 결정하는 계산 가능성 혹은 환금 가능성의 원리를 체현한 인물인 것이다. 우진석은 그녀의 사사로운 실존을 조금만 억제하면 행복을 보장하겠다고 유혹한다. 아니, 육박한다. 우진석을 선택할 경우 그녀는 현재 우리 사회를 움직이는 원리를 거스르는 자들에게 주어지는 원죄와도 같은 고통으로부터 자유로울 수 있으며, 동시에 이제까지 살아왔던 자신의 삶의 방식을 변화시킬 필요도 없다. 우진석과의 결합이 가져다주는 축복은 여기에 그치지 않는다. '최소한의 투자로 최대한의 이윤을!'이라는 자본주의적 합리성의 측면에서 보자면, 그리고 세상에 존재하는 모든 가치를 교환가치라는 등가의 원리로 환원해내는 근대의 가치관에 기대어 보자면, 우진석과의 결합은 순박한 시골처녀와 백만장자의 결합만큼이나 우리 사회의 이상적인 결합방식인 것이다. 딸 하나가 딸린 이혼녀이자 미술관 운영으로 자신의 사회적 자아를 실현코자 하는 그녀에게 그 모든 것을 보장해줄 수 있는 남자인 우진석은 떨치기 힘든 매혹이다. 이제 막 자신의 고유한 영혼을 증명하기 위해 모험을 떠나는 그녀에게, 그것도 그 모험이 어떠한 결과로 나타날지를 예측할 수 없어 불안한 그녀에게 일상적인 삶의 나태하고도 권태로운 풍경을 보장하는 우진석이야말로 얼마나 강렬한 미혹일 것인가. 하여, 그녀는 우진석에게서 "그를 만나고 있을 때마다 내 안에 스며드는 안도감"을 느낀다.

하지만 그녀는 쉽게 우진석을 선택하지 못한다. 우진석과 결합하기 위해선 우리 시대의 모럴에서 보자면 사사로운 그녀의 실존을 억제해야 하기 때문이다. 이혼한 남편에게 딸을 넘겨야 하고 또한 그녀의 다음과 같은 충동을 억제해야 하지만 그녀는 이러한 충동을 좀체로 억제할 수가 없는 것이다.

원하는 대로 남자를 만나고, 원하는 대로 밤새워 술을 마시고, 원하는 대로 아이를 혼자 재우고, 원하는 대로 내가 좋아하는 작품들만을 좋다고 말하고…… 원하는 대로 욕설을 내뱉고, 원하는 대로 싸움을 걸고, 원하는 대로 아무 데서나 주저앉아 오줌을 싸라고 말하는, 내 안의 두더지 머리들.(66쪽)

그녀는 죽음에의 충동이라고 부를 수 있음직한 이러한 충동에 자주 시달린다. 그녀는 물론 공동체의 유지를 위해서는 각 개인의 죽음에의 충동에 대한 공적 통제는 불가피하며 또 각 개인이 인간이라는 동물(human animal)에서 지혜로운 동물(animal sapiens)로의 발전을 위해서는 본능의 기본적(계통발생적)인 억제는 필수적이라는 사실을 누구보다 잘 알고 있다. 그렇지만 그녀는 때로는 격정적으로 또 때로는 어쩔 수 없이 이러한 충동에 자신을 내맡기며, 또 어떤 경우에는 죽음에의 충동에 대한 공적 통제로부터 의식적으로 벗어나고자 한다. 우연스럽게 다가온 일탈의 경험은 공적 통제에 자신을 끼워맞추어 사는 삶이 얼마나 자신을 제한시켜왔는가를 전율적으로 확인시켜준 것이다. 그 일탈의 경험은 그녀의 정체성을 재성찰하는 중요한 계기가 된다. 그녀는 일탈의 경험을 통해 죽음에의 충동 역시 엄연한 자신의 한 부분이며, 이것을 철저하게 억압하는 삶이란 "오직 바깥의 나, 로만 존재했던 예전의 내 모습"의 연장일 뿐이라는 사실을 확인한다. 다시 말해 그녀는 그것이 비록 죽음에의 불길한 충동일지라도 자기 안에 존재하는 욕구와 욕망을 기본적인 수준에서 억제하는 것이 아니라 질적·양적으로 억압하는 것(즉 자기 스스로가 자기 스스로의 욕망과 욕구를 과잉 억압하는 것)은 곧 자기 영혼의 고유함을 지워내는 행위이자 생의 충일함을 스스로 차단하는 요인이 된다는 것을 깨닫게 된 것이다. 이러한 깨달음이 우진석의 결합을 가로막는다.

죽음에의 충동을 과잉 억압할 경우 그녀의 고유함을 스스로 부정하게 될 뿐만 아니라 결국 그녀의 삶을 자기 기만적인 것으로 귀착시킨다는 깨달음을 그녀에게 준 인물은 최성택이다. 최성택은 뛰어난 미적 감각뿐만 아니라 그에 버금가는 기행으로 이름이 높은 화가이다. 최성택은 현재의 질서를 유지하는 담론인 사랑 이성 법칙 자유 동기 등등의 지시어란 그 지시대상과 무관하다고 믿거나 아니면 관계가 있다 하더라도 그 관계란 어떤 불길한 욕망이나 의지를 감추기 위한 수사 정도에 불과하다고 판단하는 인물이다. 최성택은 선이니 진리니 하는 언표들을 인간 본래의 길들여지지 않는 욕망을 위장하고 불온시하는 억압기제로 규정한다. 다시 말해선 도덕 진실 등의 언표들은 한편으로는 인간의 욕망을 억압하는 기제로 작용한다는 것이며 다른 한편으로는 인간들의 추악한 본성을 위장하는 음험한 수단으로 기능한다는 것이다. 때문에 최성택은 위선의 장치들을 벗어내고 억압된 욕망을 되살리기 위해서는 인간이 만들어낸 도덕 가치 개념 등의 '미망'으로부터 벗어나야 한다고 믿는다. 그래서 그는 "사람, 사랑…… 아직도 그런 것에 가치가 있다고 믿습니까? 하긴, 예술이니 그림이니 그따위 것들을 믿는 사람보다는 낫겠습니다만"이라고 말하며, "내가 널 찢어줄 거야. 네 속에서 네가 나올 때까지, 하나도 남김없이 찢어줄 거라구"라는 표현을 주문처럼 반복한다. 이런 최성택에게서 그녀, 박경진은 우진석과는 다른 매혹을 느낀다.

> 나는 그를 거부할 수 없었고, 점점 더 격렬히 그를 원하고 있었다. 그가 더럽고 추잡하기 짝이 없는 욕설과 비속어들을 남발하는 것을, 좀더 하라고, 좀더 지저분하게 말하라고, 종용하고 싶은 기분이기까지 했다.(103쪽)

최성택은 그녀가 자기 기만적인 행복을 지키기 위해 의식적으로 부정하고 외면했던 욕망들을 다시 불러내준다. 최성택의 일탈적인 행위가 그녀에게 "내 안의 나", 그리고 조금만 긴장을 늦추면 수시로 머리를 내미는 "내 안에 들어 있는, 저 두더쥐 머리들"을 일깨워준 것이다. 그리하여 그녀는 이전의 삶이 그녀 안에 분명히 내재해 있는 "두더쥐 머리들", 즉 죽음에의 충동을 철저하게 부정하고 억압한 삶이었음을, "오직 바깥의 나"

로만 살고자 했던 위선적이면서도 강박적인 삶이었음을 확인한다.

하지만 그녀는 최성택을 쉽게 선택하지 못한다. 우진석과의 결합이 "내 안의 나"를 버려야 한다면 최성택과의 결합은 "바깥의 나"를 부정해야 하기 때문이다. 우진석이 그녀에게 사사로운 개인적 실존의 희생을 요구하고 있다면, 최성택은 그녀에게 인간이라는 동물로 돌아갈 것을 강요한다. 우진석이 교환가치라는 잣대로 대상의 고유한 질을 양으로 환원함으로써 결국 차이를 지워버린다면, 최성택은 인간의 본능이라는 틀로 모든 질을 양적으로 환산해낸다. 최성택은 기존의 개념틀을 규정적으로 부정하는 것이 아니라 전면적으로 부정하기 때문에 그의 입장에 따르면 인류가 오랜 기간을 거쳐 쌓아온 역사적 과정이 한순간에 무화되며, 그녀 또한 최성택과 결합할 경우 그녀의 사회적 자아의 모든 것을, 그리고 사회적인 자아로 자리하기까지 거쳐왔던 모든 서사적 맥락을 스스로 부정해야 하는 상황에 직면할 것이다.

결국 그녀는 우진석과 최성택 사이를 오갈 수밖에 없다. "바깥의 나"만을 요구하는 존재들에게 염증을 느끼면 최성택에게로, "내 안의 나"만을 응시하는 눈빛에 두려움을 느끼면 다시 우진석에게로. 그렇게 그녀는 악무한적인 왕복운동을 행한다. 이때 이 악무한적인 진자운동을 끊어주는 존재가 다가온다. 신지우이다. 신지우란 그녀를 갈등하게 하는 구체적인 물리적인 존재라기보다는 그녀의 마음속에서만 살아움직이는 일종의 환상적인 인물이다. 신지우는 우연처럼 다가왔다가 흔적만 남기고 사라지는, 언젠가는 존재했고 그러므로 존재해야 할 이상적인 존재로 그녀에게 작용한다. 한마디로 신지우는 우진석과 최성택을 높은 곳에서 비추는 일종의 거울형상이며, 그녀를 우진석과 최성택 사이에서 갈등하게 하는 실정적인(positive) 인물이다. 신지우는 "바깥의 나"와 "내 안의 나" 사이의 갈등을 그녀보다 먼저, 아주 격렬한 형태로 경험한 인물이며, 하여 신지우는 그녀에게 그녀의 무언가를 부정하라고 강요하지 않는다. 그녀는 신지우에게 "소유할 욕망도 필요도 느끼지 않는, 그러나 소중한, 조심스러운 체온"을 느낀다. 뿐만 아니라 그녀는 신지우 앞에서만이라도 "바깥의 나"와 "내 안의 나" 중 어느 한 부분만 살아야 하는 연기력의 삶 대신에 비로소 이율배반적이며 모순적인 자신의 삶 전체를 솔직하게 드러내고픈 격정에 사로잡힌다.

> 어쩌면 그날 나는 그와 자고 싶었으리라. 살을 섞은 뒤에라도 그 이름이 무엇인지 물어보고 싶어지지 않을 것 같은 남자, 오르가슴의 순간에도 결코 사랑한다는 말을 의무적으로 내뱉지 않아도 될 것 같은 남자, 아니, 어쩌면 가장 동물적인 체위로 성교를 나누고 싶었던 남자…… 이름을 알지 못하는 그와…… 그러나 자고 난 뒤에는 혼자 베개에 얼굴을 묻고 어쩌면 말하고 싶었으리라. 당신은 내 피라고, 내 살이고, 내 숨결이라고. 당신은 내 집에 스며든 게 아니라 내가 알지 못하는 내 피돌기의 흐름 속에, 내 살의 어느 알 수 없는 주름 사이에, 그리고 내 숨결의 마디 사이에 스며든 거라고.(210쪽)

여기가, 즉 신지우로 표상되는 어떤 세계의 발견이, 박경진의 진정한 사랑 찾기의 마지막 도달점이다. 우진석과 최성택 사이를 방황하면서, 그리고 신지우를 만나면서, 그녀는 진정한 사랑이란 자신의 가치로 타자를 환원시키는 것이 아니라 "내 안의 나"와 "바깥의 나"로 분열된 타자를 총체적으로 재구성하려는 노력 속에서만 이루어질 수 있다는 사실을 확인한다.

『꽃의 기억』의 표면적인 서사는 이처럼 한 여인이 진정한 사랑을 찾아가는 과정이다. 그러나 『꽃의 기억』은 분명 단순한 사랑 이야기 이상이다. 『꽃의 기억』은 한 개인이 사랑을 찾아가는 과정을 통하여 궁극적으로는 현대인의 존재방식을 성공적으로 성찰해내고 있기 때문이다. 그녀는 "사랑의 진정한 본질은 자기 자신의 의식을 포기하는 것, 다시 말해서 하나의 다른 자아 속에서 스스로를 망각하고 동시에 이러한 소멸과 망각 속에서 비로소 자기 자신을 획득하는 데 있다"는 헤겔의 말처럼 사랑의 진정한 본질을 구현하고자 한다. 진정한 사랑을 획득하기 위해 그녀는 우선 자신의 분열된 자아를 확인한다. "내 안의 나"와 "바깥의 나"로 분열된 자아.

　이러한 그녀의 분열되고 착종된 모습은 인간의 보편적인 존재조건을 암시한다. 인간은 언제나 공적 통제와 일탈에의 욕망, 사회의 존속과 개인의 자유라는 상반된 가치들 사이에서 갈등할 수밖에 없는 존재임에 틀림없다. 다시 말해 공동체를 유지하고자 하는 에로스적 갈망과 욕망을 억압하는 논리를 해체하고자 하는 타나토스적 충동 사이에서의 갈등은 인간의 보편적인 존재 조건이다. 에로스적 갈망이란 사회적 존속만을 목적으로 하기 때문에 만약 이것에 자신의 전부를 맡기면 각 개인의 고유한 가치는 존립할 수가 없다. 그렇다고 욕망을 억압하는 타나토스적 충동에 자신을 기탁하면 사회의 존속은 불가능해진다. 즉 어느 한 요소도 한 개인의 삶에서 배제할 수 없는 것이다. 그러므로 각 개인은 이 두 요소를 나름대로 조율해야만 제2의 자연인 사회 속에서 살아갈 수 있으며, 또한 각 인간의 개성이란 이 상반된 가치들을 각자의 방식으로 병존시킨 결과이다. 이러한 모순된 통일이 수없이 균열되고 다시 통합되면서 각 개인의 인생 행로가 결정됨은 물론이며, 이러한 무수한 균열과 통합, 해체와 구성을 반복할 때에만 한 개인은 진정으로 자기 삶의 주인공이 될 수 있다. 그러나 이처럼 자율적인 자아, 혹은 성숙한 개인으로 살아가는 길은 쉽지 않다. 특히나 인간과 인간 사이에 상품이 개입되면서, 다시 말해 개인과 사회 사이에 수많은 '떠도는 기표'들이 생겨나면서, 개인의 모험과 사회의 발전의 조화란 달성하기 힘든 조건이 된다.

　인간은 이처럼 분열적인 존재이기에, 분열된 자아를 계속적으로 통합해 나가야만 진정한 자기 의식의 실현이 가능하기에, 그녀는 이 길을 계속 걷고자 하지만 그러나 그녀를 둘러싸고 있는 상황은 이를 용납치 않는다. 그 두 요소 중 하나만 선택할 것을 강요한다. 이 강요는 한편으로는 질곡이지만 한편으로는 더할 나위 없는 매혹이다. 자기 안에서 서로 상반된 두 목소리를 들어야 한다는 것, 혹은 이중적인 인격을 발견해야 한다는 것은 얼마나 힘겨운 일인가. 하지만 분열된 자아가 그녀의 본래 모습이기에, 사랑이란 자기를 망각하면서 자기를 보존하는 것이기에 그녀는 그 유혹을 견뎌낸다. 이러한 분열된 자아를 힘겹게 유지한 끝에 그녀는 자기를 보존하면서도 자기를 소멸시킬 수 있는 사랑을 획득하는바, 이 과정에서 그녀는 자신의 세계 내적 위치를 발견하게 된다.

그녀는 인간이 현대라는 시대적 상황 때문에 여러 개의 모습으로 분열되어 있으며 이 분열된 자아들을 통합하기란 결코 쉽지 않다는 것을 확인한다. 그것은 한편으로는 그녀에게 무차별적으로 다가오는 유혹들을 뿌리치기 힘들기 때문이지만, 다른 한편으로는 주관과 객관, 보편과 특수, 감각과 개념, 물질과 정신 사이의 모순을 마법적으로 해소한 광기의 이성들이 그러한 행위를 용납하지 않기 때문이다. 하여, 그녀는 에로스적 갈망과 타나토스적 충동 이 양자를 조화시키지 못한 채 병적인 삶을 살아가거나 혹은 욕망하는 기계로 전락한 수많은 군상들에 둘러싸인다. 그녀는 이러한 억압과 유혹 속에서도 자신의 고유한 영혼을 증명하고자 모험을 멈추지 않으며 진정한 사랑과 조우한다. 그녀는 자신을 소멸시키면도 자신을 보존하려는 사랑의 본질을 충실히 따름으로써 결국 자신의 고유한 가치를 타자에게 전이시키는 데 일단 성공한다. 이러한 그녀의 모습은 현대 사회가 분열된 자아를 통합시키기에 힘겨운 것은 사실이지만 근원적으로 불가능한 것은 아니라는 사실을 암시한다. 그리고 더불어 부단한 자아의 세계화와 세계의 자아화 과정은 지금 이 시대에도 여전히 자아를 실현하는 마지막 수단일 수밖에 없다는 것을.

한마디로『꽃의 기억』은 한 여인의 진정한 사랑 찾기라는 표면적인 서사에 '공적인 나'와 '사적인 나'로 분열된 현대인의 존재방식을 내밀하게 응축시키고 있다고 할 수 있다.『꽃의 기억』이 단순한 사랑 이야기 이상인 이유는 바로 여기에 있다.

3. 모성의 시간

『꽃의 기억』의 풍요로움을 이야기하기 위해서는 또하나 짚고 넘어가야 할 요소가 있다. 『꽃의 기억』 전편에 수시로 모습을 드러내고 있어 서사 전개에 중요한 맥락을 차지하는, 바로 주인공 박경진의 딸이다. 그녀는 "나는 아직 그 아이와 분리된 나를 상상할 수 없었고, 그 아이와 분리되지 않은 나를 온전히 전부 다 보여줄 상대를 알지 못했다"고 할 정도로 딸에 대해 집착한다. 딸에 대한 그녀의 이러한 배려는 단지 말에 그치지 않는다. 그녀는 각기 상이한 세계를 표상하는 남성들 사이를 오가면서도 항시 딸의 눈빛을 떠올리는데 이러한 딸의 형상이야말로 『꽃의 기억』을 풍요롭게 한 중요한 원천 중 하나다.

딸의 형상은 우선 『꽃의 기억』의 서사적 맥락에서 중요한 기능을 담당한다. 그녀의 딸은 그녀와 신지우를 연결하는 중요한 끈인 동시에 신지우와 그녀의 내면을 간접적으로 제시하는 중요한 기능을 담당한다. 문어체의 말투를 쓰고 웃음을 잃어버린 그녀의 딸이 신지우를 만나면서 어린이 특유의 발랄한 말투를 회복하고 웃음도 되찾는다. 이런 변화를 통해 작가는 자연스럽게 신지우의 성격을 제시한다. 또한 신지우가 떠난 후 그녀의 딸이 보이는 극렬한 상실감을 통해 그녀의 상실감을 간접적으로 암시하기도 한다. 즉 자칫 철저하게 관념적인 인물로 떨어질 가능성이 농후했던 신지우는 물론 그녀와 신지우의 관계가 딸의 구체적인 형상을 통하여 육체성을 획득하게 된 것이다.

그러나 딸의 존재는 좀더 근본적인 지점에서 『꽃의 기억』에 개입한다. 딸의 존재는 그녀에게 끊임없이 모성을 환기시키는데, 이 모성의 시간으로 인해 그녀는 모든 사물이나 인간에 대한 판단에 보다 복합적인 시선을 지니게 된다. 어머니되기(mothering)는, 크리스테바의 표현을 빌리자면, 어머니라는 상황을 체험하지 못한 존재들이 거의 마주치지 못하는 미묘한 경험을 제공한다. 그것은 타자에 대한 사랑이다. 모성이라는 계기가 마조히즘에 빠지지도 않고 또한 자신의 감정적 지적 전문적 인격도 말살시키는 일 없이 타자와 진정으로 하나가 되는 상황을 경험하게 하는 것이다. 이러한 경험으로 인해 박경진은 자신의 감정적 지적 전문적 인격을 말살시키려는 우진석과 최성택으로부터 거리를 둘 수 있었을 뿐만 아니라 또한 자신의 분열된 자아를 총체적으로 이해하려는 신지우에게서 진정한 사랑을 발견할 수 있었던 것이다.

뿐만 아니라 어머니되기는, 아버지되기가 한 개인의 인식론적 전환을 가져온다고 레비나스가 지적했던 것과 마찬가지로, 세상을 보는 눈을 변화시킨다. 아들/딸일 때, 그/그녀들은 자신의 욕망을 억누르는 사회적 개인이 되기 위해 반드시 필요한 억제까지를 포함한 모든 통제를 부정한다. 그러나 그/그녀들이 아버지/어머니가 되었을 때 사정은 바뀐다. 아버지/어머니가 된 그/그녀들은 이제 그/그녀의 아들, 딸을 훈육시켜야 하며 이 과정에서 본능의 기본적인 억제란 어쩔 수 없는 것임을 확인한다. 즉 기존의 보편적 규범이 지니는 업적을 인정하게 되며, 따라서 기존의 질서를 부정한다고 하더라도 이때의 부정은 전면적인 부정이 아닌 규정적인 부정이 될 가능성이 높은 것이다. 박경진의 경우도 그러하다. 박경진은 그녀의 전남편이나 우진석의 세계를 전면적으로 부정하지 않는다. 하여 박경진, 그녀는 전남편이나 우진석의 세계를 부정할 뿐만 아니라 우진석의 세계를 전면적으로 부정하는 최성택의 세계 속으로도 미끄러져 들어가지 않는다.

그렇다면 『꽃의 기억』에 수시로 등장하는 딸의 눈빛은 단지 박경진만을 통제하는 것이 아니라 박경진을 창조해낸 작가 김인숙까지를 신중하게 만들고 있는지도 모른다. 우리는 『꽃의 기억』에서 작가 김인숙의 어떤 변화를 감지할 수 있다. 좀더 구체적으로 표현하자면 우리는 『꽃의 기억』을 통해 세계를 보는 작가 김인숙의 눈이 얼마나 깊어지고 넓어졌는가를 쉽게 확인할 수 있다.

만약 김인숙의 『핏줄』『불꽃』『긴 밤, 짧게 다가온 아침』『그래서 너를 안는다』『그늘, 깊은 곳』 등 주로 진정한 사랑의 방식에 대해 성찰한 작품들을 기억하는 독자라면, 『꽃의 기억』이 이전의 소설과 많은 차이를 보이고 있음을 쉽게 느낄 수 있을 것이다. 『핏줄』 등을 통해 작가 김인숙이 주목한 사랑의 방식은 주로 열정적 사랑(amour passion)이라 부를 만한 것이다. 『핏줄』 등의 그/그녀들은 모든 것을 교환가치로 환원하는 타락한 사회에 맞서기 위해 자신의 모든 것을 포기한 채로 타자에게 빨려들어가는 극단적인 사랑의 방식을 선택한 바 있다. 자신의 모든 것을 희생하는 자멸적인 사랑, 이것으로 '최소한의 투자로 최대한의 이윤을' 창출하려는 타락한 사회에 맞섰던 것이다. 그 결과 그/그녀들은 자신들의 삶의 과정을 전부 부정할 뿐만 아니라 자신의 내부에 실제로 존재하는 충동들을 스스로 억압하는 금욕주의자의 삶을 살아야 했다. 즉 그/그녀들은 타락한 사회의 극복이라는 이데올로기를 지키기 위해 자신의 삶 한 부분만을 본질로 인정하는, 아니면 그 이데올로기를 위해 자신의 내부에서 울려퍼지는 친숙한 경험마저 부정하는 삶을 영위하곤 했던 것이다.

　'최대한의 투자로 최소한의 이윤을' 창출해도 상관없다는 자기 희생적인 모럴이나 사랑은 물론 '계산이나 이해타산'으로만 운영되는 타락한 사회의 부정성을 고조시키는 데는 유용했지만, 그러나 오히려 원래 소설이 목적했던 바와 다른 결과를 낳기도 했다. 예외적인 개인만이 행할 수 있는 자기 희생적인 모럴에만 집착할 경우, 그렇게 형상화된 상황은 현대인의 보편적인 상황에서 벗어나서 결과적으로는 소수의 개인들만이 경험하는 예외적이고 우연적인 상황으로만 부각될 터이다. 그때 이러한 사랑은 이 사회 전반의 전망을 제시하는 사랑이 아니라 그 개인만의 운명적인 결합으로 전락하는바, 『핏줄』 등의 그/그녀들의 사랑이 바로 이러한 위험을 안고 있었다고 할 수 있다.

　반면, 타락한 사회의 극복은 낭만적 사랑에 대한 동경 혹은 기억에 의해서만 가능하다고 제시하는 『꽃의 기억』은 그 경우가 다르다. 『꽃의 기억』

에서 제시된 사랑이란 우리 모두가 철저하게 수행하겠다고 마음만 먹으면, 그리고 그 의지를 적극적으로만 실천하면 도달 가능한 어떤 상태이기 때문이다. "내 안의 나"와 "바깥의 나"로 구성된 타자의 마음을 열고 들어가 상대방의 서사적 전기(傳記)를 재구성하고 그를 통해 상호적인 서사적 전기를 구축하는 것이란 쉽지는 않겠지만 전혀 불가능한 길은 아닌 것이다.

『핏줄』 등의 소설이 주로 "바깥의 나"를 부정하고 "내 안의 나"만을 찾아가는 여정을 보였다면, 『꽃의 기억』은 이전의 소설들과는 차이를 보인다. 그리고 이전의 소설 대부분에서 모성의 계기가 관철되고 있지 않은 반면 『꽃의 기억』에서 나타나는 이러한 변화는 상당 부분 딸의 눈빛에 의한 것이라고 유추해볼 수도 있으리라. 『꽃의 기억』에 비로소 개입하기 시작한 딸의 눈빛은 이처럼 중요한 기능을 담당하고 있다.

4. 반성, 또하나의 출발

일찍이 최인훈은 "나의 책임에서 너무도 멀리 벗어난 짐, 그것을 나는 짊어질 힘이 없다. 힘이 없는 것을 맡아서 쓰러지는 데 어떤 뜻이 있는지 나는 모른다"(『서유기』)라고 말한 바 있다. 이 표현은 곧 현재의 자기 의식을 외화, 실천하고 그것을 전유하여 높은 단계의 자기 의식으로 발전시키는 과정 속에서 획득되지 않은 선험적인 진리나 진실, 그리고 그에 따른 실천은 결국 그 개인을 확장시키는 것이 아니라 좌초시키는 계기가 될 뿐이라는 의미를 담고 있다. 최인훈의 말처럼 관념적으로 선취된 진리란 아무런 의미가 없다. 관념적으로 선취된 진리에 대한 집착은 그 진리를 지켜내기 위해 모든 대상을 기호화 사물화하기 때문에 자아실현의 계기이기보다는 한 개인의 세계 내적 위치를 왜곡시키는 직접적인 동기가 될 뿐이다.

이런 관점에서 보자면 소위 80년대의 작가들은 '그들의 책임에서 너무 멀리 벗어난 짐'을 지고자 했다. 그들은 현재의 자기로부터 출발한 것이 아니라 선험적 진리의 전도사가 되고자 했다. 하여 그들은 선험적 진리와 현재 사이의 거리, 혹은 선험적 진리와 구체적 현실 사이의 격차 때문에 갈등할 수밖에 없었다. 다시 말해 그들은 선험적 진리를 진리 일반으로 읽어냄으로써 자신의 내부에서 생산과 소비, 감정과 의식, 감각적 경험내용과 추상적 사유, 개별성과 보편성, 현상과 가상, 눈앞의 현실과 다가올 미래 사이의 분열을 자주, 그리고 심각하게 경험할 수밖에 없었던 것이다. 그러나 그들은 선험적 진리를 전달해야 했기에 미래상과 구체적 현실과의 격차를 정확히 측정하는 대신에 그 차이를 주체들의 선각자 의식이나 금욕주의적 실천으로 메워나가고자 했다. 그것도 아니면 이해가 되지 않는 수많은 개념들이나 세속적인 욕망들을 가슴 한켠에 묻어두고 선험적인 진리에 자신을 끼워맞추었다. 결과적으로 그들은 주관과 객관, 보편과 특수, 물질과 정신 사이의 모순을 선험적 진리에 대한 숭배심으로 폭력적으로 재구성했으며, 그 결과 90년대의 변화를 예측할 수 없었다.

그렇다면 그들은 90년대라도 현재의 자기 의식으로부터 시작했어야 하는지도 모른다. 그들은 선험적인 진리를 지키기 위해 자신의 친숙한 경험을 얼마나 부정했는지, 아니면 감정과 의식 사이에서 얼마나 갈등했고 또 그 갈등을 어떻게 길항해내었는지를 정확하게 규명했어야 했다. 그러나 그들은 여전히 감당하기 힘든 짐, 선험적인 진리를 지키려고 했으며, 결과를 놓고 보자면 그러한 시도는 모두 실패로 돌아갔다. 그렇게 그들은 과거형의 작가로 묻혀져가고 있다. 문제는 그들의 의지가 여전히 유효한가 아닌가가 아니라 그들의 의지가 선험적인 것이냐 아니면 현재의 자기 의식으로부터 출발해서 획득한 것이냐이다. 아무리 선한 의도를 지니고 있다 하더라도 그것이 선험적인 것일 때, 최인훈의 표현처럼 '나의 책임에서 멀리 벗어난 짐'을 짊어진 것일 때, 그것은 예술적 구체성을 획득할 수 없기 때문이다.

80년대 작가들이 현재 처해 있는 상황을 감안한다면, 김인숙이라는 작가는 여러 가지 점에서 문제적이다. 김인숙은 80년대 정신의 선험성을 부정할 뿐만 아니라 그 시기 감정과 의지 사이에서 경험했던 갈등을 솔직하게 표현해내기 시작했다. 그리고 그녀만의 진리를 찾기 위해 쟁투를 거듭하여 결국 의지와 갈등 어느 하나의 가치로 다른 가치를 환원하는 행위가 얼마만큼 한 개인의 실존을 위태롭게 하는가를 생동감 있게 포착해낸다. 그 결과 김인숙은 80년대 작가 중 거의 유일하게 90년대 들어서도 문제작을 생산하고 있을 뿐만 아니라 지속적으로 인간에 대한 중요한 성찰들을 추가하며 작품의 품격을 높여가고 있다. 여기에, 사랑마저 교환가치로 환원해버리는 우리 시대에서 마조히즘에 빠지지도 않고 또한 자신의 감정적 지적 전문적 인격도 말살시키는 일 없이 타자와 진정으로 하나가 되는 사랑의 과정을 밀도 있게 형상화한 수작인 『꽃의 기억』이 또 추가된다. 김인숙의 소설이 얼마나 깊어질지는 아무도 예측할 수 없을 듯하며, 그녀는 그렇게 2000년대도 자신의 시대로 만들어가고 있다. (1999년)

집으로의 귀환, 혹은 자기 의식의 발견
—『수색, 그 물빛 무늬』론

1. 머묾과 떠남의 변증법

이순원이『수색, 그 물빛 무늬』를 썼다. 이 작품을 계기로 그는, 집으로 돌아왔다.

그 동안 이순원은 자신만의 역사(자신만의 역사를 통해 집적集積된 자신의 고유한 의식 혹은 기억)가 고스란히 담겨진 집으로부터 너무 멀리 떨어져 있었는지도 모른다. 그는 항상 집 밖에 서 있고자 했다. 양진 혜산 광주 압구정동 등 한국근현대사의 문제적인 시·공간이라면 어디든지 달려갔고, 그곳에서 군대, 분단, 한미관계, 광주항쟁, 민주화 투쟁, 노동운동, 동구권 변화와 소련 몰락, 대학생활, 불길한 욕망, 연애 등 현재 한국인의 운명을 결정지은 모든 문제들과 대면했다. 그리하여 이순원은 누구보다도 열린 시각을 지닌 작가, 누구보다도 민감한 촉수를 지닌 작가로 공인받았다.

이순원의 이러한 다양한 대상(현실)에 대한 관심과 민첩성은 수시로 변화하는 현실의 구석구석을 뒤져 그 현실을 움직이는 기본 동력을 찾아내려는 작가적 열정의 외화형식임은 물론이다. 그러나 객관 현실의 관찰은 본질에 다다를 수 있는 필요조건이지 필요충분조건은 아니다. 현실의 추동력을 찾아내고자 할 때 또하나 중요한 조건은 그 현실의 관찰 결과를 얼마나 자기화하는가 하는 점이다. 현실의 총체적 인식이란 곧 잘못된 보편성을 부정하고 다양하고도 변화무쌍한 현실을 포괄하는 보편성의 창출이다. 이때 중요한 것은 주체의 자기 의식을 실현하려는 의지이다. 변하기도 하고 변하지 않기도 하는, 영원한 것과 일시적인 것이 복잡하게 뒤엉켜 있는 현실을 포괄하는 새로운 보편성의 창출이란 결코 쉬운 작업은 아니다. 잘못된 보편성이, 일종의 고정관념과 마찬가지로, 현실적 지지물이 존재하지 않는 보편성이라고 한다면, 그 잘못된 보편성은 잘못된 정도와 비례하여 수많은 금기체계나 감시와 통제장치를 거느리게 마련이다. 그런데 인간이라는 존재는 자신의 진리기준이 결정적으로 통용되지 않을 때, 혹은 자기 동일성의 세계를 근본적으로 뒤흔드는 타자와 대면할 때 혼란에 빠지며, 그 혼란에서 벗어나기 위해서만 새로운 진리기준이나 자기 동일성의 세계를 찾아나선다. 다시 말해 사회에 존재하는 금기체계가 자신의 삶에 절체절명의 공포와 전율로 다가오지 않을 때 인간은 스스로 혼란을 감내하지 않으며 당연히 새로운 보편성을 찾으려는 사유의 운동도 정지한다. 따라서 잘못된 보편성을 바로잡고 현실의 총체적 인식이 가능한 존재는 잘못된 보편성으로 인하여 인간다운 삶을 이어갈 수 없는, 그리고 자기 의식을 실현하기 위해서는 현실의 본질을 찾아내야 하는 존재들이다. 하여, 현실을 움직이는 기본 동력은 대지에 뿌리내린 자, 혹은 떠나려고 해도 떠날 수 없는 자가 자기 의식을 실현하고자 할 때에만 그 모습을 드러낸다.
　바람과 같은 존재, 한 곳에 머물지 못하는 존재가 현실의 추동력을 발견할 수 있는 가능성이란 많지 않다. 떠날 수 있기 때문이다. 떠날 수 있는 존재는 어떤 금기체계 혹은 잘못된 보편성에 대해 누구보다도 날카로운 비판을 행할 수 있다. 그러나 비판만이 가능하며 새로운 보편성의 창출에 까지는 나아갈 수 없다. 새로운 보편성이 자기 동일성에 대한 절대적인 혼란을 수습할 때, 또 금기체계에 의해 자신의 개체보존마저 불가능할 때 가능하다면, 바람과 같은 존재는 잘못된 보편성이 감시와 통제장치를 동원할 시점이 되면 그것을 극복하기 위한 정신적 노동을 행하는 것이 아니라 그것으로부터 떠날 개연성이 높기 때문이다. 따라서 잘못된 보편성에 대한 비판과 본질에 대한 회피는 한 곳에 머물지 못하는 자의 특권이자 함정이다.

우리도 이순원으로 돌아오자. 이순원은 어떤 사안에 대한 잘못된 보편성을 끊임없이 비판해온 작가임에 틀림없다. 그러나 아쉽게도 그는 현실의 관찰 결과를 자기 의식의 실현과정과 결부시키지 않았다. 남들이 힐끗 쳐다보고 지날 문제라고 하더라도 그것이 자신에게는 인간다운 삶을 불가능하게 할 때 새로운 보편성 혹은 현실의 총체성을 향한 여행이 시작된다면 이순원에게서는 그런 절박함을 찾을 수 없다. 다만 문제적이라 일컬어지는 한국근현대사의 시·공간이나 토픽을 찾아나설 뿐이다. 그리고 언제든지 떠날 준비가 되어 있기에(이순원은 혹여 머물지 않는 것을 위대한 문학의 조건이라고 믿고 있었는지도 모를 일이다) 그는 많은 문제를 다루었고 그 문제에 대한 잘못된 보편성을 비판했으되 그는 어떠한 문제에 대해서도 전율과 공포를 경험하지 않는 듯하다. 질서와 금기에 대한 공포감과 두려움을 갖고 힐끔힐끔 바라보는 대신에 그것들을 내려다보기만 했으므로 당연히 이순원의 목소리에는 망설임이 없다. 대신 너무도 확신에 찬 목소리로 질서의 세계와 금기체계를 비판했으며 그 비판의 잣대는 윤리의식이었다. 현실에 대한 두려움이 없는 이 비판의식으로 인하여 이순원은 무덤 속에서도 불가능할지 모르는 가해자의 후회나 유토피아에서나 가능할 법한 불길한 욕망의 체현자들의 심판 장면들을 지금, 이곳의 일상적인 현실로 그려내기도 한다.

그러던 이순원이 집으로 돌아온 것이다. 집으로 돌아오는 순간 한국의 아들들은 왜소해진다. 어떠한 포즈나 제스처도 통용되지 않는, 하여, 현재 자기의 존재방식과 의식을 맨몸으로 대할 수밖에 없는 곳. 아버지, 어머니, 형들이 존재하며 그들이 아무리 불길한 욕망에 영혼을 내맡겼다 하더라도, 아무리 잘못된 보편성과 철저한 금기체계를 동원하고 있다 하더라도 함부로 그들을 비판할 수 없는 분위기가 지배하는 곳. 그곳이 바로 집이기에 이순원의 집으로의 귀환은 반갑다. 그가 집으로 돌아왔기 때문이 아니라, 집으로 돌아온 순간 왜소해졌고 잘못된 보편성에 대한 공포와 전율을 느끼게 되었기 때문이다.

2. 안정성의 이데올로기

여기 한 가족이 있다. 전혀 흐트러짐이 없던 이 가족의 질서가 어느 날 깨진다. 아버지가 시앗을 보았기 때문. 어머니는 아버지의 시앗을 집으로 들인다. 어머니는 그 시앗에게 자식 하나를 맡겼고, 아버지의 시앗을 '수호엄마'라고 명명한다. 이러한 명명 행위는 교묘한 감시장치이다. 아버지와의 사이에서 자식을 못 낳게 하기 위한. 결국 시앗은 자신의 아이를 갖지 않았고/못했고, 아버지 곁을 떠났다. 결국 가정은 정상적인 질서를 되찾을 수 있었으나, 작가인 나는 그 어머니, 즉 아버지의 시앗을 잊지 못한다.

이러한 개요를 지닌 『수색, 그 물빛 무늬』의 서사적 근간은 어머니와 아버지의 시앗(소실) 간의 갈등이다. 물론 어머니와 시앗 간의 갈등 외에 아내와 나, 형과 나, 아내와 수색의 물빛 무늬를 알려주는 전언자인 그 여자 간의 갈등이 겹쳐지지만, 이 갈등들은 모두 어머니와 시앗 간의 갈등의 하위범주이자 변주일 뿐이다.

『수색, 그 물빛 무늬』는 한 가족의 역사를 그린 가족사소설이기도 하고 그 이상이기도 하다. 가족사가 중심에 펼쳐져 있되, 그 가족사가 지금 이

362

시대를 운영하는 원리로까지 확대되기 때문이다. 여기서 어머니는 한 가족(사회)의 질서를 유지하고자 하는 축이다. 어느 날 이 잘 짜여져 있던 질서 속으로 전혀 낯선 세계가 스며든다. "빨래해 너는 게 너무 얌전해 보"(『수색, 그 물빛 무늬』, 민음사, 1996, 35쪽. 이하 이 책에 대한 인용은 쪽수만 표시)이는, 그리고 다른 가치관을 가진 상대에게도 "기품과 교양은 어머니에게만 있었던 게 아니라 그분도 그 이상의 지혜와 교양을 가지고 있었"(53쪽)다고 느끼게 하는 '그 여자'가 집으로 들어온 것이다. 기존의 질서와 전혀 낯설고 이질적인 존재나 현실은 기존의 질서나 관념, 혹은 자기 동일성의 세계를 위협하게 마련이다.

이 낯선 세계와 대면할 때, 한 개인이나 집단 혹은 사회 전반이 선택 가능한 방법은 두 가지일 터이다. 하나는 그 낯선 세계를 인정하는 것. 금기체계나 이미 형성된 질서는 항상 과거의 경험이나 현실을 토대로 한 것이기 때문에, 새로운 현실을 포괄하는 보편성을 지닌 존재나 어떤 금기에 얽매이지 않고 자유롭게 살고자 하는 자의 개성과 꿈을 질식시키거나 희생시킨다. 따라서 그 낯선 세계의 의미를 존중하고(이미 형성되어 있는 관념의 한계를 인정하고) 자기 반성과 성찰을 통해 새로운 관념을 정립하는 것, 이것이 낯선 존재나 세계를 대할 때 가능한 하나의 방법일 터이다. 그러나 이 방법은 어떤 사회에서나 쉽게 선택할 수 있는 길이 아니다. 금기체계는 다른 한편으로는 한 사회의 질서를 유지시키는 힘이며 동시에 금기체계에 희생당하는 사람은 항상 소수이다. 따라서 기존의 질서나 관념 모두가 허물어질 경우 혼란이 초래된다는 이유 때문에 항상 낯선 세계는 배척당한다. 이것이 낯선 세계를 대하는 두번째 길이자 일상적으로 이루어지는 방법이다. '그 여자'는 가족의 질서를 위해 희생당하고 배척당한다. 하나의 금기체계가 이루어지기 위해서는 항상 희생양이 필요한 법이라면, '그 여자'는 바로 그 희생양인 것이다.

"그 일 때문에 그렇게 생각했다면 무섭기보다는 무서울 만큼 슬기롭고 현명한 쪽이겠지."

(……)

"모르겠어요, 나도 전에 상인이 엄마한테 그 엄마 얘기를 할 땐 어머니를 좋게 얘기했어요, 기품 있고 슬기롭게 처신하셨다고. 그러다 이번에 상인이 엄마를 불러내리는 걸 보곤 갑자기 무서운 분이라는 생각이 들기 시작했어요. 겉으로 보기엔 기품과 슬기지만 그런 기품과 슬기가 직접 가슴에 와 닿는 그 엄마한텐 그것 하나하나가 얼음과 같은 벽들이 아니었을까 하고 말이죠."(48~57쪽)

하나의 질서와 관념이 여전히 유지되기 위해선 '무서울 만큼'의 '기품과 슬기와 현명'이 필요하다. 질서를 위해서는 어쩔 수 없다 하더라도, 그러나 질서의 유지를 위해선 항상 이질적인 존재들은 희생되거나 배척당하게 마련이다.

『수색, 그 물빛 무늬』에서 이순원는 이 낯선 존재들을, 작중화자까지 포함하여, 수색을 동경하는 존재들로 이미지화해낸다.『수색, 그 물빛 무늬』의 수색이란 구체적인 지명은 아니다. 그렇다고 구체적인 내용을 담고 있는 공간도 아니다. 어머니가 살고 있는 강릉과 서울에서는 가장 먼 곳, 60년대의 풍경이 아직도 남아 있을 법한 곳, 또는『꿈을 찍는 사진사』와 같은 동화적 세계가 펼쳐질 수 있을 듯한 곳. 그곳이 바로 수색이다. 그곳은 과거이기도 하고 미래이기도 하며, 또 과거의 서사시적 공간이기도 하고 미래의 유토피아적 공간이기도 하다.

그때 나는 언제나 시간이 나면 서울로 올라와 아직 한번 가보지 못한 수색에 가보고 싶다고 했다. 다른 뜻은 없었다. 그냥 한번 가보고 싶었다. 그리고 가면 그곳에서, 내 어린 시절 감당하기 벅찼던 이별과 그 이별이 준 마음의 상처 한구석의 빈자리를 채워줄 어떤 아련한 물빛 무늬를 볼 수 있을 것 같았다. 수색, 이름까지도 물빛으로 무늬를 이루고 있지 않은가.(84쪽)

수색이란 구체적인 어떤 의미를 담고 있는 세계가 아니라 "얼음과 같은 벽"에 대비되는, 아니면 슬기와 현명과 기품에 의해 희생당한 자들이 유배된 공간일 뿐이다. 다시 말해 어쩔 수 없이 인간존재를 희생시킬 수밖에 없는 잘못된 보편성이나 고정관념이 일그러진 것임을 비춰주는 거울인 것이다.

『수색, 그 물빛 무늬』는 작가의 자기 고백인 듯하지만, 단지 자기 고백으로 의미가 국한되지 않는다. 『수색, 그 물빛 무늬』는 환유의 세계이다. 어머니, 형, 아내 등은 모두 현실적인 질서(어떠한 일탈도 용납하지 않으려는 금기체제)를 상징적으로 대변하며, 또 아버지의 시앗, 수색을 안내해주겠다는 '그 여자' 등은 모두 그 금기체계로부터 벗어나 다른 세계를 꿈꾸는 존재들이다. 이 양자의 갈등을 통해, 수색이라는 작고 왜소하고 낡은 거울을 통해, 현실적인 질서 속에서 '무서울 만큼 슬기롭게' 살아가는 현대인의 존재방식을 비춘 소설이 『수색, 그 물빛 무늬』라 할 수 있다.

3. 물빛 무늬의 동경 혹은 소설의 본질

『수색, 그 물빛 무늬』는 가족사소설이자 또한 예술가소설이다. 소설가가 작중화자로 등장했기 때문이 아니라 지금 이 시대에 소설을 쓰는 의미에 대해 새로운 성찰을 보여주고 있기 때문이다. 우선 이순원은 현실적인 질서에서 소설 혹은 문학이 규정되는지를 살펴본다. 소설가인 작중화자가 소설을 쓰기 위해 가정을 저버리자, 작중화자의 어머니는 아무 망설임 없이 작중화자인 '나'가 '소실'을 본 것으로 규정하고, '나의 아내'를 강릉으로 불러내린다. 이전에 '수호엄마'를 배척해냈던 '무서운 슬기'를 또다시 발휘한 것이다. 형 또한 '나'에게 가정으로, 현실적 질서 속으로 귀환할 것을 강요한다. 가족의 질서라는 측면에서 보자면, 소설을 쓰는 것이나 소실을 보는 것은 정확히 등가이다. 그 실재 내용이야 어떠하건 양자가 모두 현실적인 질서를 흔드는 것은 마찬가지이기 때문이다. '소설'과 '소실'을 동일한 범주로 위치시키는 현실 속에서 작중화자는 그 양자는 분명한 차이가 있다고 주장하지만, 그 주장은 아무 효력이 없다. '내'가 아무리 항변하고 주장해도 소설은 소실일 뿐이다. 더이상 한 시대를 대표하는 지성인도, 또 계몽가도 아닌, 오로지 현실의 질서를 뒤흔드는 존재로 전락한 소설가상을 『수색, 그 물빛 무늬』는 담담하게 제시한다.

소실을 보는 행위와 등가인 소설 쓰기를, 그러나, '나'는 포기하지 못한다. '나'는 '무서운 슬기'란 결국 "얼음과 같은 벽"임을 확인했기 때문이고, 낯선 존재였던 '수호엄마'의 세계를, '그 여자'가 사는 수색이라는 출렁이는 무늬를 잊지 못하기 때문이다. 하여, 이순원은, 작중화자를 빌려, 소설쓰기를 다음과 같이 규정한다.

> 2학년이 되어선 한동안 데려다주지 않던 학교를 중간중간 업어가며 데려다주고 나서 그 엄마가 떠났을 때, 아니 학교에서 돌아와 습관처럼 우리 엄만 어디 갔어요, 하자 어머니가 어둡고도 무거운 얼굴로 느 엄마 서울에 니 옷 사러 갔다고 했을 때, 오래도록 잊고 있었던 그 무엇을 깨닫듯 직감적으로 나는 그 엄마가 내 엄마가 아니라 어머니가 내 엄마라는 걸 알았고, 그러면서도 눈물을 쑥 뺄 만큼 한꺼번에 여러 마음으로 밀려오는 그 빈자리의 허전함 속에 어린 마음에도 나는 그 동안 그 엄마 아들 노릇을 해온 것에 대해 진짜 부끄러움과도 같은 죄의식을 느꼈다. (……) 그리고 이후에도 그것은 내 마음속 깊은 곳의 빚처럼 남아 성장할 만큼 성장해서도 어머니 앞에선 늘 의무감과도 같은 죄스러움 내지는 서자의식을 느끼곤 했다. 형님은 모른다.(55~56쪽)

작중화자는 어머니에게 죄스러움을 아무리 강하게 느낀다 하더라도 어머니의 세계로 들어설 수 없다. '수호엄마'가 뿜어내는 매력에, 혹은 구체화시킬 수는 없지만 출렁이는 물결의 무늬에 혼을 빼앗겼기 때문이다. 수색의 세계에 대한 환각과도 같은, 환각이기에 강렬한 기억이 소설을 쓰게 하는 원동력이라는 것이다.

어머니와 아내와 형은 묻는다. 그 무늬가 대체 어떤 모양이냐고. 이 질문은 당연하다. 현대는 탈마법의 시대가 아닌가. '아는 것이 힘'이고, 모든 것을 알아낼 수 있다는 인간의 자신감은, 신의 예정조화로부터 인간의 삶을 구원해낸 것이 사실이지만, 동시에 인간에게서 두려움과 환상과 신비감을 앗아가버렸다. 환상과 낭만적 동경은 현대인에게 불필요한 덕목으로 위치지어졌으며, 그로부터 인간은 모든 가치를 수량화시켜버렸다. 계산되고 예측되지 않는 현상은 인간의 관찰대상에서 제외되었고, 또 어느샌가 수량화된 가치관이 사유의 주인으로 승격됨으로써 있는 그대로의 사실을 객관적으로 파악하는 것도 불가능해졌다. '최소한의 투자로 최대한의 이익을'이라는 무엇인가의 희생을 전제로 하는 자본주의적 경제논리가 세계를 장악했고, 그 희생물은 인간이기도 했고 또 자연이기도 했다. 탈마법화의 논리로 인해 결국 인류는 정신적 동물왕국의 시대에서 살아갈 수밖에 없는 상황에 직면한 것이다. 사정이야 어떠하건 현대인은 전혀 구체적이지도 과학적이지도, 그렇다고 설명할 수도 없는 마음의 물빛 무늬를 향한 동경을 인정할 수 없다. 작중화자의 행동과 가치관은 얼마나 비현실적이며, 이제까지 인류가 쌓아온 역사적 경험과 발전을 무화시키는 면모를 보인다는 점에서 오히려 비역사적이지 않은가. 아내가 작중화자에게 "마음의 수색병"이라고 하는 것은 당연하다.

그러나 작중화자는 수색으로 표상되는 환상이나 환각, 혹은 착시의 세계를 포기하지는 못한다. 환상에의 동경은 모든 가치를 수량화시키는 자본주의의 운영원리를 비판하는 데는 더할 나위 없이 현실적이며, 또한 역사적인 것 아닌가. 기능적 합리성에 의해 철저히 단자화 기호화되어가는 인간의 존재방식에 비추어볼 때 그 합리성을 넘어서는 어떤 가치관을 찾아나선다는 것, 그리고 어떤 대상이나 사물 속에서 두려움이나 신비감을 맛본다는 것, 이것은 오히려 수량적인 가치가 인간의 사유를 지배하는 인식론 전반에 대한 하나의 충격이라 할 수 있겠기 때문이다. 만약 어떠한 차이도 인정하지 않고 다양한 현상들을 선험적인 개념틀 혹은 보편성의 체계 안으로 밀어넣을 때 인간적 사유는 정지한다고 한다면, 어떤 형태로도 구체화시킬 수 없는 세계에의 동경은 정지된 사유를 움직이게 할 수 있는 하나의 계기일 수도 있는 것이다. 이러한 믿음으로 그는 어머니에 대한 죄의식을 느끼면서도 '수호엄마'를 여전히 또하나의 삶의 '모태'로 설정하고 있는지도 모른다.

이순원은 『수색, 그 물빛 무늬』에서 소설가를 자신이 살아가는 질서를 인정하면서도 환각과도 같은 마음의 무늬를 찾아나갈 수밖에 없는 존재로 규정하고 있거니와, 이를 서자의식이라 명명한다. 질서와 무질서, 현실과 이상, 의식과 무의식의 경계에 서 있는 자로 자신의 삶을 자리매김한 것이다. 이러한 소설가에 대한 이순원의 자리매김은 경청할 만하다. 작가는 운명적으로 경계에 설 수밖에 없는 자들이기 때문이다. 낡은 것과 새로운 것, 꿈과 현실, 개별성과 보편성, 선과 악, 질서와 무질서, 문제아와 계몽가의 경계에 작가는 서 있다. 경계에 선다는 것은, 다시 말해 어느 한쪽에 귀의하지 못한다는 것이다. 어느 한쪽으로 귀의한다는 것은 모두가 다 소설의 죽음으로 나타날 가능성이 높겠기 때문이다. '나'가 없는 우리, '우리'와 아무런 연관도 없는 '나', 절망을 잊은 희망, 희망을 망각한 절망이 어떻게 인간적 진실에 접근할 수 있겠는가. 따라서 작가의식은 곧 서자의식이라는 이순원의 규정은 소설에 대한 어떠한 규정보다도 소설의 양식상 특징에 접근해 있으며, 『수색, 그 물빛 무늬』가 의미 있는 예술가소설이라 일컬을 수 있는 이유도 바로 여기에 있다.

4. 고향의 발견과 그 의미

　만약 후대의 문학사가가 이순원, 더 나아가 90년대의 소설에 대하여 논한다면, 『수색, 그 물빛 무늬』는 아주 소중한 검토대상이 될 것이다. 그만큼 이순원의 『수색, 그 물빛 무늬』는 작가 개인에 있어서나 문학사에 있어서나 중요한 문제 제기를 하고 있는 것으로 보인다. 아니, 문제 제기를 넘어서서 그 문제에 대한 빛나는 성취를 이룩하고 있다. 물론 이러한 예측은 90년대 중후반에 집중적으로 씌어진 성장소설 혹은 교양소설들 ─ 예컨대 『화두』(최인훈), 『하늘의 문』(이윤기), 『외딴방』(신경숙), 『세월』(김형경), 『그 많던 싱아는 누가 다 먹었을까』(박완서) ─ 예까지도 염두에 둔 것이지만, 이순원의 『수색, 그 빛나는 무늬』만으로도 앞서의 예측은 크게 과장된 것은 아닐 듯하다.

　『수색, 그 물빛 무늬』가 주목되는 이유는 두 가지이다. 하나는 작품의 주인공이 '우리'가 아닌 '나'로 설정되었다는 것. 한국문학은 자기 의식의 부재로 많은 작품에서 한 작가만의 고유한 인식이나 기억을 발견하기 힘들다. 시대마다 작품의 유형성이나 유사성에 대한 논의가 자주 나타나는 것은, 그리고 시대적 분위기나 시대정신의 내용이 바뀌면 문제적인 소설을 생산하지 못하는 작가가 다수 나타나는 기이한 현상은 이와 관련이 깊을 터이다. 따라서 『수색, 그 물빛 무늬』의 '나'로 혹은 집으로의 귀환은, 한국소설사에 오랫동안 거듭되던 관행을 떨어낼 수 있는 하나의 중요한 계기라 할 수 있다. 다른 하나는 작가적 위상에 대한 새로운 정립이다. 한국의 작가들은 선험적인 개념틀에 상당 부분을 의존함으로써 자기 스스로를 소수집단이나 노예로 인식하기보다는 흔히 진리의 체현자 혹은 미래의 구현자로 자처해왔다. 하여 현실적 질서의 높낮이나 현실과 이상의 거리를 정확히 재는 데 많은 경우 실패했던바, 이순원의 '서자의식'의 강조는 이러한 점에서 의의가 크다.

　그러나 경계에 선다는 것은 곧 엉거주춤한 자세를 취한다는 것을 의미

한다. 그리고 엉거주춤한 자세란 고통을 동반한다. 작가 이순원은 한동안 누렸던 편안함을 과감히 떨치고 다시 고통을 감내하고 있다.『수색, 그 물빛 무늬』는 고통을 감내하려는 작가적 정신이 빚어낸 빛나는 무늬이며, 하여 우리는 집으로 돌아온 그를 반갑게 맞을 수 있었는지도 모른다.

(1996년)

분노를 다스리는 정신과 리얼리즘
― 이혜경의 『길 위의 집』

1. 친숙해서 낯선 세계

    하나의 작품을 읽다가, 문득, 책꽂이에 꽂혀 있는 책들을 다시 배열하고 싶은 충동에 휩싸일 때가 있다.

    예기치 않은, 예기치 않았기에 강렬한 이 충동은 즐거우면서도 무서운 것이다. 또 책을 읽는 동안 내내 애타게 갈구하는 것이지만 동시에 애써 피하고 싶은 것이다. 한 권의 소설을 선택해서 읽는 행위는 곧 지긋지긋한 권태와 일상성의 틈 사이에서 낭만적 꿈이나 열정의 흔적을 찾고자 하는 욕망의 표현이고, 서사시적 세계를 되찾고자 하는 열망의 몸짓이며, 출발점에서 종착점을 예측할 수 없으며 종착점에서 출발점을 기억할 수도 없는 자신의 삶을 확인하고 그를 통해 희미하게나마 삶의 방향성을 발견하고자 하는 자기 의식의 실현과정이라고 할 수 있다. 그렇다면 한 권의 소설을 통해서 기존에 읽은 책을 재배열하고 싶을 정도의 강렬한 충동을 받는다는 것은 곧 처음에 그 책을 선택하면서 염두에 두었을 목적이 실현되었다는 것을 의미할 터이다. 하나의 실천과정을 끝맺으면서 처음 설정했던 목적을 달성하는 것, 그것도 충분히 달성하는 것만큼 즐거운 일은 없으리라.

그러나 이 즐거움은 전율을 동반한다. 마치 심한 허기 끝에 베어문 감자가 참을 수 없을 정도로 뜨겁다는 것을 확인할 때와 같다고 할까. 뱉어버릴 수도 삼킬 수도 없는 그렇다고 마냥 입에 물고 있을 수도 없는 상황에 처하는 것이다. 이 감자를 삼키는 것은 일종의 모험일 터이다. 그것도 결과가 어떻게 나타날지 모르는 모험. 따라서 이 모험에는 용기와 결단이 필요하고 또 그 결단을 실천하는 순간 권태 속에서 누렸던 아늑함은 사라진다. 이전에 지녔던 우연/필연, 선/악, 안/밖, 중요한 것/중요하지 않은 것, 현상/본질에 대한 기준을 모두 재질서화해야 하며 그에 따른 새로운 삶의 방식을 찾아야 하는 것이다. 그러나 뱉어버리는 것도 쉽지는 않다. 베어문 감자의 향취로 인해 더욱 절실해진 공복감은 어찌할 것인가. 자신의 삶이 더할 나위 없이 황폐하며, 그 황폐함이 더구나 자신의 용기 없음에 기인하는 것이라는 것을 내내 곱씹으며 살아가야 하는 삶이란 얼마나 불행한 것인가.

즐거움과 전율스러움 혹은 애타게 갈구하면서도 애써 피하고 싶은 세계, 이 양립하기 힘든 감정을 동시에 불러일으키는, 마치 '뜨거운 감자'와도 같은 작품. 그리하여 책꽂이에 꽂힌 책의 무질서를 일깨우고, 새롭게 책을 배열하도록 강요하는 작품. 그리고 한국소설 전반, 더 나아가서는 한국사 전반을 다시 돌아보게 하는 작품. 우리는 이런 작품 앞에 문제적이라는 수식어를 붙일 수 있는지 모른다.

지금, 내 앞에는, 즐거움과 전율스러움이라는 전혀 질이 다른 감정을 동시에 불러일으키는 소설이 하나 놓여 있다. 바로 이혜경의 『길 위의 집』(민음사, 1995)이다. 『길 위의 집』은 분명 쉽게 접하기 힘든 문제적인 소설이다. 그러나 『길 위의 집』이 문제적이라 해서 문제작이라고 하면 자연스레 떠오르는 요소들을 연상할 필요는 없다.『길 위의 집』은 새로운 주제영역을 개척했다든가 아니면 자주 다루어지는 주제를 놀랄 정도의 새로운 소설문법을 통해 형상화해냈다든가 한 소설은 아니다.『길 위의 집』은 남성에 비해 혹은 남성에 의해 심하게 뒤틀려 있는 여성의 삶을 익숙한 담론체계를 통해 담담하고 냉정하게 그려내고 있을 뿐이다. 새로움이 없다고 해서『길 위의 집』의 문제적인 성격이 사라지는 것은 아니다. 새롭지 않은 주제를 그저 담담하고 냉정하게 그려내고 있음에도 불구하고, 아니 그렇기 때문에,『길 위의 집』은 문제적인 소설이다.

『길 위의 집』은 평범하되 새롭고, 익숙하되 낯설며, 줄곧 편안하게 읽을 수 있되 몇몇 대목에서는 걷잡을 수 없는 전율에 사로잡혀야 하는 소설이다.『길 위의 집』은 이제 비로소 한국소설에 관심을 두기 시작한 독자에게는 익숙한 소설이나, 이제까지 한국소설을 제법 읽었다고 자신하는, 그리하여 한국소설을 가로지르는 몇몇 법칙성을 인지하고 있으며 그 법칙성에 의거 새롭게 발표되는 소설을 읽어내는 독자에게는 대단히 낯설고 이질적인 작품이다. 다시 말해『길 위의 집』에서 형상화된 세계는 현실적으로는 익숙한 삶의 무늬들로 짜여져 있음에 틀림없으나 소설사적으로는 매우 낯선 풍경들인 것이다.

한국소설에 익숙한 사람들이 오히려 더 멈칫거려야 하는 소설이 바로『길 위의 집』이다. 소설이 전반부에서 후반부로 진행될수록 그리고 소설을 첫번째 읽을 때보다 거듭 읽을 때 이 멈칫거림과 당혹감은 더욱 짙어지며, 나중에는 온당하다고 여겼던 한국소설의 전체적인 흐름에 회의를 갖게 한다. 따라서『길 위의 집』은 90년대의 소설, 더 나아가 한국소설사 전반을 뒤돌아보게 하는 미적 환기력과 품격을 지니고 있으며, 동시에 현재 한국소설이 나아가야 할 지점을 조심스럽게 일깨워주는 표지로서도 손색이 없다고 할 수 있다.

이제 문제는『길 위의 집』의 어떠한 특성이 책꽂이의 저 구석진 자리에 꽂힌 염상섭, 채만식 등에 새삼 눈을 돌리게 하는가 하는 점이다. 이 문제에 대한 해명은 곧 『길 위의 집』이 지니는 문제성을 규명하는 작업이 될 터이다.

2. 확신의 언어와 중얼거림

소설은 작가의 입장에서 보자면 하나의 선택행위이다. 하나의 작품에 그 복잡하기 짝이 없는 현실을 담을 수는 없는 법. 작가는 소설 속의 현실을 실제 현실보다 더 현실적으로 만들기 위해 여러 다양한 현상들 중에서 가장 본질적이라고 판단하는 하나의 현상을 선택할 수밖에 없다. 하나를 선택한다는 것은 나머지를 버리는 것이다. 난마처럼 얽히고 설킨 현상들 중 하나를 취사선택하고 나머지는 버리는 것이기에(버려지는 것은 모두가 다 그렇게 크게 그리고 의미 있게만 느껴지며 또 선택한 대상과 교활하게 얽혀 있는지), 이 선택에는 선택의 기준 혹은 선택의 원리가 절대적으로 필요하다. 이런 선택의 원리를 원근법(혹은 전망), 가치 평가기준, 서사원리 중 무엇이라 부르건 간에, 그리고 이 원리를 작가가 의식했건 의식하지 않았건 간에, 객관 현실을 반영/변형하는 원리가 없는 소설은 상상하기 힘들다. 그리고 이 원리는 객관 현실을 반영/변형하는 데에서 그치는 것이 아니라 하나의 소설 속에서 인물들간의 위계질서를 부여하고 여러 에피소드를 선택, 배열하는 본질적인 추동력으로 작용한다.

『길 위의 집』에도 역시 소설을 전체적으로 규율하는, 다시 말해 문체 구조 기법 등을 가장 깊은 심급에서 결정하는 원리가 존재한다. 이 서사원리에 다다르는 길목에는 두 개의 이정표가 서 있다. 그중 첫번째 이정표는 다음과 같다.

"지난 일 없이 오늘이 있을 수 있어요? 어머니가 저렇게 된 게 누구 때문인데."

374

"그게 나 때문이라는 거냐, 아버지 때문이라는 거냐?"

(……) 내 속이 꼬였구나, 은용은 말하는 순간 깨달았다. 다시 언성을 높이는 소리가 방 안으로 파고들었다. 윤씨가 눈을 깜짝 떴다. 잠깐 잠들어서인지, 부엏던 눈이 갰다.

은용은 방문을 열고 나갔다. 조금도 언성을 높이지 않고, 노여움의 밀도를 흩뜨리지도 않고, 외딴 섬에 언제 누가 세웠는지 모를 입상들처럼 단독적으로 앉거나 선 남자들을 빙 둘러보면서, 손가락으로 짚어보면서, 은용은 말했다.

"너, 너, 너. 조용히 해, 조용히 해. 이 개새끼들아!"

남성들 혹은 남성중심의 사회를 향한 여성의 원망과 저주. 이 이정표에는 이것이 가장 굵은 글씨로 씌어 있으며, 『길 위의 집』의 첫번째 서사원리는 바로 이것이다. 그러나 아버지와 오빠들을 향해 던지는 "이 개새끼들아!"라는 격한 욕설만을 기억하며, 그리하여 『절반의 실패』나 『나는 소망한다 내게 금지된 것을』『무소의 뿔처럼 혼자서 가라』 등을 연상하며 『길 위의 집』에 들어서면 길을 잃기 십상이다. 『길 위의 집』에는 한 평범한 가족의 가족사가 펼쳐져 있을 뿐이기 때문이다.

따라서 위의 표지판에서는 굵은 글씨말고도 암호처럼 숨겨져 있는 자잘한 글씨들도 같이 읽어내야 한다. 가령 위의 대목은 한 여성의 불행, 그것도 남편과 아들들을 위해 헌신적으로 살았던 아내이자 어머니의 불행을 앞에 두고 서로에게 책임을 떠넘기는 아버지와 오빠들을 향해, 어머니와 같은 운명을 지닌 딸이자 누이동생이 원망을 퍼붓는 장면이다. 그 극도로 흥분된 상태에서도 작중화자는 여러 번 호흡을 가다듬는다. 동시에 "노여움의 밀도를 흩트리지" 않으면서도 "조금도 언성을 높이지 않"으며, 아버지와 오빠들의 상태를 면밀하게 관찰한다. 그리고 나서야 말한다. "이 개새끼들아!"라고. 여기에서 우리가 확인할 수 있는 것은 작중화자의 절제된 태도이고, 또 냉정한 관찰력이다. 이 냉정함은 곧 작가의 것이기도 하다. 남성중심의 사회에 대한 비판은 "노여움의 밀도를 흩뜨리지도 않고" "조금도 언성을 높이지 않고" 말해져야 한다는 것, 그래야만 이 거대한 남성중심의 사회가 몰고 오는 황폐함을 제대로 비판할 수 있다는 것, 이 냉정함은 『길 위의 집』을 구성하는 중요한 요소이다.

　『길 위의 집』은 남성중심 사회 혹은 가부장적 가족제도를 비판하기 위해 꽤 먼길을 우회한다. 『길 위의 집』에는 매맞고 학대받고 버려지는 여성, 아니면 여성이라는 이유 하나만으로 가족 내에서 혹은 직장 내에서 불이익을 겪거나 성적 희롱의 대상이 되는 여성들의 존재방식이 집중적으로 그리고 반복적으로 서술되어 있지 않다. 『길 위의 집』은 한 평범한 가족의 가족사일 뿐이다. 아버지와 그 아버지에 대한 아들들의 반항과 순응, 『길 위의 집』의 표면적인 이야기는 바로 이것이다.

　여기 자수성가한 한 남자가 있다. 그는 누구의 도움도 없이 살아왔고 또 어느 정도 성공을 이룬 인물이다. 그는 당연히 "민들레 홀씨처럼 혈혈 단신으로 와서 터 잡은 자부심" "남의 힘을 빌리지 않고 내 힘으로 흠결 없이 살아간다는 자부심"을 숨기지 않는다. 따라서 『길 위의 집』에서 서술되는 가족사의 정점에 위치해 있는 아버지 길중씨는 자신의 삶의 논리에 강한 확신을 지닌 인물이다. 그는 자신의 삶이 절대적으로 올바른 삶이었다고 확신하는 근거로 자신의 아버지를 제시한다. 생활력이 없어서 가족을 부양하지도 못했을 뿐만 아니라 어린 자식을 생활의 현장으로 내몬 아버지에 비하면, 길중씨 자신의 삶은 그야말로 성공한 삶이라고 믿는 것이다. 그러나 길중씨가 내세우는 이 근거란 객관성을 띠지 못하는 것임은 물론이다. 이 근거에는 보편타당성도 역사성도 없으며, 모럴도 인륜성도 찾아볼 수가 없다. 저녁을 준비하지 않았다고 아내에게 짜장면을 뒤집어씌우고 술에 취하면 아내를 구타하며 마구잡이로 그릇을 집어던지면서도, 그리고 아내가 "죽어서라도 남자 옷 입고 가야 다음 세상에 남자로 태어나지"라고 할 정도로 자신의 삶을 힘겨워하고 있을 때에도, 길중씨는 자신의 삶에 자부심을 느끼는 것이다. 단지 가족들에게 뼈를 깎는 가난을 안겨주지 않았다는 것, 그것만으로 길중씨는 자신의 삶에 대해 강한 확신을 유지한다. 길중씨가 "집들이 날 그 자부심의 절정을 맛보"는 것은 이 때문일 것이다.

　이러한 확신은, 따라서 철저히 주관적이며 자아도취적인 것일 뿐이다. 이러한 나르시시즘적인 자기 확신은 절대로 회의와 반성의 과정을 동반하지 않으며, 자신의 삶의 논리를 절대적인 진리로 규정하게 마련이다. 또한 절대적인 진리를 깨달았다고 믿는 사람은 그 진리를 타인에게 전파하려는 강렬한 욕망에서 헤어나오지 못하는 법이다. 당연히 길중씨는 자신의 삶의 철학을 아들들에게 관철시키고자 한다. 아니 더 나아가 강요하기에 이른다. 자신의 논리를 절대적인 진리라 믿고 있으므로, 자신의 철학을 아들들에게 이어주려는 이 행위는 길중씨에게는 삶의 지침 혹은 지혜를 제공하는 것이지 절대로 억압이 아니다. 따라서 이것을 거부하는 어느 누구도 또는 어떤 논리도 길중씨에게는 용인되지 않는다. 세계의 변화를, 각각의 삶이 지닌 고유성을 용인하지 않는 진리의 강요는 삶의 충일성을 철저히 가로막게 된다. 게다가 이 행위에 감시체제를 동원하거나 외적인 강제를 행사할 때, 이는 삶의 지혜를 전달하는 것이 아니라 자유를 억압하는 행위이다. 다시 말하면 절대화된 권력을 행사하는 압제자가 되는 것이다.

　길중씨의 절대화된 권력 앞에서 아들들은 두 가지 길을 택한다. 하나는 자신의 자유를 포기하고 아버지라는 권력에 귀의하는 길, 즉 아버지의 노예가 되는 길이다. 큰아들 효기는 이 길을 선택한다. 다른 하나는, 둘째 아들 윤기가 택한 것으로, 그 절대화된 진리기준을 부정하는 삶을 사는 길이다. 그러나 이 아들들의 삶은 결국은 길중씨의 존재방식과 다르지 않다. 왜냐하면 아들들 역시 근거 없는 자기 확신에 빠져 길중씨의 삶을 지양해 내지 못하기 때문이다.

　아버지의 논리에 순응했던 큰아들은 급기야 "이 집도 내가 공장에서 뼈 빠지게 일해 지은 집이에요. 아버지 어머니가 하신 일이 뭐 있습니까? (……) 내가 일해서 지은 내 집이니 모두 나가라"고 말한다. 길중씨가 자신의 아버지에 비하자면 자신은 올바른 삶을 살았다라는 기준 하나만으로 자신의 아버지를 부정하고 자기 확신에 빠졌듯이, 큰아들인 효기도 마찬가지로 아버지인 길중씨에 비해 현명하다는 기준 하나만으로 아버지를 부정하게 되는 것이다.

윤기도 사정은 마찬가지다. 젊은 날 길중씨의 부당한 권력에 대해 복수하듯 반항하지만, 그 역시 길중씨의 훼손된 가치를 지양해내지 못한다. 자신에게 치명적인 상처를 입힌 상대에게 그 상처를 되돌리려는 복수는 상해를 입은 개인이 누릴 수 있는 최고의 만족이다. 그러나 적대자에 반해서 나만이 본질적 존재임을 천명하는 행위인 복수는 분명한 실재자임에 틀림없는 적의 존재를 무화시킴으로써 오히려 나 자신마저도 실체적인 자아로 취급할 수 없게 한다. 상대방의 입장에서 보자면 나 또한 아무것도 아닌 존재이기 때문이다. 아버지 길중씨가 객관적인 근거 없이 자신의 삶의 논리를 절대적인 진리로 규정했다면, 윤기 또한 마찬가지인 것이다. 더구나 적대자에 대한 복수심으로 살아가는 삶이란 자기 파멸의 과정인 것이다. 적대자가 사라질 경우 윤기는 삶의 방향성을 상실할 수밖에 없다. 왜냐하면 윤기의 삶이란 오직 그 적대자로 인하여 정당성을 획득했기 때문이다. 결국 윤기는 아버지 길중씨에게 가장 적대적이지만 결국은 아버지 길중씨와 가장 닮은 존재이다. 그 역시 모럴이나 인륜성, 그리고 역사적 방향성이라는 객관적인 근거 없이 자기 자신에 대한 강한 확신을 지닌 인물인 것이다.

길중씨가 타자(아내와 아들들, 딸)와 공동체(가족공동체)를 인정하지 않고 자신만을 본질로 인정함으로써 뒤틀린 가치관에서 벗어날 수 없었다면, 아들들 역시 어머니와 여동생, 그리고 아내와의 소통관계를 외면한다. 아들들은 아버지의 논리에 순응함으로써 또는 그 논리를 부정하면서도, 어머니와 딸(아내)의 삶에는 관심을 기울이지 않는다. 그들은 아버지에 대한 복수심으로 "삼 년만 살다 이혼하겠"다는 음모를 꾸미며, 또 "아버지 어머니가 하신 일이 뭐 있습니까?"라며 아버지를 부정하기 위해 어머니를 동시에 부정한다. 또 아버지와 아들들은 그들의 뒤틀린 관계로 인해 가족이라는 것 자체에 대한 공포감에 떠는 딸이자 여동생(은용)을 면밀하게 관찰하지 않는다. "미친년이 되고 싶어. 창녀가 되고 싶어"라는 은용의 한없는 절망감을 그들은 이해하지 못하며, 이해하려고도 하지 않는다.

『길 위의 집』의 기본적인 서사는 가족사이다. 절대적인 권위를 인정받으려는 아버지, 그 권력 앞에 어쩔 수 없이 순응하지만 속으로 적개심을 키워온 큰아들, 그리고 아버지에 반항하기 위하여 자기 스스로를 파멸시킨 그리하여 어떠한 삶의 방향성도 정당성을 지니지 못한 둘째아들, 바로 이들의 반목과 갈등이다. 이들의 반목과 갈등이 한 가족의 변화와 굴절을 파생시킨 가장 본질적인 추동력인 것이다. 작가는 핵심적인 서사를 통하여 타자를 인정하지 않는, 타자를 인정하지 않기에 소통체계를 닫아버린 아버지와 아들 간의 관계(가부장적 가족제도)가 각각의 가족구성원의 삶을 얼마나 황폐하게 하는가를 묘파한다. 그러나 『길 위의 집』에서 행해지는 가부장적 가족제도에 대한 비판은 여기서 멈추지 않는다. 작가는 아버지와 아들 간의 반목과 갈등, 순응과 반항이라는 한 가족의 변천사에 움직임이 없는 풍경화처럼 존재하는 여성들의 삶에 주목한다. 작가의 궁극적인 관심은 이 밑그림에 닿아 있다. 이 밑그림에는 하나의 인격체이면서도 목적이 아닌 수단으로 위치지어진, 때문에 살아 있다는 것 혹은 존재한다는 것 자체가 고통인 여성들의 삶이 으스러지고 뒤틀린 형상으로 그려져 있다.

결국 『길 위의 집』의 핵심적인 내용은 아버지와 아들중심의 가부장적 가족제도에 대한 통렬한 비판이다. 가부장적 가족제도와 근거 없는 자기 확신을 지닌 남성들의 존재방식이, 남성들 스스로를 자기 파멸적인 길로 이끌 뿐만 아니라 여성들에게는 살아 있다는 것 자체에 대해 고통을 느끼게 한다고 작가는 진단한다. 현재의 가부장적 가족제도는 인간개체(남성과 여성 모두)의 인류성을 향한 진정한 자기 의식의 실현을 불가능하게 한다는 것, 따라서 진정으로 인간이 자기 의식을 실현하는 길이란 여성들을 실재적 자아로 인정하고 이들과 진정한 대화를 나누려는 태도에서만 가능하며 이것이 정립되지 않는 한 전도된 가치관은 끊임없이 확대될 수밖에 없다는 것. 이것이 은용이 아버지와 오빠들에게 퍼부은 "개새끼들아!"라는 말 속에 담긴 내용이자 『길 위의 집』의 기본적인 서사원리이다.

그런데 작가는 "개새끼들아!"라고 단 한 번 말한다. 길중씨가, 올바르게 살아왔다라는 말을 주술처럼 반복하는 그 길중씨가 어머니에 대한 폭력을 일삼고, 큰아들이 "내가 지은 집이니 내 집에서 나가라"라고 말하며, 둘째아들이 돈을 훔쳐 가출하면 어머니에게 어떤 일이 닥칠지를 알면서 가출을 감행하고 "삼 년만 살다 이혼하겠"다며 한 여성의 삶을 볼모로 삼는 행위를 거듭하는데도, 작가는 단 한 번 "개새끼들아!"라고 말한다. 그 거듭되는 남성들의 자기 향유적인 행동에 인간임이 분명한 여성들의 삶이, 꿈이, 행복이 하나하나 찢겨져나가고 그 삶이 점점 일그러질 때에도, 그리고 그들에게 자신을 투영하면서도, 작가는 단 한 번 자신의 감정을 드러낸다. 여기서 우리는 "노여움의 밀도를 흩뜨리지" 않으면서도 "조금도 언성을 높이지 않"으려는 작가의 안간힘을 발견한다.

작가의 이 태도를 우리는 말하기보다는 보여주려는, 서술하기보다는 묘사하려는 작가의 서사적 전략이라고 말할 수도 있다. 그러나 이것은 전략 이상이다. 하나의 정신이라 이름할 수 있다. 리얼리즘 정신. 러시아의 한 혁명가는 톨스토이를 일컬어 '러시아 혁명의 거울'이라고 말한 바 있고, 루카치는 이 말을 근거로 자신의 리얼리즘론을 정초한다. 톨스토이가 1905년 당시 노동자계급이 아직은 소수였다는 사실을 뒤틈 없이 반영했다는 것이다.

리얼리즘 정신이란 선/악, 진보/보수, 안/밖, 필연/우연, 현상/본질을 냉정하게 분석하는 정신이다. 선을 추구하고 악을 비판하면서도(그 반대일 수도 있다) 주어진 현실을 뒤틈 없이 반영하는 것, 그리고 서사시적 세계를 동경하면서도 그 서사시적 세계를 가로막는 현실적 벽의 높이를 정확하게 재는 것, 그리하여 막연하게 존재하는 가능성(추상적 가능성)을

380

구체적인 가능성으로 가시화시키는 것, 이것이 바로 리얼리즘 정신일 터이다. 여행을 감행해도 길이 보이는 시대에 도달하기 위해서는 우선 '여행이 시작되면 길은 끝나는' 시대에 살고 있다는 사실을, 그리고 그 목적지는 길을 찾기 위한 거듭되는 내면적 여행을 통해 도달할 수 있는 것이 아니겠는가.

그러나 한국소설, 특히 80년대에 리얼리즘을 표방한 소설은, 서사시적 세계를 가로막는 벽의 높이를 확인하는 데 실패했다. 또 인간의 영혼에서 이루어지는 머묾과 떠남의 그 복잡미묘한 관계, 이상적 자아와 현실적 자아의 끊임없는 갈등들을 읽지 못했다. 그리하여 모든 사람이 여행을 떠나고 있다고 생각했고, 그런 만큼 여행이 시작되면 길은 언제나 열리는 것이라고 믿었다. 다시 말해 선/악, 진보/보수의 정확한 대차대조표를 작성하는 데 실패했다. 그리하여 80년대 대부분의 소설들이 서사시적 세계를 눈앞에 있는 것으로 그려냈다면, 실제의 현실은 훨씬 교활했고 서사시적 세계란 그리 가깝지 않았다. 이 거리 측정의 실패로 90년대의 민족문학(리얼리즘을 방법론으로 제시했던)은 여전히 멀리 있는 불빛을 가까운 곳에서 찾으려고 헛손질을 하고 있지 않은가. 물론 이는 선과 진보에 대한 열망이 강했던 탓이고, 그리하여 노동자라는 주객 동일자만을 제시하면, 그 노동자에 대한 중산층의 죄의식만을 그려내면 리얼리즘은 성취되는 것이라 믿었기 때문이리라. 그러나 리얼리즘은 주객 동일자를 설정하는 것에서, 혹은 진보에 대한 열정에 의해서 달성되는 것은 아니다. 선과 악, 이상과 현실의 간극을 인정하고 그 높낮이를 측량하는 정신, 그리고 그것을 작품의 구조로 끌어안으려는 정신, 이것만이 리얼리즘을 가능하게 한다.

『길 위의 집』은 무엇보다도 이상적인 사회를 가로막는 그 벽의 높이를 재려는 치열한 정신이 돋보이는 소설이다. 유토피아가 인간에게서 점점 멀어지고 또 전망이 희미해지는 것은 교묘한 알리바이로 이 사회를 유지하려는 존재들이 수적으로 우위를 차지하고 있기 때문만은 아닐 터이다. 이상적인 사회를 가로막는 또하나의 장벽은 진보를 믿는 존재의 가슴속에 무의식적으로 크게 자라나 있다. 모든 인간은 부정적인 현실을 외면하고 모험 대신에 변화 없는 삶을 지속하고자 하는 욕망과 올바른 삶을 살고자 하는 열망 사이에서 항시 갈등하게 마련이다. 모험에는 시련과 예측할 수 없는 미래에 대한 불안함이 뒤따르지만, 변화 없는 삶에는 한쪽 눈만 질끈 감으면 편안한 미래가 약속되며 또한 미래를 예측할 수도 있다. 한 인간이 변화 없는 삶을 선택했다 하더라도 그리 큰 죄의식을 느낄 필요는 없는데, 왜냐하면 제도가 혹은 여타의 많은 사람들이 뒷받침을 해주기 때문이다. 결국 다수의 사람들은 변화 없는 삶을 선택한다. 한때 부정적인 것 모두에 대해 더할 나위 없이 분노를 느꼈다 하더라도 말이다. 현실의 벽은 높고 제도는 철옹성인 것이니, 그것이 인간의 가슴속에 교묘하고도 깊숙하게 자리잡고 있기 때문이다.

『길 위의 집』은 인간의 가슴속 깊숙이 위치하고 있는 현실적 벽 혹은 제도의 영향력에 집요한 시선을 던진다. 윤기는 아버지에게 얼마나 반항적인가. 그러나 결국 그는 가부장적 제도에 순응한다. 그는 모험에 대한 응분의 대가를 치렀고 그 응분의 대가로 삶 자체가 일그러지자 열정을 포기한다. 물론 길중씨와는 다른 삶을 살겠다는 열망이 흔적처럼 남아 있어 괴로움에 머리를 쥐어뜯기도 하지만, 항상 열망은 쉽게 식게 마련이고 뼈아픈 기억은 쉽게 잊혀지게 마련이다. 야금야금 편안함에 탐닉하고 또 한 명의 길중씨가 된다. 자신이 아버지보다는 낫다는 근거 하나로 자기 확신적인 태도를 지니고, 자식에 지나칠 정도로 집착하고, 아내를 구타한다. 그만큼 그의 가슴속에서 자신도 모르게 자라난 아버지의 벽 혹은 현실의 벽은 높고, 제도에 안주하는 것은 또다른 매력을 지니고 있는 셈이다. 아버지의 삶을 따르는 것은 이처럼 매혹적이며 또한 모험을 감행하지 않아도 될 정도로 익숙한 까닭에 대부분의 아들들은 그 아버지의 존재방식을 이어간다. 그로 인해 아버지는 더욱 커져가고, 전망은 멀어져간다.

『길 위의 집』에서 그려진 아버지와 아들 관계는 냉정한 관찰을 행하지 않더라도 구체적 현실 속에서 쉽게 찾아볼 수 있는 익숙한 세계이다. 그러나 아버지/아들의 이러한 관계는 문학사적으로는 대단히 낯선 것이다. 특이하게도 한국문학사에서 아들이 아버지에게서 느끼는 거세공포와 살부충동, 그리고 거세공포와 살부충동을 느꼈던 아들이 아버지와 동질적인 존재가 되어가는 과정은 흔하게 볼 수 있는 것이 아니다. 한국소설에서 두드러지게 나타나는 아들의 모습은 고아이거나 사생아이거나 편모슬하이다. 이것에는 물론 여러 가지 이유가 있을 터이다. 그 극심한 현대사로 인해 대부분의 아버지가 가족 곁을 떠나 있었으니 오히려 아버지를 그리워하기 때문이기도 하고, 또 아버지들의 논리라는 것이 철저하게 속물적이어서 지적으로 견줄 만한 질을 확보하지 못하기 때문이기도 할 터이다. 즉 부성의 세계가 너무도 즉물적이어서 부성은 흔히 대결할 가치조차 없는 존재로 인식되었던 것이다.

그리하여 한국의 소설에는 아버지에 대한 공포와 대결의지가 쉽게 눈에 띄지 않는다. 한국의 작가들은 아버지의 세계에 대한 측량 없이 날갯짓을 시작한다. 김기림이 "아무도 그에게 수심을 일러준 일이 없기에/흰 나비는 도무지 바다가 무섭지 않다"(「바다와 나비」)고 한 것처럼. 역사적 전위의 역사적 낙관주의로 혹은 도시를 향한 오디세이적 열정으로 작가들은 확신에 차 있다. 그러나 별것이 아니라고 믿었던 현실의 벽은 아무리 비상해도 끝이 보이지 않을 정도로 높고, 작가들은 날갯짓을 포기한다. 그리고 쉽게 문학사의 저편으로 묻혀져간다.

이러한 소설사의 전통에 비추어보자면 『길 위의 집』에서 작가가 그려낸 아버지/아들의 관계는 분명 의미 있는 것이며, 이상과 현실의 거리를 정확하게 재보려는 작가의식의 소산이라 할 것이다. 『길 위의 집』의 성과는 "노여움의 밀도를 흩뜨리지" 않으면서도 "조금도 언성을 높이지 않"으려는 작가의 의지가 만들어낸 것이며, 이는 '지나치게 언성을 높여 노여움의 밀도를 쉽게 흩뜨'리곤 했던 소설사 전반에 대한 중요한 문제 제기라 할 수 있다. 현재 한국문학에 절대적으로 필요한 것이 이상과 현실의 간극을 재려는 정신이라면, 이 "노여움의 밀도를 흩뜨리지" 않으면서도 "조금도 언성을 높이지 않"으려는 자세는 그 정신에 도달하기 위한 의미 있는 지침이다.

3. 여성성과 이타성

『길 위의 집』은 그러나 단순히 한 가족의 역사를 이야기하는 데 그치는 것은 아니다. 『길 위의 집』은 가족사의 차원을 넘어선다. 염상섭이 한 가족이 살아온 과정을 통해 당대의 현실을 총체적으로 형상화했다면, 『길 위의 집』역시 한 가족의 삶을 통해 지금, 이곳의 현실을 압축적으로 제시한다. 즉 작가는 현재의 가족제도 내에서 여성이 얼마나 황폐한 삶을 사는가를 고발하는 데 그치는 것이 아니라, 여성 혹은 여성성의 소외로 인하여 인간 전체의 삶이 심하게 일그러지고 균열되고 있다고 제시한다. 즉 『길 위의 집』은 단순히 가족 내에서의 여성의 소외라는 문제에 국한되지 않고 전체적인 현실을 포괄하고 있다고 할 수 있는데, 이는 『길 위의 집』에는 '남성들 혹은 남성중심의 사회를 향한 여성의 원망과 저주'라는 서사원리만이 아니라 또다른 서사원리가 작동하고 있기 때문이다. 이것을 자세히 살펴보기 위해서는 역시 '프롤로그'에 나와 있는 다음과 같은 이정표에 주목할 필요가 있다.

오른손에, 시들시들 늘어진 장미 한 송이를 꽉 쥐고 있었다. 언제 꺾은 것일까. 꽃잎이 몇 낱 남지 않았다. (……) 은용은 장미꽃을 들어본다. 장미꽃을 들고 계신 게 이상해서 유심히 보았다는 여자가 아니었다면, 오늘 밤도 속에 숯을 쌓고 있었으리라. 줄기는 벌써 물기가 말라 딱딱하고, 노란 꽃술 아래 대여섯 개 남은 꽃잎은 생기를 잃고 파삭거리며 말랐다. 손을 씻기다가 윤씨가 찌푸리는 바람에 들여다본 손바닥, 상처 옆에 장미 가시 하나가 살갗을 뚫고 들어가 있었다.

치매증에 걸린 어머니가 "장미 가시 하나가 살갗을 뚫고 들어가 있"을 정도로 꽉 쥐고 있던 장미 한 송이는 이 소설의 구석구석을 내밀하게 가로지르는 서사원리와 관련이 깊다. 다시 말해 어머니는 살갗을 찢기면서도 장미를 움켜쥐고 있다는 것인데, 어머니가 그토록 장미를 열망하는 정신적인 원천이 이 소설의 전체를 규율하는 또하나의 원리로 작용하는 것이다.

나무는 뿌리를 하늘로 뻗으려고, 머리를 땅에 박은 것처럼 보인다. 허공에 떠 있는 뿌리는 불안해 보인다.

'너희도 참 불쌍타. 어쩌다 이런 도시 한복판까지 와서 제대로 숨도 못 쉬고 사느냐.'

윤씨는 그 나무들이 안쓰럽다. 보나마나 먼지가 부옇게 앉았을 것이다. 제대로 꽃을 피울 건가. 흙이라고는 눈 씻고 찾아보려야 찾을 수 없는 서울이 뭐가 좋다고, 이런 나무까지 올라와 제대로 자라지도 못하는지. (……) 빙빙 돌다가, 덩굴장미가 핀 곳에서 발길이 멎는다. 빨갛게 핀 장미가, 어슴푸레한 기운 속에서 함초롬하다. (……) 윤씨는 손을 뻗어 장미를 꺾는다. 아야, 가시가 손을 찔러서 찌푸린다. 연한 가지가 툭 꺾이며 장미 한 송이가 윤씨의 손에 들어온다. 곱기도 하지. 하늘거리는 장미 잎을 손으로 쓸고, 꽃송이를 코에 대어 냄새를 맡아본다.

'예쁜 꽃이 이렇게 향기롭기까지 하니, 가시라도 지니고 있어야지 손을 덜 탈거라. 사람도 그래. 예쁘면 손 타게 마련 아닌가.'

윤씨는 역설적이게도 치매증으로 인해 자유를 획득한다. 그만큼 윤씨가 경험했던 삶은 힘겨운 것이었고, 또 아버지와 아들이라는 현실적 논리에 손과 발, 그리고 마음까지 묶인 채 지냈던 것이다. 각박한 세상살이로부터 벗어나는 순간 윤씨는 현실적 속박에서 벗어나 자신의 꿈을 찾아 자유롭게 나선다. '어린아이'로 돌아간 것이다. 그 상태에서 윤씨가 힘겹게 찾아내어 희열을 느끼는 대상은 자연이다. 사람의 때가 타지 않은 자연과 합일하는 삶, 인간의 그 집요한 욕망으로부터 벗어나 있는 세계, 윤씨는 내내 그 삶을 희원했고 동경했다.

결국 어머니와 딸은, 자연을 잊은 그리하여 계산 가능성 혹은 환금 가능성의 논리에 찌든 아버지(길중씨는 신동엽이 가라고 외쳤던 '쇠붙이'를 취급하는 철공소를 운영한다)와 아들의 논리(효기와 윤기는 모두 다 예쁜 사람들을 손 타게 하는 술집을 경영한다)와는 다르게 자기 희생적인 모럴을 지닌 존재들이다. 어떤 희생을 치르더라도 남편과 아들 혹은 아버지와 오빠들을 위하는 이타(利他)적인 존재들이며, 자연에게서도 인간을 느끼는 존재들이다. 자본주의의 발달로 인해 인간은 드디어 자연을 정복하여 물질적 풍요를 이룬 대신에 자연에 대한 두려움과 애정을 잃었고 그것이 현재의 뒤틀린 삶을 형성시킨 한 원인이라면, 어머니와 딸의 존재방식은 환금 가능성의 자본주의적 논리에 맞서 이길 수는 없지만 충일한 삶을 꿈꾸며 사랑을 잃지 않는 존재들인 것이다.

그러나 길중씨의 가족사에서 어머니와 딸의 가치관은 인정되지 않는다. 또 어머니와 딸의 삶과 친화성을 보이는 인기의 삶 또한 가족의 운영 원리에는 포괄되지 않는다. 근거 없는 자기 확신 대신에 끊임없이 남을 이해하며 도와주려 하고, 그리하여 변혁운동을 실천하는 동료들에게 부끄러움을 느끼며 광주를 아파할 줄 아는 인기의 삶은 길중씨 가족의 삶에 어떤 영향력도 행사하지 못한다. 다시 말해 인기가 자기의 의식을 외화하여 공동체와 대화를 나누고자 하고 그 결과에 대해 항상 반성하고 성찰하는 진정한 자기 의식의 소유자라면, 때문에 당연하게도 어머니와 누이의 여윈 어깨를 아파할 줄 아는 존재라면, 길중씨의 가족에게는 이러한 의식이 받아들여지지 않았던 것이다. 그가 마지막으로 택한 곳은 공동농장, 결국 '피를 나눈 가족들을 벗어나 피 섞이지 않은 식구들'에게로 떠나간다.

길중씨의 가족사에서 버려진 것이 이타성과 자기 희생적인 모럴 등이

386

기에 길중씨의 가족사는 점점 황폐해질 수밖에 없으리라. 이런 예상은 쉽고, 이런 예상을 하게 되는 순간 『길 위의 집』의 진정한 주제를 만날 수 있다. 즉 길중씨 가족이라는 좁은 공간은 인륜성이라든가 이타성이 사라진, 만인 대 만인이 투쟁하는 자본주의적 모순을 전형적으로 재현하는 공간으로 확대되는 것이다. 결국 『길 위의 집』은 환금 가능성의 논리에 의해 운영되는 가부장 중심의 가족제도가 인간의 인간다운 삶을 얼마나 철저하게 차단하는가를 아프게 환기시킨 소설인 셈이다.

『길 위의 집』의 문제성은 바로 여기에 있다. 여성문제를 다룬 여타의 소설들이 자각적인 한 여성을 등장시켜 남성중심의 질서가 여성들에게 얼마만큼 커다란 질곡을 가져다주는가를 고발하는 데 급급했다면, 『길 위의 집』은 여성을 유독 억압하는 현실이란 여성뿐만 아니라 남성에게도 철저한 억압의 구조임을 밝혀내고 있는 것이다. 이것은 『길 위의 집』이 행한 새로운 통찰이며 여성문제에 대한 의미 있는 진전이다.

물론 이제까지의 여성소설에 익숙한 독자들은 이렇게 불만을 토로할지도 모른다. 길중씨의 가족사에서 여성이 차지하는 역할이 왜 그토록 미약하며, 주요 작중화자인 은용은 왜 그토록 비자각적이고 적극적이지 못한가라고. 그러나 이 미약함과 비자각성이야말로 『길 위의 집』이 지닌 장점은 될지언정 결코 비난받을 요소는 아니다. 현재의 가족제도 내에서 여성이 차지하는 지위는 이 정도가 아니던가. 그만큼 선과 진보가 힘을 발휘하는 서사시적 세계는 우리에게서 멀리 떨어져 있고 또 그것을 추구하는 목소리는 아직은 작다. 『길 위의 집』은 용납하기 힘든 사실을 고통스럽게 인정하고 있으며, 때문에 우리가 내딛어야 할 첫걸음을 조심스럽게 그러나 분명하게 제시하고 있다고 할 수 있다.

4. 분노를 다스리는 정신과 그 가치

90년대를 흔히 절망의 시대라 한다. 이러한 규정은 올바르기도 하고 그렇지 않기도 하다. 희망이 좀처럼 보이지 않는다는 점에서는 이 시대에 대한 정확한 규정이지만, 이상과 현실의 구체적인 거리감이 측량되지 않은 진술이라는 점에서 보자면 올바른 규정이라 할 수도 없고 또 현란한 수사에 불과하다. 한 시대에 대한 상징적인 인식은 그 시대의 구석구석을 뒤진 연후에 이루어진 것이라야만 그 시대의 성격을 제시하는 지표일 수 있다. 그렇지 않을 경우, 그것은 화려하기만 한 사이비 진정성만을 양산하게 한다. 90년대의 문학에 대해 절망을 이야기하면서 절망적인 현상이 기하급수적으로 늘었다고 말할 수 있는 것은, 곧 90년대의 문학의 혼란은 현실을 총괄하지 않은 채 이루어진 사회에 대한 상징적 인식 때문인지도 모른다.

따라서 현재 한국문학 전반에는 "노여움의 밀도를 흩뜨리지" 않으면서도 "조금도 언성을 높이지 않"으려는 작가의 냉정함이 어느 때보다도 필요하다. 『길 위의 집』이 중요한 이유는 바로 여기에 있을 것이다. 환희와 분노, 희망과 절망을 한 호흡 멈추고 주위를 한 번 더 둘러보고 말하는 것이 익숙하지 않은 한국소설의 흐름에, 그리고 한 호흡 멈추는 문학에 평가가 인색했던 한국문학 전반에, 『길 위의 집』은 중요한 문제를 제기한 작품임에 틀림없다.

『길 위의 집』의 작가 이혜경이 앞으로 어떠한 궤적을 그려나갈지 그것은 알 수가 없다. 우리가 확인할 수 있는 이혜경의 작품목록에는 13년 전에 발표되었던 「우리들의 떨켜」「오답쓰기」와 올해 발표된 『길 위의 집』만이 등재되어 있고, 이 세 작품만으로는 어떤 법칙을 쉽게 추출할 수가 없기 때문이다. 과연 어떤 작품이 이어질 것인가. 이것은 안타까운 기다림이다. 순간적으로 터져나오는 환희와 분노를 참아내기란 얼마나 버거운 일인가. 그럼에도 우리는 이 작가에게 커다란 짐을 지워주고 남과 다름없이 걷기를 바라는 것이니, 우리는 내내 가슴 아프게 이 작가를 바라보아야 할지도 모른다. 그러나 이 기다림은 가슴 설레는 일이기도 하다. 『길 위의 집』의 그 수많은 행간에서 순간적으로 이는 분노를 참아낸 것처럼 앞으로도 이 인고의 모습은 계속 이어지지 않겠는가 하는 기대감 때문이다.

나는 지금 『길 위의 집』 읽기를 마치고 책꽂이의 책들이 아주 무질서하게 꽂혀 있다는 사실을 곤혹스럽게 바라보고 있다. (1995년)

제4부 차이의 발견, 혹은 한국문학의 원천

근대성의 주변 혹은 주변부의 근대성
—90년대의 역사소설에 대한 단상

1. 역사와 일상, 그 이상한 가역반응

어설픈 교양이 모든 의미를 무의미하게 하듯이, 어설픈 역사적 성찰 그러니까 우연적이고 전조에 불과한 현상을 필연적인 것으로 혹은 역사의 본질로 설정하는 역사에 대한 물신적 성찰은 역사 자체를 불신케 한다. 이러한 어설픈 역사적 성찰에서는 시간, 그리고 그것의 합목적적 구성물인 역사는 더이상 한 사회나 개인의 타락을 알려주는 거울도, 발전을 보장해주는 '창공의 별빛'도 될 수 없으며, 모든 전사(前史)는 무의미해진다.

90년대에는 바로 이러한 방식으로 모든 현상에 대한 탈역사적 문맥화가 이루어지고 동시에 집단적인 기억상실증을 앓고 있는 시대이다. 80년대는 지나치게 역사적이어서 오히려 비역사적인 연대이다. 80년대의 현실독법은 우연적인 사건을 곧 역사의 필연성으로, 징후나 전조의 출현을 새로운 역사적 발전단계로의 진입으로 읽어내는 예언자의 그것이었다.

아주 사소한 사건까지도 역사적 발전의 계기로 규정되고 그러한 계기들을 통해 우리는 줄곧 이곳이 아닌 어떤 세계, 즉 유토피아를 목전에 둘 수 있었던 것이다. 80년대는 리얼리즘의 시대라 명명할 수 있을 정도로 전 영역에서 리얼리즘을 연호했지만, 이때의 리얼리즘은 현실의 소여적 조건을 전체적으로, 그리고 총체적으로 재구성하는 정신을 의미하는 것이 아니었다. 우리 사회를 추동하는 궁극적인 본질이나 우리가 나아갈 놀라운 신세계의 방향은 정해져 있었고 그것에 근사한 현실만이 본질적 현실로 설정되었던 것이다. 하여, 80년대의 담론체계의 핵심어인 '역사적 필연'이나 '리얼리즘'은 오히려 현실의 소여적 조건이나 역사적 기원에 대한 객관적 접근을 불가능하게 하는 원천이 되며, 역사적 전진 혹은 후퇴와는 거리가 먼 현대인들의 '잔혹한 무관심' 혹은 '매정한 고립'(엥겔스)은 물론 그것을 가능케 한 사회적 계기들을 읽어내지 못한 바 있다. 그 결과 80년대의 역사에 대한 물신적 숭배는 야만적인 적, 민족적 위기, 민중계층의 절대적인 빈곤의 극복을 중요한 목적으로 삼았지만, 실제로 그러한 일차적인 목적을 달성한 후에 나타난 상황을 전혀 예측하지도 또 사후적으로 포괄하지도 못한다. 야만의 적이 퇴각하고 사회의 전 계층의 복지가 상대적으로 개선되자 80년대의 담론체계의 가장 중요한 현실적 토대였던 민중마저 더이상 민중이라는 역사적 존재이기를 포기하는 상황이 발생했고, 80년대의 담론체계는 이러한 예측하지 못한 현상 앞에서 다만 침묵한다. 결국 징후나 전조만으로 역사적 발전이나 본질을 규정하던 80년대의 역사에 대한 물신적 성찰은 예상과는 다른 현실 앞에서 여지없이 한계를 드러낸 셈이다.

그러므로 90년대의 담론체계가 80년대의 담론체계를 부정하고 그것과는 다른 위계질서를 구축하려 한 것은 당연하며, 90년대의 담론체계가 주로 이곳을 살아가는 존재들의 '잔혹한 무관심'이나 '매정한 고립'에 관심을 집중했다는 점 또한 쉽게 수긍할 만하다. 90년대의 담론체계는 역사의 선조적 전개를 근본적으로 불가능하게 하는 현대적 요소들, 예컨대 사물의 주인공화와 인간의 사물화, 소외, 고독, 모든 비교 불가능한 질을 양적인 단위로 환원하는 등가원리 등에 주목했거니와, 이는 80년대의 역사에 대한 물신화가 고려치 않은 현대인의 실존조건의 의미 있는 복원이자 80년대의 담론체계에 대한 통렬한 부정이기도 하다. 그런데 90년대의 담론체계가 지닌 결정적인 문제점은 현대인들의 '잔혹한 무관심' 등에 대해 관심을 제고하는 과정에서, 이러한 요소들을 전혀 새로운 시대의 전조 혹은 징후로 규정했다는 점이다. 90년대의 담론체계는 현대인들의 모든 관계들에 대한 '잔혹한 무관심'이라는 요소를 군중의 출현 이후 내내 존재했던 사회적 내용과 형식으로 규정하고 이를 사소한 것으로 위치시킨 80년대식 현실독법의 한계를 비판하지 않는다. 대신 사물의 주인공화와 인간의 사물화를 새로운 시대적 본질로 규정하고 그를 통해 80년대의 역사에 대한 물신적 성찰을 시대착오적이라고 비판한다. 이렇게 90년대는 이전 시기와는 전혀 다른 시대로 명명되었고, 그러자 80년대의 역사에 대한 어설픈 성찰이 문제가 된 것이 아니라 역사적 성찰 자체가 의미 없는 것으로 규정되고 만다. 역사의 물신화는 곧 역사 자체에 대한 불신을 낳았고 이것이 일상의 물신화를 가져옴으로써 결국 90년대는 현재와 과거 사이의 대화적 관계가 단절된 것이다.

하여간 현재 우리는 이처럼 모든 과거와 철저하게 단절된 공간 속에서 살고 있다. 우리들에겐 앞선 시대를 장식했던 수많은 연대기들이 아무런 의미를 띠지 못한다. 그래서 지금의 우리들은 우리가 전 지구적 자본주의라는 내러티브와는 전혀 다른 토착적 내러티브를 유지하면서 살아왔고 그 토착적 내러티브를 강제적으로 그리고 전면적으로 부정당한 채 전 지구적 자본주의라는 플롯을 강제적으로 이식하는 방식으로 근대화가 진행되었으며 또한 우리의 영향력을 넘어선 세계사적 구조의 갈등으로 인해 길고 파괴적인 전쟁을 겪었다는 역사적 맥락 속에 우리를 위치시키지 않는다. 또한 얼마 전인 80년 벽두에 실제로 우리 눈앞에서 펼쳐졌던 그 전율한 만한 사건마저도 그저 그때쯤 발생했던 기이한 사건 정도로 받아들이고 있다. 이처럼 모든 현상에 대한 탈역사적 문맥화는 90년대 담론체계의 가장 주요한 특징이다.

이러한 탈역사적 문맥화의 추이 속에서도 과거의 기록적 사실들을 현재와의 맥락 속에서 서사화하려는 큰 소설이 다수 발표되었다는 사실은, 그리고 이러한 역사에 대한 진지한 성찰이 박완서 최인훈 김원일 현기영 이문열 임철우 등 문학사에서 이미 뚜렷한 자리를 차지하고 있는 작가들에 의해 시도되었다는 점은 주목할 만하다. 우리의 역사에 대해 누구보다도 폭넓은 시선과 깊은 성찰을 행해온 작가들인 이들이 거의 같은 시기에 자신이 살아온 역사를 중심으로 우리의 전사를 새삼스레 다시 서사화하고 있다는 사실은 우연의 일치를 넘어서는 어떤 의미가 담겨 있는 것처럼 보인다. 이것은 그만큼 이들이 90년대 특유의 역사에 대한 불감증 혹은 기억상실증을 대단히 불길한 징후로 파악하고 있다는 것을 의미하는지도 모를 일이다. 이들은 현재의 삶을 과거와 단절시킬 경우, 다시 말해 현재 우리의 삶이 어디에서부터 어떤 과정을 거쳐 여기까지 이르렀는가를 규명하지 않을 경우, 인간이란 다만 객체 없는 내면으로 고립되며 결국에는 주체성 없는 주체, 즉 기계로 전락할 수밖에 없다는 강한 위기의식을 느끼고 있는 듯하다. 이들에겐 비록 고통스럽지만, 아니 고통스럽기 때문에 과거 어느 순간의 "그 뜨거운 불의 기억"(임철우, 『봄날 1』, 문학과지성사, 1997, 12쪽)이, 그리고 "지금 나에게는 오늘의 태양보다 망각된 과거가 더 중요하다"(현기영, 『지상에 숟가락 하나』, 실천문학사, 1999, 9쪽). 그래서 이들에겐 "불도저의 힘보다는 망각의 힘이 더 무섭다"(박완서, 『그 산이 정말 거기 있었을까』, 웅진출판, 1996, 6쪽). 이들에게 이곳에 생존했던 수많은 인간들에게 삶과 죽음, 천당과 지옥, 천사와 악마라는 양극단을 오가게 했던 역사를 기억하지 않는 존재들이나 담론체계란 다만 허위의식의 소유자이거나 이곳의 존재들을 기계로 전락시키는 음험한 이데올로기들일 뿐이다.

그러므로 이들은 90년대 들어 현대인의 실존조건으로 주목되는 사물의 주인공화와 인간의 사물화, 소외, 고독 등 '잔혹한 무관심'의 발생론적 기원을 모든 비교 불가능한 질을 양적인 단위로 환원하는 자본주의 특유의 등가원리로 설정하는 것에 결코 동의할 수 없으며 동시에 자본주의적 등가원리를 부정하기 위해 행하는 이타성이 전제되지 않은 파괴적인 충동에도 쉽게 동의할 수 없다. 이들에게 현재 이곳의 존재들의 전형적인 삶의 방식인 '잔혹한 무관심'의 궁극적인 기원은 어디까지나 이곳 존재들의 '망각'이다. 고통스러운 역사를 기억하고 그 역사적 맥락 속에서 자신을 위치시키는 고단한 과정을 수행하지 않으려는 이곳 존재들의 진도된 의식, 이것이 이곳의 존재들을 자본주의의 전일적 논리를 거부하지 못하는 기계로 전락시킨다는 것이다. 따라서 이들에게 주체성 없는 주체의 삶으로부터 벗어나는 길은 등가적인 삶을 강요하는 원리로부터 탈출하여 현실 바깥의 어느 곳에서 혼자만의 영토를 만드는 것이 아니라 역사를 기억하고 그 역사화된 주체들을 통해 의미 있는 공동체를 만들어내는 것이다. 이들은 만약 이러한 의미 있는 방향을 향해 역사를 만들어가지 않을 경우 이제까지 우리 역사가 그러했듯 언제 어느 순간에 우리는 또 전율할 만한 역사에 휩싸일지 모르며 또 '잔혹한 무관심'의 텅 빈 주체들은 그 텅 빈 곳을 폭력성으로 채울지도 모른다고 두려워한다. 90년대 특유의 집단적인 기억상실증에 잠재되어 있는 폭력성에 대한 두려움, 이는 이들의 역사를 기억하는 문학의 발생론적 원천이다.

이러한 점을 감안한다면 모든 전사가 무의미해진 90년대에 역사를 기억하는 소설이 많이 씌어진 것은 오히려 당연하다. 역사의 물신화나 일상의 물신화 사이에서 실종된 역사의 실상을 복원하려는 노력은 어느 시대보다도 절실한 과제이며, 90년대의 역사를 기억하는 서사들은 이러한 시대적 소명에 대한 가장 치열한 반응이다. 뿐만 아니라 이들 서사는 하나같이 역사의 물신화와 일상의 물신화 사이에서 씌어졌기 때문에 이전의 역사를 다룬 서사와는 그 성격을 근본적으로 달리한다. 이들 소설은 광기와 폭력으로 얼룩졌던 근대 이후 한국사 전반의 역사적 기원에 대한 객관적이고 깊이 있는 성찰을 수행하고 있음은 물론 그를 통해 이제까지 우리 문학사가 거의 주목하지 못했던 이곳 구성원들의 특수한 존재방식이나 의식구조를 정확하게 표현한다. 한마디로 이들 소설은 사사화되고 현대화된 역사가 자의적으로 배열된 소설이 아니라 우리의 바로 그 역사, 즉 살아 있는 전사가 풍부하게 담겨진 소설이다. 이들이 90년대 문학의 소중한 성과로 기억되고 기록되어야 하는 이유도 바로 여기에 있다.

그럼 『그 많던 싱아는 누가 다 먹었을까』 연작(박완서), 『화두』(최인훈), 『불의 제전』(김원일), 『지상에 숟가락 하나』(현기영), 『변경』(이문열), 『봄날』(임철우)을 통해 현재 우리의 삶을 지금 이 상태로 결정지은 역사적 과정을 살펴보자. 한국소설사의 문제적인 작가들이 왜 하나같이 역사를 기억하려고 했던 것일까. 이들이 기억하는 역사는 무엇이며 그곳에 정말 우리의 갈 길이 있는 것일까.

2. 타자성의 이식, 우연의 왕국, 그리고 보이지 않는 끈

근대 이후 우리의 삶을 움직여온 힘은 외부에 있다. 변화 없는 자족적인 통일성 안에서 안주하던 어느 날 갑자기 거센 바람이 밀려들어온다. 아니면 누군가의 손에 이끌려 더 큰 중심 혹은 새로운 중심의 권역으로 나아간다. 그 순간 그 동안 유지했던 자족적인 통일성 혹은 순환론적 시간관은 순식간에 깨져나가고 전혀 이질적인 것을 만난다. 그것은 "불길이 치솟지는 않았지만 불길보다 더 강렬한 빛"(『그 많던 싱아는 누가 다 먹었을까』, 웅진출판, 1995, 45쪽)이어서 "신기하고도 불안"(같은 곳)함을 가져오기도 하고, "호열자의 내습 비슷한"(『지상에 숟가락 하나』, 34쪽) 공포를 동반하기도 한다. 하여간 어느 날 갑자기 이곳의 존재들은 아무런 준비도 없이 전혀 새로운 세계로 진입한다. 그리고 이전의 "마음속에서 평화와 조화가 깨지"고 "순응하던 삶에서 투쟁하는 삶으로 가는 갈림길"(『그 많던 싱아는 누가 다 먹었을까』, 45쪽)에 선다.

『그 많던 싱아는 누가 다 먹었을까』 등의 소설들은 근대 이후 이곳 존재들이 경험하는 "순응하던 삶에서 투쟁하는 삶"으로의 갑작스런 전변에 주목한다. 자연의 질서 안에서 자연의 논리에 순응하며 살아가던 삶은 한순간에 부정되고 전혀 낯선 세계, 즉 근대적인 문명과 조우한다. 그 낯선 세계의 논리에 따르면 자연과 순응하며 살아가는 자족적 통일성이란 한갓 "무지몽매"(『그 많던 싱아는 누가 다 먹었을까』, 22쪽)한 것이다. 그것은 "자연발생적인 삶이었고 학교 교육에서는 그것을 미개한 삶이라고 가르"(『지상에 숟가락 하나』, 205쪽)친다. 문명 이전의 삶은 모두가 의미 없는 것으로 전락하고 그 텅 빈 여백을 근대적인 문명이 채운다. "자식을 어떡하는지" 근대적 문명의 중심인 "서울에서 길러야 되겠다는 것"이 이곳의 존재들에겐 "아무도 못 말릴" "숨은 신앙"(『그 많던 싱아는 누가 다 먹었을까』, 22쪽)이 된다. 그렇게 이곳의 존재들은 근대적 문명의 중심으로 나아간다. 그러나 이렇게까지 경배했던 새로운 복음의 땅 서울, 즉 근대적 문명의 세계란 진, 선, 미가 완벽하게 조화된 곳이 아니다. 그곳에는 자연과 친화적인 세계에서는 볼 수 없었던 분명한 이항대립이 존재한다. 문 안/문 밖, 집주인/세입자, 전철/지게(『그 많던 싱아는 누가 다 먹었을까』)라는 선명한 경계와 그 경계를 사이에 둔 대립. 하지만 근대적 문명을 물신적으로 숭배하는 존재에게 이러한 선명한 경계와 경계를 사이에 둔 대립은 그리 큰 문제가 되지 않는다. 문 안이나 집주인이란 언제나 손을 내밀면 닿을 수 있을 듯한 저만치에 거리를 두고 있기 때문이다.

우리에게 근대적 문명이란 이처럼 우리 사회 구성원들의 염원이나 원망을 조정하는 과정에서 우리 전체가 만들어나간 시·공간이 아니다. 어떤 필요에 의해, 구체적으로 말하자면 식민지 지배 권력의 효율적인 식민지 지배를 위해 강제적으로 이식된 것이며 따라서 이 이식된 제도란 전 지구적 자본주의라는 플롯이 필연적으로 산출하는 계급대립 외에 식민지 지배라는 음험한 의도를 숨기고 있음은 물론이다. 하지만 자연에 순응하는 삶의 주기적인 반복성에 권태를 느끼거나 아니면 그러한 주술적인 세계에서 깊은 원망을 느끼던 존재들에게 이 이식된 문명 혹은 이식된 근대란 일종의 복음의 땅일 뿐이다. 따라서 한갓 문 안/문 밖의 경계 따위가 눈에 들어올 리 없으며 동시에 그 안에 숨겨진 음험한 음모 역시 보일 리 없다. 그런데 문제는 식민지 권력에 의해 강제적으로 제도가 이식될 경우 제도는 철저한 금기체계일 뿐 이곳 존재들의 자유를 허용하지 않을 뿐만 아니라 만약 이곳의 존재들이 이 제도에서 감시와 처벌이라는 불순한 동기를 발견한다 하더라도 그 제도를 보다 인간다운 방향으로 개선시키는 것은 불가능하다는 점이다. 다만 이곳의 존재들에게 허용되는 자기 활동성의 범위란 화려한 이미지 속에 감춰진 폭력적인 구조에 적응하는 정도 뿐이다. 그러므로 이러한 사회에서의 변화는 사회 구성원들의 자유롭고자 하는 의지가 모아지는 과정, 다시 말해 각 개인이 자신의 자아 의식을 실현하는 과정에서 이루어지는 것이 아니라 식민지 권력의 선택이나 결단에 의해서만 촉발된다. 어떤 거대한 권력이 행하는 제도의 이식에 의해 움직이는 사회에서의 변화를 이곳의 존재들이 예측하는 일이란 거의 불가능하며 그래서 그들에게 모든 현실의 변화―비록 그것이 전반적이고 총체적인 변화라 할지라도―는 갑작스레 이루어진다. 그렇게 이곳의 존재들은 예측할 수 없는 미래 속에서 실존적 불안을 느끼며, 그 실존적 불안감이 짙으면 짙을수록 수시로 변화하는 세상에 다만 적응하는 일에 자신의 전 역량을 투여해야만 생존하게 된다.

해방도 도둑처럼 우리 곁에 찾아왔음은 물론이다. 근대 이후 한국의 사회구성원 모두는 근대라는 황홀경에 취해서 혹은 수시로 변하는 제도에 적응하기 급급해서, 또 그것도 아니면 이식되는 제도 뒤에 숨어 있는 거대한 권력을 넘어서는 것은 불가능하다는 무력감 때문에, 식민지 지배권력과 견결하게 맞서지 못한 바 있다. 결국 일본 제국주의라는 거대한 권력을 이 땅에서 축출한 주체는 일본 제국주의보다도 더 강대한 권력이며, 이 강대한 권력들은 또다른 타자성을 이곳에 이식한다. "그래서 일본 점령자들이 떠나가고 난 다음에 하루아침에" "국기도 국어도 역사"(『화두 1』, 민음사, 1997, 29쪽)도 바뀌고, 이곳의 존재들은 또 이러한 나에 대한 배려라곤 전혀 없는 타자성에 적응하느라 바쁘다. 그러나 이곳의 존재들이 전혀 이질적인 새로운 타자성에 적응하느라 벌이는 수선스러움은 오히려 행복한 경우이다. 이곳에 이식되는 타자성이란 항시 저곳의 거대한 경제적 정치적 논리와 연결되어 있게 마련이며, 따라서 이곳의 삶을 억압하는 폭압적인 기제로 전화할 가능성이 농후하다. 즉 그들은 "자기네 나라에서는 대통령이 선거법을 위반했다고 해서 대통령을 물러가게 하는 정치 문명을 가진 나라"임에도 불구하고 이곳에선 "식민지 조선에서의 침략자들의 협조자들"을 "권력의 중심"에 세우고 "30년에 걸친 군사독재를 하필이면 식민지 군대의 용병 출신들을 핵으로 삼아 조종"(『화두 2』, 163쪽)하기에 망설임이 없는 이율배반적인 권력의 화신인 것이다. 결국 해방은 도둑처럼 찾아온 것도 문제지만 또다른 거대한 권력과 같이 들어왔다는 점에서 더 큰 불행의 원천이 되었던 것이다. "그러므로 섬사람들에게 해방은 진정한 의미의 해방이 아니었다. 왜정 때의 그 악명 높던 곡식 공출이 여전히 존속되어 부족한 식량을 수탈해가는데 어찌 해방이며, 이민족들이 나라를 두 동강 내고 점령하고 있는데 어찌 해방이라고 할 수 있으랴"(『지상에 숟가락 하나』, 32쪽).

"해방될 때 어느 날 갑자기 세상이 바뀌더니 이번에도 그렇게 되었다" (『화두 1』, 233쪽). 즉 또다시 아무도 예측하지 못하는 사이에 한국전쟁이라는 거대한 참화가 발생했던 것이다. "악정과 폭정, 그리고 실정과 졸정(拙政)을 거듭한 끝에, 더이상 통치할 수 없게 된 통치계층이, 밑으로부터 오는 심판인 혁명을 두려워한 나머지, 본인들의 파멸을 면하기 위해 차라리 국가를 파멸시켜버린다는 시나리오"(『화두 2』, 294쪽)를 실현에 옮길 수 있는 몇몇 권력자들을 제외하고는 이곳의 존재 어느 누구도 원하지 않았던 한국전쟁은 이러한 또다른 담론체계를 이식시킨 권력에 의해 촉발된다. 전혀 염원하지 않았으며 그래서 예측도 할 수 없는 전쟁을 치르면서 이곳의 존재들은 또다시 생존을 위해 새로이 이식되는 담론체계에 수시로 몸을 바꿀 수밖에 없다. "그리고 남쪽의 군대가 도시에 들어왔다. (……) 점령된 도시에서는 언제나 그래온 것처럼 승리자를 위한 환영 모임이 열렸다. 그 자리에도 학생들이 가장 많이 동원되었다. 깃발이 광장을 메우고 구호가 외쳐지고 노래가 불려졌다. 그러나 이 여름이 시작되던 때하고는 다른 구호와 깃발과 노래였다. 모두 예전의 그 사람들인데 그들이 치켜든 깃발만 달랐다"(『화두 1』, 232쪽).

이곳의 존재들은 어떻게 보면 적응하는 것 외에는 달리 할 수 있는 일이 없을지도 모른다. 전혀 성격을 달리하는 담론체계가 아무 법칙성이나 일관성 없이 이식될 때, 그리고 이 화려하고도 풍부한 듯한 담론체계에 생사여탈권이 숨겨져 있을 때, 모든 사물을 컨텍스트 내에 위치시킬 만한 굳건한 자아를 확립하지 못한 개인이 할 수 있는 일이란 비록 그것이 의도와는 다르게 남의 죽음을 불러온다 하더라도 현재의 담론체계에 순응하는 수밖에 없지 않겠는가. 이것의 결과가 최악일 것이라고 예상하면서도 그렇다고 다른 선택의 길은 없는 극한상황 속에 이곳의 존재들은 그만큼 자주 맨몸으로 노출되었던 것이다.

그건 짝끼리 서로 마주 보고 서서 상대방의 뺨을 선생님이 그만 하라고 할 때까지 때리게 하는 방법이었다. 우리끼리 때리면 살살 때릴 것 같지만 결코 그렇지가 않다. (……) 내가 때리는 것보다 상대방이 더 아프게 때리고 있다는 느낌은 피할 길이 없었고, 그렇게 되면 억울해서라도 상대방보다 더 세게 때리고 싶어진다. 생각해보라. 열서너 살밖에 안 된 계집애들이 마주 보고 서서 서로의 증오심을 무진장 상승시켜가며 꽃 같은 뺨이 부풀어오르도록 사매질을 하는 광경을. 그거야말로 구원의 여지가 없는 지옥도였다. (……) 우리도 별수 없이 야만적인 증오심에 씌어 점점 강도가 높게 서로의 뺨을 때렸다. 어느 고비를 지나면 누가 더 아프게 때리냐는 별로 문제되지 않고 우리의 그 짓을 멈추지 못하게 하는 또하나의 비인간적인 채

찍을 우리의 배후에 느낄 뿐이었다. 선생님의 그만 소리가 떨어지고 나면 우리의 증오심은 수치심으로 변해 서로의 얼굴을 바로 보지 못했다. 생각하기도 싫은 끔찍한 체벌이었다.(『그 많던 싱아는 누가 다 먹었을까』, 154~155쪽)

위의 인용은 타자성의 이식으로 전개된 근대화의 비극적이고 필연적인 귀결점인 한국전쟁에 대한 가장 전율적인 알레고리이다. 이곳의 존재들은 다만 생존을 욕망했을 뿐인 것이다. 그런데 그들은 사신도 모르는 사이에 악마의 화신이 되어 있다는 사실을 발견하곤 하는 것이다. 악한 존재란 자신의 실천의 결과가 어떻다는 것을 예측하며 악행을 저지르는 자라고 한다면, 그 때문에 이들은 악행 후에도 원래의 자신의 모습을 유지할 수 있다면, 선한 의지를 지니고 있음에도 불구하고 어쩔 수 없이 자신의 악행을 가장된 초연, 냉소주의, 증오, 역설적인 즐거움, 공포를 가지고 바라보았던 자들에게 악행은 회복할 수 없는 인간적 파멸을 의미한다. 전쟁중 악행을 저질렀던 많은 사람은 실은 전쟁 주체들이 내걸었던 이데올로기의 옹호자들이 아니라 자신의 목숨 자체를 위협하며 침입하는 위험들을 차단하지 못하는 데서 오는 불안에 사로잡힌 자들이었을 것이다. 자신의 빈약한 이데올로기가 드러나는 것이 두려워서, 혹은 목숨을 구걸하기 위해 철저한 이데올로그의 역할을 자임했던 것이다. 전율할 만한 폭력을 조종하는 요소들은 모두 '배후'로 숨어버리고 다만 살아남고자 했던 자들끼리 벌였던 비극적인 전쟁이 곧 한국전쟁이었던 셈이다.

하지만 어떠한 합목적성도 없이 다만 타자성의 이식으로 진행된 근대화가 발생시키는, 그리하여 저곳에 숨어 있는 손과 이곳의 절대화된 권력이 서로 공모하여 빚어낸 전율할 만한 폭력의 현장은 한국전쟁에서 그친 것이 아니다. 80년대 벽두를 장식하는 그해에 광주에서 다시 재현되었던 것이다. 그리고 그곳에서도 절대화된 권력이 만든 도저히 상상하기 힘든 시나리오에 의해 피해자이면서 가해자이고 가해자이면서 피해자인 역사의 희생양이 다수 생겨난다. 그들은 "이게, 이게 뭐냐. 우리가 지금 무슨 짓들을 하고 있는 거지"(『봄날 2』, 173쪽)라고 자신의 악마적인 행동에 저주하면서도 "어디서부터, 누구에게서부터 그처럼 끊임없이 만들어져서 하달되어오는"지 알 수 없는 "그 지긋지긋한 명령과 지시"에 따라 "쉬지 않고, 뛰고, 달리고, 움직이고, 멈춰 서기를 되풀이해야만"(『봄날 2』, 224쪽) 하는 것이다.

　살아야 한다는 본능 때문에 한순간 야만적인 증오심에 휩싸이고 그 때문에 상상하기 힘든 폭력과 살인 등을 어쩔 수 없이 저지르지만, 이러한 악마적인 행동으로 각 개인을 이끄는 힘은 보이지 않는다. 그것은 우리가 쉽게 배후를 찾기 힘들 정도로 먼 저곳에 있기 때문이며, 동시에 권력을 위해 그들이 만든 시나리오가 상식적인 차원에서는 이해하기 힘든 차원에서 작성되기 때문이다. 우리를 배려하지 않은 타자성을 일방적으로 이식할 경우 이처럼 우리의 삶은 보이지 않는 끈에 의해 조종당하는 상황에 처하는 셈이며, 경우에 따라서 우리의 삶은 이 보이지 않는 어떤 끈에 의해 어처구니없을 정도로 한순간에 파멸의 구렁텅이로 빠져들 수도 있는 것이다. 그러나 불행하게도 우리에게는 이러한 상상하기 힘든, 그래서 차라리 악몽이었으면 하는 순간이 너무 오랫동안 자주 나타난 셈이다. 우리의 민족적 자아를 형성하지 못한 채 타자성의 이식으로 근대화가 수행될 경우 그곳은 곧 전 지구적 자본주의가 안고 있는 모순이 집중적으로 결집되는 영토가 될 수 있으며, 근대 이후 한국이 바로 그러한 영토였던 것이다. 그렇게 "세계 역사는 우리 조국의 남과 북에서 작은 규모로 반복돼왔(『화두 2』, 158쪽)"으며 한국은 세계 역사의 한 격전장이 되었던 것이다. 그러므로 다음과 같은 규정은 근대 이후 한국 역사에 대한 충분히 의미 있는 성찰이자 총괄이라 할 수 있다.

　두 제국의 변경이 이 땅에서 맞닿아 있다는 것은 경제 구조건 정치 행태(行態)건 남과 북 모두에게 어떤 기본틀을 주게 됩니다. (……) 모범적인 주변(周邊)은 제국의 이데올로기에 충실하고 그 종주권(宗主權)을 승인하며 소(小)제국 혹은 핵심 편입을 지향하는 형태일 것입니다. 그러나 이 변경이란 특수한 주변은 특별한 왜곡이 가능합니다. 왜냐하면 변경의 지도자들이 가지는 권력도 권력이며, 그것은 도취하기 쉬운 미각(味覺)과 부패하기 쉬운 속성을 가지고 있기 때문입니다. 부패한 권력, 치욕에 빠진 권력의 가장 큰 특징으로 나타나는 것은 일인 독재와 장기 집권입니다. (……) 그것은 부패한 남과 북의 권력이 두 제국 모두 싫으면서도 용인할 수밖에 없는 변경석인 상황을 십분 활용했기 때문입니다. 하나를 잃으면 적대 제국에게 둘을 보태게 되는 변경의 특수한 산물 말입니다.(『변경 11』, 문학과지성사, 1998, 212~213쪽)

근대 이후 우리 역사를 움직였던 궁극적인 힘은 이처럼 우리 바깥에 있다. 그래서 우리의 삶은 또다시 어느 순간 갑작스레 우리가 경험하지 못했던 비극적 상황으로 끌려들어갈지 모르는 것이다. 그렇다면 우리에게 현재 필요한 것은 우리의 삶을 주박하고 있는 보이지 않는 끈을 찾아내는 것, 그리고 그 끈이 강요한 일방통행식의 관계를 끊어내는 것인지도 모른다. 다시 말해 타자가 만들어놓은 실존의 그늘에 안주하는 것이 아니라 그 그늘에서 벗어나 우리가 놓인 지점을 정확하게 읽어내고 그 상태에서 사회구성원들의 염원과 원망을 조율해가는 과정이 필요한 것이다. 그렇다면 『화두』 등의, 역사를 기억하는 소설들은 현재 우리의 삶을 어떠한 것으로 규정하는 것일까.

3. 권력으로서의 지식, 연극적 자아

담론체계나 제도의 이식을 통해 근대화가 진행되는 사회에서, 그리고 이식되는 담론체계가 자주 바뀌는 사회에서, 생존만을 목적으로 하는 개인에게 가장 필요한 것은 탁월한 방향감각이다. 이유는 두 가지다. 하나는 제도의 이식을 통해 근대화가 진행되는 사회에서 지식이란 곧 권력을 의미할 뿐만 아니라 이식되어오는 제도가 수시로 바뀔 경우 그것을 정확하게 예측해야만 계속 권력을 유지하는 것이 가능하기 때문이며, 다른 하나는 제도의 이식을 통한 근대화란 아무리 거대한 권력에 의해 수행된다고 하더라도 전근대적인 것을 일소시키지 못하기 때문이다.

제도의 이식을 통해 근대화가 진행되는 사회에서는 먼저 특정의 사회적 제도나 형식이 수입된다. 물론 아무 제도나 수입되지는 않는다. 수입되는 대부분의 사회적 제도나 형식은 이미 검증된, 그러니까 그 사회적 제도가 운영되는 사회에서는 그 사회의 구성원들의 삶을 보다 윤택하게 한 모범적인 제도이다. 문제는 바로 여기에서, 다시 말해 이 제도가 모범적이고 이상적인 것으로 받아들여진다는 데서 발생한다. 이 모범적인 제도를 수용하는 주체들은 이 제도에 대해 절대적인 확신을 가지게 마련이다. 이 제도만 제대로 시행하면 우리 사회도 곧 모범적인 사회가 될 것이라는 강한 자기 확신을 가지고 제도를 이식하고 운영하며, 따라서 사회구성원들에게 그 제도에 순응할 것을 강요한다. 하지만 하나의 사회적 제도가 모범적일 수 있는 것은 그 제도가 그 사회구성원들의 바람이나 개인적인 욕망들을 보다 폭넓게 수용하고 그것을 발전적으로 조율해낸 결과물이기 때문이라고 한다면, 특정 사회에서 그 사회구성원들의 자기 활동성을 충분히 보장함으로써 모범적이고 이상적이었던 제도는 역사적 과정이나 현실적 조건을 달리하는 사회로 이식되는 순간 오히려 그 사회구성원들의 염원과 충돌을 일으키게 마련이다. 그럼에도 불구하고 제도를 이식해오는 권력은 이 충돌을 각기 다른 현실 때문이라고 판단하지 않는다. 모범적이고 이상적인 제도라는 판단 때문에 이식해오는 것이 아닌가. 그렇게 될 경우 본의 아니게 의심을 받게 되는 것은 당연히 사회구성원들의 염원이다. 권력 주체는 사회구성원들의 염원이 이상적인 제도를 수용하지 못할 정도로 낮은 수준이기 때문에 제도와의 사이에서 충돌이 발생한다고 판단하고, 충돌이 생기면 생길수록 더 큰 강제력을 동원하여 제도를 정착시키려 한다.

따라서 이러한 사회를 살아가는 구성원들에게 필요한 것은 현실과 관계없이 이 제도를 재빠르게 자기화하는 것이다. 갑작스럽게 주어진 제도를 자기화하는 것이 빠르면 빠를수록 그 개인은 권력의 중심부로 향해 갈 가능성이 높다. 그 제도나 담론체계를 충분히 자기화하지 않아도 좋다. 아니, 않을수록 좋다. 만약 충분히 자기화될 경우 나름대로 자의식이 생길 가능성이 높으며 그러면 또다시 있을 변화에 대처할 수 없기 때문이다. 실제로 그렇게 생각하고 실천하는 것이 중요한 것이 아니라 언제 어떤 상황에서라도 그렇게 보이는 것이 현명한 태도인 것이다. 그리고 권력의 중심을 계속 유지하기 위해서는 천재적 변신술이 요구되며 또한 보편세계와 자신의 현실과의 차이를 읽어내지 않으려는 의지도 필요하다. 이식해오는 서구 보편세계를 완전무결한 이상적인 세계로, 자신의 사회는 폐기처분해야 할 전통으로 가득 찬 사회로 규정하는 지배적인 담론체계에 맹목적으로 집착해야만 그는 사회의 중심적인 위치를 유지할 수 있다. 즉 현실과 이상, 현상과 본질, 과거로부터 이어져 내려온 전통과 다가올 미래 사이에 어떤 의미 있는 병존 형식을 발견하는 대신에 완전무결한 이상적인 보편세계와 편협한 민족적 전통(혹은 추악한 한국사회)의 비교라는 대단히 제한되고 왜곡된 변증법만을 행해야만 하는 것이다. 자의식 없는 탁월한 방향감각만이 이러한 과정을 성공적으로 행할 수 있음은 물론이다. 그렇게 "열심히 공화국을 찬양하고, 미제를 계속해서 탄핵하고 위대한 사회주의 조국에 무한히 감사하는 말"(『화두 1』, 24~25쪽)을 아무 망설임 없이 행해야만 사소한 권력이라도 권력에 근접할 수 있는 것이다. 그러나 여기에는 절대적인 긴장이 필요하다. 자칫 사소한 실수를 할 경우, 그 동안 좁혀놓았던 권력과의 거리가 한순간 무너지기 때문이다.

하지만 제도의 이식을 통해 변화가 이루어지는 사회에서 탁월한 방향감각이 필요한 이유는 이것에 그치지 않는다. 전면적인 부정은 통쾌하기는 하지만 무기력한 부정이다. 다시 말해 기존의 규범이 지니는 업적이나 영향력을 전면적으로 부정하고 자본주의적 내러티브를 강제적이고도 총체적으로 이식하려는 모든 노력은 실패로 끝날 수밖에 없다. 한 사회의 변화는 과거로부터 내려온 전통과 미래로 흘러가는 방향 사이의 길항과정에 의해 결정되며, 특히나 구악이 일소되지 않은 나라의 경우 필연의 왕국에서 자유의 왕국으로의 비약을 경험한 나라에 비해 과거로부터 내려온 전통이 보다 굳건하게 뿌리를 내리는 것이 일반적이다. 하여, 부르디외의 지적처럼, 이러한 사회에서는 현존하거나 이미 소멸된, 상이한 경제구조들에 부응하는 성향들과 이데올로기들이 한 사회 속에, 그리고 자주 같은 개인 내부에조차도 공존하며, 마치 한 시대에 동시에 나타날 수 없을 것 같은 이질적인 두 개의 사회 —전자본주의적인 것과 자본주의적인 것— 가 같이 존재하기도 한다.

　　엄마는 기생 바느질이나 하면서도 근지만 따졌다. 근지가 뭔지 잘 모르지만 신여성보다 쉬웠다. 시골에서 행세깨나 하는 집안, 체면 존중하면서 살아온 우리 집안의 생활방식을 말한다는 걸 대강 눈치챌 수가 있었다. 나도 내가 살던 생활방식이 그리웠고, 내가 이 동네 아이들하고는 다르다는 느낌 때문에 그 뜻이 알기가 쉬웠는지도 모른다. 그러나 엄마는 왜 저럴까? 하고, 자기가 하는 일은 무조건 다 옳다고 믿는 엄마를 은근히 한심하게 여길 꼬투리가 되기도 했다. 시골에 두고 온 우리의 뿌리와 바탕을 자랑스러워할 때의 엄마는 시골 와서 식구들에게 자기의 서울 사람됨을 은근히 과시하며 으스댈 때하고 똑같았기 때문이다. 시골선 서울을 핑계로 으스대고, 서울선 시골을 핑계로 잘난 척할 수 있는 엄마의 두 얼굴은 나를 혼란스럽게도 했지만 나만 아는 엄마의 약점이기도 했다.(『그 많던 싱아는 누가 다 먹었을까』, 65쪽)

우리 근대화는 전근대 세계의 규범이 지녔던 업적이나 잠재적인 가치를 비판하고 계승하는 과정, 다시 말해 우리의 토착적인 내러티브와 전 지구적 자본주의라는 보편적 내러티브를 조정 혹은 조율하는 과정을 거치지 않는다. 그 결과 우리 사회는 부르디외가 말하는 '제도의 형태 속에 객관화된 역사'와 '지속적 성향들의 체계의 형식으로 신체에 육체화된 역사' 즉 아비투스(Habitus) 사이의 극단적인 분열을 경험하게 된다. 즉 우리 사회의 어느 곳은 자본주의적 플롯과 형식에 의해 운영되며, 또다른 곳은 혈연 지연 학연 등 전근대적 질서에 의해 지탱되었던 것이다. 결국 한국사회의 깊숙한 곳에는 전혀 이질적인 두 개의 중심원리가 동시에 자리잡게 된 셈이다. 뿐만 아니라 이 이질적인 두 개의 중심원리 사이에서 행해지는 자의적이고 무원칙적인 병존은 이 사회의 구성원들에게 천재적인 변신술은 물론 동시에 두 개의 분열된 자아를 유지할 것을 강요한다. 사회적 형식과 사회적 내용, 보편적 내러티브와 전통적 내러티브, 대의명분과 생존본능, 영혼과 기록적 사실, 공공영역과 사적 세계가 공존하므로 이중의 어느 하나를 선택하거나 아니면 이 양자를 통일시켜 보다 고차의 의식상태로 나아갈 경우 이러한 존재는 치명적인 상처를 입을 수밖에 없다. 결국 이곳의 존재들은 냉철한 실용주의자가 되거나 상대주의자가 되어야만 생존할 가능성이 높다. 즉 자신의 고유한 가치를 증명하는 대신에 타자들의 가치에 자신을 끼워맞추거나 주위의 여건에 따라 자신의 모습을 천재적으로 변모시키는 냉철한 방향감각의 소유자로 살아가는 것이다.

이처럼 사회구성원들의 자유의지를 인정하지 않고 너무 앞서서 절대화된 제도나 권력, 그리고 두 개의 중심의 공존과 자의적 병존은 이곳의 존재들에게 연극적인 자아를 강요한다. 하나의 얼굴만으로는 이 시대를 도대체가 생존해낼 수 없는 것이다. 그래서 이곳의 존재에게 위선, 위악, 내적인 필연성 없는 변신의 삶은 필수적이며 특히나 전쟁이라는 극한상황은 이것을 삶의 신앙으로 격상시킨다.

인민군 침공으로 서울을 내주고 후퇴하는 과정에서 성향 분석에 따른 재판도 없이 보도연맹 가입자 수십만 명을 무참히 처형한 최종 결재자가 바로 대통령이다. 그들이 적의 세력화에 기여할까봐 겁먹고 저지른 만행이다. 인공 세상이 되자 그 가족이 사무친 원한으로 우익을 보복했을 터이고, 다시 수복되자 그 앙갚음이 곳곳에서 자행되고 있는 현실이다. ……죽이고 다시 죽이는 보복의 악순환.(『불의 제전 7』, 문학과지성사, 1997, 121쪽)

한국전쟁에서 각각 좌익과 우익을 선택했던 인물들이 양대 이데올로기를 충분히 자기화했는가 하는 점은 의문의 여지가 많다. 자유로운 주체가 분명한 삶의 목적을 가지고 그 목적을 실현하기 위하여 각각의 이데올로기를 선택했는가 그렇지 않은가라는 질문 앞에서 우리는 어떻다고 쉽게 이야기하기 힘들다. 하지만 당대의 이데올로그들은 연기(演技) 혹은 포즈로서의 이데올로그일 가능성이 높다. 아니면 단지 살아남기 위하여 마지못해 특정의 이데올로기를 선택했던 경우가 많으며, 그것도 아니면 각각의 이데올로기가 지향하는 목적을 위해 헌신한 것이 아니라 개인의 권력의지나 어떤 불길한 욕망을 성취하기 위한 입신양명의 수단으로 이념을 선택했던 경우가 대부분이었던 것이다. 당대의 인간들에게서 보이는 이 철저한 표리부동은 살아남고자 하는 생존전략이었으며 또 좌익과 우익이 서로를 불신하는 근원적인 이유이자 동시에 한국전쟁이 광기로 치달은 중요한 요인(한국전쟁의 과정에서 평범한 민초들이 실제 그들의 가치관이나 세계관과 관계 없이 좌익, 혹은 우익으로 규정되고, 또 그에 그치지 않고 무차별의 죽음으로 내몰렸음은 잘 알려진 사실이다)이 되었던 것이다. 그래서 그들은 "욕먹을 소리지만 이런저런 세상 다 겪어보고 나니 차라리 일제시대가 나았다 싶을 적이 있다니까요. 아무리 압박과 무시를 당했다지만 그래도 그때는 우리 민족, 내 식구끼리는 얼마나 잘 뭉치고 감쌌어요. 그러던 우리끼리 지금 이게 뭡니까. 이런 놈의 전쟁이 세상에 어딨겠어요. 같은 민족끼리 불구대천의 원수가 되어 형제간에 총질하고, 부부간에 이별하고, 모자간에 웬수지고, 이웃끼리 고발하고, 한핏줄을 산산이 흩

뜨려 척을 지게 만들어놓았으니……" (『그 산이 정말 거기 있었을까』, 71~
72쪽) 하면서도, 아니 그런 생각을 감추고 있기 때문에, 남들이 지켜보는
자리에선 더욱 철저한 이데올로그라는 연기를 보였어야 했던 것이다. 이
렇게 '바라보는 나' 와 '보여지는 나' 가 분리된 연극적 자아를 통해 이곳
의 존재들은 '구원의 여지가 없는 지옥도' 를 살아넘긴 셈이다.

이처럼 여러 계기에 의해 연극적인 자아가 한 사회의 중심을 차지할 경
우, 그 사회는 겉으로 내세워진 담론의 대의명분 혹은 형식과 실제 내용
사이에 현격한 분열이 일어나게 마련이다. 겉으로 내세워진 방향성은 항
시 절대선을 표명하고 있고 그 절대선의 이름하에 모든 사회적 제도나 형
식이 도입됨에도 불구하고 실제로 절대선은 거창한, 그러나 공허한 대의
명분일 가능성이 농후하기 때문이다. 이처럼 허위의식을 저 깊은 곳에 숨
겨둔 채 진실, 진리라는 기치를 높이 세울 경우, 이 위장된 진리는 한 사회
에서 의미 있는 모든 정신이나 진리를 향한 모든 열정을 무의미하게 만든
다. 즉 허위의식에 가득 찬 자가 진실을 소리 높이 외칠 경우 사회구성원
들은 서서히 진실이라는 말 자체를 더럽고 불길한 욕망의 역설적 표현으
로 읽어들이기 시작하며, 따라서 그 사회에서는 진실을 추구하는 모든 노
력이 불길한 욕망을 채우려는 음험한 의도로 받아들여진다. 결국 그 사회
의 사회구성원들은 자기 안에 모순된 요소를 지양시켜 보다 고차의 개인
으로 나아가려는 모든 노력을 멈추며 그러면 당연하게도 의미 있는 공동
체를 건설하려는 모든 시도가 중단된다. 그리하여 그 사회의 구성원들은
개인의 음험한 음모를 숨긴 채 거창한 명분을 내세우거나 스스로 확인한
진리가 아니면서도 진리의 구현자를 자처하는 교양속물들이 된다. 아니
면 정신적 동물왕국의 삶을 부끄러워하지 못하는 사회로 전락한다. 이것
이 바로 우리의 삶임은 물론이다.

4. 진정성과 자유, 비극의 기원 혹은 희망의 불씨

　우리의 파란만장한 역사는 이곳의 존재들에게 이처럼 '바라보는 나'와 '보여지는 나'의 철저하고도 냉철한 분리를 중요한 삶의 지혜로 강요한다. 이것은 한편으로는 사회구성원들의 생존전략이기도 하지만 다른 한편으로는 자신도 모르는 사이에 이 사회 악의 근원이 되기도 한다. 그렇다면 우리에게 필요한 것은 연극적 자아가 비록 이곳 존재들의 마지막 보호막 같은 것이라고 하더라도 그것을 벗어던지려는 용기와 결단인지도 모른다. 하여 사회구성원 각자의 염원과 원망을 정직하게 드러내고 그것을 조율하는 과정을 통해서 의미 있는 역사적 공동체를 만들어나가는 것이 필요할 때이다. 우리의 염원이나 원망이 모아진 담론체계의 창설이 이루어질 때 우리는 비로소 몇몇 권력 주체의 폭력적인 도상 게임이나 타자성의 일방통행적 이식으로부터 자유로워질 것이다. 물론 우리 사회에서 '바라보는 나'와 '보여지는 나'를 통일한다는 것, 다시 말해 표리가 일치하는 삶의 유지란 쉽지 않다. 비극이 기원이 되기 때문이다.

　현기영은 『지상에 숟가락 하나』에서 제주도에는 유난히 꿈을 실현하지 못한 장사들의 비극적 운명에 관한 설화가 많음을 지적하고, "역적질할지 모른다고 죽임을 당하는 그 장사들은 차별이 극심한 섬 땅에 태어나 그 척박한 조건을 극복하려고 분투하다가 좌절하고 마는 불운한 인재들을 상징한다. 4·3 때 비명에 쓰러진 숱한 요절의 젊은이들이 바로 그들이 아닌가. 장사의 팔다리에 매달린 바윗돌들, 그 섬 고장 젊은이로서 비상을 꿈꿔본 자는 그 바윗돌의 숙명적인 무게를 느꼈을 것이다"(『지상에 숟가락 하나』, 338쪽)고 덧붙이고 있다. 현기영의 표현을 빌리자면 제국의 변경에서 스스로의 지성을 사용하는 성인의 단계에 들어서려는 모든 존재들이야말로 척박한 조건을 극복하려고 분투하다가 좌절하는 장사의 비극적 운명과 닮아 있다. 이곳에서 자신만의 담론체계를 창시한다는 것, 아니 그러한 모험을 시작한다는 것은 곧 비극적 운명에 발을 들여놓는 것과 마찬가지다. 그만큼 저 보편세계의 내러티브에 대한 물신적 숭배는 우리 역사를 움직이는 절대적인 권력이며, 이 절대적인 권력은 보편적 내러티브 외에 어떠한 인과율도 인정하지 않았던 것이다. 어떻게 보면 절대적인 인과율과 싸우는 것은 곧 초월 불가능한 질서와 맞서는 행위이며, 그래서 이들의 삶은 하나같이 비극적인 좌절로 끝난다.

역사는 조선의 한 문사(이태준을 말함—인용자)가 한양성 밖의 산골짝에 마련해본 이만한 평화도 허락하시 않았다. 그는 대역죄인으로 고변되어 북변의 고철 수집소에서 쇠넝마를 줍는 신세가 되었다. 혁명재판소의 탄핵은 추상 같았다. 그러나 그들은 재판기록을 공개하지 않는다. 대신에 그들은 재판소 지붕 꼭대기에 휘날리는 혁명의 깃발을 가리킨다. 저 깃발 밑에서 이루어지는 송사를 의심하는가! 그것은 피고도 선택한 깃발이며, 피고는 이 깃발 밑에서 진행된 재판에서 유죄를 인정하였다. 저 깃발이 있는 동안 피고의 유죄는 명백하지 않은가.(『화두 2』, 115쪽)

우리의 역사는 개념과 사실, 미래와 현재, 언표된 형식과 담긴 내용 사이를 일치시키려는, 즉 진정성을 구현하려는 최소한의 여지조차 용납하지 않는다. 자신이 선택한 이념의 순결함을 위해 자신에게 덧씌워진 죄를 인정했건만, 그리고 어떻게든 성인의 단계에 접어들려고 했건만 그런 개인에게 최소한의 시행착오도 용납해주지 않는 곳. 이곳이 지난날 우리의 역사의 한 단면이다. 그렇게 몇몇 존재들이 타자성 혹은 선험석인 개념을 거부하고 과거와 현재, 개별성과 보편성 사이의 의미 있는 병존형식을 찾아나섰건만 하나같이 그들이 어떻게 할 수 없는 거대한 질서 앞에서 좌초하고 말았다.

나는 처음으로 오빠를 딴 사람과는 다르다고 생각했고 거기에 대해 묘한 긍지를 느꼈다. 나야말로 무엇을 알아서라기보다는 전형적인 속물의 세계에서 별안간 우뚝 솟은 어떤 정신의 높이를 본 것 같은 환각이었다.(『그 많던 싱아는 누가 다 먹었을까』, 141쪽)

작중화자에게 그야말로 어떤 정신적 높이를 보여줄 정도로 겉과 속을 일치시키기 위해 자신에게 혹독했던『그 많던 싱아는 누가 다 먹었을까』의 작중화자의 오빠도 그렇게 단 한 번의 선택 때문에 죽음에 이르렀다. 도대체가 이식된 개념에의 절대적인 복종만이 요구될 뿐 우리의 현실을 읽으려는 모험은 애초에 용납되지조차 않았던 것이다. 따라서 작중화자의 환각은 곧 환멸로 바뀌며, 이러한 환멸은 우리 모두의 것이기도 하다.

이렇듯 우리 역사는 보편세계의 담론체계 안에 담겨진 폭력성(전혀 다른 역사적 맥락을 가진 우리의 상황으로 옮겨지면서 발생하는 폭력성)을 발견하고 이것과는 다른 길을 걸으려는 존재들에겐 유난히 혹독하다. 그래서 그들은 고독하며 마치 모든 동시대의 맥락과는 단절된 듯한 공포를 느끼기도 한다. 하지만 어쩔 것인가. 유난히 혹독한 운명을 걸을 수밖에 없는 바로 그 삶이 우리에게 남겨진 유일한 길이며 사물로 전락해가는 인간의 자존을 지켜줄 수 있는 마지막 불씨 아니겠는가. 그리고 그 불씨가 계속 간직될 때 언젠가 다음과 같은 황홀경을 다시 경험할 수 있지 않겠는가.

한덩어리로 격렬하게 끓어넘치며 밀물처럼 저 광장으로 쏟아져나오던 수만 수십만의 사람들을. 그들의 노도와 같은 함성을. 저마다 가슴속에 간직한, 한겨울 보리싹마냥 작고도 지순한 인간애의 불꽃, 자유와 정의와 생명을 향한 찬란한 그리움의 불꽃들을. 그리고 그 작은 불꽃들 하나하나가 모여 수백 수천 수만의 불기둥이 되고, 마침내 거대한 불의 강을 이루며 뜨겁게 굽이쳐 흘러가는, 그 찬란한 인간의 신화를. 그리움과 희망의 신화를……(『봄날 5』, 401쪽)

5. 역사와 기억, 한국문학의 좌표

위대한 문학을 위해서는 완벽한 이론 못지않게 올바르고 풍부한 현실 이해가 중요하다고 한다면, 우리에게 지금 필요한 것은 완벽한 이론이 아니다. 우리의 역사는 특수하고 이곳의 존재들은 복잡하다. 근대 이후 우리의 삶을 보다 본질적으로 규정하는 것은 파란만장한 역사 바로 그것이다. 이 유난히 굴곡이 많았던 역사적 경험은 여러 경로를 통해 우리의 삶을 규정하고 있는 중요한 요소이며, 이러한 우리의 정치적 무의식을 먼저 읽어내지 않는 한 어떤 이론도 위대한 문학을 낳는 데 기여를 할 수 없을 것이다.

근대 이후 우리의 문학이 주로 관심을 기울였던 것은 이곳의 존재들의 은밀한 곳에 잠복되어 있는 정치적 무의식이 아니라 겉으로 드러난 의식이었다. 그러나 밖으로 언표되게 마련인 정치적 의식 혹은 이데올로기들은 우리의 삶 모두를 결정짓는 것은 아니다. 우리에겐 아마도 잠복되어 있는 정치적 무의식이 행하는 역할이 어떤 곳에서보다 클지도 모른다. 근대 이후 우리 역사는 우리를 배려하지 않는 타자성의 이식과정이었다고 해도 과언이 아니다. 일방적으로 이식된 제도나 담론들은 우리의 삶과 어떤 유비도 이루지 않은 채 초자아의 자리를 꿰찰 수 있었으며, 그것으로부터 배제된 상당한 부분이 정치적 무의식으로 잠복되었을 가능성이 높다. 따라서 만약 이곳의 존재들을 겉으로 드러나는 부분에만 주목해서 기록하고 예측한다면 이는 정확한 기록이나 예측이 될 수 없었으며, 실제로 이제까지 우리의 문학사에서 행한 예측은 대부분 정확하지 못했다. 이는 징후나 전조에 불과한 현상을 본질로 규정하는 조급함 때문이다. 이것은 사물의 풍부함을 결정적으로 단순화시켰을 뿐만 아니라 현실을 왜곡하는 결과까지를 낳곤 했다. 90년대 문학 역시 마찬가지이다. 일찍이 김수영은 "나는 너무 첨단의 노래만을 불러왔다/나는 정지의 미에 너무 등한하였다"(「서시」)라고 표현한 바 있거니와, 이를 빌려 말하자면 90년대 문학 전반도 너무 "첨단의 노래"만을 고집하고 있는지도 모른다. 그래서 쉽게 겉으로 드러나지는 않으나 실제로는 현재 우리의 삶을 구성하는 중요한 부분들을 읽어내는 데 너무 등한한 감이 없지 않다.

이런 상황에서 90년대에 집중적으로 씌어진 여러 대가들의 역사를 기억하는 문학은 대단히 소중하다. 흔히 우리의 현실보다는 세계의 중심부에서 떠도는 풍문에 현혹되어 읽어내지 못했던 이곳을 살아가는 존재들의 특수한 실존조건이나 정치적 무의식 등을 매우 풍부하게 재현하고 있기 때문이다. 이 소설들에서 우리는 비로소 더도 덜도 아닌 우리의 참모습을 발견한다. 이 소설들이 고통스러운 과정을 통해 지정해준 자리가 바로 우리가 놓여 있는 시·공간이다. 그렇다면 다가올 세기의 문학은 바로 이 자리에서 출발해야 하는 것은 아닐까. 우리의 바로 그 모습이 서사화되는 데 이렇게 100년이 걸렸다. (1999년)

사생아, 장자, 편모슬하
─ 성장소설의 세 형식

1. 성장 혹은 입사와 일탈 사이

이 글의 일차적인 관심사는 한국 근대소설에서 한 주체가 어떠한 과정을 거쳐 성인의 상태에 도달하는가이다. 잘 알려져 있듯 한 개인의 성장의 역사란 곧 그 개인이 몸담고 있는 사회의 역사와 동질적이다. 한 개인의 성장과정에는 그 사회의 역사 전통 이데올로기 관습 등 그 사회를 구성하는 모든 콘텍스트들이 빠짐없이 개입한나. 한 개인이 인간이라는 동물에서 지혜로운 동물로 발전하기 위해서는 본능의 기본적(계통발생적)인 억제란 필수적이다. 이 본능의 기본적인 억제를 행하는 장치는 그 사회의 전 역사적 과정을 통하여 축적된 가족관계, 법, 초자아, 그리고 이데올로기이며, 이 장치들을 통과할 때만 한 개인은 공동체의 구성원으로서 입사(initiation)할 수 있다. 따라서 공동체의 한 구성원이 되어 세계 내적 개인으로 자리한다는 것은 곧 의식적이든 무의식적이든 그 공동체의 이념과 역사를 수용하는 과정에 다름아니며, 한 개인의 성장과정에도 그 사회의 전 역사적 과정이 깊숙이 개입한다고 할 수 있다. 이를 감안하면 한국 근대소설에 각인된 성장의 궤적을 살펴보는 일은 곧 한국근대사가 살아온 특수한 역사를 압축적으로, 그러면서도 구체적으로 읽어내는 작업이기도 할 터이다. 한국 근대소설에 기록된 성장의 과정을 통하여 한국적 모더니티의 특수성을 살펴보고 동시에 오늘 우리가 서 있는 위치를 가늠해보는 것, 이것이 바로 이 글의 궁극적인 목적이다.

그런데 한국 근대문학사에 나타난 성장의 과정을 유형화하고 그 의미를 제대로 규명하기 위해서는 한 가지 유념해야 할 사실이 있다. 우리가 관심을 갖는 성장이 안정된 사회에서의 성장이 아닌 영원한 파괴와 쇄신에 의해 약동하는 근대에서의 성장이라는 점이다. 근대는 영원하고 유일한 진리에 의해 유지되는 사회가 아니라 시대마다 양상을 달리하는 최선의 진리를 찾아 움직이는 사회이며, 예정된 삶이 반복되는 사회가 아니라 예측하기 힘든 삶이 다양하게 펼쳐지는 사회이다. 이런 사회에서는 개성과 사회적 규범 사이에 갈등이 필연적으로 발생한다. 사회적 규범이 공동체의 유지를 위해 개성을 억압할 수밖에 없다면, 각각의 개성은, 사회적 규범을 그대로 따를 경우 그것은 곧 개성의 죽음을 의미하므로, 자신의 존재를 증명하기 위해서 사회적 규범으로부터 일탈하는 수밖에 없다. 다시 말해 자본주의적 역동성에 의해 움직이는 사회에서의 사회적 규범은 한 개인이 성장하는 데 중요한 매개자이기도 하지만 동시에 아들/딸의 성장을 차단하는 억압기제이기도 하다. 하여 근대사회에서 이미 존재하는 사회적 질서에의 단순한 입사는 성장이 아닌 정신적 퇴행으로 이어질 가능성이 높다. 그러므로 '항구적인 변혁'을 특성으로 하는 근대사회에서 한 개인의 성장은 입사하되 동시에 일탈하고 일탈하면서 입사할 때, 기존의 보편성을 자기화하되 그것을 넘어서는 보편성을 창출할 때 완성된다. 만약 성장의 정점인 성년의 상태가, 칸트가 말한 것처럼, 외부적 지성의 도움 없이 스스로의 지성을 사용할 수 있는 단계라고 한다면, 성장의 완성은 성장을 가로막는 사회적 규범이나 이데올로기를 높은 자리에서 넘어설 때 이루어진다고 할 수 있다.

이처럼 한순간도 멈춤 없이 변화하는 사회 속에서 근대의 젊은이들은 성년의 자리에 오르거니와, 성장소설 혹은 교양소설은 근대의 청년들이 펼치는 성장의 긴장감 넘치는 드라마를 담아낸 형식이다. 프랑코 모레티의 말에 따르자면 교양소설이란 근대성의 상징형식으로 자본주의의 항구적인 변혁이라는 특성은 인간의 삶에 있어서나 사회적으로 청년들의 젊음과 성장과정을 무엇보다 의미 있는 영역으로 끌어올렸고 그것이 교양소설이라는 하위 장르를 탄생시키는 계기가 되었다는 것이다. 하지만 교양소설이 근대소설의 상징형식일 수 있는 것은 청년들의 약동성과 그들의 정신적 성숙과정이 곧 시민사회의 전개과정과 긴밀하게 연결되어 있기 때문이다. 일반적으로 『빌헬름 마이스터』로 대표되는 고전적 의미의 교양소설 혹은 성장소설의 서사적 문법이 '행복했던 젊은 시절―행복의 균열과 방황―현실로의 귀환(혹은 세계와의 화해)'이라는 외적 형식을 띠고 있는바, 이는 개인의 욕망과 각성, 사회와의 갈등과 통합(혹은 지양)의 과정이라는 주체성의 원리 혹은 자기의식의 실현과정과 현저하게 동질적이다. 교양소설은 이처럼 사회적 공동체의 이념과 자신의 내면성의 화해가능성을 모색하거니와 이 화해 가능성의 모색 역시 근대적인 바로 그 방식으로 이루어진다. 교양소설에서의 공동체적 체험이란, 루카치의 말에 따르자면, 즉 잠정적이고 경직되어 있으며 또 죄악에 빠지기 쉬운 고독한 개인이 갑자기 떠오르는 영감 앞에서 그 개성을 잊게 만드는 그런 공동체적 체험(신비주의적 공동체적 체험)이 아니라 과거에는 고독했고 또 자기 자신 속에서만 폐쇄 칩거하고 있던 인물들이 서로서로 마찰하는 과정에서 자신을 조정하고 적응시키는 그런 공동체적 체험이기 때문이다. 한마디로 고전적 의미의 교양소설은 신으로부터 주체성을 찾아낸 인간들이 인간만의 공동체를 건설하려는 노력의 산물이며, 동시에 개인의 욕망과 사회적 질서, 혹은 각 개인이 지닌 무한한 발전 가능성과 사회적 통합

사이에 균형을 찾아내려는 근대성의 원리가 구현하고 있는 서사형식이라 할 수 있다.

하지만 개인의 욕망의 각성과 사회와의 갈등, 그리고 통합으로 이어지는 성장의 과정이 모두 동일한 형식으로 표현될 리는 만무하다. 성장의 드라마란 각 나라의 지정학적 위치나 시대 혹은 성적 차이에 따라 당연히 각기 다른 플롯을 보일 수밖에 없다. 왜냐하면 각 사회마다 금기의 내용도 다를 것이며 또 각 계층에 따라 금기의 정도도 현저한 차이를 보일 수 있기 때문이다. 그래서 어떤 경우에는 행복했던 젊은 시절 자체가 없을 수도 있으며, 또 어떤 경우에는 균열과 방황만 있을 뿐 현실로의 귀환이 이루어지지 않을 수도 있다. 또한 어떤 경우는 그 지정학적 특성으로 인하여 생사를 건 균열의 과정 없이도 기존의 사회적 규범이나 이데올로기를 훌쩍 벗어난 성년의 상태에 접어들 수 있는 것이다.

그렇다면 이제 우리의 관심사는 한국 근대문학사의 성장의 풍경이다. 아니, 그 성장의 풍경 속에 담긴 어떤 맥락이다. 한국 근대문학사에서 우리의 아들/딸들의 행복을 균열시킨 금기들은 무엇이고 그들은 어떻게 그 금기들을 넘어서서 보다 높은 지성들을 만들어왔는가. 또 그러한 성장의 풍경은 한국의 특수한 모더니티를 어떤 맥락에서 반영하되 변형한 것이며, 기록하되 비판한 것인가.

2. 사생아, 혹은 보편적 내러티브의 매혹

때로는 힘겨운 입사의식을 거치지 않고도, 그러므로 자신의 고유한 영혼을 증명하기 위한 목숨을 건 위신투쟁을 벌이지 않고도 당당한 성년이 되는 경우가 있다. 부르디외의 말처럼 한 사회가 특정 단계에서 다음 단계로 넘어갈 때, 그것도 갑작스레 넘어갈 때, 청년들의 정신적 해방은 조숙한 시기에 일어난다. 한 사회의 갑작스러운 변화는 그 사회를 지탱하고 또 그 구성원들의 쾌락원칙을 통어하던 기존의 현실원칙이 한순간에 약화되는 현상을 가져온다. 따라서 새롭게 성장하는 세대들은 사회적 초자아의 간섭 없이 자신의 욕망들을 쉽게 실현할 수 있는 자리에 놓인다. 이전의 농경제 사회를 통어하며 가장 중요한 삶의 지혜로 작용하던 관습적 예견은 자본주의적 역동성으로 빚어지는 제반 현상을 대부분 설명할 수 없게 되며 그 결과 현실적 구속력을 급격하게 상실한다. 이에 반해 근대적인 제도교육을 받은 청년들, 그중에서도 선진자본주의 국가에서 유학한 경험이 있는 존재들은 자본주의적 역동성을 나름대로 이해하고 설명할 뿐만 아니라 앞날을 보다 정확하게 예측할 수 있는 자리에 서게 된다. 결국 이식된 제도에 의해 근대화가 진행되는 사회에서는 근대적인 교육 정도에 따라 정신적인 위계질서가 형성되며, 이 사회의 청년들은 이전의 전통적인 초자아라는 외부적 지성으로부터 해방되어 스스로의 지성을 사용하는 성년의 상태로 손쉽게 접어듦은 물론 더 나아가 학교교육만으로도 아비들을 교육할 수 있는 위치, 즉 정신적인 지도자의 위치에 서게 된다.

잘 알려진 바와 같이 한국의 근대화는 자생적인 질서의 해체와 재편의 과정이 아닌 다른 나라의 사회적 제도의 일방적인 이식과정으로 진행된 바 있다. 좀더 정확하게 말하자면, 하나의 사회적 질서가 내부의 필요성에 의해 내부에서부터 해체, 재구성된 것이 아니라, 전혀 다른 사회적 내용과 형식이 강제적이며 폭력적으로 이식되면서 말 그대로 사회 전체가 전면적으로 재기획되는 양상으로 한국의 근대화는 진행된 것이다. 이렇게 되면 강제적으로 이식되는 사회에 대한 이해를 지닌 계층이나 혹은 전통에 얽매이지 않아서 쉽게 새것을 받아들일 수 있는 청년들은 그리 큰 힘을 들이지 않고도 아주 쉽게 교사의 자리에 올라설 수 있는바, 그래서 한국의 근대적 주체는 그리 큰 성장장애를 경험하지 않고 스스로의 지성을 사용할 수 있는 단계에 접어든 바 있다.

그러나 이들의 정신적인 조숙은 이들을 쉽게 교사의 위치에 올라서게 하기도 하지만 이들의 개인적 욕망과 사회적 질서 사이의 길항을 불가능하게 하기도 한다. 그야말로 사회 전체가 전면적으로 재기획되고 그를 위한 전혀 새로운 형식이 이식됨에도 불구하고 미묘하고도 기이한 형태로 전통적인 현실원칙이 더욱 강화되기 때문이다. 흔히 한 사회의 변화는 과거로부터 내려온 전통과 미래로 흘러가는 방향 사이의 갈등과 통합과정에 의해 결정되며, 특히 옛날의 악이 일소되지 않은 나라의 경우 필연의 왕국에서 자유의 왕국으로의 비약을 경험한 나라에 비해 과거로부터 내려온 전통이 보다 굳건하게 뿌리를 내리는 것이 일반적이다. 우리나라의 경우처럼 근대화의 방향이나 원리가 확정되지 않은 상태에서 급격한 제도의 이식과정이 진행될 경우, 제도를 채울 만한 인원과 자원의 미비 등으로 말미암아 제도의 합리성에도 불구하고 제도를 운영하는 원리는 자의성으로 채워진다. 이 자의성을 전혀 청산되지 않은 전근대적 요소들(예컨대 학연, 지연, 혈연 등)이 비집고 들어선다. 그 결과 우리 사회는 근대적인 형식과 전근대적인 내용, 혹은 그 양자간의 자의적인 관계가 지배하는 사회가 된다. 하여, 우리 사회에서는 부르디외가 지적했듯 현존하거나 이미 소멸된, 상이한 경제구조들에 부응하는 성향들과 이데올로기들이 한 사회 속에, 그리고 자주 같은 개인 내부에조차도 공존하며, 한 시대에 동시에 나타날 수 없을 것 같은 이질적인 두 개의 사회―전자본주의적인 것과 자본주의적인 것―가 같이 존재하기도 한다. 뿐만 아니라 사회구조 전체를 재기획하고 제도를 이식해오는 주체가 다름아닌 일본 제국주의였기 때문에 한국의 근대화와 관련된 모든 사안들은 대단히 복잡하고 중층적이며 미묘하다. 바로 이러한 사회에서 한국의 근대적 주체들은 입사하되 일탈하고 일탈하되 입사해야 했으니, 이들이 자신의 개인적 욕망과 사회적 발전 가능성 사이를 통합하는 진정으로 의미 있는 지성을 갖추기 위해서는 수많은 현상들의 본질을 읽어내려는 힘겨운 인내와 시련의 과정을 거쳤어야 했음은 물론이다. 하지만 한국의 근대적 주체들은 이러한 길을 걷지 않는다. 그들은 아주 손쉽게 자신만의 진리를 내세우며 그것으로 사회를 새로이 통합하고자 하며, 하여 이들의 성장과정에서는 신의 계시를 받은 듯한 오만한 자기 확신은 있어도 자신의 진리를 현실의 맥락 속에서 조율하여 고차의 진리로 올라서는 변증법적 과정은 없다.

우리의 역사가 근대로 접어드는 길목에서 근대적 주체들이 어떤 과정을 거쳐 전통적인 지성을 넘어서서 스스로의 지성, 구체적으로 말하자면 근대라는 보편적인 사유체계를 사용하는 단계로 접어드는지를 가장 상징적으로 보여주는 작품은 『무정』이다. 『무정』은 각기 다른 시선으로 접근할 때마다 더욱 새로운 의미망이 추출될 정도로 풍부한 작품이며, 따라서 지나친 단순화는 이 작품의 문제성을 반감시킬 가능성이 높다. 하지만 이런 위험을 무릅쓰고 우리의 논의 맥락에 맞추어서 보자면, 『무정』에서 가장 주목할 만한 요소는 이형식이라는 인물이다. 『무정』의 주인공 이형식은 이율배반적이리만치 복잡한 성격의 소유자여서 역시 쉬운 단순화는 허용치 않는 인물이지만, 우리가 이형식에게서 주목할 점은 그가 김윤식 교수의 말처럼 학생이자 선생이고, 그리고 사에구사 교수의 지적처럼 항상 주변의 인물들로부터 '오해받는 주인공'이나 '변명하지 않는 주인공'이며, 그래서 몹시 고독한 존재이나 그 고독을 생의 축복으로 간주하는 인물이라는 사실이다.

『무정』의 이형식은 학생이며 선생이다. 이형식은 스스로를 "자기가 조선에 있어서는 가장 진보한 사상을 가진 선각자로 자신"(『무정』, 동아출판사, 1995, 216쪽)한다. 다시 말하면 스스로를 위대한 선각자, 혹은 위대한 선생으로 평가하며, 스스로를 서양철학이나 서양문학에 대한 견문이 있어서 "자기에게는 자기의 인생관이 있고, 우주관, 종교관, 예술관이 있고 교육에도 일가견이 있"는 존재이며, 그래서 "조선 사람 중에 신문명을 이해하는 선각자요, 따라서 온 조선 사람을 가르치고 이끌어낼 자"(216쪽)라고 믿는다. "조선 사람이 살아날 유일의 길은 우리 조선 사람으로 하여금 세계에 가장 문명한 모든 민족, 즉 우리 내지(일본) 민족만한 문명 정도에 달함에 있다 하고, 이리함에는 우리나라에 크게 공부하는 사람이 많이 생겨야 한다"(81쪽)고 믿을 정도로 이형식에게 새로운 문명, 서구라는 보편세계는 놀라운 신세계이자 모범적인 세계이다. 그런데 이형식은 바로 자신이 새로운 문명의 중요성을 자각한 몇 안 되는 존재이며, 그러므로 자신이 온 조선 사람을 가르치고 이끌어낼 지도자로서 손색이 없다고 판단한다. 그러면서도 동시에 이형식은 자신이 아직은 더 배워야 할 학생이라고 생각하며, 하여, 수시로 유학을 꿈꾼다. 그 자신이 판단하기에도 자신이 알고 있는 신문명이란 그리 많지 않은 독서를 통해서 알게 된 최소한의 부분일 뿐이며, 그래서 그는 항시 "완전히 세계의 문명을 이해"(81쪽)해야 한다고 판단한다. 이러한 관점에 따르면 왜냐하면 그는 서구라는 보편세계를 동경하며 그의 가르침을 충실히 받고자 하는 영원한 학생일 수밖에 없을 터이다. 왜냐하면 그는 문명화, 근대화, 혹은 서구화라는 막연하지만 절대적인 목적만 있을 뿐, 그 목적에 도달하기 위해 고려해야 할 모든 문제들—예컨대 그것이 어떤 점에서 발전인지, 그 발전의 동력은 무엇인지, 그 세계에 대해 우리의 전통적인 요소 중에서 이어나갈 정신은 없는 것인지—을 접어두고 있기 때문이다. 서구라는 보편세계는 항시 움직일 것이고 그러면 이형식은 또 변화한 서구사회를 배워야 할 필요성을 절감할 것이고, 그래서 어느 정도 다가갔다 싶으면 그 사회는 또 변화할 것이고 그러면 또 배워야 할 필요성이 제기되는 악무한의 과정을 그는 되풀이할 수밖에 없는 것이다. 다시 말해 이형식은 새로운 문명 전부를 무조건, 맹목적으로 동경할 뿐 그 새로운 문명을 왜, 어느 지점까지, 어떤 요소 때문에 수용해야 하는지에 대해서는 아무런 물음을 행하고 있지 않은 것이다. 하여간 이형식은 서구라는 보편세계 전반을 영원한 모범세계로 설정, 그 세계의 충실한 학생이고자 하며, 서구라는 보편세계를 동경한다는 그 이유 하나만으로 이천만 민족의 선생을 자처하는 인물이다.

『무정』의 이형식은 이처럼 스스로를 높은 자리에 위치시킨다. 스물한 살의 나이에도 불구하고 이처럼 높은 위치에 있기에, 정확하게 표현하자면 높은 위치에 있다고 스스로 판단하기에, 이형식은 당연하게도 주변 사람들에게 '오해받는 주인공'일 수밖에 없다. 이형식은 수시로 주변 사람들의 오해에 시달린다. 그러나 이형식은 주변 사람들의 오해 때문에 고통받고 조롱받으면서도 변명하지 않는다. 변명해보아야 소용없고 머지않아 모든 진실이 밝혀질 것이라고 믿기 때문이다. 다시 말해 이형식은 자신의 행동에 대한 세상 사람들의 예기치 못한 반응에 대해 그런 반응이 왜 나왔는지를 알려고 하지 않으며 또 있는 그대로의 사실을 그대로 밝혀보아야 그들의 편견이 바뀌지 않을 것이라고 판단하는 것이다. 그 결과 이형식은 다른 사람들에게 이해를 구하거나 아니면 그들에게 진실을 전달하도록 자신의 실천방법을 바꾸는 대신에, 자신의 신념과 실천을 온몸으로 그야말로 온몸으로 밀고 나간다. 이형식이 이러한 삶의 방법을 지속할 수 있는 데에는 한편으로는 자기를 오해하는 모든 사람들이란 속물이거나 작은 행복에만 집착하거나 아니면 무지하거나 나태한 자들이란 판단이 개입되어 있으며, 다른 한편으로는 자신이 미리 알고 있는 진실을 그들도 머지않아 알게 되리라는 자기 확신이 작용하고 있음이다. 그렇게 이형식은 주관과 객관, 다가올 미래와 황폐한 현재, 큰 목적과 작은 행복, 정신과 물질 사이를 변증법적으로 오고 가면서 자신의 삶의 방향을 정립하는 것이 아니라 어느 한쪽을 위해 다른 한쪽을 포기하는 사유방식을 유지하며, 이러한 태도를 진실을 향해 가는 유일한 길이라고 믿는다. 이형식에게 새로운 문명의 논리는, 비유하자면, 이 척박한 땅을 낙원으로 바꿀 유일한 신의 섭리처럼 절대적이며, 그러므로 그는 변명할 필요를 느끼지 않는다. 머지않아 신이 강림하고 사람들이 더 큰 행복을 경험하면 자신에 대한 모든 오해가 풀릴 것이라고 믿으므로.

그래서 이형식은 고독하다. 그러나 이형식은 자신이 느끼는 고독을 자신의 삶에 주어진 저주라고 생각하지 않으며, 대신 신이 자신의 삶에 준 최대의 축복으로 받아들인다. 이형식의 입장에서 보자면, 새로운 문명으로 충일한 서구의 보편세계는 전체이며 새로운 문명의 세례를 받지 못한 우리의 현실은 아무것도 존재하지 않는 곳, 즉 무의 세계이다. 이 아무것도 없는 땅에서 이형식은 신의 섭리를 먼저 들은 축복받은 존재이다. 이형식은 고독하면 고독할수록 행복을 느낀다. 그 고독은 그만큼 자신이 작은 행복에 집착하지 않고 큰 목적을 위해 산다는 것을 반증하는 분명한 표지이기 때문이다. 이형식은 현실의 여러 모순을 관찰하고 그 방향으로 새로운 문명을 설정한 것이 아니라 새로운 문명을 보고 현실을 무의 상태로 규정한 존재이고 그에 대해 어떤 회의도 없는 인물이기 때문에, 현재의 고독을 자신의 이념이 비현실적이기 때문이라고 규정한다든가 하지 않는다. 이형식에게는 우리 민족의 삶 중에도 의미 있는 요소가 있을 수 있다든가, 또 한 사회는 과거로부터 이어져 내려오는 전통과 미래로 향하는 방향 사이의 충돌에 의해서 결정되기 때문에 모범적인 세계를 이식해온다 하더라도 한 사회가 모범적인 세계와 같은 모양이 될 수 없다든가, 또 서양의 보편세계 역시 진보성과 악마성을 동시에 지니고 있어서 만약 자본주의적 논리를 통어할 어떤 이념을 확보하지 않은 채 그것을 그대로 이식할 경우 우리 민족의 삶은 철저하게 정신적 동물왕국의 삶으로 접어들 가능성이 농후하며 또한 우리 민족구성원 모두가 개성을 상실한 기계로 전락할 가능성이 있다든가 하는 점은 중요하지 않다. 이형식은 다만 자신이 고독을 느낄수록, 다시 말해 아무리 노력해도 자신이 도달하고자 하는 사회로의 근접이 이루어지지 않으면 않을수록, 하루빨리 이 아무것도 없는 사회를 전체인 사회로 바꿔야 한다는 믿음만이 강해진다. 이형식은 자신이 본질로 설정한 새로운 문명이라는 총체적인 사회상을 자신이 발딛고 있는 현실 속에 생산하고자 할 뿐 그 가능성에 대해 회의하지 않으며, 그 때문에 자신 이외의 모든 인간들을 오직 소외된 형태로서, 즉 적이나 지지기반, 또는 도구나 사물로서만 만난다. 그렇게 이형식은 주관과 객관, 다가올 미래와 전통적인 삶의 방식, 보편사와 개별사에 대한 자신의 절대적인 인과율을 유지하며, 이 절대적인 인과율로 기존의 지성을 넘어선다.

『무정』의 이형식은 이러한 방식으로 성장을 가로막는 장애요소를 넘어서서 기존의 지성에 얽매이지 않는 스스로의 지성을 사용하는 단계로 접어든다. 즉 성장을 완성한다. 이형식은 스스로를 아버지도, 어머니도 없는 존재로 설정한다. 이형식은 다만 보편세계 혹은 문명이라는 아버지의 권위만을 인정하는 문명의 아들일 뿐이다. 이러한 이형식을 우리는 어떠한 합법적인 아버지와 어머니도 부정하는 아들, 즉 사생아라 이름할 수 있을 것이다.

한국 근대문학의 첫번째 아이들은 이렇게 성장한다. 그렇게 그들은 민족을 상상하기도 하고, 마르크스주의자가 되기도 하며, 또 모더니스트가 되기도 한다. 겉모습은 달리하지만 이들은 모두 같은 아이들이다. 이전부터 이어져 내려오던 전통적인 삶의 방식을 모두 거부하고 시구라는 의붓아비의 아이로서 성장한 것이다. 그 아이들은 서구라는 보편적인 세계를 가장 모범적인 세계로 설정하고, 뿐만 아니라 서구라는 보편세계가 세상을 읽는 방식 그대로 우리의 현실을 읽고자 한다. 그러자 우리의 현실은, 즉 서구와는 다른 방식으로 살았던 우리 사회는 아무것도 존재하지 않는 황무지로 읽힌다. 그들은 이 황무지에 서구라는 보편세계를 그대로 옮겨오고자 한다. 그들은 이 꿈이 쉽게 이루어지리라 믿었다. 왜냐하면 그들에게 우리 현실은 아무것도 존재하지 않는 황무지였고, 그들이 정신적 아비로 삼았던 새로운 문명이란 민족 종교 전통 등 모든 이어져내려오던 전통과 차이를 쉽게 휩쓸어버릴 전지전능한 힘을 지니고 있다고 믿었기 때문이다. 그래도 쉽게 우리의 현실이 서구라는 보편세계마냥 놀라운 신세계로 변하지 않으면 그들은 한편으로는 자기 주변 사람들의 무지와 나태, 비겁함을 탓했고, 다른 한편으로는 그들 자신의 실천의지를 더욱 강화시켰다.

이처럼 그들의 지성은 원리라든가 본질이라든가 하는 사상의 차원에서 세계를 포착한 후, 거기서부터 구조 그리고 현상에 관한 추론으로 내려가는 사색의 순서, 즉 현실에서 출발하여 그것의 추상화한 본질을 설정하는 대신에 상상의 본질로부터 출발하여 현실의 단계로 내려가는 방식으로 형성된 것이다. 하여, 그들은 누구보다도 보편적인 내러티브의 신화를 신봉하는 존재들이었으며 그 신화를 현실화시키기 위한 실천적인 전위였다. 그 결과 이들은 자신이 본질로 설정한 것과 다른 현실의 요소들(민족모순, 계급모순, 그리고 전근대적인 모순)이나 그것과 거리가 먼 인간존재들을 오직 소외된 형태로서만 만났다. 이렇게 한국근대문학의 첫번째 아이들은 보편세계에 대한 '편집증적인 일관성(the paranoiac insistence on rationality)'으로 성장의 장애요소들을 넘어서서 성년이 되었으며, 후에 이 편집증적인 일관성은 우리 근대사의 가장 악마적인 요소로 작용한다. 우리의 복잡하고도 미묘한 삶이나 그곳에서 살아가는 사회구성원에 대한 이해도 애정도 없이 오로지 변혁의 당위성만을 믿는 이 신경증 환자들에게 사회구성원 전체는 단지 도구나 사물이었을 뿐인 것이다.

3. 장자, 회색인, 그리고 환멸

보편세계에 대한 '편집증적인 일관성'으로 성년의 자리에 오른 아이들이 서서히 한 사회의 입법자인 아버지가 되기 시작한다. 물론 이러한 문명의 아들, 계급의 아들들을 나름대로 견제하고자 했던 존재가 없는 것은 아니다. 사생아들에게 비판적이었던 그들은 "금일의 대한 청년은 타국이나 타시대의 청년과 다르니라. 타국이나 타시대의 청년으로 말하면, 그들은 그들의 선조가 이미 하여놓은 것을 계승하여 이를 보지(保持)하고 발전하면 그만이언마는, 금일의 대한 청년 우리들은 불연(不然)하여 아무것도 없는 공공막막(空空漠漠)한 곳에 온갖 것을 건설하여야 하겠도다. 창조하여야 하겠도다"(이광수, 「조선 사람인 청년에게」)라고 생각하지 않는다. 아니, 처음에는 이들도 마찬가지였는지 모른다. 하지만 이들은 곧 바뀐다. 현실이 그들의 생각만큼 "공공막막" 하지 않았다는 것을 깨닫기 시작한다. "공공막막" 하게 느껴졌던 그곳에는 나름대로 계승할 전통이 있기도 하고, 또한 새로운 제도의 이식으로도 바뀌지 않은 낡고 견고한 관습이 자리잡고 있음을 확인한 것이다. 『삼대』의 조덕기는 바로 이러한 인물이다. 조덕기는 낡고 견고하면서도 나름대로 계승할 것이 있는 전통적 규범을 자기화하지 않고서는, 또한 그렇게 살 수밖에 없는 사회구성원들에 대한 이해나 애정 없이는, 어떠한 새로운 제도도 동시대인들의 행복을 위한 것이 될 수 없다고 파악한다. 그리고 아버지와 어머니, 그리고 조선의 미묘한 현실 자체를 부정하는 사생아인 김병화와 맞서기도 한다. 즉 조덕기는 부끄럽다 하더라도 자신을 형성시킨 모든 전통까지를 존중하고 또 그 전통적인 것과 보편적인 것의 갈등 그 안에서 어떤 가능성을 찾아가고자 했던 것이다. 이렇듯 밉든 곱든 가족의 구성원 혹은 사회의 모든 구성원들의 염원과 자신의 욕망을 조화, 통합하려는 조덕기와 같은 인물을 우리는 장자라고 부를 수 있을 것이다. 하지만 사생아들과 장자들의 쟁투 과정은 다수와 소수집단, 투명성과 불확정성, 혁명과 분석, 선동가와 관찰자의 대결 같은 것이니 이 쟁투는 사생아들의 손쉬운 승리로 끝난다. 다수가 뿜어내는 투명성의 세계를 소수의 관찰자가 어찌 거스를 수 있겠는가.

그렇게 민중에 대한 이해도, 사회구성원들의 염원에 대한 이해도 없이 오직 세계 창조자적 열정으로 충일한 사생아들은 해방을 계기로 세상의 주인이 되었고 그 세상에서 이제 또다른 세대가 성장하기 시작했다. 새로운 세대의 아이들 중에는 이제 아버지의 세대처럼 서구화, 근대화라는 것을 전지전능의 신으로 바라보지 않는 아들/딸들이 상당수 포함되어 있는 것이 특징이다. 그들은 서구 혹은 사회주의국가라는 보편세계를 맹목적으로 추종했던 아비세대가 벌였던 추악하고도 전율스러운 전쟁을 경험했기 때문이다. 그래서 이들은 아비세대와는 달리 세상에 대해시 좀더 신중하다. 이들은 자신이 설정한 모범적인 세계를 이식하려는 것이 아니라 이제 자신이 서 있는 세계를 철저하게 읽어내고 그후에 자기 활동성을 모색하려 한다. 바로 이 지점을 성장의 출발점으로 혹은 성장의 목적으로 삼은 존재들이 등장했고, 우리는 이들의 성장의 기록을 「광장」에서 살펴볼 수 있다.

「광장」의 이명준이 자기를 세계화하고 세계를 자기화하는 과정은 크게 두 갈래의 여정으로 채워진다. 한 갈래의 길이 개인의 모험과 사회적 발전이 조화를 이루는 유토피아 혹은 서사시적 세계에 대한 갈망에 의해 이루어지는 정신적 여행이라고 한다면, 낭만적 사랑에 대한 갈망이 또하나의 중요한 여정을 이룬다. 이 두 갈래의 여정은 유기적인 연관을 이루며 서로를 보완한다. 서사시적 세계의 갈망과 그것의 좌절이 사랑에 대한 갈망을 이끌어내는가 하면, 사랑에 대한 갈망과 좌절이 서사시적 세계에 대한 갈망을 또다시 부추기기도 한다. 그러나 이명준은 이 두 가지 갈망 중 어느 하나도 충족시키지 못하며, 이것이 그를 제3국행으로, 죽음으로 내몬다. 「광장」에서 이명준이 행하는 두 갈래의 정신적 여행 중 상대적으로 중요한 자리에 위치해 있는 것은 유토피아 세계에 대한 갈망과 그 좌절의 과정인바, 이 여정을 집중적으로 살펴보자.

여기, 이명준이 있다. 처음의 이명준은 모든 것이 불분명한 미정형의 상태로 등장한다. 미정형의 상태이기에 이명준이 행하는 자기 정립의 과정은 더할 나위 없이 치열하다. 철학과 3학년인 이명준은 그 나이에 걸맞게 누구보다도 강하게 서사시적 세계 혹은 유토피아를 꿈꾸며, 또 인류를 그곳으로 이끌 수 있는 어떤 사유체계를 발견하고자 혼신의 힘을 다한다. 이명준이 꿈꾸는 세계란 간단하다. 그는 밀실과 광장이 조화된 삶 혹은 그러한 삶이 가능한 사회를 꿈꾼다. 다시 말해 이명준은 타자 혹은 사회적 형식(제도) 속에 자기를 외화시킨 상태에서도 자기를 유지하는 창조적 주체 혹은 창조적 개인을 소망하고 있거니와 더 나아가서는 밀실과 광장, 개인과 사회, '나'와 '너' 혹은 '우리', 개인의 모험과 사회적 발전의 조화가 가능한 사회를 염원한다. 이명준에게 "사람이 무엇 때문에 살며, 어떻게 살아야 보람을 가지고 살 수 있는지 알아야 한다"(최인훈, 『광장/구운몽』, 문학과지성사, 1997, 33쪽. 이하 『광장』의 인용은 쪽수만 표기함)는 명제는 절대적이며, 이 절대적인 명제를 해결하기 위해 남다른 노력을 행한다.

윗목에 놓인 책장에 마주 선다. 한번 죽 훑어본다. 얼른 뽑아보고 싶은 책이 없다. 4백 권 남짓한 책들. 선집이나 총서, 사전류가 아니고 보면, 한 책씩 사서는 꼬박 마지막 장까지 읽고 꽂아놓고 하여 채워진 책장은 한때 그에게는 모든 것이었다. (……) 책장을 대하면 흐뭇하고 든든한 것 같았다. 알몸뚱이를 감싸는 갑옷이나 혹은 살갗 같기도 하다. 한 권씩 늘어갈 적마다 몸 속에 깨끗한 세포가 한 방씩 늘어가는 듯한, 자기와 책 사이에 걸친 살아 있는 어울림을 몸으로 느낀 무렵이 있다. (……) 언제부턴가 그런 복받은 사이가 조금씩 무너지기 시작한다. 후린 여자에게서 매정스레 떨어져가는 오입쟁이의 작태를 떠올리면서 그는 쓸쓸하다. 지금 이렇게 마주 서도 얼른 손을 뻗쳐 빼내고 싶도록 힘센 끌심을 가진 책은 없다.(43~44쪽)

책이란 곧 인간과 세계를 한 가지 원리로 설명하려는 노력들의 집합장일 것이며, 또한 이제까지 인류가 보다 나은 사회로 나아가기 위해 벌였던 고투의 과정에 대한 충실한 기록일 것이다. 이러한 책에 대한 이명준의 반복되는 열의와 좌절의 경험은 곧 이명준의 유토피아에 대한 열망이 그만큼 강렬하며, 또한 그의 유토피아에 대한 모색의 과정이 치열하지만 동시에 차갑도록 냉정하다는 사실을 보여준다. 이명준에게 "철학이란" "꿈을 이룰 엄두조차 내지 못할 사회에서, 양심의 마지막 숨을 곳"(91쪽)이었기에, 이명준은 복잡하기 짝이 없는 인간과 다양한 모양새를 지닌 세계를 모두 설명할 수 있는 원리를 찾아나서는 데 있어서는 누구보다도 적극적이다. 이명준은 이처럼 쉽게 달성할 수는 없지만 쉽게 달성할 수 없기에 매혹적으로 다가오는 '진리를 향한 삶'만을 진정한 삶으로 설정하거니와, 그런 만큼 그에게 진리와는 무관한 삶, 그러니까 밀실과 광장의 조화를 의욕하지 않는 존재는 물론 그 조화를 깨뜨리는 모든 삶은 당연하게도 의미 없는 삶으로 비쳐진다. 이명준은 그렇게 자신이 발 딛고 있는 사회, 즉 해방 직후의 남한 사회를 의미 없는 삶이 가득 찬 사회로 규정한다.

좋은 아버지, 불란서로 유학 보내준 좋은 아버지. 깨끗한 교사를 목 자르는 나쁜 장학관. 그게 같은 인물이라는 이런 역설. 아무도 광장에서 머물지 않아요. 필요한 약탈과 사기만 끝나면 광장은 텅 빕니다. 광장이 죽은 곳. 이게 남한 아닙니까? 광장은 비어 있습니다. (57쪽)

이명준에 따르면 남한 사회의 모든 제도나 사회적 형식들은 서구의 박래품(舶來品)들이다. 서구의 박래품들이 먼저 사회적 형식으로 주어지고 각각의 개인은 그 제도에 순응하는 하나의 기호 혹은 기계부품으로 전락한다. 그 결과 공적인 삶은 단지 자신이 속한 사회적 위치가 결정하고, 그로 인해 생기는 상실감을 개인의 밀실을 꾸미는 것으로 보충한다. 그 결과 남한 사회의 삶은 밀실에서의 삶과 광장에서의 삶으로 철저하게 분열되어 있을 뿐만 아니라 각각의 개인은 이중인격적인 혹은 포즈로서의 삶을 살아야 하며, 따라서 모든 개인의 이익이나 개성을 조율하고 조정하는 광장은 존재하지 않는다는 것이다.

현실에 대한 이러한 분노와 결핍을 느끼면서도 이명준은 이 분노와 결핍을 표현하기 위한 행동을 서두르지 않는다. 아니, 보다 정확하게 표현하자면 현재 자신의 의식을 실천으로 전화시킬 수 있는 통로를 찾아내지 못한다. 이명준이 철학을 통해서 배운 것, 그래서 삶의 중요한 방향으로 설정하고 있었던 이정표는 "정말 알고 있는 것보다 목소리를 더 높여서는 안 된다는 것"(82쪽)이었건만, 현실의 사회적, 정치적 운동들은 그렇지 않았던 것이다. 당시의 사회적 운동들은 그와 정반대로 마치 "하느님의 문서를 보고 온 사람들처럼" "너무 큰 일에, 너무 많은 사람들이, 너무 내친 말을 하고 있"(82쪽)었고, 따라서 이명준은 자신의 현재의식을 실현할 최소한의 자리도 찾지 못한다. 이명준은 그렇게 고독하게 자신의 "밀실 가꾸기"(58쪽)에 온 힘을 기울인다. 그리고 이명준은 그 고독 속에서 현실을 구성하는 어떤 원리를 발견하고자 하며, 그 순간 그가 발견한 원리로 "텅 빈 과장으로 시민을 모으는 나팔수"(57쪽)가 되고자 한다.

이명준의 처음 모습은 이처럼 미정형의 상태이다. 이명준은 밀실과 광장이 조화를 이루는 삶, 혹은 사회를 막연히 열망할 뿐 자신의 열망과 자신이 속한 사회가 얼마나 거리가 있는지를 가늠하지 못한 상태이며, 때문에 그 거리를 어떻게 좁힐 수 있으며 그를 위해 어떤 것이 중요하며 중요하지 않은가를 판별하는 기준조차 아직 정립하지 못한 지점에 서 있는 것이다. 이는 "정말 알고 있는 것보다 목소리를 더 높"이는 인물이었던 자신들의 아비세대와 전적으로 구분되는 특성이다. 우리가 살펴본 바와 같이, 그들은 하나같이 서구의 보편세계를 본받아야 할 모범적인 세계로 설정하고 그러한 가치를 우리의 현실 속에 이식시키고자 열망했으며, 그렇게 「광장」 이전의 소설의 주인공들은 주로 서구의 보편세계를 미리 엿본 후 자신의 고향으로 돌아와 서구의 보편세계 혹은 서구의 보편적 이념을 전파하거나 아니면 인류의 과거와 미래를 모두 알고 있는 선지자적인 존재로 자처했다. 이명준의 앞세대가 대부분 "하느님의 문서를 보고 온 사람들처럼" "너무 큰 일에, 너무 많은 사람들이, 너무 내친 말을 하"는 존재들이라고 한다면, 「광장」의 주인공 이명준은 이러한 인물유형과는 다르다. 즉 이명준은 선험적으로 받아들인 총체성을 생산하는 자가 아니라 자신을 둘러싼 현실을 보다 많이 포괄하여 바로 그 사회의 총체성을 읽어내려는 존재인 것이다.

이명준의 이러한 미정형성은 그를 둘러싼 외부의 현실이 그의 삶에 개입하면서 곧 균열된다. 다시 말해 이명준은 현재의 자기 의식이 지니는 고유함을 증명하기 위해서 스스로 여행을 시작하는 것이 아니라 외부적 현실의 폭력적 개입에 의해서 어쩔 수 없이 모험을 감행하게 되는 것이다. "어느 날 아침 일어나보니"(59쪽) 이명준의 삶은 누군가에 의해 전혀 예측하지 못한 방식으로 바뀌어 있었다. 이명준은 외부적 현실에 의해 강제로 송환되고, 하여 이명준은 밀실 가꾸기 작업을 완성하지 못한 채로 현실의 한복판에 서게 된다. 그는 그렇게 "아닌 밤중에 홍두깨를 맞은 것"처럼 '범죄자'라는 이름으로 현실 속으로 끌려나간다. 이명준을 소환한 곳은 경찰서이다. 이명준이 경찰서에 끌려간 것은 아버지 때문이다. 아버지를 잘못 둔 죄. 월북한 이명준의 아버지가 평양 방송의 대남 방송 시간에 자주 등장하자 경찰은 이명준에게 아버지와의 접선 여부를 캐묻는다. 이명준은 아버지가 월북한 후 아버지를 만난 적이 없으므로 당연히 있는 그대로의 사실을 진술한다. 그러자 가해지는 폭력. 이곳에서 이명준은 자신이 속해 있는 사회의 본질을 목격하고 공포를 느낀다.

이명준이 경험하는 공포는 우선 자신의 신체에 가해지는 무자비한 폭력 때문이다. 그러나 정작 이명준을 공포에 떨게 하는 계기는 인식상의 폭력이다. 즉 이명준은 경찰서라는 권력의 심장부에서 어설픈 교양인들이 품어내는 광기의 이성 혹은 이성의 광기를 목격할 뿐만 아니라 그 광기의 이성이 자신이 발 딛고 있는 사회를 규율하는 궁극적인 원리를 형성하고 있다는 사실을 발견한다. 이명준에게 권력을 유지하는 자들은 연금술사이다. 그들은 아무런 인관관계도 없이, 또한 화학적 반응도 없이 하나의 사실을 다른 사실로 전화시키거나, 인과관계가 없는 두 개의 사물 사이를 아주 간단하게 하나의 인과율로 묶어낸다. 그들에 의해 철학도인 이명준은 아무런 매개도 없이 곧 마르크스주의자가 되고, 항상 집을 비웠던 아버지이기에 아버지를 만난 기억도 별로 없고 또한 그런 아버지에 대해 반감을 가지고 있던 이명준이건만 이명준은 아버지가 공산주의자라는 이유하나만으로 곧 공산주의자로 규정된다. 진실은 말할 것도 없고 사실마저도 마음껏 왜곡하는 이 전지전능하며 절대적인 인과율 앞에서, 그 인과율을 가능하게 하는 무소불위의 권력 앞에서 이명준은 죽음을 맞은 자의 공포를 경험한다.

빨갱이 한 마리쯤 귀신도 모르게 해치울 수 있어. 어둠에서 어둠으로 거적에 말린 채 파묻혀가는 자기 주검이 보인다. 나는 법률의 밖에 있는 건가. 돈과, 마음과, 몸을 지켜준다는 법률의 밖에 있는 어떤 길. 무릎을 끌어안고 앉은 발 끝에, 저희들 몸집보다 훨씬 큰 벌레를 여러 마리 개미가 굴리고 있다. 그는 발을 움직여 개미를 비벼 죽인다. 풀과 흙에 묻혀서 자국도 없어질 때까지 발을 놀린다. 마지막에는 손바닥만한 땅바닥이 범벅이 되어 드러나고, 벌레와 개미는 말끔히 사라져버렸다. 그 벌레처럼, 그 누군가 커다란 발길이 그, 이명준을 비비고 뭉개어 티도 없이 지워버린다면? 아까 그 형사는 정말 그럴 수 있다고 했다. (……) 나의 방문이 무너지는 소리가 들린다. 그렇게 튼튼하리라고 믿었던 나의 문이 노크도 없이 무례하게 젖혀지고, 흙발로 들이닥친 불한당이 그를 함부로 때렸다. 내 방인데.(68~70쪽)

  있는 그대로의 사실마저 왜곡하여 자신이 설정한 총체성 안으로 밀어넣는 데 막힘이 없는 이 권력 앞에서 이명준은 자기 정체성은 물론 생명마저 보장받을 수 없는 극한의 위기상황을 경험한다. 이명준은 "갈빗대가 버그러지도록 벅찬 불안"(74쪽) 속에서 "영웅의 삶"에 대해 생각한다. 그러나 "나한테도 영웅의 삶을 살고, 영웅의 죽음을 죽을 수 있는 씨앗이 파묻혀 있을까"(74쪽)라고 자신에게 물어보나, 긍정적인 대답을 얻지 못한다. 자신의 헌신적인 죽음이 자신의 목적을 향해 중요한 씨앗이 될 때라야 영웅의 죽음을 선택할 수 있는 것이라면, 이명준의 주·객관적인 상황은 영웅의 죽음에서 너무 멀리 떨어져 있었던 것이다. 이명준은 "목숨을 묻고 싶은 광장"(75쪽)을 찾을 수 없었거니와, 동시에 자신이 발 딛고 있는 현실 속에서 자신이 꿈꾸는 세상에 다가갈 어떤 가능성도 발견하지 못한다. 결국 이명준은 자신의 삶에 대해 "이 검은 해가 비치는 어두운 광장에서는 피어날 수 없는 씨앗인 것만은 확실한 것 같다"(78쪽)라는 결론에 도달하고, 또다른 세계를 찾아나선다.
  이명준은 그렇게 월북을 감행한다. 그러나 이명준이 북한에서 경험하는 생활 역시 충일한 삶의 실현과는 거리가 멀다. 이명준은 그곳에서 자기만의 역사나 목소리가 담긴 강연 대신에 "명준이 말하고 싶어한 줄거리는, 고스란히 김이 빠져버리고, 굳이 명준의 입을 빌려야 할 아무 까닭도 없는 말"(112쪽)을 의미 없이 떠들고, 본 것을 사실대로 옮긴 기사문 때문에 반동적인 사상의 소유자로 매도되어 자율성이 개입되지 않은 자아비판을 행한다. 그곳에서도 역시 이명준은 자기의 고유한 본질을 타자에게 전이시키는 데 실패하는 것은 물론 자신의 고유한 본질마저 부정당한다. 뿐만 아니라 이명준은 북한 사회 역시 있는 그대로의 사실을 자의적으로 왜곡하는 선험적이고 절대적인 인과율이 지배하는 사회이며 동시에 그 왜곡을 뿌리로 해서 질서를 유지하는 사회라는 것을 발견한다. 이명준이 그곳에서 보고 들은 것이란 "자기 머리로 생각하려 들지 않는 당원들" (121쪽)이고 또한 "어느 모임에서나, 판에 박은 말과 앞뒤가 있을 뿐이었다. 신명이 아니고 신명난 흉내였다. 혁명이 아니고 혁명의 흉내였다. 흥이 아니고 흥이 난 흉내였다. 믿음이 아니고 믿음의 소문뿐"(113쪽)이다. 이러한 거듭되는 경험으로 통해 이명준은 북한 사회를 "광장에는 꼭두각시뿐 사람은 없었다"(123쪽)라고 규정하기에 이르며, 이 때문에 이명준은 역시 북한에서도 밀실과 광장이 조화를 이룬 사회라는 그의 목적이 실현될 가능성이 없음을 절감한다. 그리고 절망한다.

저는 새로운 풍토로 탈출하기로 결정했습니다. 월북했습니다. 어리광을 피우려는 저의 손길을, 위대한 인민공화국은 매정스레 뿌리치더군요. 편집장은 저한테 이런 말을 했습니다. '이명준 동무는, 혼자서 공화국을 생각하는 것처럼 말하는군. 당이 명령하는 대로 하면 그것이 곧 공화국을 위한 거요. 개인주의적인 정신을 버리시오' 라구요. 아하, 당은 저더러는 생활하지 말라는 겁니다. 일이면 일마다 저는 느꼈습니다. 제가 주인공이 아니고 '당' 이 주인공이라는 걸. '당' 만이 흥분하고 도취합니다. 우리는 복창만 하라는 겁니다. '당' 이 생각하고 판단하고 느끼고 한숨지을 테니, 너희들은 복창만 하라는 겁니다. 우리는 기껏해야 '일찍이 위대한 레닌 동무는 말하기를……' '일찍이 위대한 스탈린 동무는 말하기를……' 그렇습니다. 모든 것은, 위대한 동무들에 의하여, 일찍이 말해져버린 것입니다. 이제는 아무 말도 할말이 없습니다. 우리는 인제 아무도 위대해질 수 없습니다.(116 ~117쪽)

이제 북한 사회에서도 이명준이 움직일 자리는 없다. 자신의 영혼이 지니는 고유한 본질을 타자에게 전이시키는 위신투쟁은 애초부터 불가능하며, 현재의 자기를 보존하는 것조차 불가능하다. 결국 이명준은 자신의 자율적인 판단과 당의 판단이라는 절대적인 인과율 사이에서 심각한 갈등을 경험하고, 이 갈등을 밀실에서의 삶과 광장에서의 삶을 의식적으로, 금욕적으로 분열시키는 포즈(pose)를 취함으로써 봉합한다. "슬픈 깨달음"이자 "알고 싶지 않았던 슬기"인 "요령"(127쪽)으로 살아갈 수밖에 없을 정도로 당의 판단이 강고하다는 사실을 인정하지 않을 수 없었던 것이다. 이렇게 자신의 고유한 영혼을 스스로 감춰둔 채 생존에의 본능에 자신의 삶을 맡기는 순간, 이명준은 또다시 남한에서 들었던 그 소리 "그의 마음의 방문이 부서지는 소리"(128쪽)를 듣는다.

남한과 북한을 오가면서 행해지는 이명준의 의식의 길 찾기는 결국 이렇게 좌절한다. 이명준은 이 거대한 물리적 정신적 폭력의 구조 앞에서 최소한 자신의 영혼이나 의식을 기탁할 어느 집단도, 어떤 사유도 발견해낼 수 없었다. 한 개인이 자신의 영혼을 증명하기 위한 여행 자체가 불온시되는 이 황폐한 상황 때문에 결국 이명준은 절망하며, 결국 현실에 대한 강한 환멸에 빠진다. 이명준이 현실에 대해 느끼는 환멸감은 단지 자신의 이상과 현실 사이의 거리감 때문만은 아니다. 더욱 중요한 이유는 이상과 현실 사이의 거리를 좁힐 가능성이 전혀 존재하지 않는다는 것이다. 한 사회의 변화란 그 사회에 속한 개개인들의 자율성이 보장되고 그 자율성에 의해 기존의 보편성을 넘어서는 새로운 보편성이 창출되고 그 새로운 보편성이 사회구성원들에게 의미 있는 지표로 작용할 때, 그리고 또다시 현실의 변화를 포괄하는 새로운 보편성이 거듭 창출될 때 가능하다고 한다면, 이명준을 둘러싸고 있는 현실적 조건이란 도대체가 변화를 위한 최소한의 조건조차 충족되어 있지 않은 것이다. 즉 한 사회의 변화를 위한 최소한의 조건이 각 개인의 자율성이라고 한다면, 남북한 사회는 바로 이 개인의 자율성을 적대시하고 이것을 억압하기에 절대적인 권력을 행사한다. 각각의 개인들이 지니고 있는 고유한 가치를 타자에게 전이시켜 사회적 공인을 받는 것이 아니라 사회적 공인을 위해 개인의 고유한 가치를 스스로 부정해야 하는 현실 속에서 한 개인의 모험과 사회의 발전의 조화란 애초부터 불가능하다. 이런 상황에서 자율성을 추구하는 자들이 선택할 수 있는 길이란 자신의 자율성을 포기하거나, 아니면 공적인 삶과 사적인 삶을 극단적으로 분리시켜 적응하거나, 아니면 각 개인의 자율성을 인정하지 않는 사회 전체와 생존을 위해 어쩔 수 없이 순응하는 자기 자신에 대한 환멸에 빠지는 것 외에 달리 방법이 없을 터이다. 이명준은 그렇게 냉소주의 혹은 현실에 대한 환멸을 선택당한다.

이명준의 아비세대가 아주 손쉽게 성년의 단계에 접어들었다면 이명준 세대는 전혀 사정이 다르다. 아비세대들이 세상의 주인이 되어 주관과 객관, 보편적 내러티브와 폭력적 내러티브를 절대적인 인과율로 고정시키고 그 외의 어떤 인과율도 용납하지 않는 어설픈 교양인들이 되었기 때문이다. 이명준은 결국 자신의 내면성을 조화시킬 어떠한 공동체, 어떠한 가능성도 찾아내지 못하고 현실에 대한 환멸에 빠져든다. 여기서 우리는 이 형식 세대들이 지녔던 광기의 이성이 지니는 바를 다시 한번 확인할 수 있으며, 어떤 역사서보다도 더 현실적인 한국근대사의 중요한 측면을 발견할 수 있다. 「광장」에서 보이는 이명준의 환멸의 성장 혹은 성장의 환멸은 이처럼 죽음으로 마감되지만 그 죽음을 계기로 우리는 우리의 성장이 목표해야 할 지점과 출발점을 분명하게 확인할 수 있게 되었으니, 이명준의 환멸의 성장 과정이야말로 한국 근대문학의 진정한 성장 기록이라 할 만하다.

4. 편모슬하, 미메시스 정신의 기원

아비들이 아무것도 존재하지 않는 황무지에 자신의 모범적인 세계를 건설하고자, 혹은 현실에 대한 환멸감으로 허무의 바다에 빠져들어 아무도 집을 돌보지 않을 때, 그 집을 지킨 것은 어머니임은 물론이다. 그 어머니들은 각고의 고통을 이겨내고 아이들을 키워냈으며, 그 편모슬하의 아이들이 성장하여 한국 근대문학의 중요한 자리를 차지하기에 이른다. 멀게는 박태원 박완서 김원일 이청준 이문열 그리고 가깝게는 김소진에 이르기까지가 바로 정신적인 의미의 편모슬하의 아이들이다. 그러니, 편모슬하에서의 성장이야말로 한국 근대문학의 주요한 원천 중 하나이다.

이렇듯 편모슬하의 아이들이 한국 근대문학사에 주요한 자리를 거의 차지할 수 있었던 계기는 크게 두 가지이다. 하나는 그들의 존재적인 조건, 그리고 다른 하나는 남편을 떠나 보낸 어머니들의 경이로울 정도로 상호모순적이고 복합적인 성격. 서둘러 결론을 말하자면, 떠나버린 아버지를 그리워하고 어머니에게서 구속과 거세공포를 느껴야 하는 생의 조건 때문에 그들은 자연스레 이상과 현실, 자유와 구속 사이에서 방황하는 문제적인 개인이 될 수밖에 없었고, 또 자기 중심적이면서도 이타적이고 전근대적이면서도 탈근대적인 어머니들의 상호모순성과 복합성 속에서 수시로 경이를 만나게 되거니와 이 경이는 편모슬하의 아이들을 엄정한 리얼리스트로 성장시킨다.

여기, 아버지 없는 아이들이 있다. 아버지들은 집에 없다. 생활세계 저쪽에 있다. 그 꿈을 충분히 펼치지 못하고 일찍 죽은 경우도 있고, 집에 오고 싶어도 오지 못하거나 아니면 집을 버려둔 채 생활세계 저편 역사의 현장에 있는 경우도 있다. 하여간, 아버지는 부재한다. 하여, 아이들은 아버지를 증오한다. 그 아버지는 남겨진 가족들에게 "자라 보고 놀란 가슴 솥뚜껑 보고 놀란다고 전쟁통에 서울과 진영에서 순경으로부터 적잖게 시달린" 터라 경찰만 보면 "한동안 뛰는 가슴을 가라앉히느라 숨길을" 고르게 하는(김원일, 『마당깊은 집』, 문학과지성사, 1998) 존재이며 또한 남은 가족들에게 견딜 수 없는 가난을 제공한 원천이기 때문이다. 하지만 그 아버지는 아이들의 자부심의 근원지이기도 하다. 그들의 아버지는 "그노무 빨갱이 공부를 하는지 기집질을 하는지 울산이다, 경주다, 부산이다, 외지 출입을 장구경 가듯 나댕긴"(김원일, 「미망」) 존재, 다시 말해 지금 이곳의 답답하고 닫힌 악착같은 생활의 논리를 넘어서서 무언가 더욱 커다란 일을 하고자 했던 '공적인 아비'인 것이다. 그러니 남겨진 아이들은 아버지를 동경할 수밖에 없다. 이처럼 편모슬하의 아이들에게 아비는 동경의 대상이자 증오의 대상이며, 무책임한 존재이자 더할 나위 없이 큰 책임을 맡고 있는 존재인 것이다. 그들은 그런 위대한 아비의 아들이라는 환상 속에서의 자기 만족이 그 아버지들의 귀환으로 현실화되기를 기대한다.

하지만 그 공적인 아비들은 귀환하지 않는다. 대신 그들의 생계를 책임지고 양육하는 것은 어머니들이다. 근대라는 차가운 합리주의 사회에서 생존하기 위해 필요한 전문성 교양 학력 등 어떠한 조건도 갖추지 못한 어머니들이 가족의 생계는 물론 아이들의 양육까지 책임져야 했던 것이다. 그러니 힘겨울 수밖에. 이 큰 짐을 지고 갈 수 있는 유일한 길은 악착스런 생활의 논리이다. 게다가 무슨 거창한 이념이나 근대의 화려한 외관을 쫓아나간 지아비로 인해 감내해야 하는 고통이기에 생활의 논리는 그녀들의 유일한 신앙이자 교리가 될 수밖에 없다. 이렇게 이들 어머니들은 하나같이 "픽션을 믿지 않는 철저한 현실주의자"(현기영, 『지상에 숟가락 하나』, 실천문학사, 1999)로서 하루하루를 살아가고 아이들의 양육과 교육을 담당한다.

이렇듯 생활의 논리에 대한 어머니들의 믿음은 철저하고 단호하다. 가령 『그 많던 싱아는 누가 다 먹었을까』(웅진출판, 1995) 연작에 등장하는 어머니를 보자. 처녀 적 잠시 동안의 '서울 체험'을 했던 어머니는 근대의 맹렬한 신도이다. 어머니를 근대의 신자로 만든 중요한 계기는 마법적 세계에 대한 환멸과 이전 세계의 주술을 능가하는 전지전능한 위력을 지닌 근대에 대한 절대적인 '신앙' 심이다. "형제 중 가장 체격이 좋고 잔병 한 번 치른 일 없는 건강체였"던 화자의 아버지가 어느 날 갑자기 맹장염으로 "데굴데굴 구르는 것을 할아버지는 당신의 약방문에 의한 생약 한약 등으로만 다스리고, 할머니는 무당집에서 푸닥거리를 하는 사이에 마침내 기지사경에 이르"른다. 뒤늦게 개성으로 달려가 수술을 했지만 죽음에 이르고 만다. 이 경험은 화자의 어머니를 근대에 대한 주술적 신앙의 길로 이끈다. 화자 어머니의 신앙체계에 따르면 서울, 근대는 곧 진, 선, 미이며 박적골, 전근대는 '무지몽매', 악, 추이다. 근대화에 대한 이 맹렬한 신도는 이 신앙을 모든 사람에게 전파하고자 하며 그것이 여의치 않자 자신의 아들과 딸을 서울이라는 메시아의 땅으로 이끈다. 주변 사람들이 만류하자 화자의 어머니는 딸의 종종머리를 "싹뚝 잘라냈을 뿐 아니라 뒤를 높이 치깎고 뒤통수를 허옇게 밀어버리는", 다시 말해 박적골의 공동체적 질서와 더이상 조화를 이룰 수 없는 신체적 변형을 가하는 결단을 통해 자신의 의지를 관철시키며, 결국 어린 화자는 어머니 손에 이끌려 박적골이라는 낙원을 떠나게 된다.

『마당 깊은 집』의 어머니 역시 마찬가지이다. 그녀는 아버지가 떠난 집안의 장자에게 가혹할 정도로 생활인이 될 것을 강요한다.

> 길남아, 내 말 잘 듣거라. 너는 이제 애비 없는 이 집안의 장자다. 가난하다는 기 무슨 쥔지 그 하나 이유로 이 세상이 그런 사람한테 얼매나 야박한지 니도 알제? 난리를 겪으며 배를 철철 굶을 때, 니가 어렸기로서니 두 눈으로 가난 설움이 어떤 긴줄 똑똑히 봤을 끼다. 오직 성한 몸뚱이뿐인 사람이 이 세상 파도를 이기고 살라 카모 남보다 갑절은 노력을 해야 겨우 입에 풀칠을 한다. (……) 길남아, 그 팔십환으로 신문을 받아서 팔아봐라. 돈을 얼매만큼 벌이는 기 문제가 아니라 니 힘으로 돈 벌이를 해보모 돈이 얼매나 귀한 줄 알 수 있을 끼다. 이 세상으 쓴맛을 알라 카모 그런 경험이 좋은 약이 될 테이께. 초년 고생은 돈을 주고도 몬 산다는 속담도 있다……(『마

당깊은 집』)

이러한 어머니들에게 생존이나 생활 이외의 것은 모두 잉여이며 사치이다. "가난한 어머니의 관심사는 오로지 먹는 일과 직결된 실질적인 것들뿐이었다. 당장 호구지책이 다급한 터에, 영화 구경이란 너무도 가당찮은 일이었다. 어머니의 애옥 살림에는 취미·오락 같은 것이 끼어들 여지가 없었"(『지상에 숟가락 하나』)던 것이다. 또한 어머니들에게 지독한 고통만을 안겨준 사회적 이념이나 현실을 변혁하려는 의지는 "맹탕 헛것"(김소진, 「쥐잡기」)일 뿐이며, 그것을 위한 행동은 단지 "개 칠 몽둥이도 없는 집구석에서 무슨 넘나게스리 나랏일에 간섭을 하고 찡기고 한다는 건지……"(「쥐잡기」)라는 의미에 불과하다. 이러한 생활의 논리는 어떻게 보면 목적 없는 합목적성의 세계이며 동시에 인간만의 가치를 부정하는 생존의 논리처럼 보이기도 한다. "나 빼놓고 다 망해라"(채만식, 『태평천하』) 혹은 "너희들도 돈을 벌어야 하느니라. 사회니 무어니 하고 떠들어도 결국 돈 가진 놈의 놀음이야. 다 소용없어! 그저 돈이다."(이기영, 『고향』)라는 것과 닮아 있는 이 정신적 동물왕국의 논리는 편모슬하의 아이들을 힘겹게 한다. 그래서 편모슬하의 아이들은 종종 "나는 그만 암담해져 빨리 늙은이가 되어 나에게 기대를 거는 모든 이들의 시선으로부터 무관심의 대상으로 남고 싶"(『마당깊은 집』)은 충동에 휩싸이거나, 아니면 거세공포를 느끼기도 한다. (가령 김원일의 『마당깊은 집』에 수록된 「깨끗한 몸」을 보라. 어머니의 손에 이끌려 '여탕'으로 들어서면서 어린 김원일은 자신이 거세될 것 같은 공포를 느낀다.)

하지만 이 생활의 논리가 엄한 어머니들이 아이들을 양육하는 논리의 전부는 아니다. 이 어머니들에게는 "평소에는 드러나지 않고, 노동복인 갈옷 속에 내밀히 숨겨진 아름다움"(『지상에 숟가락 하나』) 같은 것이 분명 존재하는 것이다. 이 어머니들의 숨겨진 기품과 정신과 교양은 삶의 전면에 포진해 있는 생활의 논리와 지나치게 모순적이어서 한편으로는 비아

냥거리가 되기도 하고 또 한편으로는 아들/딸들을 숙연하게 하기도 한다.

엄마는 기생 바느질이나 하면서도 근지만 따졌다. 근지가 뭔지 잘 모르지만 신여성보다 쉬웠다. 시골에서 행세깨나 하는 집안, 체면 존중하면서 살아온 우리 집안의 생활방식을 말한다는 걸 대강 눈치챌 수가 있었다. 나도 내가 살던 생활방식이 그리웠고, 내가 이 동네 아이들하고는 다르다는 느낌 때문에 그 뜻이 알기가 쉬웠는지도 모른다. 그러나 엄마는 왜 저럴까? 하고. 자기가 하는 일은 무조건 다 옳다고 믿는 엄마를 은근히 한심하게 여길 꼬투리가 되기도 했다. 시골에 두고 온 우리의 뿌리와 바탕을 자랑스러워할 때의 엄마는 시골 와서 식구들에게 자기의 서울 사람됨을 은근히 과시하며 으스댈 때하고 똑같았기 때문이다. 시골선 서울을 핑계로 으스대고, 서울선 시골을 핑계로 잘난 척할 수 있는 엄마의 두 얼굴은 나를 혼란스럽게도 했지만 나만 아는 엄마의 약점이기도 했다.(『그 많던 싱아는 누가 다 먹었을까』)

이러한 자기 모순적인 삶을 살면서도 어머니는 언제나 확신에 차 있으며 이 모순투성이인 자신의 가치관을 아들/딸에게 강요한다. 따라서 언표된 말과 표현된 내용의 일치를 꿈꾸는 어린 아들/딸들은 당연히 혼란에 빠지며 나중에는 은근히 어머니를 멸시하게 된다. 어린 아들/딸들의 어머니에 대한 환멸감은 어머니가 설정한 금기를 일부러 위반할 정도로 강렬하다. 이러한 어머니에 대한 환멸감은 사실은 당시 사회를 운영하는 원리 전반에 대한 혐오감임은 물론이다. 어린 아들/딸은 어머니의 이중적인 태도를 통해 근대라는 사회의 비인간적 요소, 그리고 그런 근대화를 추진하는 주체들의 모순적인 태도를 막연하게 마나 읽어낼 수 있었고, 그래서 어린 아들/딸은 그것과는 다른 세계를 꿈꾼다.

하지만 어린 아들/딸들은 여러 대목에서 자기 모순적이라고 믿었던 어머니들의 놀라운 변신 혹은 숨겨진 면모를 발견한다. 예컨대 『그 많던 싱아는 누가 다 먹었을까』의 작중화자는 뜻밖에도 내용과 형식이 분리된 삶의 소유자라고 믿었던 어머니가 자신이 욕망의 매개자로 설정하고 숭배했던 오빠라는 존재가 지니는 의미를 누구보다도 먼저 발견하고 끝까지 옹호하는 모습을 확인하게 된다. 『마당깊은 집』의 작중화자 역시 어머니에게서 억센 생활의 논리만이 아니라 보다 어려운 이웃을 감싸안는 훈훈한 인정이 있음을, 그리고 자신에 대해 억제된 애정을 확인하게 된다.

뿐만 아니라 이 아들/딸들은 어머니의 논리가 자기 모순적인 속물의 논리만이 아닌 어떤 중요한 삶의 지혜가 담겨져 있다는 것을 새삼 느끼게 된다. 아들/딸들은 어머니가 무엇보다도 '가족'이라는 테두리만을 속물적으로 지키고자 한다고 판단하고 그에 대한 거부감을 표현하나 정작 이 염원이 단순하지가 않음을 발견한다. 즉 아들/딸들은 '가족'을 지키고자 하는 어머니의 염원과 생활의 논리가, 합리성 이전의 사유이자 합리성 이후의 사고이고, 역사적 사고 이전의 현실인식이자 역사적 경험을 총괄한 현실인식이며, 극복해야 할 어떤 것이면서 본받아야 할 어떤 것이라는 양면성을 띠고 있음을 확인하는 것이다. 한국근현대사란, 거칠게 단순화하자면, 노예상태를 벗어나 자유의 왕국으로 도약하려는 발돋움이 있었으나, 단 한 번도 그 햇불이 타올라 전 세상을 밝히지 못했고 역사의 질적 비약이 감행되지 못한 역사였다. 또 역사를 바로잡으려 했던 지식인들은, 그 이념을 올바른 실천과 연결시켜 뿌리박은 자들의 삶에 기여하기는커녕, 오히려 고통만을 안겨주지 않았던가. 결국 아들/딸들은 자신의 어머니들이 생활인의 논리를 강조한 것은 속물이기 때문이 아니라 역사의 중요한 한 측면을 총괄한 것이며, '가족 지키기'라는 모럴 역시 전근대적 의식만이 아닌 철저하게 계산적인 가치를 넘어설 수 있는 중요한 모럴임을 확인케 되는 것이다.

편모슬하의 아이들은 이러한 과정을 거쳐 성년의 단계에 접어든다. 그들은 그렇게 꿈과 현실, 이념과 생활세계, 대의명분과 생의 본능적 인식이라는 두 축 사이에서 갈등하고 방황했다. 그리고 이념을 좇다 지금은 집으로 돌아오지 못하는 아비를 증오하고 때로는 그리워하면서 자식들에게 생활세계의 엄정함을 가르쳤던 어머니를 이해하게 되면서, 그들은 한국의 근대사를 누구보다도 본질의 가까이에서 읽어내는 존재들이 된다. 꿈과 현실 중 어느 하나만을 배타적으로 고집할 경우 그 집착은 수많은 사람들의 삶을 공포로 몰아넣을 수 있으며, 또한 이념과 생활세계, 이상과 현실, 욕망과 당위 중 어느 하나를 배타적으로 추구할 경우 그것은 곧 인식의 광기 혹은 광기의 인식으로 전락할 가능성이 높다는 사실을 그들은 아주 일찍부터 감지하고 깨달으며 성년이 된 것이다. 그들은 우리의 현대사에서 '내용과 형식을 일치시키는 삶'의 중요성을 누구보다도 잘 알고, 또이 이율배반적인 역사에서 선과 악, 진보성과 악마성이란 결코 단순하게 판별되어서는 안 된다는 사실을 감각적으로 체득하게 되었다. 그래서 그들은 한 인간의 삶을 재구성하기 위해서는 그 인간의 사소한 표정 하나까지를 읽어내고 종합해야만 그 인간의 실상에 접근할 수 있다는, 다시 말해 자신의 개념을 고수하는 대신 자신의 내부세계를 낯선 외부세계에 끊임없이 유사하게 하려는 미메시스 정신의 소유자들이 되었고, 그들의 문학은 한국근대문학을 한껏 풍부하게 한 원동력이 된다.

5. 또하나의 성장, 한국문학의 새로운 가능성

이제까지 우리는 한국 근대문학사에 등재된 세 가지의 성장과정을 살펴본 셈이다. 이를 통해 우리가 확인할 수 있었던 것은 한 개인이 진정한 의미의 성년의 단계로 접어들기 위해서는 결국 자신의 고유한 영혼을 증명하려는 용기와 결단이 필요하다는 점이다. 타자들이 만들어놓은 실존의 그늘은 자기의 고유한 삶은 없을지라도 평온한 마음의 안정을 가져다주며, 그래서 대부분의 사람들은 그늘에서 쉬고 싶은 욕망을 떨치기 힘들다. 한 개인이 자신이 지닌 영혼(본질)의 고유함을 증명한다는 것은 이 마음의 안정을 거부하는 일이다. 이 작업은 전체에 대한 혼돈된 표상으로부터 다양한 규정들과 관계들의 풍부한 총체성으로의 여행, 다시 말해 타성의 삶을 넘어서서 세계를 자기화하고 자기를 세계화하는 과정이 수행될 때 가능하다. 결국 자신의 고유한 본질을 발견하고 실현한다는 것은 곧 세계 속에서의 자신의 위치를 밝혀내는 일이다. 하지만 이 길은 우회로이며 시계가 불투명한 길이다. 바로 이 때문에 인간은 길을 잃거나 중도에서 멈춰버릴 가능성이 높다.

길을 잃지도 않으며 중도에서 여행을 멈추지도 않을 때 세계 속에서 자신의 고유한 본질을 발견할 수 있다면, 이때 중요한 것은 이 여행을 중단하지 않게 하는 어떤 동력일 터이다. 루카치는 이 동력으로 마성적인 것 (the demonic)을 설정하거니와, 우리는 이 마성적인 것을 저주받은 영혼, 절대적인 공포의 기억, 헛것에 대한 불가해한 동경 등으로 환치시킬 수 있을 것이다. 한 개인의 내면성이 지니는 고유한 가치를 알아보려는 모험은 이미 존재하는 제도나 보편성이 더이상 나의 꿈(경험)을 충족시켜주지 못한다는 사실을 확인할 때 이루어진다면, 현재 인간의 삶을 규정하는 사회적 내용과 형식으로 인해 죽음의 공포를 맛보았거나 삶의 생동성이 깨어지는 경험을 했던 자들만이 삶의 타성, 자기 기만에서 자유로울 수 있는 것이다. 결국 한 작가의 삶이 불우할 때, 대다수의 사람들이 관심조차 가지지 않는 대상에게서 찰나적인 경이와 죽음의 공포에 전율할 때, 그 작가는 자신의 고유한 영혼을 증명하기 위한 여행을 중도에서 포기하지 않고 끝까지 관철시키게 되는 셈이다. 절대적인 공포의 기억은 찰나적이지만 강렬하여 영원히 지워지지 않으며, 또 그것은 지성이나 합리성 혹은 이미 존재하는 보편적인 담론으로 설명되지 않기에 만약 그 경험을 어떠한 인과틀에 의해서라도 설명하지 않으면 자신의 삶은 말 그대로 무화되기 때문이다.

그러나 현대라는 일상성의 시대 혹은 안정성의 시대는 인간의 삶에서 마성적인 경험 기억 운명 등을 점점 더 자리할 틈이 없도록 한다. 하여 이제 많은 사람들은 자신의 영혼이 지니는 고유함을 증명해야 할 필요성을 느끼지 않으며, 힘겹게 시작했다 하더라도 중도에서 포기하는 경우가 많다. 그런 와중에서 최근 들어, 특히나 90년대 접어들어 자신의 영혼이 지니는 고유함을 증명하기 위해 이 힘겨운 여행을 떠나는 부류들이 등장하기 시작했다. 여성이라는 타자들이다. 그녀들은 기존의 성장의 기록이 자신들의 내밀하면서도 힘겨운 성장의 과정을 포괄하지 못한다고 믿는다. 즉 서구라는 모범적인 세계를 이상향으로 설정하고 그것에 근사(近似)한 정도를 곧 발전, 진보라고 명명하고 그 길을 좇는 근대적 주체의 성장의 기록에서 그녀들은 의미 있는 성찰을 읽어내는 것이 아니라 천재적인 은폐를 발견한다.

오빠의 매질은 무서웠다. 오빠는 작은 폭군이었다. 아버지가 떠난 이래 오빠는 은연중 가장의 위치로 부상했고, 더욱이 어머니가 읍내 밤집에 나가게 되면서부터, 그리고 수상쩍은 외박으로 우리에게서 비켜서고 있음을 시사하자 오빠는 암암리에 대행가장의 위치를 수락했음을, 공공연히 자행되는 매질로 나타냈다.(오정희, 「유년의 뜰」)

나는 인생을 몰랐지만 엄마처럼은 절대로 되지 않으리라는 결심만은 이미 확고했다. 엄마처럼 산다면 살아볼 필요도 없으며 심지어 자라볼 필요조차 없을 것이었다.
내 결심도 모르는 채 엄마는 내가 맏딸 노릇을 하지 않는다고 욕을 퍼부어댔다. 그러나 어떤 핍박을 받는다고 해도 나는 절대로 맏딸 노릇을 받아들이지 않을 작정이었다. 맏딸이란 내 의지로 된 일이 아니었고 엄마가 줄줄이 동생을 두어서 된 일이니 나로선 거부할 자유가 있었다. 나는 아무도 몰래 일기장에 썼다.
'나는 공주처럼 살 테야.' (전경린, 「안마당이 있는 가겟집 풍경」)

이상은 이제까지 성장의 기록에서 쉽게 볼 수 없는 장면들이며 또한 심각하게 고려되지 않았던 사안들이다. 이는 이제까지의 성장을 다룬 기록들이 여러 다양한 개념을 통해 우리의 세계 내적 위치를 어느 정도 객관화시켜온 것이 사실이지만, 다른 한편으로 그 개념을 유지하기 위해 또다른 것들의 삶에 대해서는 무관심했다는 점을 선명하게 보여준다. 아니, 무관심한 정도가 아니라 배제했다고 해야 하리라. 그렇게 우리 문학이 여성, 죽음(혹은 인간의 유한성), 자연, 비서구적인 사회의 전통과 역사를 배제해왔다면, 드디어 여성들이 자신들의 성장의 기록을 쓰게 된 것이다. 이러한 역사적 맥락 속에서 90년대의 여성들의 성장과정은 진보라는 신화에 의해 당연하게 여겨졌던 근대적인 기획과 제도들이 안고 있는 여러 모순을 날카롭게 드러냄과 동시에 그 제도들에 의해 억눌렸던 인간의 복잡하고도 미묘한 실존을 섬세하게 포착해내기 시작했다. 다시 말해 그녀들은 자신들의 성장의 과정을 기록하면서 기존의 보편성에 의해 철저하게 유폐되고 배제되었던 삶의 다양한 표정들을 읽어내려는 치열한 부정의지를 보였고, 90년대 여성작가들의 두드러진 활동은 바로 이 치열한 부정의지의 필연적이고도 소중한 결실이라 할 수 있다.

아직 객관적인 거리가 충분치 않아 여성의 성장에 대해 말하기는 이른 듯하다. 그러나 분명한 것은 그녀들의 성장에 대한 기록은 우리가 지니고 있던 고정관념이 얼마만큼 많은 것들을 고려하지 않은 상태에서 형성된 위험천만한 것인지를 밝혀주기에 모자람이 없다는 사실이다. 따라서 그녀들의 성장에 대한 기록은 우리를 좀더 인간적 실상에 가까이 다가서게 할 것이며, 이 여성들의 성장 기록이 한국 근대문학사에 네번째의 의미 있는 성장 유형으로 등재될 것이다. 아니, 이미 등재되어 있는 것인지도 모른다. 하여간 20세기의 마지막 연대에 집중적으로 씌어지고 있는 여성의 성장에 대한 기록은 인간 전체의 보다 인간다운 삶을 위한 의미 있는 성찰로 이어질 가능성이 높으며, 우리는 그렇게 그녀들의 성장 기록을 읽으며 21세기를 맞이해도 좋을 것이다. (1999년)

개념에의 저항과 차이의 발견
—박완서 초기 소설에 대하여

나는 너무나 많은 첨단의 노래만을 불러왔다
나는 정지의 미에 너무나 등한하였다
—김수영, 「서시」 중에서

1. 이론에의 저항, 혹은 박완서 문학의 기원

우리는 너무 "첨단의 노래"만을 불러왔다. 그래서 전통적 규범의 업적이나 생명력은 감안하지 않고 첨단의 담론체계·제도·내러티브 등을 이식해오기에 바빴다. 그렇게 우리는 전통적 규범을 모두 지워내고 그 자리에 선진 자본주의의 제도는 물론 내러티브, 개념까지를 이식하려 했다. 하지만 기존의 것에 대한 특수한 부정이 아닌 전면적인 부정은 곧 무기력한 부정이다. 보편적인 것과 전통적인 것을 길항시켜 보다 의미 있는 사회적 내용과 형식을 창출하지 않는 한, 기존의 규범은 어떻게든 더 강한 생명력을 유지한다. 첨단의 삶에 대한 지나친 경사는 첨단의 삶과 전통적인 세계를 공존시키는 역설적인 결과를 낳는다.

이러한 상황에서도 우리는 새로운 삶의 양식, 전 지구적 자본주의 현상에만 주목했다. 전 지구적 자본주의라는 플롯에 어긋나는 현상들은 논의

에서 제외되었고, 동시에 전통적인 것과 보편적인 것을 의미 있게 병존시
키려는 모든 노력도 무의미한 것으로 규정되었다. 삶의 한 징후를 곧 본질
로 읽었고 그것만을 주관과 객관을 연결하는 절대적인 인과율로 설정했
다. 즉 우리는 우리의 삶이 보편세계와 마찬가지로 자본주의적 플롯에 의
해 유지된다는 문제틀을 유지하기 위해 온갖 현상들을 적이나 지지기반,
혹은 사물과 도구로서만 만났던 것이다. 첨단의 노래를 위해 우리는 개념
을 주인공으로 떠받들었고 인간을 기호로 전락시켰다. 한마디로 개념을
위해 인간을 수단으로 다루었으니, 이러한 이성의 파괴 행위는 광기의 전
쟁의 중요한 요인이 되기도 한다.

　하여, 근대 이후의 한국문학은 보편세계와 우리의 특수한 사회 사이에
존재하는 차이를 읽어냈어야 했다. 하지만 우리 문학은 이 차이를 주목하
지 않았다. 다시 말해 보편적 내러티브와 토착적 내러티브가 서로 뒤엉켜
만들어내는 그 복잡한 사회상에 아무런 관심도 두지 않았던 것이다. 서구
보편세계를 완전무결한 이상적인 세계로 대신에 자신의 사회는 폐기처분
해야 할 전통으로 가득 찬 사회로 규정한 채, 맹목적으로 전 지구적 자본
주의라는 플롯에만 집착했다. 그 결과 근대 이후의 한국문학은 현실과 이
상, 현상과 본질, 과거로부터 이어져 내려온 전통과 다가올 미래 사이에서
어떤 의미 있는 병존형식을 발견하는 대신에 완전무결한 이상적인 보편
세계와 편협한 민족적 전통(혹은 추악한 한국사회)의 비교라는 대단히 제
한되고 왜곡된 변증법만을 행했다. 해서 근대 이후 한국문학은 내내 "말
하려는 것과 그리려는 것의 분열"(임화, 「본격소설론」)을 느꼈으며 이 분
열을 결단(혹은 금욕적 집중)과 환멸로 해소하려 했다. 즉 근대 이후 우리
문학은 식민지 권력에 의해 강제적으로 진행된 우리 근대화가 빚어낸 어
떤 특수성에 대해 그리 큰 관심을 갖지 않았고 이후에도 사정은 마찬가지
였다. 보편적 세계와 우리의 사회에서 확인할 수 있는 차이에 대한 무관심
은 이처럼 근대 이후 한국문학의 장(場)의 구조를 이루었으며, 이 장의 구
조는 현재에도 존속되고 있다.

박완서는 근대 이후 한국문학의 장의 구조에 일대 충격을 가한 바로 그 작가이다. 박완서의 주된 관심 영역은 근대 이후 우리 문학사가 아직 개념화시키지 못한 것, 그러니까 보편세계와는 구분되는 우리 사회의 특수성이다. 그래서 박완서는 복잡하게 흩어져 있는 온갖 현상들을 위계질서화하고 총체화하는 보편적인 개념을 경이의 시선으로 바라보기보다는 그 개념(혹은 그 개념의 위계질서)이 행하는 천재적인 은폐를 항시 예의 주시했고, 그를 통해 개념에 은폐된 사실들의 봉기를 유도해내어 결국은 우리네 삶을 가장 밀도 있게 형상화한다. "망가지고 흩어진 걸 복원하는 데 있어서 제 조각을 찾으려는 노력 없이 딴 조각으로 메운 걸 진정한 복원이라고 볼 수 있을까. 설사 그 딴 조각이 금(金)이라 해도 말이다"(「복원되지 못한 것들을 위하여」). 이처럼 박완서는 개념 혹은 담론체계를 앞세운 사실의 취사선택이 아닌 소여적 조건의 면밀한 관찰 이후에 행해진 추상화를 중요시하거니와, 그를 통해 우리가 경험하고 느끼고 바라보는 바로 그 삶을 생동감 있고 구체적으로 표현한다.

선험적인 이론에 대한 저항의식과 사실의 복원 의지로 요약할 수 있는 이러한 박완서의 작가의식을 우리는 미메시스 정신이라고 부를 수 있으며, 이 미메시스 정신이야말로 박완서 문학을 위대하게 한 원천이다. 박완서는 여느 작가와는 달리 서구적 담론체계라는 절대적인 존재에 스스로 굴복하는 데서 누리는 평온하고 안정된 마음을 끝끝내 거부한다. 그리고 그 순간 우리 문학사에서 어느 누구도 깊이 있게 성찰하지 못했던 현실, 바로 우리의 역사를 발견한다.

엄마는 기생 바느질이나 하면서도 근지만 따졌다. (……) 그러나 엄마는 왜 저럴까? 하고, 자기가 하는 일은 무조건 다 옳다고 믿는 엄마를 은근히 한심하게 여길 꼬투리가 되기도 했다. 시골에 두고 온 우리의 뿌리와 바탕을 자랑스러워할 때의 엄마는 시골 와서 식구들에게 자기의 서울 사람됨을 은근히 과시하며 으스댈 때하고 똑같았기 때문이다. 시골선 서울을 핑계로 으스대고, 서울선 시골을 핑계로 잘난 척할 수 있는 엄마의 두 얼굴은 나를 혼란스럽게도 했지만 나만 아는 엄마의 약점이기도 했다.(『그 많던 싱아는 누가 다 먹었을까』)

박완서만이 그려낼 수 있는 위와 같은 장면은 왜 상징이 사실보다 오랜 생명력을 유지할 수 있는가를 단적으로 보여준다. 그만큼 박완서가 어린 화자를 빌려 말하는 "시골선 서울을 핑계로 으스대고, 서울선 시골을 핑계로 잘난 척할 수 있는 엄마의 두 얼굴"이라는 상징은 근대 이후 한국 사회의 특성을 가장 정확하게 드러내는 표현이라 할 만하다. 우리의 근대화는 서구제도의 일방적인 이식에 의해 진행되었으나, 그렇다고 전근대적 의식이나 제도를 극복해낸 근대화는 아니었다. 그래서 우리 사회는 어느 곳은 자본주의적 플롯과 형식에 의해 운영되며, 또다른 곳은 혈연 지연 학연 등 전근대적 질서에 의해 지탱된다. 하여, 이곳의 사회 구성원들은 사회적 형식과 사회적 내용, 보편적 내러티브와 전통적 내러티브, 대의명분과 생존본능, 공공영역과 사적 세계 사이의 극심한 분열을 경험하며, 또한 이 양자들의 일관성 없고 자의적인 관련으로 인해 모든 사회구성원들은 냉철한 실용주의자가 되거나 상대주의자가 된다. 즉 자신의 고유한 가치를 증명하는 대신에 타자들의 가치에 자신을 끼워맞추거나 주위의 여건에 따라 자신의 모습을 천재적으로 변모시키는 연극적인 자아 혹은 철저한 속물근성의 소유자로 살아가는 것이다. 자본주의적 플롯의 강제적이고도 불완전한 이식을 통한 근대화는 지금, 이곳의 존재들에게 위선, 위악, 내적인 필연성 없는 변신의 삶을 강요했던바, 박완서는 이러한 정황을 "엄마의 두 얼굴"이라는 뛰어난 상징으로 포괄한다.

박완서 특유의 서기관 정신은 제도의 이식을 통한 근대화가 발생시킨 또하나의 중요한 역사적 요소를 포착한다. 이성의 광기이다. 박완서는 자본주의적 제도와 함께 흘러들어온 보편적 내러티브와 그 보편적 내러티브에 대한 종교적 집착이 결국은 사실을 왜곡하고 존재들의 자기 의식 실현

과정을 철저하게 제한하는 등의 인식상의 폭력을 초래했다고 파악한다.

> 그때의 우리의 곤경은 6·25라는 커다란 민족적 비극 속의 한 작은 단위
> 에 불과했지만 중산층이 모여 사는 점잖은 동네의 인심의 간사함, 표리 부
> 동성과도 불가분의 관계가 있었다. (……) 그만큼 그는 지조를 최고의 이상
> 으로 삼는 선비기질을 간직하고 있었고, 그런 선비기질이 목적을 위해 수
> 단을 안 가리는 좌익사상의 본심(本心)을 참을 수 없는 데서 그의 갈등은 불
> 가피했다. (……) 살기 위한 방편으로서의 변신이란 생각조차 하기 싫은
> 그의 인품이기에 더욱더 국민을 듣기 좋은 말로 달래 적 치하에 팽개치고
> 저희끼리 뺑소니친 꼴이 된 정부에 대한 원망도 컸다. 원망과 불신, 불안,
> 그리고 고독으로 그는 날로 정신이 망가져갔다.(「엄마의 말뚝 2」)

박완서는 한국전쟁의 기원으로 지금, 이곳을 살아가는 존재들의 "표리
부동성"과 더불어 "목적을 위해 수단을 안 가리는 좌익사상"을 주목한다.
현실과 인간을 떠난 서구적 담론체계에 대한 맹신과 그 담론체계를 강압
적으로 이식하려는 의지는 해방 후 드디어 물리적인 힘을 획득하기 시작
했으며, 이러한 이성의 광기는 급기야 연극적 자아들에게 처참한 악역까
지를 떠맡김으로써 한국전쟁은 그야말로 모든 사회구성원들의 정신을 망
가뜨리는 가장 비극적인 사건이 되었다는 것이다. 이렇게 박완서의 '목적
을 위해 수단을 가리지 않는'이라는 표현은 한국의 근대적 지성에 숨어
있던 광기를 정확하게 포착하고 있으며, 이러한 박완서의 역사적 종괄은
한국전쟁 전반에 대한 새로운 성찰이자 동시에 놀랍도록 설득력 있는 가
설이라 하기에 충분하다.
박완서 특유의 서기관 정신은 박완서 소설의 특성과 문제성을 구성하
는 중요한 원천이다. 사실에서 출발하지 않은 이성은 곧 광기의 이성으로
전락한다는 한국근대사에 대한 박완서 특유의 경험과 통찰은 박완서에게
자본주의적 플롯, 개념, 내러티브의 이식으로 진행된 근대화가 초래한 두

가지 비극적 요소(연극적 자아, 이성의 광기)를 정확하게 포착하게 하거니와 동시에 서구적 내러티브를 통한 현실 규정과 판단을 극도로 경계하게 한다. 개념에 대한 불신은 박완서를 어떤 개념을 매개로 한 현실적 파악이나 판단을 정지하도록 이끌며, 이러한 현상학적 환원을 통해 박완서는 생활세계에 대한 관심으로 나아간다. 박완서 특유의 생활세계에 대한 꼼꼼한 묘사는, 워낙 생활영역 깊숙한 곳에서 은밀히 작동하고 있어서 보편적 내러티브에 대한 관심만으로는 포착되지 않는 근대 이후 우리 역사의 핵심적인 요소(연극적인 자아, 이성의 광기 등)를 발견하고 드러내는 가장 최적의 소설적 방법인 것처럼 보인다. 즉 박완서는 어떤 개념을 앞세우는 대신에 지금, 이곳을 살아가는 존재들의 생활 현장 속에서 그들이 내세운 명분과 실제 의도, 형식과 내용, 오늘과 어제, 낮과 밤, 공공 영역과 사적 공간을 철저하게 비교 대조 유추함으로써 우리 삶에 작용하는 이질적인 여러 사회 구성요소를 정확하게 읽어내는 것은 물론 여러 이질적인 요소들을 변증법적으로 지양시켜나갈 수 있는 잠재적인 가능성까지를 포착해내는 것이다. 이것은 우리 소설사에서 박완서 소설만이 보여주는 어떤 경지이자 박완서 문학의 가장 위대한 성과이다.

박완서가 이러한 경지에 한달음에 오른 것은 물론 아니다. 금빛으로 화려하게 빛나는 담론체계들 속에서 버려진 사실들을 홀로 중요한 것으로 받아들이는 일은 쉽지 않았을 것이며, 또 근대 이후 한국문학의 장의 구조가 어렵사리 찾아낸 연극적 자아와 이성의 광기를 다만 사소하고 의미 없는 것이라고 유혹했을 것이다. 이 유혹을 견딜 수 있었던 것은 박완서 자신이 자신의 경험내용 혹은 시대적 정황을 놀라울 정도로 생생하게 기억하고 있었기 때문이며, 기억과 사실을 토대로 특수한 한국역사를 성공적으로 서사화할 수 있었기 때문이다. 그렇다면 박완서를 말하기 위해서는 박완서가 어떤 과정을 통하여 수많은 담론체계들이 행하는 천재적인 은폐 속에서 자신의 기억, 경험했던 사실들을 되찾으며 또 그것들의 의미를 복원해내는가가 충분히 고려되어야 할 터이다.

그럼 박완서는 어떤 과정을 통해 자신만의 진리내용에 도달하는가. 박완서의 초기 단편소설을 통해 그 과정을 되짚어보고자 하는 것, 이것이 이 글의 출발점이자 또한 궁극적인 목적지이다.

2. 일상성, 욕망하는 기계들의 왕국

박완서 소설의 예외적인 성격, 곧 문제성은 박완서의 초기 소설에서부터 나타난다. 박완서 초기 소설의 예외적인 성격은, 이는 거대한 역사적 격랑을 헤치고 난 뒤늦은 나이에 등단했다는 것과 관련이 깊은 것이겠지만, 박완서 소설의 역사철학적 기반이 바로 낭만적 아이러니 상태라는 것. 다음을 보자.

> 너도 결혼을 해야지. 처자식만 알 착실한 남자하고. 어느 날 어머니가 그랬다. 나는 어머니의 그 말에 대번에 동의했다. 처자식만 아는 착실한 남자라는 말이 내 마음에 쏙 들었다. 처자식의 먹이를 벌어들이는 것 외에는 자기가 속한 사회에 섣불리 참여하지도 저항하지도 않는 남자, 그런 뜻이 아니겠는가. 그런 남자가 좋고말고. 그리고 나는 왠지 그런 남자와 결혼함으로써 오빠와 아버지에게 복수라도 하는 기분이었고, 무엇보다도 사는 일에 지쳐 있었다. (……) 처자식만 아는 남편, 많은 아이들, 그래도 나는 행복하지 않았다.
> 사는 게 매가리가 없고 시들시들하고 구질구질하고 답답하고 넌더리가 났다. 사는 즐거움, 나는 흥미를 받아들이는 감수성이 마치 망가진 용수철처럼 매가리가 없이 풀려 있었다.(「부처님 근처」)

박완서는, 위의 인용에서 볼 수 있듯, 작가로서의 출발점부터 부조리한 세계와 싸우는 것이 대단히 절망적이라는 전제에 서 있다. 박완서는 자기가 속한 사회에 섣불리 참여하거나 저항하는 행위는 한 주체를 죽음으로 몰고 갈 뿐만 아니라 이러한 죽음에도 불구하고 부조리한 세계는 조금도 개선되지 않는다는 사실을 이미 확인하고 있다. 그리고 부조리한 현실과 타협하는 것은 더욱 불가능하다는 사실도 깨닫는다. 결국 박완서는 거대한 현실과 싸움을 벌이는 것은 승리할 가능성이 없다는 절망과 그 싸움을 포기함으로써 경험한 더 큰 절망 사이에 서 있게 된다. 이러한 이중적인 절망 상태, 혹은 낭만적 아이러니의 상태에서 박완서의 소설은 씌어지며, 그래서 박완서의 소설은 루카치가 말한 성숙한 존재의 멜랑콜리가 깃들여 있다. 이러한 이중적인 절망 상태라는 역사철학적인 자리에서 씌어진 소설은 우리 문학사에서는 대단히 예외적이다. 한국소설의 대부분은 현실이라는 감옥에 갇히는 것은 곧 죽음이라는 하나의 절망만을 문제삼는 적극적인 주인공들의 모험이거나, 아니면 두 개의 절망을 표현했다 하더라도 주인공의 길을 한 발 앞장서 나아가는 신의 분위기가 워낙 짙게 드리워져 있어 성숙한 상태의 멜랑콜리라는 정조와는 거리가 멀다. 다시 말해 근대 이후 한국소설은 보편적 내러티브의 실현 가능성에 대해 절대적인 믿음을 보였으며, 따라서 대부분의 소설들은 현실에 대한 정밀한 탐사도 없이 확신에 찬 개인적 모험을 거듭 감행해왔다고 할 수 있다. 이에 비해 박완서는 거친 역사적 격랑을 헤쳐나오면서 교활한 현실의 전지전능함과 싸우지 않는 삶의 무의미성을 누구보다도 절실하게 깨달은 작가인 것이다. 이로 인해 박완서만의 고유한 정조를 확보하게 되니, 이것이 바로 박완서 초기 소설이 보이는 예외성의 근원이 된다.

박완서는 이처럼 자신의, 그리고 동시대인들의 삶을 타락한 현실과 싸우는 문제적인 개인이 아닌 그것을 포기한 존재들의 삶으로 규정한다. 따라서 박완서의 초기 소설은 당연하게도 현실과 맞서는 문제적인 개인의 희망과 절망을 서사화하기보다는 삶의 타성에 안주함으로써 자초한 더 큰 절망을 집중적으로 묘사한다. 박완서의 초기 소설에서 현재의 거대한 담론체계에 순응하는 존재들이 경험하는 절망의 가장 핵심적인 내용으로 주목하는 것은 삶의 반복 가능성과 대체 가능성 그리고 사물화(사물의 주인공화와 인간의 사물화)이다.

박완서 초기 소설의 주인공들은 하나같이 자신들을 둘러싼 환경과의 진정한 싸움을 포기한 자들이다. 친밀성, 안정성, 세속적인 의미의 행복 등은 어떤 목적에 도달하기 위한 수단이 아니라 목적 그 자체이다. 만약 자신의 삶의 목표에 걸림돌이 된다면 그들은 언제든지 자신들만의 고유한 가치라든가 자기만의 진리 등의 질적인 가치들을 밀어낼 준비가 되어 있다. 즉 그들은 양적인 가치에 의해 혹은 양적인 가치를 위해 그들의 질적인 가치를 포기하는 데 아무런 주저도 보이지 않는 존재들인 것이다. 그들은 친밀성 안전 등의 양적인 가치를 잃게 되면 모든 것을 잃으리라고 두려워하며, 따라서 이들은 이 양적인 가치에 주술적으로 집착한다. 그래서 그들이 세계의 논리를 자기화하면 할수록 그들의 영혼은 점점 더 비어 가지만, 그들은 괘념치 않는다. 박완서 초기 소설의 주인공들은 "흙 냄새와는 이질적인 도회의 훈향"(「어떤 나들이」 「주말농장」)에 매혹되기도 하고, 돈을 삶의 수단이 아니라 목적으로 숭배하는 사회적 분위기(「세모」 「맏사위」)에 압도당하기도 하고, 언제 "총구가 되어 내 아이의 가슴 향해 겨누어질지" 모르는 "시대의 횡포, 광기"(「부처님 근처」 「카메라와 워커」)를 피해서 현재의 담론체계가 강요하는 실존조건을 충실하게 받아들인다. 즉 자신의 고유한 가치를 철저하게 비워가면서 세계를 충실하게 자아화한다.

박완서의 초기 소설이 면밀하게 묘사하는 것은 바로 이 지점부터이다. 일방적으로 세계를 자아화했을 때 필연적으로 경험할 수밖에 없는 절망으로 박완서가 주목하는 것은 삶의 기계적인, 그리고 지긋지긋한 반복이다. 그들은 세계를 자아화하는 단계까지만 해도 비록 고통스럽지만 살아 움직인다. 그들은 자기의 고유한 가치를 포기하면서 어쩔 수 없이 회의의 과정을 거치기도 하고, 또 세계를 자아화하여 타락한 세계의 중심부로 올라서는 과정이 결코 쉽지 않기에 여러 고난을 넘어서기도 한다. 하지만 그들은 결국 자기를 비워낸 자아여야만 행복하게 살 수 있다는 확신 때문에 흔쾌히 자신만의 비교 불가능한 가치 차이 고유함 등을 포기한다. 하지만 그들은 자신들의 목표가 그들을 영원한 부자유의 상태로 전락시킨다는 사실을 뒤늦게 깨닫는다. 이 때문에 자신의 삶의 목표에 도달한 박완서 초기 소설의 주인공들은 하나같이 무력감에 빠진다. 이들은 자신만의 목표나 진리도 없이 집단이 만들어낸 자의적인 어떤 기준을 삶의 목표로 설정했던 존재들이므로 그 목표점에 도달한 순간 더이상 자기를 움직여나갈 터전을 찾아나서지 못하는 것이다.

이제 그들을 위협하는 것은 발전하고 있다는 뿌듯한 쾌감도 전락한다는 위기의식도 없는, 악무한에 가까운 기계적인 일상의 반복이며, 박완서는 이것을 타락한 현실에 순응하는 자가 경험하는 더 큰 절망의 내용으로 주목한다. 도시의 화려한 이미지에 영혼을 빼앗긴 한 여성의 일상사를 다룬 「어떤 나들이」는 박완서의 이러한 문제의식이 한눈에 드러나는 소설이다. 「어떤 나들이」의 주인공은 세계를 무반성적으로, 그리고 아무런 자의식도 없이 받아들인 존재이며, 그녀의 목표였던 도시라는 공간으로 편입한 이후 그녀의 삶은 권태 그것이다. 도대체가 그녀의 삶에는 어떤 변화도, 어떤 사건도 발생하지 않는다.

실상 생각할 거리란 일거리보다 더 아쉽다. 우선 저녁 반찬을 뭘로 할까 궁리할 필요가 조금도 없다. 김치와 두부찌개, 아침엔 콩나물국. 남편의 수입은 꼭 그 정도의 식단을 허용하고 가족의 식성 또한 내가 콩나물 찌개나 두부국을 끓이는 창의성을 발휘할 것을 용납하지 않았다.

나는 아무것도 근심하거나 걱정할 필요가 정말이지 조금도 없는 것이다.(「어떤 나들이」)

이렇게 아무 일도 없이 반복되는 일상은 그녀를 지치게 하고 병들게 한다. 해서 「어떤 나들이」의 주인공은 좋은 팔자마저 저주한다. "팔자가 좋다는 건" 곧 "구원이 없는 암담한 늪"이기 때문이다. 뿐만 아니라 "이미 나는 가장 안 미친 상태를 잘 알고 있었고 그 상태가 얼마나 재미없나를 알고 있"기 때문에 어떤 광기의 상태에 강한 유혹을 느끼기조차 한다. 그녀는 "구원 없는 암담한 늪"에 허위적거리는 삶의 권태로부터 벗어나고자 한다. 그러나 일상이라는 감옥으로부터의 탈주는 그녀를 더욱더 권태롭게 만들고 급기야는 절대고독의 상태에 빠뜨린다. 그녀는 일상에서 탈출하기 위해 타자와의 소통관계를 꿈꾸지만 그것은 오히려 권태로부터 벗어나려는 그녀에게 더 큰 무력감을 안겨준다. 남편, 자식 등 자신의 주변의 존재들이란 "어느 틈에 패류(貝類)처럼 단단하고 철저하게 자기 처소를 마련하고 아무도 들이려 들지 않"기 때문이다. 그녀는 술의 힘을 빌린 환각 상태에서만 자유를 느끼며, 환각을 통해서만 세계의 생동성을 맛본다. 하지만 이것이 그녀에게 주어진 마지막 은총이다. 일상성으로부터의 진정한 탈주란 자신의 전체 삶을 서사화, 역사화하여 그 과정에서 자기가 활동할 공간을 만들어갈 때 가능하다면, 「어떤 나들이」의 주인공은 그것이 불가능하다. 그녀는 현재의 이 생활을 권태스러워할 뿐 그 외의 가능성을 찾기 위한 어떤 노력도 하지 않기 때문이다. 그래서 결국 「어떤 나들이」의 주인공은 "아무의 도움도 없이 내 의지나 체력의 도움조차도 없이 그냥, 자석에 이끌리는 쇠붙이처럼 열한 평의 틀을 향해 곧바로" 되돌아온다.

박완서가 보기에 싸우지 않는 자의 절망이란 악무한의 기계적인 반복과 그에 따른 권태에 그치지 않는다. 박완서는 타락한 현실에 그대로 순응하는 자들이 경험하는 더 큰 절망의 내용으로 또하나의 사실을 수복하는데, 그것은 인간의 대체 가능성이다.

이렇게 나나 철이 엄마나 딴 방 여자들이나 남보다 잘살기 위해, 그러나 결과적으론 겨우 남과 닮기 위해 하루하루를 잃어버렸다. 내 남편이 열여덟 평짜리의 아파트를 위해 7년의 세월과 부드러움과 따뜻함을 상실했듯이. (……) 철이 엄마는 내 거울 같은 존재였다. 내가 얼마나 권태로운가,

얼마나 공허한가, 얼마나 맥이 빠져 있나를 그 여자를 보면 알 수 있었다.(「닮은 방들」)

그러나 그는 거기 없었다. 거기 윗목에 엉거주춤 쭈그리고 앉아 있는 건 내 사위가 아니라 내 남편이었다.

실제의 나이보다 더 들어 뵈고 어깨가 축 처지고 어릿어릿하고 비실비실하고 멍청하고 비굴하고 소심하고 슬프게 찌든 남편이 거기 있었다.

삼십 년이나 같이 산 남편이지만 이때처럼 곰곰 바라다보긴 처음이었다. 진짜로 그가 거기 있대도 그렇게 분명한 그의 모습을 볼 수는 없었을 것이다.(「맏사위」)

이곳의 존재 대부분이 "남보다 잘살기 위해" 타자의 가치를 자기화하는 자리에서 자기 의식의 실현과정을 중단하기 때문에 이곳의 존재들은 서로 닮게 된다는 것이다. 자기의 고유한 가치들을 모두 버린 마당에 한 개인과 다른 개인 간에 차이란 존재할 수 없을 터이다. 그래서 박완서의 초기 소설의 주인공들은 겉으로는 서로 다르지만 실제로는 동질적인 인물과 수시로 조우하고 전율한다. 이들은 "닮음에의 싫증에 진저리를 쳐가면서" "이곳으로부터, 이곳의 무수한 닮은 방으로부터, 놓여날 수 있는 가능성"(「닮은 방들」)을 찾아나선다. 그러나 이것 역시 쉽지는 않다. 이러한 대체 가능한 기호로 전락한 자신의 삶으로부터 벗어나기 위해서는 "남들보다 잘살기 위해" 포기했던 자신의 가치들을 되살려와야 할 터인데, 박완서 소설의 주인공들은 이 원리를 포기하지 않은 채 "남들보다 잘" 사는 범위 안에서 고유한 가치를 찾아나서기 때문이다. 이러한 존재가 선택할 수 있는 일이란 낯선 것을 향한 모험인데, 이때 이 모험은 기존의 규범이 지니는 업적을 모두 부정하는 방향으로 진행된다. 즉 남과 닮지만 않으면 되는 것이다. 이러한 낯선 것의 강렬한 유혹은 기존의 질서에 대한 보다 높은 차원의 비판이 되지 않음은 물론 때로는 가학적이고 자학적인 방향으로 치달을 가능성이 농후한데, 「닮은 방들」의 주인공이 바로 그러하다. 그녀는 이웃집 남자와의 간음을 통해 남과는 다른 자기의 정체성, 즉 자기의 고유함을 증명하려 하는바, 이를 통해 작가는 자신의 고유한 영혼이 지니는 문제성을 찾아나서지 않는 상태에서 이루어지는 낯선 것에의 지향은 결국 자멸의 길로 나아갈 수밖에 없음을 드러낸다.

그렇다고 작가 박완서가 타락한 현실과 맞서지 않는 자들 모두가 권태와 동어반복의 무기력한 삶을 산다고 바라보는 것은 아니다. 작가는 오히려 현행 담론체계의 위계질서에 철저하게 순응하는 자들 대부분이 끊임없이 결핍을 느끼고 그 결핍을 충족시키는 역동성과 활력 속에서 살아간다고 파악한다.

> 그의 일상은 다만 편안하고 행복했다. 그렇다고 그에게 아주 근심이 없는 것은 아니었다. 심심하지 않을 만큼 그에게 근심이 생겼지만 그는 아주 신속히 그 근심의 해결책을 발견하고는 그 근심이 없었던 때보다 한층 더 행복해졌다.
> 현대란 얼마나 살기 좋은 시대인가? 현대가 청부 맡을 수 없는 근심 걱정이란 게 도대체 있을 수 있을까? 한 가지의 근심을 위해 여남은 가지도 넘는 해결책이 아양을 떨며 달려드는 시대인 것이다.
> 어느 날, 남편은 그의 정력이 전만 못하다고 느낀다. 제기랄, 마흔을 넘긴 지가 엊그제 같은데 벌써 이게 무슨 꼴이람. 그러나 그는 결코 오래 비참해할 필요가 없는 것이다. 아주 신속히 아주 신효한 정력제의 이름을 알아내고야 말았기 때문이다.(「지렁이 울음소리」)

세상과의 싸움을 포기한 자가 일상적으로 경험하는 이러한 역동성과 활력은 결국 허위의식의 산물이라는 것이다. 자신만의 고유한 가치를 지니고 있지 못하다는 것은 곧 세상의 모든 사물들을 자기화하는 어떠한 기준도, 조건도, 목표도 없다는 것을 의미할 터이다. 이러한 존재들에게 외부적 현실은 전체가 아니면 아무것도 아니다. 이들은 외부에서 주어지는 자극을 더이상 취사선택할 수 있는 정보로서가 아니라 삶의 절대적인 규율, 혹은 아무런 가치도 없는 것으로 받아들인다. 새롭게 발생하고 다가오는 외부적 현실을 아무것도 아닌 것으로 받아들일 경우 권태에 빠지며, 전체로 받아들일 경우 역동적인 삶을 이어갈 수 있지만 그 역동성이란 사물이 주인공이 되고 인간은 사물로 전락하는 자기 파멸의 역동성이다. 사물이 주인공의 자리에 올라서면 내용과 형식, 기의와 기표, 목적과 수단이 전도된 관계, 즉 어떤 내용이 형식을 창출하는 것이 아니라 형식이 내용을 규정하며 어떤 목적을 위해 모색되어야 할 수단이 곧 목적이 되는 관계의 왜곡이 발생하기 때문이다. 박완서 초기 소설의 몇몇 주인공들이 경험하는 역동성이란 인간이라는 목적에서 기계라는 수단으로 전락하는 역동성이다. 그렇게 그들은 돈을 풍족한 삶을 위한 수단이 아닌 궁극적인 목적으로 설정하고 돈을 위해 자신들의 고유한 정신적 활동을 포기하거나(「세모」「맏사위」「주말농장」), 아니면 기의와 관계 없이 홀로 떠돌아다니는 기표에 현혹되어 결핍을 느끼고 그 기표가 지시하는 대로 결핍을 충족시키는 전도된 변증법을 실천한다(「지렁이 울음소리」).

박완서 초기 소설은 이처럼 타락한 세계와 싸우지 않는 자들의 왜곡된 존재방식을 집요하게 파헤치거니와 그를 통해 자신의 고유한 가치를 포기한다는 것은 곧 주체의 죽음을 의미한다는 결론에 도달한다. 그렇다면 박완서가 나아갈 길은 하나밖에 없는지도 모른다. 비록 또다른 절망이 기다릴 뿐이지만 타락한 세계와 맞서는 것. 그렇게 박완서의 자신의 고유한 가치를 증명하기 위한 정신적 여정은 시작된다.

3. 두 개의 중심, 연극적 자아

하지만 박완서가 곧바로 타락한 세계에 맞설 수 있는 의미 있는 가치나 영혼의 내적 문제성의 실체를 찾아내는 것은 아니다. 박완서에게는 이미 젊은 열정만이 누릴 수 있는 신적인 후광이나 이념적 파토스가 사라진 지 오래인 것이다. 다시 말해 그의 영혼에 잠복되어 있는 내적 문제성은 타락한 세계의 논리에 의해서 이미 찢겨지고 흩어져버린 상태이며, 그 상태에서 곧바로 의미 있는 가치를 제시하기란 자신을 과장하거나 기만하는 경우를 제외하고는 쉽지 않다. 박완서는 자신의 어떤 한 측면을 과장하는 대신에 자기 자신을 반성적으로 성찰한다. 비록 필연적인 동기는 있었겠지만 자기 자신이 세계의 타락한 가치 앞에서 자신의 고유한 가치를 포기한 것만은 분명한 사실이라고 한다면, 이러한 지나간 자신의 전역사에 대한 서사화는 꼭 필요한 과정인지도 모른다. 박완서는 자신의 역사에 대한 총체적 재구성이라는 중요한 과정을 피해가지 않으며, 그런 연후에 의미 있는 가치를 제시하고자 한다. 타락한 세계와 타협한 자신에 대한 박완서의 자기 반성은 자신을 포함한 동시대인들이 타락한 세계와의 싸움을 기피하게 된 계기를 객관화하는 방식으로 이루어진다. 그렇게 박완서는 이곳에 생존하는 개인들이 역사적인 존재이기를 포기하고 일상의 굳은 벽에서 스스로 안주하게 된 사회적 역사적 계기를 찾아나선다.

우선 박완서는 이곳의 존재들이 위신투쟁을 포기하면서 살아가게 된 이유로 각자의 고유한 가치를 공인해주지 않는, 도대체가 너무 중층적으로 얽혀 있어서 특정의 개념으로는 규정하기 힘든 사회적 분위기를 주목한다. 「서글픈 순방」은 왜 이곳의 존재들이 자신의 고유한 가치를 타자에게 전이시키는 대신에 타자의 가치에 일방적으로 순응하게 되었는가를 잘 보여준다. 여기, 단란한 가정만을 꿈꾸는 여성이 있다. 타인의 방해가 없는 가족만의 주거공간을 마련하고자 생활비를 한푼 두푼 쪼개 적금을 붓던 이 여성에게 드디어 자신의 꿈을 실현할 수 있는 시기가 다가온다. 어렵사리 모은 적금으로 가족만의 단란한 거처를 찾는 이 여성은 곧 최소한의 고유한 가치마저도 인정하지 않는 현실과 조우한다. "애는 무조건 싫"으므로 전세를 내줄 수 없다는 것. "겨우 생후 일 년밖에 안 된 천사 같은 것을 그런 독사 눈으로 노려보"는 집주인의 시선에서 그녀는 "그 여자의 못된 시선에 못된 주술이라도 걸려 있어 우리 영아가 곧 어떻게 되는 것 같"은 공포와 전율을 느낀다. "집 장만하기 전에 아기를 낳는다는 일이 사생아를 낳는 일보다 훨씬 더 부끄러운 일로 여겨"지는 이 이해하기 힘든 사회적 분위기 때문에 그녀는 어쩔 수 없이 "애를 없는 것처럼 속이"고 마침내 거처를 얻는다. 자립적 가치를 포기해야만 사회적 공인을 받을 수 있는 곳, 사회적 공인을 받기 위해서는 자신의 가치를 포기해야한 하는 곳, 따라서 개개인의 자립적 가치가 존재할 최소한 틈, 혹은 최소한 가능성도 남아 있지 않은 곳, 작가는 이렇게 우리의 터전을 묘사한다.

박완서는 이처럼 이곳의 존재들이 자유로부터 서둘러 도피하는 이유로 어떠한 기준도, 조건도, 가치도 분명하지 않으면서도 개인의 자립적 가치를 불온시하는 사회적 분위기, 혹은 집단적인 열정이나 광기를 주목한다. 문제는 우리 사회를 움직이는 힘이 자의성과 우연성이라는 사실에 있다는 것이다. 그럼 우리 사회에 어떠한 기준도 조건도 확립되지 않은 이유는 무엇인가. 이에 대해 박완서는 한국 사회에는 두 개의 중심이 서로 지양되지 않은 채 공존하고 있으며 이 두 중심이 자의적이고 우연적으로 결합하면서 때로는 거대한 폭력을 발생시키며, 이 자의성이 빚어내는 폭력이 결국은 이곳의 개인들로 하여금 자기 자신의 고유한 가치를 스스로 부정하게 한다고 분석한다. 두 개의 중심과 그것의 자의적이고 우연적인 결합이 문제인 것이다.

박완서가 보기에 우리 사회는 서로 양립하기 힘든 요소가 기이한 형태로 공존하는 사회이다. 「재수굿」에서 작중화자가 관찰하는 가정은 "편안하고, 부드러운 미소를 띠고 있었고, 아이들까지도 자신에 넘쳐 있었고, 무엇보다 자유로워 보였고, 서로 깊이 사랑하고 있음이 역력"한, "사람이 사람답게 사는 본보기"처럼 보이는 가족이다. 그래서 작중화자는 부자에 대해 가지고 있던 편견을 부끄러워하며 오히려 "부(富)야말로 사람이 지녀야 할 최상의 미덕이 아닐까" 하는 회의까지 가지게 된다. 그러나 재수

굿을 벌이며 돼지머리 앞에서 "지성이면 감천을 믿는 자의 끈질김으로 감돈(感豚)을 꾀하"는 이 가족의 갑작스러운 표변에서 작중화자는 일종의 경이감을 느낀다.

박완서는 이러한 무원칙성(표리부동성, 자의성)이 사적 영역은 물론 사회를 운영하는 핵심적인 제도, 즉 공공 영역에까지도 관철되고 있다고 파악한다. 작가가 보기에 우리 사회는 이러한 사회이다. '높은 사람'이 지나간다는 기준도 조건도 없는 명분을 들어 경찰들이 육교의 통행을 막는다. 기준도 명분도 없는 금기체계에 한 청년이 '더이상 머저리일 수만은 없다는 오기'와 '용기'로 육교를 건너는 권리를 행사한다. 그러나 이것은 곧 무모한 모험이었음이 밝혀진다. 그들은 "무슨 빽으로 함부로 법과 질서를 무시해"라며 법전 어디에도 명기되어 있지 않은 법과 질서를 내세우며 군중들 앞에서 폭력을 가하고, 기본권이 침해당했다고 같이 분해하던 군중들은 갑자기 표변하여 이 폭력의 현장에서 '유열(愉悅)'한다. 하지만 공공 영역의 표리부동성은 여기에서 그치지 않는다. 그 청년은 분하다. 술을 마시고 "야간 통금위반 음주 폭행의 죄목으로 7일간의 구류 처분을 받"는다. 청년의 '여자애'가 면회를 온다. 그런데 거기에도 원칙은 없다. 모든 것이 자의적이다. 누구는 하루에 몇 번이나 면회가 되나, 누구는 안 되는 것이다. 항의한다. 간수의 응대는 폭력적이며 그래서 '주술적인 공포'를 불러일으킨다. "같잖은 년 같으니라구. 아니꼽게 뭐, 법을 다 쳐들어. 지금 내 기분이 울고불고 빌붙어도 될까 말깐데." 그리고 터득한다. '스스로를 지키려는 지혜' 혹은 '오천 년의 유구한 생활 철학'인 "똥이 무서워서 피하나 더러워서 피하지"라는 '비열의 철학'을. 그리곤 이 청년은 깨닫는다.

나는 사람은 누구나 스스로의 사람다움을 지키기 위한 가시를 인두겁과 함께 타고 태어난다고 믿었기 때문에 요즈음 사람들은 도대체 언제 어디다 써먹을려고 가시를 감추고 쑥맥 노릇을 하나 그걸 몰랐었다. 그런데 난 지금 그걸 알아낼 꼬투리를 잡은 듯했다. 마치 어떤 흉악한 음모의 단서라도 잡은 듯이.

그래, 거긴 분명히 음모의 냄새가 있어. 우리를 고분고분 길들이고, 우리의 가시를 마멸시키기 위해 용의주도하게 꾸며진 음모의 냄새가.(「연인들」)

박완서는 이처럼 합리성과 비합리성, 대의명분과 숨은 의도, 형식과 내용 사이의 철저한 단절 혹은 자의적인 병존관계가 사회의 구성원들을 "고분고분 길들"이고 있음을 지적한다. 박완서는 여기서 더 나아간다. 즉 한 사회에 존재하는 두 개의 중심, 그리고 그 두 중심의 우연적이고 자의적인 병존형식은 때로는 「재수굿」처럼 냉소를 머금게 하는 소극(笑劇)을 연출하기도 하고, 또 때로는 「연인들」처럼 서서히 개인의 고유한 가치를 지워내기도 하지만, 어떤 경우에는 한 존재의 삶을 송두리째 뒤트는 직접적인 폭력과 광기로 작용하기도 한다는 것이다. 박완서가 한국사회에 공존하는 두 개의 중심, 그리고 그것들의 자의적이고 우연적인 결합에 그토록 주목하는 것도 바로 이 자의성이라는 기호가 뿜어내는 광기 때문임은 물론이다.

「세상에서 제일 무거운 틀니」에 등장하는 작중화자의 남편은 우리 사회를 움직이는 자의성이라는 무원칙적인 원칙이 한 인간을 얼마나 황폐하게 전락시키는가를 단적으로 보여준다. 말단 공무원인 그는 한국사회의 움직임을 좌우하는 하나의 중심 원리인 학연 지연 혈연 등의 혜택을 받지 못한 까닭에 줄곧 승진에서 누락된다. 그러다가 대학의 은사가 자신이 근무하는 관청으로 옮겨오고 자신의 대학선배들이 속속 승진하면서 드디어 학연의 은총을 받을 계기를 맞이한다. 하지만 그의 기대는 여지없이 깨져나간다. 아내의 오빠가 월북했던 것. 생전 만나보지도 못한 처남 때문에 그는 승진은커녕 해외 시찰마저도 번번이 제외된다. 그러자 "점점 더 폭음으로 난폭해"질 수밖에. 그의 삶은 그렇게 황폐해진다. 삶이 철저하게 황폐해지기로는 이런 남편을 바라보는 작중화자 또한 마찬가지이다. 그녀 또한 오빠가 월북했다는 이유 하나만으로 언제나 불안 속에서 살아야 하고 동시에 남편이 "성한 사람이 문둥이 보듯 증오와 연민으로 대"하는 수모를 겪어야만 하는 것이다. 그렇다고 이 질곡으로부터 벗어날 방법이 있는가 하면, 그것도 아니다. 현재 겪는 불행의 원천이 현재 자신들의 잘못된 선택에 있는 것이 아니라 과거 오빠의 행적에 있으며 또한 과거 오빠의 행적과 지금의 나를 아무 인과관계도 없이 연결시키는 주술적인 인과율(혹은 권력에의 의지)에 있으니, 이 권력에의 의지가 진정한 이성으로 표변하지 않는 한 도대체가 이 질곡으로부터 벗어날 가능성이란 없는 것이다.

「부처님 근처」의 작중화자가 겪는 불행 역시 마찬가지의 기원을 지니고 있다. 그녀 역시 「세상에서 제일 무거운 틀니」의 작중화자처럼 아주 오래전에 아버지와 오빠가 보였던 행적 때문에 현재를 불행하게 살아가는 인물이다. 오빠는 한때 좌익운동에 가담했고 무슨 이유 때문인가 자신이 선택한 이념의 회의를 품는다. 그러나 어떤 선험적인 모범세계를 종교적으로 숭배하던 권력화되고 인격화된 관념은 이 회의를 인정하지 않았고 오빠는 허무하게 죽어간다. 이에 대한 복수심이 아버지를 좌익으로 이끌었고, 아버지 역시 이 이유 때문에 한 인간이 발전하기 위해 거쳐야 할 시행착오를 인정하지 않는 광기의 이성에 의해 죽는다. 하지만 시대의 광기는 있는 그대로의 사실을 인정할 최소한의 여지조차 남겨주지 않았고, 그래서 그녀와 그녀의 어머니는 생존을 위해 스스로 사실을 왜곡한다. 그리고 평생 동안을 "어머니와 함께 두 죽음을 꿀깍 삼켰을 당시의 그 뭉클하기도 하고, 뭔가가 철썩 무너져내리는 것 같기도 하고, 속이 뒤틀리게 메슥거리기도 하던 그 고약한 느낌"을 지니며 그야말로 연명한다.

박완서는 이처럼 한국사회를 근대적인 것과 전근대적인 것이라는 두 개의 중심이 공존하며 이 이질적인 요소의 기기묘묘한 공존을 한국 사회의 모든 악의 근원으로 설정한다. 제도의 이식을 통한 근대화가 근대적인 것과 전근대적인 것이라는 두 개의 중심을 공존시켰으며 이 두 개의 중심의 자의적이고 우연적인 결합이 우리의 삶을 결정짓는 중요한 요소로 작용함으로써 도대체가 이곳의 존재들은 자신의 삶을 예측할 수 없는 상황에 빠져든다. 게다가 우리 사회는 근대적인 것과 전근대적인 것을 서로 길항시켜 이것을 긍정적인 방향으로 지양시키기는커녕 각 원리 속에 숨어 있는 부정적인 요소만이 기형적으로 결합하는 방향으로 전개되었으며, 이 때문에 사회구성원들은 자기의 고유한 가치를 포기해야만 생존할 수 있는 상황이 벌어졌다는 것이다. 일관성 없는 사회 운영체계가 그 사회의 모든 성원들을 실용주의자나 기회주의자로 만든다고 한다면, 우리 사회가 바로 그러한 사회라는 것이다.

이처럼 박완서는 자신의 과거를 끊임없이 부정하고 살아가거나 "고분고분 길들"여지며, 그것이 아니면 자학적인 생활을 할 수밖에 없는 궁극적인 요인을 우리 사회에 존재하는 두 개의 중심에서 찾고 있거니와, 동시에 보편세계 주변에서 근대화를 추구했던 우리 사회의 근대성의 중층적인 성격과 이러한 근대성의 복합적인 성격 때문에 형성된 우리네 삶의 특수한 존재방식을 추출해낸다. 작가가 우리네 특수한 삶의 전형적인 요소로 제시하는 것은 연극적인 자아와 속물근성이다. 박완서는 이곳의 존재들은 의식했던 의식하지 않았건 간에 천재적인 연기력을 발휘하며 살고 있다고 규정하고 그러한 삶의 선과 후, 낮과 밤, 외면세계와 내면세계, 그리고 공공 영역에서의 삶과 사적 영역에서의 삶을 속속들이 비교한다. 이곳의 존재들은 공공 영역에서는 자신의 위치에 충실한 직업인이지만 그렇지 않은 곳에서는 돼지머리 앞에 머리를 조아린다(「재수굿」). 아니면 밖으로 공포된 글에서는 "돈이니 명예니 하는 것에 담박하고, 돈이니 명예니와 상관없는 보잘것없는 것들에 따뜻한 시선을 보냄으로써 거기서 자기의 삶을 가꾸고 풍부하게 할 어떤 의미를 찾아낼 줄 아는 사람"이었으나 실제로는 그와 정반대의 성향을 지닌 존재이기도 하다.

그러나 나는 곧 내가 속았다는 걸 알아야 했다. 그는 겁쟁이이고 비겁하고 거짓말쟁이였다. 순엉터리였다. 그의 본심은 돈과 명예에 기갈이 들려 있었고 T시와 T대학 시간강사 자리를 지긋지긋해하고 있었다. (……) 더욱 웃기는 것은 그는 그의 글을 통해 결코 도시, 돈, 명예에 대한 그의 절실한 연정을 눈곱만치도 내비치는 일이 없이 늘 신랄한 매도를 일삼는다는 거였다. 도저히 구제할 수 없이 비비 꼬인 남자였다.

그도 나와 결혼한 걸 후회하는 눈치였다. 자기같이 학문밖에 모르는 선비는 유능한 여편네를 얻어야 출세길이 트이는 건데, 처덕이 없어서 맨날 이 꼴이란 소리를 서슴지 않고 했다.(「부끄러움을 가르칩니다」)

근대적이면서도 동시에 전근대적이라는 우리 사회의 이율배반적인 특성은, 그리고 이 이율배반적인 요소들의 우연적이고 자의적인 결합은 이곳의 구성원들에게 연극적인 자아를 강요한다. 박완서가 보기에 이곳의 존재들은 사회 운영원리가 그러하듯 대의명분과 실제 의도, 선과 악, 근대적인 것과 전근대적인 것을 철저하게 분리시켜 이질적인 두 개의 자아를 동시에 지닌다. 그들은 자신을 '바라보는 나'와 '보여지는 나'로 분열시키고 시기에 맞게, 그리고 상황에 따라 천재적으로 얼굴 표정을 변화시키는 연극적인 삶, 혹은 포즈로서의 삶을 살아간다. 결국 이곳의 존재들은 "노련한 연기자처럼 미적 효과를 미리 충분히 계산한 아름다운 포즈"를 취할 줄 알며 "알맹이는 퇴화하고 겉껍질만이 포즈로 잔존하"(「부끄러움을 가르칩니다」)는 그런 삶 속에서 자족해야만 한다는 것이다.

박완서는 정신의 상궤를 벗어나는 것이지만 탁월한 방향감각만은 예찬할 만한 이러한 삶의 방식은 이곳의 존재들이 선택할 가능성이 가장 높은 생존방식이지만, 그럼에도 불구하고 이 사회의 모순의 근원이라고 판단하는 듯하다. 이곳의 존재들은 '바라보는 나'와 '행동하는 나'를 일치시키려는 모든 노력을 재앙의 근원으로 터부시하고 또 그러한 존재를 비현실주의자 혹은 몽상가로 몰아붙이며 사회구성원들을 묶어세울 끈, 다시 말해 공동체를 결속시킬 수 있는 건전한 정신이 자리잡기 힘들게 한다는 것이다. 박완서에 따르면 개체를 보존하기 위해 형성된 한국인 특유의 연극적 자아가 한국사회를 병들고 황폐하게 한다는 것인데, 이는 충분한 설득력이 있다. 일반적으로 연극적인 자아가 한 사회의 중심을 차지할 경우, 그 사회에서는 겉으로 내세워진 담론의 대의명분 혹은 형식과 실제 내용 사이에 현격한 분열이 일어난다. 겉으로 내세워진 방향성은 항시 절대선을 표명하고 있고 그 절대선의 이름하에 모든 사회적 제도나 형식이 도입됨에도 불구하고 실제로 절대선은 거창한, 그러나 공허한 대의명분일 가능성이 농후하기 때문이다. 이처럼 허위의식을 저 깊은 곳에 숨겨둔 채 진실, 진리라는 기치를 높이 세울 경우, 이 위장된 진리는 한 사회에서 의미 있는 모든 정신이나 진리를 향한 모든 열정을 무의미하게 만든다. 즉 허위의식에 가득 찬 자가 진실을 소리 높이 외칠 경우 사회구성원들은 서서히 진실을 더럽고 불길한 욕망의 역설적 표현으로 읽어들이기 시작하며, 따라서 그 사회에서는 진실을 추구하는 모든 노력이 불길한 욕망을 채우려는 음험한 의도로 받아들여진다. 결국 이 사회에서는 사회구성원들의 각자의 노력을 통해 의미 있는 공동체를 건설하려는 모든 시도가 중단된다. 그리하여 이 사회의 구성원들은 개인의 음험한 음모를 숨긴 채 거창한 명분을 내세우거나 스스로 확인한 진리가 아니면서도 진리의 구현자를 자처하는 속물들로 전락한다. 박완서는 한국사회가 바로 이러하다고 파악하며, 이는 한국사회에 대한 가장 냉정하고도 깊이 있는 관찰이라 할 수 있다.

이렇게 박완서는 이곳 사회구성원들을 "오천 년의 유구한" 역사를 지닌 "용의주도하게 꾸며진 음모"의 희생자이자 동시에 가해자로 위치시킨다. 음모에 희생당하고 다음 순간 그 음모에 가담하기 때문이다. 결국 인간 각자의 고유한 가치를 포기하게 하고 주관과 객관, 근대적인 것과 전근대적인 것, 보편적 내러티브와 토착적 내러티브, 대의명분과 개체 보존본능을 의미 있게 병존시키려는 모든 노력을 무의미한 것으로 만든 장본인은 우리 모두라는 것을 박완서는 아프게 환기시키거니와, 그래서 박완서의 소설은 우리를 불편하게 한다. 그래도 어쩔 것인가. 그것이 바로 우리의 삶인 것을. 타락한 현실은 어느 한 개인에 의해서가 아니라 그 사회의 구성원 모두에 의해서 만들어지는 것을.

4. 환멸에서 모험으로, 자기 보존에서 자아 실현으로

외부세계에 자신을 실현하는 것은 이미 선험적으로 불가능하다고 판단하고 이를 미리 포기할 때, 그러면서도 자신을 필사적으로 시키고자 할 때 환멸이 발생한다면, 타락한 현실과의 싸움을 미리 승산이 없다고 판단하는 존재에게 이 환멸은 보다 매혹적이다. 타락한 현실과 맞서지 않는 것은 엄청난 절망만을 가져온다는 사실을 이미 확인하였지만 도대체가 자신의 고유한 가치를 세계 속에 실현하려는 모험이 무모하게만 느껴질 때, 환멸은 모험을 대체할 수 있는 매혹적인 통로로 비쳐지는 것이다.

이미 현실과 싸우지 않는 더 큰 절망을 확인했지만 모험 역시 불가능하리라는 것을 잘 아는 박완서에게 세계에 대한 환멸은 매혹적으로 다가온다. 꿈, 환상 등의 실현 가능성은 이제 이곳에서는 없다. 이러한 이곳에 대한 극단적인 환멸은 이곳으로부터 벗어나고 싶다는 강한 열망을 낳는다. 「세상에서 제일 무거운 틀니」의 작중화자는 "나를 내리누르는 온갖 한국적인 제약의 중압감, 마침내는 이 나라를 뜨는 설희 엄마와 견주어 한층 못 견디게 느껴지는 중압감" 속에서 "이 나라와 이 나라의 풍토가 주는 온갖 제약으로부터 자유로워진 그녀가 부러워서, 그녀에의 선망과 질투"를 느낀다. 이곳에서는 자신을 실현하는 것은 선험적으로 불가능하다는 사실에 「세상에서 제일 무거운 틀니」의 작중화자는 이제 다른 곳으로 떠나고 싶다는 강한 열망에 휩싸인다. 마치 「광장」의 이명준이 그렇게 제3국을 향해 떠났듯이. 하지만 이곳에 대한 환멸 때문에 다른 곳으로 떠난다는 것은 그 존재를 역설적인 상황에 빠뜨린다. 이곳에 대한 환멸 때문에 이곳을 등지는 존재는 자신이 설정한 목적지에 다가서려 하면 다가서려 할수록 그 목적지에서 멀어진다. 박완서가 그의 등장인물을 통해서 저곳에 대한 열망을 보이는 것은 자기만의 고유한 가치를 인정받기 위해서이며 또 그것이 가능한 자유의 왕국을 건설하기 위해서이다. 이것이 박완서의 궁극적인 목표인 것이다. 박완서는 이 궁극적인 목표를 포기한 적이 없음은 물론이며, 그래서 자율적인 자아를 인정하지 않는 현실에 깊은 환멸에 느껴 저곳에 대한 강한 열망을 보였다고 할 수 있다. 하지만 저곳으로의 열망은 작가를 그의 궁극적인 목표에 근접시키는 것이 아니라 그 목표로부터 멀어지게 한다. 저곳으로 옮겨간다는 것 역시 자신의 고유한 가치 역사 진리를 스스로 포기하기는 마찬가지이기 때문이다. 이러한 이율배반적인 상황에서 박완서는 저곳으로의 탈출이 아무런 의미가 없음을 다음과 같이 확인한다.

노파는 노파의 아들들이 이를 갈며 싫어했고 진저리를 치며 놓여나기를 갈망했던 이 땅의 모든 구질구질한 것까지 자기가 얼마나 사랑했던가를 안다. 노파는 마치 자기 시신을 보듯 숨막히는 공포로 뽑혀 나동그라진 거대한 나무와 지상으로 노출된 수만 가닥의 수근(樹根)이 말라비틀어지는 참담한 모습을 환상하며 심을 쥐어짜듯이 서럽게 운다.

일찍이 이렇게 서럽게 운 적도, 이렇게 서럽게 운 사람도 이 세상에 없겠거니 싶다. 산 채로 자기의 시신을 볼 수 있는 그런 끔찍한 불행을 겪은 사람이 나말고 어디 또 있을 수 있단 말인가. 노파의 울음은 자기 자신에게 바치는 조곡(弔哭)인 듯 처절하다.(「이별의 김포공항」)

이렇게 박완서는 타락한 현실이 만들어준 실존의 그늘에 안주할 수도, 그렇다고 필사적으로 자기를 방어만 할 수도 없는 상황에 빠져든다. 보이지 않는 끈으로 모두가 묶여 있는 이 타락한 현실에서 자기만을 방어한다는 것은 자신을 참담한 절망의 상황으로 몰고 가는 것은 물론 다른 존재까지를 그곳으로 밀어넣는 계기가 되기도 하는 것이다. 「카메라와 워커」의 작중화자는 "오빠가 평생 사회에 참여해서 돈 한푼 벌어들인 일이 없는 주제에 까닭 없이 죽어야 하는 일에 끼어들고 말았다는 사실" 때문에 부모 없이 자란 그녀의 조카에게 "카메라 메고 공일날 야외에 나갈 만큼의 출세랄까 안정이랄까"를 끊임없이 강요한다. 문과로 진학하려는 조카를 이과로 바꾸게 하고, "어떡하든 이 사회에 순응해서 이득을 보는 사람이 돼야지 괜히 사회의 병폐란 병폐는 도맡아 허풍을 떨면서 앓는 소리를 내는 사람이 될 건 없"다는 실용적이고 속물적인 논리를 조카에게 끊임없이 주입시킨다. 작중화자는 "제(작중화자의 조카—인용자)가 잘되고 잘사는 것으로, 다만 그것만으로 나는 내가 겪은 더럽고 잔인한 전쟁에 대해 통쾌한 복수를 할 수 있고 그때 받은 상처의 치유를 확인받을 수 있"기를 바란 것이지만, 이러한 작중화자의 열망은 조카의 삶을 오히려 황폐하게 하는 가장 직접적인 계기가 되고 만다. 결국 작중화자는 "지랄 같은 전쟁이 지나가면서 이 나라 온 땅이 불모화해 사람들의 삶이 뿌리를 송두리째 뽑아 던지는 걸 본 나이기에, 지레 겁을 먹고 훈이를 이 땅에 뿌리내리기 쉬운 가장 무난한 품종으로 키우는 데 신경을 써가며 키웠다. 그런데 그게 빗나가고 만 것을 나는 자인한다"고 말할 수밖에 없는 상황에 직면한다. 세계와의 싸움을 중단한 채 자기만을 방어하려는 소극적인 의지가 결과적으로는 작중화자 자체를 자신의 내부에서는 세상에 대한 분노를 불태우면서도 겉으로 드러난 행동에서는 세상과의 타협을 제시하는 이중적인 삶을 유지하는 연극적인 자아로 전락시켰던 것이며, 급기야는 이 연극적인 자아가 한 청년의 고유한 가치를 포기하게 만들었던 것이다.

박완서에게 남은 유일한 길은 타락한 현실과 맞서는 것이다. 다시 말해 아무리 큰 절망이 뒤따른다고 하더라도 자신만의 고유한 가치를 발견해내고 그것을 외부세계에 실현하는 것 외에 달리 어떠한 길도 없는 상황에 다다른 것이다. 여기까지 이르러서야 박완서는 드디어 타락한 현실과의 싸움을 시작한다. 이제 박완서는 "무난한 품종"의 지향이야말로 우리 사회의 악의 근원이라는 판단하에 가난, 인간 사이의 미묘한 갈등, 그리고 사회에의 어설픈 참여나 저항이 지니는 진실한 의미를 찾아나선다. 그리고 이때부터 박완서 소설의 주인공들은 더이상 타자가 만들어놓은 실존의 그들에 안주한 채 권태와 무기력함에 빠져 있지 않으며, 공공 영역과 사적 영역이 일치하지 않는 삶에 분노하고 대신에 비록 화려하지는 않더라도 이 양자를 일치시키려는 모든 노력을 포기하지 않는다. 또한 개인에게 스스로의 고유한 가치를 포기하게 만드는 거대한 음모 앞에서도 전율만을 느끼지 않는다.

그러나 도피하고 굴종해야 할 것으로 느낀 게 아니라 맞서서 감당하고 극복해야 할 것으로서 느꼈다. 그러기 위해 나는 사람 속에 도사린 끝없는 탐욕과 악의에 대해 좀더 알아야겠다. 옳지 못할수록 당당하게 군림하는 것들의 본질을 알아내야겠다. 그것들의 비밀인 허구와 허약을 노출시켜야겠다. 설사 그것을 알아냄으로써 인생에 절망하는 한이 있더라도 멀미일랑 다시는 말아야겠다.(「어느 시시한 사내 이야기」)

이제 박완서 소설의 주인공들은 '잘살고 잘되는 것'에 선망을 보내기보다는 그러한 삶을 "옳지 못할수록 당당하게 군림하는 것"으로 규정하고 그들의 본질 허구 허약에 맞서 자신들의 가난과 고통의 소중한 가치를 증명하고자 한다. 그리고 "빛나는 학력, 경력만 갖고는 성이 안 차 가난까지를 훔쳐다가 그들의 다채로운 삶을 한층 다채롭게 할 에피소드로 삼고 싶어하는", 그 효과를 미리 충분히 계산한 포즈를 경멸하고 "내 가난은 나에게 있어서 소명(召命)이다"(「도둑맞은 가난」)라고 자신 있게 말한다.

박완서의 소설은 이렇게 초기부터 줄곧 개념의 추상적 메커니즘에 의해 삭제된 것이나 아직 개념의 본보기가 되지 않은 것들 예컨대 우리 근대성의 특수한 표정을 드러내는 데 모아졌거니와, 이는 박완서 문학에서만 볼 수 있는 풍경이며 어떤 경지이다. 더구나 이러한 경지가 우연적이거나 외부적인 계기에 의해서 한순간 다가왔다 명멸한 것이 아니라 고난에 찬 자기 모색의 결과라는 사실을 상기하면, 박완서의 이러한 경지는 매우 소중하다. 여러 가능성을 상정하고 치열한 자기 모색을 거쳐 선택한 길이기에 박완서는 이 길을 계속 갈 수 있었으며, 그래서 『엄마의 말뚝』 연작, 『미망』, 『그해 겨울은 따뜻했네』, 「그 가을의 사흘 동안」, 「꿈꾸는 인큐베이터」, 『그 많은 싱아는 누가 다 먹었을까』 연작 등 우리 시대의 살아 있는 고전을 써낼 수 있었는지도 모른다. 역시 위대한 소설을 쓰게 하는 중요한 원천은 자신의 고유한 영혼을 증명하려는 모험이자 의지인 모양이다.

5. 특수성의 발견, 박완서 문학의 문제성

모든 개념은 발견의 천재이자 동시에 은폐의 천재이다. 모든 원리는 수많은 현상들을 일목요연하게 배치시킴으로써 무의미하게 흩어져 있는 온갖 현상들을 비로소 하나의 의미 있는 현상으로 전화시키지만 동시에 그 개념은 그 개념과 어긋나는 현상들은 철저히 배제하는 천재적인 은폐를 행한다. 그런데 문제는 어떤 개념은 수많은 것들을 은폐하면서도 천재적인 은폐를 행함으로써 있는 그대로의 사실을 보지 못하게 한다는 점이며, 이때 이 개념은 주관과 객관 혹은 본질과 현상, 보편과 개별 사이의 그 미묘한 관계를 고정적이고 절대적인 인과율로 고정해버린다. 광기의 이성으로 전락하는 것이다.

이처럼 개념 안에는 항시 광기의 이성으로 전락할 가능성이 내장되어 있는 것이지만, 특히 특정 사회를 읽어내기 위한 이 개념이 사회적 역사적 맥락을 달리하는 다른 사회에 무조건적으로 이식될 경우 이 개념이 뿜어내는 광기는 걷잡을 수 없을 정도로 배가된다. 특정 사회에서 추출되는 개념은 어디까지나 그 사회를 읽어내기 위한 하나의 가설로 제시되며, 따라서 그 사회를 구성하는 사회적 내용이 변화할 경우 그 개념은 보다 고차의 개념으로 지양되게 마련이다. 그러나 한 사회를 구성하는 사회적 내용과 형식을 추상화하고 그 사회가 안고 있는 모순을 줄여나가려는 이론체계나 제도를 오히려 상상 속의 모범세계로 규정하고 그 이론체계나 제도를 강제적으로 이식할 경우 그 사정은 판이하게 달라진다. 특정의 사회를 규정하고 그 모순을 지양하기 위해 하나의 가설로서 정초된 이론체계나 사회적 제도가 이제는 천년왕국을 향한 복음으로 자리잡게 되는 것이다.

　우리 사회는 오랫동안 또다른 모순이 발생하면 지양될 개념이나 이데올로기를 너무 절대적으로, 그리고 종교적인 심성으로 신뢰해왔다. 항시 기존의 잘못된 보편성을 부정하고 새로운 보편성을 향해 나아가는 것을 속성으로 하는 문학도 불행하게도 예외는 아니었다. 이광수가 전통적인 것 모두를 지워내고 그 자리에 선험적이고 총체적인 사회 모델을 이식하려는 무모한 모험을 감행한 이래, 근대 이후 우리 문학은 줄곧 이광수의 그러한 모험을 충실하게 계승하려고 했다. 항시 개념은 자체 완결적일 뿐만 아니라 그 개념을 수미일관한 위계질서가 떠받치고 있어서, 다시 말해 모든 혼란을 한순간에 분명한 질서로 뒤바꾸는 연금술적인 속성을 지니고 있어서 대단히 매혹적이게 마련이다. 더더구나 전혀 새로울 뿐만 아니라 모든 고정된 것을 연기처럼 사라지게 하는 전 지구적 자본주의를 처음으로 목도한 존재들에게 그것을 체계적으로 설명하는 개념이야말로 전지전능한 신의 목소리처럼 다가왔을지도 모를 일이다. 그렇게 보편적 내러티브나 개념을 통한 현실 규정은 한국 근대문학이라는 장의 구조를 결정짓는 가장 중요한 요인이 되었다. 새로운 현실적 징후가 나타날 때마다 새로운 개념이 도입되었고, 예상했던 대로 현실이 진행되지 않을 경우 우리 문학은 또다시 새로운 개념을 끌어들였다. 이러한 과정이 악무한의 상태로 반복될 수밖에 없었던 이유는 한국 근대문학 전반에 미메시스 정신이 전혀 개입하지 못했기 때문이다. 근대 이후 한국문학은 근대적인 것과 전근대적인 것이 갈등하고 굴절되면서 만들어진 다양한 현상들, 보편사와 개별사의 차이를 읽어내려 하지 않았던 것이다. 그래서 근대 이후 한국문학은 우리 현실을 묘사하면서도 우리가 실제 살아가고 고민하는 내용과는 거리가 있었다. 한마디로 변증법적 발전의 역사라기보다는 형식논리적인 변화의 역사가 바로 근대 이후 한국문학사였던 것이다.

　박완서는 한국 근대문학이라는 장의 구조를 근본적으로 뒤흔들었을 뿐만 아니라 우리 문학사를 변증법적 발전의 역사로 이끌어낸 바로 그 작가이다. 동시에 박완서는 근대 이후 한국문학의 잘못된 보편성을 부정하고 새로운 보편성을 창출한 작가이다. 기존의 보편성이 주로 우리에게 중요한 현실적 맥락을 무화시킨 자리에서 이루어졌다면, 박완서는 근대적인 것(보편적인 것)과 전근대적인 것(전통적인 것)의 굴절현상에 누구보다도 민감한 반응을 보임으로써 보편세계의 주변부에서 근대화를 추진했던 나라들이 경험하는 근대성 일반에 대한 새로운 성찰의 길을 열어놓았다. 한마디로 박완서의 소설은 근대 이후 우리 문학사에서 개념화하기 힘들다는 이유만으로 배제되었던 우리의 특수한 역사를 텍스트의 중심부로 끌어올린 문학사의 전환점이며 한국문학사에서 거의 유일하게 우리의 특수성에 근거한 담론체계를 독자적으로 형성한 문학사적 사건이다. 사실과 관련 없는 개념 혹은 사실의 자의적인 해석이 오히려 열렬히 환영받는 이 황무지에서 박완서와 같은 엄정한 리얼리스트가 탄생했다는 사실은 일종의 경이이며 동시에 축복이다. (1999년)

경이로운 차이들

ⓒ 류보선 2002

| 초판인쇄 | 2002년 4월 6일 |
| 초판발행 | 2002년 4월 10일 |

지 은 이	류보선
책임편집	김철식 손미선
펴 낸 이	강병선
펴 낸 곳	(주)문학동네
출판등록	1993년 10월 22일 제22-188호

주　　소	136-034 서울시 성북구 동소문동 4가 260번지 동소문빌딩 6층
전자우편	editor@munhak.com
전화번호	927-6790~5, 927-6751~2
팩　　스	927-6753

ISBN 89-8281-509-0 03810

* 이 책은 한국문화예술진흥원의 문예진흥기금을 받아 출간되었습니다.

www.munhak.com